Le souffle
glacé du passé

Lulu Taylor

Le souffle
glacé du passé

Traduit de l'anglais par Ariane Maksioutine

ÉDITIONS FRANCE LOISIRS

Publié en Grande-Bretagne par Pan Macmillan sous le titre
The Winter Folly

Pour Ophelia Field.

Édition du Club France Loisirs,
avec l'autorisation de City Editions

Éditions France Loisirs,
123, boulevard de Grenelle, Paris
www.franceloisirs.com

Le Code de la propriété intellectuelle n'autorisant, aux termes des paragraphes 2 et 3 de l'article L. 122-5, d'une part, que les « copies ou reproductions strictement réservées à l'usage privé du copiste et non destinées à une utilisation collective » et, d'autre part, sous réserve du nom de l'auteur et de la source, que les « analyses et les courtes citations justifiées par le caractère critique, polémique, pédagogique, scientifique ou d'information », toute représentation ou reproduction intégrale ou partielle, faite sans le consentement de l'auteur ou de ses ayants droit ou ayants cause, est illicite (article L. 122-4). Cette représentation ou reproduction, par quelque procédé que ce soit, constituerait donc une contrefaçon sanctionnée par les articles L. 335-2 et suivants du Code de la propriété intellectuelle.

© City Editions 2016 pour la traduction française
© Lulu Taylor 2013

ISBN : 978-2-298-12246-6

Prologue

Une silhouette fantomatique traversait les ténèbres, sa chemise de nuit blanche claquant derrière elle tandis qu'elle foulait le sentier pavé sans jamais baisser les yeux, avançant avec la même fluidité que s'il s'était agi d'un radieux après-midi et non du cœur de la nuit.

Une lune ronde et pâle scintillait dans le ciel, projetant une lumière blafarde sur les lieux et mouillant le ciel d'encre d'un halo bleu marine. Ici et là, les étoiles brillaient tels des bris de glace sur un monde délavé d'où ne ressortaient que des gradations de gris et de noir.

La silhouette longea les pelouses de la demeure, là où l'herbe était de la couleur du granit, et dépassa le potager entouré de murs. Elle gagna l'allée d'ifs, ombres menaçantes se dressant de part et d'autre, puis passa le vieux portail en fer forgé qu'on ne fermait jamais et dont les portes étaient flanquées de hauts piliers, chacun surmonté d'une chouette de pierre.

Elle emprunta alors la piste cavalière qui menait dans les bois. Des hululements et des battements d'ailes planaient dans les hautes branches, tandis qu'au sol, c'était un concert de craquements et de froissements. Une paire d'yeux d'un étrange vert jaune scintilla soudain, et un renard se dessina dans la pénombre. La femme en blanc poursuivit sa route d'un pas prudent mais déterminé.

Elle quitta la piste et s'enfonça dans les profondeurs sombres des bois, où les rayons de lune ne pouvaient filtrer, pour réapparaître dans une clairière. Une silhouette immense se dressait sur la crête d'une colline basse – les ruines d'une ancienne tour qui embrassait encore le ciel. La femme avança vers elle, passa l'embrasure dénuée de porte et pénétra dans sa pénombre. Elle grimpa l'escalier branlant qui sinuait contre les murs délabrés, un pas prudent après l'autre, jusqu'à atteindre le point culminant de la folie, où seules quelques planches de bois demeuraient, noircies, détrempées et glissantes.

La femme s'arrêta un instant, puis avança lentement sur ce qu'il restait du plancher, vers le trou béant qu'avait formé l'effondrement d'un mur, sur le côté de la tour. Elle resta là, immobile, silhouette immaculée dans l'obscurité, son visage dénué d'émotions dressé vers les arbres, ses mains toujours agrippées à sa chemise de nuit, que le vent soulevait doucement.

Elle sembla demeurer là des heures. Puis elle leva soudain la tête en direction des étoiles, le menton dressé avec ce qui aurait tout aussi bien pu être du défi que du désespoir. Elle reposa alors les yeux devant elle, le regard vide.

Lentement, délibérément, elle avança le pied dans le gouffre et plongea, sa robe fouettant le vent à la manière d'un drapeau, ses cheveux dressés vers le ciel. Elle écarta les bras, les doigts, et elle ouvrit la bouche, mais aucun son n'en sortit. Elle disparut, avalée par les ombres au pied de la tour, puis il y eut un bruit sourd et un craquement aussi sec qu'un coup de fouet.

Un silence sinistre et profond suivit.

PREMIÈRE PARTIE

1

1969

— John ! John ! Reviens ici ! s'écria Alexandra.

John se tourna vers elle en riant, le regard espiègle. Puis il reprit sa course, ses cheveux blonds contrastant vivement avec le feuillage sombre des arbres. Il était rapide, malgré ses deux ans, et l'excitation du jeu ne faisait que lui donner des ailes.

Impossible pour elle de ne pas fondre devant cette bouille enjôleuse… Ses petites joues rondes, son nez en bouton et ses grands yeux bleus qui viraient peu à peu au gris avaient le pouvoir de l'apaiser. Elle brûlait d'envie de l'attraper et de couvrir cette peau de pêche de baisers. Mais il allait falloir qu'elle se montre ferme, si elle voulait parvenir à se faire obéir.

— John, ça suffit ! Sois gentil avec maman.

Elle avançait de son mieux, regrettant de ne pas avoir enfilé quelque chose de plus pratique que ses escarpins en cuir à grosses boucles, certes ravissants, mais absolument pas conçus pour courir. À la base, ils étaient simplement sortis pour que John essaie son nouveau tracteur sur la pelouse, mais il avait fini par en descendre et s'était mis en tête de partir explorer les alentours. Au bout d'un moment, il avait pris la direction de l'allée d'ifs, s'arrêtant tous les deux pas pour examiner une nouvelle trouvaille, Alexandra sur les talons. Chaque fois qu'elle s'approchait, il se redressait et reprenait sa route avec une rapidité étonnante, compte tenu de ses jambes courtes et de ses petits pieds. Au bout de l'allée, ces satanées portes étaient évidemment ouvertes, celles en fer forgé flanquées de gros piliers où trônaient deux chouettes en pierre. Alexandra avait demandé qu'elles soient remplacées et avait ordonné qu'on les maintienne fermées en attendant, mais le garde-chasse prétendait qu'elles avaient fini par rouiller sur place et qu'il était donc impossible de les fermer.

— Vous ne pouvez pas les huiler ? avait-elle rétorqué d'un air exaspéré. C'est dangereux, avec un petit qui court partout !

Mais le garde-chasse s'était contenté de lui jeter un regard signifiant clairement que le petit serait bien plus tranquille dans les bois que sous son carcan étouffant. Ses ordres avaient malheureusement, encore aujourd'hui, peu de poids.

— Ne passe pas les portes, mon chéri ! cria-t-elle, mais il l'ignora et continua à avancer en chantonnant.

Alexandra accéléra du mieux qu'elle put sur le chemin boueux. Elle n'aimait pas l'idée de le savoir seul sur la piste cavalière. Une fois les portes passées, elle le repéra sur le sentier, à plusieurs mètres d'elle déjà. Il se rappelait sûrement le chemin, après toutes ces promenades avec son père, quand il embarquait sa pelle et son seau pour aller ramasser de la boue et des cailloux dans la rivière, ce dont il était friand. Il était encore bien trop jeune pour aller pêcher, et Alexandra refusait qu'il grimpe sur le canot à rames, pour le moment. Cela faisait long-temps qu'elle-même n'y avait pas mis les pieds.

Même les baignades estivales dans l'eau fraîche de la rivière la laissaient de marbre. Elle préférait de loin la piscine de la maison, parfaitement heu-reuse de nager dans l'eau chlorée et surchauffée et de bronzer sur un transat posé sur le sol de ciment, comme une touriste dans un hôtel. Le garde-chasse était persuadé qu'elle avait peur des bois, comme certains anciens du village qui prétendaient y avoir entendu les fantômes de soldats romains. Des légions s'y seraient fait coincer par les Saxons, qui les auraient massacrées.

On disait alors que tous ces hommes conti-nuaient à marcher dans les bois, tristes, souillés de sang et ruminant leur vengeance. Mais elle ne croyait rien de tout cela. Les fantômes étaient des croyances ridicules, et les cris que l'on enten-dait la nuit étaient ceux de pauvres lapins happés par un renard ou par les dents de métal de ces atroces pièges auxquels le garde-chasse tenait tant. Il s'agissait très probablement de légendes conçues pour faire fuir les braconniers, voilà tout. Mais il y avait bien une raison pour laquelle elle n'allait jamais là-bas, et elle était tout autre.

— John ! cria-t-elle. Viens ici, mon chéri ! Attends-moi, s'il te plaît !

Il gloussa de plus belle, et ses petites jambes se mirent à accélérer. Il quitta alors le sentier et se mit à suivre une piste. Sa salopette rouge et son

pull blanc contrastaient avec les couleurs hiver-
nales monotones des fougères sèches, des roncières
à feuilles noires et des branches nues, et Alexandra
distinguait sa petite tête blonde par intermittence.
Elle planta soudain le pied dans une flaque de boue
et se retint de tomber de justesse.

Ses escarpins en peau de serpent et leurs boucles
en or étaient maculés de noir. Elle aurait dû enfiler
ses bottes ; c'est ce qu'elle aurait fait, s'ils n'étaient
pas sortis par les portes-fenêtres, mais par la buanderie, comme d'habitude. Ils auraient également
mis des manteaux. Elle frissonna. Son gilet de
laine était trop mince contre le vent glacial, et John
n'était pas suffisamment couvert, lui non plus. Il
devrait être à l'intérieur. À cet instant, ils devraient
même monter à la nursery, où le feu crépiterait
doucement et où Nanny aurait préparé son dîner :
probablement des œufs durs et de délicieux toasts
dorés au beurre.

— John ! Reviens !

Elle entreprit des foulées plus grandes, mais son
fils accéléra de plus belle en la sentant approcher.

— Arrête, John ! Je vais me fâcher !

Mais elle voyait bien que c'était un jeu, pour lui. Il
était doté d'une innocente imprudence ; il pouvait
grimper où bon lui chantait sans se rendre compte
du danger. Quelques jours plus tôt à peine, quelqu'un avait laissé la barrière de la piscine ouverte,
et elle avait découvert John à deux doigts de poser
le pied sur la bâche qui la recouvrait, car il était
bien sûr inconscient du fait qu'elle aurait cédé sous
son poids. Voilà qu'il l'avait attirée dans les bois,

endroit qui lui faisait tellement horreur. La chair de poule s'était emparée de tout son corps. Au sol, les broussailles semblaient se masser autour d'elle, tentant de la freiner de leurs longs doigts épineux. Elle accéléra le pas sur ce chemin rendu boueux par la dernière pluie et lâcha un hoquet de surprise quand elle sentit quelque chose l'agripper. Elle fit volte-face et découvrit son gilet accroché à une branche. Elle se débattit jusqu'à se libérer et, quand elle se retourna, John avait disparu.

— John ! John !

Elle se mit à courir le long du chemin, craignant qu'il soit perdu s'il s'en écartait, qu'il s'évanouisse en un claquement de doigts dans les fourrés et les fougères qui envahissaient le sous-bois. Elle l'imagina aussitôt, roulé en boule tel un loir sous un buisson, attendant le sourire aux lèvres qu'elle le trouve ; puis, avec le froid et les ténèbres grandissants, il se mettrait à pleurer sa maman tandis que les animaux de la nuit viendraient tour à tour le renifler.

— John ! Où es-tu ?

Sa voix faiblissait, mais elle s'efforça d'y mettre toute la fermeté qu'il lui restait.

— Viens ici tout de suite, tu m'entends ?

Elle émergea soudain dans une clairière et se figea devant le décor qui l'accueillit : une folie à moitié détruite, mais toujours imposante, qui se dressait dans le jour déclinant. Il s'était un jour agi d'une magnifique tour avec des fenêtres voûtées et des remparts, une tour de conte de fées, mais désormais, la pierre se décomposait sous son manteau de lierre, et les quelques restes de remparts mordaient le ciel comme de sinistres crocs. La plus grande partie de la façade avant s'était écroulée, formant un monticule de bois et de pierre à ses pieds, aujourd'hui recouvert de végétation.

On pouvait deviner qu'elle avait un jour comporté cinq niveaux. Les deux premiers avaient complètement disparu, mais les autres révélaient quelques restes, et le cinquième était pratiquement intact, même si les lattes du plancher devaient très probablement avoir été fragilisées par des années de pluie, de gel et de moisissure. Un vieil escalier sinuait à l'intérieur de la tour, traître avec ses marches brisées ou manquantes, périlleux là où le mur s'était écroulé. La tour était sinistrement sombre, froide et humide, ses pierres recouvertes de mousse laissant planer une atroce atmosphère de décomposition.

Vieille chose immonde ! songea Alexandra, envahie d'un frisson de dégoût. *Si seulement on pouvait la démolir…*

La vue de la vieille ruine la repoussait, et le sentiment de suffocation dont elle était soudain la proie lui donnait envie de prendre ses jambes à son cou. Elle la voyait bien assez souvent dans ce fameux cauchemar où elle était forcée d'y grimper sans jamais parvenir à atteindre le sommet à temps pour empêcher que quelque chose d'horrible ne se produise. Elle détestait la voir dans ses rêves. La réalité purulente la répugnait.

Soudain, un éclair rouge attira son regard. John était à l'intérieur.

Un sentiment d'horreur l'envahit, ce sentiment si familier de ses cauchemars : une panique suffocante et l'urgence de devoir éviter quelque chose de terrible. Elle se précipita aussitôt vers la tour. Elle entendit son rire et vit à travers un trou dans le mur qu'il avait entrepris de grimper l'escalier. Elle connaissait bien ces marches, de toutes ces fois où, quand elle était petite, ses camarades l'avaient forcée à les monter : à certains endroits, elles étaient aussi fragiles qu'une pellicule de glace pouvant se briser à tout moment ; à d'autres, l'humidité les avait rendues spongieuses et elles s'affaissaient en leur centre.

Un pied pouvait s'y enfoncer aussi facilement que dans du sable mouillé, sauf que dessous, il n'y avait rien. Elle aurait voulu hurler, mais son cœur lui martelait douloureusement les côtes tandis qu'elle gagnait l'intérieur de la bâtisse. Elle leva les yeux. La tour était ouverte au ciel, qui montrait des pointes de bleu à travers les restes des niveaux supérieurs. Le lierre pendait des vieilles lattes et des solives, et les branches des arbres alentour avaient fini par conquérir les lieux. Ça sentait le bois humide, la pierre mouillée et la moisissure.

— John ! appela-t-elle.

Il grimpait tranquillement les marches, une petite main plaquée contre le mur, la langue tirée dans sa concentration. Il progressait vite, ses pas le maintenant proche du mur, là où les marches étaient les plus solides, et il évitait instinctivement les trous.

Elle hoqueta, les mains tremblantes. Il était cerné par le danger, et, à chaque nouveau pas, les risques s'intensifiaient. Sous ses pieds, des éboulis laissaient voir des bris de poutres acérés aux clous rouillés menaçants. Elle l'imagina venir s'y empaler ; cette pensée lui donna un terrible haut-le-cœur.

Le petit garçon était encore plus haut, désormais ; il avait passé les deux premiers niveaux dénués de plancher et s'attaquait au troisième. Elle n'avait pas le choix. Elle courut jusqu'à l'escalier et entreprit de le grimper le plus vite possible, mais sa progression était ralentie par son but : elle était plus lourde que John, et ce qui pouvait supporter son poids à lui ne la supporterait pas forcément, elle. Peut-être était-il protégé par sa foi innocente en sa propre sécurité, mais ce n'était pas le cas d'Alexandra, et son imagination faisait défiler toutes sortes de scénarios dans son esprit. Elle se voyait à terre, une jambe brisée ou une cheville foulée, incapable de venir le chercher. Personne ne savait où ils étaient ; personne ne saurait où les trouver. Prise d'un accès de panique, elle poursuivit tout en tentant de s'agripper au mur glissant d'une main tremblante. *Saletés de chaussures !* Leurs semelles n'avaient aucune accroche, et elle s'était mise à les détester plus que tout. Si seulement elle avait ses bottes…

— Arrête-toi, John ! appela-t-elle.

L'espace d'un instant, il obéit et la regarda par-dessus son épaule, ses grands yeux bleu-gris brillant d'excitation. Puis il se retourna et leva son petit genou avec détermination pour grimper la marche suivante.

— John ! S'il te plaît !

Sa voix se brisa sur les mots. Elle avait envie de pleurer, mais elle ne pouvait se permettre ce luxe. Il fallait à tout prix qu'elle demeure maîtresse d'elle-même. Elle poursuivit alors son ascension, craignant à chaque pas que la marche ne cède sous son poids. Là-haut, John avait atteint le quatrième niveau et continuait à monter. Elle était parvenue à réduire la distance, mais sa progression demeurait pénible et lente. Il venait enfin d'atteindre le cinquième niveau, là où l'escalier s'arrêtait. Il s'immobilisa une nouvelle fois et se tourna vers elle. Le fait qu'elle le suive toujours sembla l'encourager, et il se mit à trottiner sur le plancher.

Alexandra laissa échapper un petit cri de panique. Les lattes étaient défoncées par endroits, et elle aurait été incapable de dire lesquelles étaient à deux doigts de subir le même sort. À cette hauteur, la façade avant de la tour avait complètement disparu. John avançait vers la brèche, à une dizaine de mètres au-dessus du sol, où rien ne pourrait le retenir s'il tombait.

Prise d'une soudaine énergie, elle escalada les marches deux par deux avec une vitesse renouvelée, décidant sur l'instant où placer son poids tout en espérant que son rythme ne laisse pas le temps aux marches de se briser sur son passage. Elle entendait des craquements sinistres derrière elle, mais elle n'avait pas le temps de s'y arrêter, pour le moment. Tout ce qu'elle savait, c'était qu'elle devait à tout prix rattraper John au plus vite.

Il se tenait au bord du vide, son petit poing appuyé sur une pierre en saillie, le regard porté sur les bois, sa silhouette rouge et blanche ressortant sur la maçonnerie noire et les arbres sombres en arrière-plan. Alexandra sentit sa tête bourdonner et fut prise de vertiges. L'horreur de voir la chair de sa chair au bord de cette tour allait au-delà du danger que cela représentait. Le drame qui guettait la rongeait à tel point qu'elle ne pouvait supporter de le regarder. Elle se tenait désormais en haut des marches, et elle se mit à avancer sur les lattes du dernier niveau, lentement. Elle ne criait plus, mais parlait doucement à l'enfant tout en esquissant des pas timides sur le sol noir et glissant.

— Qu'est-ce que maman t'a dit, mon chéri ? Ça suffit, maintenant. Viens ici, on va retrouver Nanny, tu veux ? Ça te dirait, d'aller manger des œufs ? Tu te souviens comme tu aimes tremper tes petits soldats pour leur faire des casques tout jaunes ? Et peut-être même que Nanny te donnera ta petite cuillère préférée !

Chacun de ses pas la rapprochait de lui. Plus que quelques centimètres et elle pourrait le prendre dans ses bras.

Il tourna la tête vers elle en souriant.

— Des nœufs, dit-il d'un air ravi. Des nœufs durs.

— Oui, mon chéri, des œufs durs. Allez, on rentre se mettre au chaud ? On a assez joué pour aujourd'hui, tu ne crois pas ?

Il fit hocher sa petite tête blonde et se tourna vers elle. Il avait l'air frigorifié. Une brise glaciale était en train d'envahir la tour, se répercutant sur ses murs délabrés. Elle vint s'engouffrer dans ses cheveux tout fins, et il fut pris d'un frisson. Il était prêt à rentrer à la maison.

Avec un sourire soulagé, Alexandra lui tendit les bras. Il lâcha la pierre et fit un pas vers elle. Sa petite chaussure se posa sur une latte humide et il perdit alors l'équilibre. Il allait tomber sur les fesses, comme quand il trébuchait, mais cette fois, il ne s'en sortirait pas indemne, prêt à repartir de plus belle.

Sa silhouette se dessinait contre le néant qui remplaçait le mur. Alexandra savait qu'il allait tomber. Dans un moment qui sembla s'étirer des heures, elle le regarda chanceler, les bras dressés vers elle, puis commencer à chuter, écarquillant les yeux sous la surprise. À la vitesse du réflexe, Alexandra plongea vers lui et saisit la bretelle de sa salopette. *Tiens bon, je t'en prie*, supplia-t-elle la petite boucle qui soutenait le poids de John. C'était tout ce qui le retenait de tomber dans le vide. La bretelle tint bon tandis qu'Alexandra le tirait vers elle, et, l'instant d'après, il était dans ses bras.

Il ne bougea pas, heureux de s'en remettre enfin à elle, rassuré par la chaleur de son étreinte réconfortante. Elle plongea le visage dans ses cheveux et le serra de toutes ses forces, ignorant si elle allait pleurer, rire ou hurler.

— Maman est là, murmura-t-elle alors, les mains tremblantes. Tout va bien, mon trésor. Maman est là.

2

Aujourd'hui

Delilah éternua une, deux, trois fois. La poussière qui s'était accumulée dans les greniers avait fini par former des couches de laine grise aussi épaisses qu'un tapis et, à force de le remuer, l'air était devenu opaque autour d'elle. La poussière tournoyait follement, chatouillant ses narines et envahissant sa gorge. Au-dessus de sa tête, une ampoule nue illuminait ces nuages de particules ainsi que toutes sortes de malles, de boîtes, de tapis roulés, de vieilles photos, de meubles abîmés et des montagnes de bric-à-brac qui occupaient la série de quatre greniers qui se succédaient de ce côté de la maison, s'étirant sur toute la longueur de l'aile est.

— Tu peux aller y jeter un œil, si tu veux, lui avait dit John quand elle le lui avait demandé. Dieu seul sait ce que tu y trouveras… Tu as quartier libre. C'était le seul endroit de la maison où elle pouvait faire ce qu'elle voulait. Quand elle avait atterri à Fort Stirling six mois plus tôt, elle s'était imaginé qu'elle s'y sentirait très vite comme chez elle, réorganisant la demeure à sa guise, comme elle l'avait fait dans tous les lieux où elle avait vécu. C'était avec une excitation de petite fille qu'elle avait exploré la maison et visualisé chaque pièce rafraîchie par sa main. À l'époque, tout était encore nouveau et plein de charme, et elle était tombée amoureuse des ananas en pierre tapissés de lichen, sur la balustrade de la terrasse, tout comme des fauteuils Louis XV, dorés et grêles, du salon. Chaque fenêtre, chaque couloir l'avait enchantée, et elle avait eu le sentiment d'avoir enfin trouvé le décor idéal, un endroit magique où la vie serait éternellement belle et captivante. Mais peu à peu, comme quand on s'approche d'un peu trop près d'un décor de théâtre, elle s'était rendu compte que la demeure n'était pas si merveilleuse que cela. Les fauteuils branlants sur leurs pieds dorés étaient certes splendides, mais dessous, les ressorts pendaient, la soie damassée qui les recouvrait était tachée et usée, et leurs motifs topaze étaient maculés de croûtes noires.

Elle ne comprenait que maintenant que les nouveaux venus n'étaient pas autorisés à changer quoi que ce soit dans cette maison. Au contraire, elle sentait que c'était la maison qui la posséderait, et non l'inverse ; elle l'apprivoiserait et la ferait sienne, la greffant à une longue lignée d'habitants, une foule d'âmes disparues qui avaient longé ces mêmes couloirs, s'étaient assis sur ces mêmes fauteuils et avaient dormi dans ces mêmes lits. Cette pensée lui envoya un frisson désagréable.

Mais ici, dans ces greniers délaissés, elle pouvait faire ce qui lui chantait. Peut-être s'y sentirait-elle davantage comme la propriétaire des lieux plutôt que leur prisonnière…

Delilah se mit à explorer les boîtes qui l'entouraient et y dénicha un véritable amas de fourbis : cadres cassés, morceaux de lampes dénués de fiche, d'ampoule ou d'abat-jour, et des bouts de plastique et de fils de fer qui se baladaient ici et là. Elle enjamba un tas de chaises, souleva une pile de lourds rideaux de velours et fut aussitôt gagnée par une vague de triomphe. Voilà qui commençait à être intéressant... Devant elle trônait une grosse malle de voyage noire en cuir clouté, avec un couvercle plat fermé par deux grosses serrures en cuivre et sur lequel apparaissaient en lettres dorées les mots suivants : VICOMTESSE NORTHMOOR, FORT STIRLING, DORSET. Les étiquettes encore collées à la malle étaient désormais illisibles. Delilah retint son souffle sous l'anticipation ; c'était tout à fait le genre de trésor qu'elle recherchait. Elle balaya une couche de poussière du couvercle. Ses mains étaient sales, et ses ongles, noirs. Ses paumes étaient toutes sèches, et elle les essuya sur son jean pour les nettoyer au mieux avant d'ouvrir la malle. Elle abaissa les loquets d'un coup sec, espérant que la serrure n'avait pas été verrouillée, car elle ne voyait aucune clef aux alentours et était plus que persuadée qu'elle ne mettrait jamais la main dessus. Mais la malle s'ouvrit sous ses doigts, et elle souleva le couvercle jusqu'à ce qu'il tienne sur ses gonds de cuir. Elle découvrit alors une rangée de tiroirs plats débordant de couleurs : il y avait des cravates, en laine et en soie, des nœuds papillon, des mouchoirs, plusieurs ceintures dont une de smoking, des foulards et des éventails. Des paires de longs gants d'opéra étaient pliées dans des sacs en plastique transparent, et elle vit des boutons de perle, du chevreau, de la soie et du velours.

— Bingo, souffla-t-elle. *Bingo.*

C'était exactement ce qu'elle avait espéré découvrir. Des costumes. Après tout, elle avait déniché le décor idéal, une scène exhibant chaises chippendale, dorures, vases en porcelaine de Meissen et porcelaine de Sèvres, candélabres dorés et meubles marquetés, statues de marbre et vastes huiles encadrées de dorures, marbre veiné et parquet d'époque. Elle dînait dans une pièce parfaitement ronde, dont le papier peint avait été imprimé dans une usine qui avait été détruite durant la Révolution française. Après le repas, elle allait s'installer sur un vieux canapé usé devant une cheminée Adam, le cocker de John dormant à ses pieds, et piochait dans la bibliothèque des livres que personne n'avait ouverts depuis plus d'un siècle. Mais parfois, la directrice artistique en elle avait le sentiment pesant qu'il manquait quelque chose. Où étaient les vêtements ? Qu'était-il advenu des robes de soie, de la dentelle et du velours qu'affichaient toutes ces femmes sur les portraits parsemés dans la maison ? Elle s'était imaginé qu'on se les était transmis au point de les user jusqu'à la corde. Rien d'étonnant à ce que les mousselines époque Régence et les corsets Tudor n'aient pas survécu. Mais les photos du siècle dernier exhibaient de riches fourrures, de jolies tuniques, des robes de bal, des vestes de tweed à épaulettes, de gros talons carrés, des sacs à peau de serpent et des chapeaux de toutes sortes. Un cliché de l'arrière-grand-mère de John la montrait dans une robe taille basse à la jupe plissée, un long gilet, une rose fixée au collier de perles qui lui tombait au nombril, et un petit chapeau cloche sur ses cheveux, qu'elle portait courts, comme le voulait la mode d'antan. Le style typique des Années folles.

Delilah brûlait de toucher ces matières soyeuses qu'elle voyait partout sans pouvoir y poser les doigts.

— Ils sont forcément quelque part. On ne jette rien, lui avait un jour confié John. Et on ne peut pas dire qu'il y ait eu beaucoup de filles dans la famille…

Ce commentaire anodin ne l'avait plus quittée. Ces vêtements étaient nécessairement dans la maison, rangés dans un coin ou toujours pendus au fin fond d'une armoire poussiéreuse. Elle *devait* les trouver. Elle s'imaginait déjà en vêtir de jolis mannequins graciles qu'elle disposerait dans les plus belles pièces de la maison pour obtenir le meilleur effet. Elle pourrait même organiser une pièce ou un opéra dans le jardin et se servir de ces mêmes vêtements comme costumes…

Du calme, se reprenait-elle alors. *Tu t'emballes un peu trop vite, ma belle. Et puis, John ne sera sûrement pas d'accord.*

Il fut un temps où son mari semblait partager son enthousiasme, quand elle lui parlait d'animer un peu la maison, mais Delilah ne réalisait que maintenant qu'il n'avait tout simplement jamais pris ses idées au sérieux.

Elle sortit les tiroirs et les posa par terre avant de découvrir enfin ce qu'ils cachaient : des piles de vêtements soigneusement pliés. Elle entreprit alors de les examiner, non sans une certaine solennité, ne voulant pas les brusquer inutilement. Les couleurs et les tissus ne dataient pas des Années folles, mais plutôt des années 1960 et 1970 : des jaunes, des violets et des verts ; des tricots à manches courtes, des jupes trapèze, des motifs cachemire, en zigzag ou autre fantaisie tape-à-l'œil. Ils devaient appartenir à la mère de John – c'était sûrement la seule femme à vivre ici à cette époque.

Delilah sentit son cœur s'emballer. Elle avait espéré quelque chose de plus ancien, mais ce n'était que le commencement. Elle profiterait pour le moment de sa trouvaille. Peut-être dénicherait-elle parmi ces tenues des pépites de grands créateurs ? Tout au fond de la malle, un épais tissu noir était plié de manière à ce qu'elle ne puisse pas voir de quoi il s'agissait. Elle le sortit tout en prenant soin de ne pas déplier le linge encore posé dessus et dévoila un manteau croisé de laine noire aux gros boutons noirs, eux aussi. D'après ce qu'elle en voyait, il devait arriver à hauteur de genou. La raison de son apparente épaisseur lui fut révélée quand elle découvrit la robe glissée à l'intérieur. Elle était également noire, avec juste une touche de blanc au niveau du décolleté. Elle était superbement finie, avec une doublure en soie. Delilah ne reconnut pas le nom sur l'étiquette, mais la qualité du vêtement ne faisait aucun doute.

C'est tellement… élégant, songea-t-elle.

Elle secoua les deux vêtements et les renifla. Ils sentaient le temps et la poussière, la laine laissée à l'abandon dans le noir. C'était l'une de ses odeurs préférées. Petite, elle s'était enivrée de cet effluve légèrement amer dans le vieux magasin de costumes dont l'excentrique propriétaire, une femme à la tignasse grisonnante, cousait en silence pendant que Delilah errait parmi les piles de manteaux abandonnés ou les rangées de robes de soirée. Elle inspecta la robe et le manteau et se demanda s'ils avaient effectivement appartenu à la mère de John, dont elle ne connaissait le visage qu'à travers le portrait en aquarelle du salon et les quelques photos disposées ici et là dans la maison.

Les clichés montraient une jeune femme incroyablement svelte habillée à la mode de la fin des années 1960, avec des cheveux bruns crêpés et de grands yeux mis en valeur par un trait d'eye-liner noir et des faux cils. Delilah effleura le tissu du bout des doigts tout en revoyant ce visage saisissant de beauté, cette peau pâle et ces traits délicats dominés par ces yeux immenses. Elle s'était sentie désarmée devant leur vulnérabilité, et la gêne perceptible avec laquelle la femme posait devant l'objectif. Quel sentiment étrange, de toucher quelque chose que la mère de John avait porté toutes ces années plus tôt ! Aurait-elle pu deviner qu'un jour, la femme de son fils tiendrait cette étoffe tout en pensant à elle ?

Je me demande bien ce qui a pu lui arriver, songea Delilah. Elle savait que la mère de John était morte alors qu'il était encore tout jeune, mais il ne lui avait jamais rien révélé de plus. Parfois, quand elle contemplait la photo qui montrait John et sa mère main dans la main, elle brûlait de savoir ce qui se cachait derrière ce regard impassible camouflé par de grosses lunettes de soleil. Malheureusement, elle ne le découvrirait jamais.

Ses deux trouvailles taillaient assez petit, comme la plupart des vêtements vintage, mais Delilah était persuadée qu'elles lui iraient. Sans y réfléchir une seconde de plus, elle se leva d'un bond, se débarrassa de ses Converse, retira son pull et son jean avant de dézipper la robe et de glisser ses bras sous la soie fraîche.

Elle craignait de craquer les coutures, mais elle parvint à se tortiller dans la robe sans encombre jusqu'à dégager sa tête et ses bras, puis elle fit tomber le tissu sur ses hanches. Quand elle eut remonté la fermeture, le vêtement certes moulant lui allait comme un gant. Elle aurait aimé se voir, mais il n'y avait pas un seul miroir aux alentours. Comme elle l'avait supposé, la robe tombait au niveau du genou. Delilah chercha aussitôt le genre de chaussures qui pourraient bien l'accompagner. Des bottes pointues à petits talons aiguilles ? Non, ça ne collait pas. Cette robe sortait tout droit de l'époque des escarpins à talons carrés, bottiers… Ou alors, de longues bottes noires montantes à lacets ? Peut-être… Delilah s'empara du manteau et le soupesa. Il était indéniablement de qualité. Elle y glissa les bras. Les manches étaient serrées, mais en dehors de cela, il lui allait parfaitement, tombant à la hauteur exacte de la robe. Superbe…

Il avait beau être vieux, il avait une allure presque moderne. Elle tourna sur elle-même. Peut-être pourrait-elle le porter pour un déjeuner ou une virée en ville…

Elle enfonça les mains dans les poches et sentit aussitôt quelque chose sous les doigts de sa main droite. Elle s'en saisit et le sortit. Il s'agissait des restes d'une fleur. Elle avait été blanche, ou rose, mais désormais, sa texture brunâtre s'effritait sous ses doigts. La tige gris vert tomba à ses pieds, disparaissant dans un trou entre les lattes.

Captivée par les pellicules de la fleur décomposée dans sa paume, Delilah sentit soudain un frisson la parcourir, et une vague de profonde tristesse la submergea. En proie à un sentiment lugubre qui semblait prendre possession de tout son être, elle se débarrassa brusquement de la fleur. Il fallait qu'elle retire ces vêtements, et vite. L'idée de les porter pour une quelconque occasion lui paraissait désormais absurde. Ils étaient chargés de quelque chose de désagréable, de glacial, quelque chose qui cherchait à l'attirer dans un lieu sombre et terrible. Elle retira le manteau à la hâte, le laissant tomber au sol malgré la poussière qui y régnait, puis se débattit avec la robe, qu'elle cherchait à faire passer par-dessus sa tête. Elle distinguait son souffle haletant, sous le tissu, paniquant à l'idée de ne pouvoir s'en débarrasser. Enfin, le vêtement glissa et la libéra.

Pétrifiée par la profondeur du sentiment dont elle venait d'être victime, elle observa l'étoffe abandonnée au sol. Un frisson la ramena à la réalité, et elle se rendit compte qu'elle ne portait que ses sous-vêtements. Le vieux tissu formait une flaque noire sur le parquet, les bras du manteau écartés, comme pour l'attirer tacitement vers lui.

— Delilah !

En bas de l'escalier, la voix transperça l'air.

Elle sursauta violemment, puis frissonna. John. Tout allait bien.

— Je suis là-haut ! cria-t-elle d'une voix calme qui la surprit.

— Le déjeuner est servi.

— J'arrive !

Avec un nouveau frisson, elle ramassa ses vêtements. Une fois habillée, elle s'empara du manteau et de la robe, les plia à la va-vite et les reposa dans la malle. Puis elle replaça les tiroirs et ferma le couvercle.

Je viendrai voir le reste plus tard, se promit-elle, même si elle doutait de vouloir remonter seule. Elle tenta alors de se débarrasser des résidus de cet affreux sentiment et prit la direction de l'escalier et de la normalité de ce qui l'attendait : un déjeuner avec John, son mari, dans la salle à manger parfaitement ronde.

3

1965

Alexandra errait dans la pièce bondée comme quelqu'un qui aurait rejoint une assemblée d'étrangers par inadvertance et se demanderait ce qui se passait et pourquoi tous ces gens étaient là. Elle s'aperçut dans le miroir à dorures, sur le manteau de la cheminée, et y vit un long visage blafard encadrant des yeux bleus effarés. Sachant que c'était ce qu'on attendait d'elle, elle avait pris soin de se maquiller, de peigner ses brillants cheveux noirs et d'enfiler une superbe robe en mousseline de soie d'un bleu très pâle. Mais elle paraissait perdue.

Je suis censée m'amuser, mais j'ai l'impression que tout cela est en train d'arriver à quelqu'un d'autre. Si j'osais me retirer quelques instants pour profiter de la solitude de ma chambre, le remarquerait-on ?

L'idée était tentante, mais son père serait furieux s'il se rendait compte de son absence, et elle ne pouvait se permettre de gâter l'humeur inhabituellement joviale qu'il affichait ces derniers temps. Elle se délectait de cette approbation toute nouvelle, et la perdre était bien la dernière chose qu'elle souhaitait. Elle tourna la tête vers Laurence, qui sirotait son champagne en riant à gorge déployée. Le verrait-il, si elle s'éclipsait discrètement ?

C'est à cet instant qu'une main gantée de blanc vint se poser sur son bras, la faisant sursauter. Elle l'observa, puis leva les yeux vers sa propriétaire. C'était Mrs Freeman, qui lui souriait de ses dents jaunâtres, sous une épaisse couche de rouge criard. Cette femme lui avait toujours paru masculine, ses épais sourcils bruns et son menton carré détonnant cruellement avec ses tenues et ses bijoux tape-à-l'œil.

— Je ne vous ai pas encore félicitée ! s'exclama la femme. Enfin, suis-je vraiment censée féliciter la future mariée ? Il me semble que c'est l'homme qu'on congratule, et la femme qu'on loue pour son choix. Dans ce cas, bien joué, ma chère. Vous avez fait un excellent choix.

— Merci, murmura Alexandra en esquissant un sourire timide.

— Puis-je voir la bague ? Oh ! mais quelle beauté ! J'imagine qu'il s'agit là d'une pierre de valeur, vu sa petite taille… Un bijou de famille, peut-être ? Ça m'en a tout l'air, en tout cas.

Alexandra hocha la tête. Sous la lumière du chandelier, les deux diamants scintillaient férocement dans leurs griffes dorées. Entre eux, le vieux rubis semblait aussi profond et calme qu'une petite mare de bordeaux. Cette bague lui pesait ; elle ne parvenait pas à s'y faire.

— Et le mariage ? poursuivit Mrs Freeman. Quand a-t-il lieu ?

— En juin, répondit Alexandra tout en ayant l'impression de parler dans un rêve.

Juin viendrait-il un jour ? Au fond d'elle, elle espérait que non. Il ne restait que trois mois, mais elle n'arrivait pas à y croire. Peut-être se produirait-il quelque chose dans sa vie, d'ici là, quelque chose qui empêcherait cet avenir inimaginable auquel elle avait consenti. Lorsqu'elle s'efforçait de se figurer à quoi ressemblerait ce fameux jour, elle ne parvenait à voir qu'une scène floue, les gens n'étant que des points tremblotants sous son regard. Laurence était là, mais il lui tournait le dos, imposant dans sa jaquette. Quand elle lui demandait de se retourner, il n'avait pas de visage.

— C'est merveilleux…

Avec un nouveau sourire, Mrs Freeman serra les mains d'Alexandra de longues secondes, ses épais gants de coton lui donnant l'impression d'être enveloppée de bandages.

— Vous êtes radieuse, ma chère. Ce doit être le bonheur. Vous étiez si effacée… Mais regardez-vous, maintenant ! Une touche de rouge, un peu de poudre, une robe décente, et vous voilà plutôt jolie, n'est-ce pas ?

Elle lui lâcha alors les mains.

— Les Stirling sont-ils parmi nous ce soir ? s'enquit-elle en scrutant l'assemblée, ses épais sourcils dressés.

Alexandra sentit aussitôt ses joues se réchauffer.

— Non…, non. Mon père… Non, bredouilla-t-elle sans rien ajouter.

Les Stirling avaient été des amis de la famille. Nicky Stirling et ses cousins avaient été ses camarades de jeu, mais il lui était depuis longtemps interdit de les voir. Son père les avait tout bonnement banni de son existence. Leur absence, ce soir, ne pouvait que sauter aux yeux.

— Oh !… oui, bien sûr, souffla Mrs Freeman, semblant tout juste se rendre compte de son indiscrétion. Eh bien…, je ne vais pas vous retenir plus longtemps, ajouta-t-elle d'un air gêné. Vous devez brûler d'envie de rejoindre votre fiancé. Il est charmant, n'est-ce pas ?

Elles tournèrent la tête vers le petit groupe d'hommes dans lequel se tenait Laurence, un grand sourire aux lèvres. Elle ne pouvait lui nier un certain charme, à cet instant : ses cheveux blonds étaient coupés ras, comme le voulait la mode militaire, ce qui collait plutôt bien à ses traits fins, et ses yeux bleus brillaient d'enthousiasme. Sa jovialité lui conférait un caractère tout à fait sympathique.

— Oui, répondit-elle machinalement. J'ai beaucoup de chance.

— Alors, allez-y, ma chère, la pressa Mrs Freeman. Les gens veulent vous voir ensemble, vous savez.

Alexandra obtempéra et traversa la foule tout en saluant amis et connaissances au passage. Il y avait son père, en pleine conversation avec celui de Laurence. Elle se demanda s'il parlait d'elle et tenta de l'imaginer exprimer sa fierté, mais même si elle semblait enfin avoir gagné son approbation, elle avait du mal à y croire. Il avait toujours été un père distant, mais à la mort de sa mère, quand ils s'étaient retrouvés seuls, tous les deux, il était devenu plus froid que jamais. Rien de ce qu'elle faisait ne paraissait le satisfaire ; sa simple présence semblait l'irriter. Toute sa vie, elle avait essayé de s'attirer ses faveurs, mais il ne lui avait jamais donné ce qu'elle désirait, jusqu'à aujourd'hui.

Elle comprit qu'elle pourrait obtenir son approbation le jour où il l'appela dans son bureau pour lui annoncer qu'il pensait lui avoir trouvé un mari.

— Julian Sykes et moi avons beaucoup discuté, et nous sommes tombés d'accord sur le fait que son fils Laurence te conviendrait tout à fait. Il nourrit de grandes ambitions dans les Blues[1]. C'est un bon régiment, et il aimerait trouver une femme. Tous les grands officiers ont besoin d'une femme pour les épauler. J'aimerais que tu le rencontres, et, si le courant passe, il n'y a aucune raison que nous n'en tirions pas tous avantage.

Son père lui avait alors adressé un sourire froid, l'un de ceux qui disaient que la conversation était terminée et qu'aucune contestation n'était admise. Il avait toujours attendu d'elle une obéissance absolue, et les questions n'étaient pas tolérées. Peu importe le nombre de fois où Alexandra aurait aimé se rebeller, elle se laissait toujours intimider par la volonté de fer et l'assurance inébranlable de son père. Elle avait de lointains souvenirs de terribles colères dirigées contre sa mère, et elle aurait fait n'importe quoi pour éviter d'en être victime à son tour. Ce qu'Alexandra cherchait, c'était tout simplement son amour. Après tout, quel mal y avait-il à rencontrer cet homme, si c'était le désir de son

---

1. Régiment des Horse Guards, la cavalerie de la Garde royale. (Toutes les notes sont de la traductrice.)

père ? Elle pourrait toujours refuser d'aller plus loin, si elle le voulait.

Elle avait donc laissé faire les choses. On avait organisé une rencontre autour d'un thé, où un timide Laurence Sykes avait tenté d'en savoir plus sur elle avant qu'on ne leur demande d'aller faire une petite promenade d'une demi-heure dans le parc. Deux ou trois autres visites similaires avaient suivi, puis il y avait eu un périple londonien où les deux jeunes gens, accompagnés de Mr et Mrs Sykes ainsi que du père d'Alexandra, avaient dîné dans un restaurant atrocement guindé aux serveurs coincés et aux insupportables bruits d'argenterie, pour finir la soirée dans un dancing. Des jeunes femmes vêtues de robes de satin et de longs gants valsaient maladroitement au bras de jeunes hommes en queue-de-pie et aux cheveux gominés. Alexandra savait qu'elle était censée apprécier les joies de cette vie de luxe qui l'attendait si elle se mariait, mais ce spectacle ne lui avait fait que l'effet d'une terrible mascarade.

Laurence était tout à fait agréable, mais elle ne ressentait rien d'autre que de l'amitié pour lui. Il avait un physique correct, bien que petit pour un soldat, avec ses cheveux blonds coupés court et ses yeux d'un bleu délavé qui lui rappelait la couleur du ciel après la pluie. Ses traits réguliers auraient presque pu être qualifiés de délicats, et ses dents alignées aux canines particulièrement acérées lui donnaient un air carnassier quand il souriait. Ses petites mains osseuses tenaient continuellement une cigarette, et il remuait toujours le genou gauche quand il fumait. Il lui parlait de tout et de rien, et semblait porter un réel intérêt à sa vie monotone.

Elle se découvrit d'ailleurs une loquacité insoupçonnée, devant une oreille attentive, et elle ne pouvait nier apprécier cette charmante compagnie. Si le mariage ressemblait à cela, alors peut-être ne serait-ce pas si terrible. Deux ou trois fois, elle avait surpris son regard sur elle, à quoi elle avait répondu par un sourire timide, presque pleine d'espoir à l'idée qu'il parvienne à faire naître en elle ce que toutes ces femmes, dans les livres et les poèmes, disaient ressentir pour l'homme qu'elles aimaient ; mais alors, il avait chaque fois brusquement détourné les yeux.

Peut-être était-ce trop demander de ressentir ces choses, quelles qu'elles soient. Peut-être serait-ce même mieux qu'elle ne les ressente pas. Parfois, il lui arrivait de se demander si quelque chose ne clochait pas chez elle. Personne d'autre ne semblait chercher à refouler ses émotions comme elle s'escrimait à le faire. Elle avait la larme aussi facile que le rire, pouvait aussi bien danser de joie que hurler sa peine, et elle vivait chaque mot des romans qu'elle lisait. Sa tante lui disait qu'elle était un véritable livre ouvert. Elle avait l'impression que la vie serait bien plus facile, si elle pouvait apprendre à la vivre sans rien ressentir du tout.

L'enthousiasme de son père était grandissant. Elle le comprit quand Mrs Richards, la couturière, vint chez eux afin de lui faire essayer robes, jupes et manteaux que son père avait commandés tout spécialement pour elle. Il déposa un peu d'argent de poche sur son compte « pour que tu puisses t'acheter un peu de maquillage » et se mit même à lui parler par-dessus son journal, le matin, à coups de remarques sur le monde des affaires qu'il espérait de toute évidence qu'elle retienne. Elle avait le sentiment qu'il était trop tard pour faire marche arrière, désormais, et que l'inévitable approchait à grands pas.

C'est mieux ainsi, tentait-elle de se convaincre. *C'est ce qu'il veut pour moi. Et puis, je n'ai rien d'autre à faire que de m'occuper de la maison. Comptais-je vraiment passer toutes mes matinées dans cette cuisine froide, à servir le café de père ?*

Peut-être le mariage, quoi qu'il implique, promettait-il un meilleur avenir que cela ?

Quand Laurence arriva chez elle à l'improviste un après-midi, elle sut que le moment était arrivé. Son estomac se noua de ce qu'elle imaginait être de l'anticipation quand on lui demanda de descendre au salon, où il l'attendait, livide et tremblant, mais le regard débordant d'une bravade qu'il semblait s'être imposée.

Toute piteuse dans sa jupe écossaise et son vieux pull vert, elle l'écouta prononcer ces mots qui lui parurent si familiers, bien qu'elle ne les eût jamais entendus auparavant. Ils résonnaient sous son crâne comme un écho lointain :

— Le respect et l'admiration que je vous porte…, ces derniers mois…, se sont mués en quelque chose de plus profond… Si vous me faisiez l'honneur… l'homme le plus heureux du monde… devenir ma femme.

Immobile, elle le dévisageait en se demandant qui cet homme pouvait bien être. Elle ne pouvait s'empêcher de ressentir de la pitié pour lui. Il était si pâle et si nerveux… La terreur qu'elle lisait dans son regard était-elle celle de se faire éconduire ou au contraire qu'elle accepte ? Pourquoi lui demandait-il de partager sa vie avec lui ? L'aimait-il ? Elle n'était pas certaine de l'avoir entendu dire une chose pareille.

Pendant ce qui lui parut durer une éternité, elle demeura figée ainsi, incapable de parler, sentant qu'elle se tenait devant un embranchement où deux avenirs différents se présentaient, deux avenirs tout aussi mystérieux et cruciaux l'un que l'autre. Le jour où elle avait appris la mort de sa mère avait été la seule fois où elle avait ressenti quelque chose de similaire : comme si, après des années passées à vivre la même chose, la vie avait brusquement bifurqué et que tout eût changé en un instant.

— Votre père m'a donné sa permission, hasarda Laurence afin de mettre un terme à cet affreux silence.

Elle se rappela alors ses devoirs. Et puis, se faire demander en mariage était un peu comme se faire inviter à danser. Ne *jamais* refuser. On le lui avait suffisamment ressassé toutes ces années :

— Il est très mal vu d'éconduire quelqu'un et de le blesser. Peu importe ce que tu désires vraiment, tu dois faire ce que l'on attend de toi.

L'un des embranchements s'estompa alors avant de disparaître complètement. Il n'y avait eu qu'une seule voie, au final. Alexandra prit une longue inspiration.

— Merci. Oui, bien sûr.

— Vous…, vous acceptez de m'épouser ?

— Oui, lâcha-t-elle d'un air distant.

Elle ajouta d'une petite voix :

— S'il vous plaît…

Elle se reprit et conclut, complètement perdue :

— Merci.

— Non, c'est moi qui vous remercie.

Une vague de soulagement balaya les traits de Laurence, et Alexandra comprit soudain qu'ils partageaient le même sentiment : ils étaient tous deux ravis que cette épreuve soit finie.

— Vous faites de moi un homme heureux.

Il s'approcha avec raideur, et elle crut l'espace d'un instant qu'il allait la prendre dans ses bras, mais il lui saisit la main et y pressa doucement les lèvres.

Son père était aux anges quand ils allèrent lui annoncer ensemble la nouvelle, et le sourire qu'il lui adressa ainsi que le baiser sur sa joue l'emplirent d'une félicité qui la réchauffa comme une tasse de chocolat chaud en plein hiver. Il l'étreignit même brièvement, et elle se cramponna à lui, le cœur serré par l'émotion, refusant de mettre un terme à ce moment si précieux.

— Félicitations, Sykes ! lança-t-il à Laurence avant de guider son fiancé dans son bureau afin de partager un verre de bordeaux.

Alexandra s'installa alors sur la banquette de la fenêtre et tenta de revivre, euphorique, toutes les sensations qui l'avaient traversée lorsque son père l'avait étreinte.

Les jours qui suivirent, chargés de satisfaction et d'espoir, furent les plus beaux qu'elle ait jamais connus. Les gens étaient tellement heureux pour elle qu'Alexandra était persuadée d'avoir pris la bonne décision et elle était ravie d'avoir contenté tout le monde. Mais les sentiments que tous ces gens leur prêtaient, à Laurence et elle, étaient tellement éloignés de la réalité qu'elle ne pouvait se défaire d'une certaine appréhension.

— Vous devez avoir hâte de vous retrouver enfin seuls ! roucoulaient les femmes. Oh ! l'amour tout frais, c'est si romantique ! Les premières flammes de la passion… Profitez-en : ce sont les meilleurs moments.

Alexandra tentait de deviner si son fiancé ressentait ces choses, mais il n'en montrait rien. Il ne cherchait jamais à se retrouver seul avec elle – c'était plutôt le contraire –, et il ne laissait nullement entendre qu'il pensait à elle de manière romantique. Les choses intrinsèques à l'amour, comme les baisers et les étreintes, n'existaient tout simplement pas, entre eux. Peut-être cela viendrait-il après la cérémonie…

Son père écrivit à sa sœur Felicity, qui débarqua armée de trois valises afin de s'assurer que tout se déroule dans les règles de l'art. C'était elle qui avait organisé la célébration de leurs fiançailles.

C'était donc ainsi qu'Alexandra s'était retrouvée là, dans sa robe bleu de glace, à accueillir gentilles remarques et félicitations d'un air ahuri. Elle serra les mains des parents de Laurence, qui lui déclarèrent leur hâte d'en faire leur fille, salua sa petite sœur, Maeve, et son grand frère, Robert, dont elle n'aimait ni le sourire ni les yeux bleu pâle, si proches de ceux de Laurence. Bientôt, elle connaîtrait tous ces gens intimement.

Que c'est étrange ! Tout cela va m'arriver, à moi. Ce sera bientôt ma vie.

Mais elle ne pouvait se départir du sentiment qu'il s'agissait de quelqu'un d'autre. Ce fut la même chose lorsque les cadeaux de mariage arrivèrent : vaisselle en tous genres, vases, bibelots de porcelaine, bonbonnières, boîtes à bijoux, lampes et tableaux hideux. Tous ces objets formeraient le décor de sa nouvelle vie dans la caserne où les Royal Horse Guards étaient basés. Il lui était toutefois impossible de s'imaginer qu'après avoir enfin reçu l'approbation de son père, elle allait devoir le quitter pour toujours. Elle s'efforçait donc de ne pas y penser.

Lorsqu'il ne resta plus qu'une semaine avant le grand jour, Alexandra ne pouvait plus ignorer la valise qui trônait dans sa chambre et qui se remplissait au fur et à mesure que ses placards se vidaient. Le soir, elle la cachait sous une couverture, tournait le dos à la pile formant son trousseau et tentait de faire comme si de rien n'était.

Quand tante Felicity la fit venir dans la chambre d'amis pour lui demander si tout allait bien, Alexandra ne put masquer sa surprise. Elle pensait pourtant avoir donné le change, jusqu'ici. Tout le monde était content d'elle. Cela faisait des

45

semaines, désormais, que son père se montrait d'une chaleur fort étonnante avec elle.

— Oui, tout va très bien, merci.

Sa tante semblait toutefois soucieuse.

— Mais tu es si maigre, Alexandra. On dirait un oiseau malade. Tu es sûre d'être prête ? À te marier, je veux dire.

Elle lui prit alors la main, qu'elle serra dans la sienne.

— Oui…, je crois.

Pouvait-elle donner une autre réponse ? Que pouvait-elle y faire, désormais ? Le mariage aurait bel et bien lieu ; on l'avait décidé pour elle.

Felicity la sonda du regard sans lui lâcher la main. Ses lèvres fines et cernées de ridules lui donnaient un air sévère, mais c'était de l'inquiétude qu'Alexandra lisait dans son regard.

— Et… j'imagine que personne ne t'a jamais dit en quoi le mariage consistait, n'est-ce pas ? Personne ne t'a parlé de l'amour… et des enfants ?

Tante Felicity avait déjà été mariée, mais son époux avait été tué durant la guerre, deux semaines seulement après les noces, et elle ne s'était jamais remariée. Alexandra remua la tête.

— C'est bien ce que je pensais, marmonna sa tante. Qui aurait pu t'expliquer tout cela, ma pauvre petite ?

Elle la guida doucement vers le lit, où elles s'assirent toutes les deux.

— Écoute-moi bien, ma chérie. Je ne prétends pas connaître les secrets de ton cœur, mais tu as accepté de devenir l'épouse de Laurence ; j'en déduis donc que tu l'aimes. Il faut que tu saches que le mariage exige certaines choses de la part d'une femme, et, quand les époux s'aiment plus que tout, cela n'a rien d'un poids. Au contraire, c'est un véritable plaisir et une grande source d'épanouissement.

Felicity s'interrompit et poussa un petit soupir, l'air à la fois soucieuse et gênée. Sentant ses joues brûler, Alexandra baissa les yeux sur le couvre-lit en chenille, suivant le motif en cercle du bout du doigt.

— Mais, poursuivit sa tante, je suis convaincue que cela peut se transformer en terrible fardeau quand il n'y a pas d'amour mutuel entre l'homme et la femme. Tu as compris ce que je voulais dire, Alexandra ?

La jeune fille hocha la tête. Oui, elle comprenait les mots de sa tante, mais d'un point de vue pratique, elle ne voyait pas où elle voulait en venir.

— Très bien.

Elle vit les joues de sa tante rosir légèrement.

— Et… concernant la façon dont les enfants sont conçus… Tu es au courant, ma chérie ? bredouilla-t-elle, confuse.

Alexandra acquiesça de nouveau. La villageoise qui était venue s'occuper d'elle après la mort de sa mère le lui avait expliqué quand elle avait connu ses premières menstruations. Rien ne l'avait jamais plus révoltée, et elle s'était convaincue que tout cela n'était qu'un tissu de mensonges jusqu'à ce qu'elle surprenne les échanges discrets de ses camarades de classe ; elle avait alors compris que ce qu'on lui avait dit était plus ou moins la vérité. Mais comme venait de le lui confirmer sa tante, les filles prétendaient que, si votre mari était votre âme sœur, c'était le paradis. Dans le cas contraire, c'était l'enfer. Cela signifiait donc qu'on ignorait si on avait épousé son âme sœur jusqu'à la nuit de noces, où l'expérience qui suivrait le révélerait... Elle tenta de se figurer Laurence avec elle, mais cela lui était tout bonnement impossible. Elle parvenait seulement à imaginer ses lèvres froides se presser sur les siennes, plus fort, plus fort encore...

— Alexandra, tout va bien ?

— Oh ! souffla-t-elle en relevant les yeux. Oui, oui.

— Bon, je suis contente d'avoir eu cette conversation avec toi, soupira sa tante. Tout cela me travaillait. Mais rassure-moi...

Elle hésita un instant, confuse.

— Tu aimes Laurence, n'est-ce pas ?

Autant que je m'habitue dès maintenant à le dire, se décida Alexandra. *Après tout, dans une semaine, je serai en train de lui promettre de l'aimer à jamais.*

— Oui, ma tante. Bien sûr.

— Bien.

Felicity lui pressa la main et esquissa un sourire.

— Alors, je ne doute pas un instant de ton futur bonheur, ma chérie. Allons boire un thé.

Mrs Richards avait confectionné une robe splendide. Alexandra avait l'impression de porter une robe de célébrité, le genre qu'on voyait dans les grands mariages londoniens, avec sa large jupe évasée, ses longues manches étroites et sa traîne de dentelle.

— Vous aurez l'air d'un ange ! s'enthousiasma la couturière en se tamponnant les yeux.

Même tante Felicity semblait impressionnée. Quelque part, le fait d'avoir une robe de mariée si belle lui servait de lot de consolation.

Puis, un matin, Alexandra se réveilla dans sa chambre si chère à son cœur, le regard tombant aussitôt sur la robe pendue à sa porte, et elle sut que le jour était venu de la porter pour de bon. Une fois vêtue et le voile baissé sur son visage, elle se regarda dans le miroir et y vit une silhouette presque fantomatique, le visage dissimulé, dont seuls les yeux étaient discernables. Elle ne pouvait y voir son expression.

Devant l'église, son père se tourna vers elle avec un grand sourire.

— Tu es superbe, ma chère, déclara-t-il en l'embrassant sur la joue avant de lui prendre la main, qu'il posa sur son bras.

Son cœur s'emplit de joie.

— Tu es prête ?

Elle hocha la tête. L'orgue se mit à souffler poussivement les accords de Haendel, et ils avancèrent dans l'allée centrale, suivis des deux jeunes enfants d'une connaissance – une fille en organza rose et un garçon vêtu d'un kilt, d'une veste aux boutons de laiton et d'un foulard en dentelle –, en direction de Laurence, qui attendait tout au bout, son frère à ses côtés.

L'église était pleine à craquer. À travers son voile, les gens lui paraissaient brumeux, mais ils étaient tous là : sa propre famille, les gens du village qui la connaissaient depuis toujours et, de l'autre côté, la famille de Laurence. Il y avait sa mère, une petite blonde aux allures de primate – un peu comme Laurence, d'ailleurs, maintenant qu'elle y pensait –, sa sœur Maeve, et son père, l'ami de son propre père, tous deux instigateurs de cet événement. Ils avaient tous répondu présents et avaient enfilé pour l'occasion robes, chapeaux, jaquettes et chaussures vernies. Tout était réglé comme du papier à musique. Il n'y avait plus de retour en arrière possible, désormais. Rassurée par cette inhabituelle proximité et par ce bras ferme sur lequel sa main reposait, elle s'agrippa plus fort encore à son père.

Tandis qu'elle se rapprochait de Laurence, elle voyait la sueur qui perlait sur son nez et son front. Il était livide, et, sous son veston, sa poitrine se soulevait rapidement. On aurait dit qu'il était sur le point de s'évanouir. Elle aussi se sentait mal, elle n'avait pas pu garder le toast que tante Felicity l'avait forcée à avaler et, désormais, elle avait un atroce nœud à l'estomac. Elle s'imagina alors les deux poupées de chiffon inconscientes que Laurence et elle formeraient devant l'autel et dut retenir un fou rire nerveux.

Laurence esquissa un sourire à son approche et se mit à tituber, le regard éteint, avant de se ressaisir.

— Tout va bien ? chuchota le pasteur tandis que l'organiste achevait sa mélodie.

Le souffle court, Laurence hocha la tête, mais ce fut son frère qui répondit pour lui.

— Ne vous inquiétez pas. C'est l'émotion. Vous pouvez commencer.

Alexandra eut soudain le sentiment qu'ils jouaient un jeu jusqu'ici, un jeu que tout le monde avait par malheur pris au sérieux. *Que sommes-nous en train de faire ?* se mit-elle à paniquer. *Personne ne compte donc nous arrêter ?*

En effet, personne ne dit rien, pas même quand l'on demanda si qui que ce soit avait des raisons de s'opposer à ce mariage. À la requête du pasteur, Alexandra prit la main de Laurence, répéta ses paroles, l'écouta les lui dire à son tour, tout cela sans pouvoir se défaire du terrible sentiment qu'il ne s'agissait que d'une triste mascarade. Elle était persuadée que ça n'était pas en train de lui arriver à elle, même quand elle le regarda glisser le fin anneau d'or à son doigt. Quand cette étrange cérémonie serait enfin achevée, Alexandra Crewe, dix-neuf ans, retirerait cette robe et ce voile, rendrait les fleurs, remettrait ses anciens vêtements et retournerait dans sa chambre, auprès de son père, à se demander quand sa vie débuterait.

Mais quand, balayée par les bourrasques chaudes de juin, elle quitta l'église aux côtés de Laurence, tout avait changé. En l'espace d'une demi-heure à peine, sous les hymnes nasillards crachés par l'orgue et une aria massacrée par une fille du village, elle avait été transformée en une étrangère qu'on appelait Mrs Laurence Sykes. Elle était désormais une épouse, une femme du monde, et tout un tas de nouveaux devoirs l'attendaient.

Ce soir-là, ils partirent dans la Triumph Herald de Laurence, sa valise sur le siège arrière, en direction de la mer, où ils passeraient leur lune de miel. Quand ils reviendraient, ce serait non pas chez elle, mais dans la caserne des Royal Horse Guards.

Son ancienne vie était officiellement terminée.

4

Aujourd'hui

Delilah avait bien failli ne jamais vivre auprès de John. Son magazine avait prévu un shooting de mode à Fort Stirling, shooting qu'elle était censée diriger, mais elle avait décidé d'envoyer son assistante à sa place.

— Je ne le sens pas, avait-elle confié à Grey la veille, un *latte* allégé dans une main et son téléphone coincé entre son oreille et son épaule tandis qu'elle examinait une série de photos sur son ordinateur. Rachel sera forcément là, et je n'ai pas envie de me faire marcher une fois de plus sur les pieds. Milly peut très bien y aller pour moi.

— C'est à cause d'Harry ? lança Grey d'une voix dure.

Avec un soupir, elle avait cliqué sur une nouvelle image qui emplit son écran. Un mannequin faisait une grimace atrocement disgracieuse. Elle la supprima aussitôt.

— Peut-être.

— Écoute, poussin, il va falloir réagir, tu ne crois pas ? C'est la troisième fois que vous rompez, tous les deux. Tu es prête à tourner la page, je le sais. D'ailleurs, si tu veux mon avis, ça fait bien longtemps que tu l'es.

— Oui, tu as peut-être raison.

Elle savait qu'il était dans le vrai : elle ne pouvait pas éternellement servir de roue de secours. C'était épuisant, émotionnellement parlant, et le désir qu'elle ressentait pour Harry avait fini par s'émousser, avec tout le mal qu'il lui faisait. Grey avait répondu présent un nombre considérable de fois pour essuyer ses larmes, remplir son verre et chercher à comprendre Harry jusqu'au petit matin, mais même lui n'en pouvait plus.

— Évidemment que j'ai raison. Et je ne travaille pas aussi bien avec Milly. J'ai besoin de toi. Ce n'est pas un vulgaire shooting, poussin – ça ne marchera *jamais* sans toi. Surtout si Rachel fait des siennes.

Elle prit un instant pour réfléchir.

— Bon, d'accord, céda-t-elle, sachant très bien qu'il ne la lâcherait pas. Tu as gagné.

— Et c'est toi qui conduis. Je t'attends à sept heures, conclut-il avant de raccrocher.

Le lendemain matin, elle avait garé sa Beetle devant son appartement de Notting Hill, ils avaient chargé tout son équipement à l'arrière, puis avaient pris la direction de Fort Stirling. Ils n'arrivèrent pas avant midi, trempés de sueur, morts de soif et les jambes terriblement ankylosées.

— Ouah ! avait soufflé Delilah une fois garée devant la maison.

Derrière l'imposant portail, ils s'étaient engagés sur un chemin merveilleux sillonnant entre de sublimes parcs verdoyants jonchés de chênes, d'ormes et de tilleuls vénérables, pour atterrir face à un château de conte de fées mêlé d'une touche Régence, une ancienne tour circulaire jouxtant une façade fortifiée de style Tudor pour finir sur une longue aile à la superbe symétrie typique du dix-huitième siècle. Malgré son brassage d'époques et de styles, la demeure paraissait parfaitement à sa place, nichée dans un vallon et protégée par une forêt, à l'arrière. Delilah et Grey sortirent de la voiture.

— Qu'est-ce que c'est que cet endroit ?

— C'est superbe, admit Grey en buvant la scène du regard. J'avais déjà entendu parler de Fort Stirling, mais je n'y avais jamais mis les pieds. Il faut dire que les Stirling ne sont pas vraiment du genre à côtoyer les soirées branchées… On ne les voit nulle part.

— C'est tellement beau, souffla Delilah en balayant la demeure, puis le parc du bras.

— Le Dorset : campagne marquée par le temps et sublimée par des siècles d'élevage… Bon, on ferait mieux d'aller trouver Rachel et voir si les modèles sont arrivés.

Ils gagnèrent un immense perron ornemental et secouèrent la cloche fixée à côté de la haute porte voûtée. Ce fut l'un de leurs assistants qui vint leur ouvrir.

— Où est le propriétaire ? s'enquit Delilah tandis qu'ils traversaient un vaste vestibule au sol en marbre à damier.

Elle eut droit pour toute réponse à un haussement d'épaules. Il avait sûrement dû prendre la poudre d'escampette. Les propriétaires de demeures pareilles recevaient de jolies petites sommes de la part des magazines et autres équipes de tournage qui souhaitaient s'en servir comme décor ; ils préféraient très probablement mettre les voiles et leur laisser le champ libre plutôt que de rester dans leurs pattes. Après tout, ils étaient dédommagés pour tout ce qui n'était pas retrouvé en l'état.

Rachel se tenait dans une pièce immense décorée de turquoise et d'or.

— N'est-ce pas spleeendide ?! brailla-t-elle quand elle les aperçut.

— Tu n'as pas fait de folie, n'est-ce pas, Rach' ? marmonna Delilah, consciente des débordements dont la styliste était capable quand elle était livrée à elle-même.

— Bien sûr que non ! s'indigna Rachel. Mais ce qui est sûr, c'est qu'on va faire des merveilles avec un décor pareil et les tenues fantastiques que je nous ai dégottées. Regarde.

Elle se dirigea vers un portant où pendaient tout un tas de vêtements taille mannequin, véritable débauche de couleurs et d'étoffes : soie, mousseline, cuir et latex côtoyaient tweed et tricots de toutes sortes.

— Dior, Chanel, Stella McCartney, Givenchy, McQueen, et j'en passe et des meilleures... Ça va être sen-sa-tion-nel. Et encore, tu n'as pas vu les accessoires !

Delilah poussa un soupir las ; elle aurait vraiment aimé se passer d'une nouvelle altercation. C'était toujours la même chose lorsque Rachel pointait le bout de son nez, ce qu'elle ne manquait jamais de faire quand il y avait des paillettes. Plus la maison était grande, le décor, splendide, et le budget, conséquent, plus il y avait de chances que Rachel vienne tout gâcher. Un shooting dans un studio étriqué de Tooting pour mettre en avant un tout jeune créateur ? Elle était aux abonnés absents. À son côté snob venait s'ajouter le fait (non négligeable) qu'elle était la cousine du directeur du magazine. Elle n'avait donc aucun scrupule à piétiner les idées et l'autorité de Delilah pour imposer sa propre vision, même si Delilah était la directrice artistique du magazine en question.

Comme d'habitude, Rachel avait opté pour une tenue abracadabrantesque, à savoir une robe edwardienne agrémentée d'une tournure à rayures blanches et noires et d'un long tutu rose fluo, et elle sillonnait les couloirs sur des semelles compensées dans un froissement de satin. Delilah la suivait, l'air ridiculement normale avec son jean, son petit haut gris et ses tennis en toile.

Elle avait appris qu'il était assez facile de se sentir fadasse sur un shooting, avec tous ces mannequins graciles vêtus de grandes marques ; elle avait donc adopté un look qui lui correspondait et qui était à la fois joli et pratique. Elle ne faisait peut-être pas une taille mannequin, mais sa longue silhouette athlétique lui convenait très bien. Grey n'arrêtait pas de lui dire de montrer davantage ses jambes, mais en général, elle se sentait plus à l'aise dans ses jeans et ses pantalons noirs.

— Porte plus de couleurs ! la sermonnait-il. Tu n'en as pas marre de ressembler à un dalmatien ?

Mais c'était plus fort qu'elle : elle aimait sa garde-robe en deux tons.

Au bureau, elle portait des chemises blanches et des vestes noires avec ses pantalons, les agrémentant de talons hauts pour coller à l'image fashion du magazine. Sur les shootings, elle se permettait une tenue plus décontractée ; c'était l'allure des autres qui comptait – elle avait simplement besoin de se sentir bien dans ses baskets. Aujourd'hui, elle avait roulé ses longs cheveux blonds en un chignon dans lequel elle avait planté toute une gamme de crayons et de stylos, en partie pour le maintenir, mais aussi parce que, quand elle travaillait, ne pas trouver de stylo lorsqu'elle en avait le plus besoin avait le pouvoir de la rendre folle. Elle se doutait que Grey détesterait, même s'il s'était gardé de tout commentaire quand il avait grimpé dans la voiture, ce matin. Il lui disait constamment de se maquiller davantage et de se faire faire une coupe digne de ce nom, mais elle se contentait d'en rire. Elle aimait ses cheveux longs, même s'il lui fallait une heure pour les sécher, et elle avait l'air d'un clown lorsqu'elle était trop maquillée. Elle affichait une peau claire, quelques taches de rousseur sur le nez et des cils naturellement sombres. Elle avait de jolis traits, avec de hautes pommettes, un nez droit et des lèvres pleines, presque romaines. Elle ne pouvait pas se métamorphoser comme tous ces mannequins aux traits fades dotés soudain d'une beauté éthérée sous des couches et des couches de maquillage. Elle en aperçut justement trois en passant devant la loge improvisée dans laquelle une équipe armée de pinces à cheveux et de brosses à sourcils transformait ces filles superficielles en véritables déesses.

Je préfère décidément être moi, décida Delilah. Grey lui rabâchait qu'elle était superbe et, même si elle avait conscience qu'il exagérait, elle était bien dans sa peau.

Rachel gagna une énorme fenêtre avant de lancer un « Tadam ! » retentissant. Delilah la rejoignit, découvrant en contrebas une cour carrée cernée par une nouvelle partie de la demeure. Sur la pelouse vert émeraude, toute une collection d'animaux gigantesques attendait sagement. On les aurait dits faits de papier mâché. Il y avait un grand cygne blanc affublé d'une couronne dorée, un gros lapin, blanc lui aussi, vêtu d'un boléro et dressé sur ses pattes arrière, une souris, la tête inclinée sur le côté, un panier à la patte, et un serpent vert en position d'attaque. D'autres créatures plus petites étaient figées en pleine action, comme victimes du passage de la Sorcière blanche.

— Rachel ! s'écria Delilah, horrifiée, en plaquant le front sur la vitre. Mais qu'est-ce que tu as fait ? Combien ça a coûté, tout ça ?

— Des queues de cerise ! Et je te rappelle que c'est *toi* qui as parlé de contes de fées, ma belle. Si ça, ce n'est pas parfait… Dès que je les ai vus, je me suis dit *YES* !

Rachel lui souriait en battant ses cils tartinés de mascara. En contrebas, deux hommes apparurent et se mirent à traîner la souris vers une porte de la maison.

— Mais j'ai demandé des accessoires…, protesta Delilah, tellement sous le choc qu'elle n'avait pas la force de s'énerver. On a des échelles, des tonnes de tulle…, tout ce dont on a déjà parlé au bureau !

— Attends, tu préfères de vulgaires échelles à ces merveilles ?!

Un cri leur parvint alors, et elles se penchèrent vers la pelouse, où un homme, les mains sur les hanches, fusillait du regard les animaux géants, en particulier la souris qu'on était en train de traîner.

— Oups ! le manager ! lança Rachel. Je te laisse t'en occuper, ma belle. Moi, j'ai bien assez à faire comme ça.

Elle tourna sur ses talons dans un éclair de tulle rose et partit au petit trot en direction de la loge à maquillage. Delilah poussa un nouveau soupir. Elle n'avait franchement pas besoin de ça. Pas aujourd'hui. Pas alors qu'elle se sentait déjà épuisée et abattue. *J'ai besoin de vacances*, décréta-t-elle. *De longues vacances dans un endroit chaud. Je sais d'ores et déjà que je vais vivre un vrai cauchemar, aujourd'hui.*

Elle parvint par le plus grand des hasards à trouver l'escalier, se demandant bien comment ceux qui vivaient dans cette immense demeure arrivaient à s'y retrouver. Une fois en bas, elle eut tout juste le temps d'apercevoir la queue de la souris qui disparaissait dans une longue galerie. Un homme vêtu d'un jean et d'un tee-shirt aux manches retroussées se dirigeait vers elle. Ses cheveux bruns étaient courts mais épais, et grisonnants au niveau des tempes.

— Dites donc, vous pourriez m'expliquer ce qui se passe, ici ? Il y a une ménagerie géante dans la cour, et ces gros balourds viennent de détruire les parterres avec leur souris ! Sans parler de la trace que sa queue a laissée dans l'herbe…

Il venait de s'arrêter devant elle, l'air visiblement très fâché. Elle planta ses yeux dans les siens, à deux doigts de perdre patience pour de bon.

— Si vous vous étiez renseigné, vous sauriez qu'on a la permission, riposta-t-elle sèchement.

— Ah oui ? Pas la mienne, en tout cas.

— Certes, cracha-t-elle en affectant un air hautain. Celle du propriétaire.

— Le propriétaire ? lâcha-t-il, sceptique.

— Oui, monsieur. Il nous a autorisés à faire tout ce qui est nécessaire au bon déroulement de notre shooting.

— Vraiment ? Et je suppose qu'il est au courant de la présence de tous ces animaux ridicules ?

— Ils font partie de notre vision artistique, rétorqua Delilah, le menton fièrement dressé tout en se promettant d'étrangler Rachel dès qu'elle la reverrait – même si, dans son insupportable folie, les clichés définitifs seraient sûrement superbes. Il n'y voit aucun inconvénient. Il me l'a dit lui-même.

À cet instant précis, ils furent tous deux attirés par un mouvement derrière la fenêtre et assistèrent au passage du lapin dont l'envergure cachait ses porteurs, si bien qu'on avait l'impression de voir l'animal se promener tranquillement sur la pelouse.

Delilah contempla la scène quelques secondes avant de se tourner vers le manager, qui était en train de l'imiter, un air ahuri au visage. Dès l'instant où leurs regards se croisèrent, le comique de la situation eut raison d'eux, et ils éclatèrent d'un même rire.

— J'aurais dû m'attendre à un truc pareil…, commenta l'homme. Je ne comprends même pas pourquoi ça m'étonne. Bon, ça ne vaut pas la fois où j'ai accepté que cette pseudo-diva se marie ici et où on a eu droit à un défilé de carrosses en verre et de chevaux blancs, mais c'est pas mal non plus…

Il secoua la tête et rit de plus belle.

— Des créatures de contes de fées géantes… Comment vous arrivez à gagner votre vie avec ça ?

— Grâce à la pub, surtout, répondit Delilah, toujours hilare à l'image de l'énorme lapin en promenade.

Ça fait du bien, de rigoler un bon coup. Ça faisait tellement longtemps…

— John Stirling, déclara alors l'homme en lui serrant fermement la main.

— Enchantée. Delilah Young, sourit-elle avant de se figer. Attendez… Stirling… Vous êtes…

— Le propriétaire ? En effet. Ravi de faire votre connaissance, miss Young.

Elle sentit aussitôt ses joues brûler sous la honte.

— Mon Dieu… Pour quoi je vais passer, à mentir comme ça ? bredouilla-t-elle, confuse. Veuillez me pardonner, l'insolence ne fait pas partie de mes traits de caractère, d'habitude…

— Ne vous inquiétez pas, répondit-il en lui rendant son sourire. Ça m'a plutôt amusé, pour être franc avec vous. Mais que les choses soient claires : je veux retrouver une pelouse impeccable, après tout ça.

— Bien sûr, souffla Delilah, soulagée. Je sèmerai moi-même, s'il le faut !

— Je suis sûr que ce ne sera pas nécessaire, rétorqua-t-il avec un nouveau sourire.

Ses yeux étaient gris pâle. Quand il souriait, une fossette venait creuser sa joue gauche.

— Prête, poussin ?

Delilah se tourna vers Grey, qui venait d'apparaître dans le vestibule, armé de son équipement.

— J'aurais su, j'aurais fait venir une assistante ! haleta-t-il avant que son regard ne tombe sur John Stirling. Dites, vous voulez bien être un chou et aller me chercher mes réflecteurs ? Ils sont juste dehors. Et quand ce sera fait, je ne cracherais pas sur une bonne tasse de thé…

Delilah s'apprêtait à intervenir, mais John Stirling l'en dissuada avec un petit regard et un sourire complice. Il lâcha un « Pas de problème » sonore et sortit chercher les réflecteurs.

— Allez, ma grande ! lança Grey en montant l'escalier. C'est l'heure du spectacle !

Les choses auraient pu s'en tenir à cet échange de sourires, et leurs vies auraient poursuivi leurs cours respectifs, où, pour sa part, Delilah aurait retrouvé son petit appartement londonien et ses peines de cœur. Mais alors que Grey et elle chargeaient la voiture pour le départ, John Stirling apparut.

Tous les autres étaient déjà partis, avec en tête de ligne Rachel, qui avait filé dans sa Jaguar vintage dès que la partie rangement s'était profilée. Quant aux mannequins, on les avait entassés dans leur fourgon pour les amener au coffee shop le plus proche afin de leur fournir leur dose quotidienne de lait de soja. Les maquilleurs, les coiffeurs, les électriciens et les assistants avaient suivi, et il ne restait plus que Delilah et Grey, qui s'assuraient que tout soit impeccable derrière eux.

— Vous partez ? demanda-t-il en s'approchant.

— Oui, on a terminé, lui répondit Delilah. Je tenais vraiment à vous remercier...

— Il n'y a pas de quoi. En ce qui concerne ma nouvelle ménagerie, j'espère que vous ne comptez pas m'en priver trop tôt ?

— Oh oui, j'allais oublier ! La société viendra les récupérer demain matin.

Elle esquissa alors un sourire.

— Et n'hésitez pas à me le signaler, si quoi que ce soit a été dérangé. Je me chargerai personnellement de rectifier le tir.

— Merci, miss Young. Merci beaucoup.

Il y avait quelque chose dans son regard, une force d'attraction terrible, qui lui donnait le sentiment de le connaître depuis déjà longtemps. *Vous êtes comme moi*, réalisa-t-elle alors avant de rire de cette idée ridicule. Comment le propriétaire d'un endroit pareil pouvait-il lui ressembler un tant soit peu ?

— Je crois bien que tu lui as tapé dans l'œil, mon poussin ! lança Grey une fois dans la voiture.

— N'importe quoi, répliqua Delilah malgré les agréables papillons qui lui dansaient dans le ventre.

— Tu sais que j'ai raison ! Et tu as vu ? Pas d'alliance…

— C'est souvent le cas chez ce genre de type, répondit-elle en tentant de se concentrer sur les routes sinueuses de campagne.

— Je te dis qu'il n'est pas marié. Il dégageait une espèce de mélancolie… Cet homme a besoin d'une femme, ça se voit !

— Si tu veux mon avis, avec une propriété pareille, il ne doit pas en manquer.

— Permets-moi d'en douter… et de te rappeler que mon petit doigt ne se trompe jamais. Attends de voir ; ça sent la suite, tout ça, je te dis.

Elle avait changé de sujet, mais lorsqu'elle fut de retour à Londres, le destin semblait s'acharner à lui remettre en mémoire ce fameux John Stirling et la journée qu'elle avait passée dans sa demeure magique. En s'emparant d'un vieux numéro du magazine, elle se rendit compte qu'il comportait un article sur cette même maison. Quand elle ouvrit son courrier quelques jours plus tard, ce fut pour découvrir qu'une amie l'invitait à passer un week-end dans un hôtel tout près de Fort Stirling. Sans parler de la mention de la famille Stirling de Northmoor, Dorset, qui lui sauta aux yeux dans la biographie qu'elle était en train de lire. *Étrange… Mais ça ne veut sûrement rien dire. Ce ne sont que des coïncidences…, non ?*

La semaine qui suivit le shooting, sa rupture avec Harry faisait déjà beaucoup moins mal, comme si la vieille demeure avait pansé ses plaies, au point qu'elle ne comprenait pas ce qui l'avait tant peinée. Après tout, ce n'était pas le seul homme au monde. D'autres possibilités l'attendaient, d'autres vies potentielles ; il ne lui restait plus qu'à faire son choix.

— Delilah ?

Roxie, son assistante, venait de passer la tête dans son bureau.

— Oui ? souffla Delilah en détachant brusquement les yeux du portfolio sur lequel elle était en train de rêvasser, sur son écran.

— Tu as de la visite.

Ses sourcils se froncèrent aussitôt au-dessus de ses lunettes.

— Qui est-ce ? Je n'attends personne.

— Un certain John. Il t'attend à l'accueil.

— John ? murmura-t-elle, perplexe. *Serait-ce lui ?*

Elle se leva. Par chance, elle avait prévu de se rendre à un cocktail après le travail ; elle avait donc enfilé une jolie robe bleu marine Alberta Ferretti ainsi qu'une veste argentée et avait laissé ses longs cheveux blonds tomber en vagues dans son dos.

— J'arrive, dit-elle en posant ses lunettes sur son bureau.

De nouveaux papillons se mirent à batifoler dans son ventre quand elle aperçut John Stirling à l'accueil, pantalon noir, chemise et veste élégante, en train de feuilleter un magazine, une jambe négligemment posée sur l'autre. Dès qu'il la vit, il se leva et un sourire vint illuminer son expression, ce qui donnait un charme certain à son visage légèrement anguleux. Elle nota une nouvelle fois l'adorable fossette qui creusait sa joue gauche.

— Bonjour, dit-il. J'espère que je ne vous dérange pas. Je viens très rarement à Londres, et je traversais le parc voisin lorsque je me suis dit : *Et si j'allais demander quand sortira le fameux numéro ?*

Elle esquissa à son tour un sourire gêné mais amusé. Personne ne perdrait son temps à passer à la rédaction pour une raison aussi banale. Il aurait eu toutes sortes de moyens d'apprendre quand Fort Stirling apparaîtrait dans le magazine.

— Je suis très heureuse de vous revoir. Je vous en prie, allons dans mon bureau.

— Ou alors…, intervint-il, l'air songeur. On pourrait aller déjeuner, si vous êtes disponible ? Il est pratiquement treize heures, ajouta-t-il en consultant sa grosse montre.

Les papillons firent une nouvelle cabriole.

— Avec grand plaisir.

— Parfait.

Ils s'étaient installés dans un petit bistro français que Delilah connaissait bien et avaient regardé Londres s'affairer tout en mangeant des escargots au beurre persillé suivis de steaks cuits au gril, de frites salées à souhait et de cresson sauvage. Ils parlèrent de tout et de rien. John semblait tout vouloir connaître d'elle : sa vie sur la frontière galloise, sa famille, son travail…

Elle lui parla de tout un tas de choses, mais pas d'Harry ; lui, de sa vie à la campagne et de son divorce. Ils restèrent attablés tout l'après-midi. Delilah prévint la rédaction qu'elle ne reviendrait pas de la journée avant de décider de passer le cocktail, et ils se réfugièrent dans un bar près de Regent Street, où ils poursuivirent leur conversation. À la fin de la soirée, ils avaient tous les deux compris qu'il venait de se passer quelque chose.

Elle était tombée amoureuse dans une douce euphorie. Il monta la voir deux fois par semaine jusqu'à ce qu'un vendredi soir, ils s'embrassent sous un réverbère de la station Embankment, ignorant les regards curieux des passants. Il la raccompagna à son minuscule appartement et ils se jetèrent l'un sur l'autre dans le salon avant de passer à la chambre, où ils prirent cette fois le temps de se découvrir pendant des heures. Elle aimait son odeur, le contact de sa peau, les muscles contractés de son dos et de ses cuisses, et la façon dont leurs corps se fondaient l'un à l'autre. Tout cela lui paraissait tellement évident, et lui ne semblait pas pouvoir se décoller d'elle un seul instant. Ils ne cherchaient rien de plus que la compagnie de l'autre, à parler et rire pendant des heures, avant de finir inévitablement au lit. Il resta le week-end entier, et son appartement, dont elle avait pourtant fait son havre de paix, lui parut terriblement vide quand il partit. Lorsqu'il réapparut, ce fut avec une valise.

— Je ne suis pas obligé de rentrer tout de suite, expliqua-t-il. Ils sont en plein tournage, à la maison. Mon cousin Ben s'occupe de tout. Il travaille pour moi ; je lui fais confiance.

— C'est merveilleux, avait murmuré Delilah en lui offrant un sourire, le ventre noué par l'exaltation. Je suis si contente que tu puisses rester…

— Je n'arrive pas à rester loin de toi, avait-il répondu, le regard profond. Tu illumines ma vie, Delilah. Tu ne sais pas à quel point tu as tout changé…

Ce nouveau bonheur semblait lui donner des ailes, et Harry était très vite tombé aux oubliettes. John était drôle, charmant et intelligent, avec un côté mystérieux qui l'intriguait au plus haut point. Il ne parlait que très peu de lui ou de sa famille, et, lorsqu'elle insistait, il ne la gratifiait que de détails flous. Ainsi, elle savait seulement que son père était atteint de démence et que sa mère était morte des années auparavant.

Il n'avait ni frères ni sœurs, et le poids de son héritage pesait lourd sur ses épaules. Elle n'avait pu ignorer ces moments murés dans le silence, où, soudain pris d'une humeur sombre, il semblait se refermer sur lui-même. Quand elle lui demandait ce qui n'allait pas, il sortait aussitôt de son errance et lui souriait en lui assurant que ce n'était rien. Mais parfois, en proie à de terribles cauchemars qui le faisaient s'agiter et crier dans son sommeil, il se réveillait haletant et perdu, dans un état de panique indescriptible. Alors, elle le prenait dans ses bras et le berçait jusqu'à ce qu'il se rendorme.

Quand elle retourna à Fort Stirling, Delilah se serait crue dans un conte de fées. John l'y conduisit une journée d'automne glaciale afin qu'ils puissent y passer le week-end ensemble, juste tous les deux, et la demeure lui parut plus belle que jamais, au milieu du parc étincelant de givre.

Quand la nuit tomba, en fin d'après-midi, la douce lueur des lampes et de la cheminée vinrent conférer une atmosphère magique aux lieux. La gouvernante avait laissé un ragoût sur le feu ainsi que quelques pommes de terre. Ils burent du vin dans le petit salon à l'arrière de la maison et firent l'amour devant la cheminée.

Allongée dans ses bras tandis qu'ils reposaient sur une pile de coussins, captivés par les flammes, elle osa enfin se lancer.

— Le portrait dans l'entrée…, c'est elle ? souffla-t-elle avec une légèreté étudiée.

Elle le sentit se crisper légèrement.

— Qui ça ?

— Ta première femme.

Plus tôt dans la journée, alors que John s'était absenté quelques minutes, elle avait jeté un œil à la collection de portraits et avait tout de suite remarqué l'aquarelle sur laquelle on distinguait une femme aux cheveux trop blonds et trop lisses, aux yeux trop grands et à la bouche qui formait littéralement un cœur, mais l'air de défi que cette femme affichait était incontestable. Dessous, une petite plaque en or annonçait : VANNA FORD STIRLING. Il n'y avait qu'une Américaine pour garder son nom de jeune fille comme ça. Piquée par la curiosité, Delilah avait observé le portrait. John lui avait dit que sa première femme s'appelait Vanna. Ils étaient restés mariés quatre années et s'étaient séparés à l'amiable plus de dix ans auparavant. Elle vivait désormais aux États-Unis, où elle s'était remariée. Signait-elle Vanna Ford Stirling Smith, ou quel que soit son nouveau nom, à présent ?

— Vanna ? lâcha John en se détendant. Oui, c'est elle.

— Ça ne te fait pas bizarre, d'avoir un portrait d'elle comme ça ?

— Non, pas vraiment. Stirling un jour, Stirling toujours...

Elle marqua une légère pause avant de murmurer :

— Pourquoi vous êtes-vous séparés ?

— Mariés trop jeunes, comme beaucoup d'autres. Elle a fini par ne plus aimer la maison, puis moi. Je ne peux pas lui en vouloir : j'ai moi-même du mal à supporter cet endroit.

— Tu n'es pas sérieux ? souffla Delilah en nichant sa joue dans son cou. C'est une maison magnifique. Et c'est chez toi. Tu es lié à cet endroit.

— C'est ce qu'on m'a dit, oui..., lâcha-t-il avec un petit sourire ironique.

— Elle ne te plaît vraiment pas ?

Elle ne parvenait pas à le comprendre. Cette maison était un véritable enchantement. Où que son regard porte, elle y découvrait quelque chose de beau. Chaque fois qu'elle longeait une fenêtre, elle était captivée par les parcs et les bois qui s'offraient à sa vue.

— Je l'aime en partie, mais...

Il croisa brièvement son regard.

— … ces vieilles bâtisses croulent sous le poids du passé. C'est difficile d'y échapper et de faire sa place.

Il lui pressa la main.

— Mais ton enthousiasme m'aide à la voir avec des yeux neufs, à oublier certaines choses sur lesquelles il vaut mieux tirer un trait…

Il la dévisagea alors, l'air sérieux.

— Je ne veux pas que tu penses que Vanna compte encore pour moi. Ce n'est pas le cas – pas de cette façon, du moins. Ça fait partie du passé.

— Très bien, répondit-elle, heureuse de savoir qu'elle n'avait rien à craindre du passé. Elle ne pouvait pas dire s'être véritablement sentie menacée par le spectre d'une ex-épouse, mais cela faisait du bien d'être rassurée.

Quand ils montèrent se coucher, il y avait un joli petit paquet avec son nom dessus niché sur son oreiller. Elle l'ouvrit et découvrit une bague, une aigue-marine sertie de petits diamants.

— L'acceptes-tu ? souffla John avec un air à la fois plein d'espoir et confiant. Si tu es prête à me supporter ?

— Oui ! s'était-elle exclamée en sautant dans ses bras, les joues maculées de larmes de bonheur.

Ils s'étaient arrangés pour officialiser cela au plus vite. La cérémonie avait eu lieu dans un bureau londonien de l'état civil, avec seulement les amis proches et la famille, pour la plupart celle de Delilah. Le père de John était trop malade, avait-il expliqué.

— Tu n'aimerais pas inviter quelqu'un d'autre ? avait-elle demandé.

— Je n'ai pas particulièrement envie de faire venir les oncles, les tantes et tout le toutim. Quelque chose d'intime avec les amis proches me convient parfaitement, si tu n'y vois pas d'inconvénients, bien sûr.

— Bien sûr que non, l'avait-elle rassuré. J'ai assez de famille pour nous deux, tu sais. Tu peux la considérer comme la tienne ; pour eux, c'est déjà fait.

Malgré le ciel gris et la pluie battante, cette journée avait été parfaite : romantique et chic, avec un déjeuner dans un superbe hôtel de la capitale après la cérémonie. Ils prirent ensuite la direction d'Hawaii pour leur lune de miel, où ils vécurent trois semaines délicieuses. John lui apprit à surfer, et ils passaient leurs journées sur la plage avant de retourner dans leur sublime bungalow prendre un long bain, un somptueux dîner et une dose de passion. Elle n'imaginait pas bonheur plus parfait. La nuit, il lui disait à quel point il l'aimait et avait besoin d'elle.

— Tu es la lumière de ma vie, susurrait-il. Je suis sérieux.

— Moi aussi, je t'aime, répondait-elle, comblée par la joie d'être mariée à un homme qu'elle aimait et qui avait tant besoin d'elle.

Son esprit caustique la captivait ; même ses humeurs taciturnes avaient leur charme. Elle était persuadée de pouvoir le rendre heureux et lui faire oublier les malheurs de son enfance. Ensemble, ils pouvaient tout surmonter.

Mais l'atmosphère se mit soudain à changer, à l'approche du départ. John ne riait plus, et ses épisodes maussades étaient de plus en plus longs. Delilah avait beau faire de son mieux pour apporter paix et bonne humeur, elle ne parvenait pas à désamorcer la tension. Ils ne s'étaient jamais disputés sérieusement, mais elle sentait que quelque chose menaçait, quelque chose qui échappait totalement à son contrôle.

Le soir précédant leur départ, devant l'état de nervosité extrême de John, elle leur arrangea une séance de massage au spa de l'hôtel dans l'idée de le détendre. De retour au bungalow, tandis qu'ils se préparaient à aller dîner, il semblait s'être calmé, même si la dureté de ses yeux gris laissait entendre qu'il n'était pas à l'aise. Elle décida donc de faire comme si de rien n'était.

— Quand je pense que lundi, je serai de nouveau au bureau…, commenta-t-elle d'un ton léger tout en attachant ses boucles d'oreilles devant le miroir.

L'aigue-marine de sa bague paraissait encore plus bleue sur le nouveau hâle de sa peau, et son visage rayonnait sous l'effet conjugué du soleil et de l'eau de mer. Elle voyait John dans son dos, appuyé contre le mur, les mains enfoncées dans ses poches. Il semblait épuisé.

— C'était tellement paradisiaque, ici, que je n'ai pas pensé une seule fois à Londres. Je préfère ne pas imaginer ce qui m'attend à mon retour… Ma boîte mails doit être pleine à craquer.

John leva alors la tête, et leurs regards se croisèrent.

Pourquoi est-il si tendu, si triste ? De toute évidence, le massage n'avait pas eu l'effet escompté. Submergée par une vague de tendresse, elle n'avait qu'une seule envie : le prendre dans ses bras et chasser ce qui le rongeait tant.

— Ça n'a plus vraiment d'importance, non ? Tu n'en as plus pour longtemps. Combien dure ton préavis ? Un mois ?

Elle clipsa sa boucle d'oreille et secoua sa chevelure blonde et épaisse. Le soleil l'avait éclaircie et avait fait ressortir ses taches de rousseur.

— Comment ça ?

— Tu comptes bien démissionner, non ? Je pensais que tu le ferais avant notre départ, mais avec le mariage, j'ai préféré ne pas aborder le sujet…

Elle le dévisagea, perplexe. Ils n'avaient parlé que très vaguement de la suite des événements, mais elle s'était imaginé que l'arrangement qu'ils avaient conclu avant le mariage durerait encore un peu : Londres la semaine dans son petit appartement, et Fort Stirling le week-end et les vacances, John n'y retournant qu'au besoin. Elle s'était faite à l'idée qu'il pouvait faire ce qui lui chantait, reléguant si nécessaire les responsabilités à son cousin afin qu'ils puissent être ensemble. Quand John avait mentionné une vie commune là-bas, elle s'était figuré que le moment viendrait en son temps, quand elle se sentirait prête à quitter sa vie londonienne, ou quand les circonstances l'exigeraient. Avant le mariage, ils s'étaient mis d'accord pour que Delilah arrête la pilule, et ils laisseraient la nature faire. Elle avait trente-quatre ans et était tout à fait prête à être mère, mais elle ne s'attendait pas à tomber enceinte un mois à peine après avoir arrêté la pilule. Elle se tourna vers lui.

— Tu veux que j'arrête de travailler ? souffla-t-elle.

— Tu comptes faire l'aller-retour tous les jours ? rétorqua-t-il, visiblement froissé. Tu penses sincère-ment que ce serait viable ? Où vivrais-tu, si ce n'est pas avec moi ?

— Mais…

Elle le dévisagea d'un air désemparé. Cela parais-sait certes évident, maintenant qu'il le disait, mais elle n'avait pas vraiment intégré ce que ce choix impliquait : elle devrait abandonner sa carrière sans délai.

— Pourquoi ne m'en as-tu pas parlé avant ?

— Désolé, chérie, mais je pensais que ce serait logique, lâcha-t-il avec un petit rire froid. Je vais avec la maison, si tu te souviens bien… Je ne peux pas quitter Fort Stirling, un point, c'est tout. C'était très sympa d'avoir un peu de temps pour nous deux, mais je ne peux pas m'absenter comme ça indéfiniment. Cette maison représente ma vie et mon travail. Par ailleurs, mon père vit là-bas, et il a besoin de moi.

— Et mon travail à moi, il ne compte pas ? souffla-t-elle, perplexe.

— N'importe qui peut le faire, rétorqua-t-il. Pas le mien.

Elle avait été piquée au vif, et lui s'était agacé, car il n'avait pas voulu sous-entendre que son métier était facile, seulement que les circonstances étaient différentes. Ils avaient alors commencé à monter le ton, de plus en plus fort, jusqu'à ce que la dispute soit officiellement établie.

— Alors, comme ça, ma vie ne compte pas ? avait-elle crié.

Elle avait l'impression d'avoir un étranger devant elle, et elle détestait cela.

— Tu m'as épousé, répliqua-t-il en la foudroyant du regard. Tu aurais dû deviner que cela revenait à épouser la maison !

— Nous n'en avons jamais parlé !

— Parce que c'était évident, voilà tout ! Il va falloir abandonner ton job, si tu veux que nous soyons ensemble. De toute façon, tu arrêteras bien, quand nous aurons un enfant !

— Ah ! parce que tu as également décidé de cela ? fulmina-t-elle, enragée par son assurance, même si l'idée lui était évidemment venue à l'esprit, à elle aussi. Je suis censée devenir mère à plein temps tout simplement pour te convenir ? Comment oses-tu prendre ce genre de décisions pour moi ?

Il lui jeta un regard glacial, et quelque chose en lui sembla soudain se briser.

— Je n'ai pas le choix ! hurla-t-il. Je n'ai jamais eu le choix ! Et maintenant que tu m'as épousé, c'est pareil pour toi ! Plus vite tu l'auras compris, mieux ce sera.

Il disparut alors dans la nuit, claquant la porte sur son épouse en pleurs et terrorisée. Elle ne l'avait jamais vu la regarder ainsi, ni entendu cette morne résignation dans sa voix.

Quand il revint se coucher, elle ne dormait toujours pas. Elle l'enveloppa de ses bras et s'excusa. Elle avait bien réfléchi, et elle avait été bête de ne pas comprendre que le fort deviendrait leur maison, dès maintenant. Elle quitterait son travail.

— Au plus profond de moi, je savais que je finirais par le faire, murmura-t-elle en caressant son dos, sentant tout son corps se détendre sous ses doigts. J'imagine que je refusais d'admettre que ce serait aussi tôt, voilà tout. Mais tu as raison : ma vie est avec toi, désormais. C'est ce que je veux.

Il l'avait étreinte à son tour et l'avait embrassée.

— Merci. Je t'aime, tu sais, et je suis vraiment désolé qu'on en soit arrivés là. J'aurais dû te parler de tout ça, mais je ne suis pas doué pour ce genre de choses… Je déteste admettre les choses, même à moi-même. Je sais ce que cela signifie de quitter ton travail. Si ça peut te consoler, tu n'en manqueras pas à la maison. C'est une véritable carrière en soi, je te le promets.

Il esquissa un sourire, ce qui fit naître sa fossette au creux de la joue gauche.

— On ne sait jamais, ajouta-t-il, un bébé de lune de miel pourrait te tenir très occupée…

— Peut-être, murmura-t-elle, soulagée et heureuse qu'ils aient enfin retrouvé la paix. On verra bien.

Un mois plus tard, son préavis était effectué, son appartement, loué, et elle s'apprêtait à commencer sa vie à Fort Stirling. L'immense demeure était désormais son foyer. Et toujours pas de bébé en vue.

5

1965

Eastbourne paraissait un choix bien étrange, pour une lune de miel. Alexandra avait beau ne pas y connaître grand-chose en la matière, il lui semblait pourtant que Paris ou Venise auraient été bien plus adéquats, ou tout au moins une destination en bord de mer, dans un pays chaud.

Il y avait certes la mer, mais en dehors de cela, pas même un hôtel. Alexandra avait repéré The Grand sur la route, mais à sa plus grande perplexité, la petite automobile avait poursuivi sa course folle sans même ralentir. Son mari (ce terme décidément étrange lui laissait un goût amer dans la bouche) avait à peine gratifié le palace d'un regard. Il était concentré sur la route, une cigarette coincée entre ses lèvres, ou occasionnellement entre ses doigts.

Il doit savoir ce qu'il fait, tenta-t-elle de se persuader, les mains agrippées à son siège, les doigts plantés dans le cuir granuleux. Ils avaient à peine échangé trois mots depuis leurs vœux, quelques heures plus tôt. Ils avaient quitté l'église au son du carillon, son bras posé sur la laine épaisse de la jaquette de Laurence, et ils avaient échangé un bref regard, la bouche de Laurence tordue en un demi-sourire. Il lui avait murmuré « Ça va ? », à quoi elle avait répondu « Oui » avant d'ajouter un timide « chéri ». Il avait alors détourné son regard bleu et n'avait rien dit de plus. Quelques instants plus tard, on les poussait dans une voiture qui les ramena chez elle. Quand elle entra dans la maison, elle se sentit ridicule, avec cette traîne encombrante et ce nuage de mousse qui lui enveloppait les épaules. Elle fut accueillie par deux filles du village qui la dévisageaient timidement, un plateau de roulés aux asperges dans les mains. Elles firent une révérence et dirent « Bonjour, madame » d'une manière qui lui fit comprendre que les gens la voyaient différemment après ce qui venait de se dérouler dans l'église.

La réception lui fit l'effet d'une scène étrangère pleine de gens et de bruit. Le salon ne pouvant contenir toute l'assemblée, certains s'étaient installés sur la terrasse, et les filles du village arpentaient la foule armées de plateaux de nourriture et de sherry. Alexandra parvint à fuir les troupeaux de femmes trop curieuses en marmonnant quelques excuses et se faufila dans la salle à manger, où les cadeaux de mariage avaient été disposés sur le buffet. Sa traîne coincée sous un bras, elle entreprit de les inspecter. Elle n'avait pas le sentiment qu'ils lui appartenaient, et elle se demandait s'ils ne seraient pas mieux ici. Les vases en verre taillé et en cristal semblaient bien plus à leur place dans cette maison que là où ils iraient, même si elle ignorait tout de cet endroit.

— Sublimes, n'est-ce pas ?

Elle se retourna dans un sursaut pour aviser le frère de Laurence qui traversait la pièce. On aurait dit un coq nain, avec son torse bombé et ses mains plaquées derrière son dos. Comme Laurence, ses cheveux blonds étaient ramenés en arrière, mais contrairement au visage presque émacié de son frère, Robert affichait des joues potelées et rougeaudes, comme s'il s'agissait là de ses réserves de sang.

Robert s'arrêta à côté d'elle, la frôlant de l'épaule tandis qu'il se penchait pour examiner les cadeaux.

— Sacré butin, pas vrai ? Plutôt pas mal pour entamer une vie maritale…

Il inclina alors la tête pour l'observer de son œil pâle.

— Vous n'êtes pas d'accord ?

Elle hocha la tête. Sa proximité la mettait mal à l'aise.

— Ils sont très jolis, répondit-elle poliment, malgré son indifférence totale vis-à-vis de ces trésors de verrerie, d'argenterie et de porcelaine.

— Regardez-moi ça, commenta Robert en s'emparant d'un gros vase bleu et blanc de style chinois qui affichait malgré tout la robustesse des objets d'art contemporain. N'est-ce pas charmant ?

Il le lui tendit, et elle lâcha sa traîne pour s'en saisir. Le vase était plus lourd que ce qu'elle s'était imaginé, et elle sentit son bras faiblir sous son poids.

— Je vous en prie, rendez-moi ça, souffla Robert en venant plaquer ses mains sur les siennes, un sourire aux lèvres. J'aurais dû me douter que vous n'aviez pas la force de le tenir…

Elle le dévisagea, consciente de ses mains moites sur les siennes, qu'elle libéra aussitôt. Le vase glissa brusquement. Robert tenta de le rattraper, en vain, et l'objet tomba dans un bruit sourd. Ils le regardèrent rouler d'avant en arrière sur le tapis, comme un gros bébé incapable de se mettre sur le dos. Par chance, sa robustesse l'avait empêché de casser.

— Plus de peur que de mal…, commenta Robert avec un soulagement évident.

Il se pencha pour le ramasser, et, quand il se releva, ses yeux bleus étaient rougis par l'effort. Il le reposa sur le buffet.

Son pantalon est peut-être trop serré, songea Alexandra. Il semblait plutôt à l'étroit dans son costume, comme s'il avait été confectionné des années plus tôt, quand l'homme affichait encore une silhouette plus fine.

Robert haletait, sifflant des bouffées d'air par ses narines frémissantes envahies de petits poils noirs. Il rapprochait son visage du sien, son expression polie soudain remplacée par une espèce d'avidité inquiétante.

— Vous êtes un sacré petit lot, pas vrai ? susurra-t-il. Quel gâchis !… Laurence n'a jamais eu l'œil pour déceler ces petits jeux charmeurs que vous autres aimez tant.

Son visage rubicond approchait encore, ses yeux lui rappelant soudain ces billes bleu et jaune qu'elle gardait dans un pot, dans sa chambre.

— Mais moi, si. Et je sais exactement ce que vous manigancez, petite garce.

— Je ne comprends pas, souffla-t-elle, perplexe.

— J'aime ça, poursuivit-il, la respiration de plus en plus haletante, et vous le savez très bien. Je connais les femmes. Tout ce qui vous intéresse, c'est d'exciter les hommes afin qu'ils vous désirent. Et je peux vous dire que vous excellez…

Il vint alors coller son visage au sien tout en plaquant ses grosses mains rougeaudes et maladroites sur sa poitrine.

Horrifiée et écœurée, Alexandra n'avait conscience que d'une seule chose : elle devait à tout prix sortir d'ici. Elle fit volte-face et s'élança vers la porte, mais quelque chose la retint sur place, et elle entendit un sinistre déchirement.

— Doux Jésus ! s'écria Robert.

Elle se tourna pour le découvrir en train de fixer ses chaussures, sous lesquelles gisait un bout de sa traîne. Il l'avait tout bonnement déchirée. Hébétée, Alexandra releva sa robe et quitta la pièce à toutes jambes, abandonnant Robert à son sort, la mare de soie blanche à ses pieds.

Elle s'était presque sentie soulagée de partir après cet épisode. Elle avait couru jusqu'à sa chambre, tremblante, et avait claqué la porte avant de s'y adosser et de se mordre la lèvre pour s'empêcher de pleurer.

C'est un monstre ! Un monstre ! L'idée qu'elle puisse chercher à l'exciter, à le faire souffler comme un bœuf et rougir comme un idiot était à la fois ridicule et terriblement blessante. Était-ce parce qu'elle était mariée ? Était-ce pour cette raison que les hommes pouvaient penser cela d'elle ? Quelle idée horrible ! Elle balaya la pièce du regard, pratiquement vide désormais en dehors de ses livres et de ses tableaux, ses valises posées près de la porte. Elle eut un pincement au cœur.

Je ne peux pas le dire à Laurence, décida-t-elle. *Ce serait une erreur. Il pourrait croire Robert. Il pourrait croire que je voulais…, que je voulais…* Elle-même ne parvenait à imaginer ce que l'on pourrait croire. L'image de son visage près du sien lui envoya un frisson désagréable. Elle l'écarta alors et entreprit de se débarrasser de sa robe, tâche quelque peu ardue sans aide aucune. Puis elle enfila le costume qu'elle avait choisi pour son voyage : une robe de laine bleue au manteau assorti bordé de blanc, avec un petit chapeau blanc et des chaussures pointues blanches elles aussi. Quand elle était apparue dans le salon, placide, cela avait causé l'hilarité générale.

— Dis-moi, mon vieux, il y en a une qui est pressée ! lança une voix parmi les rires. Vous feriez mieux de filer !

Elle les avait dévisagés, mal à l'aise dans cette tenue bien trop adulte à son goût, se demandant ce qui était si drôle. Laurence l'avait alors rejointe. Vingt minutes plus tard, elle pressait ses lèvres sur la joue froide de son père, puis sur celle, douce, de tante Felicity, puis leur dit au revoir. Elle avisa Robert Sykes dans la foule, qui vint les saluer en riant, et elle détourna aussitôt le regard, réprimant un nouveau frisson. L'automobile avait alors quitté la maison dans un rugissement. Elle se trouvait enfin seule avec son mari.

— Mr et Mrs Sykes ? Ah ! voilà !

La femme, dont les anglaises ternes devaient bien avoir deux semaines, scrutait son registre derrière ses épaisses lunettes.

— Vue sur la mer. Chambre huit. Arthur va vous accompagner, poursuivit-elle.

Ensuite, elle aboya :

— Arthur ! Viens donc porter les bagages !

Elle reprit sa voix normale et ajouta avec un sourire :

— Lune de miel, hein ?

Alexandra jeta un regard alentour. Ils se trouvaient dans ce genre de vieilles pensions de famille qui simulaient le raffinement par le biais de reproductions criardes de grands maîtres, de napperons sur toutes les surfaces et de moquettes poisseuses. Pourquoi diable Laurence l'avait-il amenée ici ? N'avait-il vraiment pas trouvé mieux ?

Arthur apparut. C'était un homme rondouillard dont le pantalon était maintenu par des bretelles. Il s'empara des deux grosses valises tandis que Laurence se chargeait des sacs plus petits. Ils le suivirent dans l'escalier et dans un couloir jusqu'à ce qu'ils atteignent la chambre numéro huit.

Quand ils furent enfin seuls, Alexandra nota les deux lits séparés par une petite table de chevet affichant une lampe de porcelaine rose. Elle les fixa, confuse. Qu'est-ce que cela voulait dire ? Allaient-ils dormir séparément ? Submergée par une vague de soulagement, elle laissa échapper un long souffle. C'est alors qu'elle se rendit compte qu'elle l'avait retenu dès l'instant où ils avaient passé la porte de leur chambre. Leur chambre *nuptiale*.

Elle eut soudain envie de rire face à cette petite pièce miteuse aux murs poisseux qui donnait sur un coin de galets, un peu plus loin, et une légère tache de mer sombre. Laurence observait justement la vue, à la fenêtre. Quand son regard atterrit sur lui, il sortit un paquet de cigarettes et s'en alluma une avant de se tourner vers elle en soufflant un nuage de fumée grise.

— Vous avez faim ?

C'étaient les premières paroles dont il la gratifiait depuis leur départ.

— Euh…, oui, murmura-t-elle en se rendant compte qu'elle n'avait rien mangé de la journée.

Son petit déjeuner avait fini dans les toilettes, et les roulés aux asperges ne l'avaient pas franchement tentée.

— Moi aussi.

Il retira un petit bout de tabac de sa langue et lui sourit.

— Je ne pense pas qu'on puisse manger ici. Allons voir ce qu'ils proposent à l'extérieur.

Ils sortirent dans la nuit déjà tombante et dénichèrent un petit restaurant où ils mangèrent des *fish and chips* dans des assiettes de porcelaine en commentant poliment la journée avant de terminer par une meringue à la fraise trop sèche. Lorsque chacun eut bu son café, ils prirent le chemin de la pension d'un pas tranquille. Laurence vint lui prendre la main, qu'il posa sur son bras sans la lâcher. Il semblait soudain d'humeur plus tendre.

85

— Vous étiez très jolie, aujourd'hui, lui confia-t-il en lui jetant un regard timide.

— C'est vrai ? souffla-t-elle, stupéfaite.

Il ne lui était pas venu à l'esprit de se demander ce qu'il pensait d'elle. Elle avait simplement espéré qu'à défaut de jolie, elle était au moins conforme à ce qu'on attendait d'elle.

— Les autres hommes étaient jaloux ; je l'ai bien vu, commenta-t-il d'un air satisfait.

Elle se rappela alors le visage de Robert Sykes plaqué contre le sien, les poils noirs s'agitant dans ses narines, et fut prise d'un haut-le-cœur. Elle serra plus fort le bras de Laurence et se mit à l'observer. Soudain, il lui paraissait tout à fait charmant, avec ses cheveux blonds ramenés en arrière et son visage pâle. Il semblait propre, soigné et honorable ; tout le contraire de son frère. Elle se sentait en sécurité avec lui, et une bouffée d'affection la traversa soudain.

Mon mari, songea-t-elle, toujours aussi perplexe. *C'est mon mari.*

— Je suis contente de vous avoir rendu fier, souffla-t-elle en lui souriant.

— Vous m'avez rendu *très* fier.

Il porta alors sa main à ses lèvres et y déposa un baiser. Sa bouche était gelée sous la brise.

— Nous sommes arrivés, dit-il.

En cet instant de soudaine intimité, elle aurait aimé lui demander pourquoi il avait choisi cette étrange pension, mais avant qu'elle ne puisse formuler sa question, ils grimpaient déjà les marches.

— Espérons que Mrs Addington ne soit pas là, murmura Laurence en ouvrant la porte.

Mais la propriétaire était bien là, et elle ne les quittait pas des yeux.

— Bonsoir, Mr Sykes ! trilla-t-elle. Si votre femme et vous souhaitez boire un dernier verre, le bar est ouvert aux clients, ajouta-t-elle en désignant une porte ouverte dans le couloir.

Jetant un rapide coup d'œil, Alexandra découvrit une pièce à la moquette pelucheuse affublée d'un comptoir verni et de petites tables en bois entourées de quelques fauteuils. Les lieux étaient vides, en dehors d'un homme qui leva la tête de son journal afin de voir à qui on parlait. Quand il croisa son regard, il se replongea aussitôt dans sa lecture.

— Merci, mais je crois que nous ferions mieux d'aller nous coucher, répondit Laurence. La journée a été longue.

— En effet, commenta la femme avec un sourire mielleux. Une journée longue et très spéciale, n'est-ce pas ? Tous nos vœux, d'ailleurs !

Puis, avec un sourire entendu, elle les regarda disparaître dans l'escalier.

Alexandra fixait son reflet dans le miroir. Elle avait traversé le couloir jusqu'à la salle de bains commune, sa toilette de nuit dans les bras. L'idée de se changer devant Laurence la glaçait d'horreur, et elle n'avait aucune envie de le voir se débarrasser de toutes ces choses qui faisaient de lui un gentleman : sa veste, son gilet, sa chemise et ses boutons de manchette, sa ceinture, son pantalon, puis...

que révélerait-il ensuite ? L'idée qu'il se rabaisse à se dévêtir devant elle l'horrifiait, et elle ignorait si elle y découvrirait un enfant vulnérable ou une bête sauvage, un taureau ou un étalon dont l'organe qui la terrifiait tant balancerait impunément entre ses jambes. Elle savait qu'elle devrait se faire à cette différence de taille entre les hommes et les femmes mais elle n'en était pas moins tétanisée.

Son visage était livide, et son regard, empli de terreur. Elle peigna ses longs cheveux bruns de façon à ce qu'ils lui tombent sur les épaules. Puis son regard passa sur sa chemise de nuit à col montant et, après un moment d'hésitation, elle défit les deux premiers boutons… pour mieux les refermer quelques secondes plus tard.

— Que faire ? souffla-t-elle à son reflet.

La peur semblait avoir creusé ses joues. Que faisait-elle ici, dans ce lieu étranger, avec cet homme tout aussi étranger ? Et qu'allait-il se passer ?

Elle ne pouvait plus rien y faire, désormais, et elle ne pouvait pas rester plantée là indéfiniment. D'autres clients attendaient sûrement la place, et elle ne voulait pas attirer les questions en restant trop longtemps. Elle ramassa alors le tas que formaient ses vêtements, sa trousse de toilette et sa brosse à cheveux et reprit le chemin de la chambre. À son grand soulagement, Laurence avait enfilé son pyjama et s'était brossé les dents dans le petit lavabo de la chambre. Il s'était installé dans l'un des deux lits, un journal à côté de lui, posé sur la couverture.

— Bonsoir, dit-il quand elle entra, un sourire aux lèvres. J'ai pris celui-ci, si ça ne vous dérange pas.

— Pas du tout.

Elle releva les couvertures de son lit et s'y glissa. Les draps étaient froids, et elle se frotta les pieds pour les réchauffer, comme elle le faisait si souvent à la maison.

— Tout va bien ? demanda Laurence, qui ne l'avait pas quittée des yeux.

— Oui, merci.

Cette situation était vraiment troublante. Jusqu'ici, sa chambre avait toujours été un espace privé que seule sa mère avait jamais foulé. Alexandra sentait encore le matelas s'affaisser quand sa mère venait s'y asseoir doucement, une main caressant les cheveux de sa fille et l'autre entremêlée dans la sienne tandis qu'elles discutaient de la journée passée.

Puis un doux baiser, des bruits de pas qui s'arrêtaient à la porte, où elle se retournait pour lui sourire, et sa silhouette qui se dessinait brusquement dans le couloir quand elle éteignait. Depuis l'accident, personne n'était venu éteindre sa lumière, elle devait aller appuyer sur l'interrupteur elle-même et regagner son lit au galop sur le parquet glacial. Il n'y avait plus eu ni baisers ni paroles rassurantes. Jusqu'ici, peut-être.

Elle s'allongea et ferma les yeux. Les événements de la journée tournoyaient dans son esprit, et, quelques minutes plus tard à peine, elle sombrait dans le sommeil. Un « clic » lui fit rouvrir les yeux sur l'obscurité : Laurence avait éteint sa lampe. Son cœur se mit à accélérer sous sa chemise de nuit, battant à tout rompre.

Pendant un moment, rien ne se passa, puis elle l'entendit soudain se lever doucement de son lit et s'approcher du sien.

— Alexandra ?

Sans un mot, elle pressa les paupières, raide comme une statue.

— Vous dormez ?

S'il y avait bien une chose qu'on lui avait enseignée depuis son plus jeune âge, c'était l'honnêteté.

— Non.

— Est-ce que… je… ? Enfin, puis-je me joindre à vous ? s'enquit-il d'une voix presque suppliante.

— Bien sûr, répondit-elle sans pour autant bouger, le poing serré.

Elle sentit les couvertures se soulever, laissant passer une vague d'air froid. Il grimpa derrière elle et pressa son corps au sien pour ne pas tomber.

Elle se rendit alors compte qu'elle retenait son souffle et expira lentement avant d'inspirer le plus discrètement possible. Laurence passa un bras sur sa taille et coinça ses jambes derrière les siennes avant de venir se nicher dans sa nuque. Toujours aussi immobile, Alexandra fixait les ténèbres tout en se demandant ce qu'elle était censée faire.

Il s'était mis à frotter son corps contre le sien, et une main lui caressait doucement les fesses, de haut en bas, avant de gagner en ardeur. Il se mit alors à lui donner des coups de reins. Elle sentait quelque chose de dur lui cogner le dos à chaque coup, tandis que ses caresses s'affolaient, à l'instar de son souffle dans son oreille.

— Vous voulez bien m'aider un peu ? marmonna-t-il.

— Que dois-je faire ?

— Relevez votre chemise de nuit.

Elle hésita un instant. C'était donc ça. Cette chose dont on lui avait tellement parlé était sur le point de lui arriver. Difficile d'imaginer que ce serait le paradis, mais peut-être fallait-il un peu plus de temps ? Si seulement elle n'était pas aussi terrorisée... Elle releva sa chemise de nuit d'une main tremblante et reprit sa position initiale, pétrifiée et désormais vulnérable. La main de Laurence caressait ses fesses nues, et il se mit à la pincer.

— Ça vous plaît ? lui murmura-t-il à l'oreille entre deux halètements. C'est agréable ?

— Oui, répondit-elle piteusement.

Il la pinça alors un peu plus fort en soufflant :

— Bien, bien...

Soudain, sa main passa sur son ventre, et Alexandra parvint de justesse à réprimer un cri. Personne ne l'avait touchée ici depuis ses douze ans, quand le médecin avait voulu s'assurer qu'elle ne souffrait pas d'une crise d'appendicite. Tante Felicity lui avait donné des bouteilles d'eau chaude à presser contre son ventre durant ses menstruations, mais elle ne l'avait jamais regardée faire. Et voilà que la main de cet homme était sur elle (pas n'importe quel homme : son *mari*), et, à sa plus grande horreur, elle cheminait doucement vers la zone où personne d'autre qu'elle n'était jamais allé.

De longs doigts fins et rugueux se mirent à la sonder. Elle se mordit la lèvre pour réprimer un cri, même si elle brûlait d'envie de lui hurler de la lâcher. Mais il continua de remuer ses mains maladroites, comme s'il cherchait quelque chose sous elle. Les coups dans son dos étaient de plus en plus douloureux. Quand Laurence fut parvenu à se débarrasser de son bas de pyjama, elle comprit avec horreur de quoi il s'agissait.

Que suis-je censée faire ? Elle n'en avait aucune idée et elle était au bord de la panique. Elle n'aurait jamais pensé que cela se passerait dans cette position, avec elle lui tournant le dos. Il se mit alors à glisser la main entre ses cuisses pour les lui faire écarter, ce qui lui parut absurde.

— Vous pouvez m'aider un peu plus ? haleta-t-il dans son oreille.

Elle leva docilement la jambe. La chose dure et brûlante vint se caler plus près de ses parties intimes. Mortifiée, Alexandra attendait la suite avec une boule au ventre.

— Tournez-vous, dit-il.

Elle obtempéra et parvint tant bien que mal à se mettre sur le dos, gênée par sa chemise de nuit.

— Écartez les jambes pour que je puisse venir.

— D'accord, souffla-t-elle d'une petite voix terrorisée.

Sous cet heureux couvert de l'obscurité, elle écarta les jambes, révélant le doux nid qu'elles protégeaient. Elle ne le voyait pas, mais elle distinguait l'odeur de son savon et celle, légèrement éventée, de ce qui ressemblait à de la crème, et elle sentait la chaleur de son corps, même si sa peau était encore fraîche. Il était désormais accroupi entre ses jambes. Quand elle baissa les yeux, elle aperçut une chose longue et fine qui se dressait au niveau de son aine. Elle détourna aussitôt le regard, suffoquant de terreur. Cette chose allait assurément lui faire très mal.

— Je vais essayer, la prévint-il.

Il s'allongea sur elle, et elle ferma les yeux. Il n'était pas bien plus grand qu'elle, et était presque aussi mince. Sa peau fraîche était imberbe, et ce fut un corps léger qui se posa contre le sien. C'est alors qu'elle le sentit.

— Pourquoi est-ce que… je ne peux pas ? siffla-t-il entre ses dents. Qu'est-ce qui se passe ? Qu'est-ce qui ne va pas ?

— Je ne sais pas, répondit-elle, nerveuse. Qu'est-il censé se passer ?

— Ne faites pas votre dinde, voyons ! Vous le savez bien ! Vous êtes censée me laisser vous pénétrer. Guidez-moi.

Vous guider où ? songea-t-elle en tendant toutefois la main vers cette chose qui cherchait à tout prix à la visiter. Mais alors, elle la toucha et poussa un cri tout en retirant brusquement la main.

— Qu'est-ce qui se passe, bon sang ? aboya-t-il. Pourquoi avez-vous fait ça ? Vous voulez réveiller tout le monde ?

— Désolée…, j'ai été surprise.

— Allez, on réessaie.

Elle tendit de nouveau la main, rassembla son courage et saisit le membre chaud, lisse et svelte, à l'image de son propriétaire.

— Mais ne le pincez pas, espèce d'idiote ! fulmina-t-il. Mettez-le en vous, maintenant.

Mais il aurait tout aussi bien pu lui demander de faire sortir un lapin de son chapeau. Elle ignorait totalement comment manipuler cette chose, ou encore comment la faire entrer. Elle était complètement perdue. Ils essayèrent encore une bonne dizaine de minutes, Laurence, de plus en plus frustré, et Alexandra, désespérée par son corps irrémédiablement hermétique. Il finit alors par lâcher un juron suivi d'un soupir. Elle nota qu'il était plus mou, désormais, et que son membre s'était recroquevillé comme un escargot dans les rares poils qui lui parsemaient le bas du ventre. Il recula et descendit du lit.

— J'abandonne, déclara-t-il. C'est une pure perte de temps. À vous de voir ce que vous faites mal, et nous réessaierons.

— Oui, dit-elle d'une petite voix, humiliée mais profondément soulagée que ce soit enfin terminé.

Elle se doutait que c'était sa faute, si l'expérience s'était révélée aussi atroce.

— Je suis désolée, Laurence.

Dans un grognement, il se glissa à nouveau dans son lit. Elle roula sur le côté, fit redescendre sa chemise de nuit et sombra dans le sommeil bien plus vite que ce qu'elle aurait imaginé.

Mais le lendemain matin, l'air entendu de la propriétaire des lieux, l'impertinence de son sourcil dressé et son sourire amusé lui furent insupportables. Elle ignorait de quoi elle devait avoir le plus honte : que Mrs Addington pense qu'elle avait été dépucelée, ou sa propre incapacité à donner à Laurence ce qu'il avait désiré.

6

Aujourd'hui

Même au bout de six mois de mariage, Delilah avait encore du mal à intégrer que les lettres adressées à Mrs Stirling étaient pour elle. Elle ramassa la pile posée dans l'entrée et la survola tout en longeant l'étroit corridor qui menait à la cuisine. En général, le courrier arrivait tôt, si bien que c'était John qui le triait, retirant de la pile tout ce qui ne la concernait pas pour l'emporter dans ce bureau où il passait de si longues heures, et où elle savait qu'il préférait être seul.

Elle ne connaissait aucun des destinataires, ce qui signifiait sûrement qu'il s'agissait là encore de quémandeurs en tous genres. Ça ne lui était pas toujours facile de gérer ce flot de requêtes (certains lui demandaient d'assister à leurs galas de bienfaisance, d'autres voulaient un accès gratuit au domaine, mais plus encore réclamaient de l'argent ou des dons d'objets).

Elle aurait aimé pouvoir tous les aider, mais parfois, elle souhaitait seulement la paix. Si elle accédait à toutes les requêtes, la maison serait continuellement pleine de gens, et vide de tout le reste. Par ailleurs, elle ne pouvait donner son avis sans la permission de John, qui, de son côté, n'étudiait que les propositions les plus lucratives en échange de très peu d'efforts. C'est pourquoi il acceptait de bon cœur les shootings et les tournages, mais refusait toute action désintéressée.

Delilah décacheta l'une des lettres tout en entrant dans la cuisine, où Janey, la gouvernante, s'occupait de nettoyer l'évier de l'office.

— Bonjour, Janey. Vous auriez fait couler du café, par hasard ?

— Bonjour, sourit Janey. Oui, il y en a du frais dans la cafetière. Je vais vous en servir une tasse.

— Ne vous embêtez pas ; je m'en occupe.

Elle posa le tas de lettres sur la table en pin impeccable et alla se servir. Elle aimait cette pièce grande et lumineuse. Il y flottait toujours une délicieuse odeur, et Janey aimait à l'agrémenter de brassées de fleurs et de panières de fruits. C'était la seule pièce dans laquelle Delilah avait le sentiment d'être dans une maison normale, et cela faisait un bien fou.

— Comment allez-vous, aujourd'hui ? demanda-t-elle en sirotant son café.

— Très bien, merci ! C'est agréable, de revoir le soleil, n'est-ce pas ?

Delilah acquiesça. Elle s'entendait bien avec Janey, et elle s'estimait chanceuse d'avoir sa compagnie. Grâce à elle, la maison lui paraissait moins désespérément vide. Savoir Janey et Erryl, son mari, dans le pavillon à l'entrée du domaine la rassurait et atténuait ce sentiment terrible d'être abandonnée au milieu de rien. Janey passait pratiquement tous les jours s'occuper de la maison, avec l'aide de femmes de ménage, tandis qu'Erryl gérait l'extérieur et tout ce qui ne nécessitait pas l'intervention

d'un spécialiste. Delilah se doutait que leur relation aurait été beaucoup plus formelle au siècle
dernier, mais les choses avaient très vite été
simples, entre elles. Au début, Janey l'avait appelée « Mrs Stirling », mais elle avait fini par la persuader d'arrêter, même si la gouvernante préférait
ne pas user du prénom de sa maîtresse. Erryl, lui,
tenait à l'appeler « madame », quels que soient les
efforts de Delilah pour l'en dissuader.

— Je vais aller promener Mungo dans les bois.

— Très bonne idée ! C'est le temps idéal. Je vous
laisse apporter le café à Mr Stirling ?

— Euh…, oui, bien sûr. Je m'en charge avant
de sortir, murmura Delilah en sentant le rouge lui
monter aux joues.

Elle avait espéré que Janey le fasse à sa place,
aujourd'hui. John était de mauvaise humeur à
cause de la TVA à payer, et elle préférait éviter le
bureau au maximum.

Elles parlèrent tâches ménagères tandis que
Delilah finissait son café et ouvrait son courrier,
décidant d'y revenir pour la plus grande partie plus
tard. Puis elle finit par se lever, presque réticente à
l'idée de quitter la douce normalité de la cuisine.

— Bon, j'apporte le café à John et j'y vais,
déclara-t-elle.

— Très bien. À plus tard !

Le bureau se situait tout au fond du couloir, vers
l'avant de la maison. Elle frappa à la porte et entra.
John avait les yeux fixés sur l'écran de son ordinateur, une main sur la souris, le front plissé par la
concentration.

— Pause-café ! annonça-t-elle.

Il dressa brusquement la tête.

— Oh ! merci ! J'ai bien besoin de souffler deux minutes…, soupira-t-il en s'enfonçant dans son fauteuil.

— Tu t'y es mis tôt, aujourd'hui, commenta-t-elle en posant sa tasse.

Les murs étaient recouverts d'étagères pleines de dossiers, et le bureau de John était envahi de documents en tous genres.

— Et cette TVA ?

— Ne m'en parle pas ! lança-t-il en grimaçant. Je ne vois pas à quoi ça sert de payer un comptable, franchement. C'est moi qui fais tout !

— Il ne peut pas s'occuper de ça ? demanda Delilah en désignant une boîte pleine de papiers et de reçus.

— Très bonne idée. Je peux me passer de travail en plus. Et toi, qu'est-ce que tu as prévu de beau ?

— Je vais promener Mungo, puis répondre au courrier.

Il la fixa alors d'un air sérieux.

— Du nouveau ?

Elle se rappelait comme ses yeux de la couleur du granit s'adoucissaient quand il les posait sur elle. Mais dernièrement, cette tendresse semblait l'avoir déserté, et elle brûlait de revoir ce regard gris pâle.

— Toujours rien, dit-elle avec un sourire.

Une vague d'espoir balaya les traits de John.

— Mais c'est une très bonne nouvelle ! Tu es en retard de combien ?

— Deux jours.

— Tu comptes faire un test ?

— Peut-être pas aujourd'hui. S'il n'y a toujours rien d'ici samedi, j'en ferai un.

L'expérience lui avait appris à ne pas faire de test trop tôt : un résultat négatif pouvait quand même laisser entrevoir un espoir, même infime. Ce n'est que lorsque les tiraillements dans son ventre annonçaient l'arrivée de ses règles qu'elle acceptait officiellement l'idée qu'une fois de plus, elle n'était pas enceinte.

— Très bien. En tout cas, deux jours, c'est mieux que la dernière fois.

L'angoisse évidente de son mari la troublait. Depuis quand leur vie ne tournait-elle plus qu'autour de ce désir d'enfant ? Cela ne lui avait pas paru si capital, alors qu'elle avait bouclé sa vie londonienne pour mieux s'installer ici. Mais plus les mois passaient et plus cette question semblait tout dominer.

— Je sais, mais ça ne m'arrive jamais d'avoir du retard deux fois de suite. J'ai peur que ce soit le stress… Attendons de voir, tu veux bien ? Tu sais que nous ne pouvons rien y faire, de toute façon.

Elle commençait à craindre que son incapacité à tomber enceinte ne soit en train de les éloigner, mais elle s'efforça de repousser cette idée. Ils désiraient tous les deux cet enfant, et cela n'aiderait pas, s'ils se mettaient à rejeter la faute sur l'autre.

— Tu as sûrement raison…, soupira-t-il avec un sourire triste. Mieux vaut ne pas trop y penser.

— Exactement. Bon, je t'abandonne aux joies de la comptabilité. Bonne chance.

— Merci. À tout à l'heure.

Puis il se recentra sur son écran, et elle quitta la pièce à pas de loup.

Lorsqu'elle appela Mungo, le chien bondit de son panier, tout excité à l'idée d'aller faire un tour. Elle n'avait jamais été particulièrement folle des chiens, mais il était difficile de ne pas craquer pour cet adorable cocker anglais, avec sa superbe fourrure noire, ses longues oreilles toutes douces et son regard candide. Elle ne s'en sentait pas encore la maîtresse, mais elle s'en rapprochait indéniablement de jour en jour.

— Allez, on y va ! lança-t-elle en prenant un gilet avant d'ouvrir la porte de la buanderie.

Mungo se rua aussitôt vers les parterres de fleurs en agitant la truffe. Delilah prit une longue inspiration et balaya le paysage du regard. L'air était délicieusement frais. L'été touchait enfin ce point merveilleux où les jardins débordaient de trésors et où le ciel teinté d'or promettait de longues journées verdoyantes qui s'achèveraient par de chaudes soirées aux nuances rosées. Elle adorait cette période de l'année, avec ses senteurs fleuries et ses brises légères. L'été, c'était l'annonce d'un monde meilleur. Mungo trottant derrière elle, elle traversa les jardins à l'arrière de la maison, avec leurs élégantes haies de buis aux contours parfaitement symétriques et leurs plates-bandes impeccables. Les soins tout particuliers dont on entourait la végétation lui procuraient un sentiment de calme incroyable. Un mouvement attira son regard. C'était Ben, penché dans les parterres. La peau hâlée de ses bras musclés luisait sous les rayons du soleil. Il était toujours accoutré d'un vieux short marron dont une paire de gants de jardinage dépassait de la poche, d'un tee-shirt blanc tout taché, d'une ceinture à outils et de grosses bottes. Il ne l'avait pas vue, et elle hésita à l'appeler. Charmée par sa simplicité et sa générosité, elle avait apprécié Ben au premier regard. Aujourd'hui, elle appréciait son flegme et la façon dont il semblait toujours ravi de la voir, prenant chaque fois un instant pour discuter avec elle.

Je pourrais lui parler du gymkhana, songea-t-elle. L'une des lettres venait du club équestre, qui désirait faire usage d'un de leurs champs pour leur compétition annuelle. Elle n'avait pas voulu surcharger John, mais Ben saurait probablement quoi faire.

Delilah avança vers lui avant de s'arrêter. Pourquoi hésitait-elle ainsi ? Il n'y avait rien d'anormal à aller voir Ben, mais elle avait remarqué qu'elle pensait beaucoup à lui, dernièrement. Elle aimait errer dans le jardin à sa recherche, parfois avec une tasse de thé ou un verre d'eau. Il était tellement agréable, et drôle, aussi… Avec les sautes d'humeur de plus en plus fréquentes de son mari, la compagnie de Ben avait un pouvoir relaxant sur elle. Elle n'avait pas besoin de marcher sur des œufs à se demander quand la prochaine crise surviendrait. Et elle s'en sentait soulagée, même si elle avait conscience que les choses n'auraient pas dû être ainsi.

Nous ne faisons rien de mal, tenta-t-elle de se convaincre. *C'est simplement un ami. Après tout, c'est le cousin de John ; nous sommes de la même famille. Et il travaille ici… Nous sommes obligés de nous croiser !*

Elle regarda Ben se redresser et balayer ses cheveux châtains de son front perlé de sueur. Il la vit alors et lui fit signe, un grand sourire lui barrant le visage. Elle lui rendit son sourire et hésita une fois de plus à le rejoindre. Non, ce n'était pas ce qui était prévu. Elle avait décidé de promener Mungo, et elle s'y tiendrait. Ben l'observait, attendant de toute évidence qu'elle vienne le voir ; alors, elle désigna l'allée d'ifs pour signifier qu'elle sortait. Après un petit hochement de tête, il retourna à sa tâche, et Delilah appela Mungo pour partir en direction des vieilles portes qui séparaient la demeure des bois. Elle fut soulagée de s'éloigner de ce qu'elle ne pouvait s'empêcher de voir comme une source de danger.

Ne sois pas ridicule, se reprit-elle en pénétrant la fraîcheur des arbres, les sous-bois débordant de végétation. *Tu te fais des idées.*

Elle avait toujours débordé d'une imagination fertile, ce qui avait dû tracer le chemin de sa carrière, mais elle se targuait également d'être quelqu'un de pragmatique, et elle avait beaucoup de mal à supporter ceux qui, comme Rachel, vivaient leur vie comme dans un film un peu loufoque. Delilah s'était consolée de la perte de son travail en décidant de mettre toute cette créativité et cette énergie au profit de la maison, qu'elle transformerait en véritable lieu vibrant de vie. D'abord, elle n'avait pas douté de sa capacité à la faire sienne, mais six mois plus tard, l'ampleur de la tâche la désolait. Son premier hiver avait été un vrai cauchemar. Elle n'avait jamais eu aussi froid de sa vie. La maison, prise dans les griffes du froid glacial, semblait continuellement enveloppée d'un voile obscur, comme s'ils se trouvaient non pas en Angleterre, mais au niveau du cercle arctique, prisonniers de six mois de nuit pleine. Les vastes pièces qui l'avaient tant enchantée à son arrivée ressemblaient à des salles de musée glaciales, et la simple idée de demander à John d'allumer les lampes et les cheminées afin de leur donner vie lui paraissait totalement absurde quand, dans la lumière grisâtre du salon, elle voyait ces petits nuages blancs sortir de sa bouche. Sous le regard inquisiteur de tous ces ancêtres fixés aux murs, elle avait compris que donner un peu de chaleur à cet endroit n'était pas en son pouvoir. Et puis, y avait-il un réel intérêt ? Après tout, ce n'était pas comme s'ils pouvaient occuper à eux deux toutes les pièces (même une seule paraissait trop grande). L'unique pièce dont ils se préoccupaient était la bibliothèque, où le week-end on allumait un feu et sortait les verres de whisky et de vin de gingembre, selon une vieille tradition familiale. Dans ces moments-là, les lourds rideaux de velours tirés et les lampes allumées, Mungo assoupi à ses pieds, Delilah se permettait d'imaginer que sa vie rêvée entre ces murs prenait tout doucement forme. Mais la réalité quotidienne voulait que John et elle dînent dans la cuisine pour ensuite passer la soirée dans l'ancien petit salon des domestiques à l'atmosphère quelque peu impersonnelle, voire institutionnelle. Les meubles étaient vieux et usés, et rien de ce qu'on y trouvait ne semblait avoir une quelconque valeur sentimentale. Ils s'installaient alors sur le vieux canapé recouvert de poils de chien et regardaient la télévision. Où étaient passés ses rêves de délicieuses soirées à recevoir ses amis londoniens dans l'élégant salon turquoise et or, vêtue d'une robe ancienne ? John n'était pas particulièrement enclin aux visiteurs, et, après quelques week-ends désastreux, Delilah craignait de réitérer l'expérience.

— Peut-être quand tu auras pu redécorer ? lui avait gentiment suggéré Grey lors de son séjour. J'aime beaucoup le charme un peu naïf d'avoir la salle de bains à cinq cents mètres de la chambre, mais le moins qu'on puisse attendre, dans ce cas, c'est d'avoir un peu d'eau chaude…

— Je suis tellement désolée…, avait-elle soufflé, piteuse. Je t'ai fait passer un week-end horrible… Je te promets de faire reprendre ce matelas au plus vite !

— Il n'y a pas que ça, poussin, avait-il ajouté en se penchant vers elle d'un air conspirateur. Si tu veux tout savoir, je trouve cet endroit quelque peu… flippant. Je n'aurais jamais pensé trouver une maison trop grande, mais je crois bien que c'est le cas de celle-ci. Tout ce vide, ça ne te déprime pas, toi ?

Son ami avait mis le doigt dessus. Incapable d'occuper cette immense demeure, Delilah avait fini par se sentir de plus en plus petite et de moins en moins efficace. En journée, ça allait encore. Elle pouvait tout à fait pousser une porte et voir ce qui se cachait derrière si cela lui chantait.

Mais à la nuit tombante, les lieux semblaient décupler, et les terreurs de son enfance refaisaient surface. Quand ils montaient se coucher, elle appréhendait de quitter le salon, même avec son mobilier affreux, et de grimper l'étroit escalier qui menait à la partie principale de la maison avant de longer l'immense couloir obscur que semblaient engloutir les ténèbres.

Ils ne pouvaient pas allumer, car il n'y avait pas d'interrupteur à l'autre bout du couloir, si bien qu'ils devaient gagner l'avant de la demeure dans le noir, son immensité lugubre lui envoyant chaque soir un frissonnement de terreur. Toutes ces portes fermées laissaient entendre qu'elles dissimulaient quelque chose d'horrible, et Delilah devait brider son imagination pour ne pas se laisser submerger par la panique. Si elle était avec John, elle pouvait toujours lui tenir la main afin de sentir sa chaleur rassurante. Seule, il lui fallait faire un effort surhumain pour ne pas galoper jusqu'à la chambre. Une fois à l'intérieur, elle se savait en sécurité. Dès qu'elle allumait, ses peurs s'évanouissaient, et elle s'en voulait d'être aussi impressionnable. Avoir aussi peur dans sa propre maison n'avait rien de normal. À Londres, son appartement avait été son refuge, son sanctuaire. Elle en fermait la porte avec l'idée réconfortante qu'elle laissait le reste derrière, pouvant enfin s'enivrer d'une douce paix.

Si seulement John acceptait de la laisser redécorer les lieux afin de les rendre plus personnels... Si seulement ils pouvaient les remplir de monde, raison d'être de cette demeure, pour enfin mettre un terme à ce silence atroce... Mais cette maison semblait irrévocablement être celle des générations passées, et non la leur.

Elle traversait les bois sans vraiment prêter attention à ce qui l'entourait. Elle était perdue dans ses pensées, à peine consciente des allées et venues de Mungo. Elle émergea soudain en plein soleil, sa chaleur l'envahissant d'une délicieuse bouffée d'énergie, et elle se rendit compte qu'elle se trouvait dans une clairière. Son regard fut aussitôt attiré par la vieille tour qui trônait sur la colline, en son centre. Elle l'avait déjà aperçue, durant ses promenades, mais elle ne s'en était jamais approchée. Revigoré par tout cet espace, Mungo bondissait déjà jusqu'à la tour, et Delilah décida d'aller l'inspecter de plus près. Elle n'avait jamais rien vu de tel. Ben lui avait dit qu'elle avait été construite au dix-neuvième siècle, ce qui expliquait son allure gothique, et qu'elle avait servi de « pavillon » à son propriétaire, un lieu paisible où se retirer quand il n'y avait rien d'autre à faire. Mais cela faisait plusieurs dizaines d'années qu'elle avait été laissée à l'abandon. Tout en s'approchant, Delilah prit note de l'état véritablement croulant de la tour, ses murs pourris et rongés par la végétation. On avait condamné l'entrée, et un panneau en interdisait l'accès en raison du danger d'éboulement. En se nichant toutefois derrière l'étroite fenêtre, Delilah vit tout un tas de détritus et de canettes abandonnées montrant que des individus s'étaient réfugiés à l'intérieur récemment, même si elle ne parvenait pas à comprendre pourquoi. La tour menaçait clairement de s'écrouler, et une odeur infecte de pourriture s'en échappait. Elle la mettait mal à l'aise ; Delilah n'avait décidément aucune envie de l'explorer davantage. Quand Mungo se mit à s'éloigner en aboyant, elle le suivit avec un soulagement évident.

Il était presque midi quand elle réapparut. Toujours aussi excité, Mungo partit en trombe en direction de l'aile ouest pour aller se rouler dans la pelouse tendre de la cour intérieure qui séparait chaque aile.

Delilah l'appela d'un air exaspéré. Le chien semblait inexorablement attiré par le seul bout d'herbe qui lui était interdit – sans parler du potager, bien sûr, fermé par un portillon –, John ne voulant pas qu'il vienne gâter le velours émeraude à coups de griffes.

Elle courut jusqu'à l'angle de la maison, mais Mungo n'était nulle part en vue.

— Mungo ! Mungo !

Elle poursuivit son chemin, se demandant s'il n'avait pas plutôt pris la direction de la roseraie, où il aimait laper l'eau de la fontaine. Elle s'apprêtait à aller y jeter un œil quand elle aperçut une silhouette légèrement voûtée au loin, auréolée de cheveux blancs. Elle se figea aussitôt en reconnaissant le père de John. Apparemment seul, il avançait à pas feutrés le long d'une des allées.

Le père de John vivait dans l'ancienne remise à calèches, aujourd'hui convertie en maison confortable où une auxiliaire de vie prenait soin de lui. Delilah ne l'avait que très peu croisé et, la dernière fois, le vieil homme avait été incapable de saisir qu'elle était la femme de John.

À vrai dire, il l'avait superbement ignorée, préférant poser inlassablement la même question à John au sujet du Van Dyke qui trônait dans la galerie, même si son fils lui avait expliqué en long et en large qu'il s'agissait d'un prêt pour une exposition temporaire. Le pauvre homme était malade. John lui avait dit qu'il s'agissait d'un niveau d'Alzheimer où il pouvait être parfaitement normal avant de soudain glisser dans la démence la plus totale en un claquement de doigts.

Il se dirigeait vers elle, rachitique dans son gilet et son pantalon trop grands. Delilah fut soudain prise de panique, craignant de se faire mettre à la porte par ce vieil homme qui ignorait qui elle était, elle qui se sentait à peine chez elle ici. Après tout, c'était encore lui, le propriétaire des lieux. John en avait la responsabilité, c'est tout.

C'est mon beau-père, dut-elle se rappeler. *Nous sommes de la même famille, désormais.* Elle avança alors vers lui en esquissant un sourire.

— Bonjour ! lança-t-elle avant de s'interrompre, ignorant comment l'appeler.

Se souvenait-elle de son prénom ? Elle l'avait vu en bas des magnifiques photos qu'il avait signées, dans le salon, mais elle était incapable de se le rappeler. « Lord Northmoor » lui paraissait être la fuite la plus raisonnable, mais cela sonnait tout de même bien trop guindé pour deux personnes de la même famille. Figée dans son hébétement, elle le regarda s'approcher avant de se décider :

— Comment allez-vous, aujourd'hui ? Il fait un temps magnifique, n'est-ce pas ?

— Élaine ? s'exclama-t-il, une nuance d'espoir dans la voix. Élaine, est-ce bien toi ?

— Euh…, non, répondit Delilah, ravie qu'il communique enfin avec elle. Je ne suis pas Élaine, mais Delilah, la femme de John.

— Élaine…, souffla-t-il. Où étais-tu donc passée ?

— Je…, je suis désolée, mais vous vous méprenez. Je ne suis pas Élaine. Je peux vous aider à la retrouver, si vous voulez. Elle vit ici ?

— Oh ! Élaine… C'est si bon de te revoir.

Ses yeux, si proches de ceux de John malgré leur teinte blanc cassé, débordaient d'espoir. Il avait dû être très bel homme, songea Delilah, mais son état le faisait sûrement paraître plus vieux qu'il ne l'était en réalité. Il lui tendit soudain les bras.

Elle se figea. Pouvait-elle entrer dans son jeu alors qu'il la prenait pour quelqu'un d'autre ? Serait-ce pire encore de le repousser ? De toute évidence, le fait de retrouver cette Élaine l'emplissait de joie.

Il s'apprêtait à la prendre dans ses bras quand une voix les interrompit.

— Vous voilà enfin ! Dites donc, ce n'est pas bien de partir comme ça !

Delilah regarda par-dessus l'épaule du vieil homme et vit son auxiliaire, Anna, qui se dirigeait vers eux. Elle portait une longue blouse bleue, et ses gros bras tremblotaient sous son pas rapide.

— Je ne faisais que regarder le jardin…, se défendit le vieil homme d'une voix faible.

La femme arriva à leur hauteur.

— Bonjour, Mrs Stirling ! J'espère que monsieur ne vous a pas ennuyée.

— Pas du tout, sourit Delilah, rassurée de passer la main à une professionnelle. Mais je doute qu'il m'ait reconnue. Il semble me prendre pour une certaine Élaine. Vous savez de qui il s'agit ?

Anna secoua la tête, perplexe.

— Non, jamais entendu ce nom-là. Mais qui sait où son esprit vagabonde ? Il pourrait très bien se croire soixante-dix ans plus tôt ! Allez, on va rentrer, maintenant, ajouta-t-elle en prenant le bras du vieil homme avant de le faire tourner en douceur en direction de la remise.

— Je peux me rendre utile ? proposa Delilah.

— Non, merci, ça ira. C'est gentil.

Le père de John se mit à suivre Anna docilement. Il sembla avoir oublié la présence de Delilah dès l'instant où il lui eut tourné le dos.

C'est le moment que choisit Mungo pour réapparaître.

— Te voilà enfin, toi ! Allez, mon grand, on rentre.

Elle tapota sa cuisse pour le faire venir, jeta un dernier coup d'œil au vieil homme qui s'éloignait et reprit le chemin de la maison.

7

1965

Debout devant le miroir de l'entrée du petit appartement que Laurence et elle partageaient dans la caserne, Alexandra passa la main sur ses cheveux. Elle avait l'impression d'avoir un casque, avec toute cette laque qui perlait telles de petites gouttes d'eau solidifiées. La coiffeuse de Chez Joel les lui avait coupés, bouclés et relevés avant de la laisser cuire une demi-heure sous un énorme sèche-cheveux noir. Ce nouveau look la vieillissait, à l'instar de son maquillage. Sophie Tortworth lui avait montré comment se recouvrir le visage d'une couche unie de fond de teint, elle avait appris à cerner ses yeux de noir et à cracher sur la pâte à mascara pour l'appliquer ensuite sur ses cils à l'aide de la petite brosse jusqu'à ce qu'ils aient l'allure de pattes d'araignée. La première fois qu'il l'avait découverte ainsi, Laurence avait éclaté de rire, mais Sophie lui avait assuré qu'elle faisait beaucoup plus glamour et mature. Rien à voir avec la fille terne et vieux jeu qui avait débarqué quelques mois plus tôt à la caserne.

Je ressemble à une femme au foyer, désormais, songea-t-elle. *Je suis enfin comme elles.*

C'était ce qu'elle avait espéré. Elle voulait se sentir intégrée, ne serait-ce que pour qu'on cesse de lui demander ce que cela faisait d'être jeune mariée. C'était déroutant, d'être entourée ainsi, après avoir passé tant d'années dans la solitude, et les lieux débordaient d'animation. Pratiquement une fois par semaine, un dîner était organisé au mess. Les hommes enfilaient leurs tenues de cérémonie flamboyantes, et leurs épouses, leurs plus beaux atours. Alexandra percevait bien l'esprit de compétition qui régnait entre toutes ces femmes, où on louait d'un ton mielleux robes, chaussures, pochettes brodées de perles, coupes à la mode du dernier magazine, bijoux… Jusqu'ici, elles s'étaient montrées aimables avec elle, faisant mine de lui envier sa jeunesse et sa beauté, comme si cela pouvait pallier son manque d'allure et le fait qu'elle ne possède qu'une seule robe de soirée. Mais leurs cajoleries ne la trompaient pas : Alexandra se savait jugée.

Par chance, Sophie, la femme d'un lieutenant-colonel, s'était prise d'affection pour elle et avait décidé d'en faire une véritable Londonienne.

— Ça saute aux yeux que tu ne sais pas y faire ! s'était-elle exclamée, amusée par l'air perdu de la jeune fille.

Pour compenser ses vilaines dents et son gros nez, Sophie couvrait ses yeux de poudre bleue et s'était fait faire une coiffure de star.

— Et c'est vraiment dommage, parce que je peux te dire que tu es jolie tout plein ! Ces grands yeux bleus… Ce petit nez en trompette… J'aurais donné

n'importe quoi pour avoir un nez pareil, ma belle !
Pourquoi te laisser aller comme ça ? Ta mère ne t'a
donc jamais appris à mettre du rouge à lèvres ?

— Ma mère est morte, avait commenté
Alexandra avant de culpabiliser aussitôt devant
l'air gêné de son amie. Mais rassure-toi, ça fait des
années.

— Bon, eh bien, je t'emmène chez Boots[1], c'est
décidé. Je ne vois pas une autre solution.

Elles avaient acheté du fond de teint, du khôl et
du mascara, de la poudre et un rouge à lèvres rose
glacé huileux, puis Sophie l'avait persuadée de se
faire couper les cheveux.

Alexandra n'avait plus rien à voir avec ce fameux
jour où Laurence et elle étaient rentrés de leur lune
de miel, traumatisés par la cuisante expérience
qu'ils venaient de fuir. Ils avaient de nouveau
tenté de réussir ce qu'ils étaient censés faire au lit,
mais chaque fois, l'échec s'était fait plus humiliant.
Laurence s'était alors mis à s'attarder au bar, le
soir, laissant Alexandra monter se coucher seule,
mais elle ne parvenait à s'endormir que lorsqu'il
était rentré. Raide comme une statue, elle l'écoutait
tituber et jurer entre ses dents tandis qu'il se dés-
habillait, puis il venait s'écrouler dans le lit pour
lâcher, quelques secondes plus tard, un ronflement
sonore. Elle était déchirée entre la frustration de ne
pas être à la hauteur et le soulagement de ne pas
avoir à subir une nouvelle humiliation.

1. Magasin spécialisé dans les cosmétiques.

Dans leur appartement, ils partageaient un lit, mais ne se touchaient jamais. Quand Laurence rentrait sobre et bien disposé, ils s'adonnaient à leur petit rituel. Elle se tournait sur son épaule droite, lui sur la gauche, ils se murmuraient un « Bonne nuit » aimable et demeuraient dos à dos jusqu'au matin. Mais cela arrivait de moins en moins. Laurence dînait si souvent au mess qu'elle ne se souciait même plus de lui préparer quoi que ce soit. Toutes ces fois où elle l'avait attendu dans leur minuscule cuisine, jusqu'à ce que le repas devienne immangeable, lui avaient appris que, lorsqu'il rentrerait enfin, ce serait saoul.

Leur relation était-elle si particulière que cela ? Ses souvenirs lui laissaient croire que ses parents avaient été dans le même cas. À la fois ensemble et distants. La vie maritale n'avait rien à voir avec ce que les romances voulaient bien faire croire : il s'agissait de coexister de la manière la plus civilisée qui soit, de sauvegarder les apparences en public et de remplir ses devoirs en privé. C'était pour cela qu'elle prenait tant soin de leur petit appartement. Elle ne souhaitait pas que Laurence s'imagine qu'elle n'était bonne à rien. Elle voulait être une bonne épouse, même si elle était pour l'instant incapable de faire cette... chose avec lui.

Elle se doutait toutefois qu'ils devraient y arriver à un moment ou un autre, s'ils voulaient des enfants.

Alexandra enfila un gilet par-dessus sa robe d'été et quitta la caserne, saluant au passage les sentinelles. Elle aimait les savoir à leur poste : cela lui

donnait le sentiment réconfortant d'être protégée, au milieu de cette ville immense et étrangère.
Londres lui avait d'abord paru affreusement vaste,
lui faisant regretter son petit village. Mais elle se
l'apprivoisait peu à peu, et elle osait désormais
s'éloigner timidement de l'abri de la caserne. Par
chance, Hyde Park était tout près. Elle traversa la
route et franchit son portail en fer forgé, s'enivrant
de cette délicieuse sensation de liberté. Ce type de
solitude ne la dérangeait pas quand elle pouvait
explorer en paix, Laurence passait le plus clair de
son temps en mission, et nettoyer l'appartement
ne comblait que très peu ces longues journées. Ses
après-midi étaient bien tristes, sans enfants dont
s'occuper ou courses à faire, contrairement aux
autres femmes de la caserne. Elle s'était alors mise
à flâner dans le parc et était tombée amoureuse
de cette immensité verdoyante parsemée de bosquets boisés, avec son lac scintillant et son pont aux
reflets dorés. Il y avait foule, avec les vacances, et
les enfants, sur leurs vélos et leurs patins, sinuaient
entre les touristes armés de cartes très probablement en quête de l'Albert Memorial. Sur la piste
sableuse qui longeait la route, Alexandra regarda
passer de jeunes cavalières aux élégants chapeaux
de velours, leur derrière rebondissant sur la selle
au rythme de la bête.

Elle traversa la piste, du sable plein les sandales,
et se mit à flâner au hasard sur l'herbe fraîche. Elle
savait que sa déambulation serait limitée, même si
elle aurait voulu rester là pour toujours. Son devoir
la rappellerait lorsque l'horloge annoncerait comme

chaque jour dix-huit heures, heure à laquelle elle devrait être rentrée au cas où Laurence daignerait se montrer et réclamerait son repas pour dix-neuf heures.

Elle poursuivit son chemin tout en se demandant si son père prenait le temps de lire les longues lettres qu'elle lui envoyait chaque semaine. Elle n'avait reçu que deux cartes postales de sa part, où il ne faisait que succinctement lui parler de ses préoccupations politiques. Peut-être viendrait-il lui rendre un jour visite ? Laurence participerait très probablement à une parade ; elle lui proposerait de venir y assister, à ce moment-là. Voilà qui lui plairait à coup sûr. Elle voulait plus que tout qu'il vienne voir la vie qu'il lui avait choisie et qu'il lui confère une légitimité par le simple fait de son approbation.

À quelques pas de là, une fille en robe courte, lunettes de soleil et ample chapeau était allongée sur un banc en fer forgé, le corps tordu en une position étrange, le menton relevé et un bras dressé en l'air. Devant elle, un homme à l'allure aussi excentrique, avec son pantalon blanc moulant et sa veste rose fluo, la prenait en photo, un gros appareil plaqué sur le visage. Ses longs cheveux bruns lui faisaient l'effet d'une crinière hirsute, à côté des coupes en brosse auxquelles elle était habituée.

Alexandra s'arrêta à leur niveau, captivée par l'étrange scène qui se déroulait devant elle, l'homme donnant des instructions à la fille, qui obéissait sans broncher, tournant la tête à gauche pour quelques secondes avant de changer de pose dès que le « clic » de l'appareil se faisait entendre. La fille était jolie mais froide ; la politesse ne voulait-elle pas que l'on sourie, quand on vous prenait en photo ?

— Dites, ça vous dérangerait de passer votre chemin ? lança l'homme, qui s'était tourné vers elle, agacé. J'essaie de faire mon travail, si vous ne l'aviez pas remarqué. Il ne s'agit pas d'une attraction touristique, mais d'une séance tout ce qu'il y a de plus sérieux pour un magazine de mode !

— Veuillez me pardonner, je ne pensais pas que je dérangeais, balbutia Alexandra, le rouge aux joues.

L'homme s'était montré grossier, mais peut-être l'avait-elle été davantage, à les observer ainsi ?

— Je vous laisse tranquille.

Elle tourna alors sur ses talons et commença à s'éloigner.

— Attendez une minute… Attendez ! l'entendit-elle dans son dos.

Elle s'immobilisa et resta ainsi, le dos tourné, les yeux fixés sur l'herbe que les rayons du soleil teintaient d'un vert acide.

— Tournez-vous, lui dit-il. On ne se connaîtrait pas ?

Quoi ? songea-t-elle, interdite. *Qui me connaîtrait, ici ? Qui connaîtrais-je moi-même ? Je ne connais personne…*

Elle se retourna lentement pour faire face à l'homme du banc. Il l'observait d'un air curieux. Tandis qu'elle l'examinait, ses traits semblèrent se transformer sous ses yeux pour prendre un aspect familier.

— Alexandra ? s'exclama-t-il. Alexandra Crewe, je ne me trompe pas ?

Elle hocha la tête, perplexe. Mais quand il lui donna son nom, cela lui fit presque l'effet d'une déferlante. Comment avait-elle pu ne pas le reconnaître ?

— Tu ne te souviens pas de moi ? poursuivit-il. Nicky Stirling... Ça alors !

Il vint la serrer dans ses bras, le visage barré d'un grand sourire, et elle le reconnut aussitôt, même si la dernière fois qu'elle l'avait vu, il avait à peine douze ans, et sa mère était encore vivante.

— C'est vraiment fou, comme coïncidence ! s'enthousiasma Nicky, radieux.

Il semblait tellement ravi de la voir qu'elle en était perplexe. Il avait congédié le mannequin, et ils se trouvaient désormais dans un petit café, observant par-dessus la table en formica les changements qu'avait opérés la vie depuis leur enfance respective.

— Oui, c'est vrai, admit-elle dans un souffle.

Le fait d'être à ses côtés l'envahissait d'un certain vertige. Elle avait l'impression de plonger dans son passé, un passé qui lui avait trop souvent paru obscur. Mais elle se souvenait qu'elle avait été heureuse, à une époque, et qu'il avait été là.

— Ça fait tellement d'années..., murmura-t-il en secouant la tête, incrédule. Mais on jouait beaucoup ensemble, gamins. Tu te souviens ?

Des images surgirent aussitôt dans son esprit – des images d'enfants jouant dans les bois et les rivières –, et l'écho de leurs cris et de leurs rires lui revint en dépit de la distance. Ils avaient été ces gosses casse-cou aux visages crasseux et aux bottes usées qui s'amusaient à faire semblant.

— Fais semblant d'être l'ennemi et de vouloir venir m'attraper dans mon château !

Ils avaient passé de longues journées d'été dans les bois et dans les jardins de Fort Stirling, les cow-boys et les Indiens se pourchassant entre les arbres et les bosquets. Le petit temple niché dans la roseraie était devenu leur quartier général. Elle revoyait Nicky, la crinière ébouriffée et les genoux noirs sous son short, donner des ordres ou distribuer des rations de ce qu'ils avaient réussi à chiper dans la cuisine. Il avait toujours été le chef. Ses cousins venaient parfois gonfler les rangs (comment s'appelaient-ils, déjà ?), tout comme les gamins du village et la progéniture des visiteurs du moment. Mais Nicky avait toujours été son héros, celui par qui elle espérait être choisie, quand ils se séparaient en groupes. Elle n'était qu'une enfant, à ses yeux, même s'il mettait un point d'honneur à traiter les filles comme des garçons. Après tout, sa cousine (elle avait un prénom court ; qu'était-ce, déjà ?) était bien plus forte et rapide que son patapouf de petit frère.

Mais alors, durant cet atroce été, tout avait soudain changé. Sa mère était morte, et on lui avait interdit de revoir ses amis. Leur lieu de repli préféré, la vieille folie, avait été condamné, même s'ils n'avaient jamais vraiment eu le droit d'y jouer, la tour étant bien trop dangereuse. Puis Nicky avait repris l'école et, après cela, ils n'avaient plus jamais rejoué ensemble.

Le souvenir de ce bouleversement soudain sembla revenir à Nicky au même instant.

— Mais ça fait bien longtemps, tout ça, s'empressa-t-il d'ajouter, l'air gêné. Nous n'étions que des têtes brûlées, hein ? Alors, dis-moi, comment vas-tu ?

Son regard tomba sur la pierre qui scintillait à son annulaire gauche.

— Je vois que tu es mariée.

— En effet.

— Toutes mes félicitations, ma grande ! Comment il est ?

Elle le regarda en clignant des yeux, confuse. Il avait perdu cette fraîcheur rosée de sa jeunesse, sa peau étant désormais plus dure et plus brune, ses yeux gris plus vifs sous ses épais sourcils, ses cheveux plus noirs. Mais il débordait toujours de la même énergie, de cette force mystérieuse qui captivait les gens au point qu'ils en devenaient serviles. Il émanait de cet homme une vigueur qu'elle n'avait jamais vue chez qui que ce soit d'autre. Soudain, tous ceux qu'elle avait croisés dans sa vie lui paraissaient bien fades, à côté de lui. Il semblait tellement... plein de vie, de ses longs doigts graciles à sa bouche constamment en mouvement... Autour de lui, l'air même semblait vibrer d'une énergie nouvelle.

— Comment il est ? répéta Nicky.

— Qui ça ?

— Qui ça ? s'exclama-t-il avant d'éclater de rire. Ton mari, tiens ! C'est quoi, son nom ? Je le connais ?

— Il s'appelle Laurence Sykes et il fait partie des Royal Horse Guards.

— Non, connais pas, marmonna Nicky en secouant la tête.

— Il n'y a pas de raison que tu le connaisses.

— Je n'arrive pas à y croire. La petite Alexandra Crewe, désormais adulte et mariée ! Bien joué, ma grande. Sur ce coup-là, tu m'as battu, ajouta-t-il avec un sourire insolent.

— Tu vis à Londres, maintenant ?

— Oui, je m'acharne à déshonorer la famille. Papa me tuerait, s'il le pouvait, mais je lui ai dit que je voulais faire ce qui me plaisait tant que je le pouvais. Il pense que cette histoire de photographie, c'est de la pure folie... À ses yeux, ça ne vaut pas mieux que l'usine. Il n'arrive pas à comprendre que les choses sont différentes, aujourd'hui. C'est devenu presque respectable, comme métier !

— Alors, c'est ce que tu fais de ta vie ?

— Oui, déclara-t-il d'un air fier, les épaules rejetées en arrière. Des photos de mode, d'art... Des photoreportages pour des magazines littéraires...

Alexandra était impressionnée.

— Et... du reportage de guerre, aussi ?

— Non. Non, pas vraiment.

— Où ai-je pu voir ton travail ? Dans *The Times* ? *Vogue* ?

Il lâcha un petit rire contrit.

— Euh..., non, rien de tout cela, j'en ai bien peur.

— Où ça, alors ?

— Bon, tu m'as eu, lâcha-t-il avec un grand sourire. Je n'ai pas de contrat officiel, si tu veux tout savoir. Je tente ma chance en envoyant des photos de jolies filles, au cas où quelqu'un serait intéressé... Parfois, ça fonctionne. J'ai été publié dans le *Picture Post* dernièrement. De jolis clichés d'une femme en bord de mer... Et chaque fois que j'assiste à ces sinistres bals de débutantes, je prends des photos des filles pour leurs parents et j'essaie de les vendre à *London Life – Tatler* jusqu'à tout récemment. Ce genre de clichés intéresse. J'ai passé un après-midi entier dans l'East End à prendre des photos de gamins des rues, mais aucun magazine n'en a voulu. Mais tu verras, un de ces jours, mon nom sera partout !

— Je n'en doute pas, répondit Alexandra, parfaitement sincère. Nicky avait toujours été une star, à ses yeux.

Elle se rendit alors compte qu'il la regardait étrangement, parcourant son visage d'un air songeur.

— Tu sais que tu n'es pas mal du tout, sous cet horrible maquillage. Tu devrais venir poser pour moi.

Elle se mit à rougir, ignorant si elle devait se sentir flattée ou blessée.

— Euh...

— Je suis sérieux ! Je me suis conçu un petit studio dans mon appartement. Je pourrais y faire ton portrait, un de ces jours. Je suis bon, tu sais.

— Qu'est-ce que tu as fait de beau, aujourd'hui ?
lui demanda Laurence tandis qu'ils dînaient dans
la minuscule pièce qui leur servait à la fois de salon
et de salle à manger.

— Je suis tombée sur une vieille connaissance,
figure-toi.

— Ah oui ?

Laurence dressa vers elle ses yeux bleu pâle
qui l'emplissaient toujours malgré elle d'un désagréable frisson.

— Je la connais ?

— C'est un homme, pas une femme.

La main de Laurence qui tenait sa fourchette
s'immobilisa un instant, puis reprit son chemin
vers sa bouche.

— Et… qui est cet homme ? lança-t-il quand il
put reparler.

— Un ami d'enfance. Nicky Stirling.

— Stirling… Je crois bien avoir déjà entendu
parler d'eux. Ce ne sont pas eux qui vivent dans
cette grande maison près de ton village ?

— C'est ça. Nous jouions ensemble, petits. Ça
m'a fait un tel choc de le revoir… Il a tellement
changé ! Il est photographe, désormais. Et il m'a
proposé de faire mon portrait.

Laurence posa sa fourchette.

— Vraiment ? Quelle drôle de carrière, pour un
homme comme lui ! Il doit simplement voir cela
comme une manière de prendre du bon temps…
Je ne vois pas quel mal il y aurait à ce que tu poses
pour lui, après tout.

Elle pouvait presque voir les idées qui défilaient derrière son regard songeur. Sa femme prise en photo par un aristocrate…, voilà qui accroîtrait son prestige. Ils encadreraient le résultat et l'afficheraient sur le guéridon. Devant l'admiration des visiteurs, Laurence en profiterait pour déclarer qu'il avait été pris par un vieil ami de la famille, Nicky Stirling, l'héritier du titre de Northmoor. Avaient-ils déjà entendu parler de lui ?

— Ça ne te dérange pas ? demanda timidement Alexandra.

— Bien sûr que non ! Prends rendez-vous avec lui. Et nous devrions également l'inviter à dîner pour le remercier de son intérêt !

Alexandra songea alors au bout de papier, dans la poche de son manteau, sur lequel Nicky avait griffonné à l'encre noire un numéro de téléphone et les mots *Appelle-moi demain matin*.

— Très bien, dit-elle, traversée par une bouffée d'excitation. Ce sera fait.

Le lendemain, il lui fallut trouver une cabine téléphonique, et ce fut avec une boule au ventre qu'elle quitta la caserne et gagna Knightsbridge, se faisant l'effet d'une espionne en pleine mission. Il y avait une cabine près de la gare, mais elle dut attendre, l'air gênée et légèrement coupable, qu'un homme en imperméable achève sa longue conversation. L'homme se décida enfin à raccrocher et quitta la cabine ; elle entra à son tour et, incommodée par l'odeur âcre qui y planait, plissa aussitôt le nez.

Elle sortit quelques pièces, en glissa une dans la fente et appuya sur le bouton avant de composer le numéro qu'elle connaissait déjà par cœur. Elle attendit en retenant son souffle, mais au bout de la dixième sonnerie, elle soupira de déception.

Elle s'était donc fourvoyée. Il n'avait pas été sérieux, il avait déjà oublié. Une peine étrange et inattendue la balaya ; c'était comme si on avait ouvert un rideau sur son passé, lui permettant de redécouvrir un monde oublié, et qu'on l'ait brutalement rebaissé, la laissant dans l'obscurité la plus totale. Elle s'apprêtait à replacer délicatement le combiné quand elle entendit la voix métallique qui en sortit.

— Allô ? Allô ? Qui est à l'appareil ?

Le souffle court, elle vint coller le combiné à son oreille et appuya sur le second bouton pour faire tomber sa pièce et établir officiellement la communication.

— C'est Alexandra. Tu m'as demandé de te téléphoner.

Silence. L'avait-il totalement oubliée ? Avait-il été présomptueux de sa part d'imaginer qu'il était vraiment sérieux ?

— Oh ! la sublime miss Crewe… Enfin, Mrs Sykes, je veux dire. J'espérais ton appel. Alors, tu veux bien poser pour moi ?

Son cœur battait la chamade.

— Oui…, s'il te plaît. Ça me plairait beaucoup.

— Parfait. Viens me voir demain à deux heures. Et ne porte pas cet affreux maquillage, tu veux bien ?

Elle porta la main à sa joue, nue de tout artifice. Elle s'était déjà débarrassée du fond de teint.

— C'est promis.

— Tu as de quoi noter l'adresse ?

8

Aujourd'hui

Le samedi matin, John avait retrouvé sa bonne humeur : il avait enfin renvoyé sa déclaration à son comptable la veille. Quand Delilah se réveilla, il l'observait, appuyé sur un coude, un air de tendresse au visage. Encore groggy, elle se laissa embrasser, le sourire aux lèvres.

— Mmm, quel parfum ! lui susurra-t-il à l'oreille. Je suis incapable d'y résister…

Il déposa alors une traînée de baisers chauds dans sa nuque, ce qui lui donna la chair de poule, puis revint à sa bouche, la caressant du bout de la langue jusqu'à ce qu'elle lui ouvre ses lèvres.

Delilah adorait l'odeur virile de son mari. Dans un moment pareil, elle ressentait plus que jamais les dix années qui les séparaient. Ce n'était plus un jeune garçon mais un homme, et il avait un goût de musc, de vieux cuir, d'agrumes et de ce qu'elle aimait associer au parfum du cigare. Elle aimait la masculinité de son odeur et les sensations qu'elle lui procurait. Quand elle repensait à Harry, il lui paraissait désormais fade au possible, comparativement à John. Elle n'avait jamais eu conscience qu'un lien presque mystique pouvait être établi via le sexe avant que John et elle ne fassent l'amour pour la première fois. Elle avait alors ressenti un profond désir presque animal d'être connectée et de rendre tout le plaisir qu'elle recevait. Il y avait également chez lui ce désir éhonté de dominer sans être dominant, et, après avoir passé des années à tout faire pour Harry, elle avait découvert à quel point il était bon de ne pas toujours tenir les rênes. C'était en partie ce qui l'avait rendue si follement, si passionnément amoureuse. Sa main passa sur la soie de sa nuisette, dont il fit glisser les bretelles pour découvrir ses seins. Il la lui retira complètement et vint saisir un sein dans chaque main avant de les embrasser délicatement. Elle lâcha un profond soupir. Elle ne s'était pas rendu compte à quel point ce sentiment de pur désir lui avait manqué. Dernièrement, le sexe avait été purement machinal, entre eux, accompli dans l'unique but de procréer. Mais à cet instant, elle voulait tout de lui : sa bouche, son corps tout entier. Elle l'attira contre elle afin de sentir son torse musclé et de passer les mains sur son dos large, puis sur ses fesses. Il se nicha de nouveau dans son cou, recouvrant sa peau de petits baisers suçotants. Avec un gémissement, elle le laissa venir plaquer ses lèvres contre les siennes et l'embrasser avec une fougue renouvelée. Elle sentait son désir pour elle, et elle se pressa davantage à lui, s'enivrant de son érection dressée contre son ventre. Elle glissa les mains vers l'ouverture de son pantalon et saisit délicatement son sexe, lui arrachant un petit cri rauque.

— Je ne vais pas pouvoir tenir longtemps, la prévint-il.

— Ce n'est pas un problème.

Il retira son pyjama en un éclair tandis qu'elle écartait les jambes pour mieux l'accueillir, les bras tendus, savourant le poids de son corps quand il vint rouler sur elle. Elle savait qu'il aimait le contact de ses seins lisses sous son torse, et la façon dont elle s'ouvrait à lui. Avec un soupir de plaisir, il fit courir sa main sur les courbes de ses hanches. Elle enroula ses jambes sur ses cuisses pour le faire venir en elle, ce qu'il fit sans tarder. Elle avait beau connaître cette sensation, désormais, c'était chaque fois un délice de réunir leurs deux corps et de se sentir soudain comblée.

Ils firent l'amour sans prononcer un mot, mais sans se quitter des yeux. Ils savaient qu'ils étaient tous les deux à la merci de cette passion physique qui s'intensifiait chaque instant, s'alimentant de l'excitation de l'autre. Elle l'attira plus profondément encore, venant coller, insatiable, ses hanches à son corps. Mais leur passion matinale connut une fin rapide, précipitée par la puissance de leur désir. Une fois qu'ils furent allongés côte à côte, pantelants, elle poussa un petit soupir satisfait, heureuse qu'ils aient fait l'amour de façon si passionnelle après ces derniers mois difficiles.

— C'était parfait, souffla-t-elle.

— Ça l'est toujours. Tu es parfaite…, susurra-t-il en caressant du bout du doigt la peau sensible de son bras. Désolé d'avoir été aussi désagréable, ces derniers temps. J'ai conscience de ne pas être toujours facile à vivre et je ne te remercierai jamais assez pour ta patience.

Cet instant d'intimité soudaine la poussa dans son audace.

— Est-ce que tout va bien ? Tu as l'air tellement préoccupé, en ce moment…

John détourna le regard et poussa un soupir, une main frottant la barbe naissante sur ses joues.

— Je suis désolé, c'est… difficile à expliquer. C'est cet endroit… Parfois, j'ai l'impression d'étouffer. Il y a trop de choses à faire, c'est sans fin… Et puis il y a mon père, ajouta-t-il d'un air triste. Son état se détériore de jour en jour, et il s'éloigne peu à peu de moi. Nous sommes restés tous les deux pendant tellement d'années, et le fait que sa mémoire s'efface…, j'ai l'impression que c'est mon passé qui s'efface aussi. Je vais passer la matinée avec lui, aujourd'hui, et l'idée de découvrir ce qui a encore disparu me terrifie. Bientôt, je serai le seul gardien de tous ces souvenirs, et ce sentiment est terrible, crois-moi.

Elle pressa doucement son bras, envahie d'une vague de compassion.

— Nous pouvons construire de nouveaux souvenirs ensemble, tu sais ?

— Je l'espère, soupira-t-il en esquissant un sourire faible. Il n'y a plus qu'à croiser les doigts.

Il marqua une courte pause avant de reprendre :

— Tu vas faire le test, aujourd'hui ?

— Plus tard, oui, dit-elle en s'efforçant de masquer son angoisse. Il va falloir que j'aille en acheter ; je n'en ai plus.

— D'accord ! lança-t-il en déposant un baiser sur sa joue. Tu me tiens au courant, hein ?

Le samedi matin, on servait un copieux petit déjeuner dans la salle à manger bleue, d'une manière traditionnelle qui lui donnait toujours l'impression de séjourner dans un hôtel, avec ces petites corbeilles à pain tapissées de serviettes, ces assiettes de saucisses, de bacon et d'œufs brouillés, et le café dans son pot en argent.

— Je pourrais t'accompagner, pour une fois ? suggéra-t-elle en se servant du lait.

John leva les yeux de son porridge et de son journal. Erryl était venu déposer les journaux tôt dans la matinée, et ils avaient désormais la maison pour eux tout seuls le week-end entier, Delilah ayant mis fin à la tradition voulant que Janey vienne leur servir le déjeuner le dimanche. Elle était ravie de s'en charger, quand il n'y avait qu'eux deux, et ne faisait appel à la gouvernante que s'ils avaient des visiteurs.

— Où ça ? demanda-t-il.

— Voir ton père.

Les traits de John se fermèrent aussitôt. Il poussa un soupir et prit une gorgée de café.

— Pourquoi ? lâcha-t-il.

— Parce que ça me ferait plaisir, voilà tout.

— Je ne vois pas pourquoi tu aurais envie de perdre ton samedi matin aux côtés d'un vieil homme que tu connais à peine et qui ne saura jamais qui tu es. La plupart du temps, c'est à peine s'il se souvient de moi…

— Mais je fais partie de la famille, désormais… Je veux être là pour toi comme pour lui !

John leva les yeux vers elle ; elle aurait pu croire qu'il la suppliait tacitement.

— Si tu veux vraiment faire quelque chose pour moi, ma chérie, reste en dehors de ça, tu veux ? C'est assez éprouvant d'avoir sans cesse à répondre aux mêmes questions. Ça me gênerait de t'imposer la même chose sans que tu aies au moins le réconfort de te souvenir de lui quand il avait encore toute sa tête.

Elle le dévisagea, butant sur les mots. Elle ne comprenait pas pourquoi John tenait tant à ériger une barrière entre le vieil homme et elle, alors qu'ils vivaient pratiquement sous le même toit. Elle mangea lentement une cuillerée de son porridge, savourant son léger parfum de noisette que venait adoucir le lait froid.

— Si tu veux mon avis, tu t'inquiètes pour rien. J'ai croisé ton père dans le jardin, l'autre jour, et il allait parfaitement bien.

— Ah bon ? souffla John en se raidissant.

Puis il s'enfonça dans sa chaise et se mit à l'observer. Il était si beau, dans sa vieille chemise de coton blanc et son jean noir…

— Tu lui as parlé ? Il s'est souvenu de toi ?

Elle hésita avant de répondre, se demandant d'où venait cette angoisse que trahissait le regard de son mari.

— Non, il ne m'a pas reconnue…, répondit-elle tristement. Mais s'il me voyait plus souvent, il pourrait finir par se souvenir que nous sommes mariés !

— Je ne compterais pas trop là-dessus, si j'étais toi, répliqua John en reportant son attention sur la page sport de son journal. Il avait déjà du mal à remettre Vanna… et pourtant, il avait toute sa tête, à l'époque.

Delilah préféra ne rien répondre à cela, blessée par la mention de son ex-femme et par ce que John sous-entendait : que si le vieil homme ne se souvenait pas de la superbe et fascinante Vanna, il ne risquait pas de se souvenir de cette pauvre Delilah. C'était en tout cas ainsi qu'elle l'avait interprété. Elle aurait aimé en rire, mais la pique lui avait vraiment fait mal.

— Il a dit autre chose ? lança John en tournant tranquillement la page de son journal.

— Oui.

Après tout, c'était l'occasion rêvée de lui confier ce qui ne cessait de la travailler depuis ce fameux jour.

— Il m'a prise pour une certaine Élaine. Il n'y avait rien à faire : j'avais beau lui dire que non, il n'en démordait pas.

John se raidit sur sa chaise, la mâchoire soudain crispée.

— Tu saurais de qui il s'agit ? lui demanda-t-elle. Ce nom t'interpelle ?

Il hésita un instant avant de répondre.

— Je crains que non. Ce doit être une vieille connaissance. Il semble plus plongé dans le passé que dans le présent, ces jours-ci…

Il s'agita alors soudainement, posant son journal et avalant son café avant de repousser urgemment sa chaise.

— Tu comprends pourquoi il est inutile que tu gâches ta matinée. S'il te prend pour quelqu'un d'autre, cela ne pourra que l'embrouiller davantage. Crois-moi, mieux vaut faire à ma façon. On se voit au déjeuner.

Quelques secondes plus tard, elle entendit la porte de la cuisine claquer, ce qui signifiait qu'il avait pris le raccourci pour gagner l'ancienne remise.

— Quel embrouilleur ! siffla-t-elle, excédée, en reposant violemment sa cuillère.

Il s'était servi de sa question pour appuyer son refus qu'elle l'accompagne.

Je ne comprends pas. Pourquoi s'obstine-t-il à y aller seul ? Ce serait tellement plus simple, si j'étais avec lui…

Elle s'enfonça dans sa chaise, cherchant à comprendre pourquoi il refusait à tout prix son aide. Ils avaient pourtant paru si connectés, au début, mais toutes ces longues heures passées dans les bras l'un de l'autre ne l'avaient pas fait s'ouvrir une seule fois, même si elle voyait comme sa vie était compliquée. Et la distance qui semblait s'accroître entre eux l'angoissait plus que tout. Depuis son emménagement à Fort Stirling, John paraissait de plus en plus triste. Ses cauchemars étaient plus récurrents, à l'instar de ses épisodes taciturnes, comme si quelque chose le rongeait jusqu'à la moelle. Mais il refusait de partager quoi que ce soit

avec elle. Comment pouvait-elle l'aider, s'il s'obsti-
nait ? Et que deviendrait sa vie, si l'homme qu'elle
aimait se muait peu à peu en étranger torturé par le
poids de son héritage sans vouloir y changer quoi
que ce soit ?

*Ce doit être la maison. Ça, et son père. Je ne vois rien
d'autre.*

De toute évidence, il n'existait qu'un seul moyen
de soulager sa peine. John semblait avoir placé tous
ses espoirs de salut dans l'arrivée d'un bébé, et,
plus le temps passait sans signe de grossesse, plus
les choses paraissaient empirer. Delilah se leva,
submergée par l'angoisse. Était-ce vraiment la seule
manière dont elle pourrait le sauver ? Et si la terrible intuition qui la rongeait se confirmait ? Et
s'ils…, si *elle* ne pouvait pas avoir d'enfant ?

Avec un frisson, elle tenta de repousser cette pes-
simiste vision de leur avenir et se mit à rassembler
la vaisselle sur le plateau d'acajou. La présence
chaleureuse et rassurante de Janey lui manquait,
dans la cuisine. L'idée d'apporter une tasse de thé à
Ben la traversa avant qu'elle ne se souvienne, avec
une pointe de déception, que l'on était samedi et
qu'il se trouvait dans son cottage d'Home Farm,
à cette heure-ci. Elle pourrait peut-être lui rendre
visite ? Elle l'imaginait déjà vêtu d'un jean et d'un
tee-shirt pour changer un peu de sa vieille tenue
de jardinage, les pieds nus et les cheveux encore
humides. Ses yeux gris vert s'écarquilleraient de
surprise, puis un sourire se dessinerait sur son
visage. « Delilah ! s'écrierait-il. Ça alors ! Entre, je
t'en prie ! » Elle savait qu'il serait heureux de la

voir. C'était décidé, elle le ferait. Elle grimperait dans la voiture, parcourait les quelques kilomètres qui la séparaient de la ferme (l'endroit faisait partie du domaine de Fort Stirling) et lui apporterait un petit quelque chose du jardin, histoire de donner une excuse à sa visite… Elle s'immobilisa alors, en plein milieu de la cuisine, la main en suspens au-dessus du plateau.

Tu n'as pas besoin de passer tout ce temps avec Ben, se sermonna-t-elle. *Il n'est pas la solution à tes problèmes.*

Elle entreprit donc de remplir le lave-vaisselle en concentrant ses pensées sur John. Elle l'imagina dans l'ancienne remise, assis face à son père, tentant de ponctuer les divagations du vieil homme de faits concrets : le temps, la maison, le domaine… Elle revit le portrait du père de John, une huile en pied au niveau de l'escalier qui montrait un jeune homme radieux et débordant de charme. Le vieillard qui vivait juste à côté était bel et bien le même homme, tout comme John était ce petit garçon rondouillard en tenue d'écolier qui tenait la main de sa mère devant un superbe bolide, elle cachée par une énorme paire de lunettes de soleil.

Delilah ne parvenait pas à se souvenir du prénom de sa mère. Lui avait-on jamais dit ? Le peu de fois où John avait parlé d'elle – à savoir quand Delilah s'était montrée insistante –, il s'était référé à elle en disant simplement « ma mère ».

C'est alors qu'elle comprit.

Mais c'est bien sûr ! Élaine doit forcément être la mère de John ! C'est pour ça que son père m'a prise pour elle !

Je doute qu'une brune et une blonde se ressemblent tant que ça, mais ça n'a peut-être pas d'importance, dans un tel état de sénilité…

Elle abandonna le reste de vaisselle et fonça en direction de la bibliothèque. Le matin, tant que le soleil n'était pas venu percer les rangées de longues et élégantes fenêtres de ses rayons, la pièce était froide et humide. On pouvait voir la poussière danser devant les meubles grillagés abritant tout un tas de tomes anciens. Ces vieux volumes de cuir ne l'intéressaient que très peu ; elle préférait de loin fouiner parmi les étagères du bout, qui contenaient romans, livres d'art et d'histoire, correspondances, éditions du *Who's Who* et toutes sortes de biographies et de révélations croustillantes. C'était également là qu'on gardait les vieux albums de famille, dont les couvertures de cuir étaient estampillées des armoiries des Stirling. Il y avait des livres de cave, des archives de menus remontant aux grandes fêtes données au dix-neuvième siècle, et des livres d'or. Il y avait aussi ces albums vert et rouge en cuir de vachette, remplis de photos.

Delilah en choisit un au hasard et s'assit en tailleur sur le sol de la bibliothèque. Il pesait une tonne du simple fait de ses épaisses pages noires. Les grandes photos en noir et blanc n'étaient pas de simples clichés de famille pris sur le vif ; chacune d'elles avait été consciencieusement réfléchie. La plupart avaient été prises dans la maison, qui n'avait que peu changé. Que cela était étrange de lever les yeux d'un cliché pris dans la bibliothèque et de découvrir le même mobilier, exactement à la même place ! Sous chaque photo, le nom de celui qui y figurait était noté en jolies capitales blanches. Les noms ne lui parlaient pas, mais elle adorait contempler tous ces gens dont la jeunesse était fixée à jamais dans ces instants figés. Les hommes avaient les cheveux qui touchaient leur col à l'arrière et qui, devant, formaient une coupe hirsute ou une grosse banane. Ils portaient des chemises moulantes, des pantalons slim et des bottines Chelsea. Certains affichaient gilets et lunettes de soleil carrées, d'autres, hauts rayés et vestes en cuir, ce qui leur donnait un petit côté rebelle. Les femmes, elles, portaient des jupes crayon et des tuniques, ou encore des pulls moulants, leurs cheveux en anglaises ou tirés en de longues queues-de-cheval. Un trait d'eye-liner marquait le contour de leurs paupières, et elles assombrissaient leurs sourcils à coups de khôl. De toute évidence, les fêtes ne manquaient pas, à l'époque : on pouvait voir bouteilles, cendriers débordant de mégots, individus dansant au son du gramophone posé sur la table en noyer près de la fenêtre. Elle leva les yeux : la table était toujours là, mais le gramophone avait disparu. Ou encore il y avait des groupes de jeunes hommes grattant leurs guitares à l'unisson. Comme ce devait être merveilleux d'être jeune et d'avoir une demeure pareille pour faire la fête !

Le père de John ne figurant sur aucune de ces photos, Delilah en déduisit qu'il se tenait derrière l'objectif. Elle se souvenait d'avoir entendu John lui dire que son père avait été photographe de société, dans les années 1960. Ici et là, elle distinguait le

visage pâle et délicat, les grands yeux et les cheveux bruns de celle qu'elle devinait être la mère de
John. Elle semblait chaque fois à l'écart des autres,
dans la semi-obscurité. L'objectif n'était parvenu à
la prendre entièrement que deux fois, et seulement
à son insu, quand la cambrure de sa nuque ou la
forme de sa bouche étaient saisissantes de pureté.
Sous ces clichés, seule la lettre « A » apparaissait.

— « A »…, murmura Delilah. Qu'a-t-il bien pu
t'arriver ?

Cette femme lui paraissait si jeune… Plus jeune
qu'elle aujourd'hui, sans aucun doute. Et pourtant,
elle n'allait pas tarder à mourir. Comment ? Cela,
Delilah l'ignorait. Elle imaginait qu'il s'était agi
d'une maladie qu'on ignorait à l'époque comment
soigner : un cancer ou une infection sanguine,
peut-être. Mais elle ne connaîtrait malheureusement jamais la vérité.

Elle se sentit soudain liée à cette femme qui,
comme elle, avait débarqué des années plus tôt
dans cette même maison, avait connu les mêmes
meubles, avait déambulé dans les mêmes jardins…
Si peu de choses avaient changé, si l'on s'en tenait
aux photos… Avait-elle, elle aussi, frissonné dans
les pièces glaciales de cette immense bâtisse, l'hiver venu ? Elle avait très probablement dormi dans
le même lit à baldaquin, dont l'envergure était
atténuée par les rideaux orange qui n'avaient pas
été remplacés depuis la moitié du siècle dernier.
S'était-elle elle aussi précipitée jusqu'à sa chambre,
dans les ténèbres obscures, pour enfin retrouver la
lumière ?

Tous ces clichés montraient une maison pleine de gens et de bruit. Peut-être A n'avait-elle pas été terrorisée par ce silence et ce vide atroces… *C'est peut-être ça, la solution*, songea Delilah. *La fête. Le bruit. Les gens. La vie.*

Elle poussa un soupir. Elle était en tout cas fixée : à moins qu'il ne s'écrive de manière peu conventionnelle, le prénom de la mère de John n'était pas Élaine. Elle ferma l'album. Désormais, elle brûlait de connaître ce fameux prénom. Elle le trouverait forcément quelque part…

Il y avait d'autres albums photo, mais son instinct lui dicta de s'emparer des livres d'or. Il y en avait trois en tout, qui couvraient toute une période dès le milieu du dix-neuvième siècle, affichant de longues listes de noms et d'adresses dont l'écriture soignée commençait à s'effacer. Lady Unetelle, sir Untel, duc de Je-ne-sais-où… Elle aurait cru lire la didascalie d'une comédie mondaine. Elle tourna les pages, imaginant à quoi pouvait ressembler la maison, avec tous ces gens, tout ce bruit, tous ces dîners… C'était pour ce genre de choses qu'avait été conçu ce lieu, pas pour deux individus esseulés que le poids du passé venait peu à peu anéantir. Le dernier livre d'or se révéla être le plus triste. Les soirées cessèrent brutalement après l'avènement de la Grande Guerre, pour ne reprendre que cinq longues années plus tard. Et les grands week-ends festifs avaient officiellement pris fin. Désormais, les soirées étaient plus raisonnables, moins extravagantes, même si elles connurent un nouveau pic vers la fin des années 1920. Quand la Seconde

Guerre mondiale débuta, les noms continuaient d'apparaître, mais il s'agissait de colonels, de lieutenants et de capitaines en visite, puis les soirées s'arrêtèrent de nouveau. John lui avait dit que la maison avait été réquisitionnée quelque temps durant la guerre comme maison de convalescence pour les soldats. Le livre d'or ne fut pas ressorti pendant un long moment, car ce n'est que vers la fin des années 1950 que les noms se mirent à réapparaître. Les titres et les noms composés du passé avaient complètement disparu. Désormais, on signait avec son prénom ou ses initiales, et, au lieu de leur adresse, les invités griffonnaient un commentaire du genre *Super soirée, Nicky ! Géniale, la baraque !* ou encore *Moment magique passé au fort – du vin, des femmes, et du rock'n'roll,* yeah !

Les petits mots continuaient ainsi sur la décennie suivante, et c'est là qu'elle le vit : *Avons passé un moment merveilleux grâce au génialissime Nicky et à la sublime Alex. À très bientôt. Gareth et Rita.*

C'était donc le prénom de la mère de John : Alex.

Elle le dit à voix haute avant de relever vivement la tête, comme par peur d'avoir invoqué son spectre rien qu'en ayant prononcé son nom. La bibliothèque était plongée dans un silence absolu. *C'est un très joli nom.* D'une certaine façon, le fait d'enfin le connaître la rendait plus réelle, plus concrète à ses yeux.

Elle continua à parcourir le livre, à la recherche de nouveaux indices, mais maintenant qu'elle avait ce qu'elle voulait, il n'y avait rien d'autre à découvrir. Elle guetta tout de même une apparition de la fameuse Élaine, mais elle ne la vit nulle part. Puis les soirées cessèrent brutalement au bout de huit ans. Plus aucun nom ne figurait dans le livre. Le reste des pages crème était vide.

Pourquoi tout cela s'est-il arrêté si soudainement ? se demanda-t-elle. Elle retourna à la page qui lui avait fait découvrir le prénom d'Alex : 1966. Et en 1974, d'un coup, tout avait pris fin.

C'est sûrement à ce moment-là qu'elle est morte. J'imagine que Nicky n'a plus jamais eu le cœur à recevoir, après ça...

Une vague de mélancolie la submergea. Quelle tristesse, de voir une femme si jeune et si jolie disparaître ! Savait-elle qu'elle allait mourir ? Abandonner son enfant devait être si atroce... Elle se figura Alex, livide, allongée dans son lit à baldaquin, faisant ses adieux à John avant de rendre son dernier souffle. Un frisson désagréable la parcourut. La mère de John était-elle morte dans le lit où elle dormait ?

Arrête de t'imaginer tout et n'importe quoi, se sermonna-t-elle. *Tu n'en sais rien, d'accord ? Elle a peut-être tout simplement eu un accident... En fait, c'est ce que je lui souhaite. Quelque chose de rapide, sans qu'elle ait eu le temps de souffrir.*

Cela la dérangeait, de ne pas connaître la raison de sa mort. Elle se sentait tellement proche de cette femme... Elles avaient toutes les deux épousé un Stirling, vécu dans cette grande maison... Bien sûr, il y avait eu Vanna entre-temps, mais elle n'avait pas tenu bien longtemps. Delilah s'imaginait qu'elle habitait aujourd'hui une maison moderne, fonctionnelle et parfaitement décorée, avec beau-coup de tons beiges et blancs et du mobilier impec-cable. Le parfait antidote de cet endroit miteux et pourrissant.

Un terrible malaise la balaya. Vanna était partie plus tôt que prévu et, d'une certaine façon, Alex aussi.

Cette maison aura-t-elle également raison de moi ? Les choses sont-elles déjà écrites ?

Un frisson d'appréhension lui secoua les épaules. Cet endroit et la façon dont il gouvernait son mariage l'oppressaient déjà.

Non, décida-t-elle. *Je suis forte et je le sais. Je peux aider John à s'en sortir et survivre à tout cela. Je peux y arriver.*

Elle rangea délicatement les livres, faisant en sorte qu'ils n'aient pas l'air d'avoir été touchés.

Durant le déjeuner, Delilah sentit un tiraillement dans son ventre. Tentant de ne rien laisser paraître, elle comprit, maussade, que ce mois serait aussi infructueux que les précédents. Quand elle en eut un peu plus tard la confirmation, elle alla l'an-noncer à John.

— Je suis désolée…, murmura-t-elle tandis qu'il encaissait la nouvelle. On verra bien le mois prochain…

— Oui, lâcha-t-il en détournant le regard pour masquer sa déception. On verra le mois prochain…

— Tu te souviens que Susie m'a proposé de venir voir son exposition, à Londres ? dit-elle pour briser le silence gênant qui s'étirait entre eux. Ça me tente bien, mais ça veut dire que je partirais pour quelques jours… Si tu n'as pas besoin de moi ici, bien entendu.

John la dévisagea, l'air ailleurs.

— Non, non. Vas-y, je n'ai pas besoin de toi, marmonna-t-il sombrement, ce qui lui fit l'effet d'une gifle.

— Très bien, souffla-t-elle en s'arrachant un sourire.

Elle se rappela la peur qui l'avait étreinte dans la bibliothèque et sa résolution à ne pas sombrer.

— Si ça te va…, ajouta-t-elle. Tu auras à peine le temps de te rendre compte de mon absence que je serai déjà revenue. Je vais l'appeler pour lui dire que j'arrive demain.

Morose à l'idée que le merveilleux lien qu'ils avaient tissé le matin même s'était complètement évaporé, elle s'éloigna alors pour appeler son amie.

9

1965

La maisonnette aménagée dans une ancienne écurie se trouvait tout au fond d'une impasse minuscule et pavée, juste derrière un élégant parc de Belgravia. Ce fut une jeune femme blonde plutôt jolie qui lui ouvrit. Elle était affublée d'un panta-court et d'un long pull noir en laine qui lui tombait jusqu'aux genoux. Elle dévisagea Alexandra avant de lâcher un « Oui ? » légèrement hostile.

— Je cherche Nicky Stirling. Je suis à la bonne adresse ?

La fille ne répondit rien, et une voix d'homme surgit soudain de l'intérieur.

— C'est elle, Polly ?

— Je ne sais pas encore ! lança la fille par-dessus son épaule. C'est quoi, votre nom ? reprit-elle en reposant sur elle son regard glacial.

— Alexandra Sykes.

— Alors, entrez.

Elle tourna sur ses talons et disparut à l'inté-rieur. Alexandra la suivit dans la pénombre et se retrouva dans un minuscule salon meublé de bric et de broc et envahi de tout un tas d'objets fascinants. Elle aperçut une petite cuisine au fond de la pièce, mais fut aussitôt distraite par une paire de longues jambes qui descendaient l'escalier dans un pantalon noir. Quelques secondes plus tard, Nicky se précipitait vers elle pour lui embrasser les deux joues.

— Tu es venue ! s'exclama-t-il, les yeux brillants. Tu as donc déjà fait la connaissance de Polly, mon assistante. Elle m'aide, en gros.

— Tu veux dire que c'est moi qui fais tout le travail, cracha la jeune femme.

— Pas tout, quand même. Tu devrais plutôt me remercier, espèce de garçon manqué…

Il se tourna alors vers Alexandra et souffla :

— Je l'ai sortie de chez Woolworths[1], où elle vendait les biscuits cassés. Cette petite me doit tout. Pas vrai, ma belle ?

— Tu parles…, rétorqua Polly.

— Sois polie, sale garce. Je te présente Mrs Sykes, le charme incarné, qui vient pour se faire prendre en photo. Prépare-lui une tasse de thé, tu veux ? Suis-moi là-haut, Alex.

Nicky remonta l'escalier, suivi par Alexandra, choquée de s'être fait appeler ainsi. Elle se souvenait soudain que c'était comme ça qu'il l'appelait plus jeune, mais personne ne l'avait fait depuis. Cette étrange sensation d'être reliée presque physiquement à son passé la submergea de nouveau et de manière si intense qu'elle dut se concentrer sur les marches pour ne pas tomber. Ils gagnèrent le premier étage, où une échelle menait vers une trappe au plafond.

— C'est par là, annonça-t-il avant de grimper les barreaux.

1. Chaîne de distribution britannique.

Une fois là-haut, sa tête réapparut dans l'ouverture.

— Allez, viens ; c'est plus simple que ça n'en a l'air. Je vais t'aider.

Elle coinça la lanière de son sac dans le creux de son bras et attrapa l'échelle. Nicky lui tendit aussitôt la main. Elle grimpa pour la lui prendre et se retrouva hissée dans un grenier lambrissé peint totalement en noir, mais où le soleil pénétrait à flots à travers trois lucarnes. Dans un coin de la pièce, un ventilateur s'efforçait de contrer l'effet accablant de la chaleur qui montait d'en bas accouplée à celle qu'irradiait le soleil. Alexandra était cernée par toutes sortes d'équipement photographique : des trépieds, des lumières, des panneaux réflecteurs, des toiles de fond blanches ou colorées, des boîtes pleines à craquer de câbles et, bien sûr, les appareils eux-mêmes.

— Mon studio ! déclara-t-il. Pour l'instant, en tout cas.

— Pourquoi est-il tout noir ? demanda-t-elle en observant les lieux. Je croyais que les photographes avaient besoin de lumière…

— C'est le cas. Mais désormais, c'est facile de créer de la lumière, expliqua-t-il en désignant d'un coup de menton les grandes lampes sur leurs trépieds. En revanche, c'est beaucoup plus difficile de la supprimer. Quand je baisse les rideaux, je peux te dire qu'il fait nuit noire, ici. Ça me permet d'obtenir les meilleurs effets.

— C'est génial…, souffla-t-elle.

De toute évidence, il savait de quoi il parlait, et son studio avait des allures tout à fait professionnelles. Nicky semblait ravi de son enthousiasme.

— Le seul hic, c'est l'accès… Je ne peux pas vraiment demander à Laurence Olivier ou dame Edith Evans de grimper l'échelle…

— Tu as photographié Laurence Olivier ? s'exclama-t-elle stupéfaite.

— Euh… Non, pas encore, hmmm… Mais ça ne saurait tarder, j'en suis sûr. Nous allons donc prendre ta photo ici. Je me servirai du fond blanc et garderai les rideaux ouverts. J'ai envie d'un maximum de lumière naturelle pour mettre en avant ton superbe teint.

Il se mit à l'observer d'une façon qui laissait entendre qu'il l'appréciait désormais de son œil artistique.

— Je suis content que tu n'aies pas mis cette affreuse poudre orange. Tu n'as tellement pas besoin de maquillage que c'en est bluffant. Bien évidemment, nous allons t'en appliquer un peu, aujourd'hui, histoire que tu ressortes un minimum. Je sais exactement ce que je veux : quelque chose de frais, de moderne…

Il se pencha au-dessus de la trappe.

— Polly ! Qu'est-ce que tu fabriques ? Ramène la trousse à maquillage ! Et le thé !

Il releva la tête vers Alexandra, un sourire blasé au visage.

— Qu'est-ce que je vais bien pouvoir faire d'elle ?

Soudain enchantée par la présence de cet homme svelte aux cheveux en pagaille et à la chemise entrouverte, elle lui rendit son sourire. Son visage était trop rond pour être qualifié de beau, mais cela ne l'empêchait pas de dégager un charme fou. Peut-être était-ce dû à ces yeux électrisants dont le gris pâle était mis en valeur par cette peau mate... Il était également doté de longs cils bruns, comme ceux d'une femme, bien qu'il n'eût absolument rien de féminin. Quant à sa bouche, elle la fascinait : large, généreuse, expressive, donnant l'impression qu'il était avide de tout ce que la vie pouvait lui offrir. Elle voyait toujours en lui le garçon qu'elle avait connu, mais transformé en un homme dont la vivacité et l'énergie le rendaient tout simplement captivant. Et puis, il faisait tellement moderne, avec son pantalon de cuir noir et ses chaussures en daim... Elle n'y connaissait absolument rien en matière de mode et, pourtant, elle trouvait qu'il les portait à merveille. Il semblait si libre, affranchi de toutes ces choses qui entravaient Laurence : les règles de l'armée, les codes vestimentaires, et ces interminables traditions qui régissaient le moindre de ses gestes.

— Et si on réfléchissait à ce qu'on va faire de *toi* ? souffla-t-il, concentré sur ses traits. C'est tellement étrange... Je... J'ai l'impression d'avoir la même petite fille devant moi. Je me sens tout drôle quand je suis avec toi, Alex, comme si tout ce qui s'est passé depuis notre dernière rencontre n'était qu'une sorte de rêve et que seuls comptaient toi et cette période où on était gamins...

— Je sais, murmura-t-elle. C'est exactement ce que je ressens, moi aussi.

— N'est-ce pas surprenant ? Je veux dire, ça fait tellement longtemps que nous ne nous sommes pas vus… Nous sommes pratiquement des étrangers. D'un autre côté, tu m'es si familière…

Elle l'observait, nerveuse et excitée à la fois, un sentiment d'anticipation lui picotant le bout des doigts, même si elle ignorait ce qui allait venir. Une folle aventure, peut-être, ou une information capitale qui allait changer le cours de sa vie…

— Je n'arrête pas d'y penser depuis notre rencontre au parc, chuchota-t-il. À ce qui s'est passé…

Ils furent interrompus par le cliquetis d'un plateau qui apparut par la trappe, poussé par une main invisible et suivi par la tête blonde de Polly.

— Ah ! voilà enfin ce thé ! s'exclama Nicky. Tu as vu comme elle est habile ? Il y a des heures de pratique derrière… Bon, Polly, j'aimerais que tu maquilles Mrs Sykes comme on en a déjà discuté… D'accord ? Je vais régler quelques bricoles pendant que Polly te prépare, ajouta-t-il en se tournant vers Alexandra.

Quand il eut disparu par la trappe, ce fut comme s'il avait emporté tout sens de vie, et elle se sentit soudain perdue dans cet espace lourd et étouffant. Polly saisit le sac qu'elle portait par-dessus son épaule et en sortit toutes sortes de pots et de pinceaux. Elle leva les yeux vers Alexandra et lâcha froidement :

— Inutile de vous sentir flattée. Il est pareil avec toutes les femmes.

La pique lui fit l'effet d'une gifle, et elle tenta de masquer au mieux l'amère déception qui venait gâter tout le plaisir qu'elle avait pris jusqu'ici. Quand Polly s'approcha en lui faisant signe de s'asseoir sur une chaise pliante, elle se sentit prise d'un terrible pincement de jalousie, parce que cette jeune femme était proche de Nicky et faisait partie de sa vie.

Il réapparut vingt minutes plus tard. Polly était en train de faire quelque chose avec ses cheveux, à l'avant de son crâne, mais son maquillage était terminé.

— Voyons ce que ça donne, déclara Nicky en s'approchant.

Alexandra leva les yeux vers lui, consciente d'un léger poids sur ses cils et d'une certaine moiteur sur ses lèvres. Visiblement soufflé par sa transformation, Nicky l'observait d'un air fasciné, puis il se reprit et se tourna vers Polly.

— Bien joué. C'est splendide. Exactement ce que je voulais.

— Je peux voir ? s'enquit Alexandra, brûlant de se faire son propre avis.

Il se remit à l'observer, une expression presque timide au visage, puis esquissa un sourire en secouant la tête.

— Hors de question ; c'est un coup à ce que tu ne sois plus naturelle... Je n'ai pas envie que tu décides de qui tu es quand c'est à *moi* de faire ça, déclara-t-il en reprenant son observation professionnelle et en cherchant le meilleur angle pour l'effet désiré. Bon, Alex, tu vois ce gros coussin bleu par terre ? Je veux que tu ailles t'asseoir dessus. Polly, je veux une lumière clef, c'est tout. Par contre, il va nous falloir les réflecteurs. Un là et l'autre ici.

Polly obtempéra, et Nicky se mit à régler son appareil.

— Je veux que tu sois détendue, Alex. Pense à des choses qui te rendent sereine, heureuse, tu veux ?

À quoi pourrais-je bien penser ? Comme s'il avait lu dans son esprit, Nicky poursuivit :

— Une journée auprès de ton mari, ton mariage, vos dimanches après-midi ensemble…

Il s'interrompit soudain, et leurs regards se croisèrent. Son expression changea, même si Alexandra aurait été incapable de la définir. Était-ce de la compassion ?

— Ou alors, pense à ton village, se reprit-il aussitôt. Aux prés, à cette fameuse rivière dans laquelle on jouait constamment… Tu te rappelles ?

Elle sourit. Il porta l'appareil à son visage.

— Bien. Ne souris pas, Alex. Contente-toi de rêver… Tourne la tête vers la gauche et baisse le menton… Oui… Parfait.

L'obturateur se mit à cliqueter et, au son de sa voix, elle se détendit peu à peu, enveloppée par un doux voile de quiétude tandis qu'elle bougeait selon ses instructions, laissant l'appareil et le photographe la modeler.

Une fois la séance terminée, ils laissèrent Polly s'occuper de la pellicule, et Nicky l'emmena dans un petit café d'Elizabeth Street, à deux pas de chez lui.

— Les photos seront magnifiques, commenta-t-il en sirotant le café noir qu'on lui avait servi dans une petite tasse de porcelaine blanche.

— Je ne doute pas de toi pour faire quelque chose de superbe, répondit-elle.

On lui avait retiré son maquillage avant qu'elle ne puisse le voir, et le reflet qu'elle avait croisé dans les vitrines du café n'était que celui qu'elle connaissait si bien.

— J'ai été impressionnée par ton professionnalisme.

— Merci, mais je parlais de toi, sourit-il.

Il ajouta d'une voix hésitante :

— Mais tu as l'air si triste…

— C'est vrai ?

Voilà qui la surprenait. Cela faisait bien longtemps qu'elle n'avait pas été aussi heureuse qu'aujourd'hui.

— Oui. Tu es malheureuse ?

— Non ! Non.

Elle songea à tous ces après-midi passés à explorer Hyde Park en attendant de partir à la conquête de la ville dès que le temps le permettrait. Elle songea à cette douce solitude, où elle pouvait laisser libre cours à son imagination et à ses rêves. Puis à ces cafés qu'elle échangeait avec Sophie et les autres femmes de militaires, le matin, ces femmes si précieuses qui apportaient tellement d'animation à sa vie…

— Je suis parfaitement heureuse.

— Mais quand j'ai mentionné ton mari…, insista-t-il, visiblement soucieux. Ton visage s'est complètement transformé.

Elle vit aussitôt Laurence, cet inconnu à qui elle était désormais éternellement liée. Leur entente était cordiale, mais ces terribles nuits d'échec et d'humiliation mutuelle avaient creusé un fossé entre eux. Cela faisait presque trois mois qu'ils étaient mariés. C'était sûrement le début le plus difficile ; les choses s'arrangeraient probablement en apprenant à s'aimer comme ils étaient censés le faire. Peut-être un jour auraient-ils un enfant à aimer en commun...

— Nous ne sommes pas obligés de parler de ça, lâcha brusquement Nicky. Ça ne me regarde pas. Je suis désolé, je n'aurais rien dû dire. Parle-moi d'autre chose, tu veux ? De tes amies, par exemple. Tu crois qu'elles accepteraient de se faire prendre en photo ?

De retour chez elle, elle se demanda ce que Polly avait voulu dire en prétendant que Nicky était pareil avec toutes les femmes. Comment était-ce possible ? Pouvait-il réellement avoir cette connexion liée à un passé commun avec quelqu'un d'autre ? C'était impossible, elle en était sûre. Ce soir-là, elle servit à Laurence sa côte de porc et ses pommes de terre dans un état rêveur, rejouant dans son esprit cette journée passée auprès de Nicky et le délicieux abandon avec lequel elle l'avait laissé faire d'elle ce qu'il voulait. Quand elle avait trouvé la pose parfaite, il avait lâché un « Oui ! » d'une sincérité si profonde qu'elle en avait ressenti un frisson de plaisir.

Les clichés lui parvinrent quelques jours plus tard, dans une enveloppe marron adressée d'une écriture fluide à Mrs Laurence Sykes. Elle la décacheta et en sortit plusieurs grands portraits en noir et blanc ainsi qu'un petit mot : *Ce sont les meilleures. Superbes, n'est-ce pas ?*

Elle en eut le souffle coupé. Était-ce bien elle ? La femme des photos avait d'immenses yeux encadrés de longs cils recourbés (ceux que Polly avait collés avant de dessiner une vague noire qui partait de la paupière jusqu'au coin de l'œil), et ses lèvres pâles scintillaient. Ses cheveux étaient légèrement ébouriffés pour créer un effet naturel, sa frange lui tombant dans les yeux, et elle observait l'objectif avec un air de vulnérabilité presque tangible. Sur l'un des clichés, elle détournait le regard. Sur un autre, elle regardait au-delà de l'objectif, comme plongée dans un autre monde. Ces portraits étaient très nettement empreints de sensualité et de grâce, mais elle y voyait également de la mélancolie. Elle n'avait jamais rien vu de tel avant.

Quand elle les montra à Laurence, il parut dubitatif.

— Je vois… C'est un de ces types d'avant-garde, c'est ça ? lâcha-t-il avant de repousser les clichés d'un air mauvais. C'est sûr que quelqu'un comme lui peut se le permettre… Je devrais tout de même le rencontrer, ajouta-t-il après un instant. Invite-le à dîner.

Alexandra lui écrivit donc un petit mot de remerciement accompagné d'une invitation à dîner. Il lui répondit que c'était à lui de les inviter pour la remercier, car l'un de ses clichés lui avait permis de décrocher un gros contrat. Laurence était aux anges : non seulement allait-il se lier d'amitié avec une relation mondaine de sa femme, mais il pourrait également en rencontrer d'autres.

Mais le club où les amena Nicky n'avait rien du palace qu'avait envisagé Laurence. Il s'agissait d'une cave aux allures bohèmes nichée près de Notting Hill Gate, où les gens portaient d'étranges vêtements et écoutaient de la musique tapageuse. Nicky se fondait plutôt bien dans le décor, avec son pantalon de cuir et la fameuse veste rose avec laquelle elle l'avait vu dans le parc, mais Laurence se sentait de toute évidence mal à l'aise dans son costume, et sa coupe en brosse ne faisait qu'accentuer sa différence. Alexandra ne se sentait pas plus détendue, dans son tailleur bleu pâle qu'elle avait accessoirisé d'une broche de strass, face à toutes ces femmes qui portaient des pulls et des minijupes, ou de jolies petites robes qui s'arrêtaient bien avant le niveau du genou. Elle aurait voulu être comme elles, bien dans sa peau, tout simplement. Elles dansaient, buvaient et fumaient des cigarettes avec une nonchalance bluffante, et la musique assourdissante martelait un rythme vif, sans aucun doute pour pousser les gens à danser. À la vue de toute cette jeunesse, cette liberté et ce champ de possibles, un frisson agréable la parcourut. Elle aurait pu le jurer : au milieu de ce nuage de fumée et de bruit planait le goût caractéristique de l'aventure…

Le charme incarné, Nicky fit de son mieux pour mettre Laurence à l'aise, ne se concentrant pratiquement que sur lui tandis qu'Alexandra sirotait sa boisson en observant le spectacle autour d'elle. La soirée fut toutefois difficile. Même après quelques verres, Laurence était toujours aussi tendu ; il paraissait d'ailleurs de moins en moins à l'aise. Quand la musique se fit plus forte et que les gens se massèrent sur la petite piste de danse, il se mit à enchaîner les cigarettes, la jambe gauche tressautante, sur le qui-vive, comme s'il s'attendait à une quelconque frasque. Il paraissait toujours aussi nerveux quand ils allèrent s'installer à une petite table au coin de la salle pour dîner, près de la foule animée.

Lorsqu'ils eurent terminé et que la musique monta encore en volume, Nicky se pencha vers Alexandra.

— Tu veux danser ?

Elle en brûlait d'envie, même si l'idée de se mêler à tous ces gens visiblement maîtres de leurs émotions la rendait nerveuse. Elle avait attendu toute la soirée d'avoir un moment seule avec Nicky. Sa présence lui faisait l'effet d'un véritable aimant, et elle avait dû prendre sur elle pour ne pas le manger des yeux toute la soirée, de peur que Laurence ne remarque la force d'attraction que son ami exerçait sur elle. Elle avait donc observé toutes ces jeunes femmes débordant d'assurance et s'était demandé si l'une d'elles avait déjà été la petite amie de Nicky ou s'il en avait repéré une en particulier. La blonde avec sa minijupe moutarde et ses longues bottes, peut-être ? Ses cheveux s'agitaient au rythme de la musique de manière presque envoûtante… Ou peut-être préférait-il la jolie rousse aux cheveux courts et aux lèvres blanches ? Il devait forcément être attiré par ce genre de femmes, avec leur élégance et leur modernité... Mais c'était en tout cas avec elle qu'il voulait danser, et elle craignait de ne pas le supporter, si on l'en empêchait.

Elle questionna Laurence du regard, qui remua sur sa chaise et laissa échapper un filet de fumée avant de hocher rapidement la tête.

— Fais ce que tu veux. Moi, je ne rejoindrai pas ce ramassis d'imbéciles.

Soulagée, elle s'empressa de se lever avant qu'il ne change d'avis, lissa sa jupe bleue et suivit Nicky sur la piste.

— C'est donc ton mari, commenta-t-il en se tournant vers elle.

Il lui prit la taille comme pour valser, mais se mit à remuer librement, sans véritable but. Alexandra tenta de copier ses gestes, mais c'était impossible sans motif clair à reproduire. Laurence devait probablement la trouver aussi stupide que les autres. Son petit costume et ses pas maladroits devaient d'ailleurs faire la risée de tous dans la salle.

— Oui, répondit-elle d'un air désolé.

Elle jeta un coup d'œil en direction de Laurence qui, une cigarette coincée entre les lèvres, observait la foule d'un air blasé.

— Il faut lui pardonner sa rudesse. Il est dans l'armée ; il vient d'un tout autre univers.

— Ne t'inquiète pas, je connais ce genre d'individu. Mais...

Il se pencha vers elle, et elle sentit un picotement agréable envahir sa peau.

— Vous n'avez pas l'air très proches, tout de même.

— Nous…, nous ne nous connaissions pas depuis longtemps avant de nous marier, tenta-t-elle d'expliquer, désarmée.

Elle aurait aimé lui dire que tout cela n'avait pas été son idée et qu'elle n'en avait compris les implications que trop tard, mais elle ne pouvait pas lui ouvrir ainsi son cœur.

— Je vois ! lança-t-il d'un air entendu. Tu ne m'avais pas dit que tu avais un enfant.

— Mais non ! répliqua-t-elle en rougissant violemment. Ce n'est pas du tout ça !

— D'accord. Excuse-moi…

Il paraissait gêné, et elle sentit sa grande main presser la sienne.

— Je pensais juste que… Vraiment, pardon. Je suis désolé.

Il se mit alors à l'observer d'un air troublé.

— Je n'arrive juste pas à comprendre comment une fille comme toi… et un type comme lui… Ça ne colle pas. C'est peut-être pour ça que tu as l'air si triste, non ?

Elle le fixa à son tour et, à cet instant, devint pleinement consciente de sa présence physique et de la façon dont leurs corps se touchaient : ses cuisses contre les siennes, sa poitrine effleurant sa chemise, les bras collés l'un à l'autre et les doigts entremêlés. La sensation de sa peau sur la sienne était écrasante, presque insupportable, merveilleuse et terrifiante à la fois. Son cœur se mit à tambouriner, et elle se sentit presque assommée par cette présence enivrante. Elle brûlait de se coller un peu plus, de se fondre en lui si elle le pouvait. Sa force virile et la chaleur de son corps étaient électrisantes ; jamais n'avait-elle ressenti quelque chose de similaire quand Laurence s'approchait d'elle. C'est alors qu'un déclic se fit en elle. Elle comprit avec une intensité déroutante qu'il s'agissait là d'une chose qu'elle était *censée* ressentir. C'était ce qui lui manquait, vis-à-vis de Laurence, et elle ne pouvait faire naître ce sentiment à la demande. Elle ne ressentirait tout simplement jamais cela pour son mari. Cette révélation était tout aussi éblouissante qu'atroce.

Elle comprenait enfin ce qui était possible, et qu'elle n'était pas morte à l'intérieur, et cela la rendait tout autant euphorique que terriblement malheureuse. La force de cette… chose qu'elle ressentait était beaucoup trop intense ; sûrement n'était-elle pas bâtie pour cela ? Elle la terrassait complètement. Alexandra leva alors les yeux vers Nicky et vit aussitôt qu'il ressentait la même chose. Il la dévisageait d'un air surpris, comme s'il la voyait pour la première fois, ses yeux gris dénués de cette scrutation professionnelle dont il n'avait cessé de la gratifier. Il ne s'agissait pas de la surprise avec laquelle il l'avait découverte quand Polly l'avait maquillée ; non, il la regardait avec une profonde intensité qui lui nouait le ventre et titillait ses nerfs, leur connexion grésillant presque entre leurs paumes.

La musique s'arrêta et ils se séparèrent, le souffle court, sans pourtant se quitter des yeux.

— Je…, je dois y retourner, bredouilla-t-elle.

— Oui, répondit-il, et elle sut qu'il avait tout compris.

Elle tourna sur ses talons et se fraya un chemin parmi la foule pour retrouver Laurence.

— Il est grand temps de rentrer, déclara-t-il en écrasant sa cigarette avant de se lever.

Il paraissait si décalé, si petit et si guindé dans son costume…

— Entendu, souffla-t-elle, bien qu'ignorant comment elle survivrait ne serait-ce que quelques heures emprisonnée dans son ancienne vie.

Son ancienne vie ? C'était son *unique* vie. La seule différence, c'est qu'elle savait désormais qu'il existait en elle quelque chose de cru, de physique et d'excitant, et que cela ne cesserait de la torturer. Nicky occupait toutes ses pensées et tout son être. Il n'y avait rien d'autre que lui. Comment pourrait-elle exister, loin de lui ? Sa vie avec Laurence était officiellement morte ; cela, elle le savait.

Tandis qu'elle enfilait son manteau, elle sentit un frisson lui parcourir l'échine et sut aussitôt qu'il se tenait derrière elle.

— Vous nous quittez ? demanda Nicky.

Ses traits semblaient soudain plus tirés, et son regard, plus intense que jamais. Son sourire facile s'était évanoui, et il avait l'air abattu.

— Oui, désolé, lâcha Laurence entre ses dents. Il est tard. Ma femme doit rentrer.

Nicky lui serra la main et déclara d'une voix exagérément joviale :

— J'organise une petite fête chez moi, la semaine prochaine. Je vous enverrai une carte. Vous êtes les bienvenus.

— Merci beaucoup. Ce sera avec plaisir. Et merci également pour le dîner. C'est très gentleman de votre part…

— Il n'y a pas de quoi. Les portraits d'Alex m'ont procuré un excellent contrat.

Nicky lui jeta un rapide coup d'œil, mais se détourna aussitôt comme s'il avait peur de la regarder trop longtemps. Il lui adressa alors un sourire bref.

— Bonne nuit. J'espère vous revoir bientôt. Veuillez me pardonner, mais il me semble avoir vu un ami.

Dans le taxi qui les ramenait à la caserne, Laurence cracha d'un air méprisant :

— Alex ?

— C'est comme ça qu'il m'appelait quand nous étions enfants.

— Comme c'est mignon ! commenta-t-il sans même chercher à masquer son sarcasme. Hors de question que nous allions chez lui la semaine prochaine, si c'est pour côtoyer la même jungle… Ce type est pourri gâté, voilà tout. Avec un fils pareil, son pauvre vieux doit en voir de toutes les couleurs…

Il lâcha un soupir – un soupir d'injustice, devinat-elle. Il ne pouvait pas supporter qu'un homme comme Nicky puisse piétiner les privilèges que lui-même aurait vénérés. C'était purement et simplement injuste.

Alexandra plaqua son front bouillant contre la vitre fraîche du taxi. Il lui tardait de se mettre au lit, le dos sagement tourné à son mari, et de se repasser les événements de la soirée, de les rejouer, de les revivre et de sentir à nouveau ce qu'elle avait ressenti si puissamment dans les bras de Nicky. Ce simple souvenir fit parcourir sur elle un frisson.

— Tu as froid ? lui demanda Laurence.

— Non..., oui, murmura-t-elle.

Il devait à tout prix ne se douter de rien. C'était là le plus important.

Le lendemain matin, on vint lui livrer une lettre. À l'intérieur, une carte blanche toute simple disait : *Il faut absolument que je te revoie. Retrouve-moi dans le parc cet après-midi à 15 h 30, près de l'Albert Memorial. Appelle-moi si tu ne peux pas. N.*

10

Aujourd'hui

Dimanche après-midi, John passa la tête dans le petit salon.

— Qu'est-ce que tu fais de beau ?

Delilah leva les yeux de l'ordinateur posé en équilibre sur ses genoux et sourit, heureuse de voir qu'il s'était apparemment remis de la déception de la veille.

— J'écris à ma mère, dit-elle.

Sa famille vivait au pays de Galles et, depuis le jour où elle était partie pour Londres, plus de dix ans auparavant, elle avait l'impression de s'être retirée à l'autre bout du monde, là où on ne pouvait pas la joindre. Depuis leurs deux ou trois passages durant lesquels ils n'avaient cessé de se plaindre du trajet, de la taille de la ville et du coût de la vie, ses parents n'avaient plus jamais proposé de venir lui rendre visite. Ses sœurs et son frère étaient restés là-bas, s'étaient mariés et avaient fait des enfants ; ils étaient donc posés et heureux.

Quand Delilah avait épousé John, sa famille avait vu cela comme la suite légitime de son existence de rêve sans pourtant s'attendre à y être associée. La distance semblait d'ailleurs s'accroître entre eux, ces derniers temps, même si Delilah faisait de son mieux pour leur envoyer le plus souvent possible e-mails et invitations (déclinées chaque fois). Cette situation ne lui plaisait certes pas. Elle aurait aimé partager tout cela avec eux, leur montrer qu'il existait une autre version de la vie, mais elle ne pouvait rien faire de plus que de leur écrire et essayer de trouver un créneau pour que John et elle aillent leur rendre visite, même s'il paraissait impossible de réunir tout le monde.

— Et toi ?

— Bah, j'ai besoin de me dégourdir un peu les jambes. Une petite balade digestive avec Mungo, ça te dit ?

— Avec plaisir ! s'enthousiasma-t-elle en sauvegardant son message.

Cinq minutes plus tard, ils quittaient la maison, Mungo bondissant à leurs pieds pour les presser. Le chien semblait décidément préférer les sorties à trois. Ils passèrent devant la vieille piscine, que Delilah trouvait dotée d'un charme quelque peu lichénique... Elle avait dû être conçue dans les années 1930, quand ses carreaux noir et blanc et sa pierre sculptée étaient encore à la pointe de la modernité. On y avait installé un système de chauffage, mais, selon John, cela faisait des années qu'il ne fonctionnait plus. L'eau avait beau être tentante, scintillant d'un splendide bleu turquoise sous le soleil, Delilah savait qu'elle était glaciale : John y faisait trente longueurs chaque matin, pour en sortir certes revigoré mais écarlate. Ils longèrent l'allée d'ifs et passèrent les portes de fer forgé dont les piliers de pierre étaient surmontés chacun d'une chouette.

— J'adore ces chouettes, commenta Delilah.

— Moi aussi. Grâce à elles, je sais que la maison est bien protégée.

Ils gagnèrent les bois, sifflant Mungo dès que le chien s'éloignait un peu trop. Il réapparaissait toujours, aussi agité qu'un chiot, son épaisse fourrure recouverte de feuilles. Delilah cueillit quelques fleurs de sureau tout en imaginant le fabuleux shooting qu'elle pourrait organiser dans un endroit pareil. Sur le thème de Robin des Bois, peut-être… Des filles vêtues de toutes les nuances de vert, avec des pantalons de cuir, des chemises de soie et de petits chapeaux… Elle se les figurait surgir de derrière un arbre, un arc tendu dans les mains ou un cor pressé contre leurs lèvres rouges. Ou alors, une vision grecque de dryades, d'hamadryades et de nymphes de l'eau et des fleurs, peut-être un peu trop rebattu, mais elle voyait tout à fait Rachel apporter une touche d'extraordinaire à l'ensemble. Elle se souvenait comme cette femme aimait les scènes animalières et jouer avec les tailles. Elle imaginait très bien un tableau dans le style des *Souris des quatre saisons*, les mannequins vêtues de jupes bouffantes à fleurs, comme ces adorables petites souris, un panier rempli de glands au bras.

Le travail me manque tellement, songea-t-elle avec mélancolie. Il était peut-être facile d'oublier toutes ces réunions barbantes, ces déluges quotidiens d'e-mails et cette terrible frustration quand les choses ne se passaient pas comme prévu, pour seulement se souvenir de l'exaltation, du glamour et de ce sentiment d'être au cœur des choses. Elle n'allait pas tarder à retrouver tout cela. Un doux frisson d'anticipation la parcourut ; elle avait franchement besoin de prendre du bon temps.

— À quoi tu penses ? lança John.

Avec son bâton, il s'amusait à étêter les fleurs sur son passage.

— Arrête ! protesta Delilah. Tu leur fais mal !

Il éclata de rire tout en lui jetant un regard sceptique.

— Je leur fais mal... Tu es vraiment trop sensible, tu sais. Il va falloir t'endurcir un peu, si tu veux vivre ici. Tu ne peux pas pleurer sur le sort des fleurs...

— Je ne vois pas l'intérêt de les abîmer sans raison. Et pour répondre à ta question, j'imaginais comme ce serait chouette de faire un shooting ici. Je déborde d'idées !

— J'imagine que j'ai tout un tas de raisons d'être heureux du dernier shooting en date, mais je ne suis pas particulièrement emballé à l'idée de réitérer l'expérience...

— Tu n'as pas envie que la maison serve davantage ? Ça pourrait rapporter pas mal d'argent, tu sais. Je ne parle pas forcément de mariages, si c'est ça qui te fait peur. Il y a toutes sortes de choses sympas qu'on pourrait organiser...

— Nous ne sommes pas aux abois, rétorqua John. Je ne vois pas pourquoi on s'embarrasserait de tous les inconvénients du fait d'ouvrir au public. Et puis, tu sais très bien comment je suis, en société. La foule ne fait pas forcément ressortir le meilleur de ma personne...

Delilah l'examina du coin de l'œil. Il ne débordait évidemment pas d'enthousiasme, mais il n'arborait pas cet air résolument fermé qui signifiait que la discussion était close. Elle décida donc d'insister :

— Je sais que ce serait beaucoup de tracas, mais je pourrais m'en occuper. J'aimerais que nous imprimions notre propre marque à la maison. Tu n'imagines pas combien de personnes s'y intéressent, combien de demandes de visite je reçois…

— Oh ! je ne l'imagine que trop bien.

— On pourrait se fidéliser une clientèle ultrachic, avec un lieu pareil. Ça pourrait être génial !

Ils quittèrent alors les bois pour surgir soudain dans la fameuse clairière qui abritait l'étrange folie.

— Regarde-moi ce tas de pierres ! lança-t-elle en la désignant. On pourrait en faire quelque chose de terrible : un petit refuge de lune de miel juste assez grand pour deux, avec une pièce à chaque étage… Ou alors un atelier d'artiste…

Son cœur s'emballait au fur et à mesure que les idées affluaient. Elle voyait déjà le joli petit nid confortable qu'ils pourraient faire de cette tour branlante.

Ils s'étaient arrêtés sur le coteau qui menait à la folie, la bâtisse se dressant au-dessus d'eux telle une ombre menaçante sous le ciel lumineux. Elle était vraiment dans un triste état : il y avait des trous dans les murs, le toit avait disparu, et la végétation avait colonisé ce qu'il restait des fenêtres. Cela coûterait une petite fortune de la réhabiliter. Delilah lança un coup d'œil en direction de John. Ses traits s'étaient assombris, et son regard était orageux.

— Qu'est-ce qui ne va pas ? souffla-t-elle, alarmée par son expression.

— Il est hors de question que nous touchions à cette… chose.

— Mais pourquoi ?

Elle ne comprenait pas. Ne voyait-il pas les merveilles qu'ils pourraient y faire ?

— Nous pourrions la restaurer, la rendre de nouveau utile. Elle va finir par s'écrouler !

— Et c'est très bien comme ça, cracha-t-il. Le plus tôt sera le mieux. Je ne supporte plus de la voir ici. Si ça ne tenait qu'à moi, je l'aurais déjà fait détruire depuis longtemps, mais ces sales types du patrimoine m'en ont toujours empêché. J'encourrais la prison si je posais ne serait-ce qu'un doigt dessus… Alors, si tu veux tout savoir, je me fiche bien qu'elle s'écroule d'elle-même.

— Je ne comprends pas, lâcha-t-elle en écartant les mains, désarçonnée.

— C'est un vrai piège mortel. J'ai moi-même failli en tomber quand j'étais petit. Cet endroit porte malheur, tu entends ? Je t'interdis de t'en approcher ! Tu me le promets ?

Il s'approcha alors d'elle, lâcha son bâton et l'agrippa par la veste.

— Promets-le-moi, Delilah !

— D'accord, souffla-t-elle, choquée par sa virulence soudaine. Je ne m'en approcherai pas. Je suis désolée, j'ignorais que tu détestais cet endroit à ce point…

— Eh bien…, tu le sais, maintenant.

Il la lâcha et baissa le regard sur ses mains, comme surpris par sa propre réaction.

— Je n'ai simplement pas envie que tu traînes près de cette tour. Elle a toujours porté malheur. Promets-moi que tu ne t'en approcheras pas.

Elle reposa les yeux sur la vieille folie, un frisson lui parcourant l'échine.

— C'est promis.

Après cet épisode, l'ambiance s'était définitivement dégradée. John se renferma sur lui-même, comme il savait si bien le faire. Il répondait si Delilah lui posait une question, mais seulement par monosyllabes, se replongeant aussitôt dans son silence morose. Elle préféra éviter de reparler de la folie, même si elle brûlait de savoir ce qui s'y était vraiment passé. John alla s'enfermer dans son bureau dès leur retour.

Ce sera toujours pareil. Chaque fois qu'il aura besoin de s'isoler, la surcharge de travail qu'exige cette maison lui procurera l'excuse idéale.

Sur un coup de tête, elle gagna la cuisine, récupéra le gâteau au citron que Janey leur avait laissé pour le week-end et prit la direction de sa voiture. Quelques instants plus tard, elle remontait l'allée, le cœur de plus en plus léger au fur et à mesure que la maison rapetissait dans son rétroviseur. Elle connaissait le chemin : John lui avait déjà montré, sur la route, le petit cottage gris au toit bas recouvert de mousse, à l'écart du village.

C'est ridicule. Je ne sais même pas s'il est là.

Mais elle ne fit pas demi-tour pour autant.

Elle se gara en bordure de la route, prit le gâteau et longea d'un pas assuré la petite allée herbeuse qui menait à la maison. De jolies grappes de glycine mauve pendaient au-dessus de la porte d'entrée. Il n'y eut pas de réponse quand elle frappa, et elle s'apprêtait à regagner sa voiture, un brin déçue, quand elle réalisa qu'il devait être dans son jardin. C'est en effet là qu'elle le trouva, en plein travail dans son potager.

— Bonjour, Ben ! lança-t-elle en le rejoignant.

Il leva la tête, surpris, avant d'esquisser un sourire ravi. Il se redressa et s'appuya sur sa pelle.

— Bonjour ! Qu'est-ce qui t'amène ?

— J'ai apporté le goûter ! répondit-elle en dressant le gâteau. Ça te dit, un petit thé avec une part du gâteau au citron de Janey ?

— Tu es un ange tombé du ciel… Il n'y a rien que j'aimerais davantage, à cet instant. Ne bouge pas, j'arrive.

Cinq minutes plus tard, ils étaient installés autour de la table de la cuisine, la bouilloire chauffant doucement sur la cuisinière. Ben avait encore des gouttes de sueur sur le nez, et ses cheveux humides étaient en bataille.

Cet homme déborde décidément de charmes, songea Delilah. Il y avait quelque chose de John, dans la forme de ses yeux et l'arête de son nez, mais il avait une expression tellement engageante… Peut-être John lui aurait-il beaucoup plus ressemblé, sans toute cette tristesse sur les épaules.

A-t-il une petite amie ? Sûrement. Même si ça ne me regarde pas. Je ne peux tout de même pas le lui demander ; ce serait gênant.

— En tout cas, quelle agréable surprise de te voir ! sourit Ben. Mais qu'est-ce qui t'amène, un dimanche après-midi ? Je pensais que tu serais avec John.

Elle sentit ses joues rosir.

— Oh ! il est encore enfermé dans son bureau. Tu le connais…

— Oui, murmura Ben, quelque chose de grave dans la voix.

— Et je voulais te demander quelque chose.

— Je t'écoute, dit-il en entreprenant de couper deux parts de gâteau.

— J'ai reçu une lettre du poney-club. Ils souhaiteraient organiser un gymkhana dans le champ du domaine.

— En effet, ils font ça tous les ans. Je sais que John n'est pas fan de l'idée de leur laisser le champ, car il leur arrive de terminer par un tournoi de cricket, et les poneys abîment souvent la terre… Mais ils pourraient s'installer sur la partie est du domaine – si John est d'accord, bien sûr. Il faudra donner un coup de propre à l'enclos Whitefield, mais je pense que ce serait un bon compromis. Je pourrai m'en occuper.

— Ce serait génial, Ben. Merci beaucoup, lui sourit Delilah. Je ferai de mon mieux pour convaincre John. Tu es mon sauveur ; je ne sais pas ce qu'on ferait sans toi…

— Ce n'est rien ! lança Ben en haussant les épaules. Si je peux donner un coup de main, c'est avec plaisir. John le sait.

Elle se demanda d'où venait ce ton soudain acerbe, comme si elle était censée en connaître la raison. John lui avait toujours paru agréable vis-à-vis de son jeune cousin, même si, maintenant qu'elle y réfléchissait, il donnait l'impression de lui faire une faveur en le laissant s'occuper des jardins de Fort Stirling.

— Ben, pourquoi t'occupes-tu des jardins de la maison ? lâcha-t-elle subitement. Tu n'as pas assez à faire, à la ferme ?

Un sourire illumina son visage, à la mention des jardins.

— Bah, je ne fais que superviser, à la ferme, tu sais. Je garde un œil dessus, mais je les laisse gérer la plupart du temps. Je ne suis pas un vrai fermier ; je m'en occupe simplement parce que mon père n'en est plus capable. Ce que j'aime par-dessus tout, c'est le paysagisme. Je préfère donc passer mon temps là-bas, à faire ce que j'aime vraiment.

— Arracher les mauvaises herbes ? dit-elle en riant.

— Je ne pourrais pas toutes les arracher, même si je le voulais, rit-il à son tour. Erryl en fait beaucoup, tout comme le jardinier qui vient nous aider d'avril à novembre. Mais j'aime mettre en forme. Tu n'as pas idée de la satisfaction qu'on peut tirer de créer un superbe jardin, de plier la nature à sa propre volonté et de rendre toutes ces plantes fortes, saines et magnifiques...

— Tu as raison : je n'en ai aucune idée. Ce n'est absolument pas mon univers. Mais une chose est sûre : j'adore le résultat. Les jardins sont splendides. Ils dégagent quelque chose de réparateur, comme s'ils pouvaient guérir les gens.

— Exactement ! renchérit Ben, les yeux brillants. La nature peut guérir, j'en suis persuadé. Je rêve qu'un jour, nous puissions ouvrir les jardins aux gens qui en ont vraiment besoin, des gens atteints de dépression, ou d'addiction, et leur donner le moyen d'entrer en contact avec la nature. Et puis, il y a tellement de gamins qui n'ont jamais rien connu d'autre que le béton... Ce serait une telle bouffée d'air frais pour eux. Si Fort Stirling m'appartenait, c'est ce que je ferais.

Delilah le dévisageait, touchée par sa passion et enthousiasmée par son inspiration. C'était exactement le genre de choses pour lesquelles cette demeure était faite : sa taille immense devait servir à porter un message de vie, et non tout dominer inutilement.

— Tu en as déjà parlé à John ?

Il la regarda à la dérobée, hésitant visiblement à répondre.

— John n'est pas particulièrement favorable à l'idée d'ouvrir le domaine au public, se lança-t-il finalement. Il préfère de loin la solitude.

— C'est vrai..., mais j'essaie de le changer.

Une vague de tendresse balaya alors les traits de Ben.

— Tant que ce n'est pas lui qui essaie de te changer...

— Comment ça ?

— Oh !…

Il détourna les yeux, gêné.

— Je ne sais pas, reprit-il. Tu étais si pleine de vie, à ton arrivée, cet hiver… Ce n'est plus le cas. Tu as l'air abattue, ces derniers temps.

— C'est vrai ?

Cela la surprenait qu'il l'ait remarqué.

Il lui refit face ; son regard semblait soudain plus pénétrant.

— Oui. Comme si tout ça…, c'était trop pour toi. Je suis persuadé que tu es ce qui pouvait arriver de mieux à John. Malheureusement, je ne suis pas certain du contraire…

Ses joues s'empourprèrent aussitôt.

— Désolé, je n'aurais pas dû dire ça. Je n'ai absolument rien contre John ; c'est juste que je me fais du souci pour toi, voilà tout.

Delilah n'en revenait pas qu'une marque de sympathie aussi simple ait un tel effet sur elle. Elle se sentait à deux doigts de craquer et de tout déballer : la façon dont John avait changé et cette douleur qui semblait le ronger peu à peu, sa culpabilité à ne pas tomber enceinte, et l'effet que la maison semblait avoir sur elle, comme si elle l'écrasait jour après jour, si bien qu'elle se sentait rapetisser sous son poids. Que se passerait-il, si elle se confiait à lui ? Elle brûlait soudain de recevoir toute la sympathie dont il était capable. Quand elle parla enfin, ce fut d'une voix grêle et tremblante.

— Je fais de mon mieux, mais ce n'est pas toujours facile.

Il hocha la tête.

— J'imagine que tu pensais pouvoir adapter la maison à tes goûts, pas vrai ? Mais ce n'est pas facile, d'y changer quoi que ce soit.

Ce fut l'inquiétude qui balaya ses traits, cette fois.

— En tout cas, j'admire ta ténacité.

Elle sentit ses yeux la piquer et s'intima de se ressaisir. La bouilloire se mit à siffler, et Delilah profita que Ben préparait le thé pour reprendre son sang-froid.

— J'apprends à quel point les choses sont éternelles ! lança-t-elle en riant afin de dissimuler son émotion. Je peux à peine raccrocher un rideau ou bouger un cadre... Tu vois la vieille folie, dans la clairière ? Quand j'ai suggéré à John que nous la retapions, j'ai cru qu'il allait me tuer. Il prétend que cet endroit porte malheur.

Ben apporta la théière et les tasses. De toute évidence, le jardinage avait des vertus sculpturales, songea-t-elle en balayant des yeux son physique athlétique.

— Oh oui, la folie..., répondit-il en servant le thé. On y jouait beaucoup, gamins, mais je ne te dis pas la dérouillée si on se faisait prendre... Ils ont fini par la condamner, et il me semble qu'on s'apprêtait à la démolir quand John a reçu une lettre du patrimoine l'informant que la bâtisse était classée et qu'il ne pouvait donc pas y toucher. Je ne peux pas dire que j'en sois particulièrement dingue non plus. C'est assez dérangeant, comme endroit, non ?

— Je trouve aussi, mais c'est tout simplement dû à son état. La tour pourrait être superbe, bien restaurée.

Ben paraissait sceptique.

— Je ne vois pas vraiment à quoi elle pourrait servir... Elle est même trop petite pour faire office de maison.

— J'imagine que c'est pour ça qu'il s'agissait d'une folie. Quelque chose de cher sans véritable usage...

Ben lui donna sa tasse et poussa le gâteau vers elle.

— Il y a des rumeurs qui circulent dessus..., dit-il.

— C'est vrai ? Lesquelles ?

Voilà qui commençait à être intéressant.

— Rien de bien charmant. Apparemment, il y aurait eu des morts, là-bas.

— Des morts ? Des accidents, tu veux dire ?

— Non..., plutôt des suicides. Des gens qui auraient sauté du sommet de la tour. « Adieu, monde cruel », et tout le toutim...

— Des suicides, murmura Delilah. Tu sais de qui il s'agit ?

Ben secoua la tête.

— Non, désolé. Mes parents ne parlaient pas vraiment de ce genre de choses avec moi, pour tout te dire. Il ne s'agissait probablement que de rumeurs, ou d'événements qui dataient de bien longtemps. Pour moi, le sommet n'est plus accessible depuis des dizaines et des dizaines d'années...

Ça expliquerait tout de même pourquoi elle a une connotation aussi négative…, songea Delilah.

Elle revit l'expression orageuse et la peur dans les yeux de John, quand il les avait posés sur la vieille folie. Il avait laissé entendre qu'il avait failli y laisser sa vie. Peut-être cet incident, associé à ces étranges rumeurs, était-il la source de cette révulsion ?

— C'est une vieille bâtisse sinistre. Je comprends pourquoi John ne l'aime pas, commenta Ben en prenant une part de gâteau. Mmm ! Tu féliciteras Janey de ma part. Ce gâteau est une merveille.

Elle sentit un sourire se dessiner sur ses lèvres. Ben paraissait si gentil, si… normal. La cuisine, beaucoup plus petite que la vaste pièce dallée du fort, était pleine de charme. Delilah se demandait à quoi ressemblait le reste du cottage. Peut-être John et elle auraient-ils été plus heureux dans un endroit comme celui-ci, une maison faite pour deux personnes seulement ?

— Je ferais mieux d'y aller, déclara-t-elle. John ne sait pas que je suis ici.

Il croisa alors son regard et, l'espace d'un instant, elle fut envahie par un sentiment coupable. Ben et elle s'étaient accordés sur le fait que John était quelqu'un de difficile à vivre et qu'il la rendait malheureuse. Et voilà qu'elle avouait être venue sans en parler à son mari, comme s'il s'agissait d'un acte déloyal plutôt que du simple désir de voir un ami. Elle sentit le rouge lui monter aux joues, croisant les doigts pour que Ben ne s'en aperçoive pas.

— En effet, il vaudrait mieux ne pas tarder, dans ce cas, souffla-t-il sans la quitter des yeux. Je n'ai pas envie que cette visite te cause des soucis. Finis au moins ton thé, tu veux bien ?

Delilah franchit la colline qui menait au fort, un nœud dans le ventre à l'idée d'y retourner. Quelques mois plus tôt, elle avait vu cet endroit comme le parfait décor pour son conte de fées personnel, mais désormais, elle avait l'impression de vivre l'histoire à l'envers, comme si celle-ci lui faisait prendre la mauvaise direction. Niché dans cette énorme cuvette, Fort Stirling avait des allures presque sinistres, avec ses fenêtres sombres, attendant son retour pour mieux l'attirer dans ses ténèbres.

La cuisine était vide quand elle entra. John était toujours enfermé dans son bureau, et il n'en ressortit que lorsqu'elle fut couchée.

Quand elle quitta la maison le lendemain matin pour prendre le premier train, John dormait d'un sommeil de plomb, la couverture tirée jusqu'au menton, si bien qu'elle dut partir sans même un au revoir.

11

1965

Du haut de son mémorial, le prince Albert observait le hall circulaire qui portait également son nom, sa silhouette impérieuse surmontée par un baldaquin gothique, comme s'il se tenait dans sa cathédrale privée, en pleine considération des affaires d'État. Autour de lui se dressaient les symboles de ses préoccupations – l'agriculture, l'industrie, le commerce et le génie – ainsi que les grands continents du monde, représentés par des déesses à demi nues dont certaines dressaient des tridents dans leurs poings.

Alexandra avançait vers le monument, le ventre noué par l'appréhension. Avait-elle rêvé ce qui s'était passé la veille ? Cela en avait tout l'air, mais il lui suffisait de fermer les yeux et de se revoir collée au corps de Nicky, sur la piste de danse, pour ressentir cette délicieuse et terrifiante vague d'exaltation. Elle n'avait rien imaginé de tout cela, et le mot de Nicky en était la preuve.

Malgré la crainte de ce qui pourrait se passer, elle avait mis un soin particulier au choix de sa tenue. Ses robes classiques lui paraissaient terriblement guindées, depuis ce qu'elle avait vu au club la veille, et la douceur de la journée appelait quelque chose de léger et de frais. Elle avait déniché dans son armoire une petite robe rose pâle à manches courtes boutonnée à l'avant et cintrée par une ceinture. Elle ne se souvenait pas de l'avoir achetée (peut-être était-ce Sophie qui la lui avait prêtée), mais elle était parfaite. Elle l'avait enfilée, puis avait chaussé ses sandales. Elle avait appliqué un peu de mascara sur ses cils afin d'obtenir l'effet légèrement charbonneux de ses photos, ainsi qu'une couche de rouge à lèvres rose glacé. Puis elle avait quitté la caserne et s'était empressée de rejoindre la partie ouest du parc. À chaque pas, sa conscience lui intimait de faire demi-tour : revoir Nicky était dangereux, elle le savait, étant donné le pouvoir qu'il avait sur elle. *Arrête*, s'ordonnait-elle, sachant toutefois que rien ne pourrait l'arrêter. Elle était attirée vers lui comme s'il tirait une corde au bout de laquelle elle était attachée.

Et Laurence ? souffla la voix dans sa tête. Mais elle refusait de l'écouter. Comment pouvait-elle délibérément se priver de ce sentiment libérateur et enivrant au profit d'une existence sinistre aux côtés de son mari ? Elle avait conscience que c'était ce qu'elle était censée faire, que, si elle rejoignait Nicky, quelque chose de terrible pourrait se passer. Mais elle savait également que cette chose serait tout aussi merveilleuse, et elle était incapable de résister à son appel.

C'est alors qu'elle le vit, assis sur un banc près du mémorial, l'air aussi perdu dans ses pensées que le prince lui-même. Cette fois, il portait une veste de lin blanc, un pantalon bleu et un foulard à rayures.

Il fixait le sol à ses pieds, les mains jointes. Cette simple vision fit jouer un ballet de papillons dans son ventre, et elle sentit sa peau la picoter. Elle pouvait encore faire demi-tour ; il ne l'avait pas vue.

— Nicky ! lança-t-elle, faisant fi, grisée par sa présence, de ce que sa conscience lui criait.

Il leva la tête, et un sourire illumina ses traits. Tandis qu'elle s'approchait, elle se demanda ce qu'il y avait chez cet homme qui manquait chez Laurence. Nicky était certes charmant, mais Laurence n'était pas laid non plus.

C'était cette lumière, dans ses yeux, son esprit et sa vivacité qui le mettaient à part de tous les autres hommes. Nicky semblait empreint d'une aura magique et rayonnante qui l'attirait avec une force irrésistible. Petite, elle l'admirait tel un héros, mais cela n'avait rien à voir avec ce qu'elle ressentait aujourd'hui. Ils étaient adultes, désormais, et elle savait très bien qu'il s'agissait d'une émotion d'adulte.

— Tu es venue !

Il se leva et lui embrassa la joue, puis lui prit les mains et planta ses yeux dans les siens. Elle crut s'évanouir, à son contact.

— Il faut qu'on parle de ce qui s'est passé hier soir.

— Oui, répondit-elle tout simplement.

Maintenant qu'elle se tenait devant lui, toute l'angoisse qui l'avait rongée sur le chemin avait disparu, et elle savait qu'elle s'abandonnerait totalement à lui, si c'était ce qu'il lui demandait. Elle était incapable de contrôler ce sentiment. Elle aurait dû culpabiliser du fait d'être mariée, mais cela ne changerait rien à ce qui était en train de se passer.

— Je sais que c'est ridicule, lâcha-t-il dans un rire nerveux. On se connaît à peine…

— Tu te trompes. On se connaît depuis toujours.

— Oui, tu as raison. J'ai l'impression qu'on a toujours été connectés, tous les deux. Quand tu es là, tout le reste me semble irréel…

Ils se dévisageaient, conscients qu'ils se tenaient au bord d'un précipice et que dans quelques secondes ils ne pourraient plus revenir en arrière. Certaines choses seraient dites, et ils auraient à faire des choix.

Sauf qu'Alexandra savait qu'elle n'avait pas de choix à faire.

— Je n'arrête pas de penser à toi, murmura-t-il, les mains serrant plus fort les siennes. Tu habites chacun de mes songes… Je n'ai qu'une seule envie : être près de toi.

— C'est la même chose pour moi, sourit-elle.

Elle était soudain envahie d'un sentiment de profonde paix, cette même paix qu'elle avait connue, tous ces dimanches après-midi, quand son père allait travailler dans son bureau et qu'elle s'installait sur le sol du salon pour faire des puzzles pendant que sa mère tricotait ou lui lisait une histoire. C'était le doux sentiment d'être chez elle, à sa place.

— J'ai envie d'être avec toi, souffla-t-elle.

— C'est de la folie, lâcha Nicky en secouant la tête.

Elle adorait ses cheveux en pagaille. Elle aurait aimé venir y glisser ses doigts.

— On va chez moi, pour être sûrs d'être tranquilles ?

— Polly n'est pas là ?

— Non. Au pire, je lui demanderai de partir.

Alexandra fut prise d'un frisson désagréable. Si qui que ce soit l'apprenait, cela viendrait tout gâcher.

— Je n'ai pas envie qu'elle nous voie ensemble, chuchota-t-elle.

— Ne t'inquiète pas. Personne ne nous verra.

Il ferma les yeux l'espace d'un instant et inspira profondément.

— Dieu que tu me rends fou… Allons-y.

Ils prirent un taxi près de l'Albert Hall et, quelques minutes plus tard, ils étaient chez lui. Personne ne les vit quand Nicky ouvrit la porte pour la faire entrer. Les lieux étaient déserts.

— Tu vois ? Elle n'est pas près d'être rentrée. Je l'ai envoyée faire des achats à Islington, dit Nicky en lui prenant la main pour la faire doucement pivoter vers lui.

Elle ignorait totalement où Islington pouvait bien se trouver, mais à cet instant précis, elle s'en fichait tout autant que de Polly. La force de ses sentiments était telle qu'un ouragan se serait déchaîné dehors, elle ne s'en serait pas rendu compte. C'était comme si on lui avait donné à boire une potion qui l'aurait fait renaître. Chaque cellule de son corps semblait vibrer, brûlant du contact de Nicky.

— Tu es sûre de toi ? souffla-t-il en l'observant d'un regard tendre. Ton mari…

— Chhh.

Elle plaqua un doigt sur ses lèvres.

— Tais-toi. Je n'ai envie de penser à rien d'autre qu'à ça.

Il embrassa le doigt posé sur ses lèvres, et la douceur moite de sa bouche la fit tressaillir. Nicky lui prit la main et glissa l'autre derrière son crâne.

— Tu es superbe, murmura-t-il, haletant. Plus je m'approche et plus tu sembles parfaite…

Elle brûlait, tremblante, de ses mains sur sa peau, de sa bouche sur la sienne. Il s'agissait d'un désir dévastateur qu'elle aurait été incapable de maîtriser, même si elle l'avait voulu. Elle leva les yeux vers lui, et ses lèvres s'entrouvrirent de leur propre chef. Le regard de Nicky s'y abaissa, et son expression se mua soudain en quelque chose qui la terrifia : dans ses yeux, elle lisait le même besoin urgent qui la dévorait.

Il s'approcha et vint poser ses lèvres sur les siennes, la comblant enfin de ce qu'elle attendait tant : le contact de sa peau, le goût exquis de ses lèvres et sa délicieuse odeur qui mettait le feu à tout son corps. Elle sentait son sang bouillonner de vie, sous son baiser. Elle s'était toujours fermée à la bouche dure et pressante de Laurence, mais elle était prête à s'ouvrir entièrement à Nicky. Sans y réfléchir, elle écarta davantage les lèvres et sentit la douce moiteur de sa langue. Elle laissa échapper un « Oh ! » gémissant qui sembla enflammer Nicky, et il vint presser son corps contre elle. Elle glissa les doigts dans ses cheveux tout en le laissant prendre possession de sa bouche de sa langue suave. Jamais n'aurait-elle pu imaginer une telle ivresse.

C'était donc cela, ce dont on parlait tant... Elle avait commencé à croire qu'il s'agissait là d'un mensonge seulement perpétué pour camoufler l'horrible réalité de l'amour physique. Mais ce baiser était la plus belle chose qui lui soit jamais arrivée et, plus il durait, plus elle s'en abreuvait, son corps y répondant tel un instrument sous les mains d'un virtuose. L'excitation montait dangereusement en elle, en particulier dans son ventre et là où Laurence avait si vainement tenté de s'introduire. Cette partie de son corps semblait soudain s'éveiller au même titre que son âme, des picotements venant doucement la réchauffer.

Ils s'embrassèrent de longues minutes, jusqu'à ce qu'Alexandra se sente enivrée du contact de sa bouche et de sa langue. *C'est tellement écœurant, quand on y pense*, songea-t-elle. Mais avec Nicky, c'était un bonheur exquis. La sensation de leur plaisir mutuel à travers ce baiser était comme un feu de plus en plus ardent.

Il se dégagea enfin, le regard à la fois tendre et avide.

— Alexandra, haleta-t-il avec une touche d'émerveillement dans la voix.

— Oui...

Elle ne quittait pas sa bouche des yeux, brûlant de pouvoir de nouveau la faire sienne.

— Tu es incroyable... Tout ça est incroyable...

Il paraissait soufflé par ce qu'ils venaient de partager, ce qui ne fit qu'accroître son plaisir : cela voulait-il dire que ce qui lui semblait extraordinaire à elle l'était aussi pour quelqu'un comme Nicky, qui avait, elle ne l'imaginait que trop bien, embrassé des centaines de filles ?

— Oui, murmura-t-elle en enfouissant son visage contre son torse, grisée par ce sentiment de profonde paix. C'est incroyable.

Alexandra savait désormais ce que « marcher sur un petit nuage » signifiait. Elle revint de Belgravia dans une espèce de transe vertigineuse, prenant tout son temps afin de faire durer au maximum la merveilleuse ivresse que lui avait procurée ce moment. Elle souriait à tous ceux qu'elle croisait, se demandant si elle rayonnait autant à l'extérieur qu'à l'intérieur. Elle venait tout juste de le quitter – Nicky, son…, son…, non, pas encore son amant…, *pas encore*. Comment pouvait-elle dire une chose pareille ? songea-t-elle en riant, terrifiée à la fois par l'idée d'aller aussi loin et par le désir dont elle brûlait.

À la caserne, il allait falloir prendre sur soi pour ne pas trahir son bonheur, et cette chose magique qu'elle venait de découvrir. Elle aurait voulu crier aux passants « Un baiser n'est-il pas la plus belle chose qui soit ? », mais elle se contentait de les gratifier d'un sourire béat, comme si elle était amoureuse de tous ces gens tristes qui n'étaient pas Nicky et qui n'avaient pas la chance d'être celle qu'il venait d'embrasser. Consciente de l'impassibilité dont elle devrait faire montre à la caserne, elle laissait libre cours à son bonheur tant qu'elle le pouvait.

Quand Laurence rentra ce soir-là, elle avait presque recouvré ses esprits. Il ne sembla rien remarquer de particulier en coupant la viande qu'elle avait trop cuite et, plus tard, tandis qu'ils lisaient au lit, il nota simplement qu'elle avait l'air de bonne humeur.

Polly savait, évidemment. Quand elle lui ouvrit la porte le lendemain, elle le lut dans son regard, à la fois accusateur et vaincu. D'après Nicky, c'était plus simple ainsi : Polly était trop souvent chez lui pour qu'ils parviennent à coordonner les visites d'Alexandra et ses absences. Il faisait toutefois en sorte de la congédier dès qu'il en avait l'occasion afin qu'ils puissent être seuls tous les deux, ou bien ils se retrouvaient dans le parc, le plus loin possible de la caserne, sur un coin d'herbe tranquille un peu à l'écart des sentiers, au cas où l'une des femmes de militaires passerait par là.

Ils se rappelaient leurs souvenirs d'enfance, perdus quant aux raisons pour lesquelles on les avait séparés toutes ces années plus tôt, stupéfaits par toutes ces heures passées ensemble sans qu'ils aient ressenti cette force d'attraction qui leur paraissait aujourd'hui si évidente. Et ils échangeaient de longs et tendres baisers qui les plongeaient dans un monde rien qu'à eux. Ils furent un jour sortis de leur transe par un groupe de jeunes garçons qui les sifflèrent en riant. Une autre fois, un vieil homme leur cria son dégoût d'un tel exhibitionnisme. Alexandra avait d'abord été mortifiée, mais il lui avait fallu peu de temps pour replonger sous les baisers de Nicky. Cet homme était une véritable drogue : plus elle en prenait, plus elle en voulait.

Ces échanges de baisers étaient purement magiques, mais ils sentaient l'un comme l'autre qu'ils voulaient aller plus loin. Les mains de Nicky couraient sur ses bras, ses hanches, pour finir sur ses fesses, à la fois douces et avides. Quant à elle, elle mourait d'envie de déboutonner sa chemise et d'y glisser la main pour caresser sa peau brûlante. Elle avait senti son membre enfler contre sa cuisse et n'en avait été que plus excitée. Elle savait que tout serait différent avec Nicky, qu'il ne lui reprocherait pas son ignorance. D'ailleurs, elle était persuadée qu'elle saurait quoi faire avec lui. Et elle se doutait qu'ils ne résisteraient plus très longtemps à l'appel de la chair. Mais les vœux qu'elle avait prononcés auprès de Laurence planaient toujours dans son esprit, et Nicky ne lui avait pas encore demandé de les rompre.

Ils connurent deux merveilleuses semaines d'ivresse avant que Laurence ne remarque quoi que ce soit.

Un soir, juste après le dîner, il leva les yeux de son journal et lança :

— Tu es allée chez le coiffeur ?

Elle le dévisagea, surprise, et secoua la tête.

— Non…

Elle était en train de tricoter, activité qui lui permettait de rêvasser allégrement.

— Tu as un nouveau rouge à lèvres, alors ?

Elle secoua de nouveau la tête.

Laurence plia le coin de son journal afin de mieux l'examiner, sceptique.

— Tu as quelque chose de différent, mais je n'arrive pas à mettre le doigt dessus.

— Eh bien… J'ai fait une longue promenade au parc, cet après-midi, improvisa-t-elle. J'ai sûrement pris des couleurs…

En vérité, elle avait passé deux heures nichée contre Nicky, sur le canapé de son studio, à échanger murmures et baisers avant qu'il ne parte photographier un déjeuner pour *Sketch*.

— Bah, c'est peut-être ça. Ça te va très bien, en tout cas.

Il redressa son journal, et elle soupira intérieurement, soulagée. Il ne pourrait jamais faire le lien avec Nicky ; il semblait avoir oublié jusqu'à son existence et n'avait même pas remarqué que la prétendue invitation n'avait jamais été envoyée.

Mais quand ils allèrent se coucher, elle le sentit poser sa main sur sa hanche tandis qu'elle s'installait dos à lui.

— Je pense qu'on devrait essayer de…, enfin, tu vois…, chuchota-t-il dans l'obscurité.

Elle se figea, son corps entier crispé à son contact. Il la repoussait, désormais, et elle ne parvenait pas à comprendre comment elle avait jamais pu le laisser s'approcher. *Mais je me dois de faire comme si de rien n'était*, se reprit-elle. Elle se tourna alors sur le dos et murmura :

— D'accord.

Je te déteste, siffla une voix dans sa tête tandis qu'il entreprenait de l'enjamber maladroitement. Il empestait la cigarette et autre chose, c'était âcre, et son corps rachitique lui paraissait terriblement pathétique à côté du musculaire Nicky. Quand elle vit ses lèvres sèches et écœurantes approcher, elle ne put s'empêcher de tourner la tête, si bien qu'elles atterrirent sur sa joue. Une main vint saisir son sein gauche et le pressa à lui faire mal. Il se frottait à sa chemise de nuit, mais elle ne sentait rien sous son pyjama, aucune raideur, aucune bosse. Dieu merci. Le simple fait de penser à cette... chose lui donnait la nausée.

— Regarde-moi, murmura-t-il, et elle tourna la tête pour faire face à ses yeux de glace. Tu es très jolie, ce soir. Je n'avais jamais remarqué à quel point tu l'étais...

Elle le laissa la regarder, stoïque, mais la voix dans sa tête rétorqua : *Ce n'est pas pour toi. Seulement pour lui.*

Il se pencha vers elle et elle ferma les yeux, inerte, quand il pressa sa bouche contre la sienne. C'est alors qu'elle sentit, horrifiée, la pointe humide de sa langue tenter de se frayer un chemin entre ses lèvres. Elle aurait voulu mourir. Sa bouche appartenait à Nicky. Celle de Laurence était répugnante. Impossible pour elle de tenir ; elle allait vomir, elle le sentait...

Il s'acharna quelques instants avant de se dégager brutalement.

— Désolé. Je ne sais pas…, marmonna-t-il.

Elle ne bougea ni ne prononça un mot. Elle avait conscience qu'elle ne l'excitait pas. Il essayait, mais son manque de réaction physique laissait entendre qu'il ne la désirait pas le moins du monde, et ils ne pouvaient poursuivre sans cela.

Tout cela n'a rien de logique, déclara la voix dans sa tête. Et elle savait que c'était la triste vérité. Ce mariage était une stupide erreur, une chose morte créée par d'autres individus, tel le monstre de Frankenstein, et qu'on leur avait imposée. C'était un échec. Laurence ne l'aimait pas, et elle lui apportait aussi peu que ce que lui-même lui apportait.

Il poussa un lourd soupir.

— On essaiera une autre fois, lâcha-t-il d'une voix faible, ce qui l'emplit à la fois de pitié et de mépris.

Il se dégagea alors d'au-dessus d'elle, et chacun reprit sa position habituelle, dos à dos, le plus loin possible de l'autre.

12

Aujourd'hui

Londres lui fit un véritable choc après tout ce temps passé à Fort Stirling. L'immensité de la ville et tous ces gens qui semblaient se marcher dessus avaient un côté oppressant.

C'était pourtant ma vie. Je voyageais quotidiennement agglutinée à des étrangers sans jamais me poser de questions.

Elle revit tous ces trajets matinaux, les cafés à emporter, la course jusqu'au bureau parmi des milliers d'autres, les restaurants et les parcs bondés, les bars débordant de gens le soir, puis le retour nocturne dans son petit appartement.

La campagne l'avait à nouveau sensibilisée à la ville, à sa taille, à sa densité et à son rythme effréné. C'était un sentiment tout aussi terrifiant que grisant. Elle avait l'impression d'être de nouveau au cœur des choses, mais l'atmosphère était si écrasante qu'elle ne put s'empêcher de songer aux jardins paradisiaques du fort.

Je les retrouverai bien assez tôt. Maintenant qu'elle était loin de la maison, elle s'en sentait à la fois libérée et nostalgique. C'était décidément un endroit bien étrange, un endroit qui semblait aussi enchanteur que destructeur.

Mais ce qu'elle regrettait par-dessus tout, c'était que John et elle n'aient pas eu l'occasion d'apaiser la tension qu'avait créée leur discussion au sujet de la vieille folie. S'il l'avait accompagnée, ils auraient peut-être pu recapturer cette passion qu'ils avaient partagée avant leur mariage. Mais elle savait qu'il n'aurait jamais accepté de venir. Les choses avaient changé.

— Salut, poussin !

Grey l'embrassa sur chaque joue, sa petite barbe impeccable lui picotant la peau.

— Ça me fait plaisir de te voir. Ça n'a pas été trop dur de quitter ton beau château ? Ne me dis pas que c'est à cause de la plomberie…

— Salut, lui sourit Delilah.

La pièce grouillait déjà de gens qui discutaient, un verre à la main, tout en jetant des regards discrets en direction des nouveaux arrivants. Delilah avait d'abord été intimidée (cela faisait plusieurs mois déjà qu'elle avait dit adieu au monde de la mode), mais par chance, elle avait très vite repéré Grey dans son costume de shantung mandarine.

— Je ne voulais pas rater ça. C'est vraiment gentil de la part de Susie de m'avoir invitée.

— C'est un ange, pas vrai ? Elle est là-bas, au milieu de sa cour… Tu la vois ? Franchement, cette expo est su-bli-me. Ce serait la collection personnelle d'une riche héritière qui ne sait plus quoi faire de son argent… Tout sera vendu pour la charité, une fois l'exposition terminée. Cette petite diablesse de Susie s'occupe de tout, y compris de la vente aux enchères. Il faut absolument que tu voies ces Dior ! Mais mon coup de cœur à moi, ce sont les premiers Alexander McQueen. Dingues !

Il la dévisagea alors de la tête aux pieds.

— Tu es très jolie, soit dit en passant. Ça fait plaisir de te voir dans autre chose qu'un pull de campagnarde… Comment ça se passe, là-bas ?

— Très bien, merci, répondit-elle en s'arrachant un sourire. Je survis, quoi…, ajouta-t-elle devant le regard entendu de Grey.

— Ma pauvre chérie… C'est si terrible que ça ? Tu me raconteras ça autour d'un bon dîner, tout à l'heure. Mais d'abord, on s'amuse un peu, d'accord ? dit-il en posant une main réconfortante sur son bras.

— Oui, j'en ai bien besoin, confirma Delilah.

Elle était de retour dans son ancienne vie : les célébrités surgissaient de partout (acteurs, mannequins, journalistes et couturiers), acculées par les photographes de presse et les chroniqueurs avides du dernier ragot. Des serveurs leur proposèrent un martini grenadine-gingembre qu'ils sirotèrent en circulant parmi les longues boîtes de verre qui exhibaient des mannequins sans visage vêtus de tenues somptueuses.

— Oh mon Dieu ! s'emballa Delilah. Regarde-moi ce smoking original de Saint Laurent ! Il est sublime…

— Ce n'est rien à côté de ce Lacroix…

— Oh là là ! Je veux tous ces Chanel dans ma garde-robe !

— Va chez Susie, ma belle. Elle te fera même une petite remise, si ça se trouve… Tiens, quand on parle du loup, commenta Grey en regardant par-dessus son épaule.

Susie, habillée comme une reine, vint enlacer Delilah en poussant un petit cri.

— Ma chérie ! Ça fait tellement longtemps ! lança-t-elle en secouant ses cheveux blonds resplendissants. Tu disparais du jour au lendemain, et j'apprends en plus que tu t'es mariée !

— Je sais, souffla Delilah, gênée. Tout s'est fait très vite…

— Alors, dis-moi tout : est-ce que c'est le bonheur ? sourit-elle, tout excitée.

Delilah hésita quelques instants avant de répondre :

— Absolument.

Après tout, c'était ce que les gens avaient envie d'entendre.

— Je suis tellement heureuse pour toi, ma chérie ! Comme tout le monde, d'ailleurs, susurra Susie en lui serrant le bras, comme pour signifier sa sincérité. Bon, mes responsabilités m'attendent, mais je vois Rachel qui arrive…

— Delilah !

Rachel, vision chatoyante en pantalon doré, petite tunique chinoise en soie, chaussures noires compensées et rouge à lèvres carmin, la rejoignit d'un pas mal assuré pour déposer un baiser bruyant sur ses deux joues.

— Ça me fait plaisir de te voir ! Comment va le ténébreux John ? Et quand comptes-tu organiser une soirée dans ton château, hein ? Tu sais que c'est un devoir quand tu disposes d'autant de mètres carrés…

Une fois dans l'orbite de Rachel, les gens commencèrent à s'approcher, et, quelques instants plus tard, elle se retrouva à clamer comme la vie était belle, au fort, et à lancer des invitations à tout va. Quand, plus tard dans la soirée, l'équipe de la galerie commença à pousser gentiment les gens vers la sortie, Rachel lui fit une proposition :

— Si tu t'ennuies, Grey et moi partons faire un shooting à New York la semaine prochaine. La directrice artistique vient de tomber malade, et j'ai cru comprendre qu'ils cherchaient un freelance pour la remplacer. Ça pourrait t'intéresser ?

Delilah hésita quelques instants. L'idée de mettre en pratique ses talents de créatrice était plus que tentante, et elle brûlait d'envie de revivre l'expérience d'un shooting, avec toute cette énergie que les gens mettaient à créer une œuvre éphémère… Mais elle doutait que John partage son enthousiasme.

— Ça pourrait être chouette, décida-t-elle de répondre afin de garder une option dessus. Tu n'as qu'à m'envoyer un e-mail avec toutes les infos.

— Ça marche ! sourit Rachel, qui lui paraissait bien plus agréable, maintenant qu'elle ne travaillait plus avec elle. Ce serait top de t'avoir avec nous. Ton talent nous manque beaucoup…

— Oui, ce serait top, répondit Delilah, boostée par la sympathie soudaine de Rachel.

Une fois dans la pénombre de Brompton Road, Grey lui glissa :

— Tu ne comptes pas vraiment venir, pas vrai ? John ne serait pas d'accord ?

— Il n'y a pas de mal à l'envisager. C'est sûr que ça ne lui ferait pas particulièrement plaisir, mais…

Elle le gratifia d'un regard éloquent.

— Allez, on va se faire un bon plat de pâtes et tu vas tout me raconter…

Derrière une assiette de raviolis à la truffe et un verre de pinot gris, elle confia à Grey à quel point sa vie avait pris une tournure désastreuse.

— Je ne peux pas ouvrir la bouche sans le froisser. Il a toujours eu des épisodes taciturnes, mais ils se faisaient plutôt rares. Aujourd'hui, c'est constant… Je n'arrête pas de me dire que c'est à cause de tout ce qu'il subit à côté : son père qui perd la tête, les affaires du domaine à gérer tout seul… Mais je ne sais pas, sa façon de réagir est blessante, et j'ai l'impression d'empirer les choses alors que je ne cherche qu'à l'aider.

Delilah jouait avec ses raviolis, l'air désabusée, les tournant et retournant dans leur sauce au beurre.

— Et je n'arrive pas à tomber enceinte, ce qui ne fait qu'accroître la tension… Ça pèse tellement sur nous que j'ai l'impression de ne plus profiter de rien. Je crois que John est persuadé qu'un bébé l'aidera à surmonter ce qui le ronge. C'est sûrement pour ça qu'il y tient tant.

— Je suis certain que ça ne va pas tarder, ma chérie. Vous essayez depuis quelques mois à peine, non ? tenta de la rassurer Grey. Et puis, ça ne doit pas être facile, pour lui, de voir son père se détériorer devant ses yeux.

— C'est vrai… Il m'a dit que c'était comme s'il perdait la seule personne qui se souvienne encore de son enfance.

— Sa mère est morte quand il était petit, c'est ça ?

— Oui.

— Qu'est-ce qui s'est passé ?

— Je ne sais pas. Il ne parle jamais d'elle.

Delilah revit alors les clichés de l'album photo, ces traits délicats, ces yeux immenses et cet air vulnérable…

— Je sais qu'elle s'appelait Alex et qu'elle est morte quand il était tout jeune. Il devait être en primaire : j'ai vu une photo de lui en uniforme, qui lui tenait la main. C'est terrible…

— Pauvre homme. Il n'a pas eu la vie facile, pas vrai ?

— Non. Mais je ne vois pas comment l'aider. J'étais tellement persuadée de pouvoir arranger les choses…, murmura-t-elle tristement, les yeux emplis de larmes. J'ai l'impression d'être complètement impuissante, face à cette… chose qui semble le tourmenter.

— Je suis vraiment désolé…, souffla Grey, désarmé. Tu sais quoi ? Peut-être que John a peur de te donner tout son cœur ? Il a peut-être peur que tu le quittes, comme sa mère…

Piquée par sa suggestion, elle le dévisagea par-dessus la bougie chauffe-plat qui tremblotait entre eux.

— Tu crois ?

— C'est possible. Si tu découvrais ce qui est arrivé à sa mère, tu comprendrais peut-être comment lui venir en aide.

— Oui, ça pourrait effectivement aider… J'ai vraiment envie de savoir ce qui s'est passé. Je n'arrête pas de penser à elle, en ce moment, et à ce qu'elle a dû supporter, seule, dans cette maison…

Chaque fois que je reçois une nouvelle avalanche de sollicitations, je ne peux m'empêcher de me demander si elle vivait la même chose et comment elle le gérait. Le truc, ajouta-t-elle, soucieuse, c'est que j'ignore comment le découvrir. Je ne supporte plus d'en parler à John : dès que je le questionne sur son enfance, il se ferme complètement. Et je ne peux pas en parler à son père : ce serait gênant, même s'il avait encore toute sa tête. Janey n'est là que depuis quelques années à peine. Il y a Ben… Je pourrais toujours le lui demander, même si je doute qu'il y ait de la place pour autre chose que les plantes et les saisons dans son esprit.

— Qui est ce Ben ? Le jardinier ?

— C'est le cousin de John. Il était absent quand tu es venu. Mais c'est également le jardinier, en effet.

— John a un cousin qui vit avec vous ?

— Non, il vit dans un cottage tout près. C'est quelqu'un d'adorable.

— Voyez-vous ça ! lança Grey avec un regard scrutateur.

Delilah sentit la gêne poindre. Grey avait toujours eu la faculté de mettre le doigt sur ce qu'elle s'efforçait de dissimuler.

— Mais il est de ma famille, maintenant.

— Ah ! dans ce cas…, pas touche, évidemment.

Il la gratifia de l'un de ses regards intensément profonds.

— Mais tu as l'air de bien t'entendre avec lui. Il a quel âge ?

— Le mien.

— Il est donc plus jeune que John. Joli ?

— Il n'y a rien entre lui et moi, si c'est ce que tu sous-entends, se défendit-elle, les joues rouges.

Grey dressa une main pacifiste et sirota un peu de son vin.

— Ce n'est pas ce que je sous-entendais. Je suis content d'apprendre que tu t'es fait un ami, c'est tout. Quant à la mère de John, pourquoi ne cherches-tu pas sur Internet ?

— J'ai déjà essayé. Elle apparaît sur la liste de la pairie, mais il y a juste une croix suivie de « 1974 ». C'est la date de sa mort, n'est-ce pas ?

— Je crois bien, oui.

— Ils ne disent pas comment elle est morte. La plupart des sites d'histoire se concentrent sur les tenants du titre, c'est-à-dire les hommes.

— Voilà qui te procure un sacré mystère à éclaircir… Tu pourrais faire un tour à l'église du village et demander au pasteur s'il a les archives des enterrements ? C'est ce qu'ils font, à la télé.

— Je peux faire ça ? souffla-t-elle, surprise par la simplicité de sa suggestion.

— Rien ne t'en empêche !

Grey posa sa fourchette et fit claquer ses lèvres.

— En tout cas, c'était délicieux ! Mais je ne peux pas partir sans avoir eu mon tiramisu. Le leur est terrible ; tu dois absolument le goûter.

— C'est vraiment de la gourmandise, répondit Delilah en terminant ses raviolis avant de s'enfoncer sur sa chaise, songeuse. Il y a un autre mystère qui me travaille. John déteste viscéralement la vieille folie située sur une colline, dans les bois. Ben m'a dit que des gens s'y étaient suicidés.

— Ah oui ? lâcha Grey avant de se pencher vers elle, les yeux brillants de curiosité. Eh bien, tu la tiens, ta réponse. Sa mère a dû sauter de cette tour, voilà tout.

Ses paroles l'envahirent d'une chape de glace. Elle vit aussitôt la scène, et elle était horrible. C'était un sinistre jour d'hiver, et la jeune Alex tremblait dans les vêtements qu'elle portait sur les photos (un pull à manches courtes et une petite jupe trapèze) tandis qu'elle escaladait les marches branlantes de la folie, les cheveux balayés par le vent qui s'engouffrait par les brèches des murs. Elle s'immobilisa au sommet, des larmes plein les joues, anéantie, déterminée à mettre un terme à cette souffrance. Alors, elle ferma les yeux et enjamba le rebord édenté pour plonger dans le vide, les bras écartés, comme un oiseau.

— Poussin, tout va bien ?

— Oui…, oui, ça va, soupira-t-elle en s'efforçant d'annihiler la terreur qui lui nouait l'estomac.

— Tu es toute pâle…

— C'est juste que… C'est tellement horrible… Tu penses vraiment que c'est ce qui s'est passé ?

— C'est fort probable, d'après ce que tu m'as raconté.

— Mais, qu'est-ce qui aurait pu la pousser à commettre une chose aussi terrible ? souffla-t-elle, terrassée. Elle avait tout…

— Tu sais bien qu'aujourd'hui, la dépression touche tout le monde, commenta Grey avec un haussement d'épaules. Tu peux avoir tout l'argent du monde et ne pas aimer ta vie. Peut-être cachait-elle un trouble bipolaire ?

— Peut-être, répondit Delilah, mais un terrible poids l'écrasait ; cela paraissait tellement cruel, sans parler de la peine de ceux qui restaient…

Grey appela le serveur d'un signe de la main.

— Rien n'est sûr, cela dit. C'est peut-être autre chose, qui n'a absolument rien à voir. Et puis, ça fait pas mal de temps, maintenant. Ça expliquerait simplement les passages un peu difficiles de John…

— Oui, ce ne sont que des rumeurs, après tout. Ça n'a peut-être rien de vrai, confirma Delilah en essayant de s'arracher à la morosité qui s'était emparée d'elle.

Mais l'image était si puissante qu'elle était incapable de s'en défaire. D'une certaine façon, elle était persuadée qu'ils avaient mis le doigt sur quelque chose.

— Et puis, il me l'aurait dit, si c'était ça. C'est tellement horrible…

— Tu en es vraiment sûre ? insista Grey sans la quitter des yeux. Si je peux me permettre, ton homme ne m'a pas l'air du genre bavard…

Elle songea aux humeurs orageuses de John, à la porte constamment fermée de son bureau et aux cauchemars qu'il était incapable de lui expliquer.

— Tu as peut-être raison. Il ne m'a rien dit jusqu'ici, et peut-être compte-t-il ne jamais rien me dire. Il ne me reste plus qu'à le découvrir par moi-même.

— Fais attention où tu mets les pieds, Delilah, la prévint-il. Les traumatismes d'enfance, ce n'est pas ce qu'il y a de plus facile à gérer.

— Mais il faut bien que je sache si on a vu juste, non ?

Elle repoussa son assiette et se pencha vers lui.

— Je ne pourrai jamais le comprendre, sans ça. Et puis… il faut que je sache. Pourquoi tout ce mystère autour de sa mère ? Pourquoi personne ne cherche à perpétuer son souvenir ? Je ne sais pas… On dirait que la maison dévore peu à peu toutes les femmes qui y passent jusqu'à les faire disparaître…

Un frisson désagréable lui parcourut le bout des doigts.

— Mais parfois, les choses sont tues pour une bonne raison, ma chérie. Je ne veux surtout pas t'encourager à faire quelque chose que tu pourrais regretter.

— Ne t'inquiète pas, je serai aussi discrète que possible, lui promit-elle.

Ce soir-là, dans la chambre d'amis de Grey, elle mit du temps à s'endormir, son esprit ne cessant de revenir à John. Lui manquait-elle ? Ce froid entre eux lui devenait insupportable. Elle aurait aimé l'appeler et lui crier à quel point il lui manquait, brûlant de l'entendre dire qu'il l'aimait toujours, malgré la façon dont il lui avait annoncé ne pas avoir besoin d'elle. Elle voulait à tout prix l'entendre dire qu'il ne lui en voulait pas de ne pas être encore enceinte. *Après tout, je l'aime. Ça ne compte pas pour rien.*

Elle rêva de la maison, cette nuit-là. Elle traversait chaque pièce, à la recherche de John, mais elle ne distinguait que des silhouettes difformes dans la pénombre. La maison était devenue un véritable labyrinthe, et elle devait faire face à une multitude de portes qui s'ouvraient sur de longs couloirs s'étirant à l'infini. Mais l'élément le plus étrange demeurait ce vent puissant, cette mini-tornade qui la souleva soudain de terre pour la faire voler à travers les pièces. Sous son impulsion de plus en plus intense, elle se retrouva à planer au-dessus du jardin, puis le courant la poussa jusqu'aux bois, tandis qu'elle gesticulait dans les airs, impuissante.

— Arrêtez ! hurlait-elle. Je dois retrouver John !

Elle se rendit alors compte qu'elle survolait la folie et, quand elle baissa les yeux, elle découvrit la jeune Alex à son sommet. Son visage pâle était dressé vers elle, perplexe. Dès l'instant où Delilah la vit, tout lui revint en mémoire, et elle se mit à crier : « Non ! Ne sautez pas, je vous en supplie ! », mais le vent ne faisait que porter sa voix au loin. Même de sa hauteur, elle distinguait très bien ses longs bras pâles et ses grands yeux stupéfaits par cette vision.

— Ne sautez pas ! Arrêtez !

Un bruit terrible se mit alors à résonner dans sa tête, et elle se réveilla, pantelante, pour découvrir que son téléphone portable était en train de sonner sur la table de nuit. Elle l'arracha à son chargement et regarda l'écran : John. Complètement réveillée, elle accepta aussitôt l'appel.

— John ? Tout va bien ?

— Delilah…, souffla-t-il d'une voix fatiguée et triste qui lui fit comprendre qu'il avait bu.

— Oui, chéri. Je suis là. Tout va bien, dis-moi ?

Il laissa s'étirer un lourd soupir, puis finit par répondre :

— Tu me manques.

— Toi aussi, tu me manques, dit-elle, le cœur débordant d'une soudaine tendresse.

Il était saoul et avait envie d'elle ; comme elle regrettait de ne pas être à ses côtés pour pouvoir le réconforter de ses caresses…

— C'est horrible, de ne pas t'avoir avec moi. C'est la première fois qu'on est séparés, et je déteste ça.

— Moi aussi. J'ai hâte de rentrer, mon chéri.

— J'erre comme un fou dans la maison… J'avais oublié comme c'était atroce. J'ai besoin de toi. C'est trop dur, de vivre tout seul ici. Même si je ne suis pas vraiment seul… Ils sont tous là. Les fantômes… Bon Dieu, oui, ils sont tous là…

— John, tu es sûr que ça va ?

Son rêve lui revint aussitôt en mémoire. Le fantôme de sa mère le tourmentait-il ? Et qui étaient les autres ?

— Oui, oui, ne t'inquiète pas. Je ne suis pas en train de perdre les pédales. C'est juste cet endroit qui m'oppresse, comme toujours. Si seulement je pouvais le réduire en cendres… Mais je n'en aurai jamais le courage.

— John…, hoqueta-t-elle, soudain terrifiée par l'idée que l'alcool lui fasse faire quelque chose qu'il regrette ensuite ; pire, qu'il s'inflige davantage de souffrances. Va te coucher, s'il te plaît. Tu sais quoi ? Tu vas serrer mon oreiller, comme si c'était moi et, à ton réveil, je serai là, c'est promis. Mais il faut que tu me jures d'aller te coucher tout de suite, d'accord ?

Il lâcha un nouveau soupir las.

— D'accord. Je n'ai plus de whisky, de toute façon…

— Parfait. Monte te coucher, et je m'arrange pour rentrer au plus vite.

— OK. Bonne nuit, chérie, dit-il d'une voix docile et endormie avant de raccrocher.

Elle reposa son téléphone. Le premier train ne partirait pas avant cinq heures et demie du matin ; elle devrait donc attendre. Elle se rallongea sur les oreillers et tenta de se détendre. John était très probablement monté se coucher, comme elle le lui avait demandé. Tout irait bien, et elle le trouverait très certainement encore endormi à son arrivée. C'était ce satané rêve qui la travaillait. Elle ne parvenait pas à s'enlever de la tête l'image d'Alex s'apprêtant à sauter de la folie, ni à réprimer ce sentiment qu'elle devait à tout prix l'en empêcher.

Elle régla son alarme sur quatre heures et demie et chercha le sommeil, en vain, ne s'assoupissant que par intermittence jusqu'à ce que son réveil sonne.

Le trajet lui parut durer des heures, mais en guise de consolation, elle eut droit à un sublime lever de soleil, le ciel rose pâle se parant peu à peu de teintes or et céruléennes tandis que la banlieue de Londres disparaissait au profit de la campagne verdoyante. Delilah avait la sensation de pouvoir de nouveau respirer normalement. Peut-être avait-elle tourné la page de son ancienne vie, en fin de compte… Fort Stirling lui offrait malgré tout un cadre de vie magique. Quand elle arriva enfin à destination, Erryl l'attendait sur le quai.

— Bonjour, madame, dit-il en venant récupérer ses bagages.

— Bonjour, Erryl. C'est gentil d'être venu me chercher.

— C'est un plaisir.

— Tout va bien à la maison ?

— Il semblerait. Janey est allée jeter un œil aux aurores. Pas de problème à l'horizon. Mr Stirling dort encore.

— Parfait. Je voulais être là à son réveil.

Ils montèrent dans la voiture, et Erryl roula tranquillement sur les routes de campagne bordées de haies et de grands arbres au feuillage éclatant.

Quand ils traversèrent le village, l'œil de Delilah fut aussitôt attiré par l'église et son cimetière boisé, derrière ses murs.

J'irai voir si je peux trouver sa tombe, songea-t-elle. *Après tout, il n'y a pas de mal à chercher.*

Les séquelles de son rêve commençaient peu à peu à s'estomper, mais elle ne pouvait totalement se défaire de ce sentiment de profonde tristesse. Le fait de voir la tombe lui permettrait peut-être de réaliser que ces événements avaient eu lieu des dizaines d'années plus tôt et qu'elle ne pouvait plus rien y changer.

Le village était calme, à cette heure, et le ciel estival lui donnait de véritables allures de carte postale. Ses vieilles maisons, avec leurs jolies fenêtres blanches et leurs jardins impeccables, coûtaient aujourd'hui une fortune.

Une en particulier l'avait toujours captivée, avec son vieux porche en pierre et sa porte vert pâle cernée de jolies roses grimpantes qui apportaient une touche de charme à sa façade de briques. Elle se demandait qui pouvait bien vivre là. Il y avait un tel fossé, entre le village et l'immense demeure…, un fossé que John n'avait jamais cherché à réduire. *Il faut absolument que je fasse quelque chose*, décida-t-elle. *Pour commencer, je vais donner le feu vert au poney-club.*

Cela faisait bien longtemps que la vue des piliers de pierre qui flanquaient le portail ne l'avait pas emplie d'un tel soulagement. La voiture passa la colline, et le fort leur apparut, sereinement posé dans son vallon. Erryl eut à peine le temps de couper le contact qu'elle se rua à l'intérieur, lui laissant la charge de sortir ses valises. Elle grimpa les marches deux à deux, puis courut jusqu'à la chambre, à l'avant de la maison. Les lourds rideaux étaient toujours tirés, privant la pièce du magnifique soleil qui brillait dehors. Elle déboula dans la pièce, pantelante, et John remua dans le lit avant d'ouvrir les yeux.

— Delilah ? marmonna-t-il d'une voix ensommeillée.

— Oui, mon chéri. Je suis là !

Il lui tendit les bras et elle se rua vers lui, s'enivrant de son odeur et de la délicieuse chaleur que dégageait son torse nu.

— Tu m'as tellement manqué…, murmura-t-il dans ses cheveux.

— Toi aussi. Mais je suis là, désormais. Nous sommes de nouveau ensemble.

— J'ai été infect avec toi, ces derniers temps. Je suis vraiment désolé…, déclara-t-il en s'écartant pour la regarder droit dans les yeux. Tu veux bien me pardonner ?

Elle se sentit fondre devant ces yeux gris suppliants et cette bouche vulnérable.

— Évidemment. Je veux simplement que nous soyons heureux, tous les deux. Et je ne peux pas l'être sans toi.

Il la resserra alors contre lui.

— Moi non plus, je ne peux pas être heureux sans toi.

— Comment tu te sens ? souffla-t-elle en passant une main douce sur son bras musclé.

— J'ai connu mieux, grimaça-t-il. J'y suis allé un peu fort, hier soir…

— Je me suis fait du souci, tu sais. Tu as parlé de fantômes, au téléphone, et du fait que tu voulais tout brûler…

— Vraiment ? lâcha-t-il avec un petit rire honteux. Bah, il ne faut pas m'écouter. Je ne pourrais jamais détruire cette maison… Et évidemment qu'un endroit pareil est hanté, qu'est-ce que tu crois ? Il est occupé depuis des siècles. Ses remparts sont envahis d'âmes torturées… sans parler de ses couloirs !

— C'est vrai ? Tu ne m'en as jamais parlé.

— Pour tout te dire, je n'en ai jamais vu de mes propres yeux. Il m'arrive d'entendre des bruits bizarres, la nuit, mais c'est tout. Bon, et si on passait à un sujet moins lugubre ? Tu m'as manqué, tu sais…, souffla-t-il en commençant à l'embrasser tendrement.

Un léger effluve de whisky lui monta aux narines, mais elle l'oublia bien vite sous la passion de leurs baisers.

— Tu es bien trop habillée à mon goût, murmura-t-il.

Ils la débarrassèrent ensemble de sa veste, de son tee-shirt et de son pantalon blanc. Il ne lui restait plus que ses sous-vêtements (un soutien-gorge de dentelle blanche et la culotte assortie), et il se mit à l'observer d'un regard avide.

— C'est beaucoup mieux, mais… viens là que je te donne un coup de main.

Elle avança vers lui, le sourire aux lèvres, brûlant de lui refaire l'amour et de se sentir de nouveau en osmose avec lui.

John se rendormit peu après, et Delilah l'observa un long moment, s'enivrant de leur douce réconciliation.

Mais ça ne durera pas, souffla une voix dans sa tête. *Et tu le sais très bien.*

La peur lui noua soudain le ventre quand elle imagina leur avenir ensemble : une spirale infernale ponctuée de moments d'accalmie où, dans un même élan de désespoir, ils se tourneraient l'un vers l'autre pour mieux se délaisser ensuite.

Vais-je vraiment le perdre ? Cette idée lui était insupportable, et elle vint caresser sa peau du bout des doigts pour en sentir la chaleur tout en prenant soin de ne pas le réveiller.

Je refuse qu'on en arrive là, décréta-t-elle. *Je ferai en sorte de découvrir ce qui le ronge tant et je le guérirai. Je peux le faire.*

Le conseil de Grey lui revint alors en mémoire. Son ami l'avait prévenue de faire bien attention où elle mettait les pieds.

Mais je ne peux pas subir passivement la situation. Cela finira par nous détruire.

Quand elle reçut l'e-mail de Rachel lui demandant si le job de New York l'intéressait toujours, Delilah refusa poliment. *Peut-être une prochaine fois*, écrivit-elle.

Elle appuya sur ENVOYER, persuadée qu'elle avait fait le bon choix. Ce n'était pas le moment de fuir ce qui l'effrayait tant. Elle resterait pour se battre, quelles qu'en soient les conséquences.

13

1965

— Je te l'ai dit : elle n'est pas là, répéta Nicky en s'écartant pour la laisser passer.

— Où est-elle ?

Alexandra entra, balayant nerveusement les lieux du regard. Lors de ses deux dernières visites, Polly avait été présente, et elle n'avait pu profiter pleinement de ces précieux moments avec Nicky.

— Partie. Elle n'est même pas à Londres.

Alexandra lâcha un soupir de soulagement, sentant la tension la quitter aussitôt. *Même pas à Londres ?* Il n'y avait donc rien à craindre, et cela lui convenait parfaitement, car cette journée était toute particulière, à ses yeux…

— Je suis tellement content de te voir, souffla Nicky en lui prenant les deux mains. Tu me manques tant quand tu n'es pas là…

— Toi aussi, répondit-elle avant de le serrer brusquement dans ses bras, plaquant son visage contre son torse chaud.

— Tu es sûre que ça va ? s'amusa-t-il.

Elle se contenta de hocher la tête, ignorant comment formuler ce qu'elle avait décidé.

— Je suis sérieux, Alex…

Il lui prit le menton entre ses doigts et l'observa d'un regard soucieux.

212

— Tout va bien ? Laurence a dit quelque chose ?
Elle secoua la tête, toujours muette.

— Tu m'inquiètes, là. Je sens que tu me caches quelque chose. Parle-moi, chérie.

Il s'était récemment mis à l'appeler ainsi, ce dont elle raffolait, même si elle se doutait de ne pas être la seule à profiter de ce privilège. Elle l'avait entendu appeler Polly de cette manière une ou deux fois, déjà, et cela lui avait serré le cœur, bien qu'elle sût que ce n'était qu'affectueux.

— Je…, je veux aller plus loin, lâcha-t-elle d'une traite.

Les traits de Nicky passèrent de l'angoisse à une surprise mêlée de plaisir.

— Chérie… tu es sûre ?
Elle acquiesça.

— Oui. C'est ce que je veux par-dessus tout.

Il prit une longue inspiration, comme s'il inté-grait tout juste la solennité d'une telle situation, le sérieux avec lequel elle s'offrait à lui.

— Ma chérie… Je… Il n'y a rien que je puisse davantage désirer que nous soyons… le plus intime possible, évidemment.

— J'en ai envie… maintenant, murmura-t-elle. Je t'en prie…

Il laissa échapper un rire avant de se reprendre aussitôt.

— Excuse-moi, ça n'a rien de drôle. C'est mer-veilleux, et tu es mon adorable, ma précieuse…

Il s'interrompit pour l'embrasser, ses bras l'enve-loppant d'une étreinte passionnée. Elle lui ouvrit sa bouche et dressa le menton afin qu'il comprenne qu'elle comptait s'abandonner entièrement à lui. Elle avait pris cette décision en se rendant compte à quel point la proximité de son mari la repoussait, et comme elle avait peur qu'il finisse par découvrir ce dont il avait besoin pour la désirer. Il apprendrait alors à lui faire accepter son corps, et elle lui appartiendrait. Cette idée la révoltait.

Elle voulait lui voler cette victoire tant qu'il était encore temps. Elle se devait donc de célébrer son amour inconditionnel pour Nicky en franchissant le cap avec lui. Elle lui donnerait sa virginité. Ainsi, Laurence ne pourrait jamais vraiment la revendiquer. Elle savait que cela pouvait paraître absurde, aux yeux des autres, mais elle se devait de le faire pour elle.

Nicky l'embrassait avec une passion nouvelle, comme s'il s'était soudain défait de la bride qui le maintenait jusqu'ici. L'espace d'un instant, elle se mit à craindre ce qu'elle venait de libérer. Il n'était pas comme Laurence, inexpérimenté, froid et nonchalant. Il avait déjà fait cela avant et il savait très bien ce qu'elle pouvait lui offrir. Elle brûlait de savoir de quoi il s'agissait, craignant que son ignorance ne la pousse à échouer là aussi tout en étant persuadée que son corps lui dirait instinctivement ce qu'il fallait faire. Elle avait déjà ressenti des changements physiques durant leurs longs échanges de baisers passionnés. Elle allait maintenant en comprendre leur objet. L'excitation commençait tout doucement à prendre le pas sur l'appréhension.

— Chérie…, murmura-t-il. Tu veux monter ?

Elle hocha la tête, et ils grimpèrent l'étroit escalier qui menait à la chambre de Nicky, avec sa tête de lit tapissée de velours jaune poussin et son édredon tacheté de bleu qui lui rappelait une faïence de Delft. Ils y étaient déjà montés, mais cette fois, elle approcha le lit presque avec révérence. Ce serait donc là que tout se passerait. Nicky ferma les rideaux, plongeant la pièce dans une douce pénombre.

Je suis dépravée, songea-t-elle en se remémorant ce fameux moment magique décrit par ses camarades d'école dans lequel tous les mystères de l'amour seraient révélés. *Je suis très, très dépravée ; impardonnable, même. Je m'apprête à coucher avec un homme qui n'est pas mon mari.*

Elle baissa les yeux sur son alliance et sa bague de fiançailles, les retira et les glissa dans sa poche tandis que Nicky se tournait vers elle pour mieux l'embrasser.

Ce fut une expérience à la fois mystique et solennelle, merveilleusement belle et incroyablement juste. Alexandra ne s'était pas attendue à cela. Elle s'était doutée que son amour pour Nicky rendrait les choses moins pénibles qu'avec Laurence, mais elle n'avait pas imaginé que ce serait si bouleversant. Dès l'instant où il l'avait lentement déshabillée, embrassant chaque partie de son corps tout en délicatesse, elle s'était sentie envahie d'une terrible envie de pleurer mêlée de plaisir intense. Il embrassa ses seins tout en dégrafant son soutien-gorge, s'émerveillant de leur beauté avant de prendre chaque téton dans sa bouche, ce qui lui arracha un hoquet de surprise, puis un soupir de délice. Quand elle se retrouva en culotte devant lui, sa petite robe d'été étalée à ses pieds, il murmura qu'elle était magnifique et qu'il avait envie d'elle. Il entreprit de se dévêtir, commençant par sa chemise.

La vision tant attendue de ce corps l'emplissait à la fois de terreur et de désir. Il différait tellement du sien, ses bras musclés et son torse parsemé de poils noirs offrant un contraste saisissant avec sa propre peau douce et ses seins ronds… Il dégageait une délicieuse odeur musquée, et elle aurait voulu mordre sa peau, planter les dents dans la chaleur brune de son cou et les ongles dans le bas musculeux de son dos. Il retira son pantalon, et elle découvrit la terrifiante protubérance qui se dressait sous son caleçon. Elle était terrorisée, mais elle sentait les décharges agréables que lui envoyait son corps. Quel que soit ce qui l'attendait, elle était de toute évidence en train de s'y préparer.

Ils se glissèrent sous les draps frais du lit et retirèrent leurs sous-vêtements sans cesser de s'embrasser. Le goût de sa bouche, le délice de sa peau collée à la sienne et la brûlure presque insupportable des baisers qu'il déposait partout sur son corps menaçaient d'avoir raison d'elle. Elle voulait qu'il lui fasse tout ce dont il était capable, et, quand il fut enfin complètement nu contre elle, elle n'avait plus peur. La partie de son anatomie qui l'avait tant terrifiée était désormais pressée contre elle, brûlante, soyeuse et dure de désir. Il lui caressa doucement le ventre, puis descendit plus bas. Là où Laurence butait sur un obstacle permanent, les doigts aimants de Nicky trouvèrent une chaleur réceptive, et elle sentit les premiers frissons de plaisir quand il se mit à la titiller.

À coups de baisers passionnés et de regards enfiévrés, elle s'ouvrit entièrement à lui. Elle savait ce qui allait se passer, il n'y avait plus aucun mystère, et elle écarta les cuisses tandis qu'il se glissait entre elles. Elle baissa alors le bras et se mit à le caresser, faisant courir son pouce sur la douce extrémité de son membre avant de le guider tout naturellement là où il devait aller. Nicky la gratifia d'un regard plein d'amour.

— Alex, haleta-t-il, hésitant à poursuivre.

— Je t'en prie… C'est vraiment ce que je veux.

— Je ne peux pas te résister, souffla-t-il en venant l'embrasser.

Il se mit alors à presser son membre contre son ouverture, petit à petit, et elle fut surprise de la facilité avec laquelle son corps l'accueillait. Mais quelques secondes plus tard, il se heurta à un obstacle. Il plissa le front, dérouté.

Une vague de frustration l'envahit aussitôt. Ce n'était donc pas Laurence, le problème. C'était elle. Et elle s'apprêtait à décevoir Nicky à son tour après lui avoir tant promis. Submergée par la honte, elle aurait voulu fuir à toutes jambes.

— Ma chérie…

— Excuse-moi, lâcha-t-elle, mortifiée.

— Laurence t'a déjà fait l'amour, dis-moi ? murmura-t-il après une courte pause. En cinq mois de mariage, il a quand même…

La dévastation sur ses traits l'arrêta aussitôt.

— Doux Jésus…, souffla-t-il. Tu aurais pu m'en parler, ma chérie, tu sais…

— Mais je n'ai aucune idée de ce que je fais mal ! lâcha-t-elle en s'efforçant de retenir les larmes qui lui brûlaient les yeux.

— Mais… tu ne fais rien de mal ! Qu'est-ce que tu veux dire ?

— Je ne peux pas… Il…

— Et tu penses que c'est ta faute ? Mais…

Son regard s'emplit de tendresse.

— Je t'en prie, ma douce, enlève-toi cette idée de la tête, tu veux bien ? Ma beauté…

Il embrassa les deux larmes qui coulaient sur ses joues.

— Ma chérie, si c'est ce que tu veux, je vais continuer, d'accord ? Mais il faut que tu saches que tu es vierge et que tu risques d'avoir un peu mal. Tu verras, ce sera merveilleux, ensuite.

Elle plongea les yeux dans les siens en reniflant.

— D'accord.

Il était encore en elle, et il se mit à l'embrasser passionnément jusqu'à ce qu'elle l'enveloppe de ses bras et le pousse à plonger plus profondément afin qu'ils puissent enfin ne faire qu'un. Tout son corps brûlait de l'avoir, son dos arqué et ses jambes mêlées aux siennes. Elle le sentit trembler sous l'effort de la retenue. Sous ses encouragements, il donna un ultime coup de reins qui lui fit l'effet d'un coup de poignard. Il était enfin entièrement en elle. Ils étaient collés l'un à l'autre, le souffle saccadé de Nicky lui chatouillant l'oreille. La douleur s'estompa presque aussitôt et elle lui murmura de continuer, ce qu'il fit, et elle comprit enfin.

Les autres épouses le remarquèrent immédiatement. Peut-être avait-il été naïf de sa part d'espérer le contraire, mais Alexandra fut surprise quand elles se mirent à la questionner sur la bonne nouvelle (un bébé, peut-être ?). À coups de sourires entendus, elles s'amusaient à commenter comme la vie maritale semblait bien lui aller. Elle rayonnait, et chacune désirait connaître son secret sans qu'aucune ne le devine. Son mariage était bien trop jeune pour qu'elles s'imaginent que c'était un amant qui faisait pétiller son regard.

Un jour, alors que Nicky et elle se reposaient au pied d'un arbre, dans le parc, il y eut un terrifiant moment où elle entendit des voix de femmes et d'enfants qui approchaient. L'un des garçons se mit à courir vers eux et, l'instant d'après, Alexandra faisait face au regard grave du petit de quatre ans de l'une des femmes de la caserne. Muette de stupeur, elle le dévisageait, terrorisée, quand Nicky intervint.

— Dis, petit bonhomme, et si tu allais retrouver ta maman ? lança-t-il, ignorant tout du danger qui les guettait.

La voix de la femme leur parvint du sentier tout près. Quelques secondes plus tard, le garçon partit rejoindre sa mère au petit trot. Alexandra était pétrifiée de terreur, et ils décidèrent de s'éloigner un peu plus du sentier. Elle savait qu'ils devraient bientôt prendre une décision. Elle imaginait qu'ils n'auraient pas d'autre choix que de se séparer, mais cette perspective lui était tellement insupportable qu'elle préférait ne pas y penser. Rien d'autre ne comptait, quand ils étaient ensemble, et elle brûlait chaque jour de lui faire l'amour.

— Si seulement j'avais su, je n'aurais jamais épousé Laurence, dit-elle un jour à Nicky, blottie dans ses bras, après des ébats passionnés.

— Tu aurais pu m'épouser, moi, à la place ! lança-t-il.

Ses paroles lui firent l'effet d'un coup de poing. Vraiment ? Une existence pleine d'amour aurait-elle pu être à sa portée ? Mais ils ne s'étaient pas revus depuis leur enfance... Toutes ces années durant lesquelles ils auraient pu développer les sentiments qui les animaient aujourd'hui, ils n'avaient pas échangé un seul regard.

— Mon père n'aurait jamais accepté, dit-elle. Il nous en aurait empêchés.

— Si seulement je pouvais savoir pourquoi..., souffla Nicky, songeur. Qu'avait-il contre nous, au juste ?

— Il ne s'agissait pas que de ta famille. Il m'a forcée à renoncer à tout un tas d'autres amis, tu sais, comme s'il était persuadé que je serais bien mieux toute seule.

— C'est vraiment étrange... et franchement grossier, si tu veux mon avis. Dans un petit village comme le nôtre, ce genre de choses fait forcément parler...

Alexandra se doutait que peu de gens avaient rejeté l'amitié des Stirling.

— Ça m'étonnerait que ça t'ait tant chagriné que ça, tout de même…

— Ne dis pas de bêtises, souffla-t-il en venant déposer un baiser sur son front. Bien sûr que si. Nous étions amis, toi et moi. Je t'aimais beaucoup. Bien que… pas autant que maintenant, ajouta-t-il avec un nouveau baiser.

Alexandra ne put réprimer un sourire de satisfaction, malgré les idées noires qui la rongeaient.

— Si mon père était au courant, il serait à tel point furieux que je n'ose même pas y penser, dit-elle, le ventre noué à l'image de la rage du vieil homme.

— Je doute que le mien soit plus extatique, commenta Nicky. Mais il s'agit de nos vies, et pas des leurs. Peu importe ce que pensent ces vieux croûtons… Tu sais quoi ? Ils sont tellement frustrés qu'ils cherchent seulement à ce que l'on soit aussi malheureux qu'eux, c'est tout !

Voilà qui les faisait plonger dans le chemin de la subversion la plus scandaleuse… Tout le monde savait que le devoir et l'obéissance étaient des vertus, et que penser à ses propres intérêts était mal vu.

Nicky lui embrassa le bout du nez.

— Ton expression à cet instant précis est l'une des raisons pour lesquelles je t'aime. Laisse-moi prendre mon appareil ; je veux absolument l'immortaliser !

Elle ne bougea pas, tentant de conserver son expression pour Nicky malgré la jubilation qui bouillonnait en elle. Il venait de lui dire, le plus naturellement du monde, qu'il l'aimait…

La vie avec Laurence était devenue tolérable, maintenant que Nicky était le centre de son univers. Le fait que Laurence soit son mari était une chose à laquelle elle s'efforçait de ne pas penser, et sa présence ne parvenait pas à gâter son bonheur. Elle se comportait si mal, et pourtant, c'était si merveilleux… La seule façon de gérer une telle situation était de ne pas y penser du tout.

Ce soir-là, elle se tenait devant la cuisinière, à fredonner tout en remuant la sauce à la crème qu'elle avait préparée pour le poisson qui rôtissait au four. Les pommes de terre bouillaient dans leur bain amidonné, produisant de petits nuages de vapeur.

Elle perçut sa présence dans son dos et se retourna pour découvrir Laurence sur le pas de la porte, quelque chose dans sa main dressée vers elle, le visage déformé par la rage.

— Qu'est-ce que c'est que ça ? siffla-t-il.

Son ventre se noua aussitôt et elle sentit un frisson désagréable lui parcourir l'échine. Il lui tendait un magazine qu'elle avait acheté dans la journée, mais qu'elle n'avait pas encore pris le temps de lire. Sur la page, sous le titre qui annonçait *La nouvelle star de la photo londonienne*, elle découvrit un cliché que Nicky avait pris d'elle quelques semaines plus tôt. Il était baptisé *Le Bain*, et Alexandra n'était pas mentionnée, mais n'importe qui aurait pu la reconnaître. Ses cheveux étaient légèrement relevés et maintenus par une barrette, des mèches s'échappant sur sa nuque, et elle tournait la tête sur le côté, ses épaules dénudées laissant entendre qu'elle ne portait rien de plus dans cette grande baignoire en fonte. L'expression tendre de son sourire conférait un caractère intime et suggestif au portrait, ce qui en faisait une œuvre sur le fil de l'indécence, la nudité étant à la fois masquée et évidente.

Laurence planta la page sous son nez, ses yeux jetant des éclairs.

— Je veux que tu m'expliques ! cracha-t-il d'une voix rageuse dans laquelle elle perçut un soupçon de défaitisme.

— Je… Je…

Elle ne pouvait expliquer ce que cette photo faisait là. Mais à quoi avait bien pu penser Nicky ?

— C'est… indécent ! vociféra Laurence en tournant le magazine vers lui. Écœurant, même ! Non, mais regarde-toi ! Comment as-tu pu m'humilier de la sorte ?

Son monde vacillait sur son axe. Elle savait que le cliché n'était que le commencement et que Laurence le comprendrait d'un instant à l'autre.

— Pour l'amour du ciel, Alexandra ! Regarde-moi ! Parle-moi ! À quoi pensais-tu, au juste ? N'importe qui peut découvrir cette photo, et ils sauraient…, ils sauraient…

Il ne parvenait pas à le formuler. Son visage pâlot était recouvert de taches écarlates, et son cou était cramoisi.

— Je suis désolée, dit-elle d'une voix basse.

Elle se devait à tout prix de garder son calme.

Il la dévisageait, hors de lui, ses yeux de glace exorbités.

— C'est lui qui l'a prise ? gronda-t-il, et elle sut aussitôt qu'il avait deviné l'étendue de sa trahison.

— Oui, répondit-elle d'un ton presque ferme.

— Bon Dieu !

Elle ne l'avait jamais entendu proférer de tels mots, et cela la choqua. Il tremblait, désormais, le magazine tressautant entre ses doigts. Visiblement incapable de prononcer un mot de plus, il jeta le magazine froissé à ses pieds. Elle voyait son propre visage se dresser vers elle, avec son sourire entendu et son petit regard en coin. Laurence tourna alors sur ses talons et quitta l'appartement en claquant la porte derrière lui.

Elle attendit quelques minutes sans bouger, mais il ne reviendrait vraisemblablement pas. Elle éteignit donc les feux sans prendre la peine de toucher aux casseroles, puis elle ramassa le magazine et le jeta à la poubelle. Elle était en train de se demander comment joindre Nicky pour lui confier ce qui venait de se passer et exiger une explication quand une terrible pensée la traversa : et si Laurence était lui-même parti régler ses comptes avec Nicky ? Non ; il ignorait totalement où habitait Nicky, et Nicky était très probablement sorti.

Alexandra tenta de se calmer, mais elle était en proie à une terreur mêlée d'euphorie. La découverte de son secret était une véritable catastrophe, mais elle ne pouvait s'empêcher de ressentir une espèce d'excitation anticipatoire quant à la suite des événements. Que Laurence dirait-il ? Que se passerait-il ? Il exigerait sûrement qu'elle renonce à Nicky… et elle était convaincue qu'elle en serait incapable. Qu'allaient-ils donc faire ? L'idée que tous ces mystères prennent brutalement fin était un soulagement, mais elle ne pouvait que paniquer quant à l'obscurité de son avenir.

Plusieurs heures s'écoulèrent ainsi, et elle finit par aller se coucher, même si les scénarios qui se jouaient dans sa tête l'empêcheraient probablement de fermer l'œil de toute la nuit. Laurence demanderait-il le divorce ? Ou lui pardonnerait-il à condition qu'elle renonce à Nicky ?

Une heure venait de sonner quand elle l'entendit entrer dans l'appartement et arpenter le salon à grand bruit. Il avait sûrement passé la soirée à boire au mess. Elle ne tirerait rien de bon de lui dans cet état (un whisky ou deux suffisaient à le faire bégayer). Elle ferma les yeux et s'efforça de s'endormir.

Des bruits de pas s'approchèrent de la chambre et la porte fut brutalement ouverte, la lumière du salon venant percer l'obscurité.

— Debout, décréta Laurence d'un ton qu'elle ne lui avait jamais entendu jusqu'ici.

Elle se tourna vers lui, aveuglée par la lumière.

— Quoi ?

— Debout ! hurla-t-il.

Elle se redressa et se frotta les yeux.

— Laurence, il est tard. Et tu es saoul. Je sais que tu es contrarié, mais…

— Contrarié ? aboya-t-il d'une voix éméchée. Pourquoi diable devrais-je être contrarié ? Ma femme, ma femme de moins d'un an, en baise un autre !

Elle se figea, une fois de plus choquée par son langage. La peur lui noua soudain la gorge.

— D-dis-moi, *chérie*, bégaya-t-il. Pourquoi est-ce qu'avec lui, ça marche, alors qu'avec moi, tu es aussi froide qu'une tombe, hein ? Moi qui croyais être tombé sur une frigide… Mais tu l'as fait avec lui, pas vrai ? Ne mens pas, tu le portes sur toi. J'aurais dû m'en rendre compte plus tôt, vu ton petit jeu, avec moi… Ton cher copain d'enfance a de sacrés privilèges, dis-moi !

Immobile, Alexandra l'écoutait sans piper mot, de plus en plus terrorisée par ce qu'il avait l'intention de faire.

— J'aurais dû écouter tout ce qu'on m'a raconté sur toi et ta famille avant de décider de t'assumer. Rien que du mauvais sang, ça oui… Tu avais l'air tellement pure, mais tu attendais juste le bon moment pour te révéler, pas vrai ?

Il tituba vers elle, et Alexandra se recula instinctivement, geste qui ne fit qu'attiser la rage de Laurence.

— Je suis ton putain de mari ! hurla-t-il, le visage déformé par la tourmente. Comment oses-tu…, comment oses-tu te comporter ainsi, sale garce ?

— Je t'en prie, discutons-en demain matin, tu veux bien ?

Sa voix tremblait sous l'effet de la peur. Le langage dont il usait était dur et montrait à quel point il n'était pas lui-même. Elle n'aurait jamais imaginé Laurence capable de parler ainsi.

— Tu sais le pire, dans cette sordide histoire ? lança-t-il en s'approchant du lit. Le monde entier va savoir que je suis cocu grâce à ton petit numéro. Mais ce que les gens ne savent pas, ajouta-t-il en lâchant un rire amer, c'est que je n'ai même pas eu droit aux faveurs que tu sembles si désireuse d'accorder à d'autres. Alors…

Il saisit sa chemise de nuit et se mit à tirer dessus.

— Je veux ma part ! J'exige mon dû, ma grande !

Sa rudesse montrait bien qu'il n'avait pas envie d'elle, qu'il s'agissait seulement d'une froide vengeance.

— Je t'en prie, Laurence… Arrête, haleta-t-elle en tentant de se dégager.

— Hors de question, cracha-t-il, le souffle court. Tu n'es en aucun cas en droit de me dire d'arrêter. Tu es à moi, tu ne comprends pas ? Tu m'appartiens !

La terreur l'assomma telle une chape de plomb quand elle se rendit compte qu'il était sérieux. Il était saoul et fort. Et il tentait de s'affirmer.

— Lâche-moi, je t'en prie. C'est malsain, ce que tu fais.

— Voilà qui est fort, de la part d'une adultère. J'aurais dû me douter que tu baisserais ta culotte devant le premier snobinard venu !

Il tira alors brutalement sur sa chemise de nuit, qui se déchira et exhiba ses seins. Elle voulut se dégager, mais il lui agrippa les deux bras avant qu'elle ne puisse bouger, plantant ses doigts dans sa peau douce.

— Non ! hurla-t-elle, mais il la plaqua sur le dos et l'obligea à écarter les cuisses.

Mon Dieu, il va vraiment le faire, songea-t-elle. Dans son horreur, elle parvint à se demander si son corps accepterait Laurence, maintenant qu'elle avait fait l'amour à Nicky, malgré son manque cruel de désir pour lui. Tout en elle voulait le repousser, mais il était plus fort, et il arrivait à la contenir sans effort. Elle était vulnérable. Quand il lui lâcha un bras pour se débattre avec sa braguette, elle tenta de le repousser de sa main libre, sans succès. Elle se sentait atrocement faible et impuissante.

— Arrête ! hurla-t-elle. Quel genre d'homme es-tu ?

Il se figea, le souffle court, son pantalon ouvert pendant devant lui. Elle vit aussitôt qu'il ne pourrait pas lui faire ce qu'il avait en tête. Il ne pourrait pas la faire sienne, finalement. Elle observa ses traits et y lut un terrible désespoir.

— Arrête, Laurence, le supplia-t-elle d'une voix la plus douce possible. Nous devons discuter.

Il leva les yeux vers elle et soupira. L'espace d'un instant, elle crut lui avoir fait entendre raison, mais alors, son regard tomba sur le corps nu d'Alexandra, et son expression changea du tout au tout. Sa nudité sembla attiser sa rage et, le visage grimaçant, il dressa une main qu'il vint violemment planter sur sa joue. La force du coup la fit valser vers la tête de lit, où elle se cogna la tempe. Un goût de sang se mit aussitôt à lui envahir la bouche. Étourdie par la douleur, elle fut un instant perdue jusqu'à ce qu'avec un gémissement, elle se tourne pour voir Laurence dresser de nouveau le bras.

Malgré le choc, elle savait ce qu'elle devait faire. Laurence l'avait lâchée ce dont elle profita pour se tortiller en dehors du lit avant qu'il ne comprenne ce qui était en train de se passer.

Elle l'entendit hurler sa frustration tandis qu'elle se ruait vers la porte de la chambre, seulement consciente du fait qu'elle devait s'enfuir d'ici. Elle courut jusqu'à la porte d'entrée, entendant Laurence chuter dans une tentative de poursuite.

Il était saoul, et son pantalon ouvert devait freiner ses mouvements, mais il ne tarderait pas à la rattraper si elle ne se dépêchait pas. Elle préférait ne pas imaginer ce dont il serait capable dans un tel état. La terreur la poussa jusqu'au portemanteau, où elle décrocha son imperméable d'une main tremblante. Elle l'enfila par-dessus sa chemise de nuit et glissa dans ses sandales. Il se tenait déjà à la porte de la chambre.

— Reviens ici ! gronda-t-il.

Elle poussa un cri de terreur et se débattit avec la serrure de la porte, complètement affolée. Quand, d'un coup d'œil en arrière, elle le vit arriver vers elle, les yeux brûlant de rage, elle s'empara instinctivement du portemanteau et le jeta entre eux. Les réflexes engourdis par l'alcool, Laurence se prit les pieds dedans et vint heurter le sol dans un bruit sourd.

Alexandra se retourna vers la porte, qu'elle parvint enfin à ouvrir, et se rua à l'extérieur en la claquant derrière elle. Elle n'avait pas de clef. De toute façon, elle ne pouvait pas y retourner sans risquer une correction terrible. D'une main tremblante, elle sortit un foulard de la poche de son imperméable et s'en tamponna la tempe. Le tissu était rouge de sang. Les larmes lui vinrent tandis que la douleur commençait tout juste à faire surface, et elle fut soudain en proie à de terribles nausées. Sa langue avait un goût affreusement métallique.

Il faut que je parte d'ici avant qu'il ne se relève et vienne me chercher. Elle enfonça le foulard dans sa poche, boutonna son manteau et partit en direction des portes de la caserne.

— Tout va bien, madame ? demandèrent les sentinelles en l'observant d'un air surpris.

Elle marmonna une réponse rassurante tout en prenant soin de garder la tête baissée, espérant que cela suffirait à dissimuler ses blessures.

Son visage déjà enflé lui faisait terriblement mal. Elle avait dépassé les soldats avant qu'ils ne puissent la questionner davantage et n'avait pas éveillé suffisamment leur curiosité pour qu'ils la pourchassent. Elle poursuivit son chemin d'un pas rapide, heureuse que la nuit soit douce. Des larmes à la fois de choc et de douleur commençaient à lui brûler les yeux.

— Alex ! Qu'est-ce que tu fais ici ?

Nicky rapprocha alors son visage.

— Oh mon Dieu, qu'est-ce qui s'est passé ? Vite, entre.

Elle plongea dans ses bras en sanglotant et continua de pleurer tandis qu'il appliquait un tissu tiède sur sa tempe. Il la fit se gargariser avec de l'eau salée et l'enveloppa dans son épaisse robe de chambre en laine à l'odeur familière si réconfortante.

— Il sait tout ! lança-t-elle entre ses larmes.

— Comment ça ? souffla-t-il, stupéfait. Comment a-t-il réussi à deviner ?

— C'est cette photo de moi que tu as publiée, la photo dans le bain.

— Mais de quoi tu parles ? Jamais je ne ferais une chose pareille ; ce serait de la folie !

— Mais alors…

— Polly, lâcha Nicky d'un air grave. C'est la seule autre personne qui ait accès à mes photos. Malheureusement, cette fille a un côté affreusement possessif.

Alexandra le dévisagea, horrifiée.

— Elle serait vraiment capable de faire ça ?

— J'en ai bien peur. Ça faisait déjà quelque temps que son comportement m'inquiétait. Voilà qui vient confirmer mes craintes. Elle va avoir droit à une sacrée soufflante quand elle sera devant moi. Évidemment, il est hors de question que je la garde. Je suis tellement navré, ma chérie, murmura-t-il en lui caressant doucement les cheveux. Je n'aurais jamais cru qu'elle puisse aller aussi loin.

— Je ne peux pas y retourner, dit-elle, ses yeux aussi gonflés que son visage. Il sait ce que nous avons fait… Tout ce qu'il veut, désormais, c'est me tuer.

— C'est un animal, cracha Nicky. Bien sûr que tu n'y retourneras pas !

Elle se laissa plonger entre ses bras musclés, le visage plaqué contre son torse. Il posa un doux baiser sur le sommet de son crâne.

— Il l'aurait découvert un jour ou l'autre. Je regrette juste que ça se soit fait ainsi. Mais tu es avec moi, désormais, et je m'occuperai de toi, d'accord ?

Elle hocha la tête et ferma les yeux. Elle était enfin en sécurité. Elle était enfin auprès de Nicky.

14

Aujourd'hui

Comme d'habitude, Delilah trouva dans le vestibule son courrier déjà trié. Elle prit la pile de lettres
qui s'était considérablement épaissie durant son
absence, même si elle était partie très peu de temps.
Elle alla s'installer dans le petit salon et s'étonna
de voir que certaines venaient d'aussi loin que
les États-Unis ou encore l'Australie. Elle savait ce
qui l'attendait : on lui poserait des questions sur
la maison ou les objets qu'elle renfermait, ou on
exigerait des informations généalogiques précises
sous prétexte d'un lointain lien familial.

Cela la surprenait qu'autant de gens attendent
d'elle qu'elle se dévoue corps et âme à leurs
marottes, qu'il s'agisse de leur écrire un essai sur
la collection de porcelaine de Fort Stirling ou les
armements exhibés dans le Great Hall, ou encore
de leur fournir photo après photo de ce qu'ils souhaitaient voir, des vases aux tissus des rideaux.
Ils semblaient convaincus que leur acharnement à
établir l'arbre généalogique des Stirling était exactement ce qu'elle avait espéré pour combler ses
journées solitaires.

Elle était beaucoup plus encline à répondre
à ceux qui demandaient poliment à visiter la

demeure, à venir examiner une peinture précise ou simplement à venir voir les jardins. Elle adorait également le fait que de jeunes femmes songent à Fort Stirling pour se marier. Son esprit bouillonnait sous des visions de robes blanches, de fleurs et de plateaux d'argent débordant de coupes de champagne, même si elle était certaine qu'en réalité, ce serait un véritable parcours du combattant pour tout organiser. Elle déclinait courtoisement chaque requête. En revanche, elle avait donné son accord au poney-club, et la date du gymkhana approchait à grands pas. Il fallait à tout prix qu'elle en parle à John tant qu'il était d'humeur accommodante. Dans un accès d'enthousiasme, elle rédigea un rapide e-mail à Susie pour l'inviter à venir passer quelques jours à la maison et ainsi jeter un œil aux vêtements découverts dans le grenier.

On frappa à la porte, derrière laquelle la tête de Ben apparut.

— Je ne te dérange pas ?

Elle leva les yeux vers lui, ravie de le voir, avant de se rappeler le regard entendu de Grey quand elle lui avait parlé de Ben. C'était ridicule ; il n'y avait rien entre eux.

— Pas du tout ! Entre, je t'en prie. Je m'occupe du courrier tout en cherchant un moyen d'impliquer un peu plus la communauté dans la vie du fort. J'ai déjà dit oui au poney-club, mais que dirais-tu d'ouvrir les jardins au public, l'été ? Je suis sûre que ça plairait.

Ben entra. Il portait sa tenue de jardinage habituelle, ses jambes brunes et musclées attirant malgré elle son regard. Elle avait vraiment du mal à garder son sang-froid quand il se tenait aussi près d'elle.

— Il me semble que ça s'est déjà fait, par le passé, dit-il en venant s'asseoir sur le bras du canapé, ses lourdes bottes faisant tache sur le tapis. La gouvernante qui a précédé Janey m'avait confié avoir organisé des collations pour les visiteurs. Mais personne n'a mis les pieds dans le jardin depuis que je travaille ici. En tout cas, ça me ferait plaisir que les gens voient ce qu'on fait.

— Ce serait chouette ! s'emballa Delilah. On pourrait préparer du thé maison et mettre des jeux à la disposition des enfants...

Elle s'imaginait très bien la scène : de jolies tables en fer forgé nappées de vichy et recouvertes de vieilles théières, d'assiettes de gâteaux et de scones, de pots en verre débordant de confiture et de crème, le tout sous les cris enjoués des enfants.

— Pourquoi pas, s'amusa Ben. Mais à mon avis, une chose pareille nécessiterait tout un tas de licences et de paperasse. Sans parler de l'impression des brochures et des billets, de la souscription à la TVA, des normes d'hygiène et de sécurité, des équipements à mettre en place, de l'évaluation de la cuisine par la santé environnementale...

— Oh ! hoqueta Delilah d'un air abattu. Je n'avais pas vu ça comme ça... Décidément, rien n'est simple...

— Je ne cherche pas à te décourager, se reprit-il, mais il faut que tu réalises la charge de travail que cela implique, c'est tout. En tout cas, tu sais que tu peux compter sur moi ! Une fois l'affaire lancée, je dois avouer que ce serait du tonnerre. Qu'est-ce que je ferais de cette maison, si seulement j'en avais les moyens !…

Il arbora un grand sourire avant de retrouver soudain son sérieux.

— Je peux te demander quelque chose ?

— Oui, bien sûr.

Sous son regard, elle sentit poindre cet étrange mélange d'excitation et de peur qui s'était mis à l'embraser chaque fois que Ben était à ses côtés. Grey avait-il raison ? Était-elle attirée par lui ? *Mais j'aime John*, déclara-t-elle en son for intérieur. *Je ne veux pas être attirée par quelqu'un d'autre. Ça ne ferait qu'empirer les choses.*

Ce que tu veux importe peu, rétorqua une voix dans sa tête. *Tu ne peux pas contrôler ce que tu ressens. Ben est tellement agréable… Ne vois-tu pas à quel point ta vie serait plus belle, si tu la partageais avec lui ?*

La voix de Ben la ramena à la réalité.

— Tu peux m'envoyer balader si tu veux, mais… tu es sûre que ça va ? J'ai cru te voir disparaître quelques jours… Je me demandais où tu avais bien pu passer.

Son ton se fit alors plus doux encore.

— Si tu veux tout savoir, je me fais du souci pour toi. Tu avais l'air nerveuse quand tu es passée me voir chez moi.

— Tu n'as pas à t'inquiéter, répondit-elle, touchée par son intérêt. Je suis seulement partie à Londres pour assister à une expo. C'est vrai que j'étais un peu fatiguée, l'autre jour, mais ça va mieux, maintenant.

— Tu n'avais pas l'air fatiguée mais désespérée, murmura-t-il. Tu es certaine que tout va bien ?

Elle hocha la tête, incapable de prononcer un mot de plus.

— Tu sais que tu peux venir me voir si tu as besoin de discuter, n'est-ce pas ? Je serai toujours là pour t'écouter.

— Oui, je le sais, répondit-elle d'une voix hésitante. Merci.

— Très bien.

Il esquissa un sourire timide et se leva.

— Je ferais mieux de me remettre au travail, dans ce cas.

Tandis qu'il repartait vers la porte, elle se rappela soudain ce qu'elle avait voulu lui demander.

— Ben !

— Oui ?

Il se retourna, les sourcils dressés.

— Je sais que ça peut paraître bizarre, comme question, mais je me demandais si tu savais comment était morte la mère de John.

Ses paroles flottèrent entre eux, lui paraissant bien étranges maintenant qu'elle les avait prononcées. C'était à John qu'elle aurait dû logiquement poser cette question.

— Eh bien…, souffla Ben, surpris. Je suis désolé, mais je n'en ai aucune idée. Tout ce que je sais, c'est qu'il s'est passé quelque chose d'horrible. Mais les gens n'en parlent pas.

— Et tu ne trouves pas ça étrange que tout le monde décide de se taire ?

— Je ne sais pas… Ça fait tellement longtemps. Je sais que mes parents n'étaient pas fous de la mère de John. En tout cas, quand ils en parlaient, ce n'était jamais avec enthousiasme. Visiblement, ils ne la voyaient pas d'un très bon œil. Quoi qu'il se soit passé n'a pas vraiment changé leur point de vue. Ils ne parlaient pas beaucoup d'elle, mais j'ai toujours eu cette impression, même si je serais bien incapable de l'expliquer.

— D'accord…

Elle ne s'était pas forcément attendue à ce que Ben détienne la réponse à sa question, mais elle ne pouvait s'empêcher d'être déçue d'aboutir aussi vite à une impasse.

— On ne peut pas dire que les Stirling soient très famille… Désolé.

— J'ai cru remarquer, oui – même si la mienne n'est pas plus unie ; en tout cas, pas quand on décide de quitter le village. Merci.

— Je t'en prie. Et n'oublie pas ce que je t'ai dit : tu peux venir me voir quand tu veux ! lança-t-il par-dessus son épaule avant de sortir.

Les révélations de Ben travaillèrent Delilah toute la matinée. Cela semblait si triste que la famille du père de John n'ait jamais accepté sa femme… Les conflits n'étaient pas rares entre belles-mères et belles-filles, mais de là à ce que tout le monde pense du mal d'elle… Pourquoi ? Tous ces clichés montraient pourtant une femme respectable, voire sublime, avec ses grands yeux candides qui semblaient abriter un cœur bon et une nature sensible. Si elle s'était suicidée, peut-être les gens avaient-ils lu de la faiblesse dans ce geste. Comme Grey le lui avait dit, il était beaucoup plus difficile à l'époque de comprendre ce qui pouvait pousser quelqu'un à sauter le pas. Alex était-elle atteinte d'une maladie mentale ? De dépression ? D'une addiction à une quelconque substance lui fragilisant le cerveau ?

Delilah devait à tout prix savoir de quoi il s'agissait, pas seulement pour mettre le doigt sur ce qui tourmentait John, mais pour elle-même. Cette maison avait-elle vraiment le pouvoir de pousser une jeune mère au suicide ? Un frisson désagréable la parcourut à l'idée que ce puisse être ce qui l'attendait, elle aussi. Elle gagna le grand salon et s'empara de la photo sur laquelle John tenait la main de sa mère, l'expression d'Alex indéchiffrable derrière ses grosses lunettes. Du bout du doigt, elle suivit la ligne de son visage, puis de son manteau blanc.

— Pourquoi as-tu fait une chose pareille ? murmura-t-elle, à peine consciente qu'elle parlait tout haut. Qu'est-ce qui t'a poussée à faire une chose pareille ?

Après le déjeuner, quand Janey fit remarquer qu'ils manquaient de lait et qu'il faudrait en sortir du congélateur, Delilah sauta sur l'occasion.

— Ne vous embêtez pas. Il faut que j'aille faire un tour au village, de toute façon. J'en profiterai pour en acheter.

— Parfait. Nous n'aurons pas à attendre qu'il décongèle pour le thé. Merci beaucoup. Vous feriez mieux de vous dépêcher, par contre : l'épicerie ferme à trois heures et demie.

Quelques minutes plus tard, Delilah était en route vers le village. Elle arriva largement à temps pour acheter quelques litres du lait d'une ferme locale, puis prit la direction de l'église, une vieille bâtisse de pierres grises dominée par une tour carrée romane et dissimulée par un portail usé et des haies plumeuses. Tandis qu'elle avançait sur l'allée de gravier, elle se demanda pourquoi elle n'était pas venue plus tôt. Cet endroit était magnifique, le silence du vieux cimetière, pittoresque, seulement brisé par le chant des oiseaux et les stridulations des sauterelles. Elle gagna la porte en bois, dont les barres de fer étaient rouillées par les années, souleva le gros anneau et poussa. La porte grinça bruyamment sous son poids et s'ouvrit sur un inté-rieur feutré. D'abord, une espèce de hall proposait des livres de chants sur des étagères, et un panneau d'affichage annonçait la prochaine fête paroissiale. Au-delà s'étirait la partie principale de l'église, que Delilah pénétra en s'enivrant de cette douce odeur de pierre froide, de cuir et de cire. Il faisait frais et les lumières étaient éteintes, ce qui conférait une touche obscure aux lieux. Des rais de lumière colo-rés perçaient les vitraux pour venir illuminer les décorations murales. Elle se prit à observer celles qui l'entouraient, des hommages aux hommes dis-parus en guerre ou encore aux six petits boy-scouts du village qui s'étaient noyés près de l'île de Wight à la fin du siècle dernier. À côté, un tableau doré listait les différents pasteurs qui s'étaient succédé ici depuis 1082.

Cela faisait plus de mille ans que les gens venaient dans cette église se faire baptiser ou se marier, songea-t-elle, ébahie. Et se faire enterrer. Ou tout au moins, marquer leur passage.

Dès qu'elle aperçut la première plaque commémorative des Stirling, les autres se mirent à défiler devant elle, remontant sur plus de trois siècles : marbre noir et inscriptions latines dorées, marbre blanc et élégantes lettres noires, le « S » tracé comme un « F » pour confondre les initiales de la famille. Il y avait des anges de pierre blanche qui pleuraient sur les âmes des Stirling éteints, une tombe avec un croisé et sa dame, une déesse en larmes faisant tomber des pétales pour marquer son désespoir d'avoir perdu des enfants… Il s'agissait d'hommages fastueux, la fortune conférant un meilleur standard en matière de chagrin que pour les gens du peuple, seulement dotés de petites plaques gravées, sans parler des paysans qui pour certains ne pouvaient même pas s'en payer une.

Delilah continua à errer parmi les monuments, imaginant à chaque inscription tous ces gens morts depuis des siècles. Elle se sentait liée à eux, même si cela ne faisait que très peu de temps qu'elle-même était devenue une Stirling.

— Bonjour. Je peux vous aider ? lança une voix surgie des ombres qui la fit sursauter.

Elle fit volte-face et découvrit un homme souriant au col romain qui la rejoignait de l'avant de l'église.

— Oh ! Vous m'avez fait peur, souffla-t-elle en riant.

— Toutes mes excuses. J'étais dans la sacristie quand je vous ai entendue entrer. Vous souhaitez peut-être des informations concernant l'église ?

— Non, merci. Enfin… Je ne suis pas là en tant que touriste, mais vous pourriez éventuellement m'aider…

Le pasteur s'arrêta devant elle. Il avait une expression sympathique, une barbe striée de gris et de minuscules yeux plissés derrière une petite paire de lunettes rondes.

— Avec plaisir. Vous êtes du village, donc ?

— Oui et non, on va dire.

— Voilà qui ne fait qu'attiser ma curiosité…, plaisanta-t-il.

— Veuillez me pardonner… Je m'appelle Delilah Stirling. J'ai épousé John Stirling l'année dernière. Je viens du fort.

Le pasteur dressa les sourcils d'un air surpris.

— Quel plaisir d'enfin vous rencontrer ! J'espérais que nos routes se croiseraient un jour ou l'autre… C'est toujours excitant d'avoir de nouveaux arrivants dans le village, et nous avions hâte de vous accueillir dans notre paroisse.

Elle culpabilisa aussitôt de ne pas être venue se présenter plus tôt. Sa famille n'avait jamais été pratiquante ni dévouée à la communauté, mais les choses fonctionnaient encore à l'ancienne, dans ce genre de petit village anglais où tout tournait autour de ce bâtiment central.

— J'aurais dû venir plus tôt…, bredouilla-t-elle en sentant ses joues se réchauffer.

— Oh ! ne vous tracassez pas pour ça. Les apparitions de Mr Stirling se font elles-mêmes plutôt rares, mais je me doutais que nous finirions par nous rencontrer. St Stephen vous plaît-elle, dites-moi ? La bâtisse est extrêmement vieille, comme vous l'avez sûrement remarqué...

— Oui, c'est magnifique.

— Le lieu est très lié à la famille Stirling, n'est-ce pas ? ajouta-t-il en désignant les monuments funéraires qu'elle avait déjà parcourus, les énumérant un à un.

Delilah l'écouta quelques instants et profita de ce qu'il faisait une pause pour s'empresser de demander :

— Oui, mais où sont-ils enterrés ?

— Les Stirling ? Les principaux membres de la famille sont tous enterrés dans un caveau, dit-il avec un geste en direction de la nef. Les autres membres doivent se contenter du cimetière, j'en ai bien peur.

— Et où se trouve ce fameux caveau ?

— Directement sous l'église. Il y a un accès par la sacristie. Vous aimeriez aller y jeter un œil ?

— Oui, s'il vous plaît.

Il la guida vers l'avant de l'église, commentant les divers éléments qui se dressaient sur leur chemin, puis ils passèrent deux portes de laiton et un rideau rouge menant dans la sacristie, avec ses vieux placards en chêne cadenassés et son portant chargé de tenues immaculées. Dans le mur était encastrée une petite porte de chêne voûtée, comme celle de l'entrée, avec un anneau en guise de poignée. Le pasteur l'ouvrit.

— Suivez-moi. Je vous préviens : c'est très étroit et assez tortueux. Personnellement, ça ne me dérange pas, mais je sais que certaines personnes ont plus de mal…

Il se mit alors à descendre un escalier de pierre en colimaçon particulièrement étroit qui s'enfonçait dans l'obscurité et dans un froid glacial. Quelques secondes plus tard à peine, le pasteur s'arrêta et appuya sur un interrupteur. Le caveau souterrain s'éclaira aussitôt de la faible lueur d'une ampoule poussiéreuse fixée au plafond. Devant eux s'étendait une pièce dont une bonne partie était divisée par des barres de fer. Derrière ces barres, de grands coffres de pierre affichaient des inscriptions gravées.

— Le tombeau de la famille ! annonça le pasteur avec un geste du bras.

Prise d'un frisson désagréable, Delilah ne put s'empêcher de songer : *Je suis une Stirling, désormais. Finirai-je moi aussi dans cette grotte glaciale et sinistre, emprisonnée derrière ces barres aux côtés de tous ces squelettes ?*

— On enterre encore les gens ici ? s'enquit-elle.

— S'ils le désirent, oui. Mais l'incinération est plus au goût du jour, en ce moment. Il nous reste toutefois de la place, si d'autres Stirling souhaitent passer l'éternité aux côtés de leurs ancêtres…

— Comment faites-vous pour descendre les cercueils par l'escalier ?

— Oh ! il y a une trappe qui mène directement au cimetière. C'est par là que nous les faisons passer.

Elle s'approcha des barres de fer pour mieux voir les tombes. Trois vicomtes Northmoor étaient parqués les uns contre les autres, l'un d'eux avec sa femme et ses quatre enfants, ainsi que d'autres membres de la famille, mais elle avait du mal à déchiffrer les inscriptions, qui pour la plupart faisaient le tour de la pierre, si bien qu'elle n'en voyait qu'une partie.

— Vous cherchez quelqu'un en particulier, peut-être ? demanda le pasteur en s'approchant.

— Oui, je cherche la dernière lady Northmoor.

— Oh oui ! elle est bien là. La pauvre femme est morte bien jeune… Ça m'a tout de suite frappé, la première fois que je suis descendu ici.

— Oh !…

Une étrange tristesse s'abattit sur Delilah à l'idée qu'Alex se trouvait bel et bien ici. Elle savait que la mère de John était morte, mais elle s'apprêtait à en avoir la preuve incontestable.

— Elle est là-bas, tout à droite, aux côtés de son mari. Il voulait à tout prix être enterré auprès d'elle, même s'il s'est remarié après son décès. Je n'ai jamais su ce qui était arrivé à cette lady Northmoor là ; toujours est-il qu'il semblait préférer sa première épouse…

— Vous devez vous tromper, murmura Delilah, perplexe. Le père de John est vivant.

— Le lord Northmoor du fort ? Pour sûr qu'il est vivant ! Mais… de quelle lady Northmoor parlez-vous, dans ce cas ? Celle qui est enterrée ici se trouve être la mère du lord actuel. Elle est morte en 1948, si ma mémoire est bonne.

— Non, je voulais parler de la dernière lady Northmoor, la mère de John. Je crois qu'elle est morte en 1974.

— J'ai bien peur de ne jamais avoir entendu parler d'elle, répondit le pasteur, dubitatif. Et ce n'était pas moi qui gérais la paroisse, à l'époque, mais le père Ronald. Il est très vieux, maintenant… Il vit à Rawlston, à trois kilomètres d'ici environ.

— Vous n'avez pas d'archives ?

— Si, bien sûr. Je regarderai l'année dont vous parlez. Nos registres sont assez détaillés ; je devrais trouver quelque chose.

Delilah hésita avant de poursuivre. Elle sentait qu'elle était sur le point de lancer une initiative qui risquait dangereusement d'échapper à son contrôle, mais elle décida de faire fi de ses craintes.

— Il y a également une chance que lady Northmoor se soit suicidée…

Le pasteur dressa les sourcils, surpris.

— Ah oui ? Je n'ai vraiment pas entendu parler d'une histoire pareille. La pauvre femme… Je crains qu'elle n'ait pas été enterrée dans le caveau familial, dans ce cas, ni même dans le cimetière. Les suicides n'étaient pas encore bien tolérés, à cette époque. Les victimes ne pouvaient être inhumées dans une terre sacrée… Par chance, les gens sont aujourd'hui capables de faire preuve d'un peu plus de compassion vis-à-vis de ces âmes tourmentées, ajouta-t-il en secouant la tête.

— Donc, elle ne se trouve pas dans cette église ?

— Je ne pense pas, mais je vérifierai les archives. Vous pourriez également demander au père Ronald ce dont il se souvient. Il me semble qu'il apprécie beaucoup les visites et qu'il a une excellente mémoire.

Ils reprirent alors la direction de l'escalier.

— Merci beaucoup, mon père, dit-elle, étrangement rassurée qu'ils n'aient pas trouvé Alex dans les ténèbres de cette chambre souterraine. J'apprécie énormément votre aide.

— Je vous en prie. Je jetterai un œil aux archives dès que possible.

Ils quittèrent l'humidité du caveau et grimpèrent l'escalier en colimaçon pour retrouver un soleil radieux.

15

1965

Alexandra ne retourna pas à la caserne, mais écrivit à Laurence pour lui signifier qu'après ce qui s'était passé, elle ne pouvait tout bonnement pas revenir. Leur mariage avait été une erreur, et ils seraient sans aucun doute plus heureux l'un sans l'autre. Elle espérait qu'il comprendrait et lui demandait s'il pouvait faire livrer ses affaires dans une chambre d'hôtel de Victoria qu'elle avait louée sans pour autant y loger. Quelques jours plus tard, elle passa à la réception de l'hôtel et découvrit qu'une lettre lui avait été envoyée.

Alexandra,
Tu m'as humilié tout en te déshonorant par la même occasion. Je te donne un mois pour retrouver la raison et revenir. J'ai fait croire à tout le monde que tu étais partie rendre visite à ton père. Merci donc de te tenir éloignée de la caserne à moins que ce ne soit pour y rester. Nous nous revoyons dans quatre semaines. Je ne compte en aucun cas te faciliter la tâche en te renvoyant tes affaires. Soit tu reviens, soit tu les perds.
Ton époux,

Laurence

Incapable d'oublier l'homme défiguré par la rage qu'elle avait quitté, l'idée de retourner auprès de lui la fit frissonner d'horreur. Il avait perdu son sang-froid au point d'en devenir violent. Elle ne pourrait jamais retourner auprès de lui. À quoi leur vie ressemblerait-elle ? Non, c'était tout bonnement impossible.

La mention de son père la rendait folle d'angoisse. Depuis qu'elle s'était mise à fréquenter Nicky, elle s'était efforcée de ne pas songer à la consternation horrifiée avec laquelle son père considérerait son geste. Il ne consentirait jamais à ce qu'elle quitte son mari, et elle craignait terriblement sa réaction quand il l'apprendrait. Mais maintenant qu'elle avait eu un aperçu de cette autre vie, pas même l'amour de son père ne pourrait la faire revenir en arrière. Elle savait pourtant à quel point il était difficile à obtenir tout autant qu'à garder... Cette course à l'approbation lui paraissait si ingrate à côté du délice si naturel que lui procurait l'amour de Nicky. Il ne lui restait plus qu'à espérer repousser au mieux le terrible jour où il découvrirait que sa fille menait une vie de débauchée. Alors peut-être pourrait-il comprendre qu'elle ne pouvait simplement pas vivre sans connaître le véritable amour. Elle avait conscience qu'il s'agissait là d'un vœu pieux, mais elle n'avait rien d'autre à quoi se raccrocher.

En attendant, elle profitait de pouvoir passer chaque instant avec Nicky. Elle avait craint de trop lui en demander en débarquant chez lui presque nue, fuyant son mari, sans rien d'autre à lui offrir que son amour. Mais à sa grande joie, cela semblait suffire à Nicky. Il ne lui avait jamais rien montré d'autre qu'une dévotion totale et il semblait aussi déterminé qu'elle quant au fait qu'elle ne retourne plus jamais auprès de Laurence. Quand son mari avait refusé de lui renvoyer ses affaires, Nicky s'était assuré de lui fournir tout ce dont elle avait besoin.

Inutile de tout gâcher en pensant à ce qui se passera quand père le découvrira, décida-t-elle. *Je suis avec Nicky, et tout le reste m'est égal. Je verrai le moment venu. Pour l'instant, il m'aime, et nous sommes ensemble.*

Le mois passa, et Alexandra se prit à croire que tout irait bien, finalement. Elle avait fui Laurence en toute discrétion, et il n'y avait aucune raison pour que quelqu'un vienne la chercher ici. Elle se réveillait chaque matin auprès de Nicky, dans sa chambre douillette, et était submergée de bonheur en réalisant qu'elle avait pu quitter son existence triste et monotone pour une vie radieuse emplie d'amour et de bonheur. Polly ne faisait plus partie du paysage. Quand elle était venue travailler, le lendemain de l'arrivée d'Alexandra, Nicky l'avait immédiatement prise à part. Alexandra avait entendu le ton monter, Polly pleurer et crier, puis la porte d'entrée claquer. Ils n'avaient plus entendu parler d'elle depuis. Alexandra aimait aider Nicky, quand il montait dans son studio, et tentait de retenir les noms des différents équipements. Quand il partait faire un shooting, elle restait à la maison pour cuisiner ou lire, ou alors elle allait se promener.

Un jour, elle se trouvait près de Pall Mall quand elle déduisit des barrières qui longeaient la route et des grands drapeaux de cérémonie fichés sur des poteaux à intervalles réguliers qu'une procession royale allait avoir lieu. Elle s'approcha des barrières, où les badauds s'attroupaient déjà, touristes et Londoniens confondus, et distingua le rythme métallique de la fanfare, au loin, ainsi que les claquements de sabots des chevaux qui portaient la Garde royale.

— Qu'est-ce qui se passe ? demanda-t-elle à l'homme qui se tenait à côté d'elle.

— Un Premier ministre est en visite chez nous, répondit-il. Mais je ne sais pas de qui il s'agit.

Elle observa un moment la procession qui approchait et, tandis que les superbes bêtes, la crinière reluisante, commençaient à passer devant elle, chacune montée par un garde affichant tunique bleu marine aux boutons de cuivre, gants et culotte blancs, ainsi qu'un étincelant casque de laiton surmonté d'un plumet rouge, la réalité la frappa soudain. Il s'agissait là du régiment de Laurence, les Blues, dont le devoir était de constituer la Garde royale. Elle les avait vus de nombreuses fois en entraînement, mais une magnificence certaine se dégageait de leurs uniformes.

Retenant son souffle, elle leva la tête pour scruter les visages des soldats. Elle aurait aimé fuir, mais c'était plus fort qu'elle ; elle ne pouvait en détacher les yeux. Comme elle s'y était attendue, elle vit soudain Laurence, son visage fin encadré par l'épaisse mentonnière dorée de son casque. Il était également inévitable qu'il perçoive sa présence et tourne le regard vers la droite pour planter ses yeux de glace dans les siens. Il la reconnut aussitôt et, malgré son impassibilité, elle le vit pâlir, et ses mains se mirent à serrer plus fort les rênes noires de sa monture. Il la dévisagea quelques secondes à peine avant de replanter le regard devant lui, en sa qualité de soldat irréprochable dans les rangs parfaitement formés des cavaliers.

Autour d'elle, la foule ébahie se mit à applaudir à l'apparition de la calèche royale. Alexandra fit volte-face et s'éloigna en courant, le cœur lui martelant les côtes. C'était son mari. Elle avait beau tout faire pour se retirer cette idée de la tête, il existait bel et bien, et l'anneau à son doigt prouvait qu'ils étaient toujours liés par la loi. Mais le mois qu'il lui avait fixé arrivait à terme. Qu'allait-il se passer ?

Elle voulut en parler à Nicky, mais quand elle rentra, la maison était vide. Seul un bout de papier posé sur la table de la cuisine montrait qu'il était passé. Elle le déplia les mains tremblantes, craignant qu'il ne l'ait quittée ou ne lui demande de partir, mais il s'était simplement empressé de noter qu'il avait dû rentrer chez lui en urgence et qu'il la tiendrait au courant au plus vite, regrettant de ne pas avoir pu la prévenir de vive voix.

Elle n'eut pas de nouvelles avant le lendemain, sa vie étant soudain remplie d'un vide atroce. C'était à ça que ressemblerait la vie sans Nicky, et elle savait qu'elle ne le supporterait pas. Quand il l'appela ce soir-là, elle crut s'évanouir au simple son de sa voix.

— Tout va bien ? s'alarma-t-elle. Que se passe-t-il, Nicky ?

— C'est mon père. J'ai de bien tristes nouvelles… Il est mort.

— Oh ! Nicky ! souffla-t-elle, le cœur débordant soudain de tendresse pour son amant. Je suis sincèrement navrée…

— Merci, chérie. C'était à prévoir, malheureusement. L'enterrement a lieu vendredi.

— Veux-tu que je sois là ? J'aimerais être à tes côtés…

Nicky hésita quelques instants avant de répondre.

— Je ne pense pas que ce soit sage. Pas encore.

— Oui… Tu as sûrement raison.

Elle s'imagina débarquant au bras de Nicky, au choc du village entier, et probablement à la consternation de sa propre famille. Sans parler du fait que cela reviendrait nécessairement aux oreilles de son père… Elle n'était pas prête à cela.

— Et puis, tu t'ennuierais ici, poursuivit Nicky. Je suis plongé jusqu'au cou dans les histoires d'héritage. En plus de devoir assumer la maison, je dois également persuader ma belle-mère de partir. Nous sommes en pleine négociation, mais je pense être parvenu à rendre Bournemouth assez séduisant… Je dois y aller, ma chérie. Je te rappelle, d'accord ? J'ai hâte de rentrer.

Cette nuit-là, elle ne put fermer l'œil, craignant ce que cette histoire d'héritage impliquait. Leur vie dans cette petite maison était si belle… Elle n'avait pas envie d'ouvrir un nouveau chapitre, qu'une existence tout autre vienne tout gâcher. Comment parviendraient-ils à être aussi heureux, si Nicky se laissait dévorer par cette immense maison et les responsabilités qui lui incombaient ?

Quand Nicky revint deux jours plus tard, elle se jeta dans ses bras, et ils se glissèrent directement sous les draps, brûlant de se redécouvrir après plusieurs jours passés l'un sans l'autre. Collée contre lui, la main enfouie dans sa crinière brune, elle l'écouta ensuite lui raconter ce qui s'était passé.

— Ça a été une expérience tellement étrange…, murmura-t-il, la joue plaquée contre son sein et un bras posé sur son ventre. Je n'étais pas particulièrement proche de mon père, mais l'enterrement a été très dur à vivre, pour moi. Ils l'ont mis dans le caveau familial, à côté de ma mère, et ça a été plutôt horrible de le regarder la rejoindre dans ce lieu sinistre en me disant que je serais le prochain…

— Tu as toute la vie devant toi, souffla Alexandra, incapable d'envisager une telle horreur.

— C'est vrai.

Il leva les yeux vers elle d'un air presque implorant.

— Mais ça m'a fait réaliser à quel point je ne pouvais pas vivre sans toi. Nous devrions être ensemble, quoi qu'il en coûte.

— C'est ce que je veux moi aussi, plus que tout, répondit-elle dans une liesse qui s'estompa bien trop vite. Mais il y a Laurence, et il veut une réponse. Le mois est expiré.

Un nuage vint aussitôt balayer les traits de Nicky.

— C'est un mufle. Je ne comprends pas comment il peut s'imaginer que tu reviennes après ce qu'il t'a fait. Hors de question de lui faire l'honneur d'une réponse. Tu n'as jamais voulu épouser cet homme, de toute façon. Fort Stirling m'appartient, désormais. Retournons là-bas et soyons heureux. Qu'il essaie un peu de venir te chercher ! Tu m'accompagnerais, n'est-ce pas, Alex ? Il faudra être forte. Les gens sauront pour nous, plus vite que tu ne l'imagines. Ton père l'apprendra forcément…

Murée dans le silence, elle s'agrippait à la douce force de ses bras. Pouvait-elle faire une chose pareille ? Elle retournerait chez elle non pas comme l'épouse respectable qui en était partie, mais comme la femme dépravée qui avait déserté son mari six mois à peine après les noces pour vivre avec un autre. Ici, dans le tréfonds de Londres, elle était anonyme. Là-bas, on parlerait d'elle et on la jugerait.

La main de Nicky glissa sur la sienne et la serra d'une étreinte rassurante.

— Je ne veux pas y retourner sans toi, dit-il doucement.

— Bien sûr que je t'accompagnerai, déclara-t-elle, pleine d'une nouvelle résolution, repoussant l'image de son père de son esprit. Je veux être à tes côtés, où que tu sois.

Où pourrais-je aller sinon ? ajouta-t-elle silencieusement.

— Heureuse de rentrer ? s'époumona Nicky par-dessus le rugissement du moteur tandis qu'ils fonçaient sur les routes de campagne, le vent dans les cheveux.

Alexandra se contenta de hocher la tête en souriant, préférant ne pas ouvrir la bouche de peur de manger ses cheveux. La petite décapotable sportive franchissait chaque virage et chaque colline comme si une horde de barbares les poursuivait.

Mais personne ne nous poursuit, songea-t-elle, euphorique. *Nous sommes libres. Du moins, pour l'instant.*

Elle était rassurée de ne pas avoir à traverser le village : elle n'était pas prête à cela. Ils approchèrent le fort par l'ouest, contournant les bois et grimpant la colline jusqu'à ce que le domaine se découvre sous leurs yeux. La demeure leur apparut soudain, un méli-mélo de styles qui donnait un résultat splendide, avec ses cheminées gracieuses, ses vitraux étincelants et sa pierre sculptée. Le parc verdoyant s'étalait autour de ses murs tel un coussin parsemé d'arbres majestueux que l'automne avait déjà légèrement roussis.

Fort Stirling, dans sa beauté saisissante, la subjugua comme jamais auparavant. Enfant, elle n'y avait vu qu'une grande demeure dans laquelle elle pouvait de temps à autre aller jouer, mais aujourd'hui, elle se rendait compte de la splendeur historique de la construction, sa pierre émoussée ne laissant que peu deviner qu'il s'était un jour agi là du bastion de la famille Stirling.

Des générations y avaient vécu, défendant le fort, créant de la richesse, cultivant la terre, renforçant l'importance de la famille. Et tout cela appartenait à Nicky, désormais. Le jeune homme qui se tenait à ses côtés, avec cette tignasse brune, ces yeux gris qu'elle aimait tant et ces mains qui la rendaient folle de désir et de plaisir... Tout cela lui appartenait, à lui.

Inconscient de son regard posé sur lui, Nicky poussa un petit cri tandis que la voiture plongeait vers la demeure, le vent s'engouffrant dans ses cheveux. Elle se sentait merveilleusement insouciante. Qui pourrait les atteindre dans un endroit pareil ? N'était-ce pas un fort, après tout ? Ils pourraient s'y enfermer afin de se protéger du monde extérieur. Rien que tous les deux, seulement mus par le désir et le besoin de l'autre.

Lorsqu'ils s'arrêtèrent dans une pluie de gravier devant l'imposante porte d'entrée, un petit groupe d'individus s'était réuni pour les accueillir. Nicky descendit de voiture, et une femme corpulente en robe bleu marine s'approcha avec une révérence.

— Bienvenue chez vous, monsieur le vicomte, déclara-t-elle avec l'accent typique du Dorset.

— Bonjour, Mrs Spencer. Comment allez-vous ? Tout va bien, ici ?

— Toute l'équipe est heureuse de vous compter de nouveau parmi nous, dit-elle avec ferveur.

Elle jeta un regard curieux en direction d'Alexandra.

— Je vous présente… miss Crewe, déclara Nicky en s'en apercevant. Elle restera avec nous. Thomas, nos valises sont coincées dans le coffre. Vous pouvez essayer de les sortir ?

Un jeune homme en pantalon noir, chemise et boléro se précipita vers la voiture en marmonnant un docile « Oui, monsieur le vicomte ».

Alexandra observa Nicky. Bien sûr. C'était « monsieur le vicomte », désormais. Il avait hérité du titre, ce qui en faisait le nouveau vicomte Northmoor. Nicky Northmoor..., voilà qui sonnait plutôt bien.

Mais cette révélation fut accompagnée d'une soudaine terreur : comment, avec un tel statut, Nicky pourrait-il passer sa vie avec une femme mariée ? Elle se demanda si Laurence accepterait de divorcer avant de se rendre compte que cela ne changerait rien. Une femme divorcée était tout aussi mal vue chez la plupart des gens.

— Viens, Alex, entrons.

Nicky s'élança vers la maison avec à peine un regard au jardinier et aux deux domestiques qui le saluèrent au passage. Alexandra le suivit, adressant un sourire timide aux membres du personnel qui l'observaient d'un œil curieux, puis elle grimpa les marches de pierre et passa la porte d'entrée pour pénétrer dans l'immense vestibule.

Nicky lui fit faire le tour de la maison. Un long défilé de salons fut suivi par la visite de l'immense salle à manger, où une longue table en acajou ciré était encadrée de vingt chaises de chaque côté, puis de la petite salle à manger circulaire, avec sa table ronde de taille plus raisonnable et son joli papier peint turquoise imprimé de fruits et de fleurs.

— C'est du papier peint français, commenta Nicky. Il serait très vieux et très rare, à ce qu'on m'a dit.

Il la gratifia alors d'un grand sourire.

— Je t'avoue que je n'y connais pas grand-chose, à tout ça... Peut-être que toi, si ?

— Pas vraiment, répondit-elle en songeant au papier peint tout à fait ordinaire de sa maison d'enfance. Mais je ferai en sorte de m'y intéresser.

C'est en longeant les différents couloirs qu'Alexandra comprit d'où lui venait son amour de la photographie. Nicky avait grandi entouré de magnifiques choses dont il fallait à tout prix garder une trace. Sur chaque mur et de chaque fenêtre, il y avait quelque chose à regarder : de grandes huiles anciennes, de jolis portraits, le parc, la terrasse ou la cour carrée qui séparait les différentes ailes de la maison. De somptueux objets ponctuaient chaque pièce : vases, statues, vaisselle… Le mobilier était luxueux : immenses miroirs à dorures, tables aux plateaux de marbre et placards encastrés. Mais en dépit de cette profusion de merveilles, la maison paraissait terriblement vide. Même si le personnel vivait sur place, les lieux semblaient déserts.

Là-haut, elle se rappela le chemin de la nursery où elle avait tant joué petite, mais Nicky la guida vers une chambre d'amis blanc et or agrémentée de lits jumeaux et de rideaux brodés. La pièce lui parut d'abord impressionnante, mais en y regardant de plus près, elle était vieille et poussiéreuse. Sa valise avait été posée près d'une ancienne vasque, dans le coin de la pièce, en partie cachée par un rideau de satin rose, où une araignée tentait de prendre la fuite en passant par la bonde.

— Ne t'inquiète pas, la rassura Nicky tandis qu'elle observait les lieux d'un air dérouté. Tu ne dormiras pas ici.

— C'est vrai ?

Il secoua la tête et vint la prendre dans ses bras.

— Bien sûr que non ! Tu seras avec moi, naturellement !

— Dans ta chambre ? souffla-t-elle. Mais que penseront les domestiques ?

Il lâcha un rire sonore qu'elle sentit résonner contre sa poitrine.

— Tu préfères dormir dans cette chambre sinistre et te faufiler jusqu'à la mienne à l'extinction des feux, peut-être ? Voyons, Alex, nous pouvons faire ce que nous voulons ! C'est moi, le lord, désormais, et j'invite qui bon me semble dans ma chambre, même si c'est une catin.

Il déposa un baiser dans sa nuque, mais elle se raidit et s'écarta vivement, les yeux soudain pleins de larmes.

— Ne dis pas ça, murmura-t-elle, blessée.

— Quoi ? « Catin » ? Voyons, ma chérie, je plaisantais…

— Mais c'est ce que penseront tous ces gens. Et tu le sais aussi bien que moi.

— Je me fiche de ce qu'ils peuvent bien penser, déclara-t-il. Et tu devrais en faire de même. Allez, viens, j'aimerais te montrer mon lit à baldaquin. En particulier, son matelas très confortable…

Alexandra ignorait si elle imaginait les regards désapprobateurs de Mrs Spencer et les rires étouffés des domestiques quand elle les croisait dans les couloirs. Elle aurait aimé être comme Nicky, sublimement détaché de tout cela, mais évidemment, lui était leur maître adoré, le nouveau lord, et elle n'était que sa vulgaire petite amie, qui de surcroît vivait avec lui dans le péché. Son alliance était bien cachée au fond de sa trousse de toilette, mais il n'y avait aucune garantie que le personnel ne sache pas exactement qui elle était.

Nicky dut passer la matinée enfermé dans la bibliothèque, recevant un groupe d'individus venus le voir pour affaires. Alexandra dénicha un bureau dans le petit salon qu'elle avait repéré la veille. Elle alla s'y installer et tira du range-courrier une feuille de papier jauni marquée de l'adresse du fort. Elle balaya le sous-main de son film de poussière, prit une plume dans l'encrier de cristal et la plongea dans l'encre. La plume accrochait le papier et tenait mal en main, mais Alexandra écrivit du mieux qu'elle put.

Cher père,

J'imagine que tu te demandes pourquoi je ne t'ai pas donné de nouvelles dernièrement. Voici la vérité : je n'ai malheureusement pas été capable de réussir mon mariage avec Laurence et l'ai quitté. Je suis sincèrement désolée. Il m'a donné un mois pour revenir auprès de lui, mais j'ai bien peur que ce délai soit arrivé à expiration, et je ne compte pas m'exécuter. Je suis tombée amoureuse de Nicky Stirling, et nous venons de nous installer au fort. Comme tu le vois, nous ne sommes plus si éloignés, toi et moi. J'ai conscience que ce n'est pas ce que tu avais désiré pour moi, mais j'espère de tout cœur que mon bonheur fera le tien, et je te prie de

*croire que mon mariage n'aurait jamais tenu bon,
que j'aie rencontré Nicky ou non.
Je passerai te voir demain. J'espère que tu te portes
bien.
Ta tendre fille,*

Alexandra

Elle fit sécher sa lettre, la plia et la glissa dans
l'une des enveloppes jaunies elles aussi par les
années. La colle du rabat ne tenant plus, elle glissa
celui-ci à l'intérieur de l'enveloppe et écrivit le nom
et l'adresse de son père. Elle se rendit ensuite dans
le vestibule et posa la lettre sur le plateau d'argent
où elle avait vu Nicky déposer son courrier. Thomas
apparut de l'office au même instant, à l'autre bout
du vestibule.

— Thomas ! appela-t-elle. Pourriez-vous faire
en sorte que cette lettre soit livrée aujourd'hui ? En
main propre, pas par la poste.

— Oui, mademoiselle, lâcha-t-il sèchement
avant de s'emparer de la lettre.

Alexandra le regarda disparaître. Son attitude
teintée d'impertinence ne lui avait pas échappé.
Si les domestiques n'avaient pas encore fait le lien
entre elle et le fameux Mr Crewe d'Old Grange, ce
serait fait avant la tombée de la nuit.

16

Aujourd'hui

— C'est par là.

Delilah précéda Susie dans l'escalier grinçant qui menait aux greniers de l'aile est et alluma en arrivant en haut. L'air chargé de poussière la fit toussoter.

— Bonté divine ! s'exclama Susie en gagnant à son tour le haut des marches et en observant sous la lumière trouble les amas de vieilles caisses dont le contenu débordait et les meubles empilés jusqu'au toit. Mais c'est une véritable caverne d'Ali Baba, dis-moi ! Tu l'as déjà explorée ?

— Non, pas vraiment. J'ai juste ouvert une caisse ou deux. On ne peut pas dire que ce soit très gai, par ici.

— C'est toute cette poussière, c'est ça ?

— Entre autres, oui. On finit par s'y faire, mais il y a plus agréable.

Susie posa les mains sur les hanches, le regard attiré par toutes sortes de merveilles.

— On pourrait passer des heures à tout fouiller, tellement il y en a…

— Tu sais, les vieilles familles comme ça ne jettent jamais rien. Je suis sûre qu'il y a des choses de valeur, là-dedans. Mais ce sont les vêtements qui m'intéressent, surtout.

— Oh oui ! s'emballa Susie en se frottant les mains. Montre-moi ça !

Susie s'était empressée d'accepter son invitation lorsque Delilah lui avait proposé de passer au fort. Elle était toujours à la recherche de nouveaux trésors pour sa salle des ventes et, étant donné qu'elle était spécialisée en couture vintage, Delilah tenait là la personne idéale pour l'aider à y voir plus clair parmi les tenues qu'elles dénicheraient dans les greniers.

— Tiens, c'est la malle dont je te parlais dans mon e-mail.

Delilah l'ouvrit beaucoup plus facilement que la première fois. Le couvercle révéla les fameux tiroirs de gants, de bas, de cravates et accessoires en tous genres soigneusement emballés.

— Comme c'est beau ! souffla Susie, radieuse. Je peux toucher, dis ?

— On dirait une gamine dans un magasin de bonbons…, s'amusa Delilah.

— Si seulement…

— Il y a tout un tas d'autres malles que je n'ai pas encore ouvertes. J'espère y trouver des pépites, mais je n'ai pas envie de les ouvrir ici, avec toute cette poussière…

Elle referma le couvercle, puis les loquets.

— Tu veux qu'on en descende une ou deux ? proposa-t-elle.

— Bonne idée !

Ils embauchèrent Erryl pour les aider à descendre trois malles de vêtements dans la vieille chambre d'amis, à l'avant de la maison. Il fut un temps où la pièce avait dû avoir fière allure, avec ses rideaux blanc et or et sa moquette dorée. Aujourd'hui, les rideaux tombaient en morceaux par endroits, leurs broderies arrachées, et la moquette était tachée et élimée. Les lits jumeaux avaient l'air sales ; Delilah aurait juré que personne n'y avait dormi depuis plusieurs dizaines d'années.

— Regarde-moi cet endroit ! murmura Susie, perplexe. On dirait une chambre oubliée par le temps.

— Oh ! rassure-toi, il ne l'a pas oubliée, s'attrista Delilah avec un coup d'œil en direction de l'épaisse couche de poussière qui recouvrait les moulures en plâtre. Ce sont les gens qui l'ont oubliée. Je demanderai à Janey pourquoi personne ne l'entretient un minimum.

— Ce doit être l'enfer, de faire le ménage dans un lieu pareil, commenta Susie avant de gratifier Delilah d'un grand sourire. Enfin, pas quand tu as des domestiques pour le faire à ta place !

— Du personnel ! rétorqua Delilah en feignant d'être choquée. On ne dit plus « domestiques ».

— Si tu veux. Dans tous les cas, c'est quand même la classe…

— Je sais, mais ce serait impossible de s'occuper d'une maison pareille seul. Je doute que cette chambre soit plus propre que le grenier, mais tant pis.

Elles s'agenouillèrent sur la moquette poussiéreuse et ouvrirent l'une des malles que Delilah
n'avait pas encore explorées. Une puissante odeur
de camphre et de moisi leur monta aux narines.
Elles découvrirent de vieilles fourrures légèrement mangées par les mites malgré les boules de
camphre, mais dans un état généralement correct.

— Elles te rapporteraient un max, si tu voulais
les vendre, se pâma Susie en caressant sensuelle-
ment un manteau de renard roux. J'ai tout un tas
de clientes qui craqueraient dessus ! La plupart ont
pour principe de ne pas toucher à la fourrure neuve,
mais s'il s'agit de vintage, là, c'est différent…

— Je ne pense pas que John serait d'accord,
répondit Delilah. Mais je lui en parlerai, si tu veux.
Après tout, je ne vois pas l'intérêt de laisser toutes
ces belles choses moisir dans le grenier. J'avais
pensé à organiser une sorte d'exposition avec
toutes les tenues portées par des générations de
Stirling… Le top, ce serait de faire correspondre
le vêtement et la photo qui va avec. Ou alors des
tableaux vivants…

— J'adore l'idée ! s'emballa Susie, les yeux brillants. Et ensuite, je pourrais vendre les vêtements…

— Peut-être ! lança Delilah en riant. Voyons ce
que nous avons d'autre.

Plusieurs heures réjouissantes plus tard, elles
avaient déniché tout un tas de trésors, dont une
robe 1920 ornée manuellement de perles et issue
d'une prestigieuse maison parisienne ainsi que
deux Chanel originaux des années 1930. Il y avait
des jupes, des gilets en cachemire, des chemisiers

en soie, des petites chaussures à lanières, des feutres et des vestes en tweed. Certaines pièces étaient abîmées, mais la naphtaline s'était dans l'ensemble révélée efficace.

— Saleté de mites ! râla Susie en grattant les traces granuleuses laissées par les cocons. Je dois chaque fois tout traiter avant de l'intégrer au stock. Tu imagines si elles se répandaient ? Bon, et si on jetait un œil dans une autre malle ?

Avec des soupirs de plaisir, elles découvrirent tout un assortiment de robes de bal : mousseline, soie, organdi, satin épais brodé de minuscules perles… Une robe de velours noir à la longue traîne, de toute évidence conçue pour être accompagnée de diamants, semblait particulièrement fastueuse. Au fond de la malle, elles trouvèrent une jolie petite boîte de cuir avec une poignée intégrée sur le dessus. Delilah l'ouvrit sur une couronne ternie. Un cercle plaqué argent cerné de seize boules d'argent crasseuses et d'une fine bande d'hermine élimée venait ceindre un nuage de velours cramoisi surmonté d'un ornement rond et doré.

— Bonté divine ! souffla Susie avant d'éclater de rire. Qu'est-ce qu'une couronne fait ici ?!

Delilah l'observa de plus près.

— Je me demande si ce n'est pas celle qui apparaît sur certains des portraits, en bas. J'ai vu tout un tas de vicomtesses en longue robe qui posent avec leur petite couronne sur la tête…

— Vas-y, mets-la !

Delilah s'empourpra. Cela lui paraissait plutôt présomptueux, de porter un objet pareil.

— Je ne sais pas…

— Allez, qu'est-ce que ça fait ? On s'amuse, c'est tout, insista Susie en agitant la main comme pour faire flotter l'objet jusqu'au crâne de son amie.

Delilah souleva la petite couronne d'une main hésitante. Elle était plus légère qu'elle n'y paraissait.

— Vas-y, la pressa Susie. Tu pourrais avoir à la porter pour de vrai, un de ces jours. En cas de couronnement, tu devras ramener tes fesses à Westminster dans tes plus beaux atours, ma jolie.

Delilah revit aussitôt la grande photo en noir et blanc des grands-parents de John dans leurs habits de cérémonie, pour le couronnement de George VI. Ils se tenaient l'un à côté de l'autre sur une estrade moquettée, la tête droite sous leurs couronnes. La grand-mère de John portait une robe raide de satin blanc dont le haut était recouvert par un sublime velours rouge bordé de fil d'or et d'hermine, avec mancherons et boutons à l'avant. Une cape bordée d'hermine pendait sur ses épaules pour former une longue traîne dans son dos, et elle portait un ras-de-cou de perles agrémenté d'un gros camée. Elle était ravissante, bien que légèrement terrifiante. *Ce doit être la couronne de cette fameuse photo*, songea Delilah. *Encore un lien avec les femmes de Fort Stirling, même s'il y a peu de chances qu'Alex l'ait jamais portée. Elle était sûrement bien trop jeune, lors du dernier couronnement.*

Elle la percha alors sur sa tête.

— Voilà, dit-elle, les joues rouges.

— Madaaaame, s'amusa Susie en faisant une révérence maladroite, toujours à genoux.

— Arrête.

Delilah s'empressa de retirer la couronne et la posa par terre.

— Les tenues sont forcément quelque part. Je te montrerai la photo, en bas.

— Si elles sont au grenier, les mites ont dû s'attaquer au velours, commenta piteusement son amie. Elles adorent ça : plus le tissu est précieux, plus elles le dévorent…

— Et si on passait à l'autre malle ? J'aimerais te montrer les vêtements que j'ai découverts.

La main tendue vers la malle en question, une étrange sensation de vertige la saisit soudain, et une pensée s'imposa aussitôt à elle : *Mais ce sont ses vêtements.* Quand Delilah les avait trouvés, elle ne savait pas ce qu'elle savait aujourd'hui. Elle n'avait pas vu toutes ces photos d'Alex, ou découvert qu'elle s'était suicidée, ou encore cherché son corps. Elle n'avait pas rêvé d'elle en haut de la folie, prête à en sauter…

— Cette malle est magnifique, était en train de commenter Susie, mais Delilah l'entendit à peine, seulement consciente de l'étrange bourdonnement qui lui emplissait le cerveau.

Elle regarda alors Susie soulever les tiroirs du dessus à sa place, révélant les vêtements qu'ils dissimulaient. La robe noire et le manteau assorti qu'elle avait essayés dans le grenier les attendaient, et elle observa, saisie d'effroi, son amie qui les dressait devant elle, louant leur qualité et les secouant afin d'en avoir un meilleur aperçu.

— Arrête, lâcha-t-elle soudain en revenant brutalement à elle, les mains dressées vers la robe.

— Quoi ?

— Laisse ça, s'il te plaît. Remets-les à leur place.

Susie contempla la robe, perplexe.

— Qu'est-ce qu'ils ont de si spécial ? Enfin, leur qualité saute aux yeux, mais…

— Je ne sais pas. Quand je les ai essayés, l'autre jour, j'ai été prise d'un sentiment… étrange. Désagréable.

Ce sentiment lui revint aussitôt en mémoire – cette horrible sensation qui l'avait traversée quand elle avait sorti cette fleur séchée de la poche du manteau.

Susie la dévisageait d'un air narquois.

— Ne me dis pas que tu deviens superstitieuse… Cela dit, ce n'est pas très étonnant, avec tous ces vieux objets autour de toi… Allez, ce n'est qu'une simple robe, d'accord ? Ça ne t'a pas dérangée, pour le reste.

— Je ne peux pas te l'expliquer. Je n'ai pas envie qu'on la touche. On ferait mieux de la remettre à sa place.

Susie se leva, prenant la robe, mais délaissant le manteau.

— Très bien, on la range. Laisse-moi juste y jeter un coup d'œil.

Elle plaqua le vêtement contre son corps, admirant la façon dont il tombait au niveau de son genou.

— Elle est magnifique ! Dis, tu es sûre que je ne peux pas l'essayer ?

— Non, Susie ! Je t'en prie, remets-la à sa place ! insista Delilah, prise d'un accès soudain de panique, sentant qu'elle se devait de protéger Alex.

La porte s'ouvrit, et la tête de John apparut.

— Coucou. Erryl m'a dit que vous lui aviez demandé de déménager le grenier… Oh !

Il venait de découvrir la robe que Susie tenait toujours plaquée contre elle, et il s'interrompit brutalement, les yeux brûlants sur le vêtement.

— Qu'est-ce que c'est que ça ? lâcha-t-il d'une voix soudain glaciale.

— Juste une robe qu'on a trouvée dans une malle, répondit Susie. Qu'est-ce que tu en penses ? Elle me va bien ?

À l'agonie, Delilah observait la scène. Il avait fallu qu'il choisisse le moment où elles regardaient les affaires de sa défunte mère pour faire une apparition. Il ne les avait sûrement pas revues depuis son enfance, quand Alex les avait portées pour la dernière fois.

Son sourire s'évanouit, et il entra d'un pas lent dans la pièce, le regard toujours rivé à la robe. Il était devenu livide.

— Non, dit-il d'une voix étrange, presque mécanique. Non, elle ne te va pas.

Il passa devant Susie, qui tenait toujours la robe, perplexe, et gagna la malle. Sur le dessus trônaient des pulls pliés aux motifs distincts, des jupes et un chemisier rayé avec un nœud au niveau du col. Il se tourna alors vers Delilah, agenouillée à côté de la malle, qui leva vers lui un regard consterné. Chacun de ses gestes semblait avoir été ralenti par la vision dont il avait été frappé.

— C'était là-haut avec le reste ?

Elle hocha lentement la tête.

— Je suis désolée, murmura-t-elle.

Plus blanc que jamais, la mâchoire contractée, il reposa les yeux sur les vêtements. Il semblait les voir non pas comme de simples bouts de tissu rangés dans du papier de soie, mais tels qu'ils avaient été dans son enfance, portés par une femme bien vivante. Il se retourna vers Delilah et lâcha sèchement :

— Brûle-les.

— Quoi ? souffla-t-elle, perplexe.

— Tu m'as très bien entendu. Brûle-moi tout ça.

— Voyons, John, c'est inutile ! intervint Susie en lui souriant. Si tu ne veux plus de ces vêtements, je serais ravie de t'en débarrasser pour les vendre. Je prends trente-cinq pour cent de commission et...

— J'ai dit de les brûler.

Ses yeux étaient froids, et sa voix, dure comme la pierre.

— Je ne veux plus jamais voir ces choses dans cette maison, conclut-il en quittant la pièce à grands pas, laissant les deux femmes se dévisager dans un silence de mort.

Ce soir-là, dans leur lit, Delilah vint plaquer son ventre au dos de John, si bien que leurs corps s'emboîtaient, et passa le bras sur son torse. Il ne bougea pas, mais elle savait qu'il ne dormait pas. Le léger tremblement de son souffle trahissait son agitation. Elle tentait de lui transmettre chaleur et réconfort par l'entremise de son corps dans l'idée de le calmer et de lui faire comprendre qu'il était aimé.

Il a peur de quelque chose, c'est évident. Elle était convaincue que le traumatisme de son enfance, à savoir la perte de sa mère, avait été ravivé par la découverte de ses vêtements. Quelle gourde elle avait été ! Elle aurait dû attendre de s'assurer de son absence avant de décider de tout descendre comme ça.

Et elle en voulait à Susie d'avoir exhibé cette robe en particulier quand John avait débarqué. Si seulement elle l'avait écoutée, il n'aurait peut-être pas vu ce qu'elles étaient en train de regarder, et tout cela aurait pu être évité. Elle avait dû expliquer à Susie qu'il valait mieux mettre un terme temporaire à leur exploration. Son amie était restée déjeuner, comme prévu, mais le soufflé était assurément retombé. Delilah était distraite, soucieuse de l'humeur de John et de ce qu'il pouvait bien être en train de faire. Susie n'avait pas tardé à prendre congé.

— Je reviens bientôt, c'est promis, avait-elle dit à Delilah sur le perron. Je ferai peut-être le trajet en train, par contre. Quelle route ! En tout cas, ça m'a vraiment fait plaisir de te voir. Je n'aurais raté cette couronne pour rien au monde ! Tiens-moi au courant, si tu retrouves les costumes.

— Pas de problème. Fais attention sur la route.

Delilah fit la bise à son amie, priant pour qu'elle ne se rende pas compte de son soulagement de la voir partir. Susie s'écarta pour planter les yeux dans les siens.

— Promets-moi que tu ne brûleras pas ces vêtements, dit-elle d'un air grave. Quand John aura retrouvé la raison, il verra qu'il vaut mieux les vendre. Ce serait un crime, de détruire de si sublimes

choses. Certains de ces gants étaient en chevreau…
J'adorerais découvrir ce que ces malles renferment
d'autre. Rassure-moi, ce n'est pas fini, hein ?

— Bien sûr que non, rit Delilah. Tu reviens
quand tu veux. Enfin, on va laisser passer quelques
semaines, histoire de faire retomber la tension,
d'accord ?

— Entendu. À plus, ma belle.

Dès que Susie eut fermé sa portière et démarré le
moteur, Delilah courut rejoindre John, mais il ne se
trouvait ni dans son bureau, ni dans le petit salon
à regarder le sport à la télé, ni dans leur chambre.
Elle avait fait le tour de la maison quand, prise
d'une soudaine inspiration, elle grimpa l'escalier poussiéreux qui menait au grenier pour trouver la trappe du toit ouverte. Elle passa la tête à
l'extérieur et le découvrit assis sur l'avant-toit, à
quelques mètres de là, les pieds posés sur le gros
rebord de plomb qui longeait la gouttière. Les faux
remparts victoriens qui avaient été ajoutés à l'aile
est jouxtaient cette même gouttière, si bien qu'on
pouvait s'y asseoir sans risque. Elle se glissa par la
trappe maladroitement.

— John ?

Elle avança vers lui tout doucement, prenant soin
de ne pas faire bouger d'ardoises sous ses pas. Il se
tourna vers elle avant de reposer le regard au loin.

— Ça va ? souffla-t-elle en le rejoignant.

Il y eut un long silence. La brise d'été tournoyait
en sifflant au milieu des cheminées. Elle ne s'était
pas attendue à ce qu'il y ait autant de vent, là-haut,
et ses cheveux blonds voletaient jusque dans sa

bouche. Elle tenta de les dompter derrière une oreille, mais le vent les balaya aussitôt. Elle observa son mari, son visage anguleux marqué par l'ombre d'une barbe naissante qui montrait qu'il ne s'était pas rasé, aujourd'hui. Son regard orageux embrassait le parc luxuriant, en contrebas, la masse sombre des bois et les abords du village qu'on distinguait tout juste derrière la colline.

— C'étaient les affaires de ta mère, n'est-ce pas ?

Il hocha la tête, le regard toujours planté devant lui.

— Je suis vraiment navrée, mon chéri… Si seulement tu n'étais pas entré à ce moment-là…

— Ça n'a pas d'importance, rétorqua-t-il. Ce ne sont que de vulgaires affaires.

— Mais elles te relient au passé.

— J'imagine, oui.

— À ce passé qui te ronge tant…

Elle retira une nouvelle mèche de cheveux de sa bouche, où le vent s'acharnait à les fourrer. Elle sentait que le moment viendrait où elle pourrait naturellement lui demander « Que s'est-il passé ? » et qu'il lui répondrait. Elle brûlait de connaître la vérité, mais quelque chose en elle l'empêchait de formuler la question. Elle ne voulait pas qu'il se livre à elle simplement pour satisfaire sa curiosité. Il le ferait quand il serait prêt. S'il refusait de lui parler, était-elle en droit d'exiger des explications ?

— Tu descends ? demanda-t-elle.

— Je vais rester encore un peu là, dit-il au bout d'une longue minute.

Il se tourna alors vers elle, et son regard s'adoucit. Il posa la main sur la sienne.

— Vas-y, je te rejoins.

Elle était donc retournée à la moiteur presque insupportable du grenier, l'abandonnant là, le regard rivé à son domaine, fouetté par le vent chaud.

Plus tard ce soir-là, quand il vint se coucher, il s'allongea dos à elle, et elle vint se coller à lui pour déposer un baiser dans sa nuque.

— Je t'aime, chuchota-t-elle en le caressant de sa joue.

Il murmura quelque chose et elle le serra plus fort, cherchant à lui transmettre son énergie aimante dans une espèce d'osmose. Sa tristesse était presque palpable, et elle aurait tout fait pour l'atténuer. Sa main lui caressait la peau, passant de sa hanche à son ventre.

— Tu m'as entendu ? lança-t-il en se tournant vers elle.

— Non. Qu'est-ce que tu as dit ?

— Tu n'oublieras pas de brûler ces vêtements, n'est-ce pas ?

Sa main se figea sur son torse. Puis elle expira lentement dans la pénombre, et ses doigts reprirent leur doux ballet.

— Non, je n'oublierai pas.

17

1965

Ce n'est qu'à mi-chemin du village qu'Alexandra regretta de ne pas avoir emprunté l'une des bicyclettes qu'elle avait aperçues dans le garage. La distance qui séparait la maison du portail faisait déjà plus d'un kilomètre, et il y avait ensuite la colline à grimper et la descente jusqu'au village. Plus elle s'en rapprochait et plus les papillons s'affolaient dans son ventre. Elle croiserait forcément quelqu'un, quelqu'un qui la connaîtrait... Que raconterait-elle ? Comment miss Crewe (ou plutôt Mrs Sykes, désormais) pouvait-elle débarquer dans le village à pied, et seule, quand la dernière fois qu'on l'avait aperçue, c'était dans la voiture de son mari, en route pour sa lune de miel ?

Par chance, elle ne croisa personne en dehors d'un petit garçon affublé d'un short trop grand qui semblait concentré sur la course dont on l'avait chargé. Elle gagna enfin Old Grange, rassurée que personne ne soit venu gâcher son arrivée discrète. Quelques mois plus tôt encore, elle se serait glissée par l'arrière de la maison, où Emily aurait été en train de s'affairer dans la cuisine ; mais cette fois, elle grimpa les marches jusqu'à la porte blanche encadrée de roses rouge sombre et souleva le heurtoir de laiton.

Sans signe de réponse, elle frappa de nouveau, plus fort cette fois. Alors qu'elle envisageait de passer finalement par-derrière, la porte s'ouvrit enfin sur Emily, les traits déformés par l'angoisse.

— Oh ! s'exclama-t-elle d'une voix basse. Miss Alexandra, comme je suis heureuse de vous revoir !

— Bonjour, Emily ! Comment allez-vous ? s'enthousiasma Alexandra.

Elle avait toujours vu Emily travailler chez elle et elle en était venue à la considérer comme une véritable amie.

— Mon père est-il prêt à me recevoir ? Il m'attend dans son bureau ? Vous pouvez nous apporter du thé ?

— Oh !...

Les yeux bruns d'Emily parurent encore plus peinés, et elle jeta un regard rapide par-dessus son épaule avant de lui refaire face, confuse.

— Il ne peut pas…

— Il est occupé, peut-être ? Je peux tout à fait attendre.

Elle fit un pas vers la porte, mais Emily la maintint entrouverte, lui barrant le chemin.

— Vous ne comprenez pas, mademoiselle. Je ne peux pas vous laisser entrer… Il l'a interdit. Je suis sincèrement désolée, mademoiselle, ajouta-t-elle en l'implorant du regard. Il a été clair sur ce point, et je n'ose pas lui désobéir.

Il y eut un horrible silence, qu'Alexandra décida de rompre avec un entrain feint.

— Bien sûr que non.

Son calme apparent la surprit elle-même, étant donné le torrent d'émotions terribles qui déferlait en elle.

— Il m'a dit que vous viendriez et que je ne devais sous aucun prétexte vous laisser entrer.

Des larmes emplirent soudain les yeux de la gouvernante.

— C'est si horrible, mademoiselle, je…

— Ne vous en faites pas, Emily. Je suis sûre qu'il a ses raisons, et vous vous devez évidemment d'obéir à ses ordres.

Elle s'arracha alors un sourire malgré les larmes qui commençaient à lui piquer les yeux, à elle aussi. Elle cligna des paupières pour mieux les chasser.

— Ça m'a fait plaisir de vous voir, en tout cas. Vous allez bien ?

— Oui, mademoiselle, murmura Emily, la bouche tombante, une main agrippée à son tablier.

— Bien. Je reviendrai bientôt pour que nous puissions papoter un peu, d'accord ? Je veux connaître tous les derniers ragots. Il a dû s'en passer, des choses, depuis mon départ…

— Oh ! mademoiselle, souffla tristement Emily, le regard fuyant, il n'y a que de vous qu'on parle, en ce moment. De ce que vous avez fait. De l'endroit où vous vous trouvez…

Alexandra la dévisagea, le corps soudain envahi d'un frisson désagréable.

— Je vois. Vous savez comme les gens aiment parler, Emily… Cela me peinerait que vous pensiez du mal de moi.

Les yeux plantés sur les marches de pierre, la gouvernante murmura :

— Je ne le pourrais jamais, mademoiselle, quoi qu'on me dise.

Elle sursauta soudain, très certainement à un bruit, à l'intérieur, qu'Alexandra ne pouvait distinguer.

— Je dois y aller.

— D'accord. Au revoir, Emily. Au revoir.

Alexandra fit alors volte-face et se mit à courir, refusant de voir la porte de son ancien foyer se fermer devant son nez.

Le chemin du retour lui parut beaucoup plus pénible que l'aller. Une masse de chagrin s'était abattue sur ses épaules. Quand Mrs Hobson, la postière, traversa la route pour l'éviter, le regard fermement planté devant elle, Alexandra sut qu'Emily n'avait pas menti. La nouvelle de son scandaleux retour devait tenir le village en haleine depuis des jours.

Le personnel du fort avait dû s'empresser de colporter la rumeur dès son arrivée. Elle avait été naïve de croire qu'il en aurait été autrement. On devait dire d'elle des choses horribles… Mais elle pourrait vivre avec, si c'était ainsi. Être avec Nicky valait la peine d'être le sujet de discussion de toutes les commères du pays. C'était le rejet de son père qui lui brisait le cœur, et elle retourna au fort avec un sentiment d'agonie, les yeux troublés par les larmes.

Le fort était désert, mais dès l'instant où elle pénétra à l'intérieur, son regard fut attiré par une lettre posée sur le plateau d'argent du guéridon. Elle reconnut aussitôt l'écriture de son père. Il l'avait adressée à Mrs Laurence Sykes, C/O Fort Stirling. Elle s'en empara, ouvrit l'enveloppe d'une main tremblante et en sortit la lettre.

Alexandra,
Tu m'as déçu plus que tu ne pourrais l'imaginer et tu as déshonoré ta famille aussi bien que ta propre personne. Tant que tu n'as pas jugé raisonnable de retourner auprès de ton mari, je ne peux plus te considérer comme ma fille. J'espérais que tu n'aies pas hérité du caractère capricieux de ta mère, mais je vois aujourd'hui que c'était là un vœu pieux. Je n'ai pas eu d'autre choix que de signaler à ton mari le lieu exact où tu te trouves et je compte bien le soutenir de toutes les manières qui me soient possibles. Je ne peux que me réjouir qu'aucun enfant n'ait à subir ton égoïsme sans bornes et destructeur. Si tu penses que l'idée que tu sois la concubine de lord Northmoor peut m'apaiser, sache qu'il en est tout autre. Je suis mortifié et profondément honteux, comme tu devrais l'être.

Gerald Crewe

Elle lut la lettre plusieurs fois, le papier tremblant entre ses doigts fragiles, le cœur lui martelant les côtes. Dans son crâne, un bourdonnement atroce lui signala qu'elle allait s'évanouir, et elle se retint de justesse au marbre du guéridon, le souffle court.

C'est donc ainsi que cette histoire se termine. Il me déteste. J'ai perdu mon père pour de bon.

Un terrible sentiment d'oppression s'abattit sur elle, et tout s'obscurcit devant ses yeux. Elle tomba à genoux.

— Mademoiselle, ça ne va pas ?

L'une des domestiques s'était ruée vers elle et avait désormais une main posée sur son épaule.

— Que se passe-t-il ? Je vais chercher monsieur.

Dans un voile de panique, Alexandra vit tout juste la jeune fille partir pour revenir avec Nicky. On la porta jusqu'au salon et on l'allongea sur le canapé tandis que des mains lui retiraient son manteau. On lui apporta un verre d'eau qu'on tenta de lui faire avaler, mais elle était en proie à quelque chose qu'elle était incapable d'expliquer : une chape de ténèbres suffocante dont elle ne pouvait échapper.

Elle entendit Nicky demander à Thomas de l'aider, et ils la montèrent dans sa chambre. Nicky vint s'asseoir à côté d'elle après avoir congédié tout le monde.

Il lui caressa tendrement la main jusqu'à ce que la panique s'estompe peu à peu et qu'elle retrouve son souffle. Les larmes se mirent alors à couler, mais lorsque le flot se fut tari, elle se sentait étrangement calme.

— J'ai lu cette satanée lettre, déclara Nicky d'une voix sombre sans cesser de lui caresser le dos de la main. Pour qui se prend-il, pour écrire une chose pareille ?

— Il ne cherche pas à se montrer cruel, dit-elle faiblement. J'imagine qu'il ne veut que mon bien.

— Comment peux-tu dire ça, Alex ? Regarde donc ce qu'il t'a écrit ! Cet homme est un monstre d'égoïsme. Il t'a forcée à te marier et, maintenant, il veut te punir parce que tu n'as pas pu le supporter ! s'indigna Nicky, le regard rageur.

— Il n'a pas toujours été comme ça, le défendit Alexandra. Ce n'est qu'à partir de la mort de ma mère qu'il a subitement changé. J'imagine que c'est le chagrin qui l'a rendu ainsi... Il n'a plus jamais paru heureux, après ce jour, même si je n'ai jamais vraiment compris pourquoi.

Nicky serra alors sa main plus fort, évitant son regard dans la pénombre de la chambre.

— Quoi ? souffla-t-elle, sentant son changement soudain d'humeur. Qu'est-ce qu'il y a ?

Il reposa sur elle un regard empli de chagrin.

— Que t'a-t-on dit, au sujet de ta mère ?

— Eh bien...

Elle dut faire un terrible effort pour se souvenir. Cela faisait tellement longtemps... Et elle s'était forcée à oublier.

— Pendant des semaines avant sa mort, l'atmosphère était atrocement lourde, à la maison, et je voyais bien qu'elle n'était pas elle-même. Puis un matin, mon père est venu me réveiller en m'annonçant que ma mère était morte dans la nuit. Elle était tombée brutalement malade et avait succombé avant l'arrivée du médecin. Il m'a dit de rester dans ma chambre pendant qu'on s'occupait de tout.

— Est-ce que tu l'as vue ? murmura Nicky, caressant toujours le dos de sa main du bout du pouce.

Alexandra secoua la tête.

— Non, répondit-elle d'une petite voix. J'aurais aimé, mais je n'ai pas osé le demander.

— Tu es allée à l'enterrement ?

— Mon père a prétendu que j'étais trop jeune pour y assister. Ma tante m'a emmenée à la mer un long moment. Ça n'a peut-être été qu'une semaine ou deux, mais ça m'a paru durer une éternité. Quand je suis rentrée, l'atmosphère était atroce. Mon père n'a pas tardé à m'interdire de voir mes anciens amis. C'est là qu'on s'est perdus de vue, tous les deux.

Silencieux, Nicky continuait de frotter son pouce sur sa main.

— Tu sais quelque chose ? souffla-t-elle, alarmée.

Quand il leva les yeux vers elle, leur expression la terrorisa.

— Dis-moi, Nicky !

— De quoi t'ont-ils dit qu'elle était morte, ma chérie ?

— Tante Felicity m'a parlé d'une violente fièvre qui s'est déclarée brutalement dans la nuit…

Elle le dévisagea, le ventre noué par l'appréhension.

— Je… Je suis tellement navré…, murmura-t-il, une vague de tristesse balayant ses traits. Je me dois de te dire ce que moi, j'ai entendu, ma chérie. Il ne s'agissait peut-être que de rumeurs, mais on disait qu'elle s'était suicidée. Elle se serait jetée du haut de la folie, dans les bois… C'est pour cette raison que nous n'avons plus jamais eu le droit d'y jouer ensuite. J'ai toujours cru que nos familles s'étaient éloignées par gêne.

Dans la pièce, le silence fut soudain chargé de quelque chose d'atroce : l'horreur et le chagrin combinés. Alexandra ne sentait plus ses membres, et sa peau était glaciale.

— Pourquoi ne me l'as-tu jamais dit ? siffla-t-elle, mortifiée.

Nicky paraissait contrit.

— Je suis vraiment désolé. J'ai deviné que tu n'étais pas au courant, quand nous avons abordé le sujet, et je ne voulais pas te faire de mal inutilement.

La colère sembla soudain le ranimer.

— Mais si c'est vrai, je suis persuadé que c'est ton père qui l'a poussée à faire ce geste. Ce n'est rien de moins qu'un monstre !

— Ne dis pas ça ! hurla-t-elle. Ne comprends-tu pas qu'il était tout ce que j'avais, durant toutes ces années qui ont suivi la mort de ma mère ?

Elle plongea dans les oreillers et tourna la tête face au mur, tentant d'assimiler ce que Nicky venait de lui révéler. Tout prenait soudain son sens, un sens macabre et terrible. Il n'y avait jamais eu de tombe sur laquelle se recueillir, aucune anecdote tendre sur sa mère. Alexandra ne se souvenait que de cette colère et de cette froideur, et de cette impression que tout le monde devait payer ce qui s'était passé. Le malheur s'était abattu sur eux, et la vie n'avait plus jamais été la même.

La folie. Cette sinistre vieille tour. Elle frissonna. Des images commencèrent à se former dans son esprit, de terribles images de sa mère tombant de son sommet édenté pour sombrer à ses pieds telle une poupée de chiffon. *Ce n'est pas possible, ça ne peut pas être vrai.* Mais au fond d'elle, elle savait que ça l'était et, durant toutes ces années, elle avait été la seule à l'ignorer.

— Tu tiens le coup ? murmura Nicky.

Il l'observa comme pour chercher les marques du chagrin, mais ses yeux étaient secs.

— Oui, lâcha-t-elle d'une voix absente.

Cela faisait beaucoup trop à intégrer d'un coup.

— Tu veux boire quelque chose ?

Elle secoua la tête.

— Je suis sincèrement désolé d'avoir eu à t'apprendre une chose pareille, mais je me suis dit que cela t'aiderait peut-être à encaisser ce que cet homme t'a fait subir. Ne vois-tu pas qu'il ne peut rien t'apporter de bon ?

Elle hocha la tête sans prononcer un mot, les yeux fixés sur les motifs du papier peint, devant elle, s'efforçant de comprendre, en vain.

Alexandra passa la journée au lit, le regard planté dans le vide tandis qu'elle s'efforçait de donner un sens aux révélations de Nicky. En quelques heures à peine, elle avait perdu son père à jamais, et tout ce dont elle avait été persuadée concernant sa mère avait été bouleversé. Intégrer de tels changements était atrocement pénible, et elle n'avait plus d'énergie pour rien d'autre, même lorsque Nicky tenta de venir la distraire un peu.

Le soir venu, elle affichait pourtant un calme et une détermination bien étranges, et elle quitta son lit pour rejoindre Nicky dans la salle à manger.

— Chérie ! s'écria-t-il en se précipitant vers elle, fou d'inquiétude. Tu vas mieux ? Tu aurais dû rester au lit ! Tu as eu un choc nerveux.

— Ça va, je t'assure, répondit-elle.

— Je me fais du souci pour toi, lâcha-t-il sans la quitter des yeux.

— Je refuse que ce soit le cas, lui intima-t-elle. Je refuse que les choses changent entre nous. Je ne peux pas modifier le passé. J'ai pleuré ma mère il y a bien longtemps, déjà, et je ne pourrai jamais la faire revenir. Quant à mon père, il s'est montré très clair quant à ses sentiments. Il m'a suffisamment gâché la vie pour que cela continue.

Elle lui serra alors le bras.

— Je suis sérieuse, Nicky. Tu es tout ce que j'ai, désormais. Tout ce qui compte. Je ne veux plus penser à toutes ces choses horribles, mais simplement à notre bonheur.

Il la dévisageait, à la fois incrédule et soulagé.

— Tu ne peux pas savoir comme je suis heureux de t'entendre dire ça, mais… tu es sûre que ça va ?

— Absolument, lui assura-t-elle. Je ne souhaite qu'une seule chose : que nous soyons heureux. Le passé appartient au passé. Je ne veux plus songer qu'à l'avenir.

— Bien, sourit Nicky. J'en suis vraiment heureux, dans ce cas.

D'apparence aussi sereine que si ces deux derniers jours n'avaient jamais eu lieu, elle s'assit à sa place et saisit sa serviette.

Alexandra entendit la camionnette approcher bien avant de la voir. Elle était en train de lire dans le salon, du moins, elle fixait la même page depuis plus d'une heure tandis que son esprit errait dans ce terrible tréfonds, comme chaque jour depuis que Nicky lui avait révélé la vérité sur sa mère. Elle aurait voulu les éradiquer, mais des images de la vieille tour surgissaient quand elle s'y attendait le moins, ou venaient la hanter durant son sommeil, dont elle se réveillait transie de terreur. Elle s'apprêtait à quitter le salon glacial pour aller retrouver Nicky quand elle entendit le rugissement d'un moteur. Elle gagna la fenêtre et vit la camionnette qui dévalait la colline en direction de la maison. S'agissait-il d'un vendeur, d'un ouvrier venu réparer quelque chose ?

Quand le véhicule s'arrêta devant la maison, elle entendit des cris à l'intérieur, et ses occupants, un petit groupe d'hommes et de femmes, se déversèrent sur le gravier. Nicky apparut alors, attiré par le bruit.

— Qui sont ces gens ? demanda-t-elle, surprise par cette soudaine invasion.

— Tu ne les reconnais pas ?

L'excitation avait illuminé les traits de Nicky.

— C'est Sandy et les copains du club ! Oh là là, ils sont presque tous venus, regarde ! Patsy, Alfie, David…

Tandis que Nicky partait accueillir ses amis, Alexandra les observa sans quitter son poste. Oui, elle reconnaissait en effet un ou deux visages de ces soirées enfumées et alcoolisées qu'ils avaient passées dans ce petit club de Notting Hill, à échanger et danser quand ils voulaient quitter un peu leur cocon. Elle aperçut justement Sandy, le leader du groupe, le cheveu prématurément épars et les joues rouges, qui vint prendre Nicky dans ses bras avant de le gratifier d'une tape sur l'épaule. Patsy, toujours aussi sexy avec sa jupe crayon et son pull moulant, vint à son tour enlacer Nicky en poussant un cri de joie. Alexandra ne s'était jamais sentie à l'aise autour de Patsy et sa soif hédoniste de tout accepter, qu'il s'agisse d'avaler, de fumer ou de renifler, pour mieux se donner en spectacle ensuite. Le regard intense et charbonneux qu'elle aimait à poser sur Nicky lui serrait chaque fois le cœur.

— Alors ça, pour une surprise ! s'exclama Nicky en riant, au cœur du groupe.

— Je t'avais bien dit qu'on passerait, répondit Sandy en s'allumant une cigarette. Et tu peux dire que c'est ton jour de chance, mon frère. Les gars et moi, on a apporté la platine... Tu es d'humeur fêtarde, j'espère ?

Nicky se tourna vers Alex, qui lui fit un petit signe de la main en souriant. Elle devinait qu'il cherchait son approbation. Peut-être cela leur ferait-il du bien d'avoir de la compagnie. L'atmosphère sinistre en devenait oppressante, entre le deuil de Nicky et le sien.

Le petit groupe pénétra dans le vestibule, et elle se retrouva soudain cernée de vie et de bruit. L'effet, bien qu'étonnant, n'avait rien de désagréable. Ils avaient décidément besoin de ce souffle d'énergie.

— Bonjour, Sandy, dit-elle quand il vint l'embrasser.

— Salut, Alex, murmura-t-il de sa voix traînante. Ça boume ?

Il avait teinté son accent écossais d'une intonation américaine pour se donner un air sophistiqué, mais le résultat était… déroutant.

— Ça va très bien, merci.

Nicky était radieux.

— Ça me fait tellement plaisir de vous avoir à la maison ! Et si nous nous y mettions dès maintenant ? Patsy m'a dit qu'elle pouvait nous faire des whisky sour !

— Ça me va, sourit Alexandra.

Elle voyait bien que Nicky était fou de joie. De toute évidence, il avait besoin de s'amuser un peu.

Peut-être est-ce mon cas, à moi aussi. Peut-être sommes-nous restés seuls, tous les deux, un peu trop longtemps…

Après tout, ils étaient encore jeunes. Faire la fête l'aiderait sûrement à oublier ses tourments pour mieux se concentrer sur la jeunesse, l'amour et tout ce dont ils disposaient pour prendre du bon temps.

Nicky, euphorique, guida la petite troupe dans la bibliothèque, et elle suivit.

18

Aujourd'hui

L'été promettait d'être particulièrement chaud. Le ciel céruléen sous lequel ils se réveillaient les gratifiait bien vite de sa chaleur ardente pour s'étirer en douceur le soir, laissant planer les riches parfums du jardin. Devant la cuisine, la plate-bande de lavande grouillait sous les abeilles qui venaient répandre ses doux effluves jusqu'à l'intérieur. Dans le verger, les papillons s'agitaient follement entre les arbres, comme intoxiqués par le doux nectar des fruits qu'ils suçotaient. Les briques du mur qui ceignait le jardin répandaient une chaleur terreuse et, où que le regard porte, un tapis émeraude s'étirait.

Delilah pouvait constater les effets de l'été sur son propre reflet : sa peau avait bruni malgré ses efforts pour se protéger du soleil, et son visage rayonnait autour des petites taches de rousseur qui étaient apparues sur son nez. Ses cheveux avaient encore poussé, et elle les coiffait en une queue-de-cheval qui, avec ses robes d'été et ses tongs, la faisait paraître beaucoup plus jeune.

La maison était particulièrement paisible depuis quelques jours. Ben était occupé à concevoir un système d'irrigation qu'il comptait à long terme faire fonctionner à partir d'un récupérateur d'eau de pluie, et il passait ses journées à l'atelier au milieu des tuyaux et de centaines de petits bouts de papier sur lequel il avait griffonné des dessins. Erryl se plaignait de devoir gérer le jardin seul, mais ce fut John qui grimpa sur la tondeuse et tailla la pelouse et les abords du parc. Les moutons, les vaches et les chevaux s'occupaient du reste, broutant l'herbe dans les champs alentour. Le spectacle de John dans son short troué et ses chaussures de randonnée, son torse nu bruni par le soleil et la tête protégée par un vieux chapeau de paille, lui devint familier. Mungo aimait à aller s'allonger à l'ombre d'un arbre. Il était trop fatigué pour faire autre chose qu'observer, langue pendue, son maître aller et venir sur sa drôle de machine. Le tas de compost se transforma très vite en montagne, sèche sur le dessus, mais à l'odeur de décomposition incontestable en son cœur.

Préférant passer son temps dehors, entourée par toute cette vie, cette lumière et cette énergie, Delilah apporta son ordinateur dans le pavillon d'été. Fuir la maison glaciale et sinistrement silencieuse… Elle commençait à s'y sentir mal à l'aise, en particulier quand elle y était seule. Les lieux semblaient tellement avides de vie qu'elle avait le sentiment de se faire lentement aspirer son énergie.

Elle s'installa dans le pavillon et contempla le parc luxuriant de végétation. Peut-être le gymkhana organisé le week-end suivant serait-il une bonne chose, finalement. Si John se rendait compte du plaisir que ce lieu pouvait procurer aux autres sans pour autant en être affecté de quelque manière, peut-être verrait-il d'un autre œil ses idées d'expositions de vêtements et de visites du jardin ?

Non pas qu'elle ait osé lui parler de ses projets… Depuis la visite de Susie, il était de nouveau devenu distant, faisant fi de ses tentatives d'excuses, agissant la plupart du temps comme si elle n'était pas là. Même la mention du gymkhana n'était pas parvenue à capter son attention. Il s'était contenté de marmonner qu'étant donné qu'elle n'avait pas pris la peine de le consulter, il ne pouvait plus y faire grand-chose, et cela n'avait fait qu'attiser la tension entre eux.

Susie avait conclu son e-mail de remerciement par : *Dis-moi que tu n'as pas brûlé ces somptueux vêtements ! Je ne te le pardonnerais jamais !*

Delilah ignorait quoi faire. D'un côté, elle ne se voyait pas détruire ces sublimes choses, le seul lien tangible qu'il restait à John avec sa mère, non seulement à cause de leur valeur intrinsèque, mais également parce que, si John regrettait un jour sa décision, il n'y aurait pas de retour en arrière possible. Mais elle ne voulait pas non plus fomenter quoi que ce soit dans son dos. Ces vêtements appartenaient à John, et elle n'avait aucun droit d'aller contre ses désirs.

Elle mit son ordinateur en veille et alla rejoindre Erryl, qui réparait un bout de mur, pour lui demander où il allumait un feu, en général.

— Ça, c'est surtout en automne que je m'en occupe, avec toutes ces feuilles à brûler, répondit Erryl en s'étirant. En principe, on ne fait pas de feux l'été, sauf pour une fête. Il y a une époque où Mr Stirling en organisait une énorme pour son anniversaire. Là, on faisait un feu.

— Ah oui ?

Évidemment, songea-t-elle. *Son anniversaire a lieu en août. C'est l'époque idéale pour fêter ça dehors.*

— Oh que oui ! Les gens venaient planter leurs tentes dans le gros champ là-bas derrière, et on faisait un grand feu. Les festivités commençaient à l'intérieur et finissaient par un énorme barbecue, puis on prenait la direction du champ pour le feu de joie. Là, tout le monde dansait et chantait jusqu'au bout de la nuit…

— Mais c'est génial ! De quand ça date ?

— Du premier mariage de Mr Stirling, marmonna Erryl en lui jetant un petit regard gêné. Désolé, madame…

— Ne vous inquiétez pas ; ça m'intéresse, au contraire. Ces fêtes ont-elles pris fin au départ de Vanna ?

— Non, elles ont continué plusieurs années encore. Mais elles étaient de plus en plus réduites. Au final, Mr Stirling a décidé de tout arrêter.

Delilah réfléchit un instant.

— Mais… Janey m'a dit que ça ne faisait que quelques années que vous travailliez ici ?

— Hé, hé ! Janey n'est pas là depuis longtemps, en effet, répondit-il d'un air timide. Mais moi, j'ai passé vingt années seul dans notre pavillon, si vous voulez tout savoir.

— Mais alors…, souffla-t-elle, la voix soudain pleine d'espoir. Vous avez connu Alex ? Enfin, la mère de John, je veux dire.

— Non, je ne suis arrivé qu'après. Mais on sentait qu'elle n'était plus là, si vous voyez ce que je veux dire.

Il secoua la tête d'un air triste.

— C'était vraiment sinistre, je vous jure, même malgré les années passées. Monsieur buvait énormément – si je peux me permettre –, et je savais exactement pourquoi : il noyait son chagrin dans l'alcool, voilà tout. Ce n'était pas le premier que je voyais faire ça. Il y a ceux qui boivent parce qu'ils ne peuvent pas s'en empêcher, et ceux qui boivent pour oublier. Lui, il cherchait indubitablement à oublier.

— Donc, vous ne savez pas ce qui est arrivé à lady Northmoor ? Comment elle est morte ?

Erryl secoua de nouveau la tête.

— Non, mais ce que je sais, c'est que ça a dû être terrible, croyez-moi. Je n'ai jamais connu d'endroit ou d'homme aussi triste.

Erryl avait résolu la question des vêtements, du moins pour le moment. Elle ne pouvait pas les brûler jusqu'à l'automne. Elle avait conscience de ne pas vraiment désobéir à John, mais elle sentait qu'elle devait mettre la malle à l'abri. Mieux valait que son mari ne tombe pas dessus et pique une nouvelle crise. Mais où pouvait-elle bien la mettre ?

Réfléchis un peu, s'encouragea-t-elle. *Cette maison comporte plus de cent pièces ! Tu devrais bien trouver un endroit…*

Elle décida alors, cet après-midi-là, de partir à la découverte de parties de la maison qu'elle ne connaissait pas encore. Le rez-de-chaussée lui était dans l'ensemble assez familier : le grand vestibule, les salles de réception que seules les femmes de ménage touchaient, la bibliothèque et les salons.

Malgré la visite à laquelle elle avait eu droit à son arrivée, elle ne connaissait que très peu le reste de la demeure, en dehors des chambres principales et des greniers. À l'arrière de la bâtisse se trouvaient les chambres du personnel, de petites pièces blanches aux lits de fer et aux meubles passés, et, sur l'aile est, l'ancien étage de la nursery. Ses jambes lui firent prendre d'instinct cette direction, et elle se retrouva à pousser la vieille porte de chêne qui séparait les lieux de la partie de la maison réservée aux adultes, comme si les enfants étaient confinés dans un espace d'apprentissage en attendant le jour où ils pourraient franchir cette limite et entrer officiellement dans le monde civilisé.

L'aile de la nursery n'avait évidemment pas subi de changements depuis des années, et sa disposition rappelait la manière ancienne dont on élevait les enfants. Une grande chambre imposante probablement destinée à la nourrice affichait un papier peint fleuri et des photos de campagne et de nature. Deux chambres plus petites, nues en dehors d'affiches religieuses sur les murs, devaient avoir abrité les aides. Ensuite, elle découvrit une salle de bains et une petite cuisine dans laquelle on pouvait préparer les repas sans ennuyer le cuisinier, en bas, qui devait crouler sous le travail, à en juger par les fêtes somptueuses mentionnées dans les livres d'or. La cuisine en elle-même était un objet d'époque, avec ses vieux placards, son évier de fer et sa cuisinière au petit four surmonté de deux feux. Delilah dut résister à l'envie de fouiner dans les placards et poursuivit son chemin.

La pièce suivante était la nursery de nuit : un grand espace comportant deux lits, deux fauteuils placés face à la cheminée et une étagère proposant encore quelques livres pour enfants. Deux petites tables de nuit agrémentées de lampes, plusieurs coffres et une armoire complétaient le décor.

Delilah contempla la pièce, s'imaginant aussitôt John enfoui sous les couvertures sous l'œil attentif de sa nourrice reprisant des chaussettes au coin du feu. Voyait-elle juste ? S'était-il senti véritablement en sécurité, si loin de ses parents, sur cette petite île de solitude noyée dans l'immensité du domaine ? Et que devait ressentir Alex, séparée de son petit garçon par cette épaisse porte de chêne ?

Elle l'imagina passer la porte de la nursery, le visage barré d'un sourire à l'idée de retrouver John. « Bonjour, Nanny, dirait-elle. Mon petit est par ici ? » John viendrait alors se ruer dans ses bras. Cette partie de la maison était probablement la plus chaleureuse et la plus accueillante de toutes. Peut-être Alex avait-elle cherché à passer un maximum de temps ici, loin de l'austérité du reste, savourant chaque minute passée auprès de John ?

Mais elle l'avait abandonné... La douce image qu'elle s'était figurée s'estompa pour la replacer face à la sinistre réalité. La nursery reprendrait-elle un jour vie ? Son enfant viendrait-il jouer ici ou se nicher sous les couvertures, les rideaux fermés sur la nuit noire ? Cette idée lui procura une sensation étrange, presque douloureuse. Les lieux semblaient intensifier ce terrible sentiment de vide qui la rongeait, et elle tourna sur ses talons.

La porte suivante donnait sur la nursery de jour (la salle de jeux, dirait-on aujourd'hui). La pièce était grande et lumineuse, avec toute une rangée de fenêtres donnant sur le parc. Un énorme cheval à bascule trônait juste à côté, les pattes étirées comme au galop, mais sa crinière véritable plaquée contre son encolure.

De chaque côté de la cheminée, d'immenses étagères débordaient encore de livres usés en tous genres. Au fond de la pièce trônait une énorme armoire. S'imaginant que c'était là qu'on avait rangé les jouets, Delilah alla l'ouvrir. Elle s'était attendue à découvrir des montagnes de vieux jouets, mais, à son plus grand étonnement, l'armoire était vide, ses épaisses étagères, nues en dehors du papier dont on les avait protégées et de quelques cadavres d'insectes.

Où sont passés tous les jouets ?

Peut-être les avait-on remisés au grenier ? Mais dans ce cas, pourquoi n'avait-on touché ni aux livres ni au cheval à bascule ?

L'idée lui vint alors que cette armoire ferait la cachette idéale pour la fameuse malle de vêtements : elle devait entrer tout juste sur l'étagère du bas. *Pas « cachette »*, songea-t-elle, *« rangement »*, *plutôt*. Comme ça, John ne risquerait pas de tomber accidentellement dessus et de faire une nouvelle crise d'angoisse. Elle était ravie. Restait à trouver comment transporter le coffre jusqu'ici. De toute évidence, elle n'y arriverait jamais seule, et elle ne pouvait pas se tourner vers John. Cela la dérangeait de demander à Erryl d'agir contre les ordres de son maître.

Il ne restait plus qu'une personne.

— Besoin de mon aide ? Avec plaisir ! Qu'est-ce que je peux faire pour toi ? lança Ben avec un grand sourire tout en se lavant les mains dans le lavabo de la cuisine.

L'eau faisait des bulles sur ses grosses mains carrées.

— Merci mille fois, souffla Delilah, soulagée. C'est vraiment gentil de ta part. Je ne t'embête pas longtemps, c'est promis. J'ai juste besoin d'aide pour transporter une vieille malle d'une des chambres d'amis à la nursery. C'est plus simple que de la remonter au grenier, et je préfère libérer la chambre, au cas où.

— Ah bon ?

Ben paraissait surpris. Après tout, c'était loin d'être la seule chambre d'amis de la maison.

— Oui. Enfin…, j'envisageais de la redécorer, aussi. Alors, autant la libérer.

— D'accord ! lança-t-il dans un haussement d'épaules. Je te suis.

Ils gagnèrent la partie principale de la bâtisse, et elle le guida dans la chambre blanc et or où la malle avait été laissée après la visite de Susie.

— Tu as raison : elle aurait bien besoin d'être rafraîchie, commenta Ben en plissant le nez. Je suis sûr que tu ferais un travail super !

— Merci, dit-elle, gênée d'avoir menti.

Voilà qu'elle allait devoir se prendre au mot, histoire d'alléger sa conscience.

— La malle est déjà fermée. Nous n'avons plus qu'à l'apporter dans l'aile est.

— No problemo.

Ben attrapa les poignées de chaque côté et souleva la malle, les biceps gonflés par l'effort.

— Euh…, j'allais prendre un côté, tu sais ! lança Delilah en riant. Tu n'es pas obligé de la porter tout seul.

— Ça va, ne t'inquiète pas. Dis-moi juste où je dois la mettre.

Elle le guida le long du couloir principal de la maison. La grosseur de la malle ne facilitait pas l'avancée de Ben, mais son poids semblait en revanche ne lui poser aucun problème. Ils passèrent la porte en chêne qui donnait dans l'aile de la nursery.

— Je me souviens de cette partie de la maison, dit-il en la pénétrant. On m'envoyait y jouer avec mes sœurs quelquefois. Mais on ne peut pas dire qu'on était fans : il n'y avait aucun jouet.

— C'était cette pièce-là ?

Delilah ouvrit la porte de la nursery de jour, où le cheval était toujours figé en plein galop, ses dents de bois plantées dans son mors en laiton.

— Exactement… Je pose ça où ?

— Là, répondit Delilah en allant ouvrir la porte de l'armoire. Sous cette étagère.

Il posa la malle avec un soulagement évident et la poussa au fond de l'armoire. Mais le coffre ressortait, si bien qu'on ne pouvait plus fermer la porte.

— Oh ! ça n'entre pas, soupira Delilah, déçue.

Elle pensait vraiment avoir trouvé l'emplacement idéal.

— Attends, j'ai l'impression qu'il y a quelque chose qui coince, au fond...

Ben ressortit la malle, se mit à genoux et scruta le fond de l'armoire.

— J'avais raison : il y a bien quelque chose.

Il tendit un long bras et en sortit un objet. Delilah aperçut un éclair rose, crème et or.

— Qu'est-ce que c'est ? s'enquit-elle.

— Une poupée, répondit-il en la dressant devant elle. Une Barbie, si je ne me trompe pas.

— Une Barbie ? Hmmm... Je dirais plutôt une Sindy. Elle a un visage plus rond et un style plus rétro.

— Alors là, je te fais confiance, commenta Ben, perplexe. Tu t'y connais sûrement mieux que moi !

Elle la lui prit des mains pour mieux l'examiner. Il s'agissait d'une de ces poupées classiques en plastique chair, avec une masse de cheveux en nylon doré maculée de poussière, des yeux ronds peints et des petites joues roses virant désormais au gris, et des membres qui bougeaient seulement au niveau des épaules et des hanches. Celle-ci était censée être une ballerine : elle portait un justaucorps rose vif et un tutu recouvert de poussière, et ses pieds affichaient de petits chaussons de danse qu'on ne pouvait retirer.

— Je me demande bien ce qu'elle faisait là, s'étonna Delilah. On l'aurait offerte à John ?!

— J'en doute. À mon avis, il était plutôt motos et Meccano. Je ne pense pas qu'il ait été du genre à réclamer des poupées.

— Je suis assez d'accord…, murmura Delilah en retournant la poupée. Mais elle est trop neuve pour avoir appartenu à la génération précédente, non ? Enfin, *relativement* neuve. Quand les Barbie ont-elles débarqué ? Enfin, les Sindy.

— Aucune idée. Les années cinquante ? Soixante ?

— Elle appartient peut-être à l'une de tes sœurs ! s'exclama-t-elle soudain. Tu me disais justement que vous jouiez parfois ici…

Ben hocha la tête, pensif.

— C'est possible, oui. Cela dit, je ne me souviens pas qu'elles aient jamais eu une poupée pareille. Mes parents étaient franchement vieux jeu, et les filles avaient plutôt droit à des poupées de chiffon avec leurs maisons artisanales, si tu vois le genre. Ils n'étaient pas très plastique. Mais ça a pu éventuellement être un cadeau.

— En effet, ça expliquerait tout.

— Je leur poserai la question, si tu veux. On s'appelle de temps en temps, mais on ne se voit pas beaucoup : elles sont trop occupées, à la capitale…

— Ce serait super, merci, dit-elle en levant les yeux de la poupée. On regarde si la malle entre ?

Ben la replaça dans l'armoire, où elle vint parfaitement s'emboîter.

— Merci beaucoup pour ton aide ! lança-t-elle, ravie. Je n'y serais jamais arrivée sans toi !

Elle baissa les yeux vers lui et lut de la tendresse dans son regard.

— Je t'en prie, murmura-t-il.

Elle lui rendit son sourire. Elle se sentait si bien en sa compagnie.

— On redescend ?

— Oui, j'ai encore du travail, dit-il en se relevant.

Ils regagnèrent la partie principale de la maison, Delilah serrant toujours la poupée dans son poing. Elle la mettrait d'abord à l'abri, puis ferait quelques recherches.

19

1965

Sandy et ses amis restèrent presque une semaine au fort. La veille au soir de leur départ, on donna une nouvelle fête. En vérité, au grand épuisement d'Alexandra, leur séjour semblait avoir été une succession de petites fêtes. Le rythme tranquille de sa vie avec Nicky avait été totalement chamboulé. Ils se couchaient au petit matin et se réveillaient après le déjeuner en réclamant du café bien fort pour soulager leur gueule de bois. En fin d'après-midi, le petit groupe avait suffisamment récupéré pour remettre ça, se lançant parfois dans la visite des caves afin de sélectionner les vins pour la soirée à venir. Patsy entreprenait alors une tournée de cocktails, et quelqu'un d'autre allumait le gramophone ou la radio sur la première station étrangère qu'il trouvait, en quête de musique digne de ce nom. Démarrait alors une longue soirée enfumée et endiablée qui s'étirait jusque bien tard. Alexandra s'était toutefois rendu compte que ce rythme infernal la tenait à distance des sombres pensées qui tournoyaient dans son esprit et de cette douleur qu'elle s'efforçait d'ignorer. Le manque de sommeil et les innombrables verres de vin suivis de la chaleur et du confort des bras de Nicky l'aidaient à se déconnecter des voix qui la menaçaient de lui faire perdre la tête. Mrs Spencer, qui jusqu'ici ne lui avait jamais montré le moindre intérêt et la traitait avec la plus froide des politesses, la prit un jour à part.

— Miss Crewe, pourriez-vous dire à monsieur que toutes ces soirées ne sont tout simplement plus possibles ? Sans horaire précis de dîner, le personnel ne sait plus quoi faire, et les amis de monsieur ont de nouvelles exigences toutes les heures ! Hier soir, l'un de ces jeunes hommes est allé réveiller Tilly pour lui réclamer un sandwich... Il était plus de minuit ! Ce n'est plus possible, miss.

— Bien sûr, Mrs Spencer. Je ne manquerai pas de le lui signaler, répondit-elle avant d'aller relayer l'information à un Nicky penaud.

— Les gars ne comprennent pas, dit-il. Ils se croient dans un hôtel... Mais je vais leur expliquer. Ils partent demain, de toute façon. Ce sera notre dernière soirée ; ensuite, nous pourrons tous nous reposer.

Même si elle avait apprécié l'énergie que la présence de leurs amis avait insufflée dans la maison, Alexandra avait hâte de retrouver la petite routine que Nicky et elle avaient instaurée. Peut-être même pourrait-elle lui confier ce qui la rongeait tant... Elle était certaine qu'il n'en avait aucune idée. Elle était parvenue à lui faire croire que la révélation du suicide de sa mère avait été consignée au fin fond de sa mémoire, comme elle avait réussi à prétendre que le rejet de son père ne lui faisait rien. Elle espérait qu'à force de sauver les apparences, les choses deviennent beaucoup plus simples à endurer. Cette dernière fête suivit le schéma habituel, sauf que Nicky décréta qu'on serve le dîner dans la grande salle à manger et qu'on sorte l'argenterie pour montrer à ses amis qu'on ne plaisantait pas, au fort, quand il y avait quelque chose à célébrer. La table scintillait sous la lumière des candélabres d'argent, et les verres en cristal étaient remplis des meilleurs vins de la cave.

— Tu as sorti le grand jeu, mon frère ! déclara Sandy en buvant une gorgée de son bordeaux. On peut dire qu'on a été traités comme des coqs en pâte, ici, pas vrai, les gars ?

Sous l'approbation générale, Alexandra nota que Patsy s'était installée à côté de Nicky et le contemplait en faisant battre ses cils trop maquillés. Elle se savait toutefois hors de danger. Toute la semaine, Patsy avait été égale à elle-même, mais elle semblait respecter le fait qu'Alexandra soit avec Nicky, désormais. Peut-être souhaitait-elle tenter sa chance avec le propriétaire de Fort Stirling le dernier soir, mais Alexandra n'avait pas peur, même si elle n'appréciait pas vraiment le style de Patsy. Elle savait que Nicky l'aimait.

Comme c'est étrange, songea-t-elle. *Me voici entourée de tous ces gens anticonformistes ; ces femmes qui boivent et ces hommes qui aiment le rock'n'roll… Pourtant, c'est bien moi la plus anticonformiste de tous… Je suis la femme déchue, celle qui, même pas divorcée, vit déjà avec un autre homme.*

Ils terminèrent de dîner, puis passèrent à la bibliothèque, où le gramophone crachait déjà les hits américains que les filles adoraient (Ray Charles, Roy Orbison et les autres) tandis que les garçons discutaient blues.

Alexandra observait d'un air détaché la scène qui se déroulait sous ses yeux. Une fille complètement ivre lui parlait de quelque chose d'incompréhensible ; sur le canapé, un couple s'embrassait langoureusement ; quant à Nicky, il prenait des photos de l'assemblée en s'efforçant de capter les gens sous la meilleure lumière.

— Monsieur le vicomte ?

Pâle et visiblement mal à l'aise, Thomas venait d'entrer dans la salle.

— Oui ? lança Nicky, qui tentait de retirer l'abat-jour de verre d'une des lampes d'appoint.

— Il y a quelqu'un qui insiste pour vous voir. Je l'ai fait attendre dans le petit salon.

— De qui s'agit-il ? s'étonna Nicky.

— Il a refusé de me le dire.

— Eh bien, souhaitez-lui bon vent ! Nous sommes occupés.

La voix de Nicky était déjà empâtée par le whisky Tennessee que Patsy utilisait pour faire ses Manhattan. Thomas le salua et tourna les talons, mais il réapparut quelques instants plus tard.

— Je crains qu'il ne refuse de partir, monsieur. Il tient vraiment à vous voir.

Alexandra se leva. De tous, c'était celle qui avait le moins bu, n'ayant que peu d'attrait pour le whisky et ne pouvant supporter qu'un verre ou deux de vin en mangeant.

— Je m'en occupe, Nicky, déclara-t-elle en suivant Thomas.

— Je vous assure qu'il a insisté, tenta de se justifier le jeune homme. Je ne peux pas le mettre à la porte ; c'est…, c'est un gentleman.

— Ne vous inquiétez pas, Thomas. Je peux très bien m'en occuper.

Thomas la guida jusqu'à la porte du salon, qu'il ouvrit. Alexandra entra avant de lâcher un hoquet de terreur. Laurence se tenait devant la cheminée, les mains dans les poches tandis qu'il examinait le paysage peint à l'huile accroché au manteau. Quand il se tourna, son expression hostile se fit encore plus haineuse.

— C'est donc vrai, cracha-t-il, le regard de glace. Tu es ici. Ton père m'a écrit pour me signifier où je pouvais te trouver… Ton amant est-il donc lâche au point de t'envoyer me défier à sa place ? Rassemble tes affaires, tu pars avec moi. Tu t'es suffisamment amusée comme ça ; je ne peux pas trouver éternellement des excuses à ton absence. Et je refuse que tu me déshonores, tu entends ? Nous allons mettre fin à tout cela immédiatement.

— Thomas, pouvez-vous aller chercher lord Northmoor, s'il vous plaît ? demanda Alexandra d'une voix faible. Dites-lui que c'est urgent.

— Oui, mademoiselle.

Le garçon fit volte-face et disparut en courant.

— Tu t'es fait plaisir, on dirait ! siffla Laurence, dont la voix trahissait l'angoisse malgré l'amusement sardonique qu'on lisait dans son regard. Sacrée baraque, en effet… Pas étonnant que tu aies voulu fuir… Notre appartement doit être aussi grand que le cellier ! J'imagine que tu dois bien regretter de m'avoir épousé, sachant que tu aurais pu avoir tout cela de manière respectable, et non comme sa vulgaire maîtresse.

— Laurence, lâcha-t-elle tristement. Tu n'aurais jamais dû venir…

— Ça, je me doute que tu aurais préféré que je te laisse en paix. Mais tu es ma femme, bon sang ! Prends ton manteau immédiatement. Tu rentres avec moi. Tu ne sembles pas comprendre que tu m'appartiens autant légalement que moralement.

— C'est faux, murmura-t-elle. Je ne t'appartiendrai jamais.

— Eh bien, la loi dit autrement. Je suis venu te chercher, et je ne repartirai pas sans toi. Ton père m'a donné son accord. Si tu veux un jour te réconcilier avec lui, tu n'as pas d'autre choix.

Elle le dévisagea avec horreur, consternée. L'idée qu'elle puisse repartir avec lui était tout bonnement inenvisageable. Quitter tout ce qui la rendait heureuse pour mener une existence morne et stérile dans laquelle elle suffoquerait ? Plutôt mourir.

— Non, lâcha-t-elle d'une voix étranglée. Jamais.

Il fit un pas menaçant vers elle.

— N'as-tu donc pas entendu ce que j'ai dit ? Tu es encore ma femme et tu te dois de m'obéir. Tu m'appartiens.

La peur et le désespoir semblaient avoir pris possession de ses facultés, et elle sentit son visage se tordre sous la voix stridente qui s'échappa de sa bouche.

— Non ! C'est terminé, tu ne comprends pas ?!
J'ignore quel mensonge tu as bien pu colporter,
mais il va falloir que tu rentres leur dire la vérité :
je suis partie et je ne reviendrai jamais. Même si
Nicky ne voulait plus de moi, tu serais la dernière
personne vers qui je me tournerais, parce que je
préférerais vivre sous les ponts qu'être ta femme !

Tandis qu'elle le dévisageait, pantelante, l'expression de Laurence se fit désespérée. Il avança
vers elle en l'implorant du regard.

— Je t'en supplie, Alexandra. Tu ne comprends
pas ce que tout cela implique. J'ai besoin de toi. Il
faut que tu reviennes avec moi…

Elle sentit au même instant Nicky dans son dos.

— Sors de chez moi, Sykes, cracha-t-il, les traits
durs et les poings serrés.

Le visage de Laurence se fit encore plus livide,
et Alexandra vit ses membres se mettre à trembler.
Il avait peur. La vague de pitié qui la balaya la
surprit.

— Je ne sais pas comment tu peux me regarder
dans les yeux ! lança-t-il en dressant les épaules. Tu
seras puni pour avoir volé la femme d'un autre.
J'espérais pouvoir nous épargner un scandale,
mais de toute évidence, tu es bien au-dessus de
tout cela…

— C'est *toi* qui as frappé ta femme, répliqua
Nicky. Tu n'as plus aucun droit sur elle. Et nous
sommes heureux.

— Pour l'instant, lâcha Laurence d'un ton railleur
avant de se tourner vers Alexandra. Et quand il se

sera lassé de toi, tu ne seras plus bonne à rien ni personne. Que feras-tu alors ?

— Sors d'ici ! tonna Nicky.

Sandy apparut derrière eux.

— Il y a un problème, Nicky ? lança-t-il d'une voix avinée.

— Non, répondit Nicky sans quitter Laurence des yeux. Sykes s'apprêtait à partir. N'est-ce pas ?

— Je m'en vais, déclara Laurence avec raideur. Je vois bien que c'était une erreur de venir.

— Qu'est-ce que c'est que ce pauvre type ?

— Un individu sans importance, cracha Nicky.

Alexandra posa alors une main sur son bras.

— Je t'en prie, murmura-t-elle.

Ils avaient gagné : Laurence s'en allait. L'humilier ne servirait à rien.

Quand Laurence voulut quitter la pièce, les autres hommes ne bougèrent pas d'un pouce, lui faisant barrage, si bien qu'il dut les pousser pour passer. Debout devant la porte de la maison ouverte sur les ténèbres, Thomas observait la scène, les yeux écarquillés. Quand Laurence passa devant Alexandra, il s'arrêta, planta ses yeux dans les siens et souffla :

— Tu ne sais pas ce que tu as fait.

Puis il quitta les lieux, le menton dressé, comme s'il se tenait en plein milieu de son régiment.

— Il pose problème, peut-être ? demanda Sandy en se tournant vers Nicky.

— Il est venu nous menacer de gâcher nos vies, répondit Nicky.

— Alors, ça, c'est inacceptable ! Faire ça à mon Nick, le meilleur des hommes ! Et à Alexandra, joyau parmi les femmes ! fulmina Sandy en titubant légèrement, les joues rouges d'indignation. Et si nous allions lui donner une correction, histoire qu'il s'en souvienne ?

— Nicky, non ! supplia Alexandra. Laissez-le !

Mais c'était déjà trop tard. Sandy avait repéré un carton plein de bouteilles vides ramassées dans la bibliothèque et stockées dans le couloir pour être apportées au garage. Il alla s'emparer de deux bouteilles de vin et prit la direction de la porte d'entrée. Alexandra se précipita derrière lui et vit que Laurence était en train de monter à bord de la petite Triumph Herald avec laquelle il l'avait emmenée en lune de miel.

— Bon débarras ! hurla Sandy avant qu'elle ne puisse le rattraper.

Il lança une des bouteilles vers la voiture. L'objet virevolta dans les airs, la lumière du vestibule venant s'y refléter, et fit un ricochet sur le toit de la voiture avant d'aller s'écraser dans les graviers. Laurence fit volte-face, de toute évidence effaré.

— Non ! cria Alexandra.

Elle dressa la main pour empêcher Sandy de jeter l'autre bouteille, mais c'était trop tard. Elle vola dans les airs avant d'aller heurter la tempe de Laurence, qui chancela en lâchant un grognement sourd. Il porta la main à sa joue, où une grosse marque rouge était déjà en train de se former.

— Laurence ! s'écria-t-elle en dévalant les marches du perron. Ça va ?

Pantois, il fixait la bouteille qui roulait au sol, toujours intacte, tout en se frottant le visage. Quand elle s'approcha, il leva un regard interdit vers elle.

— Éloigne-toi de moi, cracha-t-il. Tu m'as suffisamment porté malheur comme ça. J'espère que tu es heureuse de m'avoir détruit.

Elle se figea, submergée soudain par une immense tristesse à l'idée de ce qui leur était arrivé.

— Je suis sincèrement désolée, Laurence, souffla-t-elle.

— Pas autant que moi, marmonna-t-il. Si tu peux rappeler tes chiens de garde, j'aimerais partir.

Mais le petit groupe de fêtards les avait rejoints, décidé à s'amuser jusqu'au bout. Dans un chœur de cris et de rires, ils se mirent à jeter d'autres bouteilles du haut des marches, visiblement pas dans l'intention de toucher Laurence ou sa voiture, mais aussi simplement pour le plaisir de les voir exploser dans les graviers. Elle entendait Nicky tenter de les en empêcher, leur expliquant que ce serait difficile de retirer tous les éclats, mais personne ne l'écoutait. Laurence se refrotta la joue, puis grimpa dans sa voiture. Quelques secondes plus tard, l'Herald gagnait l'allée principale, slalomant entre les bris de verre qui jonchaient déjà les graviers. Alexandra sursauta quand une bouteille vint s'écraser tout près d'elle. Elle fit volte-face et se rua vers la maison en se protégeant d'un bras. Nicky hurla aussitôt aux autres d'arrêter avant de leur arracher les projectiles des mains, furieux. Ils capitulèrent et retournèrent à l'intérieur en riant. Quand Alexandra gagna le haut des marches, Nicky l'attendait les bras grands ouverts.

— Ne t'inquiète pas, ma chérie, nous ne le reverrons plus, la rassura-t-il en l'étreignant.

Alexandra se pelotonna dans la douce sécurité de ses bras, regrettant toutefois que les choses se soient terminées aussi vilement avec Laurence. Le coup qu'il avait reçu ne l'emplissait d'aucun sentiment de justice, seulement d'une atroce vague de honte.

Deux jours plus tard, ils prenaient le petit déjeuner dans la salle à manger ronde quand Thomas apparut pour venir chuchoter quelque chose à l'oreille de Nicky, lequel se leva aussitôt et posa sa serviette sur sa chaise.

— Tu veux bien m'excuser une minute, ma chérie ?

Alexandra leva brièvement les yeux du livre qu'elle étudiait tout en grignotant sa tartine. La maison lui paraissait si tranquille et si civilisée, maintenant que Sandy et ses amis avaient disparu, et elle appréciait chacune de ces précieuses minutes. La musique et la boisson n'avaient pas suffi à soigner sa peine, et elle espérait désormais que le calme y remédierait. Elle ne pouvait toutefois se départir du sentiment que d'autres problèmes menaçaient.

Après ce qui s'était passé avec Laurence, elle s'attendait à tout moment à recevoir des documents lui annonçant son intention de divorcer. Elle imaginait déjà le scandale que cela causerait. L'implication de Nicky attirerait sûrement la presse, et elle se doutait de la façon dont son père réagirait. Difficile de croire qu'il lui pardonnerait un jour d'avoir traîné ainsi leur nom dans la boue... Mais avait-elle eu le choix ? Elle avait espéré plus que tout se libérer de son mariage, et elle était convaincue que c'était également le cas de Laurence. Cela l'avait emplie de tristesse de le voir la supplier de revenir auprès de lui quand il savait aussi bien qu'elle que seule une vie terriblement morne les attendait.

Quand Nicky revint, elle perçut aussitôt un changement dans l'atmosphère.

— Est-ce que tout va bien, chéri ?

Il s'assit sur la chaise juste à côté d'elle, plutôt que de reprendre sa place habituelle, et posa une main sur la sienne, son regard gris soudain sérieux.

— Qu'est-ce qui se passe ? souffla-t-elle avec un petit rire nerveux. Tu m'inquiètes.

— J'ai de bien tristes nouvelles, ma chérie.

Elle se raidit aussitôt.

— C'est mon père, n'est-ce pas ? Oh non, c'est impossible ! Il lui est arrivé quelque chose !

Elle pressa les paupières et serra les poings à s'enfoncer les ongles dans les paumes. L'idée qu'elle puisse le perdre sans qu'ils se soient au préalable réconciliés lui était intolérable.

— Non, rien à voir, la rassura Nicky. Ton père va très bien, de ce que j'en sais.

Il se mordit alors la lèvre.

— Mais tu as raison, il est arrivé quelque chose… à Laurence. Je crains qu'il ait eu un accident en repartant pour Londres. Il aurait viré brutalement… Il s'était sûrement perdu, dans le noir. Il… La voiture…

— Est-ce qu'il va bien ? hoqueta-t-elle.

Elle le voyait encore grimper maladroitement dans sa voiture, sous le choc du coup, et quitter le domaine sous les missiles. Nicky pressa sa main plus fort.

— Alex, il a quitté Dursford Bridge pour chuter dans le réservoir. Ils n'ont retrouvé le véhicule qu'hier. Malheureusement, Laurence était encore dedans.

Elle suffoqua, dévastée. Tout semblait s'assombrir autour d'elle. Nicky parlait soudain très vite. Il disait que les gens s'étaient beaucoup plaints du pont ces dernières années, que quelqu'un ne connaissant pas les lieux pouvait trop facilement se faire surprendre par le virage serré qui le précédait, que les rails avaient été retirés afin d'être réparés, mais Alexandra distinguait à peine ses paroles. Elle ne voyait que la petite voiture quitter le fort en slalomant. Laurence avait été touché à la tête par une bouteille. Il était étourdi. Peut-être même était-il à peine conscient. Il n'aurait jamais dû prendre le volant dans cet état.

Elle se tourna alors vers Nicky, une expression horrifiée au visage.

— C'est notre faute, murmura-t-elle.

Malgré son apparence atone, à l'intérieur, elle vivait un véritable déferlement d'émotions.

— Non ! riposta Nicky, surpris. Qu'est-ce que tu racontes ? C'est un affreux accident, voilà tout. Nous n'avons rien à voir avec cette histoire.

— Il a été touché à la tête. Sandy l'a frappé avec cette bouteille. Il était à deux doigts de perdre connaissance.

— Il allait très bien, répliqua Nicky. Il avait à peine une égratignure… Sandy n'avait certes pas à faire ça, mais il cherchait seulement à s'amuser.

Alexandra se garda de tout commentaire. Elle ne voyait pas ce qu'il y avait d'amusant à bombarder de verre un homme. La culpabilité jouait des coudes avec sa confusion. *Pauvre Laurence*, songea-t-elle, l'imaginant pris au piège de sa voiture tandis que l'eau glaciale envahissait l'habitacle, l'engloutissant dans ses ténèbres. Elle le vit lutter avec sa portière qui, elle ignorait pourquoi, coinçait de temps à autre. Elle se souvenait que Laurence avait une astuce pour l'ouvrir. Peut-être avait-il oublié cette astuce sous la panique, ou n'avait pu pousser la porte sous la pression de l'eau. Il l'avait alors sentie sur son torse, son cou, puis sur sa bouche et son nez jusqu'à ce que… Elle suffoqua de nouveau en lâchant un petit cri qui témoignait à peine de l'horreur dont elle était spectatrice dans sa tête.

Nicky se pencha doucement vers elle.

— Je sais que c'est terrible, ma chérie, et j'aurais évidemment préféré que les choses ne se terminent pas ainsi, murmura-t-il. Mais ce n'est en aucun cas notre faute. Tu le sais, n'est-ce pas ?

Elle détourna les yeux, incapable de lui confirmer ce qu'il avait envie d'entendre.

L'enquête conclut à une mort accidentelle due à une conduite imprudente. La blessure sur la joue de la victime fut relevée, mais on supposa qu'elle avait été causée par l'accident en lui-même. On nota également que Laurence Sykes s'était trouvé aux alentours du réservoir suite à une visite à Fort Stirling, mais seul Thomas fut appelé pour témoigner, et il déclara que la victime n'avait rien bu et n'était restée qu'un temps très court sur les lieux. Il n'y eut pas d'autres questions, et Thomas ne révéla rien d'autre. Le coroner sembla satisfait du verdict et classa le dossier.

Cela n'empêchait toutefois pas les gens de parler. Alexandra savait que Thomas avait assisté au départ mouvementé de Laurence, et l'idée de ce que les gens pouvaient penser d'elle la rendait malade. Elle craignait que tout le monde partage son propre point de vue, à savoir que l'accident était sans nul doute dû à ce que Laurence Sykes avait subi des mains de sa vicieuse de femme et de l'homme qui l'avait honteusement fait cocu. La lettre du notaire ne tarda pas à arriver, d'abord envoyée à l'adresse de son père, qui la lui fit suivre d'une écriture noire et brusque. Le document l'informait qu'en sa qualité d'épouse, elle héritait de tous les biens de Laurence ainsi que de l'argent dont il disposait au moment de sa mort. Étant donné les circonstances de son décès, l'armée regrettait toutefois qu'elle ne soit pas éligible à une pension de réversion. On l'informait que les funérailles auraient lieu la semaine suivante. Le lieu et l'heure étaient précisés.

— Dois-je y aller ? demanda-t-elle à Nicky en lui tendant la lettre.

— Bien sûr que non ; ce serait très mal vu, si tu veux mon avis. Contente-toi d'envoyer des fleurs.

— Tu as raison. Je rendrai également l'argent à sa famille ainsi que tous ses biens. Je ne peux tout de même pas les garder…

Ils échangèrent un regard. Alexandra ne savait que penser. Quelques jours plus tôt encore, elle avait haï Laurence du plus profond de son être et avait espéré ne plus jamais le revoir. Elle ne pouvait décemment pas s'affliger de sa mort…, mais la culpabilité demeurait.

Je le détestais peut-être, mais je n'ai jamais souhaité sa mort. Je ne voulais pas qu'il meure.

Nicky porta sa main à ses lèvres et y déposa un doux baiser.

— Tu réalises ce que ça signifie ? Tu es libre, désormais. Nous pouvons être enfin heureux ensemble sans rien devoir à personne.

Elle lui adressa un regard horrifié et souffla :

— Crois-tu qu'il y ait quelque chose qui ne va pas, chez moi ?

— Bien sûr que non ! répliqua-t-il, surpris. Qu'est-ce que tu veux dire ?

— Ma mère… et maintenant, Laurence… J'ai l'impression de porter malheur à ceux qui m'entourent…

— C'est ridicule, ma chérie. Je n'ai jamais rien entendu de plus idiot de ma vie !

Il l'attira contre lui et l'embrassa.

— J'ai plutôt l'impression que tu portes bonheur, en tout cas à moi. Le plus merveilleux des bonheurs…

Il la serra un long moment, la laissant s'enivrer du doux réconfort de ses bras. S'il l'aimait, elle pouvait tout affronter. Nicky était la plus belle chose qui soit arrivée dans sa vie, et leur amour était son salut.

— Alex, déclara-t-il soudain, partons d'ici. L'atmosphère est devenue bien trop lourde, et nous sommes trop proches de ton père et de toutes ces langues de vipère. Ce qui est arrivé à Laurence m'a fait réaliser que nous devions profiter de chaque instant. Nous pourrions voyager, en Afrique ou en Inde. J'aimerais prendre mon appareil photo et voir un peu de chaleur, de poussière, de réalité. J'aimerais découvrir ce pour quoi nous sommes ici. Pas toi ?

Elle y réfléchit un instant. Plus elle y pensait, plus l'idée paraissait tentante.

— Oui, répondit-elle enfin, pleine d'enthousiasme.

Comme lui, elle voulait échapper à tout cela. Elle serait heureuse, où qu'elle se trouve, tant que Nicky serait à ses côtés. Ils pouvaient quitter le malheur et le désespoir de cet endroit pour trouver un lieu libre de toute souillure. Tout recommencer à zéro.

— Oui, c'est une merveilleuse idée.

— À notre retour, quand toute cette sordide histoire sera oubliée, poursuivit-il en lui prenant les mains, nous nous marierons et nous serons heureux à tout jamais, d'accord ?

— Oui, répondit-elle avec ferveur, sans lui confier sa peur du prix à payer pour un bonheur ainsi acquis.

DEUXIÈME
PARTIE

20

1967

— Oh ! madame, quelle joie de vous revoir !

Cet accueil si différent de celui qu'elle avait reçu lors de son arrivée au fort, plus d'un an auparavant, lui arracha un petit sourire amusé. Elle en était toutefois heureuse ; elle était enfin digne de respect.

— Bonjour, Mrs Spencer, dit-elle en souriant au petit attroupement devant la maison.

Les domestiques souriaient d'un air béat, heureux de tirer un trait sur le passé et d'accueillir toute cette vie.

Piquée par la curiosité, la gouvernante se rua vers elle.

— Puis-je voir ce petit ange ?

Alexandra baissa le petit paquet qu'elle portait sur son épaule et déplia soigneusement la couverture de laine pour révéler la petite bouille qu'elle dissimulait. Ses paupières étaient pressées, ses lèvres, entrouvertes, et ses joues rondes, rougies par le sommeil. C'était le plus beau bébé qu'elle ait jamais vu, et il était clair que Mrs Spencer partageait son avis.

— Alors, que dites-vous de mon fils ? lança Nicky en apparaissant derrière Alexandra. Une merveille, n'est-ce pas ?

Le regard solennel de Mrs Spencer était empli de joie.

— Monsieur le vicomte, c'est le plus sublime des bébés. Vous devez être si fier…

— Oh que oui ! dit-il en retirant ses lunettes de soleil. Je vous présente John Valentine Stirling, mon fils et héritier.

Il contempla son bébé avec un sourire fier avant de passer le bras sur les épaules d'Alexandra.

— Vous avez vu comme j'ai grandi d'un coup, Mrs Spencer ? Me voilà mari et père, désormais !

— En effet, monsieur le vicomte. Nous avons entendu parler de votre mariage… Quel dommage que vous ayez décidé de faire cela à l'étranger ! Nous aurions adoré organiser une réception ici. Cela fait des années que nous n'avons pas célébré de noces dignes de ce nom, au fort !

— Nous tâcherons d'organiser quelque chose, la rassura Nicky. Nous pouvons tout à fait fêter le mariage, l'arrivée de John et notre retour !

— Et si nous rentrions, chéri ? intervint Alexandra, anxieuse. Je n'ai pas envie que le petit attrape froid.

Ils s'étaient tant habitués aux climats chauds, ces derniers mois, que l'Angleterre leur paraissait terriblement glaciale, même si nous étions en été. Ils s'étaient décidés à quitter le pays le plus tôt possible, bien que cela ait demandé quelques mois, Alexandra ayant besoin d'un passeport, et le départ n'avait pas eu lieu avant le printemps. Sur le pont du bateau qui les avait d'abord emmenés en France, Alexandra avait regardé les côtes de son pays disparaître tout en sentant le poids de la tristesse s'estomper. Ailleurs, elle pourrait oublier ce qui s'était passé et ne penser qu'au moment présent. Sa vie ne tournait qu'autour de Nicky et elle, et des nouveautés qui s'offraient à eux. Elle se sentait libérée de son passé, dont les quelques bribes qui lui restaient lui faisaient l'effet d'une existence seulement vécue en rêve. Le sentiment libérateur qu'elle éprouvait était grisant. Sur le bateau, Nicky avait glissé un anneau d'or à son doigt.

— Les choses seront beaucoup plus simples, si les gens pensent que nous sommes déjà mariés, avait-il expliqué.

Elle avait contemplé la bague, émerveillée. Ce n'était même pas une véritable alliance, mais elle représentait tellement plus que celle que Laurence lui avait offerte...

Ils gagnèrent l'Inde tranquillement, s'arrêtant dès que l'envie les prenait ou faisant parfois des détours soudains. L'argent de Nicky leur permettait d'agir comme bon leur semblait. Quand ils franchirent les frontières de l'Europe, Alexandra découvrit de nouveaux décors : des déserts et des mosquées, des dromadaires et des singes, de longs trains scabreux qui parcouraient d'incroyables distances, les passagers trouvant de la place là où il y en avait : sur les toits ou entre les voitures. Elle apprit à vivre avec la chaleur et la poussière, à marchander du thé et des fruits et à porter un turban quand cela était nécessaire. Mais elle aimait par-dessus tout passer chacune de ces minutes auprès de Nicky, tous les deux unis contre le monde entier. Les gens acceptaient sans se poser de questions le fait qu'elle soit sa femme, et elle pouvait enfin être avec lui sans se sentir coupable ou indécente.

Quand ils arrivèrent enfin en Inde, ils poursuivirent leur aventure de la même manière, voyageant à bord de camionnettes délabrées ou de trains bondés. Ils chevauchèrent même des éléphants en partant explorer de vieilles villes ou s'enivrer du paysage sableux s'étirant à l'infini. Tout portait le charme de l'inconnu : les couleurs, les odeurs, la nourriture, et cette chaleur accablante.

Ce fut dans les collines surplombant Darjeeling qu'ils comprirent qu'Alexandra attendait un enfant. Après l'euphorie provoquée par la nouvelle, ils se demandèrent quoi faire et décidèrent finalement de poursuivre leur voyage. Là où ils se trouvaient, ils étaient libres des regards inquisiteurs ; Alexandra pourrait s'arrondir en toute quiétude, et ils pourraient faire les choses à leur rythme. Ni l'un ni l'autre ne songea aux complications éventuelles de la grossesse, persuadés qu'ils étaient, dans toute leur candeur, que le bébé arriverait en bonne santé en temps et en heure, et qu'ils disposaient donc encore de six mois pour faire ce qui leur chantait.

Le ventre d'Alexandra grossissait tranquillement, leurs deux uniques sources d'angoisse ayant été une intoxication alimentaire et une vilaine grippe. Mais le bébé s'était vivement manifesté après chacun de ces épisodes, et Alexandra rayonnait, heureuse comme elle ne l'avait jamais encore été. L'idée que son corps puisse développer un petit être humain sans qu'elle n'ait rien à faire la stupéfiait. Une toute petite voix lui disait que ce qui l'attendait devrait l'effrayer, mais il n'en était rien. L'enfant de Nicky prenait forme en elle, et elle avait l'impression d'être une sainte. Un jour, alors qu'ils visitaient un temple, toutes les femmes étaient venues lui toucher le ventre en murmurant ce qu'elle avait deviné être des bénédictions. Elle avait eu le sentiment, ainsi louée, d'être la déesse des lieux.

La question du mariage demeurait toutefois un souci. Malgré le peu de cas que Nicky faisait des conventions, l'idée de devenir père sans être marié ne lui plaisait pas plus que cela. Il devait penser à l'avenir de Fort Stirling, et cela n'apporterait rien de bon d'avoir un enfant en dehors du mariage, en particulier s'il s'agissait d'un fils, qui ne pourrait donc pas hériter. Même en Inde, ils ne pouvaient totalement échapper au fort. Ils parlaient mariage de temps à autre, décidés à régler ce détail avant l'arrivée du bébé, mais ne faisant que chaque fois repousser un peu plus l'échéance.

Quand ils arrivèrent sur les plages cristallines de Goa, dont le doux son des vagues venait bercer les rangées de palmiers et les huttes, Alexandra devina de son ventre tendu qu'ils ne pourraient plus repousser bien longtemps.

Nicky était assis en tailleur devant l'entrée de leur hutte, une cigarette à la main. Il s'était très vite débarrassé de ses vêtements occidentaux, après leur arrivée, et il portait un large pantalon blanc de coton et un gilet brodé sur son torse désormais marron. Il observait le roulement des vagues sur la plage tout en crachant de petits nuages d'une douce fumée odorante. Il achetait son tabac au vendeur ambulant qui arpentait les plages pour les touristes, et son effet semblait véritablement calmant.

— Nicky ?

Alexandra était allongée sur un matelas moelleux, dans la pénombre de leur hutte, une main sur son ventre secoué par les coups du bébé.

— Hmm ?

— Le bébé sera bientôt là. Le médecin que j'ai vu à Arambol m'a parlé de six semaines maximum. Il est déjà grand, apparemment. Il pourrait même arriver plus tôt que prévu.

Nicky tira longuement sur sa cigarette et lâcha un filet de fumée sans rien répondre. Il lui était toujours plus ardu d'obtenir son attention quand il fumait.

— J'ai peur, souffla-t-elle.

Il se tourna alors vers elle, l'air attendri.

— N'aie pas peur. Ton corps saura quoi faire. Tu portes en toi le miraculeux pouvoir de transmettre la vie… Tout ira bien : tu n'auras rien à faire, ton instinct prendra le relais.

Alexandra garda le silence, se demandant si tout serait réellement si simple. Ce n'était pas ainsi qu'elle avait interprété les murmures discrets qu'avaient échangés toutes ces femmes au sujet de l'accouchement.

— Mais je n'ai pas envie d'avoir ce bébé avant d'être mariée, déclara-t-elle soudain. Je ne le supporterais pas.

Nicky pivota sur ses hanches pour lui faire face.

— Je ressens la même chose. Et tu as raison : ce serait trop risqué. Je dois m'assurer que ce petit ait un nom, si je veux lui éviter toutes sortes de tracas. Je m'occupe de cela demain à la première heure : nous serons bientôt mariés, c'est promis.

— Merci, mon chéri.

Alexandra se rallongea sur le matelas, rassurée. Ce serait si différent du mariage qu'elle avait tant espéré... Pourtant, elle en avait déjà vécu un, et que cela lui avait-il apporté de bon ? Quelle que soit la façon dont ce mariage se déroulerait, il l'unirait à l'homme qu'elle aimait et créerait une vraie famille pour accueillir ce bébé. C'était tout ce qui comptait.

Nicky tint parole. Après tous ces mois d'inactivité, ils furent mariés quelques jours plus tard, en deux cérémonies différentes. La première lui fit l'effet d'un rêve éveillé. Un petit groupe de personnes qu'ils avaient rencontrées à Goa ainsi que des gens de la population locale étaient venus assister au mariage. Nicky attendait sur la plage, dans son dhoti, sa chemise blanche sans col et son gilet à sequins, aux côtés du chaman choisi pour mener la cérémonie. Alexandra traversa le sable blanc et brûlant pour le rejoindre. Des fleurs dans les cheveux, elle était vêtue d'un sari rouge et or qui cascadait élégamment sur ses courbes. Elle ne saisit pas grand-chose de la cérémonie, mais on leur joignit les mains, on marmonna des incantations, on brûla des épices dans le feu qu'on avait allumé sur la plage et on pria les esprits de la terre et du ciel. À la fin, Nicky et elle furent installés sur un superbe tapis brodé tandis que des femmes vêtues de voiles scintillants et de sarouels dansaient au son des sitars et des tambours. La fête dura jusque tard dans la nuit étoilée. La plage était si belle, illuminée par tous ces feux de joie, cette musique et cette allégresse, qu'Alexandra eut le sentiment de vivre un rêve. Mais elle était consciente que cette cérémonie n'était que de la fumée. C'était l'autre qui comptait vraiment.

Le lendemain, ils gagnèrent une ville voisine et rencontrèrent un Indien tout vêtu de blanc, un avocat qui, en échange d'une liasse de roupies et en quelques minutes à peine, leur fit signer des documents aux allures officielles avant de leur remettre un certificat signé et estampillé. Ils étaient mariés.

Plus émue encore que la veille, profondément heureuse qu'ils soient enfin unis, elle avait tenu la main de Nicky.

— Alors, ma chérie, dit-il en regardant leur certificat tandis qu'ils rejoignaient la plage en pousse-pousse, protégés du soleil par un auvent en plastique complètement déformé. Nous pouvons enfin dire que tu es une Stirling, désormais.

Puis il l'embrassa.

— Même si nous n'avions pas besoin d'un papier pour le savoir, ajouta-t-il.

Ce soir-là, Alexandra s'assura de glisser le certificat de mariage à l'abri, aux côtés de leur argent et de leurs passeports.

Deux semaines plus tard, secondée de deux villageoises qui, malgré leurs lacunes en anglais, firent preuve d'une aide précieuse durant cette longue et pénible nuit, Alexandra donna naissance à un petit garçon en pleine santé. Nicky et elle étaient si émerveillés par cette petite boule de vie que même leur voyage perdit de son charme. Le monde extérieur semblait avoir disparu ; ils ne voyaient plus que par leur bébé, éveillé, endormi ou encore au sein, par ses yeux bleus, sa peau douce et ses doigts minuscules. Submergée d'un amour immodéré, Alexandra voulait désormais se concentrer uniquement sur son enfant. Quelques semaines plus tard, Nicky lui proposa de rentrer chez eux, et elle accepta de bon cœur. Cela faisait longtemps qu'elle rêvait de retrouver les forêts, la pluie et ce vert si caractéristique du Dorset, et elle voulait plus que tout y revenir avec son bébé. Il fallait que le petit John rentre chez lui, là où était sa véritable place.

Ils firent leurs valises, et Alexandra nicha John contre sa poitrine comme les femmes du village le lui avaient appris. Le voyage prit des semaines. Ils quittèrent l'Inde et traversèrent le Pakistan et l'Iran via différents bus et différents trains. Cela était beaucoup plus difficile de voyager avec un bébé, et Alexandra ne cessait de s'inquiéter de la chaleur, du sable et de l'état des bus. Mais tant qu'elle pouvait contempler sa petite bouille pressée contre son cœur et sentir ses doigts serrer les siens, ou le mettre au sein quand il pleurait, c'était supportable.

Quand ils quittèrent la Turquie et longèrent la côte grecque en direction de l'Italie pour ensuite prendre un train, elle songea avec nostalgie à la liberté dont ils avaient joui à l'étranger, et aux couleurs et à la chaleur de l'Inde. Mais c'était fini, désormais. Alexandra défit l'écharpe indienne et se mit à porter John dans une couverture.

À Paris, ils se séparèrent de leurs habits de voyage et en achetèrent d'autres. Nicky renfila un costume, et elle s'acheta des jupes, des chemisiers et des robes d'été avec ceintures et boutons, si différentes de ces longues tuniques auxquelles elle s'était habituée. Quand ils gagnèrent enfin Portsmouth, le petit vêtu d'une barboteuse bleue et d'un chapeau de coton blanc, ils avaient de nouveau l'air d'une véritable famille anglaise. Seule la teinte ocre de leur peau laissait entendre qu'ils venaient d'ailleurs, mais même elle commençait à s'estomper.

À Fort Stirling, on semblait avoir fait table rase du passé, aussi sinistre soit-il. La maison comptait une nouvelle génération de Stirling, et les choses étaient enfin rentrées dans l'ordre. Très vite, un défilé de visiteurs vint saluer la nouvelle vicomtesse et admirer le bébé, qui était incontestablement le plus bel enfant du monde, tout au moins aux yeux d'Alexandra. Nicky était un père dévoué et, en sa nouvelle qualité de chef de famille, il parut capable de renoncer à son groupe de fêtards et à ses rêves de photographe pour se concentrer sur le domaine et la vie de la communauté.

Alexandra fut très vite absorbée par ses nombreuses nouvelles tâches : en plus de s'occuper de

John quand elle le pouvait (la nourrice que Nicky avait tant tenu à embaucher aimait à marquer son territoire et ne tolérait la présence d'Alexandra dans la nursery qu'à certaines heures données), elle était sollicitée pour inaugurer les fêtes, désigner le plus beau jardin du village, remettre les prix dans les écoles communales et visiter les hôpitaux. Personne ne s'était intéressé à elle jusqu'ici, mais la nouvelle lady Northmoor de Fort Stirling semblait incarner une certaine autorité. Si elle admirait un *sponge cake* au Women's Institute[1], il devenait aussitôt un succès. Si elle déclarait préférer les pensées aux perce-neige ou estimait le crochet plus ardu que la broderie, tout le monde se rangeait à son avis. Peut-être cela aurait-il dû lui inspirer une certaine confiance, mais elle ne ressentait qu'une vague panique à l'idée d'involontairement guider tous ces gens dans la mauvaise direction, un peu comme le joueur de flûte de Hamelin.

En revanche, elle était ravie d'être également acceptée par la famille élargie de Nicky, dont les divers oncles, tantes et cousins débarquèrent à tour de rôle pour examiner le nouveau venu et la gratifier d'un accueil plus que chaleureux. De toute évidence, elle avait réussi tous les tests.

George Stirling, le cousin de Nicky, vivait à quelques kilomètres de là à peine, mais John marchait déjà quand il vint enfin leur rendre visite. Alexandra se souvenait du petit garçon rondouillard de son enfance, et elle avait eu hâte de le

1. Organisme communautaire britannique pour les femmes.

revoir, mais son passage fut marqué par un trouble évident et un cruel manque d'amabilité. Il était devenu un homme corpulent qui faisait plus vieux que son âge, avec des joues rougies qui trahissaient une tension artérielle au-dessus de la moyenne. Il avait poliment émis l'espoir qu'Alexandra puisse très vite venir faire la connaissance de sa fiancée et qu'ils deviennent tous amis, mais son regard dur lui avait donné froid dans le dos. Il n'avait pas montré le moindre intérêt vis-à-vis de John.

— Ne te tracasse pas, va, l'avait rassurée Nicky après le départ de son cousin. Il n'a jamais débordé de charme, et ses camarades se sont assurés qu'il n'en ait plus du tout à la sortie de l'école... Le pauvre a subi de vraies misères. La naissance de John ne l'a sûrement pas fait bondir au plafond, étant donné que c'était lui, l'héritier présomptif, mais il finira par se faire à l'idée. Il a tout Home Farm, c'est déjà pas mal.

Elle espérait que les choses s'amélioreraient quand elle rencontrerait enfin sa fiancée. Le mois suivant, Alexandra posa pour son portrait et, quand il fut accroché dans le vestibule de Fort Stirling, aux côtés de ceux des autres vicomtesses qu'avaient abritées ces murs, elle se prit à croire que plus rien ne pourrait venir gâter ce bonheur parfait.

En Inde, le souvenir de son père s'était peu à peu estompé, et elle avait fait de son mieux pour l'oublier. Mais maintenant qu'elle était revenue, elle ressentait sa présence comme une menace oppressante, et l'idée de le savoir à quelques kilomètres de là, implacablement opposé à sa nouvelle vie, la hantait. Elle avait enfin trouvé la paix, et elle voulait la partager avec lui, qu'il soit heureux pour elle. Deux semaines après leur retour, elle lui écrivit pour lui annoncer l'arrivée de John, glissant dans l'enveloppe l'avis de naissance paru dans *The Times* et une photo du bébé, et lui demandant si elle pouvait venir lui rendre visite avec son petit-fils. Quelques jours plus tard, elle reçut un mot saisissant de laconisme.

Tu penses peut-être que ton élévation au titre de lady Northmoor t'a lavée de tes péchés, mais ce n'est pas mon cas. Tu portes le poids de la mort d'un homme sur la conscience. Cet enfant n'est pas mon petit-fils. Son sang est impur, tout comme le tien.

GC

Étrangement calme, elle lut le mot plusieurs fois, comme si son père avait anéanti sa capacité à le pleurer. Ce bout de papier marquait-il officiellement la fin de leur relation ? Très probablement. Il était très clair quant au fait qu'il ne lui pardonnerait rien, et elle ne l'avait jamais vu changer d'avis au cours de son existence.

— Oublie-le, cracha Nicky quand elle lui fit lire sa réponse. Laisse ce vieux grincheux brasser son amertume. Ne vois-tu pas que cet homme est un tyran ? Regarde ce qu'il a fait à ta mère. Il te harcèlera de la même façon, si tu décides de le laisser faire ! Garde tes distances, ma chérie. Et s'il meurt seul comme un chien, il ne pourra se le reprocher qu'à lui-même.

Alexandra savait que les choses ne seraient pas si faciles. Elle serrait John contre sa poitrine, s'accrochant à lui comme à une bouée de sauvetage. Elle n'en montra rien à son mari, mais au plus profond d'elle-même, une terrible crainte prenait forme : celle que son fils finisse un jour par être victime de ses erreurs à elle. Malheureusement, ce qui était fait était fait.

21

Aujourd'hui

Delilah avait choisi de cacher la poupée sous une pile de pulls, dans l'un de ses tiroirs, là où John ne pourrait pas la trouver. Lorsqu'elle sortit promener Mungo, ce matin-là, Ben accourut vers elle pour lui annoncer qu'il avait discuté avec sa sœur aînée la veille au soir et qu'elle n'avait aucun souvenir d'avoir un jour possédé une poupée pareille.

— Tant pis. Un mystère de plus, soupira Delilah tout en gardant un œil sur Mungo, qui reniflait d'un peu trop près les parterres de fleurs. Cette maison doit en être truffée, quand on pense à toutes ces générations qui ont foulé ses couloirs…

— C'est sûr. Au fait, j'en ai profité pour lui parler aussi de la folie.

— Ah oui ? souffla Delilah. Et qu'est-ce qu'elle a dit ?

— Des gens ont effectivement sauté de son sommet, et au moins une femme, d'après elle, mais elle ne se souvient pas s'il s'agissait de notre tante. Mais comme je te l'ai déjà dit, nous ne parlions pas beaucoup d'elle, et les rumeurs n'arrivaient pas jusqu'à l'école.

Il l'observa alors avant d'ajouter :

— Pourquoi ne poses-tu pas la question à John ?

Elle se sentit rougir et détourna le regard.

— Je sais que je le devrais, mais… c'est un sujet plutôt sensible, pour lui, comme tu peux l'imaginer. J'ai peur de mettre les pieds dans le plat…

— Oui… John n'est en effet pas facile.

Elle se mit à fixer le gravier, refusant de se montrer déloyale, même si Ben avait raison. Il perçut certainement son embarras, car il s'empressa d'ajouter :

— Mais ça n'a rien d'étonnant, vu tout ce qu'il a dû supporter dans sa vie.

— Ben…, osa-t-elle alors. Vous vous entendez bien, John et toi ? Je ne vous vois pratiquement jamais ensemble.

— Bien sûr, assura-t-il sans toutefois parvenir à masquer totalement son malaise. J'imagine que la différence d'âge n'aide pas…

Il se tut aussitôt, semblant se rappeler que Delilah et John partageaient le même écart d'âge.

— Enfin… Nous sommes différents, quoi.

Cela ne faisait aucun doute, songea Delilah en quittant les jardins en direction des bois. Parfois, elle avait l'impression que les deux hommes avaient polarisé la demeure : John était devenu son obscurité et son désespoir, Ben, sa beauté, sa lumière et l'essor dont elle était capable. Cela était-il si surprenant qu'elle soit davantage attirée par cet aspect des choses ?

Une idée terrible la balaya alors avant qu'elle ne puisse l'arrêter. Peut-être était-ce la faute de John, et non la sienne, s'il n'y avait pas de bébé. Ben, lui, passait son temps à faire naître la vie sous ses mains habiles, rendant la terre fertile et faisant se multiplier les plantes...

Elle eut la vision soudaine de Ben la portant jusqu'à son lit et plantant une graine en elle... Prise d'une horreur coupable, elle pressa les paupières.

Arrête tout de suite, se sermonna-t-elle, atterrée par ce que son imagination pouvait créer. Pourtant, la brève image de son corps musclé plaqué au sien avait éveillé ses sens, et elle s'en trouvait toute chamboulée.

Non. C'est impossible. Elle secoua la tête, comme pour en déloger l'image qui tentait de s'imprimer dans son esprit. Mungo avait disparu et, quand elle émergea dans la clairière, elle le découvrit au pied de la folie, la truffe fourrée dans les herbes hautes et les poutres brisées.

Dans la douceur estivale, le bourdonnement des insectes était ponctué du roucoulement d'un pigeon. Delilah leva les yeux vers la tour délabrée qui se découpait contre le ciel bleu. Un goût amer lui envahit la bouche. La dernière fois qu'elle s'était trouvée là, elle n'avait pas su ce que cette bâtisse représentait. Désormais, elle savait pourquoi la tour inspirait une telle horreur à John. Elle s'en voulait tellement d'avoir suggéré qu'ils en fassent un nid d'amour... Quelle sinistre idée ! Elle ne pouvait même plus s'en approcher. Elle était bien heureuse que la folie soit condamnée et, tout comme John, elle aurait aimé voir un bulldozer détruire à tout jamais sa funèbre carcasse.

Elle appela Mungo et reprit la direction de la maison.

John refusa de venir assister au gymkhana, déclarant qu'il passerait la journée avec son père et ne réapparaîtrait que lorsque ces « sales morveux » auraient disparu avec leurs affreuses cocardes et leurs mères encore plus affreuses.

— Mon père ne va pas très bien, en ce moment. Tout ce bruit risque de le faire paniquer. Je veux m'assurer qu'il reste calme, déclara-t-il.

Delilah culpabilisa aussitôt : pas une seule seconde elle n'avait envisagé que l'événement puisse perturber le père de John.

— Il ne devrait pas y avoir trop de bruit, à cette distance, et Ben a fait en sorte que le parking soit le plus loin possible de la maison. Cela fait longtemps que je n'ai pas vu ton père. Je pourrai passer le saluer ?

— Non, siffla John.

Devant l'air blessé de Delilah, il se reprit :

— Je te l'ai dit : il ne va pas bien. S'il ne te reconnaît pas, cela ne fera qu'empirer la situation.

Elle l'observa d'un œil morne.

— Comptes-tu donc me tenir à distance éternellement ? murmura-t-elle.

Mais il s'éloignait déjà à grands pas.

Dans l'après-midi, Delilah monta jusqu'au champ pour s'assurer du bon déroulement du gymkhana. Très vite, elle se retrouva à discuter avec les gens du village et à examiner les thés offerts dans la grande tente, songeant qu'elle pourrait en proposer de bien meilleurs, si elle en avait un jour l'occasion. Elle s'apprêtait à rentrer quand le président du poney club, Mr Harris, vint se présenter avec une poignée de main vigoureuse.

— Merci mille fois de nous avoir permis de venir ici, Mrs Stirling. C'est un endroit magnifique, et tout le monde a passé une merveilleuse journée.

— Je vous en prie, répondit-elle. J'ai beaucoup aimé regarder tous ces enfants dompter leurs poneys…

— Nous nous demandions si vous nous feriez l'honneur de remettre notre coupe d'argent au grand gagnant du jour. Nous nous apprêtions à l'annoncer.

— Oh !…

Delilah hésita, gênée, en jetant un œil alentour. La plupart des mamans arboraient de jolies robes d'été et des lunettes de marque. Quant à elle, elle avait enfilé un jean et un petit haut tout simple, ses cheveux n'étaient pas coiffés, et elle avait opté pour la première paire de sandales venue.

— Je ne sais pas… Je ne suis pas franchement habillée pour… Et je n'y connais rien, en chevaux…

Mr Harris esquissa un grand sourire, dressant ses sourcils blond roux.

— Cela ne posera aucun problème, je vous assure. Je vous en prie, ce serait un réel honneur.

Elle accepta donc, consciente que cela serait mal vu d'insister. Elle l'accompagna jusqu'à l'estrade et attendit auprès des jurés pendant qu'on annonçait au micro que ce serait elle qui remettrait le prix. Elle se sentait tellement mal à l'aise, à côté de tous ces gens guindés débordant d'élégance…

— Bien joué, souffla-t-elle à la jeune fille en jodhpur, veste et bombe à qui elle tendit le trophée d'argent.

L'assemblée applaudit une dernière fois avant de se disperser en direction du parking improvisé dans le champ voisin, ou tirant des poneys fatigués vers la rangée de box. Les enfants traînaient derrière.

Maintenant que Delilah avait été officiellement présentée, elle se retrouva cernée par tout un tas d'individus désireux de faire sa connaissance. Elle devina d'après leur enthousiasme qu'elle avait été un objet de curiosité jusqu'ici, mais ces gens étaient si chaleureux qu'elle ne pouvait qu'apprécier toute cette attention. Elle répondit poliment aux questions et, quand elle sentit qu'il était vraiment temps de rentrer, elle s'excusa et retourna vers la maison en prenant bien soin de ne croiser le regard de personne.

— Mrs Stirling ! haleta alors quelqu'un derrière elle.

Elle se retourna pour découvrir une femme rondouillarde, vêtue d'une robe à fleurs tape-à-l'œil, qui tentait de courir vers elle sur le terrain bosselé.

— Oui ?

— Je suis sincèrement navrée de vous importuner, mais il fallait à tout prix que je me présente. Je m'appelle Grace Urquhart.

— Enchantée, répondit poliment Delilah, convaincue qu'une longue conversation dont elle aurait du mal à se sortir l'attendait.

Grace Urquhart la rejoignit, le souffle court et les joues rouges après sa course dans une paire de chaussures qui n'avaient rien de tennis. Elle prit un instant pour reprendre son souffle et s'éventa en lâchant :

— Mon Dieu, cette chaleur va me tuer !

La sueur perlait sur son front et son nez, et elle battait frénétiquement des paupières.

— C'est sûr qu'il fait chaud, mais c'était le temps idéal, pour un événement pareil, commenta Delilah afin de lui laisser le temps de reprendre ses esprits.

— Certes... Oh ! veuillez me pardonner, vraiment... Voilà, je peux respirer, ouf ! Bon, je voulais vous parler parce que mon nom de jeune fille n'est évidemment pas Urquhart...

Elle inspira profondément, et son expression se fit presque triomphante.

— C'est Sykes !

Delilah attendit qu'elle développe, mais devant le silence de la femme, elle se contenta de lâcher un « Oh » neutre.

— Ça ne vous interpelle pas ? s'étonna l'autre.

— Je crains que non...

— Mais la mère de votre époux a été mariée au cousin au deuxième degré du mien ! Voyez-vous, je suis en train de dresser l'arbre généalogique des Sykes. Nous sommes vaguement liés à une grande famille du Yorkshire, mais j'ai trouvé ça tellement excitant de découvrir que nous avions d'autres membres si proches de nous !

Delilah secoua la tête, déboussolée.

— Veuillez me pardonner, mais… vous pouvez répéter ?

— La mère de votre époux a été mariée deux fois : au lord Stirling, évidemment, mais avant cela, au lieutenant Laurence Sykes, des Blues and Royals. Enfin, il ne s'agissait que des Blues, à l'époque, si ma mémoire est bonne…

Sa bouche tomba alors pour former une moue triste.

— Malheureusement, cette histoire ne s'est pas bien finie, comme vous devez le savoir…

Delilah sentit son cœur s'emballer.

— Je suis navrée, mais je ne sais rien de tout cela. Cela fait très peu de temps que je suis dans la famille, et je n'en ai pas encore appris toutes les anecdotes. Que s'est-il passé ?

— Je ne sais moi-même pas grand-chose ; seulement que Laurence Sykes est mort dans un accident de voiture. Il serait sorti de la route et aurait fini dans un réservoir. Celui de Dursford, à quelques kilomètres d'ici. Le pauvre homme a connu une triste fin… Mais…

— Mais ? souffla Delilah.

Les joues de Grace rosirent légèrement.

— Je ne sais pas si c'est à moi de vous apprendre ce genre de choses…, hésita la femme.

— Je vous en prie, Mrs Urquhart, insista Delilah en optant pour un ton qu'elle espérait autoritaire, ce qui sembla fonctionner, car l'autre femme obtempéra aussitôt.

— Une rumeur circule dans ma famille selon laquelle il ne s'agirait pas d'un accident. Il se serait jeté du pont, murmura-t-elle.

Elle se pencha vers Delilah avant de conclure de façon théâtrale :

— Volontairement !

— Volontairement ? répéta Delilah, surprise.

— Oui, opina Grace. Voyez-vous, il venait de passer au fort, et lady Northmoor s'y trouvait déjà avec lord Northmoor, bien qu'elle fût encore Mrs Sykes, à l'époque, bien sûr... Que penser quand une femme vit avec un autre homme et que son mari plonge d'un pont parfaitement sûr ?

— En effet..., murmura Delilah en tentant d'intégrer cette nouvelle information. Voilà qui est captivant... Écoutez, je dois absolument rentrer, mais cela vous dérangerait-il de me laisser votre numéro afin que je puisse vous joindre si j'ai des questions ?

— Bien sûr que non ! s'exclama Mrs Urquhart, déçue que la conversation s'arrête ainsi, mais rassurée de savoir qu'elles restaient en contact. N'hésitez pas à m'appeler. Je serais ravie de vous être utile !

— La fête est finie ? lança John en allant sortir une bière du réfrigérateur.

Il l'ouvrit et en avala une longue gorgée.

— Si tu veux parler du gymkhana, oui, répondit Delilah.

Son ordinateur ouvert sur la table de la cuisine, elle avait entrepris des recherches sur Internet tout en s'attelant à la préparation du repas.

— Tu aurais dû venir jeter un œil, tu sais. Les gens auraient été ravis de te voir.

Elle redressa la tête.

— N'as-tu jamais entendu l'expression « noblesse oblige » ?

— Entendu ?! C'est le fléau de mon existence ! Je n'aurais pas à subir cette satanée maison, si ce n'était pas le cas.

— D'accord mais ça ne te coûterait pas grand-chose d'en faire un peu plus, tu ne crois pas ? Tu pourrais forger des liens avec les gens du coin. Ils veulent tous être liés à cette maison…

— Ils penseraient différemment s'ils savaient ce que cela veut dire, rétorqua-t-il, agacé. Ils n'en voient que la beauté. Ils ne comprennent pas que ce n'est qu'une façade, simplement conçue pour mieux vous attirer et vous sucer jusqu'à la moelle.

Delilah le dévisagea, troublée par son fiel. Ses paroles paraissaient malheureusement sincères. Malgré l'amertume qu'il montrait chaque jour vis-à-vis de la maison, elle s'était imaginé qu'une partie de lui y était profondément attachée. Après tout, c'était là qu'étaient ses racines.

Sa rencontre avec Grace Urquhart lui revenant en tête, elle se hasarda à lancer :

— J'ai fait une découverte fascinante, aujourd'hui. Une femme m'a appris qu'avant d'épouser ton père, ta mère avait été mariée à un certain Laurence Sykes. Tu le savais ?

John s'immobilisa, les yeux écarquillés.

— Quoi ?

— Oui, elle a été mariée deux fois. Et son premier mari s'est noyé dans le réservoir de Dursford suite à un accident de voiture.

— Vraiment ? Je l'ignorais totalement, marmonna d'une voix glaciale John, figé près du réfrigérateur, sa bière à la main.

— La femme qui m'en a parlé avait plutôt l'air sûre d'elle. C'est une Sykes, et elle s'est lancée dans ces histoires d'arbre généalogique dont tout le monde semble raffoler, en ce moment. Tu penses qu'elle dit vrai ?

— Qui sait ? Et pour être honnête, qu'est-ce que ça peut bien faire ? Ils sont tous morts, à présent. Mon père est le seul qui reste, et il ne peut rien nous en dire...

— On devrait peut-être lui poser la question, suggéra-t-elle. Ce pourrait être plus simple, pour lui, de se rappeler un passé lointain ?

— Je ne vois pas l'intérêt, répliqua John. Comment savoir s'il dit la vérité ou non ?

— Très bien... Tu ne vois pas d'inconvénient à ce que je fasse quelques recherches de mon côté ? Visiblement, il n'y a aucune trace en ligne, dit-elle en regardant son écran. À mon avis, ça va demander du temps...

— Pourquoi ?! tonna John, le visage soudain furieux. Quel est l'intérêt, tu peux me dire ? Ma mère s'est mariée deux fois, et alors ? Ça ne changera rien ! Je ne comprends pas ce qui t'intéresse autant là-dedans. Je n'aime pas te voir fouiner comme ça, Delilah. Je ne t'ai pas épousée pour replonger dans le passé, bon sang, mais pour y échapper une bonne fois pour toutes !

Ses paroles dures planaient comme une menace entre eux, et elle reconnaissait à peine l'homme qu'elle avait en face d'elle.

— Je veux simplement mieux te comprendre ! dit-elle. Je veux t'aider. En en sachant davantage sur ton passé, je pensais pouvoir le faire…

— Ne perds pas ton temps, dans ce cas, cracha-t-il. J'ai besoin que tu m'aides à affronter l'avenir, tu ne comprends donc pas ? Bon Dieu…

Il gagna la table de la cuisine et y planta le poing, faisant sursauter Delilah et tressauter son ordinateur.

— Tu sais quoi ? marmonna-t-il. Je me suis trompé, on dirait. Mieux vaut peut-être ne pas avoir d'enfant ensemble.

Ces mots lui firent l'effet d'un coup de poing en plein ventre.

— Quoi ? souffla-t-elle.

— C'est peut-être mon destin de ne pas avoir d'enfant, c'est tout.

Elle le dévisagea, presque terrifiée à l'idée d'entendre ses propres craintes lui être renvoyées. L'image de Ben et elle au lit surgit dans son esprit, mais elle la balaya aussitôt.

— Qu'est-ce que tu veux dire ?

— Tu as besoin d'un dessin ? aboya-t-il, submergé par la rage. Déjà, cette putain de baraque me tue à petit feu. L'idée que j'impose la même chose à un pauvre enfant est tout simplement ridicule ! Ensuite…

Il s'interrompit et avala une nouvelle gorgée de bière.

— Quoi ? souffla-t-elle.

348

Un tumulte d'émotions s'élevait en elle : la peur, la surprise, l'horreur… Ne désirait-il vraiment plus d'enfant ?

— Quoi d'autre ? insista-t-elle.

Quand il reprit la parole, ce fut d'une voix basse et déterminée.

— Cette famille est destinée à souffrir, Delilah. Mon père n'a sûrement jamais été aussi heureux qu'aujourd'hui, maintenant qu'il a oublié le passé. Tu l'aurais connu plus tôt, tu aurais vu l'homme le plus triste du monde, qui ne pouvait noyer son chagrin que dans l'alcool.

— Mais ce n'est pas toi ! répliqua Delilah, la bouche sèche. Nous avons toutes les cartes en main pour que ça ne se reproduise pas. Nous nous avons l'un l'autre. Tu n'as pas à souffrir comme tes parents, John. Et il n'y a aucune raison que je meure comme ta mère.

John se figea une nouvelle fois, les traits déformés par l'horreur.

— Qu'est-ce que tu as dit ? lâcha-t-il d'une voix glaciale.

— J… Je…, balbutia-t-elle, saisie d'effroi, il n'y a pas de raison que je meure comme ta mère. Tu n'as pas à craindre que je te quitte.

— Tu ne sais rien de tout cela ! vociféra John, à l'agonie.

Elle se leva brusquement et s'écarta de la table.

— Mais je *veux* savoir ! Je *veux* te comprendre ! Pourquoi t'obstines-tu à me cacher autant quand tout ce que je désire, c'est que l'on soit proches l'un de l'autre, que l'on soit là l'un pour l'autre ?

— Ça n'a rien à voir avec toi ! J'essaie de fuir tout ça, et non de t'y attirer, toi aussi !

Il posa violemment sa bouteille sur la table, provoquant une éruption de mousse.

— Je pensais sincèrement que je pourrais tourner la page, avec toi, mais de toute évidence, cette satanée maison aura raison de toi aussi.

— Ce n'est pas juste ! Tu dois me laisser une chance, John. Je n'ai aucune idée de ce que je dois affronter, car tu refuses de me dire quoi que ce soit !

Elle haletait, désormais, sous l'emprise d'une rage grandissante.

— Tu te fermes constamment, John ! Je ne peux pas me contenter d'être là quand ça t'arrange. Je dois partager entièrement ta vie, si tu veux que ça fonctionne. Je ne peux pas t'aider si tu ne me laisses pas faire !

Ce terrible sentiment d'impuissance ne faisait qu'exacerber sa colère.

— Tu refuses que je tisse un quelconque lien avec ton père, tu refuses de parler de ta mère, ou de ce qui a bien pu se passer pour que cet endroit devienne aussi sinistre… Comment suis-je censée supporter tout cela ?

Le regard de John s'était assombri.

— Qu'est-ce que tu comptes faire, dans ce cas ? Me quitter ?

Les muscles de sa mâchoire tremblaient, trahissant sa nervosité.

— Je n'ai aucune envie de te quitter, espèce d'idiot ! Je t'aime ! J'en ai simplement assez que tu me tiennes à l'écart !

Elle sentait les larmes monter, des larmes de colère, de frustration et de désespoir.

— Je veux que nous formions une vraie famille, John. Mais je ne peux y arriver que si tu me laisses t'aider.

— Je ne peux rien te promettre, lâcha-t-il.

— J'ai bien vu, oui.

Elle leva les yeux vers lui. Son image commençait à se brouiller derrière les larmes. Elle fit de son mieux pour se contenir : il fallait qu'elle reste forte devant lui.

— J'aimerais seulement que tu t'ouvres à moi. Pas parce que je compte te quitter, mais parce que je veux comprendre ce que tu penses, ce que tu ressens…

— Mais tu ne fais que remuer le couteau, Delilah. Tu ne fais qu'empirer les choses, déclara-t-il de cette voix étrangement froide.

Elle se figea, dévastée par ses paroles.

— Quoi ? Comment peux-tu dire ça ?

Sentant les sanglots monter, elle fit volte-face et se dirigea vers la porte. Cela faisait presque un an qu'elle s'efforçait de rendre John heureux. N'était-elle parvenue qu'à le rendre plus malheureux encore ? Elle refusait d'y croire ; elle savait qu'ils avaient été heureux. Et ils pouvaient de nouveau l'être. Que voulait-il donc dire ?

Il ne faut pas qu'il me voie pleurer, décida-t-elle, presque aveuglée par les larmes qui lui brûlaient les yeux. *Je ne veux pas qu'il me voie faible.* Ses poumons lui arrachèrent soudain de terribles sanglots convulsifs tandis qu'elle ouvrait la porte de derrière pour échapper à l'atmosphère oppressante de la maison. Elle distingua le bleu sombre du ciel, puis un éclair vert surgit avant qu'elle ne heurte quelque chose de dur et de chaud en lâchant un hoquet de surprise.

— Delilah, tout va bien ?

Elle venait de percuter Ben, réalisa-t-elle, sonnée. Il l'avait saisie par les bras pour l'empêcher de tomber, et il observait son visage marqué par les larmes.

— Qu'est-ce qui se passe ?

— Rien. Ça va, couina-t-elle dans une nouvelle vague d'angoisse.

— On ne dirait pas, pourtant. Viens là…

Il l'enveloppa de ses bras et la serra contre son torse musclé. Aussitôt, son odeur musquée teintée de transpiration l'enivra. Ses larmes se remirent à couler.

— Ça va aller, murmura-t-il, la douce vibration de sa voix venant résonner à ses oreilles.

Au bout de quelques minutes, elle parvint enfin à reprendre ses esprits et se dégagea en reniflant.

— Je suis désolée, souffla-t-elle, gênée.

— Tu n'as aucune raison de l'être.

Dans le sourire qu'il lui adressa, elle ne put s'empêcher de revoir les yeux gris vert de John et son nez légèrement courbé.

— Nous avons tous le droit de craquer, de temps en temps, ajouta-t-il.

Delilah tourna la tête vers la maison et vit aussitôt un mouvement derrière la porte de la cuisine.

Quand elle pivota en s'écartant de Ben pour mieux voir, il n'y avait plus rien.

— Tu veux venir voir les buissons de camélias ? lui proposa-t-il. Ils dégagent un parfum magique, à cette heure-ci. Si ça ne te change pas les idées, rien d'autre ne le pourra !

Elle hocha la tête, et ils s'éloignèrent ensemble sur le chemin.

22

1969

— Alors, tu es heureuse, ici ?

Dans son élégant tailleur en tweed et ses talons hauts, Vera arpentait la galerie à une telle allure qu'Alexandra devait trotter pour garder le rythme.

— Oh oui ! s'exclama-t-elle, presque à bout de souffle.

Quelques jours plus tôt, elle avait reçu une épaisse lettre ivoire gravée d'une adresse située dans les Highlands, en Écosse, mais n'avait pas deviné qui était cette Vera Harrington jusqu'à ce que Nicky s'étrangle :

— Comment as-tu pu oublier Vera ?!

Elle s'était alors immédiatement souvenue. Vera était l'aînée des cousins de Nicky, la sœur de George Stirling, et avait grandi à Home Farm, où George vivait encore. Alexandra se souvenait d'une fillette plutôt casse-cou et passionnée par les chevaux aux pommettes étonnamment hautes et au menton pointu. Nicky lui apprit qu'elle était partie vivre en Écosse après avoir épousé un dresseur de chevaux. Vera se confondait en excuses de ne pas avoir donné de nouvelles plus tôt, mais elle s'apprêtait à rendre visite à son frère et souhaitait en profiter pour passer au fort. Alexandra avait répondu qu'elle serait ravie de la revoir, et un rendez-vous avait été convenu.

Alexandra s'était attendue à ce que Vera ressemble plus ou moins à son frère, rougeaude et dépenaillée, mais dans son tailleur cintré, elle faisait bien plus Parisienne que campagnarde. Ses cheveux étaient soigneusement coiffés, et elle portait du maquillage. Elle s'était également montrée bien plus agréable que son frère. Elle avait étreint Nicky, embrassé Alexandra et s'était extasiée sur le petit John, deux ans désormais, aux cheveux blonds comme les blés et au sourire malicieux.

— Le portrait craché de son père, avait-elle dit en souriant tandis que John crapahutait dans le salon tout en venant chiper des gâteaux sur la table de temps à autre. C'était elle qui avait suggéré à Alexandra qu'elles fassent un petit tour toutes les deux dans la maison.

— J'adorais faire du vélo ici, commenta Vera avec un sourire nostalgique. Cette galerie était le refuge idéal quand il pleuvait. Le père de Nicky ne nous disait rien ; la seule chose qui semblait l'inquiéter, c'est qu'une balle de cricket ne vienne fracasser le vitrail, à l'étage.

Elle s'interrompit avant de fixer son regard intense sur Alexandra.

— Je suis contente de te voir si heureuse. Tu étais si réservée, plus jeune… Je n'aurais jamais imaginé que mon turbulent de cousin et toi puissiez si bien vous accorder ! Mais après tout, nous nous connaissions si peu… Je me souviens de ces quelques fois où nous nous étions tous retrouvés dans la vieille folie, au fond des bois, avant que je ne me considère trop grande pour ces jeux-là… Est-ce que tout va bien ? Tu es toute pâle…

Dans un sursaut, Alexandra tenta de se défaire du terrible malaise qui venait de s'emparer d'elle.

— Oui, excuse-moi. C'est juste que… tu as parlé de la folie, et… Il s'y est passé quelque chose d'affreux, la semaine dernière.

— Vraiment ?

— Oui, c'est John. Il m'a échappé et s'est rué tout en haut de cette ruine. Il…, il a failli en tomber. Je m'en veux tellement de l'avoir laissé disparaître ainsi…

Elle pressa les paupières, se sentant à deux doigts de défaillir. Le souvenir de cet incident atroce l'emplissait d'une panique presque maladive. Elle en avait tremblé tout le restant de la journée et avait sangloté dans son oreiller toute la nuit face aux terribles images qui avaient hanté son sommeil. Celle de sa mère en faisait partie, et elle n'avait pu la repousser malgré ses efforts.

— Ne t'en veux pas trop, la rassura Vera d'une voix compatissante. Les garçons sont doués pour nous en faire voir de toutes les couleurs. Le principal, c'est qu'il ne soit rien arrivé de grave, n'est-ce pas ?

Alexandra opina du chef, même si elle était incapable d'expliquer pourquoi ce sentiment d'horreur ne la lâchait pas, comme si elle se tenait encore devant son fils, impuissante, sur le point de le regarder chuter dans le vide. Cette image la hantait constamment, surgissant dans son esprit quand elle s'y attendait le moins. Parfois, elle voyait John, d'autres fois, une femme en chemise de nuit blanche balayée par le vent. Quoi qu'il en soit, c'était terrifiant.

— Tu devrais arrêter d'y penser, insista Vera. Cela ne pourra rien donner de bon. Tu es bénie des dieux, Alexandra, et de toute évidence tu rends Nicky très heureux. Je peux te dire que tu l'as transformé en véritable adulte !

Alexandra tenta de se figurer son petit garçon tel qu'elle l'avait vu quelques minutes plus tôt, quand il était remonté à la nursery avec Nanny. Elle aurait aimé être avec lui, à cet instant, dans le confort douillet du petit salon. Malgré ses espiègleries, elle ne se lassait pas de l'écouter rire et discuter, et il semblait toujours fou de joie de la retrouver. Il grandissait vite et, pourtant, elle avait encore l'impression que c'était son bébé. Quand il lui roucoulait « Maman » de sa petite voix flûtée, elle sentait son cœur s'emplir d'amour.

Vera s'arrêta et se tourna vers elle en la fixant de nouveau du regard avant de planter les mains dans les poches de sa veste en tweed.

— J'aimerais te poser une question, Alexandra. J'ai entendu dire que Nicky et toi n'aviez pas connu de débuts bien conventionnels. Est-ce vrai ?

Alexandra se sentit aussitôt rougir. Personne n'avait parlé de cela depuis leur retour, du moins, pas à elle.

— Oui…, balbutia-t-elle. Je…, j'étais déjà mariée quand nous nous sommes retrouvés à Londres, Nicky et moi. Cela faisait des années que nous ne nous étions pas vus, et – comment dire ? – c'était comme si les choses étaient évidentes, entre nous. Je regrette simplement de m'être mariée avant cela. C'était une terrible erreur.

— C'est bien ce que j'avais cru comprendre, commenta Vera en lui souriant, ses fines lèvres dessinant une demi-lune. Je n'ai pas envie que tu me croies sans gêne…

— Non, rassure-toi, s'empressa de répondre Alexandra.

Vera débordait d'une telle spontanéité qu'il lui était impossible de se vexer.

— Tu dois comprendre que les questions d'héritage sont quelque chose de complexe dans notre monde. Les choses se doivent d'être claires. Nicky n'a ni frère ni sœur, et nous devons nous assurer que tout soit fait dans les règles de l'art, sans quoi beaucoup de gens pourraient se croire en droit d'avoir un intérêt quelconque dans cette maison. Nicky est encore jeune et il a toujours été envisagé qu'il se marie et ait des enfants. Il n'y a donc pas de gros soucis à se faire, mais je préférais m'assurer que tu aies bien tout intégré. Est-ce que… ?

Une vague de malaise balaya ses traits, puis elle poursuivit de son ton si naturellement franc :

— J'ai appris que ton mari était mort de façon tragique. L'était-il avant que Nicky et toi soyez mariés ?

L'idée de pouvoir lui fournir une réponse satisfaisante l'emplit de soulagement.

— Tout à fait. J'étais veuve quand j'ai épousé Nicky.

— Parfait, déclara Vera, le visage barré d'un sourire. Alors, tout va bien ! Évidemment, l'idéal aurait été que vous vous mariiez devant nous autres témoins, mais j'imagine que tu as bien précieusement conservé votre certificat de mariage, n'est-ce pas ?

Alexandra songea au bout de papier qu'elle avait rangé dans une boîte cadenassée, dans sa garde-robe. Le certificat de naissance de John s'y trouvait également. Ils avaient été le déclarer à l'état civil le plus tôt possible après leur arrivée. Là-bas, l'officier leur avait réclamé leur certificat de mariage, mais, persuadés que cela leur serait inutile, ils ne l'avaient pas emporté. De son air le plus noble, Nicky avait alors déclaré qu'il était certain que cela n'était pas nécessaire, et l'officier avait docilement opiné du chef avant de procéder à l'enregistrement sans le fameux papier.

— Oui, répondit Alexandra. Tout a été fait dans les règles.

— Parfait ! répéta Vera. Je me ferai donc un devoir de faire taire le premier ragot qui me parviendra aux oreilles et j'aurai le privilège de déclarer avoir tout entendu de ta bouche ! Ce n'est pas trop tôt, car si j'en crois mon petit doigt, tu es de nouveau enceinte, n'est-ce pas ?

Alexandra se figea, pantoise. Elle-même n'en était pas encore certaine. Comment Vera l'avait-elle deviné ?

— J'ai trois enfants, ma chère, expliqua-t-elle en voyant son expression. Et mon métier consiste à accoupler des chevaux. J'ai un sixième sens pour savoir quand une jument est pleine, si tu veux bien me pardonner la comparaison…

— Bien sûr, se surprit à rire Alexandra.

Vera plongea ses yeux dans les siens avant de lui prendre la main.

— Je suis ravie que nous ayons tiré les choses au clair. Ton petit garçon est adorable, et je t'apprécie beaucoup.

Elle reprit alors sa marche, Alexandra à ses côtés.

— Nous nous reverrons donc au mariage de George, en septembre prochain ? Vous a-t-il parlé de son souhait de tenir la cérémonie ici ?

— Il me semble avoir entendu Nicky en parler, oui. Ce serait un réel plaisir. C'est exactement pour ce genre d'occasions que cette maison est conçue. Parfois, j'ai l'impression que nous nous y noyons, tous les trois…

— Vous serez bientôt quatre, souffla Vera en lui pressant la main. Et je suis certaine qu'il en suivra bien d'autres… Allons retrouver Nicky ; je meurs d'envie de papoter avec lui.

Alexandra demeura figée l'espace d'un instant. Vera se tourna alors vers elle d'un air curieux.

— Je ferai tout ce qui est en mon pouvoir pour que Nicky et nos enfants soient en sécurité et ne manquent jamais de rien, déclara-t-elle.

Vera l'observa, semblant comprendre pourquoi elle avait ressenti le besoin d'exprimer une chose pareille.

— Je suis ravie de l'entendre, répondit-elle. Ravie… Au fait, pourquoi ne demandes-tu pas à Nicky de faire démolir cette affreuse folie ? Ce serait bien plus sécurisant pour tout le monde.

À la saison chaude, Alexandra donna naissance à une fille. Nicky aurait aimé l'appeler Guenièvre, mais Alexandra craignant que cela ne lui porte malheur, ils optèrent alors pour Élaine.

— Élaine ne porte-t-il pas malheur ? demanda Nicky, buvant des yeux sa petite fille allongée dans le berceau accolé à leur lit.

Alexandra s'était vite remise de son accouchement, mais le médecin lui avait prescrit une semaine d'alitement pour recouvrer ses forces et faciliter la mise au sein. Nichée dans une pile de coussins d'un blanc neigeux, elle soupirait de bonheur.

— Je suis sûre que non.

Elle posa à son tour un regard fier et émerveillé sur la petite créature qu'elle était parvenue à mettre au monde. Le luxe de leur chambre n'avait rien à voir avec la rusticité de leur hutte de Goa, et elle se sentait privilégiée, mais également nostalgique des premiers jours de John, qu'ils avaient vécus dans l'insouciance la plus totale, sous un soleil radieux.

— Tu peux me rappeler qui était cette Élaine ?

— Élaine d'Astolat. La fameuse dame de Shalott de Tennyson, répondit Nicky. Tu sais, cette histoire de malédiction…

Alexandra le dévisagea, horrifiée.

— Quoi ? Quelle malédiction ?

— Euh… Il y a tout un tas d'Élaine, dans la légende arthurienne, tu sais. Je vérifierai…

Or, une fois leur petite fille à la chevelure brune et aux grands yeux bleu marine baptisée ainsi, ils ne pouvaient envisager un autre nom.

John vint faire la connaissance du bébé, sa petite main dans celle, large, de Nanny, qui le fit entrer dans la chambre.

— Viens par là, mon chéri, souffla Alexandra en lui tendant les bras.

Elle s'était assurée qu'Élaine soit dans le berceau pour l'arrivée de John.

— Tu veux voir ta petite sœur ?

John opina du chef, ses yeux bleus désormais teintés de gris, comme ceux de son père, ronds comme des soucoupes. Il se rua dans les bras de sa mère et observa, niché au bord du lit, la petite boule de vie qui remuait dans le berceau.

— C'est une poupée ? demanda-t-il.

— Non, mon ange, c'est un vrai bébé.

— Elle va vivre avec nous ? Pour toute la vie ?

— Oui, pour toute la vie… C'est ta petite sœur, et ce sera également ton amie. N'est-ce pas merveilleux ?

Il hocha docilement la tête, puis descendit du lit pour mieux voir. Il leva une petite main potelée et l'approcha du visage d'Élaine. Alexandra s'apprêtait à lui dire de faire attention, de ne pas la toucher quand John caressa doucement la joue de sa petite sœur en murmurant :

— Bonjour, bébé.

Élaine agita ses poings minuscules comme pour lui répondre, et Alexandra sentit ses yeux s'emplir de larmes. La vie avait voulu qu'elle se retrouve ici, entourée d'un homme qu'elle aimait et de deux magnifiques enfants. Pour la première fois, elle se demanda si les peurs qui hantaient ses heures les plus sombres n'étaient pas infondées.

Nicky et elle ne s'étaient jamais sentis aussi proches l'un de l'autre. Leurs deux enfants demandaient tout leur temps, et ils cessèrent de chercher à combler leur existence de quoi que ce soit d'autre. John et Élaine étaient une source intarissable d'intérêt, d'amusement et d'inquiétude.

S'ils ne riaient pas d'une petite danse que John avait mise au point rien que pour eux, ou de la grimace d'Élaine quand elle mangeait du potiron, ils se souciaient de la fièvre de leur fils ou de la poussée dentaire de leur fille. Nanny, quant à elle, ne supportait pas de les entendre geindre et saisissait la première occasion pour les congédier de la nursery en prétextant que la nature était le meilleur des remèdes.

Alexandra s'émerveillait de l'amour que Nicky portait à leurs enfants, elle qui avait toujours vécu avec un père distant et désapprobateur qui semblait concevoir la parentalité comme un fardeau consistant à enseigner aux enfants à quel point l'existence pouvait être atroce. Nicky, lui, voulait partager les joies quotidiennes de la vie avec John, qui se muait peu à peu en petit garçon au tempérament placide semblant programmé pour être heureux. Il n'hésitait jamais à pousser la porte du bureau pour courir dans les bras de son père, qui le couvrait de baisers.

— Il faut que tu saches tout de cette maison, mon garçon, disait Nicky en le prenant sur ses genoux pour lui montrer ce qu'il faisait. Un jour, ce sera toi qui t'en occuperas, comme moi et mon père avant moi.

Lorsque son père s'occupait des affaires du domaine, s'entretenait avec son agent ou encore les métayers, John adorait jouer à ses pieds. Nanny ne se tenait jamais bien loin, si jamais le petit devait se montrer capricieux.

Nanny aurait tout aussi bien fait main basse sur Élaine, si elle l'avait pu, et la soumettre à la routine établie de la nursery, mais Alexandra résistait de son mieux. Elle tenait à allaiter la petite, malgré les protestations de la femme, qui décrétait qu'à trois mois, il était grand temps de la sevrer.

Elle avait l'expérience des grandes maisons, et lui faire changer ses habitudes s'avérait particulièrement ardu. Alexandra avait l'impression d'être en perpétuel conflit avec elle, concernant les enfants, mais elle était déterminée à gagner. Ayant lui-même vécu avec une nourrice petit, Nicky ne partageait pas les angoisses d'Alexandra et, quand elle s'en plaignait, il se contentait d'en rire.

— Arrête de te tracasser pour rien, ma chérie, la rassurait-il. Nanny fait un travail formidable. Et pourquoi resterait-elle, si tu te mettais à t'occuper des enfants à sa place ?

Alexandra répliquait qu'elle n'avait jamais souhaité la présence de cette femme, mais Nicky tenait à la tradition.

Elle adorait John du plus profond de son être, mais le fait d'avoir une fille sembla faire résonner plus loin encore sa fibre maternelle. Elle voulait plus que tout partager des choses avec elle, et des souvenirs de sa propre mère se mirent à surgir dans son esprit. Elle pensait avoir tout oublié à part ces années de malaise qui avaient précédé la mort de sa mère, mais d'autres images commencèrent à affluer. Elle se mit à fredonner des chansons à la petite qu'elle ignorait connaître ; quand elle embrassait sa peau douce, le souvenir d'une présence lui revenait, une présence au parfum chaud et rassurant plein d'amour ; et lorsqu'elle imprimait des baisers papillon sur sa joue, elle percevait ce doux chatouillement qu'elle avait ressenti des années plus tôt.

Les pensées qu'elle s'était efforcée de réfréner depuis le jour où Nicky lui avait appris la vérité au sujet de sa mère commençaient à refaire surface, et elle se mit à se demander ce qui avait poussé cette mère si bienveillante à quitter son existence si brusquement. Le souvenir de sa perte la prenait chaque fois de court, et c'était médusée qu'elle ressentait un terrible nœud à l'estomac quand ses enfants lui tendaient les bras avec un grand sourire, ou les larmes monter soudainement quand elle les embrassait.

Elle voulait en savoir davantage.

— Ton père ne te dira jamais rien, commenta Nicky quand elle lui fit part de ses interrogations.

— Je sais, mais je connais quelqu'un d'autre qui pourrait m'éclairer.

— Vraiment ? souffla-t-il, surpris.

— Je t'ai déjà dit que ma tante Felicity était venue s'occuper de moi après la mort de ma mère...

C'est elle qui m'a dit qu'elle avait été emportée par la fièvre. Elle venait souvent me garder pendant les vacances, jusqu'à ce que je sois assez grande pour me gérer toute seule, ou alors, j'allais passer quelques jours dans son cottage. Nous n'étions pas particulièrement proches, mais elle s'est toujours montrée bonne avec moi. Je pense sincèrement qu'elle était attachée à moi.

— Et tu crois qu'elle pourrait t'aider ?

Alexandra hocha la tête. Nichée contre sa poitrine, Élaine dormait à poings fermés. Ses cheveux bruns avaient poussé, et la forme de ses yeux et l'arc de ses lèvres étaient décidément ceux de sa mère.

— C'est la seule personne qu'il me reste qui puisse m'aider.

— Alors, tu devrais l'inviter, déclara Nicky.

— Non, j'ai peur que cela fasse trop… Et elle prend de l'âge. J'irai la voir avec Élaine.

Elle voulait agir tant qu'elle était convaincue que c'était la meilleure chose à faire. Elle s'assit donc à son bureau et lui écrivit l'après-midi même.

— Entre, ma chère, je t'en prie.

Tante Felicity paraissait bien plus âgée que dans ses souvenirs : sa chevelure était encore épaisse, mais parsemée de gris, désormais, et son visage revêtait la texture légèrement froissée du papier crépon. Elle observa à travers ses lunettes la petite Élaine qui tentait de tenir sur ses deux jambes, le poing serré sur les doigts de sa mère. Elle refusait depuis peu le landau, préférant visiblement marcher malgré le fait qu'elle en fût pour l'instant à peine capable.

— Et qui est cette adorable créature, dis-moi ?

— Ma fille, Élaine, répondit fièrement Alexandra.

— Bien sûr. Tu m'as écrit pour m'annoncer sa naissance… Elle est magnifique. Quelle chevelure ! Venez vous mettre à l'abri.

Alexandra la suivit à l'intérieur du cottage, le cœur tambourinant dans sa poitrine, après toutes ces années passées. Elle n'y avait plus mis les pieds depuis qu'elle était toute jeune, et elle était aujourd'hui épouse et mère…

Mais rien ne semblait avoir changé. Elles s'installèrent et discutèrent de choses et d'autres autour d'un thé, la petite jouant à leurs pieds. Au bout d'un long moment, tante Felicity finit par la fixer d'un regard grave.

— Alors, ma chère. Et si tu me disais la véritable raison de ta visite ? Naturellement, j'ai entendu parler de tes aventures… Cela doit bien faire cinq ans que nous ne nous sommes pas vues. Ça remonte à ton premier mariage, n'est-ce pas ?

Alexandra se sentit rougir et replaça les livres qu'Élaine avait sortis d'une petite bibliothèque avant de répondre.

— Oui, c'est vrai… Je sais que j'aurais dû venir te voir plus tôt…

— Bah, ne te tracasse pas. Ma compagnie me suffit, et je ne prétendrais pas être particulièrement proche de mon frère, malheureusement. Tu sais sûrement mieux que moi quel genre d'homme il est... Cela fait bien longtemps que je ne suis pas allée le voir.

Une vague de tristesse balaya son expression habituellement placide.

— J'ai conscience que Gerald n'a jamais eu la fibre paternelle... Tu as dû endurer beaucoup de choses... J'ai énormément prié pour toi, ma petite, tu sais.

Alexandra était surprise d'entendre sa tante parler ainsi. Elles n'avaient jamais partagé un moment comme celui-ci et elle devait à tout prix en profiter.

— Il paraissait toujours m'en vouloir, mais je n'ai jamais compris pourquoi..., souffla-t-elle. Et après ce qui s'est passé avec Laurence et Nicky, il ne veut plus entendre parler de moi.

— Je savais que ce mariage était une erreur, commenta sa tante en secouant tristement la tête. J'aurais dû intervenir... Je n'avais pas saisi l'étendue du rôle que ton père y a joué. Il va falloir te montrer patiente, Alexandra. Il finira bien par accepter le fait que les choses sont mieux ainsi. Tu es heureuse, aujourd'hui, et tu as de magnifiques enfants...

— Mais Laurence est mort, et je suis persuadée qu'il pense que c'est ma faute.

— Il est furieux que les choses ne se soient pas déroulées comme il l'entendait et il regrette probablement le rôle qu'il a joué dans tout cela, mais je suis certaine qu'il ne te reproche pas cet accident.

— En tout cas, je ne peux pas lui demander ce que j'ai besoin de savoir, poursuivit Alexandra, craignant que sa tante ne se ferme d'une minute à l'autre. Et c'est pour cette raison que je suis venue te voir. Je me suis dit que tu pourrais me parler de ma mère…

Les mots se mirent alors à affluer :

— Je pense de plus en plus à elle, mais il me reste si peu de souvenirs… Et j'ignore ce qui s'est vraiment passé.

Tante Felicity s'enfonça dans son fauteuil, l'air grave.

— J'en déduis donc que Gerald ne t'a jamais rien dit… Voilà qui ne m'étonne guère. Mon frère n'est pas un grand émotif ; il n'a jamais saisi la portée des sentiments, et je ne pense pas me trom-per en affirmant qu'il n'a sûrement jamais rien compris aux femmes non plus. Ce n'est pas le genre d'homme qui aurait dû se marier, mais il l'a pour-tant fait, et il avait des idées très arrêtées quant à ce à quoi un mariage devait ressembler. J'ai bien peur que ta mère n'ait pas été le genre de femme à pouvoir tenir ses exigences…

Alexandra buvait ses paroles, captivée. Voilà qu'on s'apprêtait à lui révéler la vérité. Quelqu'un allait lui dire quelque chose, enfin, qui éclairerait les sombres mystères de son enfance. Si Nicky avait dit vrai et que sa mère eût réellement commis cet acte affreux, peut-être Felicity pourrait-elle lui dire pourquoi.

— Tu ressembles beaucoup à ta mère, Alexandra, déclara sa tante, une touche de sa vieille raideur dans la voix. Tes émotions transparaissent sous la surface de ta peau pâle... Tu es si vulnérable, tout comme elle... Parfois, il m'arrive de penser qu'une telle sensibilité est une vraie malédiction. Tu vis la vie de façon si intense que c'est parfois trop dur à supporter, n'est-ce pas ? Ton père est incapable de comprendre ces choses-là. Il pense que tu peux apprendre à contrôler tes émotions, que tu te dois d'être plus forte. Il ne se rend pas compte comme il est facile de briser quelqu'un qui a si peu de défenses. En vérité, il voit cela comme une faiblesse féminine, et ça lui est intolérable.

— C'était ainsi qu'il voyait ma mère ? murmura Alexandra.

Le derrière rembourré par sa couche, Élaine s'était mise à jouer avec des figurines de bois qu'elle avait dénichées sur une table basse. Elle les cognait tour à tour par terre en babillant.

— Oui, je le pense, répondit tante Felicity en observant la petite. Cela le rendait fou. Il ne pouvait pas l'aimer de la façon dont elle le désirait, et j'ai bien peur que cela ait fini par la rendre malade. Je n'irais pas jusqu'à affirmer que c'est ce qui l'a tuée, mais son chagrin en avait fait quelqu'un de dangereusement vulnérable. Malheureusement, elle n'a pas eu la force de se battre quand la maladie a surgi.

Alexandra plongea les yeux dans les siens avant de lâcher :

Nicky a entendu des rumeurs selon lesquelles elle se serait suicidée.

Felicity hoqueta de surprise, et Alexandra lut aussitôt dans son regard qu'elle avait dit la vérité.

— Elle n'allait pas bien, Alexandra, tu dois me croire, s'empressa de répondre sa tante.

— Tu m'as dit qu'elle avait été emportée par la fièvre, dit la nièce d'un ton qu'elle n'avait pas cherché à faire accusateur. Comment puis-je te croire, à présent ?

— J'ai préféré utiliser une image pour que ce soit plus simple à comprendre pour toi, à l'époque. Elle n'était plus elle-même. Elle était sous l'emprise de quelque chose de terrible. Elle n'aurait jamais fait cela, sinon.

— Elle a sauté de la vieille folie ?

Sa tante détourna le regard, incapable de soutenir celui d'Alexandra.

Alexandra sentit les larmes monter. Elle se pencha alors pour attraper Élaine et enfouit le visage dans sa douce chevelure, s'enivrant de son odeur rassurante.

— Pourquoi ? souffla-t-elle. Pourquoi a-t-elle fait ça ?

— Cela, je ne peux te le dire.

— Tu ne le peux pas ou tu ne le *veux* pas ?

— Je ne le peux pas. Je l'ignore, Alexandra. Tout le monde l'ignore. Je doute même que ton père le sache. Mais elle lui a causé une grande honte, et il a eu beaucoup de mal à lui pardonner. Nous te l'avons caché pour te protéger de cette humiliation.

— C'est lui qui l'a poussée à cela ? lança Alexandra, avide de connaître la vérité.

Felicity ferma les yeux un instant ; quand elle les rouvrit, ils étaient de nouveau distants.

— Je ne me permettrai pas de juger, rétorqua-t-elle, et tu devrais suivre mon exemple. Il ne te reste qu'à oublier et espérer que ton père et toi puissiez un jour vous réconcilier. C'est la seule chose à faire. Parlons d'autre chose, tu veux bien ?

23

Aujourd'hui

Chaque fois que Delilah songeait à son mari, son cœur se serrait. Après leur dispute, il avait passé la nuit sur le canapé du petit salon et il avait tout fait pour l'éviter depuis. Que leur arrivait-il ? Étaient-ils en train de se perdre ?

Elle se demandait s'il l'avait vue dans les bras de Ben. Cela n'avait duré qu'un instant, mais si elle fermait les yeux, elle pouvait encore sentir la force de ses bras, la chaleur de son torse et le doux parfum de sa peau. Puis il l'avait lâchée. Il lui avait demandé pourquoi elle pleurait, et ils avaient passé une agréable demi-heure à parler des camélias avant qu'elle ne retourne à l'intérieur. Elle sentait qu'ils étaient en train de former une alliance contre John et, le pire, c'était qu'elle en avait envie.

Pour la première fois, elle se demanda si leur mariage n'avait pas été une erreur. John s'était montré infect avec elle, ces derniers temps. Malgré tous ses efforts et tout son amour, leur relation dépérissait à vue d'œil. C'en était affligeant.

Puis-je encore nous sauver ? En ai-je la force ? Puis-je vraiment lui venir en aide ?

Encore fallait-il qu'elle en ait toujours envie…

Dehors, le ciel radieux des derniers jours avait cédé la place à de lourds nuages gris. Il fallait qu'elle sorte, qu'elle se change les idées. Elle partit donc au village en prétextant une virée shopping, mais une fois là-bas, elle demanda la direction de la bibliothèque au café du coin et s'y rendit.

Sur place, elle expliqua qu'elle désirait mener des recherches locales, et une femme tout à fait aimable aux lunettes sans monture la guida aux ordinateurs et la section de référence.

— Si vous cherchez des journaux remontant à plus de dix ans, j'ai bien peur que nous ne les ayons pas encore informatisés, s'excusa-t-elle en s'arrêtant devant les boîtes de microfiches et la pile de classeurs comportant des copies des quotidiens locaux. C'est prévu, mais cela demande beaucoup de temps. Je n'ai donc que ça à vous proposer, pour le moment.

— Ne vous inquiétez pas, je m'en satisferai, la rassura Delilah.

Une fois seule, elle s'empara du classeur marqué de l'année qui l'intéressait et se mit à explorer les vieux journaux. Chacun avait été photographié avant d'être transformé en une sorte de négatif qui ne devenait visible que sous une boîte à lumière. Devant l'ampleur de la tâche, elle commença à se demander si elle n'était pas en train de perdre son temps.

Après tout, elle n'avait aucune assurance que ce qu'elle cherchait se trouverait dans le journal. Il était tentant de choisir des films au hasard, mais elle se retint : c'était le meilleur moyen de rater celui qui l'intéresserait. À la recherche de quelque chose de concret, elle continua alors de les faire défiler l'un après l'autre, scrutant chaque gros titre. L'heure de la fermeture approchait quand elle trouva enfin ce qu'elle cherchait.

— Bingo ! lança-t-elle en lisant le titre, dont elle augmenta la taille afin de mieux voir.

Enquête sur une mort tragique dans le Dursford Reservoir, disait-il.

Comme le lui avait appris Mrs Urquhart, l'article rapportait qu'un certain lieutenant Laurence Sykes avait chuté du Dursford Bridge dans sa voiture pour se noyer dans le réservoir. Son véhicule n'affichait aucun défaut apparent, et son sang était dénué de toute trace d'alcool ou autre substance dangereuse. Il avait fait un bref passage à Fort Stirling ce soir-là afin de s'entretenir avec sa femme, Mrs Alexandra Sykes, dont il était séparé, mais le domestique présent sur les lieux certifiait que le lieutenant avait été dans un état tout à fait normal à son départ. On conclut donc à une mort accidentelle due à une conduite imprudente.

Delilah s'enfonça dans sa chaise en se frottant les yeux. Elle avait l'impression d'avoir fixé la boîte à lumière pendant des heures, au point qu'elle voyait flou sur les côtés.

Au final, elle avait bien perdu son temps. Alex était à peine mentionnée dans le document. Elle n'avait eu que la confirmation de ce que Grace Urquhart lui avait raconté. Mais avait-elle vraiment douté de cette femme ? Pourquoi aurait-elle inventé une histoire pareille ?

Cette nouvelle information semblait lui être tombée du ciel, elle qui cherchait désespérément à mieux connaître Alex, à voir une personne de chair et de sang plutôt que la planéité de cette poignée de clichés… Alex y paraissait si jeune que Delilah avait du mal à croire qu'elle s'était mariée deux fois. Ce ne devait être qu'une enfant quand elle avait épousé Laurence Sykes. Que s'était-il passé pour qu'elle décide de fuir avec le père de John ? À moins qu'elle n'ait fait partie de ces femmes à courir après la fortune…

Mais Delilah avait du mal à croire cela d'elle. Pas quand elle revoyait ces grands yeux bleus débordants de vulnérabilité. *La sublime Alex*, l'avait-on qualifiée dans le livre d'or, et Delilah sentait que c'était la vérité : Alex avait été une bonne âme. Pourquoi alors commettre un acte aussi terrible ? Son premier mari était mort tragiquement, mais des années avant Alexandra, et Delilah était persuadée que les deux événements n'avaient rien à voir l'un avec l'autre.

Son imagination se mit à galoper : peut-être son mari était-il ouvertement infidèle, et elle n'avait pu le supporter… Ou alors, des invités avaient apporté des substances hallucinogènes et l'avaient persuadée d'essayer ; sous leur influence, Alex avait tenté de s'envoler du haut de la folie… Ou alors…

Non, ça ne pouvait être cela. Aucune de ces suppositions ne lui paraissait suffisamment convaincante.

Frustrée, elle se replongea dans les microfiches en songeant soudain que le mariage d'Alexandra et

Nicky pouvait tout à fait avoir été mentionné dans le journal local. Elle se mit à chercher à partir d'un mois après la mort de Laurence (ils n'avaient tout de même pu agir plus tôt), mais elle avait beau faire défiler les fiches, les Stirling n'apparaissaient nulle part. Quand elle se rendit compte que la bibliothèque fermait dans quelques minutes, elle décida de faire une entorse à sa règle et passa une année complète. Et là, elle découvrit enfin un indice. Ce n'était pas grand-chose, mais l'article disait que lady Northmoor avait assisté à un thé organisé au profit de la salle communale, accompagnée de son fils d'un an, l'honorable John Stirling, qui avait charmé l'assemblée au grand complet. Une image granuleuse agrémentait l'article, et Delilah crut y distinguer une femme tenant un bébé dans ses bras.

— Mince, lâcha-t-elle, déçue de ne pas mieux voir Alex avec le petit John.

— Je suis navrée, mais nous allons fermer.

La bibliothécaire était de retour, une expression aimable mais ferme au visage.

— J'ai bien peur que vous deviez vous en tenir là pour aujourd'hui…

— Pas de problème. Merci beaucoup, en tout cas. Ça m'a beaucoup aidée, répondit Delilah en éteignant la boîte à lumière avant de replacer la fiche dans le classeur. Je reviendrai.

— Avec plaisir.

Ce n'est qu'une fois dans la voiture qu'elle réalisa qu'elle n'aurait pas dû perdre tout ce temps à chercher des preuves de l'existence de Laurence Sykes. Elle aurait dû directement passer à l'année 1974 et tenter de découvrir quelque chose au sujet de la mort d'Alexandra. Elle s'en voulait terriblement. Elle s'était laissé distraire par sa discussion avec Grace Urquhart, et voilà qu'elle était passée à côté de ce qu'elle voulait vraiment savoir.

J'y retournerai dès que possible, se promit-elle.

De retour à la maison, elle commença à se sentir mal. D'avoir passé tout ce temps à lire des textes flous devant la lumière vive semblait avoir favorisé une vilaine migraine. Elle monta dans sa chambre, enfila un bikini, une large tunique indienne par-dessus, attrapa une serviette au passage et prit la direction de la piscine. Son eau aux allures glaciales ne l'attirait en général que très peu, mais aujourd'hui, son éclat turquoise promettait une douce fraîcheur revigorante. Elle retira sa tunique et plongea, aussitôt saisie par la différence de température. Le cœur lui martelant les côtes, elle se lança dans une série de longueurs, s'enivrant de ce sentiment unique d'être coupée du monde, se concentrant seulement sur ses gestes et sa respiration. Au bout d'une vingtaine de minutes d'efforts, exténuée, elle s'agrippa au bord granuleux de la vieille piscine.

— Tu nages bien, entendit-elle tandis qu'elle se frottait les yeux.

Elle leva la tête. Ben se tenait juste devant elle, un sourire lui barrant le visage.

— Oh ! merci ! Je manque un peu de pratique, mais, bon…

Elle se sentait vulnérable, devant lui, à peine habillée.

— Je pense que je vais sortir, maintenant.

Elle gagna le fond de la piscine et grimpa les marches. Ben l'avait rejointe avec sa serviette. Quand elle sortit, ruisselante, il ouvrit grand la serviette en soufflant :

— Si tu me permets…

L'instant d'après, ses bras musclés l'enveloppaient. Elle percevait son corps, si proche du sien, et la sensation de sa peau nue et humide presque collée fit parcourir sur elle un frisson. Il se mit à lui frotter doucement les bras et le dos, déclenchant en elle un plaisir interdit, un contentement physique que son cerveau ne pouvait tolérer.

— Ben, murmura-t-elle d'une voix rauque.

— Je suis là, souffla-t-il.

Oui, elle le savait. Et c'était bien cela le problème. Beau, agréable, charmeur…, il était toujours là pour lui rappeler comme sa vie pourrait être simple, loin des tempêtes et des difficultés de son mariage. Mais elle n'était pas encore prête à renoncer à John, même si son désir de s'abandonner à Ben devenait de plus en plus ardent. Entre eux, les choses étaient claires, désormais : la façon dont il la touchait ne trompait pas. Il ne s'agissait pas de simple amitié, ni d'affection familiale. Une tension semblait crépiter entre eux. Elle ne savait pas quoi dire, car elle était vaguement consciente qu'elle devait suivre sa raison et non céder à ce que son corps l'intimait de faire.

— Delilah…, lâcha-t-il d'une voix grave.

Elle dressa une main pour l'interrompre.

— Non, souffla-t-elle en l'implorant du regard.

— Tu as forcément deviné…

— Je t'en prie, Ben. Ne dis rien. Pas tout de suite, tu veux bien ? Nous pourrions le regretter tous les deux.

Elle plongea alors les yeux dans les siens. Son expression lui noua le ventre, et un nouveau frisson lui traversa tout le corps. Il semblait à l'agonie, comme si le fait de ne pouvoir s'exprimer relevait du supplice.

— Il faut que j'y aille, lâcha-t-elle, perdue, avant de se dégager.

Il tendit le bras vers elle et, quand ses doigts se posèrent sur sa peau, elle se figea, dos à lui.

— Delilah, il faut que tu saches ce que je ressens. J'aimerais savoir s'il y a une chance que…

— Ben, je t'en prie, non… Je ne peux pas… Pas encore. Essaie de comprendre…

Elle partit en trottinant sur la terrasse brûlante, laissant des traces noires derrière elle.

— Alors, je t'attendrai ! cria-t-il. J'attendrai le temps qu'il faudra, Delilah ! Jusqu'à ce que tu sois prête.

Elle se rua vers la porte sans répondre, sa serviette serrée contre son corps et la tête baissée pour camoufler son émotion. Dans la cuisine, Janey était en train de s'affairer, mais Delilah poursuivit sa route. Il fallait qu'elle soit seule un moment.

24

1974

— Maman, maman ! Regarde !

Alexandra jeta un coup d'œil distrait à sa fille, qui chevauchait les pavés inégaux de la terrasse sur son vélo. Ses yeux bleu marine brillants d'enthousiasme étaient concentrés sur le sol et, sous l'effort de tenir en équilibre, sa petite langue était tirée. L'opération était branlante, mais elle pédalait avec une énergie incroyable.

— Fais attention, ma puce. Pense à freiner ! s'écria-t-elle tandis qu'Élaine se précipitait vers la balustrade de pierre.

Comme d'habitude, malgré son angoisse, elle savait qu'elle freinerait à temps. Élaine ne semblait avoir peur de rien, qu'elle soit sur un arbre ou une corde, et elle parvenait toujours à se sortir indemne de situations périlleuses.

Ils venaient de lui offrir son joli vélo rose pour son anniversaire, et elle avait d'emblée refusé les petites roues, car elle était déterminée à rouler comme une grande. Elle s'en sortait déjà très bien, mais le fait que ses pieds touchent à peine terre rendait parfois ses freinages quelque peu erratiques.

Alexandra se reconcentra sur sa lettre. Elle venait de John et, même si ce n'était pas la première fois qu'elle la lisait, son cœur se serra une fois de plus douloureusement.

Je suis très triste, ici, et j'aimerais être à la maison, avec papa et toi. Dis, je peux revenir ? S'il te plaît… Je serai sage, c'est promis.

La vue de ce petit mot griffonné à la va-vite sur une page de cahier déchirée lui était intolérable. Elle n'avait pas voulu l'envoyer en pension, mais Nicky avait insisté. C'était ainsi que l'on faisait : il y était passé, ses amis aussi ; désormais, c'était au tour des enfants de ses amis, et John n'y couperait pas. L'école n'était pas si loin, et elle pourrait le voir quatre fois par trimestre ainsi que pendant toutes les vacances.

— Mais il n'a que sept ans ! avait-elle contesté. Je ne suis pas prête à le laisser partir comme ça… C'est encore un bébé !

— Ce sera une belle expérience pour lui, tu verras, s'était contenté de répondre Nicky. Il aura des centaines de camarades. Entre les jeux et les friandises, je peux t'assurer qu'il aura de quoi s'occuper. Les débuts ne sont pas toujours faciles, mais je suis convaincu que tu t'y feras très vite. Ça lui permettra de grandir un peu. Comment veux-tu que ce soit le cas, s'il passe son temps avec toi et Élaine ?

Elle avait tenté de repousser l'échéance d'un an, mais Nicky s'était montré inflexible. Il avait beau être un père aimant, il était hors de question de briser la tradition.

La vue de son fils en uniforme, si petit et si terrorisé à côté de son énorme valise, lui avait été insupportable. Quand ils avaient quitté la pension, ses grands yeux embués suivant désespérément la voiture, elle avait été incapable de contenir ses larmes et elle avait sangloté tout le chemin du retour. En lui retirant John, on lui arrachait un membre. Quand elle pensait à lui, une terrible douleur lui nouait le ventre, non seulement parce qu'il lui manquait, mais aussi parce qu'elle avait le sentiment de lui avoir failli, de ne pas avoir été là pour le protéger.

Nicky toléra son chagrin les premiers jours, mais s'en agaça bien vite quand il comprit qu'il n'y aurait pas d'accalmie.

— Je n'en peux plus de t'entendre gémir ! finit-il par s'emporter. Nous faisons tous des sacrifices, dans la vie. Nous souffrons tous ! Il faut simplement savoir serrer les dents et attendre que ça passe. Tu crois vraiment que ça m'a fait plaisir, de tout abandonner pour venir m'installer ici ? Mais je n'ai pas eu le choix, voilà tout.

— De quoi parles-tu ? rétorqua-t-elle, déconcertée.

— De ma carrière de photographe, cracha-t-il.

— Mais… pour avoir *ça*, à la place !

Elle balaya d'un geste la maison et les parcs verdoyants qui s'étiraient, à l'extérieur.

— Et tu nous as, moi et les enfants. Nous ne te suffisons donc pas ?

— Tu ne peux pas comprendre, lâcha-t-il d'un air méprisant. Je me fichais bien de tout ce luxe, à l'époque.

— Alors, pourquoi t'obstiner à faire souffrir John comme tu as souffert, toi ? Pourquoi ne peut-il pas se défaire de cette satanée tradition ?

— Parce que c'est ainsi, répliqua Nicky. Il est né dans la mauvaise maison, comme moi, ce qui veut dire qu'il doit suivre le même chemin. Il n'y a rien à ajouter.

C'était la première fois qu'ils se disputaient si violemment depuis leur mariage, et Alexandra ne pouvait se départir du terrible sentiment que Nicky et elle étaient en train de s'éloigner. Ils avaient été si heureux, depuis l'arrivée des enfants, du moins l'avait-elle cru. Regrettait-il vraiment son ancienne vie, toutes ces filles, son vieux studio londonien ? Leur bonheur n'avait-il été qu'une illusion ? Cela paraissait tellement effarant qu'ils se disputent au sujet d'un des êtres qu'ils chérissaient tous deux le plus au monde…

Alex était en tout cas déterminée à ce qu'Élaine ne subisse pas le même sort. Au moins n'existait-il pas de tradition stipulant que les filles devaient quitter la maison si jeunes. Elle irait à l'école du village, partirait le matin et retournerait auprès d'elle l'après-midi. Si, plus tard, elle venait à réclamer la pension, ils y réfléchiraient, mais pas aussi jeune. Elle tentait donc de compenser l'absence de John en gardant Élaine au plus près d'elle, mais la douleur n'en était pas moins vive.

La tension qui s'était installée entre Nicky et elle finit par s'estomper, et ils se réjouirent de leur complicité retrouvée. Il se mit à lui faire plus souvent l'amour, sa main venant chercher la peau douce de ses seins dans l'obscurité de leur chambre avant que ses lèvres ne se posent sur les siennes. Elle s'abandonnait à lui avec bonheur, se sentant rassurée, protégée par ce corps musclé. Elle avait deviné qu'il essayait de lui donner un autre enfant. Peut-être cela aiderait-il si, chaque fois qu'il en renvoyait un, un autre arrivait… Mais il n'y avait pour l'instant aucun signe de bébé.

Quand John revint pour les vacances, elle se précipita, les bras grands ouverts, vers la voiture qui était allée le chercher. Il courut à en faire tomber sa casquette et se jeta dans ses bras. Elle l'embrassa follement, euphorique, mais elle vit aussitôt qu'il avait changé : il était plus mince et plus grand. La texture de ses cheveux paraissait légèrement plus rêche, sous ses lèvres, et son regard trahissait plus que la simple joie de la revoir. Elle y devinait une nuance d'expérience inédite ; mais plus que cela encore, elle crut y voir du reproche. Quand elle lui demanda s'il était malheureux, là-bas, il répondit :

— Oh non, j'adore. J'ai hâte d'y retourner, d'ailleurs !

Elle aurait dû s'en réjouir, mais elle ne pouvait s'empêcher de se demander ce qu'il avait enduré, seul, pour connaître cette tristesse dont avaient débordé ses lettres.

— Nanny, où est Élaine ? s'enquit Alexandra en gagnant le vestibule, où elle avait cru entendre la voix de sa fille quelques minutes plus tôt à peine.

— Elle est sortie faire du vélo, madame, répondit Nanny en enfilant son manteau. Elle s'est précipitée dehors dès que je lui ai donné la permission. Je m'apprêtais à la rejoindre.

— Assurez-vous qu'elle n'attrape pas froid, dit Alexandra en attrapant sa veste. Je me rends au village. J'ignore pour combien de temps j'en ai ; je serai peut-être revenue pour le dîner. Vous pourrez lui donner du bouillon ? Son rhume m'a l'air tenace. Il faut qu'elle récupère.

Elle s'immobilisa alors et se tourna vers la nourrice.

— D'ailleurs, je me demande si elle ne ferait pas mieux de rentrer. Cela lui ferait du bien, de rester au chaud.

— Un peu d'air frais ne peut pas lui faire de mal, la rassura Nanny en enfilant ses gants. Ne vous inquiétez pas ; je lui ai demandé de mettre son gros manteau – le violet. Une petite heure d'exercice, et nous rentrons manger. Ensuite, elle pourra jouer avec cette nouvelle poupée dont elle semble si folle...

— Bon, très bien. Mais si elle vous paraît avoir trop froid, faites-la vite rentrer, s'il vous plaît.

Elle chercha ses clefs de voiture du regard, en trouva un jeu dans le bol chinois du guéridon et se hâta dehors tout en s'assurant que la lettre de tante Felicity qu'elle avait reçue le matin même se trouvait bien dans sa poche.

Chère Alexandra,
Je sais que ton père ne soutiendrait pas mon geste,
mais je me dois tout de même de t'écrire. Je n'arrive

pas à le croire, quand il prétend ne plus jamais vouloir te revoir, même si c'est ce qu'il m'a rétorqué toutes ces années, chaque fois que j'en venais à lui parler de toi. Tu es sa fille unique, et j'avais espéré qu'il se radoucisse, mais j'ai bien peur que le temps vienne à lui manquer. Ton père est gravement malade, Alexandra. Écris-lui, ma chère. Demande à le voir. Assure-toi que vous puissiez faire la paix avant qu'il ne parte. Il a forcément compris que tu avais réussi ta vie. J'espère de tout cœur que son aigreur disparaîtra à l'approche de ce sort qui nous guette tous un jour ou l'autre.

Fais-moi part de ta décision, quelle qu'elle soit.

Ta chère tante,

Felicity

Quand elle avait lu la lettre, elle avait à peine pris le temps de se poser une quelconque question. Son père était mourant, et elle devait à tout prix aller le voir. Peut-être avait-il besoin d'elle, maintenant que la fin était proche. Ils avaient vécu sept longues années à quelques kilomètres l'un de l'autre, et elle ne l'avait vu ni n'avait entendu parler de lui depuis sa dernière lettre.

Chacune de ses cartes de Noël lui était revenue intacte. Il n'était jamais venu chez eux, n'avait jamais assisté aux baptêmes de ses petits-enfants ni même ne les avait vus. Ses invitations demeuraient sans réponse – peut-être même étaient-elles transformées en cendres quelques minutes à peine après leur arrivée… Quelque part, elle avait le sentiment de mériter ce rejet. Elle avait péché, après tout, elle avait déserté son mari pour vivre avec un autre. Mais n'était-elle pas remontée un tant soit peu dans son estime, au bout de sept ans ? Elle était devenue quelqu'un de respectable, une épouse et une mère, la châtelaine de Fort Stirling. Si elle pouvait lui parler ne serait-ce qu'un moment, il comprendrait sûrement, et ils feraient la paix. En outre, comment pouvait-elle faire comme si de rien n'était tout en sachant que son père se mourait, seul, si proche d'elle, sans qu'elle ait cherché à faire quoi que ce soit ? Sa conscience ne le tolérerait pas.

Elle grimpa à la hâte dans sa voiture et fonça en direction du village, faisant voler le gravier sous ses roues. Cinq minutes plus tard, elle s'arrêtait devant Old Grange et allait frapper à la porte d'une main assurée. Une domestique qu'elle ne connaissait pas vint lui ouvrir.

— Oui, madame ? demanda la fille en fixant Alexandra d'un air hébété.

Le fait de ne pas être reconnue dans la maison de son propre père lui fit l'effet d'une gifle. Elle s'était attendue à tomber sur Emily.

— Je suis venue voir… Mr Crewe, déclara-t-elle d'un ton qu'elle voulut ferme.

— J'ai bien peur que Mr Crewe ne soit pas en état de recevoir des visiteurs, répliqua la fille, récitant d'une voix chantante la réponse toute faite qu'on lui avait demandé de donner. Puis-je savoir qui souhaitait le voir ?

— Lady Northmoor, annonça sèchement Alexandra.

— Oh !

La fille écarquilla soudain de grands yeux et entreprit d'esquisser une révérence.

— Oui, madame la vicomtesse.

— J'aimerais entrer. Je connais Mr Crewe. Il ne vous en voudra pas.

La fille la regardait avec des yeux ronds. Elle était de toute évidence partagée entre le devoir d'obéir à une vraie lady et les instructions qu'on lui avait données.

— N'ayez pas peur, voyons. J'expliquerai la situation s'il y a la moindre protestation. Laissez-moi entrer, je vous prie.

Alexandra força le passage, et la fille n'osa pas l'en empêcher. Quelques secondes plus tard, cernée par ce vieux papier peint bleu à fleurs, elle se tenait dans le vestibule, les yeux plantés sur le miroir rond qui trônait au-dessus du guéridon. Absolument rien n'avait changé.

— Mr Crewe est alité, madame, balbutia la fille. Et le docteur se trouve avec lui en ce moment…

— Très bien. J'attendrai que le docteur descende, dans ce cas. Vous pouvez prendre mon manteau.

Elle le tendait à la domestique quand elle entendit une porte se fermer à l'étage, et la silhouette familière du médecin de village apparut en haut des marches. Il semblait perdu dans ses pensées et il ne se rendit compte de sa présence qu'une fois en bas. Il la connaissait bien de ses nombreuses visites au fort pour soigner les enfants.

— Oh ! lady Northmoor ! Je suis bien content de vous voir ici. Je m'apprêtais justement à vous écrire.

Elle se rua vers lui, l'implorant du regard.

— Comment va-t-il, docteur Simpson ?

— Plutôt mal, j'en ai bien peur. Il est très malade…

— De quoi s'agit-il ?

— Cela faisait quelque temps qu'il se plaignait de certaines douleurs, mais nous étions incapables d'en déterminer la cause. Il s'est alors mis à perdre très rapidement du poids, et j'en suis venu à soupçonner un cancer, malheureusement si bien dissimulé que sa progression fulgurante demeure intraitable…

Alexandra lâcha un petit gémissement. Un cancer. Il ne s'en sortirait donc pas. Il allait mourir, cela ne faisait plus aucun doute.

— Combien de temps lui reste-t-il ?

— Plus beaucoup, je le crains, répondit le médecin d'un air grave. C'est pour cela que je voulais vous écrire. J'ai conscience que votre père et vous ne vous parlez plus, mais…

— Bien sûr, bien sûr.

Elle se mordit la lèvre, refoulant son envie de tout expliquer au médecin.

— J'aimerais le voir.

— Il était réveillé quand je l'ai quitté. Il devrait pouvoir vous parler, malgré la douleur. Je lui ai donné de la morphine, mais ses effets s'estompent à mesure que la maladie prend de l'ampleur. Je suis sincèrement navré d'avoir à vous apprendre si triste nouvelle, mais j'ai peu d'espoir quant au temps qu'il lui reste.

— Je vois.

Elle s'efforça de ne pas montrer que sa lèvre tremblait ; elle se sentait à deux doigts de défaillir. Elle comprit alors qu'elle s'était jusqu'ici attendue à ce que son père la recontacte un jour. Il paraissait désormais évident que ce jour n'aurait pas lieu. C'était à elle d'aller à lui sans y avoir été invitée.

— Je vais monter le voir.

— Bien, sourit le docteur. Je suis convaincu qu'il en sera ravi.

Il n'y a rien de moins sûr, songea-t-elle en grimpant les marches.

La dernière fois qu'elle s'était trouvée dans cette maison avait été le jour de son mariage. Elle avait grimpé ces mêmes marches avec sa robe déchirée, fuyant le frère de Laurence tout en se demandant ce qu'elle avait fait là. Cette fille avait disparu depuis bien longtemps.

Elle longea le couloir jusqu'à gagner la porte de la chambre de son père. Elle frappa doucement, s'armant de tout son courage. Elle était terrorisée, mais elle devait à tout prix dompter ses peurs et faire ce qu'elle estimait être son devoir.

— Entrez, dit une femme, et elle ouvrit pour découvrir Emily au chevet de son père.

Le lit était envahi de couvertures, malgré la chaleur qui régnait déjà dans la chambre, et la tête de son père reposait sur un nid d'oreillers. Cette image n'avait rien à voir avec celle qu'elle avait gardée au fond de sa mémoire : sa peau était grise et fripée, ses cheveux, clairsemés, et ses joues, creuses. Ses yeux à peine entrouverts battaient au rythme

pénible du souffle rauque qui soulevait sa poitrine.
Cette vision l'emplit d'une tristesse infinie.

— C'est bon de vous revoir, mademoiselle, murmura Emily. Je regrette seulement que ce soit…

— Merci, Emily, répondit Alexandra en s'arrachant un sourire douloureux. Ça me fait énormément plaisir de vous revoir, moi aussi. Comment allez-vous ?

— Oh ! ne vous tracassez pas pour moi. Je sais bien que c'est votre père que vous êtes venue voir.

Elle lui fit signe de s'approcher.

— Il dort ? souffla Alexandra en avançant d'un pas timide.

— Non, je ne crois pas. Mais il est extrêmement fatigué. Il ne parle plus beaucoup, désormais. J'imagine qu'il s'efforce de garder le peu de forces qu'il lui reste…

Emily posa un regard triste sur le vieux visage niché sur les oreillers.

— Puis-je avoir quelques minutes seule avec lui ?

— Bien sûr. J'attendrai dehors. Appelez-moi si vous en avez besoin, répondit Emily en s'empressant de quitter la pièce.

Alexandra gagna le chevet de son père et s'assit sur la chaise qu'on y avait disposée. La main du vieil homme, émaciée et déformée par les veines qui ressortaient sur sa peau violacée, était posée sur la couverture. Elle tendit le bras et vint y poser délicatement la sienne. Celle de son père était glaciale, comme si le sang n'affluait déjà plus dans ses doigts. Il ne bougea pas, la lutte qu'il semblait mener pour respirer nécessitant toute sa concentration.

Elle se pencha alors vers lui.

— Père ? C'est moi, Alexandra.

L'homme était toujours impassible.

— Je suis venue te voir, père. Tante Felicity m'a écrit pour me confier que tu étais gravement malade. J'aimerais que nous fassions la paix. Je suis tellement navrée de t'avoir déçu, mais j'espère que tu es capable de me le pardonner, après tout ce temps…

Elle attendit une réaction de sa part, observant ce visage bleuâtre imprimé de veines et ces yeux soulignés de cernes gris. Où étaient donc passés ses sourcils ? Elle se souvenait de ces épaisses touffes de poils noirs, aujourd'hui rares et blancs. Ses narines s'étaient enfoncées dans son nez, lequel paraissait désormais pointu et fin. Ses lèvres étaient craquelées et d'un rouge intense. Elle voyait bien qu'il se mourait. Voilà donc ce qu'étaient la vieillesse et la maladie : un corps qui semblait se ronger lui-même. Des premiers instants d'existence, du bébé plein de vie avec son avenir entier à tracer, en passant par la force de l'enfance et sa nécessité de grandir et de devenir quelqu'un, pour gagner l'âge adulte, puis l'inévitable détérioration que les années apportaient… Tout cela menait à l'image qu'elle avait devant elle : la fin du voyage.

Que laissons-nous derrière nous ? songea-t-elle. *Seul notre souvenir dans l'esprit de ceux qui restent. Et nos enfants, si nous en avons.*

— Père, murmura-t-elle. Je suis là.

Ses paupières se soulevèrent lentement. L'instant d'après, il la scrutait de ses yeux voilés aux pupilles si dilatées que l'iris entier paraissait noir. Il inspira une bouffée rauque avant de parler.

— Tu n'aurais pas dû venir.

— Mais j'en avais envie, père ! s'écria-t-elle en souriant et en lui pressant la main. Tu es malade. Il fallait que je te voie, que je te dise comme je regrette que nous ayons perdu toutes ces années alors que nous aurions pu tant partager. Les enfants…

— Tes enfants ne sont rien pour moi, cracha-t-il d'une voix acerbe qui la fit se raidir de stupeur.

Il était malade ; peut-être ne pensait-il pas ce qu'il disait. Cela demanderait de la patience et de l'altruisme, mais elle ne doutait pas que ses efforts finissent par payer : ils seraient réconciliés avant sa mort. Ils pleureraient ensemble, et il implorerait son pardon, qu'elle lui accorderait avec bon cœur. Chacun serait alors en paix.

— Père, je t'en prie. Ne crois-tu pas qu'il est temps de me pardonner ? J'ai conscience d'avoir mal agi, mais j'étais très jeune et, finalement, le résultat n'est pas si mal, non ?

— Il ne pourrait être pire, décréta-t-il d'une respiration sifflante.

— Mais j'ai épousé Nicky, nous sommes heureux…

— Je t'ai donné une chance, la coupa-t-il en la fixant de son regard à la fois distant et pénétrant. J'ai décidé d'oublier ce qui s'était passé. J'ai sorti les Stirling de notre vie et t'ai élevée du mieux que j'ai pu. Je t'ai trouvé un mari qui pouvait s'occuper de toi et te tenir à l'écart de cette famille. Mais c'était sans compter sur cette obstination perverse à aller le chercher.

— Perverse ? Comment ça ?

— Perverse. Écœurante. Immonde.

— Parce que j'ai quitté mon mari pour Nicky ? Parce que j'ai été infidèle ?

— Cela aurait suffi, mais c'était bien pire encore.

Une terrible appréhension s'empara d'elle. Son prochain mot s'échappa de ses lèvres dans un murmure.

— Pourquoi ?

Il cligna lentement des yeux sans la lâcher du regard, ses paupières glissant avec effort, comme si elles n'étaient plus assez lubrifiées pour faire leur travail.

— Finalement, tu es le portrait craché de ta mère. Elle aussi a été incapable de résister aux Stirling. Elle m'a trompé avec Northmoor. Ils me croyaient trop bête pour découvrir le pot aux roses, ou bien trop reconnaissant de l'honneur que l'on me faisait, peut-être... Mais c'était sans compter sur ma fierté. Quand j'ai eu la confirmation de mes soupçons, j'ai mis un terme à cette aventure, mais elle avait duré des années. Des années. Ta pauvre mère devait même s'imaginer qu'elle finirait par l'épouser... Évidemment, cette idée était purement ridicule. Mais ce qui m'a achevé, c'est lorsque j'ai découvert la vérité à ton sujet.

Elle le dévisagea, l'horreur montant peu à peu jusqu'à sa gorge.

— À mon sujet ?

Qu'avait-elle à faire dans cette histoire ?

— Tu n'es pas ma fille.

Il avait dit cela avec ce qu'elle devina être de l'amusement, comme s'il savourait ce dernier plaisir avant de mourir. Comme s'il avait tout fait pour taire cette terrible vérité, mais qu'elle l'ait poussé à parler et qu'il ait alors décidé de ne pas se refuser cet ultime triomphe, même si les choses demeuraient floues quant à celui ou celle dont il triomphait.

— Tu es l'enfant du vieux Northmoor, ma grande. Eh oui, le père de ton mari. Tu as épousé ton demi-frère.

C'était comme si on avait lancé un poids mort du fond de sa gorge, emportant son souffle sur son passage. La nausée monta, et ses doigts se mirent à la picoter. Elle rejoua ses paroles frénétiquement dans son cerveau, incapable de les accepter.

— Non.

— Eh si !

Un sourire sembla fissurer ses traits, ce qui ne fit qu'accroître l'effet sinistre de sa pâleur.

— J'ai essayé de t'en empêcher, mais tu as refusé de m'écouter. J'ai donc décidé de te laisser te vautrer dans ta crasse et mettre ces pauvres enfants au monde. Ça m'était bien égal, finalement, de voir la lignée des Stirling s'empoisonner toute seule... Vous êtes tous corrompus, désormais. C'est bien le sang de ta mère, qui circule en toi. Tu as sa folie !

Elle bondit sur ses pieds. La pitié qu'elle avait pu ressentir pour lui s'était évaporée. La mort ne l'avait ni radouci ni ne lui avait permis de trouver le pardon ou la charité. Elle songea soudain à toutes ces heures passées ensemble à l'avant de l'église. Toutes ces heures gâchées où les paroles de bonté du pasteur ne l'avaient jamais ne serait-ce que frôlé. Il avait préféré lui assener ce coup fatal, détruisant, dans une délectation évidente, sa vie en un instant.

— Tu dois vraiment me haïr, lâcha-t-elle d'une voix tremblante.

— Tu l'as bien cherché, rétorqua-t-il. Je ne t'ai jamais haïe. J'ai simplement décidé de te rayer de ma vie. C'est *elle* que je haïssais.

Elle comprit soudain que c'était là sa dernière chance ; elle ne reverrait plus jamais cet homme.

— Que lui as-tu fait ? Que s'est-il passé ?

— Je savais ce qu'elle prévoyait de faire et je ne l'en ai tout simplement pas empêchée. C'est moi qui lui ai suggéré l'idée de la folie… Je lui ai simplement laissé entendre que les choses seraient plus simples ainsi.

Le sourire sinistre qui se dessina alors sur sa figure lui aurait arraché un cri d'horreur, si seulement elle avait pu parler.

— Je savais qu'elle ne pourrait pas y résister longtemps… Tu me la rappelles tellement.

Effarée, elle se rua vers la porte, heurtant Emily au passage, dévala les marches et quitta la maison à toutes jambes, comme pourchassée par les démons.

En montant dans la voiture, elle sentit la vague d'hystérie qui s'emparait tout doucement d'elle. Non ! Non, elle refusait d'y croire. Comment Nicky et elle pouvaient-ils être frère et sœur ? C'était tellement horrible… Ça ne pouvait être vrai, mais si ça l'était... Un haut-le-cœur secoua son corps, et elle plaqua une main tremblante sur sa bouche.

On cogna à la fenêtre. Un visage, grosse lune blanche sous un chapeau de paille, l'observait d'un air inquiet.

— Lady Northmoor ? Tout va bien ?

Elle la dévisagea, l'horreur peinte sur ses traits. C'était l'une des femmes du village, mais elle avait oublié son nom.

— Oui, oui ! balbutia-t-elle avant de tourner la clef et d'appuyer sur l'accélérateur, désireuse de s'éloigner au plus vite de son père.

Voyant à peine la route devant elle, elle grimpa à une vitesse vertigineuse la colline qui menait au fort. Elle tremblait de tout son corps, et la tête lui tournait. Qu'allait-elle dire à Nicky ? Comment le lui annoncer ? Cela faisait des années qu'ils vivaient dans le plus horrible des péchés (elle sentait qu'elle allait vomir), et, comme le lui avait asséné son père, elle avait empoisonné sa famille.

Elle manqua de suffoquer en songeant aux terribles conséquences pour les enfants. Qu'allait-il leur arriver ? Le supporteraient-ils ?

La voiture parvenait au sommet de la colline, juste avant le léger virage qui descendait vers la maison. Ce fut d'abord une tache floue – un manteau violet et un petit vélo rose qui s'apprêtait à descendre la côte qu'il avait si difficilement grimpée –, mais, alors qu'Alexandra fonçait vers elle à vive allure, la silhouette prit soudain forme devant ses yeux : le vélo zigzagua, le petit visage encadré de cheveux bruns balayés par le vent se fit plus net, et ses grands yeux se tournèrent vers elle, débordant de confiance. En bas de la colline, Nanny se hâtait de la rejoindre.

Elle n'eut pas le temps de réfléchir. L'espace d'un instant, Alexandra eut les yeux plongés dans ceux de sa fille avant que la voiture ne vienne faucher le vélo sous ses roues, sa petite conductrice avec.

25

Aujourd'hui

En milieu de matinée, Janey signifia à Delilah qu'elle avait un appel. Quand Delilah décrocha le combiné du vestibule, elle fut surprise d'entendre la voix du pasteur à l'autre bout du fil. Il espérait ne pas la déranger.

— Non, non, pas du tout, le rassura-t-elle.

John s'était absenté toute la journée pour affaires. Il s'était suffisamment radouci pour retrouver le lit conjugal, mais il demeurait toujours autant fermé. Quant à Delilah, elle s'était assurée de sortir le moins possible afin de ne pas croiser Ben. L'épisode de la piscine ne cessait de se rejouer dans son esprit et, chaque fois, une vague de chaleur lui embrasait le corps sans qu'elle sache vraiment d'où elle venait. Parfois, elle avait l'impression que c'était de la culpabilité, voire de la honte ; d'autres, quelque chose qu'elle était pour le moment incapable d'accepter.

— Désolé d'avoir mis autant de temps à revenir vers vous, s'excusa le pasteur de ce ton si chaleureux. Vous vouliez savoir où était enterrée lady Northmoor, n'est-ce pas ? La mère de votre mari, j'entends par là.

— Oui…

Elle s'assit sur la chaise à côté du guéridon, tout ouïe.

— Vous l'avez trouvée ?

— Malheureusement, j'ai bien peur d'avoir fait chou blanc de ce côté-là… Mais vous aviez mentionné l'année 1974, et il se trouve qu'un autre décès a eu lieu cette année-là dans la famille. Il s'agirait d'une certaine Élaine Stirling.

Delilah lâcha un hoquet de surprise.

— Allô ? Vous êtes toujours là ? s'inquiéta le pasteur après un long moment de silence.

— Oui, souffla-t-elle, en proie à une étrange vague d'exaltation.

Voilà qu'elle mettait enfin le doigt sur cette fameuse Élaine avec qui le vicomte l'avait confondue… Qui était-elle ? Une ancienne maîtresse ? Impossible : le nom était le même.

— Que disent les archives ?

— Pas grand-chose, malheureusement. Vous savez, ça n'a rien à voir avec un certificat de décès : la cause de la mort n'apparaît même pas. En revanche, il est noté qu'elle est enterrée ici, et je me demandais si cela vous intéresserait de venir voir la tombe de vous-même.

— Oui, merci beaucoup ! Je peux venir tout de suite, si ça vous va.

Le pasteur l'attendait dans le cimetière, fixant sombrement les pierres rongées par le temps qui jouxtaient l'église. Il leva la tête en souriant dès qu'il l'entendit approcher.

— Vous avez fait vite, dites-moi !

— Oui, j'étais pressée de voir ça.

— Selon le plan, Élaine Stirling serait enterrée au fond du cimetière, sous le grand if. Allons-y.

Il s'élança parmi les pierres tombales branlantes, Delilah sur les talons.

— Nous ne nous servons plus de ce cimetière, en profita-t-il pour lui expliquer. Je ne vous cache pas que ça m'arrange : c'est assez compliqué d'entretenir un endroit pareil, entre l'herbe à arracher et les sépultures à maintenir en bon état… Mais on y a organisé beaucoup d'enterrements dans les années soixante-dix, même si cela fait déjà quelque temps qu'on parle plus de cendres que de cercueils… Il y a un grand crématorium doublé d'un cimetière à Holly Park ; c'est là que la plupart des gens vont, aujourd'hui.

L'herbe était tellement verte et drue que Delilah se prit à se demander si cela avait à voir avec tout ce qui pourrissait dans le sol. Tandis qu'elle s'efforçait de bannir l'image qui était en train de se former dans son esprit, elle se rendit compte que le pasteur s'était arrêté. Agenouillé dans l'herbe haute qui cernait un immense if, il arracha quelques touffes avant de souffler :

— Je crois que nous y sommes.

Delilah s'accroupit à côté de lui, l'herbe chatouillant sa peau nue, et scruta le parterre assombri par les branchages. Une petite pierre enfoncée dans le sol était surmontée d'une minuscule urne en marbre pleine de petits trous, de façon à accueillir des fleurs. Elle se pencha pour mieux lire ce qui y était gravé.

— *Élaine Stirling*, lut-elle. *1969-1974.* Mon Dieu, elle n'avait que cinq ans ! Mais c'est terrible... Regardez, il y a un vers, ici : *Quand tu regarderas les étoiles, la nuit, j'habiterai dans l'une d'elles.*

Elle sentit ses yeux s'embuer et sa gorge se nouer. Existait-il quelque chose de plus horrible que la mort d'un enfant ?

— Que lui est-il arrivé ?

Le pasteur observait la minuscule tombe avec le même trouble.

— Pauvre enfant... Et pauvres parents. Quelle triste coïncidence, qu'elle soit morte l'année même où vous pensiez que lady Northmoor était elle-même décédée !

Delilah dressa la tête vers lui, le regardant sans vraiment le voir, perdue dans ses pensées.

— Attendez... Mais oui, vous avez raison. Lady Northmoor est morte la même année.

— Vous aviez mentionné l'éventualité qu'elle se soit suicidée. Eh bien, je crois que nous venons de lever le voile sur sa motivation. Sa fille est morte à cinq ans. Qui peut savoir ce que cette pauvre femme a dû endurer ?

Le cerveau en ébullition, Delilah distingua à peine ses paroles. Elle revit soudain la poupée qu'elle avait glissée dans son tiroir, cette petite ballerine rose confinée dans la salle de jeux durant tout ce temps. Élaine était née deux ans après John. Il avait sept ans quand elle était morte. Ce devait forcément être sa sœur. Elle ne voyait pas une autre explication.

Mon Dieu… Alex a perdu un enfant. Elle a perdu sa fille. Voilà donc pourquoi elle a fait ça…

Cela lui paraissait soudain tellement clair… Pourtant, une question subsistait : comment Alex avait-elle pu abandonner John ? Comment pouvait-on perdre un enfant et quitter l'autre ? Cela semblait tellement improbable, à moins qu'elle n'ait été littéralement folle de chagrin…

— Merci beaucoup, monsieur. Je… Je dois y aller, balbutia-t-elle en se redressant.

— Tout va bien ? Vous êtes toute pâle. Veuillez me pardonner ; j'avais oublié que cette fillette était un membre de votre famille, évidemment…

— Dites-moi ! lança Delilah, traversée par une idée soudaine. Vous sauriez si les baptêmes sont également archivés ? Ce serait possible d'y jeter un œil ? Si ce n'est pas trop vous demander, bien sûr.

— Oui, cela ne devrait pas poser de problèmes. Allons-y j'ai le sentiment que vous ne serez pas capable d'attendre bien longtemps !

Sur le chemin du retour, Delilah tentait encore d'intégrer tout ce qu'elle venait d'apprendre. Elle savait désormais qu'Élaine Stirling était le second enfant de Nicky et Alexandra (elle avait vu son acte de baptême) et qu'elle était morte à cinq ans. Après cela, plus rien. Aucun rapport concernant l'enterrement d'Alexandra, et aucun événement notable dans la famille jusqu'au mariage de John et Vanna en 1997.

John a une sœur dont il n'a jamais parlé. Il n'a aucune photo dans la maison. Rien. C'est comme si elle n'avait jamais existé. Pourquoi me cacherait-il une chose pareille ? Je ne comprends pas.

Elle se souvint de la fois où John lui avait dit qu'il n'y avait jamais eu beaucoup de filles dans la famille. Comment pouvait-il faire abstraction de *sa propre sœur* ?

Elle dut alors se rappeler à quel point un tel traumatisme était difficile à gérer, en tant qu'enfant. Si on avait infligé à cette famille l'horreur d'une double perte en quelques mois d'intervalle, peut-être étaient-ils seulement parvenus à tenir le coup en se débarrassant de tout ce qui pouvait leur rappeler Élaine et Alexandra. C'était la seule explication qui lui venait en tête.

— Alex…, souffla-t-elle.

L'image de cette femme surgit dans son esprit, bouleversée, en larmes, hurlant à la mort, peut-être. Elle courait vers la folie, en proie à une terrible hystérie.

— Pourquoi as-tu fait ça ? Mon Dieu, que tu as dû souffrir !

De retour à la maison, en quête de nouveaux indices, tentant de chercher la petite fille dont elle connaissait désormais l'existence, elle repassa au crible les clichés de famille. Verrait-elle des choses qui lui avaient échappé jusqu'ici ? Elle parcourut une nouvelle fois les chambres, à l'étage, et passa un long moment dans la nursery à observer le cheval à bascule, s'imaginant une enfant le chevaucher gaiement, ou jouant à la poupée devant la cheminée. Mais elle ne vit rien. Les années avaient fini par entièrement l'effacer. Peut-être la poupée avait-elle été le seul indice à trouver. Il restait encore le grenier, plein à craquer… Peut-être y trouverait-elle la preuve qu'un autre enfant avait un jour vécu ici…

Elle secoua la tête de frustration. De quelle preuve avait-elle besoin ? La preuve se trouvait sous l'if du cimetière et dans les archives de l'église. Ce qu'elle ignorait, c'était pourquoi. Et elle avait peur de le demander à John. Elle ne savait même pas si elle oserait lui faire part de sa découverte. Il haïssait le passé autant qu'il le craignait, et sa réaction était totalement imprévisible.

John réapparut dans la soirée, fatigué par sa longue journée et beaucoup moins agité que ces derniers temps. Ils dînèrent en discutant de tout et de rien, Delilah s'efforçant de garder un ton léger malgré les pensées qui l'obsédaient. Elle avait prévu d'attendre un peu, de voir l'évolution que prendrait leur relation avant de lui parler, mais elle se rendait désormais compte que cela lui serait impossible de garder cette découverte pour elle plus longtemps. Et puis, si elle ne voulait plus de secrets entre eux, elle se devait avant tout d'être honnête.

— John, souffla-t-elle en posant sa fourchette.

Elle croisa son regard avant de baisser aussitôt les yeux, intimidée, grattant le bois de la table du bout des doigts. Elle s'arma alors de courage et se lança :

— J'ai découvert quelque chose, aujourd'hui, et j'aimerais vraiment t'en parler.

— Ah…, lâcha-t-il, les traits soudain fermés. Je t'écoute.

— Tu te souviens que ton père m'a un jour prise pour une certaine Élaine ? Tu vas trouver ça étrange, mais… le pasteur m'a parlé d'une tombe qui portait justement ce nom, et nous sommes allés y jeter un œil… C'est bien « Élaine » qui est gravé dessus. « Élaine Stirling ». Mais elle est morte à tout juste cinq ans. Tu saurais de qui il s'agit ?

John se mit à fixer ses mains, l'air hébété. Puis il releva les yeux vers elle et s'éclaircit la gorge avant de répondre.

— Oui. C'est ma sœur. Elle est morte dans un accident.

— Je suis tellement désolée… Je ne savais pas… Tu ne m'as jamais parlé d'elle, murmura Delilah en prenant soin de ne pas avoir l'air de l'accuser de quoi que ce soit. Pas même quand je t'ai dit que ton père m'avait appelée Élaine.

Il prit une longue inspiration, qu'il relâcha lentement.

— Tu as raison, dit-il en fixant un point derrière elle, sur le plan de travail. J'aurais dû t'en parler. Mais… c'est difficile à expliquer. Nous ne parlons jamais d'elle. Jamais. Tu ne peux pas imaginer ce que sa mort a entraîné… J'étais en pension et, à mon retour pour les vacances, elles étaient toutes les deux parties. Élaine et ma mère. Comme ça, en un claquement de doigts. J'avais quitté ma famille en pleine santé, et je ne suis revenu que pour retrouver mon père. Et nous ne pouvions pas parler des autres. C'était comme si elles n'avaient jamais existé. J'ignorais totalement ce qui s'était passé… et elles me manquaient horriblement.

407

Déchirée à l'idée de ce qu'il avait dû traverser, Delilah posa une main douce sur la sienne.

— C'est terrible... Je suis sincèrement navrée, John.

— C'est difficile pour moi d'en parler, tu as dû le remarquer, commenta-t-il en s'arrachant un sourire tandis que leurs regards se croisaient enfin.

— Tu penses pouvoir m'en parler ne serait-ce qu'un peu ? J'aimerais savoir ce qui s'est passé.

Il sembla s'armer d'une force venue de nulle part et inspira profondément.

— Très bien. J'ai conscience que tu as le droit de savoir... Je me souviens d'Élaine, mais de façon plus ou moins hachée. Je revois un bébé dans son landau, une enfant sur la balançoire, nous deux courant dans les couloirs. Je me souviens d'un jour où elle avait pleuré toutes les larmes de son corps : je crois que je l'avais poussée du cheval à bascule. J'ai l'image d'elle assise en plein milieu du vestibule entourée de poupées, et du matin de Noël, quand nous vidions nos chaussettes dans la nursery. C'est à peu près tout. Elle était adorable, comme la plupart des enfants de cinq ans, j'imagine : sage, avec de beaux cheveux et de grands yeux.

Il s'interrompit un instant, ses lèvres se plissèrent, puis il poursuivit :

— Un chauffard l'a renversée avant de prendre la fuite, et, peu de temps après, rongée par le chagrin, j'imagine..., ma mère..., elle...

Il pressa les paupières et se mordit la lèvre, à l'agonie.

— Elle s'est suicidée, souffla Delilah.

Il rouvrit aussitôt les yeux.

— Tu es au courant ?

— C'est simplement ce que j'en ai déduit.

John fixait de nouveau ses doigts, qu'il entortillait frénétiquement. Perdu dans ses pensées, il murmura alors d'une voix rauque :

— Je n'ai jamais compris comment elle avait pu me quitter. Elle devait vraiment tenir à Élaine. Mais moi, je ne suffisais pas.

— Je suis tellement désolée, répéta Delilah d'une voix douce et rassurante. J'aurais dû deviner que ta réaction n'était pas due à rien quand j'ai mentionné cette vieille tour.

— La folie…

Il ferma de nouveau les yeux et secoua la tête.

— Ce vieux tas de pierres immonde… C'est donc comme ça que tu as fait le lien.

Elle hocha la tête.

— J'aurais dû t'en parler, déclara-t-il en fixant la table.

— Mais ce n'est plus un secret, désormais, n'est-ce pas ? répondit-elle, pleine d'espoir.

Ils pourraient enfin tout reprendre à zéro. L'ancien John serait de retour, celui dont elle était tombée si follement amoureuse.

— Je suis au courant pour Élaine et pour ta mère. Tu n'as plus à me cacher quoi que ce soit. Il est inutile d'avoir peur.

Elle se leva et fit le tour de la table pour aller l'envelopper de ses bras.

— Mon pauvre… Tu n'as pas eu une vie facile. Mais je veux t'aider à tout arranger. On y arrivera, je te le promets.

Il la laissa l'enlacer, mais il fut incapable de se détendre sous ses bras. Elle aurait aimé qu'il se retourne, qu'il l'étreigne à son tour et lui murmure que tout irait bien, à présent, qu'il acceptait son aide, qu'il était enfin prêt à tourner la page. Mais il demeura plus raide que jamais.

26

1974

Alexandra n'aurait jamais songé qu'il était possible de souffrir autant sans mourir. Si quelque chose parvenait à la détruire, ce serait cela. Elle demeura alitée plusieurs jours. Les gens venaient, se déplaçaient dans la chambre, échangeant des murmures ou cherchant parfois à lui parler. Ils essayaient de la faire boire, de la faire manger. La portaient jusqu'à la salle de bains, puis jusqu'au lit. Elle les laissait faire d'elle ce qu'ils voulaient. Que cela pouvait-il bien lui faire, désormais ?

Un jour, elle avait quitté sa maison en ayant un fils, une fille et un mari. En ayant une vie. Elle avait été heureuse, même si c'était seulement maintenant qu'elle réalisait à quel point. Quand elle avait remis les pieds dans cette maison, tout avait été anéanti.

Un terrible cri silencieux envahissait son crâne plusieurs centaines de fois par jour, dès qu'elle songeait à cet instant. Il lui fallait une force surhumaine pour endurer ce que personne d'autre ne pouvait entendre, ce hurlement qui lui déchirait les entrailles et lui perçait le cœur continuellement. Il projetait une image dans sa tête, une image qu'elle craignait plus que tout, une image qu'elle se sentait incapable de revoir, mais que d'ignobles démons tenaient à graver à jamais dans son esprit.

« Regarde, semblaient-ils la torturer. Regarde, regarde, regarde… Tu dois assumer ce que tu as fait. Regarde encore. »

Elle revoyait donc encore et encore cet instant où elle avait déboulé en haut de la colline, bien trop vite, en proie à l'agonie, et avait vu son… Élaine.

« La voilà, ta petite chérie, sifflaient les démons. Regarde-la pédaler comme une grande, alors que ses pieds touchent à peine le sol… Mais te voilà, toi, dans ta grosse boîte de métal meurtrière que tu pousses vers elle… Pourquoi vas-tu si vite ? Regarde-la balancer, les cheveux balayés par le vent, les yeux écarquillés… Regarde, elle t'a vue ! Elle t'implore de l'aider, de la protéger. Mais tu ne peux pas t'arrêter, n'est-ce pas ? »

Elle voyait alors la petite silhouette rose et violette disparaître sous son capot, la sentait sous ses roues, percevait le broiement sinistre du vélo, puis le rebond de la voiture qui passait l'obstacle. Ensuite, comme chaque fois, elle voyait Nanny, les traits déformés par l'horreur, la bouche et les yeux grands ouverts, les bras tendus dans un geste désespéré pour arrêter le véhicule.

Alexandra se mettait alors elle-même à hurler son horreur, pour chasser ces démons et stopper leur tourment tout en ayant conscience qu'ils étaient à jamais en elle. Elle passerait le restant de sa vie à se torturer, et c'était tout ce qu'elle méritait. Quelle naïveté d'avoir cru qu'elle connaîtrait un jour le bonheur et serait capable de le prodiguer en retour ! Elle était maudite et, comme la fameuse dame de Shalott, c'était l'amour qui l'avait punie.

Tout était terminé, désormais, elle le savait. Son mariage, sa vie de mère…, tout. Elle ignorait même comment elle allait pouvoir survivre. Nicky venait régulièrement la voir, mais elle se détournait chaque fois, incapable de le regarder en face. Entre deux sanglots, il l'implorait de lui dire quelque chose. Il tentait de parler de leur fille et de la défaire de cette atroce culpabilité, mais il ne comprenait pas que cela n'était malheureusement pas en son pouvoir.

Le péché était bien plus profond et bien plus sombre que ce qu'il aurait pu jamais imaginer. Et son amour pour lui, qui avait jusqu'ici été son roc et lui avait toujours donné le courage de relever la tête, était désormais malsain. Il ne pouvait plus rien pour elle, ni elle pour lui. Ils devaient se séparer au moment où ils avaient plus que jamais besoin l'un de l'autre.

Mais elle ne pouvait lui dire cela. C'était un poids qu'elle devrait porter seule toute sa vie. Elle refusait donc de le regarder et de lui parler. Quand les infirmières chuchotaient qu'elle finirait par abdiquer, elle gardait pour elle sa profonde conviction qu'elle ne le pourrait jamais.

Il n'y avait plus ni nuit ni jour, seul un désespoir sans fin, mais ils ouvrirent les rideaux et laissèrent entrer la lumière. Ils sortirent une robe et un manteau de laine noire, la baignèrent et les lui enfilèrent. Qui étaient donc tous ces gens ? Ils semblaient la connaître mais elle ignorait totalement qui ils étaient. Puis on la fit grimper dans la voiture, qui la conduisit à l'église. Nicky était là.

Elle savait que c'était lui, même s'il avait l'air d'une version grotesque de lui-même, les traits tirés par le chagrin, le regard agonisant. Ils rejoignirent l'église ensemble, et elle entendit des cantiques, des prières et des poèmes, puis ils gagnèrent le cimetière à l'arrière et allèrent se tenir sous l'if, près d'un trou dans la terre dont la vue lui arracha le cœur. Ils apportèrent la petite boîte blanche. Quand elle passa devant elle, Alexandra saisit l'une des fleurs blanches qu'on avait posées dessus.

Puis elle les regarda mettre la boîte en terre, si profondément, dans les ténèbres terreuses, et commencer à la recouvrir. Elle ne prononça pas un mot, mais c'est parce qu'elle était complètement assourdie, ébranlée et possédée par cet abominable tapage en elle, le hurlement des Furies qui la pourchassaient. Elles rugissaient le nom de son enfant comme des coups de poignard, exigeant de savoir pourquoi elle avait décidé d'expédier sa fille au monde des morts, de mettre un terme brutal à son existence et de la jeter dans ce trou.

Elle savait qu'elle était peu à peu en train de sombrer dans la folie. Mais elle n'avait pas la force d'y résister. À quoi bon, de toute façon ? Que pourrait-elle connaître d'autre que cette existence d'éternelle souffrance ? Quel était l'intérêt ?

Ils la ramenèrent au fort et la remirent au lit, la laissant seule avec ces voix et cet atroce tourment. Mais elle savait qu'ils reviendraient.

Une nuit, une étrange quiétude s'empara d'elle. Elle se réveilla d'un sommeil qu'elle savait peuplé de ces horribles images qui ne la quitteraient jamais. Mais les voix, elles, s'étaient enfin tues. Elle avait le sentiment soudain qu'une révélation venait de s'offrir à elle. Même si elle ignorait de quoi il s'agissait, c'était comme boire un grand verre d'eau fraîche sous un soleil caniculaire. Elle avait attendu cet instant de paix pour pouvoir réfléchir à tout cela, et il était accompagné d'une délicieuse torpeur qui lui permettait enfin de bouger. La douleur lui avait été retirée quelques instants, comme si elle avait été confinée dans une maison dont elle serait parvenue à échapper en grimpant sur le toit. Ne lui restait plus qu'à décider si elle voulait retourner à l'intérieur ou non.

Elle sortit du lit où elle dormait maintenant seule (peut-être Nicky se trouvait-il dans la chambre dorée, au bout du couloir ?) et gagna la fenêtre. Elle poussa le lourd rideau et découvrit une nuit claire, la lune suspendue au ciel tel un énorme pendentif doré, les étoiles formant leurs étincelantes constellations.

Il fallait qu'elle sorte. Dans sa tête, la conviction d'un rituel à suivre se faisait de plus en plus nette. C'était presque comme si une voix familière qu'elle avait oubliée depuis trop longtemps l'appelait, l'attirait ; elle devait la suivre. Elle gagna la porte de la chambre et l'ouvrit. La maison était plongée dans l'obscurité, en dehors de quelques lampes projetant une lueur ambrée ici et là. Elle sortit dans le couloir, puis descendit les marches.

C'était une sensation agréable que cette apesanteur qui lui donnait l'impression de ne tenir au sol que par la rambarde qu'elle serrait dans son poing. Elle se sentait légère, vide, comme faite de rien. Quand elle atteignit le grand vestibule, elle vit que la porte du bureau était ouverte et qu'une lumière brillait à l'intérieur. Elle y jeta un rapide coup d'œil. Il était là. L'homme qu'elle aimait, mais dont elle ne pouvait plus être la femme. Il était avachi sur son bureau, assoupi sur un bras, une bouteille de whisky à moitié vide à côté de lui. C'était donc ainsi qu'il tentait de tenir le cap. Il n'avait pas appris, contrairement à elle, qu'il était possible de se sentir au-dessus de tout, hermétique au chagrin et au désespoir. Bien sûr, il y avait un prix à payer pour cette liberté. Cela impliquait que certaines choses soient faites, et elles le seraient.

Elle quitta le bureau et gagna la porte d'entrée. Elle était verrouillée, et Alexandra était trop faible pour tourner la grosse clef ou tirer les verrous de fer. Elle prit alors la direction de l'arrière de la maison. Sur son chemin, elle tomba sur une petite paire de bottes et se souvint du garçon. Où était le garçon ? Quand l'avait-elle vu pour la dernière fois ? Elle n'en avait aucun souvenir. Il était parti à l'école, et elle ne l'avait pas revu depuis. Se trouvait-il dans la maison ? Était-il revenu ? Lui avait-on dit ce qui s'était passé ? Une angoisse soudaine la traversa avant de disparaître aussi vite. Elle s'apprêtait à faire ce qu'il y avait de mieux. Ce serait son dernier geste d'amour vis-à-vis de lui. Elle le libérerait d'elle, lui permettrait de vivre sans toute cette peur et cette douleur qu'elle ne pourrait que lui apporter. En le quittant, elle le sauvait. Après tout, si elle avait pu tuer sa petite fille si précieuse, que pourrait-elle lui faire, à lui aussi ?

Elle quitta la maison et avança dans l'obscurité. Elle savait exactement où aller. Il y avait les portes, ouvertes, comme d'habitude, malgré ses instructions. Puis la piste. Il y a longtemps de cela, quelqu'un lui avait demandé de dire à Nicky de faire tomber la vieille folie. Mais elle ne l'avait jamais fait. La tour lui avait paru bien trop puissante pour cela. Désormais, elle comprenait pourquoi ce lieu avait eu ce pouvoir sur elle et pourquoi elle était incapable de résister à son appel. Ce n'était plus ce vieux tas de pierres humide et dangereux. Non, aujourd'hui, elle la voyait telle qu'elle était : un portail. Elle y voyait son passé et elle y trouverait son avenir. Comme sa mère. Peut-être était-ce sa voix à elle qu'elle entendait, lui promettant une paix éternelle...

C'était étrange d'être dans les bois sans avoir peur. Plus rien ne pouvait lui faire de mal, à présent, et cela lui procurait un sentiment de liberté presque jubilatoire. De quoi donc avait-elle bien pu avoir peur durant tout ce temps ? Au final, c'était d'elle dont elle aurait dû le plus se méfier. Il n'y avait pas eu de monstres. Elle avait été l'instrument de destruction et elle avait enfin compris que c'était elle qui se devait de disparaître, emportant sa malédiction.

Elle poursuivit son chemin dans les ténèbres sans se soucier des branchages ou des pierres qui lui écorchaient les pieds, puis elle déboucha dans la clairière, où la folie se dressait en haut de sa colline. Elle la scruta et poussa un soupir. Elle avait déjà vu tout cela et elle savait ce qu'il lui restait à faire aussi bien que tout ce qu'elle avait fait jusqu'ici. Il n'y avait plus de retour en arrière possible. Elle n'avait pas peur. Elle brûlait simplement de mettre un terme à cette douleur. S'il existait un moyen de revoir Élaine, de la serrer dans ses bras, de respirer son odeur, de sentir sa douce peau contre la sienne, c'était celui-ci. Elle le désirait plus que tout, et cela ne faisait que faciliter les choses. S'il n'y aurait pas de retrouvailles, si tout ce qui l'attendait était le néant, il y avait encore moins de questions à se poser.

Une fois devant l'entrée, elle s'immobilisa et dressa la tête, puis elle pénétra dans la tour, enjambant les pics acérés et les amas de pierres jusqu'à l'escalier croulant. Elle entreprit alors de l'escalader, grimpant les marches glissantes d'un pas sûr et léger, toujours plus haut vers le ciel d'encre. Elle atteignit enfin le sommet et gagna le mur béant, les yeux fixés sur le paysage nocturne. Plus qu'un pas, et elle serait libre. Un pas, une chute, puis les ténèbres. La paix. Le sommeil. Ces voix ne reviendraient plus jamais.

Elle dressa les épaules, se rappelant qu'elle savait exactement ce qu'elle devait faire. Autour d'elle, sa chemise de nuit claquait doucement sous la brise. Elle était prête.

27

Aujourd'hui

La nuit avait été marquée par les cauchemars de
John. Delilah s'était réveillée plusieurs fois en l'entendant haleter, ses gémissements étouffés signifiant qu'il hurlait très probablement dans ses rêves.
Elle l'entourait alors de ses bras, ce qui le calmait
jusqu'à la prochaine crise, mais elle n'avait du coup
pratiquement pas fermé l'œil de la nuit. Elle s'inquiétait qu'il soit encore en proie à de telles terreurs
malgré le fait de lui avoir parlé de son passé, mais
peut-être cela avait-il fait tout ressurgir, au final.

Au petit déjeuner, John avait le teint livide, les
yeux rougis, et était à peine capable d'articuler un
mot. Était-elle dans le même état ? Il finit par lever
les yeux de sa tartine et déclara :

— J'ai réfléchi et j'ai besoin de partir quelques
jours, de prendre un peu de distance. Un de mes
rares amis qui puissent encore me supporter m'a
proposé d'aller pêcher avec lui. Tu n'as jamais
eu l'occasion de rencontrer Ralph, mais c'est un
chouette gars, et je pense que ça me ferait du bien.
Mon père va mieux, en ce moment, et la paperasse
peut attendre un peu.

— D'accord. Tu as raison : ça ne pourrait te faire
que du bien de te changer un peu les idées.

Elle lui sourit tout en espérant parvenir à dissimuler sa vexation.

— Mais si tu pars, ajouta-t-elle, tu vas rater ma
période d'ovulation…

— Ce n'est pas comme si nous ne pensions qu'à
ça, en ce moment, pas vrai ? commenta-t-il en haussant légèrement les épaules. Nous ne sommes plus
à un mois près.

Elle prit sur elle pour ne rien laisser trahir de son
effarement.

— Très bien. Si c'est ce que tu veux.

— Oui. Je pense qu'on devrait faire une petite
pause, tous les deux. Ça ne pourra nous faire que
du bien.

— Tu pars quand ? demanda-t-elle, piteuse.

Une pause ? Elle s'était donc totalement fourvoyée. Ça avait l'air de tout sauf d'un nouveau
départ…

— Après le petit déjeuner.

Si tôt ?

— Et tu rentres quand ?

— Je ne sais pas. Je devrais m'absenter quatre
ou cinq jours. On va tirer jusqu'en Écosse. Perdus
dans les collines, sans ordinateur ni aucun réseau…
La paix, quoi.

— Charmant.

Il enfourna son dernier bout de tartine et se leva
en s'essuyant les mains avant de jeter sa serviette
sur la table.

— Je vais faire ma valise. Je pense que ça ne
te fera pas de mal non plus, de passer un peu de
temps ici sans moi.

Soudain consciente du danger de se retrouver seule au fort à proximité de Ben, à cause des sentiments qui naissaient entre eux, Delilah aurait voulu lui hurler de ne pas partir, pas maintenant. Mais elle n'en fit rien et se contenta de répondre du ton le plus jovial possible :

— J'aurai sûrement de quoi m'occuper.

— Parfait. Je te préviens quand je pars.

John partit dans la demi-heure, la voiture remontant l'allée si vite qu'elle l'aurait crue poursuivie par quelque chose. Elle le regarda s'éloigner tout en sentant le poids de la dépression peser sur ses épaules.

Elle fixait encore l'allée déserte quand elle vit un éclair rouge au loin. Le fourgon du Royal Mail cheminait tranquillement vers la maison, plus tard que d'habitude, étonnamment. Elle sortit et descendit le perron pour accueillir le postier.

— Bonjour ! lança l'homme gaiement en s'arrêtant devant l'entrée sans couper le moteur. Désolé du retard, j'ai été retenu au dépôt !

Il descendit du fourgon avec une liasse de lettres fixée par un élastique et la lui tendit.

— On dirait bien qu'il y en a une pour vous, commenta-t-il en montrant le haut de la pile.

— Merci.

Elle observa alors la longue enveloppe blanche marquée du nom d'une compagnie qu'elle ne connaissait pas.

— Je vous en prie, dit le postier en regrimpant à bord du véhicule. Vous saluerez monsieur de ma part. Bonne journée !

Delilah ne le regarda pas partir, son attention entièrement captée par l'enveloppe et le nom inscrit dessus. Elle était adressée à lady Northmoor.

— Lady Northmoor ? souffla-t-elle.

Cela faisait des années qu'il n'y avait plus de lady Northmoor à Fort Stirling. Delilah sortit l'enveloppe de sous l'élastique et la retourna. Aucun indice à l'arrière, et le rabat demeurait résolument collé. Il s'agissait d'une lettre récente, et non d'une missive qui se serait perdue dans le système postal pendant quarante ans, comme ces cartes postales que les journaux disaient parfois parvenir à destination plusieurs dizaines d'années après avoir été envoyées. La police était d'un noir de jais, énergique et ferme. Cette lettre savait qui elle devait atteindre.

Delilah retourna lentement à l'intérieur sans quitter la lettre des yeux. Elle savait que lord Northmoor avait donné procuration à John, et que John s'occupait désormais de tout. Elle aurait dû lui remettre cette lettre et lui demander de quoi il s'agissait. Mais elle l'imaginait déjà lui arracher l'enveloppe des mains, de cet air fermé si familier, en prétendant que ce n'était rien et qu'il s'en occuperait. Encore des secrets.

Avant de pouvoir changer d'avis, elle glissa le doigt sous le rabat et le décolla. Voilà, c'était trop tard, maintenant. Impossible de revenir en arrière.

Et puis, après tout, c'est bien moi la plus proche d'être une lady Northmoor. Cette lettre m'est peut-être adressée, qui sait ?

Elle sortit la feuille blanche soigneusement pliée et l'ouvrit. Elle vit aussitôt que l'adresse du destinataire en haut du document ne correspondait pas à celle de l'enveloppe. Il s'agissait d'une adresse en Grèce, sur l'île de Patmos.

Chère lady Northmoor,
Veuillez noter par la présente que votre allocation annuelle s'est vue augmentée de deux pour cent, ce qui fait un total de 52 450 livres. Selon les instructions données par votre notaire, cette somme sera transférée sous forme d'acomptes mensuels sur votre compte grec, avec une garantie contre de potentielles fermetures de banque ou des problèmes de devise dans la zone euro.
N'hésitez pas à nous contacter en cas de question.

La lettre s'achevait par les plus sincères salutations d'un des associés d'un cabinet notarial, mais était signée par une assistante.

Delilah la relut deux fois de suite, perplexe. Était-ce bien ce à quoi elle pensait ? Était-ce vraiment possible ?

Son cœur se mit à s'affoler, et un vertige la fit s'agripper au mur, heurtant le tableau d'un chien au passage sans même le remarquer.

— Ce n'est pas vrai, souffla-t-elle, à peine capable de mesurer les implications de cette découverte. C'est une hallucination, ce n'est pas possible !

Elle lut de nouveau la lettre afin de s'assurer qu'elle ne s'adressait pas à elle, mais il était évident qu'elle n'en était pas la destinataire.

De l'argent. Une allocation. Versée à une certaine lady Northmoor vivant en Grèce. Elle revit le caveau de St Stephen, celui où était enterrée la grand-mère de John. Il n'y avait eu qu'une seule lady Northmoor depuis. La mère de John.

Alex serait-elle encore en vie ?

Elle avait beau chercher, aucune autre conclusion ne lui paraissait aussi évidente que celle-ci. Une bouffée presque euphorique s'empara aussitôt d'elle. Alex n'avait donc pas été anéantie par la maison ; non, elle avait survécu. C'était incroyable. C'était comme si Delilah se réveillait d'un terrifiant cauchemar pour baigner dans une réalité des plus rassurantes, en comparaison. L'horreur qu'elle pensait s'être produite au sommet de la vieille folie n'avait finalement jamais eu lieu. Les larmes se mirent à lui picoter les yeux. *Elle est vivante.*

Mais alors, ce fut au tour de la perplexité de l'envahir, escortée par un torrent de questions. *Alex n'a donc pas sauté ? Elle a juste… pris la fuite ? En Grèce ? Comment est-ce possible ?*

Ses mains tremblaient, et elle se mit à haleter sous une montée d'adrénaline qui rendit le moindre centimètre carré de sa peau ultrasensible. Elle s'écroula dans un fauteuil, incapable de tenir plus longtemps sur ses jambes, et fixa la lettre en s'efforçant de faire le jour sur ce qu'elle venait de découvrir. Comment et pourquoi tout cela était-il arrivé ? Pourquoi un mensonge aussi ignoble avait-il pu prendre racine pour finalement devenir la vérité ? Qui avait permis une chose pareille ?

Une terrible pensée lui vint alors, faisant de l'ombre à toutes les autres : *Dois-je en parler à John ? Heureusement qu'il n'est pas là…*

Elle ferma les yeux, soulagée de ne pas avoir à prendre de décision dans l'immédiat. Elle pourrait se remettre de ses émotions et réfléchir à tout cela. Avant d'en parler à qui que ce soit, elle devait absolument s'assurer qu'il ne s'agissait pas d'une erreur. Elle se demanda pour la énième fois si elle n'avait pas mal interprété la lettre, mais il n'y avait pas de doute possible.

Il me faut des preuves, décida-t-elle en s'efforçant de recouvrer son sang-froid. *Il me faut plus que cela.*

Après quelques instants de réflexion, elle gagna le guéridon et saisit le combiné du téléphone d'une main tremblante. Sa nervosité la fit recommencer deux fois le numéro, mais elle parvint enfin à le composer correctement, et la tonalité se mit à sonner dans son oreille.

Une réceptionniste répondit :

— Pourrais-je parler à Gordon Evans, s'il vous plaît ? demanda Delilah en lisant le nom tapé en bas de la lettre.

— Il est en réunion. Je peux transmettre votre appel à quelqu'un d'autre ?

— Oui, merci.

Une délicate sonate au piano prit le relais, entrecoupée de sa propre respiration haletante.

— Sarah Hargreaves à l'appareil. En quoi puis-je vous aider ?

— Je viens de recevoir une lettre que j'ai ouverte par erreur, expliqua Delilah sans lâcher le document des yeux. Elle est adressée à lady Northmoor.

À l'autre bout du fil, la femme marqua un temps d'arrêt.

— Oui… Nous avons en effet écrit à lady Northmoor récemment. Nous envoyons notre correspondance à l'adresse qu'elle nous a donnée en Grèce.

— J'ai bien peur que cette fois, vous ne l'ayez envoyée à Fort Stirling, où il n'y a pas eu de lady Northmoor depuis plus de quarante ans. Je suis Mrs Stirling.

La femme marqua une nouvelle pause, plus brève cette fois. Quand elle reprit la parole, son embarras était palpable.

— Mon Dieu, je suis sincèrement navrée… J'ai dû faire une erreur. Je peux vous demander de détruire cette lettre ? Oh ! et de n'en parler à personne ? Ça pourrait me coûter cher… Je suis vraiment désolée.

— Je comprends, répondit Delilah d'une voix plus assurée, maintenant qu'elle commençait à reprendre ses esprits. Mais en échange, j'aurais besoin de certaines informations…

Elle sortit dans le jardin, remarquant à peine l'explosion de couleurs et la vie qui grouillait autour d'elle. Tout cela paraissait invisible, à côté du bouleversement dans sa tête.

La lettre avait été envoyée au fort par erreur. Sarah Hargreaves, le désarroi incarné, le lui avait confirmé. Elle avait également confirmé que la lady Northmoor, qui vivait actuellement sur l'île de Patmos, était bien Alexandra Stirling. Delilah n'arrivait pas à y croire.

John ne peut pas être au courant, c'est sûr… Elle tenta de se remémorer le peu qu'il lui avait confié au sujet de sa mère, et elle était persuadée de l'avoir entendu dire qu'elle était morte. Personne ne pourrait inventer une chose aussi sinistre… Et pourquoi vivrait-il un tel tourment, si le suicide de sa mère n'était qu'un fantasme ?

Delilah secoua la tête, perplexe. À quoi pouvait bien ressembler Alexandra, aujourd'hui ? Ce ne serait plus cette superbe fille des photos, mais une vieille femme, à présent. Le portrait, à l'instar de celui du père de John, n'avait pas bougé, mais son sujet se serait forcément étiolé. Delilah tenta de se l'imaginer les cheveux grisonnants, la peau ridée et le dos légèrement voûté. Une vieille femme. Elle songea à la lettre du notaire. Une vieille femme qui vivait d'une généreuse allocation.

Elle s'assit sur l'un des bancs de pierre, sa surface rugueuse chauffée par le soleil. L'euphorie de sa découverte commençait à s'estomper, laissant peu à peu la place à une colère aussi sourde qu'inattendue.

Une image venait de surgir dans son esprit. C'était Alex, se prélassant sous le soleil caniculaire de Grèce tandis que son fils unique, persuadé que sa mère s'était suicidée, devait vivre dans le tourment de sa solitude et de son chagrin.

La rage monta en elle, plus forte que jamais. Quelle mère digne de ce nom serait capable de faire une chose pareille ? Évidemment, il n'existait pas pire drame que de perdre un enfant, mais cela excusait-il le fait d'abandonner un petit garçon et son père ? C'était tout bonnement impardonnable. C'était lâche et terriblement égoïste. Il n'y avait aucune excuse.

Elle se leva et se mit à tourner autour du parterre central, hermétique à ce qui l'entourait, obnubilée par ce flot de pensées. Elle se sentait ridiculement trahie, non seulement pour John, mais également pour elle. Elle avait eu de la compassion pour Alex, avait plaint cette pauvre femme... Elle avait presque vécu sa propre solitude et ce sentiment d'être écrasée par cette immense demeure. Elle avait partagé son angoisse et avait été terrorisée par l'acte ultime, l'horreur de ce qu'Alex avait fait.

Sauf qu'elle n'en avait rien fait.

— Je ne comprends pas ! lâcha-t-elle, furieuse, en s'arrêtant pour fixer son regard sur les bois, vers la vieille folie dissimulée par les arbres.

Par-dessus tout, elle voulait reconstituer le puzzle afin de comprendre comment sa vie avait fini par être à ce point liée à ce qui s'était passé ici.

Depuis son arrivée à Fort Stirling, piégée dans la solitude de ce labyrinthe, incapable d'en changer le moindre décor, et prise entre les griffes d'un mariage empoisonné par le passé, elle n'avait cessé de chercher des réponses à sa présence ici.

Elle comprenait enfin que, pour obtenir ces réponses, il lui faudrait partir. Elles l'attendaient ailleurs, détenues par la seule personne encore en vie qui pourrait les lui fournir.

TROISIÈME
PARTIE

28

Aujourd'hui

Le gigantesque ferry traversait les eaux bleu vif de la mer Égée sous un soleil de plomb. Il y avait des gens partout, la plus grande partie s'abritant à l'intérieur du bateau ou sous le large auvent qui recouvrait le pont supérieur. Quelques courageux – des touristes pour la plupart – affrontaient toutefois la chaleur écrasante, les yeux vissés sur la destination promise.

Delilah avait passé une grande partie de ces sept heures de voyage à récupérer de son départ matinal dans l'air conditionné du ferry, puis elle était allée prendre un petit déjeuner composé d'un café noir et d'un yaourt au restaurant. Elle était arrivée à l'aéroport d'Athènes à l'aurore, sous une chaleur déjà suffocante, et avait pris un taxi jusqu'au port du Pirée, où elle avait embarqué. Ils avaient déjà fait escale à diverses petites îles, l'impressionnant vaisseau slalomant entre les roches avec une agilité sidérante pour accoster tout en douceur sur de minuscules quais, où il déversait tout un tas de passagers pour ensuite en récupérer d'autres. Sachant qu'ils approchaient enfin de l'île de Patmos, Delilah avait grimpé jusqu'au pont supérieur et s'était déniché un siège juste au niveau du bastingage, si bien qu'elle bénéficiait d'une vue spectaculaire sur les eaux paradisiaques que fendait le navire. La douce brise aux notes salées qui venait lui fouetter les cheveux et les joues était si agréable après la fraîcheur artificielle de l'air conditionné…

Elle avait hâte d'arriver, même si une certaine angoisse l'envahissait quant à la façon dont elle allait s'y prendre.

— Je profite de l'absence de John pour partir un peu, moi aussi, avait-elle annoncé.

— Excellente idée ! avait répondu Janey, affairée à essuyer la vaisselle. Vous partez au soleil ?

Elle aurait préféré ne pas avoir à mentir, mais dire la vérité pouvait se révéler dangereux, si Janey était amenée à en parler à John.

— J'ai une amie, Helen, qui vit en Italie, avait-elle alors déclaré, laissant le soin à Janey d'en déduire ce qu'elle voulait.

Helen vivait en effet en Italie, mais ce n'était pas la destination que Delilah avait en tête.

— L'Italie ! Quelle chance ! soupira Janey. Je vous envie. Nous y avons fait un voyage mémorable, Erryl et moi.

— Je ne pars pas longtemps. Je serai sûrement revenue avant John.

— Amusez-vous bien, en tout cas. Cela ne peut pas vous faire de mal de changer un peu d'air…

Si seulement elle avait su à quel point ses paroles étaient vraies… La conviction de devoir à tout prix partir d'ici avait été presque aussi forte que le besoin de chercher des réponses. Son corps refusait d'oublier ce que Ben lui avait fait ressentir quand

ils s'étaient tenus si proches l'un de l'autre, l'atmosphère chargée d'électricité, et elle avait besoin
d'un peu d'espace pour réfléchir à ce qu'elle ressentait vraiment pour lui. Elle savait qu'elle était en
train de mettre son mariage en danger. Devait-elle
combattre cette attirance, ou son mariage avait-il
déjà sombré ?

— C'est de la folie ! s'était insurgé Grey quand
elle l'avait appelé afin de lui faire part de son intention de partir en Grèce.

Il fallait au moins que quelqu'un sache vraiment
où elle allait.

— Dans quoi tu te lances, encore ? Comment tu
peux être certaine que cette femme est bien celle
que tu cherches, au juste ?

— La notaire a été plus que claire : c'est bien elle.

— Mais pourquoi aller là-bas ? Tu ne peux pas
l'appeler, tout simplement ?

— Si tu veux mon avis, ce serait la pire des
idées, avait-elle rétorqué. Je lui donnerais à peine
une minute pour me raccrocher au nez.

— Delilah, avait soupiré Grey d'une voix chargée d'inquiétude. Tu ne devrais pas te mêler de
ça, je t'assure. Je n'ai pas envie que ça te retombe
dessus. Je sais que tu ne cherches qu'à tout arranger, mais tu ignores totalement les conséquences
qu'un tel geste pourrait avoir…

— Je ne peux pas faire comme si de rien n'était,
s'était-elle obstinée.

Il ne comprenait pas. Personne ne le pouvait. Il
n'avait pas vu ces clichés, dans les albums, ni vécu

dans cette maison pleine de fantômes et de rappels du passé. Il ne savait pas, contrairement à Delilah et à Alexandra, ce que cela signifiait de devenir une Stirling et de se fondre à la longue lignée de gens qui avaient habité cette immense bâtisse. Alex comprenait, elle. La retrouver allait bien au-delà de résoudre un mystère ; il s'agissait également de forger un lien qui pourrait donner un sens à sa propre vie. C'était pour cela qu'elle se devait d'y aller.

— Et John ? avait insisté Grey. Tu ne devrais pas au moins lui demander ce qu'il pense du fait de pourchasser sa défunte mère ?

— Je ne peux pas lâcher une bombe pareille sans l'avoir vue avant et sans en savoir un peu plus sur ses motivations. Il faut qu'elle sache à quel point elle l'a fait souffrir et qu'elle m'explique comment elle a pu l'abandonner de la sorte en le laissant tout simplement croire qu'elle s'était suicidée.

— Tu n'espères tout de même pas les réconcilier, rassure-moi ? Dis-moi que tu ne tenteras rien de la sorte, Delilah, je t'en prie…

— Bien sûr que non, avait-elle répondu, même si elle devait avouer y avoir songé si c'était ce qu'il fallait pour secourir John. Je fais ça parce que j'ai besoin de savoir, autant pour moi que pour John.

— Entendu…, avait-il soupiré. De toute façon, je vois bien que rien ne te fera changer d'avis. J'espère seulement que tu ne feras pas qu'empirer les choses. Tiens-moi au courant, tu veux bien ? Si tu as besoin de moi, je prends le premier avion.

Elle se lança avant de se donner une chance de changer d'avis. En l'espace de quelques minutes à peine, elle avait réservé l'avion, le ferry et l'hôtel, ce qui faisait une certaine somme, pour un déplacement prévu au dernier moment en plein milieu de l'été, mais cela aurait pu être pire. Elle était partie le lendemain avec le sentiment de prendre enfin son destin en mains après avoir passé un trop long moment à la merci des autres, individus ou lieux.

Elle s'était donc retrouvée sur ce ferry, les lèvres maculées de sel, s'enivrant du bercement du navire qui voguait tranquillement vers le port de Skala. Et très bientôt, elle devrait décider de ce qu'elle ferait une fois sur place.

L'après-midi touchait à sa fin quand ils arrivèrent. L'île s'étirait sur la mer turquoise comme pour accueillir les passagers de ses bras grands ouverts. Tandis qu'ils approchaient, l'étreinte semblait se refermer sur eux, si bien qu'on avait l'impression d'être cerné de coteaux rocheux parsemés de maisons qu'entouraient de longs bosquets d'oliviers. La masse blanche scintillante se mua peu à peu en ville portuaire, et Delilah réalisa soudain que l'île n'était pas un gros bloc de terre, mais un réseau délicat de bandes étroites et de petites baies. Au loin, haut sur l'horizon, une roche sombre et acérée se révéla être le rempart crénelé d'un vieux bâtiment de pierre brune qui offrait un contraste saisissant avec les blancs, les roses et les jaunes pâles des maisons aux toits plats, en contrebas. Sur la baie, amarrés au front de mer ou aux jetées de bois branlantes qui apparaissaient ici et là, des centaines de bateaux, de la plus petite barque à des yachts blancs impressionnants de grandeur.

Le ferry ralentit et, dans un rugissement de moteur qui fit surgir des gerbes d'eau, Delilah découvrit un port typiquement touristique, avec ses tours d'appartements, ses hôtels, ses restaurants aux centaines de tables et de chaises déversées sur le front de mer, ses râteliers à solex et ses rangées de taxis. Une bouffée d'excitation la submergea malgré elle. Elle ignorait ce qui l'attendait, avec toutes ces histoires sordides de villes grecques envahies de touristes complètement saouls, mais cet endroit n'avait visiblement rien de cela. Autour d'elle, les passagers du ferry étaient principalement des familles en vacances, et il y avait également beaucoup de sœurs, la tête couverte de noir et le corps caché sous de longues tenues dépouillées. Le manque de John se fit brutalement sentir. Elle aurait aimé partager cette nouvelle expérience avec lui, qu'il soit là lui aussi pour témoigner de la beauté de l'île et partir l'explorer avec elle.

Mais je ne suis pas là pour ça, dut-elle se rappeler. *Je suis venue pour quelque chose de précis.*

Elle continua à scruter l'île pendant qu'en contrebas, sur le port, les lamaneurs s'affairaient à amarrer le ferry au quai et se préparaient à les débarquer. Derrière un portillon attendait une nouvelle horde de passagers prêts à faire le voyage de nuit en direction du Pirée.

Est-elle ici ? se demanda-t-elle. *Alexandra est-elle toute proche de moi ?* Elle s'imagina la femme brune des photos (qui ne ressemblerait évidemment plus à cela) déambuler parmi les rues dominant la ville, ignorant que le ferry, dont les allées et venues si familières avaient fini par lui être invisibles, avait cette fois amené à son bord un messager de la vie qu'elle avait décidé d'abandonner des années plus tôt.

Demain, je pars à sa recherche.

Une fois les passagers aiguillés vers une porte différente de celle où attendaient les prochains, ils se dispersèrent qui vers les hôtels, qui vers les taxis, qui vers les arrêts de bus. Delilah consulta sa carte. Elle avait réservé une chambre à Chora, le principal village de l'île qui s'étirait sur les collines au sud-ouest de Skala, tout près du château qu'elle distinguait à l'horizon (que la carte disait d'ailleurs être un monastère). Le village n'avait paru qu'à quelques minutes du port, mais à la vue de cette longue pente raide à gravir avec sa valise, elle décida de se diriger vers la rangée de voitures cabossées affublées du signe TAXI sur leur toit.

— Chora ? demanda-t-elle au chauffeur de la première voiture libre.

L'homme se pencha par la fenêtre ouverte, l'expression indéchiffrable derrière ses grosses lunettes de soleil.

— Combien ?

— Chora, huit euros, lâcha-t-il.

— Entendu. Merci.

Elle ouvrit la portière arrière et grimpa en calant sa petite valise contre son flanc. Le chauffeur démarra, et, dans un souffreteux rugissement de moteur, ils se lancèrent dans les rues étroites de Skala, l'homme évitant d'un œil expert la masse de touristes partis en quête de leur hébergement. La plupart des maisons étaient chaulées et agrémentées de jolis pots de fleurs ou encore de plantes grimpantes. Une sur deux était un restaurant, leurs tables débordant sur la rue ou nichées sous des auvents de lin. Les deux-roues, motorisés ou non, semblaient être le moyen de transport privilégié par la population locale, mais le chauffeur paraissait hermétique à leur présence, dépassant jambes nues et chemises gonflées par le vent en effleurant à peine les freins.

Ils quittèrent Skala et grimpèrent la route goudronnée longée de broussailles et d'eucalyptus. Sa douce courbe menait au village d'un blanc immaculé que le soleil couchant ne faisait que mettre en valeur. Le monastère, toujours aussi imposant à l'horizon, avait des airs de fort byzantin. À ses pieds, de grandes villas cubiques émergeaient des pinèdes et des oliveraies, et, en contrebas de ces résidences luxueuses, un amoncellement de toits chaulés, de clochers et de murs venait marquer le cœur du village.

Le chauffeur s'arrêta devant un haut mur par-dessus lequel rampait la végétation du jardin qu'il cachait.

— On s'arrête ici.

— Je suis à l'hôtel Joannis, dit-elle en regardant le petit chemin qui menait vers le village. C'est loin d'ici ?

— Un peu plus haut, répondit-il en esquissant un geste vers la colline. Plus de taxi à partir d'ici.

— Très bien.

Elle sortit et lui tendit un billet de dix euros.

— Merci.

Elle prit son sac et se lança dans la direction indiquée. Malgré l'heure tardive, le soleil lui cuisait l'arrière des bras et des jambes. Elle préférait ne pas imaginer ce que cela donnerait le lendemain. En sa qualité de Galloise pâlotte, peut-être aurait-elle mieux fait d'éviter la Grèce à cette période de l'année... Elle devrait en assumer les conséquences, désormais.

Le village débordait de charme, avec ses rues trop étroites pour permettre aux voitures de passer. D'épais murs bordaient chaque rue, dissimulant ainsi maisons et cours. Même si elle aperçut plusieurs bars et de petits restaurants, il n'y avait pas cette impression touristique qui l'avait frappée à son arrivée au port.

C'est magnifique, songea-t-elle en passant devant une nouvelle cour minuscule envahie de chaises et de tables en bois agrémentées de bougainvillées roses et violettes et de nuages bleu ciel de dentelaires. Elle passa un porche voûté et continua à faire tressauter sa valise sur les ruelles pavées jusqu'à atteindre une petite place commerçante dont la terrasse du café était pleine et où un petit marché vendait fruits, légumes, poterie et toutes sortes d'objets tricotés à la main, paniers et minuscules poupées entre autres. Une femme rondelette assise sur un muret à côté d'un étal proposant des chapeaux en paille attira son attention.

— Hôtel Joannis ? alla-t-elle timidement lui demander.

La femme donna un coup de menton vers un autre porche et dressa son bras brun vers les marches qui suivaient.

— Merci.

Je ne dois plus être très loin, songea-t-elle en poursuivant son chemin, sa valise cahotant toujours derrière elle. Les pas-de-porte se côtoyaient à intervalles plus ou moins réguliers, leurs épais linteaux de pierre n'affichant pas la chaux caractéristique qu'elle avait vue jusqu'ici, mais une couleur cireuse qui tirait sur le brun. Les fenêtres étaient toutes surmontées d'une bande de la même teinte. *C'est comme si on avait pensé tout le village à la manière d'un décor. Tout est tellement en harmonie… On se croirait sur un plateau de shooting.*

Il y avait une telle grâce et une telle cohésion, dans l'harmonie de cette pierre noire et blanche, dans ces allées pavées aux roches usées par les années !… Même les tables et les chaises des terrasses semblaient avoir été choisies de manière à ce que leur bois bleu élimé et leurs assises tissées ressortent merveilleusement sur les murs blancs, les pots de terre cuite débordant de plantes et de fleurs rose vif, et les lignes courbes des murs et des arches. La simple vue de cette perfection d'unité l'emplissait d'une paix salutaire, mais elle en vint à se demander si le caractère immuable d'une telle beauté ne finirait pas par en devenir abrutissant.

De toute façon, elle était pour l'instant ravie de pouvoir s'en enivrer.

Au-dessus d'un énième porche, elle aperçut enfin un panneau indiquant HOTEL JOANNIS. Elle passa la voûte pour pénétrer une petite cour donnant sur une imposante porte de bois grande ouverte. À l'intérieur, une jeune femme brune arborant une robe rouge vif se tenait derrière la réception.

— Bonjour, je peux vous aider ? lança-t-elle dans un anglais parfait et un large sourire.

— Oui, j'ai réservé une chambre au nom de Delilah Stirling.

La femme jeta un œil à son écran.

— Mrs Stirling, en effet. Votre chambre est prête. Suivez-moi, je vous prie.

La chambre était exactement ce qu'elle avait espéré : calme et confortable, avec un grand lit et une salle de bains privative.

Une fenêtre aux persiennes baissées donnait sur la cour, en contrebas.

— Je cherche une adresse ! lança Delilah alors que la femme s'apprêtait à repartir.

Elle lui montra ce qu'elle avait soigneusement recopié de la fameuse lettre ; la femme examina l'adresse, songeuse.

— Villa Artemis… Ça ne me dit rien du tout. Je ne pense pas qu'elle se situe dans le village. Elle est peut-être en périphérie – c'est le cas de la plupart des villas. Vous devriez aller demander au bureau de poste, demain matin.

— Entendu. Merci beaucoup.

La découverte d'Alexandra se rapprochait inexorablement. Demain, elle s'y mettrait pour de bon.

29

Delilah dormit d'un sommeil paisible et se réveilla dans une obscurité presque totale qui lui procura, l'espace d'un bref instant, une montée d'angoisse.

Où suis-je ?

Alors, son voyage de la veille lui revint aussi vivement. Elle était en Grèce, seule, dans le minuscule hôtel d'un petit village abrité par un immense monastère. La veille, elle avait dîné dans la cour, en bas, avant de monter se coucher. Aujourd'hui, elle allait chercher une morte.

Elle se doucha, puis descendit dans la salle du petit déjeuner, où un buffet grec l'attendait. Assis à leurs tables, les autres clients avaient le nez collé dans leurs guides ou leurs assiettes. Delilah se servit un café et un yaourt, et alla se dénicher une table un peu à l'écart, mais très vite un autre couple prit d'assaut la table juste à côté de la sienne, leurs assiettes remplies de la charcuterie et du fromage prévus pour les touristes allemands.

Elle sentait des regards peser sur elle, et il fallut quelques minutes à peine pour que la femme se penche vers elle et lance dans un pur accent américain :

— Vous êtes toute seule ? Vous voulez peut-être un peu de compagnie ?

Delilah leva les yeux vers elle en esquissant un sourire poli.

— C'est très gentil, mais ça ira. Merci.

La femme était vêtue d'un grand bermuda kaki qui lui tombait au genou et d'un tee-shirt noir. Elle avait un sourire avenant et de grands yeux marron.

— Si vous saviez comme je vous envie… Je m'ennuie tellement, quand je voyage seule ! Ce n'est vraiment pas mon truc. Moi, c'est Teddie, et voici mon mari Paul, déclara-t-elle sans se départir de son sourire.

Paul avait un visage marqué et bruni par le soleil, agrémenté d'une moustache grise et broussailleuse et de lunettes teintées. Avec un petit hochement de tête, il marmonna un « Bonjour » dans une bouchée de saucisse.

— On a fait pratiquement toutes les îles, mais celle-ci est ma préférée, pour l'instant, poursuivit Teddie en étalant du beurre sur une biscotte avant d'y ajouter une couche de fromage frais. Ça change un peu de tous ces pièges à touristes… On a vraiment le sentiment que les gens vivent ici, pas seulement qu'ils gèrent des hôtels et des bars, non, mais qu'ils mènent des vies ordinaires. C'est peut-être lié au côté religieux…

— Vous croyez ?

Delilah ne réalisait que maintenant qu'elle ne savait rien de cet endroit. Teddie opina du chef avant d'étaler une couche de confiture brune sur son fromage.

— Vous n'avez pas remarqué toutes ces bonnes sœurs ? chuchota-t-elle en jetant un coup d'œil autour d'elle, comme si la pièce en était pleine, bien que Delilah n'en ait vu aucune ce matin.

— J'en ai aperçu sur le ferry, répondit-elle en prenant une gorgée de café.

— Voilà ! Elles sont plus faciles à repérer que les moines, il faut dire, avec leurs coiffes… C'est à cause de *L'Apocalypse* qu'ils sont tous là.

— Ah oui ?

— Oui. Saint Jean se serait trouvé dans une grotte de Patmos quand il a eu la vision de l'Apocalypse. Ce qui explique le côté mystique des lieux… et cet impressionnant monastère, en haut de la colline. Beaucoup de religieux viennent ici en pèlerinage pour voir la grotte et ressentir le frisson de se tenir là où tout a eu lieu…

— D'accord, souffla Delilah, dont la curiosité avait été piquée. C'est la raison de votre passage, à vous aussi ?

Teddie croqua dans sa biscotte et en avala une bouchée avant de répondre.

— Oh ! nous ne sommes pas très religieux. Pas vrai, Paul ?

Son mari émit un nouveau grognement.

— Mais j'aime l'histoire qu'il y a derrière tout ça. On va visiter le monastère, aujourd'hui. J'imagine que, d'ici quelques heures à peine, ce sera l'endroit le plus frais de toute l'île ! Le soleil n'a pas de pitié, ici. Ne sortez pas sans lunettes, c'est un conseil : tout ce blanc suffirait à vous rendre aveugle en un rien de temps ! Vous êtes venue pour visiter l'île ?

Si c'est le cas, vous devriez venir avec nous. Il y a des chances que ça vous plaise.

Delilah appréciait la chaleur de Teddie, malgré son envie initiale de rester seule. Elle savait que sa mission du jour consistait à retrouver la villa Artemis, mais plus le moment approchait, plus elle avait envie de le repousser.

— D'accord ! lança-t-elle à sa propre surprise. Je serai ravie de vous accompagner !

Ils grimpaient la route escarpée qui menait à l'immense forteresse, le soleil déjà torride en dépit de l'heure matinale. Delilah ne regrettait ni son chapeau ni ses lunettes. Sur les conseils de Teddie, elle avait enfilé une jupe longue et s'était assurée de couvrir ses épaules afin qu'on ne leur refuse pas l'accès du monastère pour motif d'indécence.

— Regardez-moi ça, souffla Teddie en levant les yeux vers la bâtisse. C'est splendide…

À ses côtés, son mari avançait d'un pas déterminé et en silence, un petit sac à dos fixé sur ses épaules.

Delilah leva les yeux à son tour. Le monastère semblait sur le point de les avaler, et elle se demanda quelle impression cela ferait quand ils arriveraient à son pied. Ses vastes portes les feraient-elles passer pour des nains ? Serait-ce finalement le domaine de géants, et non de simples hommes ?

— Il est gigantesque, commenta-t-elle, à bout de souffle.

— C'est sûrement dû à sa proximité avec la Turquie, suggéra Teddie. Il faut bien protéger son peuple des maraudeurs…

— Peut-être, oui, répondit Delilah.

Elle songea à Fort Stirling, qui avait à l'origine été conçu pour protéger et défendre, lui aussi, un lieu où l'on pouvait se couper des autres. Ce monastère offrait le même usage, mais à une échelle plus grande : ils auraient pu confiner la population entière de l'île derrière ses murs.

Ils gagnèrent enfin l'entrée et son imposante porte de bois renforcée, et pénétrèrent une cour dont le sol était aléatoirement composé de pavés et de pierres. En son centre, une espèce de structure ronde et couverte faisait penser à un puits. En tournant sur elle-même, Delilah découvrit tout un tas de colonnades en voûte ainsi que des portes donnant sur diverses pièces et chapelles.

Elle distingua alors une voix dans son dos, une voix de femme douce à l'accent anglais indiscutable.

— Le monastère comprend dix chapelles, car l'Église orthodoxe grecque n'autorise pas plus d'un sacrement par jour pour un autel, disait-elle. Afin de pouvoir conduire tous les offices quotidiens, plusieurs autels sont donc nécessaires.

Delilah dressa les oreilles et chercha par-dessus son épaule d'où provenait la voix, mais la femme était dissimulée par le groupe de touristes auquel elle s'adressait. Une autre voix murmura une question, et la femme répondit du même ton mélodieux.

— Non. On dirait en effet un puits, mais il s'agit en fait d'une jarre contenant de l'eau bénite. Nous allons désormais gagner l'intérieur de l'édifice, où vous pourrez découvrir les peintures murales des miracles de saint Jean le Théologien dans la première chapelle.

Le groupe avança, et Delilah aperçut brièvement une femme en robe blanche et turban bleu avant que la foule ne la fasse de nouveau disparaître de son champ de vision.

— Vous voulez la visite guidée ? proposa Teddie, qui feuilletait son guide tandis que Paul, stoïque, regardait droit devant lui.

— Il y en a une qui vient d'entrer dans la première chapelle, suggéra Delilah.

Sans qu'elle puisse se l'expliquer, elle se sentait attirée par cette voix. Était-ce commun, pour un guide, d'avoir un accent pareil ? L'île regorgeait-elle vraiment d'Anglaises de bonne famille travaillant au monastère ? *Ne t'emballe pas trop vite*, se reprit-elle. *Il est peu probable que tu tombes sur elle aussi facilement.*

— C'est dommage de prendre une visite en cours de route, commenta Teddie en désignant un groupe en train de se rassembler près de la porte fortifiée. Là, il y en a une qui va commencer. On y va ?

— D'accord, répondit Delilah en jetant un dernier coup d'œil vers la chapelle.

Les groupes finiraient sûrement par se croiser. Elle avait l'impression que cette voix résonnait encore à ses oreilles et elle se concentra dessus, mais les murs de la chapelle l'avaient entièrement absorbée.

Elle fit de son mieux pour se concentrer sur la visite du monastère et les quantités de merveilles que le guide leur désignait. Elle vit les somptueuses mosaïques byzantines, les fresques, les icônes et les autels de chaque chapelle, entendit parler des reliques précieusement conservées et des saints enterrés entre ces murs, mais son attention était ailleurs, à l'affût de la fameuse voix. Ce n'est que lorsqu'ils eurent fait le tour du monastère pour ressortir dans la cour principale qu'elle l'entendit de nouveau. Mais cette fois, elle ne parlait pas anglais. Ses intonations mélodieuses furent portées jusqu'à elle par l'air torride, et Delilah se retourna pour voir la femme en robe blanche, désormais débarrassée de son groupe de touristes. Elle se tenait de l'autre côté de la cour, le dos tourné à elle. Elle parlait à un homme à la longue toge sombre, à la barbe épaisse et grise et dont la tête était coiffée d'un chapeau noir. Il s'agissait très probablement d'un prêtre orthodoxe.

Si seulement j'arrivais à voir son visage, je suis certaine que je pourrais la reconnaître.

— Dis, tu veux aller visiter le musée ?

La voix de Teddie la ramena brutalement à la réalité.

— C'est six euros l'entrée, mais il y a d'anciens manuscrits, des habits de cérémonie et toutes sortes de trésors, apparemment. À mon avis, ça vaut le coup d'œil. Paul est partant. Tu viens ?

Delilah avait du mal à croire que Paul soit partant, étant donné qu'elle ne l'avait pas entendu exprimer la moindre opinion jusqu'ici et que, au comble de la lassitude, il était une fois de plus en train de fixer le vide. Même la visite du monastère ne semblait pas avoir suscité en lui le moindre intérêt.

— Allez-y, dit-elle. Je vais traîner un peu par là.

— Il commence à faire chaud, fit remarquer Teddie. Tu tiens vraiment à cramer ? Il fera frais, à l'intérieur. En plus, ils ne vont pas tarder à fermer pour la pause déjeuner. C'est ta dernière chance…

— Non…, non.

Un mouvement attira son regard, et elle vit la femme et l'homme à la barbe partir en direction d'une autre partie du monastère.

— Allez-y, vous. On se verra à l'hôtel.

— Bon, si c'est ce que tu veux, rétorqua Teddie avant de fourrer son guide dans sa poche arrière, où il formait une bosse énorme. Allez, viens, Paul. On dîne sur le port, ce soir, si ça te dit de te joindre à nous.

— Oui, pourquoi pas ? À plus tard, s'empressa de répondre Delilah avant de se tordre le cou pour voir où la guide était partie.

Un éclair blanc lui signala que la femme venait de disparaître derrière une porte menant à la partie plus ancienne du monastère. Elle s'élança aussitôt derrière elle, les yeux fixés sur son objectif. Une fois à la porte, elle s'apprêtait à la passer quand un homme surgit de la pénombre qu'elle renfermait pour l'en empêcher. Il portait lui aussi une longue toge sombre et dressait une main tout en déblatérant en grec.

— Pardonnez-moi, souffla Delilah en esquissant un sourire qu'elle espérait charmeur. Je suis anglaise. Puis-je entrer ?

— Non, ici bibliothèque, répliqua l'homme dans un anglais laborieux. Vous pas autorisation.

— J'adorerais voir les livres, fit-elle avec une petite moue. Je peux juste jeter un coup d'œil ? J'ai fait tout le chemin depuis l'Angleterre...

Prise d'une audace soudaine, elle avança alors de quelques pas.

— Seulement chercheurs, déclara l'homme d'une voix ferme.

Elle se doutait qu'elle n'avait rien d'une chercheuse, avec sa robe, son chapeau et ses lunettes, son guide du monastère dans la main. Elle lâcha alors un soupir.

— S'il vous plaît...

Il secoua la tête et planta un doigt vers la porte.

— Vous sortir.

Elle tourna sur ses talons et prit lentement le chemin de la sortie, consciente qu'elle n'obtiendrait pas gain de cause. Sans aucun signe de la femme en blanc, elle se décida, agacée de ne pas avoir agi plus tôt, à passer la porte pour retrouver la lumière aveuglante de la cour. À force d'hésitation, voilà qu'elle avait perdu son unique chance d'apercevoir le visage de la guide.

Mais s'il s'agit véritablement d'Alexandra, je finirai bien par la voir, se résolut-elle.

Elle quitta le monastère, heureuse d'être seule, et regagna Chora par un autre chemin. Cette fois, elle avait l'île sous ses pieds, majestueuse, son petit port d'un bleu éblouissant envahi de bateaux. Elle finit par rattraper la queue de peloton d'un groupe de touristes qui la menèrent vers un autre monastère blanchi à la chaux qu'on lui révéla être construit juste au-dessus de la grotte de l'Apocalypse. Décidée à ne pas rater ça, elle les suivit à l'intérieur et se retrouva dans une pièce souterraine au plafond bas décorée d'icônes peintes sur des murs scintillant de couches d'or. Sur les petites chaises de bois mises à la disposition des visiteurs, les gens priaient et contemplaient le lieu saint, mais elle resta juste assez longtemps pour s'imprégner de l'étonnante décoration des lieux et de l'étrange chaleur qu'ils renfermaient avant de reprendre le chemin de Chora.

Elle arriva alors que l'air commençait à se faire suffocant ; le village entier donnait l'impression de s'être confiné entre ses murs frais en attendant que la vague de chaleur ne passe. À l'hôtel, Delilah ne trouva personne pour lui indiquer la direction de la poste, mais, s'imaginant qu'elle était très probablement fermée, elle alla manger un peu de pain, de fromage et d'olives au restaurant de la petite cour avant d'aller se reposer. Avec ce temps, cela semblait être la meilleure chose à faire. Elle demeura éveillée un long moment, toujours aussi sidérée de se tenir si proche d'Alexandra (elle avait peut-être même entendu sa voix !). Elle avait l'impression qu'elle s'apprêtait à rencontrer un personnage de roman qui aurait soudain pris forme humaine. La chaleur et sa promenade matinale eurent enfin raison d'elle, et elle s'endormit. Lorsqu'elle se réveilla, il était quinze heures passées, et la température avait légèrement baissé. Elle se leva tranquillement et avala un grand verre d'eau fraîche avant de partir à la recherche de la poste, qui se trouvait à quelques rues de l'hôtel, dans l'une de ces jolies places pavées bordées de boutiques, vendant pour la plupart des pièces d'art, de la poterie et des icônes religieuses. Il s'agissait d'une échoppe sombre qui vendait également des cartes postales et toutes sortes de souvenirs, et elle en profita pour acheter quelques cartes du monastère et de la grotte. Derrière le comptoir, une femme attendait pour encaisser.

— Excusez-moi, pourriez-vous me dire où se trouve cette adresse ? lui demanda Delilah en lui tendant le fameux bout de papier.

— Oui, oui ! s'emballa la femme après avoir fixé l'adresse un petit moment. Je vous fais un plan.

Elle prit alors un stylo et, se servant de la place comme point de départ, traça de manière très claire comment rejoindre la villa.

Attablée à la terrasse du petit café de la cour, Delilah observait son plan. La villa n'était pas très loin. Quelques minutes de marche du cœur de la ville et elle y serait. Maintenant qu'elle était si proche, elle devait lutter pour se rappeler la raison de sa venue. Sa vie, son univers, même John lui paraissaient à des années-lumière, comme s'il s'agissait d'un rêve lointain et que sa réalité fût la chaleur de cette petite place, l'eau fraîche devant elle et les éclats de couleur des fleurs qui bordaient toutes ces maisons blanches.

Serait-il si facile de tout oublier ?

Elle s'était imaginé qu'Alex avait lutté pour effacer ses souvenirs, mais peut-être avaient-ils tout simplement disparu dès l'instant où elle avait quitté son ancienne vie ? Vivrait-elle les choses différemment si sa vie devenait à elle aussi ce paysage de carte postale, cette existence paisible sur une île sacrée qui semblait plus proche du onzième siècle que de celui-ci ? Peut-être ne serait-ce pas si simple de surgir dans la vie d'une parfaite inconnue en exigeant d'elle des réponses à des questions qu'elle comprendrait à peine. S'imaginer qu'elle pouvait déterrer leur passé pour leur construire un meilleur avenir pouvait soudain passer pour la pire des arrogances. L'avertissement de Grey lui revint aussitôt en tête.

Et si les choses ne se passaient pas comme je me l'imaginais ?

Elle eut un bref aperçu de leur avenir, John écœuré par sa quête obstinée, leur mariage prenant fin dans un terrible bourbier d'accusations, de justifications et de rage. Ce serait la pire des issues. Mais elle s'imagina alors retrouver ce mari morose et cette vie en dents de scie, oscillant entre l'espoir et le désespoir (si encore ils parviendraient à refaire l'amour), et cette conviction qu'il lui échappait de plus en plus, la laissant gérer sa vie seule dans cette gigantesque maison. Ses projets d'avenir ne prendraient jamais vie. Elle ne pourrait pas faire taire cet horrible silence. Elle serait à jamais entourée de cette tristesse et de ce mystère. Cet avenir était tout aussi affligeant, et elle savait qu'elle ne le supporterait pas. L'image de Ben lui apparut alors.

Elle savait que, si les choses tournaient ainsi, elle serait incapable de résister à ses bras rassurants. Elle se leva, pleine d'une nouvelle détermination. Elle irait chercher les réponses qui l'attendaient à la villa Artemis. C'était le seul moyen.

Elle retourna à l'hôtel et parvint à éviter Teddie et Paul. Elle aurait aimé se rendre dans l'un de ces restaurants aux guirlandes de lumières, s'asseoir à une table donnant sur le port, manger du poisson grillé et goûter le vin local. Mais elle partait le lendemain soir ; elle n'aurait pas une autre chance.

L'après-midi touchait à sa fin quand elle quitta l'hôtel, le poing serré sur sa carte. Autour d'elle, le village reprenait peu à peu vie après la chaleur accablante de la journée. Le bourdonnement des deux-roues donnait l'impression d'une course soudaine d'abeilles géantes, et les lumières scintillaient déjà sur les cours et les places, les bougies des tables prêtes à accueillir les touristes à la peau rougie en quête d'un bon repas.

La route menait sur un sentier étroit qui s'élargissait de nouveau une fois en dehors des confins des murs du village. Elle la grimpa, observant les eucalyptus décharnés et la bruyère hirsute qui semblait recouvrir le sol rocheux. De temps à autre, elle dépassait de grandes villas qui donnaient sur la baie, certaines entourées de terrasses et de végétation, d'autres dont les murs réfléchissaient les eaux d'une piscine cachée aux yeux des curieux.

C'étaient les maisons de gens riches, qui venaient ici pour passer du bon temps. Une pointe de déception s'empara d'elle. Elle ne s'était pas attendue à ce qu'Alexandra vive dans le luxe. Elle avait espéré autre chose pour un exil pénitentiel. La carte lui signifia alors de poursuivre son chemin, et elle prit une nouvelle piste menant sur la colline, vers la partie ouest du monastère qui tournait le dos à la ville, et elle découvrit de petites maisons nichées à son pied, telles de minuscules créatures blotties contre le sein de leur mère.

Elle vit alors un panneau fixé à un mur blanc, où des marches de pierre menaient vers un bâtiment carré de deux étages, une terrasse à chaque niveau. Au-dessus de la maison, une partie du monastère s'élevait vers le ciel dégagé. Il ne s'agissait pas de la forteresse imposante qui donnait sur la baie, mais d'un mur usé par les âges tourné vers l'ouest, en direction de l'eau topaze. Delilah déchiffra les mots VILLA ARTEMIS peints à la hâte.

Elle s'immobilisa et, traçant les lettres du bout du doigt, fixa le panneau. Le bois était chaud sous sa peau. Elle était enfin arrivée. Elle leva les yeux vers la maison aucun signe de vie. Tout était tranquille. *Quel endroit paisible !* Peut-être cet endroit était-il le lieu idéal, au final, pour un exil. C'était un lieu de prière, de contemplation et de quête du salut ; une terre sainte visitée par les religieux et les gens cherchant à tâter de la spiritualité.

En quête de caresses, un chat surgi de nulle part vint frotter son corps squelettique à ses jambes nues. Elle le regarda tout en se demandant s'il avait des puces. Elle entendit alors un bruit, au-dessus de sa tête, et une porte s'ouvrit. Une femme venait d'apparaître sur la terrasse, où elle s'affairait tranquillement. Delilah se figea sur place, espérant que le mur de la villa la dissimulait suffisamment. Que faisait-elle ? On aurait dit un bruit d'eau... Oui, c'était cela : elle donnait à boire à ses plantes maintenant que la vague de chaleur était passée.

Son cœur lui martelait les côtes. Elle s'adossa à la pierre chaude du mur et s'efforça de rassembler tout son courage. Oserait-elle aller jusqu'au bout ?

Si j'y vais, qui lui dira que je viens vraiment du fort ? Je pourrais être n'importe qui, après tout.

Elle songea aussitôt à un prétexte. *Je suis perdue.* Non, c'était ridicule : elle se trouvait au pied du monument le plus célèbre de l'île. Et puis, comment pouvait-on être perdu dans un endroit pareil en plein jour ? Ou alors, elle cherchait un bon restaurant. En aurait-elle un à lui suggérer ? Non. Elle avait trouvé : *J'ai besoin d'un verre d'eau.* Elle pouvait toujours faire mine de se sentir mal. Oui, c'était ce qu'elle allait faire.

Avant de pouvoir changer d'avis, Delilah, incapable de croire à ce qu'elle était en train de faire, se mit à grimper les marches qui menaient vers la maison. La femme l'entendit approcher et passa la tête par-dessus le mur. Delilah aperçut un bout de turban bleu qui disparut aussitôt. Quand elle parvint en haut, la terrasse était vide, et la porte, fermée.

Elle frappa d'une main ferme. Sans signe de réponse, elle attendit un peu avant de frapper plus fort, cette fois. Toujours rien.

Oh ! mais tu ne t'en sortiras pas aussi facilement..., songea-t-elle, sa peur se muant peu à peu en détermination. Elle n'avait pas fait tout ce chemin pour rien. Il était hors de question qu'elle parte sans avoir vu Alexandra. Elle frappa de nouveau en criant :

— Il y a quelqu'un ?

Elle s'apprêtait à partir en quête d'une autre entrée quand la porte s'ouvrit enfin. La femme du monastère se tenait devant elle. Son visage était marqué par l'âge, et les cheveux coincés sous son turban étaient gris, mais ses yeux bleus et la forme de son nez ne pouvaient pas tromper : Delilah faisait face à Alexandra Stirling.

La vieille femme l'observa à son tour avant de lâcher d'une voix lasse :

— Ils ont donc fini par envoyer quelqu'un… Qui êtes-vous ?

30

Delilah s'apprêtait à répondre, mais n'en fit rien. Elle avait espéré que, sous l'effet de la surprise, la femme se sentirait obligée de dévoiler sa véritable identité, et voilà qu'elle la lui servait sur un plateau.

Alexandra ne la quittait pas des yeux, un air presque amusé au visage.

— Cela doit vous paraître bien étrange ! lança-t-elle, de rencontrer quelqu'un que vous imaginiez très certainement vivant dans une grotte comme un ermite, comme ce pauvre saint Jean...

Delilah examinait son visage, y cherchant les traces de John. Elle réalisait soudain que, si elle avait un jour des enfants, cette femme serait leur grand-mère. Ces yeux bleus pourraient un jour être ceux de sa fille. Élaine avait-elle les yeux bleus, elle aussi ?

La femme recula d'un pas.

— Vous n'êtes pas bien bavarde. Entrez. J'imagine que vous avez des questions à me poser.

Elle tourna alors sur ses talons, et Delilah la suivit dans un grand salon qui donnait sur une cuisine, tout au bout. Les murs chaulés étaient nus, la seule étagère visible exhibant des poteries. Des tapis recouvraient le sol de pierre, et deux canapés crème se faisaient face, séparés par une table basse de bois brut sur laquelle trônaient tout un tas de livres ainsi qu'un vase de roses. Entre la cuisine et le salon, le coin salle à manger affichait une petite table recouverte d'une nappe bleue. Un énorme manteau de cheminée montait du sol au plafond, comme si un morceau de pyramide avait émergé du mur. Une porte ouverte donnait sur une cour murée surplombée de figuiers et décorée de toutes sortes de fleurs odorantes.

— Désirez-vous boire quelque chose ? proposa la femme en se tournant vers sa visiteuse.

Delilah secoua la tête tout en songeant à ce qu'elle avait failli prétexter en arrivant. Elle était rassurée de ne pas avoir tenté quelque chose d'aussi puéril, finalement.

— Non, merci.

— Très bien. Allons sur la terrasse, si vous le voulez bien.

Dehors, deux fauteuils en rotin garnis de confortables coussins étaient tournés en direction de la mer qui s'étirait en chatoyant vers l'horizon. Alexandra s'assit et attendit, dressant une main veinée en visière pour se protéger du soleil couchant, que Delilah la rejoigne.

— Il est tout à fait possible d'être aveuglé par le soleil, ici, fit-elle remarquer. Nous sommes à l'ouest.

Delilah s'installa et attendit que la vieille femme dise quelque chose. Devant son silence, elle décida de se lancer :

— Alors…, qui pensez-vous que je sois ?

— Je l'ignore. Vous n'avez pas l'air d'une notaire, mais étant donné que ce sont les seuls Anglais avec qui je suis en contact, peut-être est-ce le cas.

Delilah secoua la tête.

— Non, je ne suis pas notaire.

— D'accord. Dans ce cas, vous avez un lien avec… l'endroit que j'ai quitté, n'est-ce pas ? Laissez-moi réfléchir… Vous êtes le fruit d'un second mariage de Nicky ?

La vieille femme prononça ces paroles d'une voix sombre, la main masquant toujours ses yeux, mais ses lèvres crispées trahissaient son appréhension.

— Vous êtes toutefois bien jeune, pour cela…, ajouta-t-elle d'une voix tendue.

— Je ne suis pas la fille de Nicky, répondit Delilah.

Elle se pencha en avant, brûlant soudain de tout déballer à cette femme, de tout lui faire comprendre.

— Nicky n'a pas d'autres enfants. Il ne s'est jamais remarié après votre départ.

— Oh ! souffla Alexandra, se détendant soudain. Je m'en étais doutée, cela dit. Je ne suis pas complètement coupée du monde. Je lis les journaux et j'ai toujours été persuadée que je découvrirais une chose pareille. Je ne lui ai jamais souhaité une telle solitude, toutefois. Bien au contraire…

La femme fixait Delilah de son regard bleu intense.

— Je n'ai pas l'intention de vous dire quoi que ce soit de plus sans savoir qui vous êtes. Vous n'êtes pas l'enfant de Nicky. Un autre membre de la famille, alors ? Qui, pour une raison que j'ignore, s'est mis en tête de jouer à la détective…

— En quelque sorte, oui. Mais ce n'était pas vous que je cherchais, tout au moins au début.

Delilah s'enfonça dans son fauteuil, s'enivrant des odeurs véhiculées par la brise fraîche. Sous le jour déclinant, les fleurs dégageaient un parfum entêtant, et des effluves sucrés s'échappaient des figues mûres. Elle planta alors son regard dans celui d'Alexandra.

— Je suis la femme de John.

La vieille femme ne put réprimer un hoquet de surprise. Elle cligna des yeux et observa plus attentivement Delilah, une ride barrant son front déjà plissé.

— Mais… Je ne comprends pas. John n'a pas divorcé ? À moins que vous ne soyez cette Américaine dont j'ai entendu parler dans les journaux…

— Vanna ? lança Delilah avec un petit rire. Non. Je m'appelle Delilah. John et moi nous sommes mariés il y a presque un an, maintenant.

— D'accord. Je crains que cette nouvelle ne soit pas arrivée, jusqu'à moi.

Son front se dérida alors, et son expression se refit curieuse.

— Donc comme ça, vous vivez à Fort Stirling ? J'imagine qu'à force de vous heurter à des mystères, vous avez décidé d'entreprendre un vrai travail de petite fourmi…, ce qui vous a amenée ici.

Elle semblait s'efforcer de garder un ton léger, mais ses yeux étaient emplis d'une tristesse évidente.

— John… Comment va-t-il ?

— Bien, si c'est ainsi qu'on peut qualifier l'état d'un homme torturé par ce qui lui est arrivé dans son enfance.

Elle marqua une pause avant de poursuivre :

— Il ignore que je suis ici. J'ai découvert que vous viviez sur cette île par le plus grand des hasards et je n'ai pas voulu l'alarmer davantage – pas avant d'en savoir plus, du moins.

Alexandra se leva, lissa sa jupe blanche et gagna les pots de fleurs, où elle entreprit d'arracher les feuilles mortes.

— Je m'attendais à ce que quelqu'un vienne un jour, dit-elle d'une voix grave. Je pensais que ce serait lui. John. Je m'y étais préparée. J'étais prête à assumer sa colère et ses accusations. Mais j'espérais également que, si Nicky avait bien fait son travail, John ne chercherait jamais à me revoir.

— Pourquoi serait-il venu ? On lui a dit que vous étiez *morte*, répliqua Delilah en appuyant délibérément sur le dernier mot.

Elle se tourna vers Alexandra, toujours penchée sur ses plantes. La vieille femme arracha une petite feuille brune et l'écrasa entre ses doigts.

— Vraiment ? C'est très bien ainsi. C'est ce que je m'étais imaginé. Il n'y avait pas de meilleure solution.

Delilah la dévisagea, horrifiée.

— Vous pensez vraiment ce que vous venez de dire ? Vous pensez vraiment que c'était une bonne idée de le laisser souffrir en s'imaginant que vous aviez préféré mettre fin à vos jours plutôt que de rester avec lui ? Alors que, durant tout ce temps, vous étiez *en vie* ?

— Vous ne savez rien, rétorqua Alexandra d'une voix étonnamment sèche.

— Peut-être, mais n'importe qui d'un minimum sensé serait d'accord pour dire que vous avez infligé une douleur atrocement cruelle à cet enfant. Et le fait que Nicky soit complice de cela...

Delilah secoua la tête, incapable de trouver ses mots.

— Et vous vous imaginez que nous n'avions pas de bonnes raisons, peut-être ? siffla Alexandra, ses yeux lançant des éclairs. Croyez-moi, *c'était* la meilleure chose à faire. J'aurais même préféré mourir, mais j'en ai été incapable. J'ai essayé de franchir le pas..., mais je n'ai pas pu.

Elle se retourna alors vers les pots et fixa une fleur dont la jolie trompette rose se dressait vers les derniers rayons du soleil. Elle se mit à la caresser du bout du doigt.

— Nicky m'en a empêché. Il m'a suppliée..., pour les enfants..., pour le bien de John..., que je ne le fasse pas. J'ai donc accepté à une condition : que je quitte définitivement leur vie.

— Mais pourquoi ? souffla Delilah, incapable de masquer sa confusion. Je sais que vous avez vécu un drame terrible. J'ai vu la tombe d'Élaine, et ça m'a véritablement brisé le cœur. Je ne peux pas imaginer la douleur de perdre un enfant… Mais je ne vois pas en quoi votre disparition a pu aider votre fils ou votre mari. Ne vous rendez-vous donc pas compte de tout ce que vous avez laissé derrière vous ? À quel point vous avez traumatisé ce petit garçon ? Même si vous n'aviez pas les idées claires à cette époque, comment avez-vous pu vous obstiner dans cet exil pendant tout ce temps ? N'avez-vous donc jamais songé à vos responsabilités vis-à-vis de John ?

Alexandra fit soudain volte-face, ses yeux bleus brûlant de rage.

— Comment osez-vous ? tonna-t-elle. Vous ne pouvez pas imaginer comme la culpabilité me dévore jour après jour, depuis toutes ces années. Mon unique consolation a été de me dire qu'en vivant loin d'eux, je les protégeais. De quel droit vous permettez-vous de débarquer ici et de remuer ainsi le couteau ?

Sa furie fit se recroqueviller Delilah dans son siège. Elle se sentait soudain tout à fait présomptueuse.

— Je… Je suis désolée. C'est juste que je ne comprends pas…

— Comment le pourriez-vous ? murmura Alexandra, vidée tout aussi brusquement de sa rage, en se retournant vers les fleurs. Personne ne le peut. Personne. Je suis la seule.

— Mais il y a quelque chose que je comprends ! protesta Delilah.

Maintenant qu'elle se tenait devant une Alex de chair et d'os et qu'elle réalisait à quel point elles étaient différentes, il lui paraissait inconcevable qu'elle ait pu se sentir si proche d'elle. Comment avait-elle pu s'imaginer que cette femme pourrait l'aider à résoudre ses problèmes ?

— Je sais ce que c'est de vivre au fort, dut-elle poursuivre avec effort. Parfois, j'ai l'impression que cette maison finira par avoir raison de moi… J'ai vu cette sinistre vieille folie. Cet endroit peut s'insinuer en vous, vous ronger petit à petit…

Alexandra se tourna vers elle, surprise.

— Oui, c'est vrai. La maison…

Elle parut quelques instants perdue dans ses souvenirs, comme si elle arpentait de nouveau les couloirs et ouvrait les portes de Fort Stirling. Ses traits se refermèrent tout aussi vite.

— Mais il y avait plus que cela. J'avais l'amour de Nicky. J'avais les enfants. J'aurais pu survivre, s'il s'était simplement agi de la maison.

Elle se tut, et une étrange expression balaya son visage. Elle paraissait à la fois en plein recueillement et en pleine souffrance.

— Était-ce à cause… ?

Delilah hésitait à poursuivre. Cela avait été si simple de prévoir ce qu'elle dirait. Mais maintenant qu'elle s'apprêtait à toucher du doigt l'ampleur de la perte qu'avait vécue cette femme, elle ne savait plus quoi faire.

— Était-ce à cause de la mort d'Élaine ?

Alexandra revint lentement s'asseoir sur son fauteuil et planta ses yeux dans les siens.

— Savez-vous comment Élaine est morte ?

Delilah secoua la tête.

— C'est moi qui l'ai tuée.

Delilah sentit sa mâchoire tomber malgré elle.

— Oui, vous avez bien entendu : je l'ai tuée. C'était un accident, évidemment, mais un accident qui me torture encore chaque minute de mon existence.

Elle avait annoncé cela d'une voix neutre qui ne faisait que renforcer la réalité saisissante de ces mots.

— Elle était sur son nouveau vélo, celui qui était encore un peu trop grand pour elle. On l'avait autorisée à en faire dans l'allée. J'ai franchi la colline trop vite ; je n'ai pas eu le temps de la voir.

La vieille femme ferma les yeux avant de lâcher d'une voix débordant d'ironie :

— Je l'ai vue des millions de fois, depuis. Dans mes cauchemars, dans des flash-back soudains. Cette petite pédalant comme une folle sur son vélo, les yeux plantés sur moi. Elle était tellement persuadée que je m'arrêterais à temps ou que je l'éviterais... Qu'a-t-elle dû penser en voyant que je ne le ferais pas ? J'espère qu'elle n'a pas souffert. J'espère qu'elle est morte rapidement sans avoir eu le temps de se demander pourquoi je lui avais fait ça. On m'a dit que oui. On m'a dit que j'étais sortie de la voiture et que je m'étais ruée vers son corps brisé, hurlant hystériquement parce qu'elle était déjà morte, mais je ne m'en souviens pas. Je suis heureuse de ne pas m'en souvenir. Au moins, ma mémoire ne peut pas me torturer avec cette image.

— Je suis sincèrement navrée, murmura Delilah, pétrifiée. Je ne savais pas...

— Comment l'auriez-vous su ? J'imagine que c'est quelque chose dont on ne parle pas, au fort.

— En effet. J'ignorais jusqu'à son existence avant de découvrir sa tombe. Personne ne parle jamais d'elle.

Alexandra releva la tête pour la regarder dans les yeux.

— Vraiment ? souffla-t-elle d'une voix morne. Personne ne se souvient d'Élaine ?

Delilah secoua la tête.

— Il n'y a rien. Ni photos ni souvenirs. Même la mémoire de John semble en avoir été effacée. Tout ce que j'ai trouvé d'elle, c'est une poupée coincée au fond d'une commode, dans la nursery. Elle a disparu avec vous.

Le poids de cette révélation écrasa tellement Alexandra qu'elle sembla s'avachir dans son fauteuil.

— Ma petite fille…, murmura-t-elle.

Delilah préféra conserver le silence, consciente de l'impact qu'avaient eu ses paroles. Alexandra baissa alors les yeux sur ses mains et souffla d'une voix presque imperceptible :

— Mais Nicky s'en souvient, lui.

— En quelque sorte, oui. Quand il m'a croisée dans le jardin, l'autre jour, il m'a prise pour Élaine. J'imagine qu'il pense encore à elle…

Alexandra releva lentement les yeux, un voile d'appréhension sur ses traits.

— Que voulez-vous dire ?

Delilah n'avait pas envie de se montrer cruelle. De quel droit pouvait-elle se permettre de lui

467

annoncer pareille nouvelle ? D'un autre côté, si Alexandra était capable d'infliger de la douleur aux autres, elle devait s'attendre à en recevoir en retour.

— Il souffre de la maladie d'Alzheimer. C'est à peine s'il reconnaît John.

Les yeux d'Alexandra s'emplirent soudain de larmes, et elle baissa la tête pour les cacher. Elle se tourna alors vers le mur et attendit de reprendre son calme. Puis elle haussa ses épaules frêles et se retourna vers Delilah.

— J'imagine que j'ai toujours su qu'un jour comme celui-ci viendrait. Un jour où j'apprendrais sa mort, peut-être. La porte qui se fermerait à tout jamais. Pauvre Nicky… Il ne méritait pas cela. Il ne méritait pas ce que je lui ai infligé.

— Alors…, pourquoi ? insista Delilah, l'implorant du regard.

Alexandra se leva brusquement.

— Il est temps que vous partiez, déclara-t-elle.

— Quoi ?

— Vous m'avez très bien entendue. J'imagine que vous avez obtenu ce que vous vouliez, n'est-ce pas ? Vous vouliez me faire payer ce que John a enduré par ma faute ? Eh bien, c'est réussi. Je n'aurais jamais pensé qu'on puisse un jour alourdir mon fardeau, mais vous y êtes parvenue. Maintenant, vous pouvez partir.

— Ce n'est pas pour ça que je suis venue ! s'écria Delilah, sentant que le lien qui venait de se tisser entre elles s'était tout aussi brusquement brisé net.

J'ignorais ce qui était arrivé à Élaine et je m'en veux terriblement d'avoir rouvert cette blessure...

— C'est pourtant ce que vous avez fait, rétorqua Alexandra en rejoignant la porte. Vous trouverez un escalier qui mène directement à la route. Bonsoir.

Delilah bondit aussitôt sur ses pieds.

— Attendez ! Je ne peux pas partir comme ça. Nous n'avons pas terminé. Je vous en prie !

Alexandra pivota lentement vers elle.

— Qu'attendez-vous de plus de moi ?

— La vérité. Je veux savoir pourquoi vous êtes partie. Vous aviez perdu votre fille. Pourquoi avoir décidé de perdre également votre fils et votre mari ? Pourquoi vous infliger une chose pareille ?

— Ma pauvre..., souffla Alexandra. Vous désirez sûrement rapporter quelque chose à John, une réponse qui puisse tout expliquer. Peut-être même cherchez-vous à ce qu'il me pardonne et à ce que je revienne vers lui pleine de remords. Je vois bien le tableau : la mère éplorée qui se jette dans les bras de son cher garçon... Mais la vie n'est pas si simple. Et il n'y a aucune raison pour que je vous le dise simplement parce que vous l'exigez. Je ne vous dois rien. Je vous demande simplement de croire qu'il y avait une bonne raison que je parte, que je ne revienne jamais et que les gens me croient morte. J'ai pris cette décision il y a plusieurs années en ayant conscience qu'elle serait irréversible. Bien sûr, c'est à vous de décider quoi révéler à John, mais je serais vous, je me contenterais de le laisser croire ce qu'il a toujours cru : c'est ce qu'il y a de mieux pour lui. Faites des enfants et priez pour qu'ils aient suffisamment de votre sang et de celui de Nicky pour diluer le mien. C'est en tout cas ce que j'espère pour vous.

Elle s'éloigna de quelques pas avant de se retourner une dernière fois.

— Vous voulez savoir pourquoi je m'inflige une chose pareille ? Voyez les choses différemment : j'ai choisi de ne pas infliger quelque chose à mon mari et à mon fils, et cela m'a causé une douleur incommensurable. Mais c'était la seule solution possible.

Elle pénétra alors dans la maison et ferma la porte, laissant Delilah seule sur la terrasse tandis que le soleil commençait à se camoufler derrière la colline, la lumière dorée du soir se teintant peu à peu de gris.

31

Delilah se fit servir le petit déjeuner dans sa chambre. Elle ne se sentait pas capable d'affronter Teddie et Paul, ou quelque autre client de l'hôtel. On lui apporta donc un plateau chargé de fruits, de yaourt et de biscottes, le tout accompagné d'une tasse de café fort. Elle y versa du sucre et le but tranquillement, serrant la tasse entre ses mains comme s'il s'était agi d'une froide matinée d'hiver et non d'une nouvelle journée caniculaire de la mer Égée. Elle ne s'était toujours pas remise de sa rencontre avec Alexandra. Elle avait été tellement persuadée que la connexion qu'elle avait sentie avec la jeune femme des photos se confirmerait dans la vraie vie que la triste réalité la dévastait.

Elle se rendait compte qu'elle avait nourri l'espoir secret de réunifier une famille brisée et de panser l'âme meurtrie de son mari. En vérité, elle n'avait fait qu'apporter plus de douleur et rendu toute conciliation encore moins probable. Pour couronner le tout, aucun mystère n'avait été résolu.

Les volets ouverts laissaient le soleil entrer à flots dans la chambre ainsi que les bruits de la cour. Une légère brise agitait les bandes de tissu qui faisaient office de rideaux. Qu'allait-elle faire de sa journée ?

Le ferry dans lequel elle avait réservé une cabine pour son retour à Athènes quittait le port dans la soirée. Quand elle avait imaginé ce voyage, elle s'était vue revenir avec des réponses, peut-être même avec la personne qu'elle était venue chercher. Elle s'était imaginé accomplir une espèce de miracle consistant à ramener Alexandra du monde des morts.

— Regarde, chéri ! La mère que tu croyais morte est bien vivante !

Jamais elle ne s'était figuré trouver Alexandra sans pour autant obtenir ses réponses. Pire, jamais n'aurait-elle cru peut-être empirer les choses.

Par-dessus le marché, elle devait décider quoi dire à John. Pouvait-elle sérieusement oblitérer l'existence d'Alexandra de son esprit et rentrer chez elle comme si de rien n'était ? Elle ignorait totalement comment elle pourrait supporter sa vie avec un mensonge aussi énorme. L'alternative consistait à lui avouer ce qu'elle avait découvert et fait, le condamnant à vivre avec la conscience que sa mère n'était pas morte, mais avait décidé de l'abandonner sans lui montrer le moindre intérêt depuis son départ. Comment faire comprendre à John qu'Alexandra était convaincue d'avoir pris la bonne décision, qu'elle avait fait cela pour le bien de son fils, qu'elle avait une « bonne raison » qu'elle refusait toutefois de dévoiler ? Alexandra semblait avoir sous-entendu que cela allait bien au-delà de la dramatique perte dont elle avait été responsable. Ou la mort d'Élaine était-elle véritablement au cœur de cette décision ? Était-ce une raison suffisante pour abandonner son autre enfant ? Non, ça n'avait rien de logique.

— Mon Dieu, soupira-t-elle. Qu'ai-je donc fait ?

Elle avait beau retourner le problème dans tous les sens, elle ne voyait pas d'issue.

Delilah fit sa valise, qu'elle laissa à la réception, puis gagna le port du village avant de longer les plages et les baies, suivant leurs pistes de sable argenté et de galets jusqu'à ce qu'elle déniche un endroit où se restaurer. Elle revint ensuite sur ses pas tout en réfléchissant à ce qu'elle se devait de faire. Alors qu'elle grimpait les derniers mètres qui la séparaient de Chora, elle en était venue à la conclusion qu'elle n'avait pas d'autre choix : elle dirait la vérité à John.

Lui cacher une chose pareille risquait de détruire leur mariage pour de bon, elle le savait. Il lui reprocherait probablement de s'être mêlée de ce qui ne la regardait pas et il aurait besoin de tout son soutien pour encaisser une telle nouvelle, mais s'il venait à découvrir ce qu'elle avait fait sans qu'elle ne lui en ait jamais parlé, elle le perdrait assurément. L'idée de lui parler lui nouait le ventre, mais elle n'avait pas le choix : elle devrait en assumer les conséquences.

La veille au soir, Alexandra lui avait confié quelque chose qui ne l'avait pas quittée depuis : elle avait dit avoir l'amour de Nicky et des enfants ; qu'elle aurait pu survivre au fort. Son esprit ne cessait de rejouer ses paroles, suscitant en elle une nostalgie qu'elle était incapable d'identifier. Mais alors qu'elle s'arrêtait au sommet de la colline pour reprendre son souffle, inspirant de longues goulées d'air chaud, elle comprit soudain de quoi il s'agissait.

Sans l'amour de John, elle ne pourrait jamais espérer survivre à cette maison. C'était l'amour qui rendait tout cela supportable. Alexandra avait ressenti la même chose. C'était donc cela, la clef. Il n'y avait pas eu que la perte d'Élaine, non… Elle avait dû également perdre l'amour de Nicky.

Delilah retira son chapeau et passa une main dans ses cheveux. Son crâne la grattait sous l'effet de la transpiration. Elle secoua ses mèches humides et se tourna en direction de l'île, vers la colline rocheuse qui s'offrait à cette sublime mer bleu marine teintée d'argent. Il fallait qu'elle trouve ce qui s'était passé. Peut-être l'une de ses anciennes théories concernant Alex était-elle juste, au final. Peut-être Nicky avait-il fini par détruire leur mariage suite à de trop nombreuses trahisons. Les paroles d'Erryl lui revinrent alors aussitôt : Nicky s'était tourné vers l'alcool pour oublier ; il n'avait jamais vu d'homme aussi malheureux… Un coureur de jupons invétéré n'aurait jamais réagi ainsi. Une autre idée lui vint : peut-être Nicky avait-il reproché la mort de leur fille à sa femme et avait cessé de l'aimer ? Sans cela, Alexandra n'avait pu tenir bon.

— Et elle aurait abandonné son fils ? s'exclama Delilah.

L'air étouffant tut aussitôt ses paroles. Elle plissa le front, sceptique. Non, ça ne suffisait pas. Il manquait la pièce centrale du puzzle.

Lorsqu'elle arriva à l'hôtel, trempée de sueur et morte de soif, elle décida de récupérer sa valise et de redescendre au port pour manger un morceau avant le départ du ferry. Le voyage de retour promettait d'être long : elle passerait la nuit sur le bateau, puis prendrait un taxi jusqu'à Athènes, où un avion la ramènerait à Gatwick. Elle rejoignait la réception, se demandant si elle pouvait réserver un taxi, quand elle entendit son nom.

— Delilah ! Je me demandais où tu étais passée !

Elle se tourna et découvrit Teddie qui la rejoignait à grands pas, un soleil aveuglant dans le dos.

— Coucou. Désolée de ne pas vous avoir donné signe de vie après le monastère…, dit Delilah en souriant. C'était bien, le musée ?

— C'était génial ! Tu as vraiment raté quelque chose. Je suis allée acheter un petit truc à manger pour Paul, répondit Teddie en dressant un sachet de chips au paprika. Il est fan de ces trucs depuis qu'on est arrivés : il les fait descendre à coups de bière grecque… Tu pars ce soir, c'est ça ?

— Eh oui, déjà… C'était vraiment une visite expresse…

Teddie hocha la tête, son visage rondouillard barré d'un sourire chaleureux.

— Ça a été un plaisir de faire ta connaissance, en tout cas. Si jamais tu passes par Milwaukee un jour, tu sais où dormir ! Au fait, tu as bien eu ta lettre ?

— Ma lettre ?

— Oui. Une femme est venue te la déposer un peu plus tôt. Je l'ai entendue dire ton nom à la réception – à condition que tu sois bien la seule

Delilah de l'hôtel, ce dont je ne doute pas ! lança-t-elle en riant. Allez, rentre bien, et prends soin de toi !

— Merci, toi aussi, répondit Delilah en tentant de garder son calme, mais ses yeux se tournèrent malgré elle vers la réception. Salue Paul de ma part, et profitez bien de votre séjour.

— Pas de problème. À la prochaine !

Teddie disparut dans l'escalier, son paquet de chips à la main, et Delilah se rua vers la réception, où elle fit sonner la petite cloche. La femme de la veille apparut.

— Je peux vous aider ?

— Oui, j'aimerais récupérer ma valise et réserver un taxi pour le port. Vous devez également avoir une lettre pour moi.

— Une lettre ? Oh ! c'est exact !

La femme se mit à fouiller parmi ses papiers et finit par produire une enveloppe qu'elle tendit à Delilah.

— Voilà pour vous. Je m'occupe de vos bagages et du taxi tout de suite.

Mais Delilah l'écoutait à peine. Elle avait les yeux fixés sur l'écriture délicate qui épelait son prénom, sur le papier. Elle déchira le rabat et en sortit la lettre.

Ma chère Delilah,
J'imagine que vous ne vous attendiez pas à avoir ce genre de belle-mère ; une belle-mère que vous croyiez morte depuis des années, mais qui s'avère bien vivante. Peut-être êtes-vous chanceuse, finalement…

Dites-vous au moins que vous ne m'aurez jamais sur le dos. J'ai conscience que tout cela doit vous paraître bien étrange. Vous comprendriez seulement en ayant connaissance de secrets que j'ai décidé d'emporter dans ma tombe.

J'ai donc bien peur de ne pouvoir satisfaire votre curiosité, qui m'apparaît, sachez-le, tout à fait justifiée. Ce que vous m'avez dit de John m'a toutefois hantée toute la nuit. Il faut à tout prix que vous sachiez que je l'ai toujours profondément aimé et que ma décision était ce qu'il y avait de mieux pour lui.

Il finira par apprendre ce qui m'est arrivé. J'avais espéré être morte d'ici là, mais si Nicky est véritablement dans l'état que vous m'avez décrit, il y a alors des chances que je vive plus longtemps que lui. À sa mort, John apprendra très certainement la vérité étant donné que je touche une allocation.

J'aimerais donc que vous lui donniez la lettre que j'ai glissée avec celle-ci. Cette lettre est mon ultime testament, non pas des choses que j'ai juré de garder secrètes, mais de mon amour pour lui et de mon désir sincère d'agir dans son intérêt. Il vous revient de décider quand la lui donner : aujourd'hui ou à ma mort. Il y a une chose que j'aimerais que vous sachiez. Même si Élaine avait vécu je serais partie. Je n'avais pas le choix. J'aimerais que vous le compreniez.

Avec toute mon affection,

Alexandra Stirling

Une enveloppe plus petite adressée à John se trouvait à l'intérieur de celle qui avait contenu la lettre.

J'ai donc la réponse à ma question : John doit *savoir la vérité.*

Une fois arrivée à Gatwick, Delilah fit le chemin de retour le plus lentement possible, tentant de se persuader que c'était la fatigue qui la faisait agir ainsi tout en ayant conscience que c'était la peur de ce qui l'attendait.

Combien de temps tiendrait-elle avant de révéler à John ce qu'elle avait fait ? Elle s'efforça de s'imaginer en train de lui donner la lettre… « Oh, tiens, c'est ta mère qui t'écrit, au fait. Tu pensais qu'elle était morte ? Attends, tu vas rire je viens d'aller lui rendre une petite visite en Grèce, justement ! »

Il y avait peu de chances pour qu'il bondisse de joie à pareille nouvelle.

Malgré tout cela, elle était sincèrement heureuse de rentrer. La vue de la verdure anglaise luxuriante avait un pouvoir énergisant avec lequel le paysage calciné de Grèce ne pouvait rivaliser. Elle s'enivrait de cette douce chaleur, la fenêtre ouverte, tentant d'oublier l'espace d'un instant ses soucis, mais quand elle pénétra l'allée du fort, elle eut l'affreuse vision d'une fillette sur un vélo rose, pédalant tout droit vers la voiture qui fonçait vers elle à toute allure, son petit corps fragile n'ayant aucune chance contre le bolide de métal.

Elle suffoqua d'horreur, bouleversée par l'idée que la petite fille ne s'en sortirait pas, mais également par le fait que c'était sa propre mère qui se tenait derrière le volant. Une vague coupable et désespérée la balaya, et elle sut que ce n'était là qu'un infime aperçu de ce qu'Alexandra avait dû ressentir.

Mais pourquoi quitter Nicky ? Et pourquoi ne pas avoir pris John avec elle ?

Sur la colline qui descendait vers la maison, elle aperçut alors un éclair argenté : le soleil venait de se refléter sur le capot d'une voiture garée juste devant l'entrée. Avaient-ils de la visite ? John n'était censé rentrer que le lendemain. Peut-être s'agissait-il de quelqu'un venu voir Janey, ou Ben ?

Elle se gara, sortit de la voiture et alla examiner l'étrange véhicule. Il était extrêmement tape-à-l'œil ; rien à voir avec les vieilles Land Rover et les Volvo vintage que John et ses amis avaient pour habitude de conduire. Une semaine à la campagne suffirait à cet engin pour perdre tout son éclat. Une fois recouvert de boue, de feuilles mortes et de fiente, il ne différerait en rien du reste.

Erryl apparut au coin de la maison, poussant une brouette pleine de bois. Il se figea dès qu'il la vit.

— Madame, marmonna-t-il d'une voix légèrement embarrassée. Mr Stirling ne nous avait pas dit que vous rentriez aujourd'hui.

— Eh bien, si ! lança-t-elle gaiement. Tout va bien, ici ?

— Euh…, oui, dit-il en glissant un regard vers la voiture argentée.

— Qui est là ? s'enquit-elle.

— Mr Stirling a…, euh…, de la visite.

— Mais il n'est pas là, non ?

— Si… Il est rentré hier. Son escapade se serait terminée plus tôt que prévu…

Elle sentit un désagréable frisson lui parcourir l'échine.

— Voilà qui est étrange… Il ne m'a pas prévenue.

Elle s'empara de sa valise tout en arrêtant d'un geste Erryl, qui s'apprêtait à l'aider.

— Ça ira, merci. Je ferais mieux d'aller voir de qui il s'agit.

Inquiète à l'idée que John soit rentré plus tôt que prévu, elle se précipita alors vers la maison. Pourquoi ne l'avait-il pas appelée dès son retour ? Qu'avait-il pu penser en découvrant qu'elle s'était absentée, elle aussi ? Elle était persuadée qu'elle serait rentrée avant lui. Au moins, ce visiteur impromptu lui donnerait l'occasion d'avoir un peu de répit avant de devoir se justifier.

Tandis qu'elle longeait le couloir, elle fut surprise d'entendre des rires provenant du grand salon. John n'allait jamais dans cette pièce. Elle devait le forcer d'y servir l'apéritif quand ils recevaient, sans quoi les lieux étaient constamment déserts. Elle gagna la porte et y colla son oreille. Une voix de femme dit quelque chose, et un nouvel éclat de rire suivit. Elle reconnut aussitôt le rire de John.

Au moins, il est de bonne humeur, songea-t-elle.

Elle ouvrit alors la porte et lança d'un ton enjoué :

— Coucou ! Je suis rentrée !

John était assis sur le vieux fauteuil de soie vert, penché vers celle qui était installée sur le canapé, dos à elle. Le guéridon accolé au canapé, avec son vase chinois et ses deux colombes d'albâtre, la cachait en partie, mais Delilah distingua la chevelure dorée et la veste immaculée qui se tenaient derrière. John dressa aussitôt les yeux.

— Chérie, dit-il en se levant, visiblement mal à l'aise. Tu es de retour…

Delilah n'avait pas quitté des yeux celle qui se levait désormais du canapé pour se tourner vers elle. Elle aurait été incapable d'expliquer comment, mais elle connaissait ce visage : des traits fins et élégants, des pommettes ciselées, une coupe blond platine impeccable…

— Bonjour ! rayonna la femme, et Delilah sut aussitôt de qui il s'agissait.

Muette, elle se tourna vers John, qui d'un geste de la main déclara :

— Delilah, je te présente Vanna. Mon ex-femme.

32

Ce fut un après-midi bien étrange. Delilah se sentait d'une certaine façon trahie de découvrir Vanna chez elle, même si l'explication qu'on lui fournit n'avait rien d'invraisemblable. Elle était venue passer quelques jours de vacances en Angleterre, chez des amis qui avaient loué une maison de campagne justement située tout près de Fort Stirling. Elle n'avait pas eu l'intention de venir leur rendre visite, mais les lieux avaient éveillé tellement de bons souvenirs qu'elle avait finalement cédé. Et puis… n'était-ce pas merveilleux de revoir John, la maison, et de faire la connaissance de sa charmante épouse ? C'était incroyable comme rien n'avait changé : ni les lieux ni leur propriétaire !

Vanna était le charme incarné, mais Delilah ne parvenait pas à se défaire de cet étrange malaise.

Rien d'étonnant à cela. Combien de femmes seraient ravies à l'idée de voir débarquer l'ex de leur mari, à ton avis ? Sûrement très peu.

Mais au-delà de ça, elle ne pouvait s'empêcher de se sentir sur la défensive. Vanna resplendissait et elle voletait de pièce en pièce, s'enthousiasmant au moindre souvenir, notant comme chaque élément avait si peu changé, si ce n'était pas du tout.

Delilah savait qu'elle-même devait paraître sur les rotules. Elle n'avait attendu qu'une seule chose : prendre un bon bain, se laver les cheveux et enfiler des vêtements propres, mais voilà qu'elle se retrouvait forcée à jouer l'hôtesse tout en ayant conscience de son état pitoyable. Elle entendait de là Vanna raconter à ses amies bourgeoises sa rencontre avec la nouvelle épouse de son ex-mari.

— Mon Dieu, quelle horreur ! L'Anglaise dans toute sa splendeur... À croire qu'elle n'avait jamais vu de brosse à cheveux de sa vie... et encore moins de manucure ! Et je ne vous parle pas de ses vêtements... Bons à brûler, oui !

Elle sentait son humeur sombrer sous la pression, et, plus le temps passait, plus elle devait s'arracher ses sourires. Ce fut avec soulagement qu'au bout d'un moment qui lui parut incroyablement long, elle entendit Vanna déclarer qu'elle devait désormais rejoindre ses amis. Elle embrassa John et l'enlaça en lui soufflant discrètement à l'oreille : « N'oublie pas ce que je t'ai dit » avant de lancer d'une voix guillerette : « Ravie de t'avoir rencontrée, Delilah ! Prends soin de lui pour moi, tu veux bien ? Je tiens encore à lui, même après tout ce temps... »

Puis elle descendit les marches d'un pas léger, grimpa dans sa voiture rutilante et disparut.

— Pour une surprise..., commenta Delilah en se tournant vers John et en s'arrachant un nouveau sourire. Tu étais au courant qu'elle passerait ?

— Non. Elle ne m'a prévenu que ce matin.

— Quelle drôle de coïncidence ! Voilà qu'elle débarque au seul moment où je ne suis pas là...

Elle aurait aimé faire disparaître ce ton accusateur, mais l'agacement et la fatigue avaient désormais pris le dessus, et elle ne voulait qu'une seule chose : mettre un terme à ce feu de jalousie qui brûlait en elle depuis qu'elle avait découvert Vanna sur son canapé.

— Qu'est-ce que tu sous-entends par là ? rétorqua John tandis qu'ils retournaient à l'intérieur.

— Je ne sais pas... C'est étrange, c'est tout. Comment va-t-elle ? Pourquoi n'est-elle pas venue avec son mari ?

— Il se trouve qu'elle vient de nouveau de divorcer.

Là, c'était le coup de grâce.

— Tiens donc ? Voilà une autre coïncidence étrange ! Elle se pointe quand ta femme n'est pas là *et* elle vient tout juste de divorcer !

John s'immobilisa, puis se tourna vers elle.

— Serais-tu en train de dire, siffla-t-il d'une voix dangereusement grave, que j'ai fait en sorte qu'elle passe me voir pendant ton absence ?

— Je ne sais pas ! s'époumona-t-elle. Ça paraît plutôt bizarre, non ? C'était quoi, ces bisous-bisous et ces messes basses, hein ? Qu'est-ce qu'elle t'a dit ?

Il la dévisageait, muet, ses yeux brillant dans l'ombre du vestibule.

— Alors ? Qu'est-ce qu'elle t'a dit ?

— Qu'il fallait que je prenne soin de moi ; que je n'avais pas l'air en forme. Tant que nous sommes sur le sujet des bisous-bisous, comme tu dis, et des messes basses, si on parlait de toi et de ce cher Ben ?

Elle se raidit aussitôt et balbutia, livide :

— C... Comment ça, moi et Ben ?

John esquissa alors un terrible sourire entendu.

— Tu penses sincèrement que je n'ai pas compris ? Que je ne le vois pas te suivre partout comme un petit chien ? Que je n'ai pas remarqué vos petits tête-à-tête ? Seul un idiot n'aurait rien vu ! J'attendais que tu m'en parles de toi-même, mais visiblement, tu aimes bien les secrets, n'est-ce pas ?

— John, tu te trompes, souffla-t-elle, remuant ses souvenirs, cherchant à trouver une situation qui pourrait l'incriminer.

— Vraiment ? cracha-t-il, soudain amer. Tu es gonflée pour débarquer ici sans même prendre la peine de m'appeler et de traiter mon invitée avec la pire des grossièretés ! Elle ne t'a rien fait, que je sache ! Et par-dessus le marché, tu m'accuses de m'être arrangé pour qu'elle vienne alors que tu n'étais pas là ?! Premièrement, il n'était pas prévu que je rentre si tôt. Deuxièmement, je ne savais même pas que tu en avais profité pour filer !

Sa colère disparut aussitôt quand elle réalisa à quel point elle avait été stupide de laisser sa jalousie l'aveugler. John n'avait évidemment rien prévu. Comment l'aurait-il pu ? Elle ne lui avait pas parlé de son voyage.

Il la fusillait du regard, les bras fermement croisés sur sa poitrine.

— Tu ne crois pas qu'il est temps de m'en dire un peu plus sur ce qui se passe entre toi et Ben ?

Non, elle ne s'était pas préparée à cela. Elle ignorait jusqu'à ce qu'elle ressentait véritablement pour lui. Elle inspira alors profondément pour atténuer la vague de terreur qui l'envahissait et déclara :

— Il ne s'est rien passé. Nous ne sommes qu'amis.

John hocha la tête lentement, sans se départir de cet air amer et entendu.

— Très bien. Alors, tu m'expliques où tu étais ces derniers jours ?

Ce changement soudain de direction la déstabilisa, et elle sentit son cœur lui marteler brutalement les côtes. Dans quel piège venait-elle de tomber ? Ce n'était pas le moment de lui parler de sa visite en Grèce. Il fallait à tout prix qu'il soit en état de recevoir pareille nouvelle ; lui révéler cela en plein conflit ne pourrait mener qu'à une catastrophe.

— Alors ? J'attends.

Il parlait d'une voix grave, presque menaçante.

— Je… Je…

— Parce que Janey m'a dit que tu étais partie passer quelques jours chez ton amie Helen, en Italie… Je me suis alors dit : *Pourquoi ne pas la rejoindre ? Quelques jours ensemble loin de cet endroit pourrait nous aider à nous retrouver ?…*

Ses paumes étaient moites, et ses doigts la picotaient étrangement, mais elle était incapable de parler, l'écoutant poursuivre tout en la dévisageant comme si elle était coupable d'un crime.

— J'ai donc appelé Helen pour savoir si ça ne posait pas de problème. Et voilà qu'elle m'annonce totalement ignorer où tu te trouves… De toute évidence, tu n'étais pas avec elle, mais quand elle s'est rendu compte que c'était ce que je croyais, elle a essayé de te couvrir. Tu sais quoi ? Vous auriez peut-être dû vous concerter, toutes les deux…

Son visage fut soudain assombri par une vague de tristesse.

— Vu ta tête, tu ne t'attendais sûrement pas à être prise la main dans le sac, pas vrai ? Tu pensais certainement que je ne me soucierais pas de prendre des nouvelles, ou que tu serais de retour avant moi ? Seulement, tu n'as pas songé à la possibilité que je revienne plus tôt. Je peux te dire que ça a été un sacré choc de découvrir que tu étais partie – et que tu avais menti. Mais attends, ce n'est pas le pire…

Il esquissa alors un rictus qui lui fit froid dans le dos.

— Ben est aux abonnés absents, lui aussi ! Personne ne sait où il est. Tu peux peut-être m'expliquer ?

— J'ignore complètement où il peut être, je te le jure ! s'écria-t-elle d'une voix étranglée. Il ne savait même pas que je partais. Et je te le répète : il ne s'est rien passé entre nous.

Au moins, cela était vrai… à un certain point.

— Vraiment ? insista John d'une voix faussement guillerette. Après tout, c'est un bel homme. Musclé, bronzé… Un bon petit fermier, quoi. Je ne serais pas surpris d'apprendre que tu sois tentée, vu la façon dont les choses se passent entre nous en ce moment… Vous avez voulu profiter de mon absence pour un petit périple en amoureux, c'est ça ? Pas trop fatiguée par vos ébats ?

Elle sentait les larmes de colère et de frustration qui lui piquaient les yeux, mais elle était déterminée à ne pas y céder.

— Non ! Je t'en prie, John, tais-toi ! Je n'étais pas avec Ben, et je ne sais pas où il est, d'accord ? Demande-le-lui si tu ne me crois pas. Appelle-le !

Puis elle ajouta d'une voix triste, l'implorant du regard :

— Je ne souhaite qu'une seule chose : que nous soyons de nouveau heureux, tous les deux, comme avant que nous venions vivre ici et que tout tourne mal…

Le regard de John trahissait cette même confusion agonisante.

— Alors, dis-moi où tu étais passée.

— Je… ne peux pas.

— Tu ne *peux* pas ? tonna-t-il, incrédule. Qu'est-ce que tu veux dire ?

Elle songea à la lettre glissée dans sa valise. Devait-elle la lui donner maintenant ? La lui jeter à la figure en hurlant : « Voici la preuve que je n'étais pas avec Ben. J'étais avec ta mère » ?

— Je te le dirai. Mais pas tout de suite.

— Je *veux* le savoir tout de suite.

— Non.

— Dis-moi où tu étais, bon sang ! lâcha-t-il d'une voix soudain lasse en passant les mains dans ses cheveux. Tu ne vois donc pas que tout ça est en train de me détruire, Delilah ? Pourquoi me mens-tu ?

— Je ne te mens pas, dit-elle piteusement.

Comment en étaient-ils venus à cette terrible situation pleine de malentendus ?

— Alors, dis-moi.

— D'accord.

Elle baissa les yeux sur la vieille moquette, se demandant pour la énième fois pourquoi on ne l'avait jamais remplacée.

— Je vais tout te dire. Mais c'est une longue histoire. D'abord, je vais prendre une douche. Je te raconterai tout pendant le dîner.

Ils étaient assis face à face dans la salle à manger ronde, où la table avait été préparée comme pour un grand dîner. Derrière les portes-fenêtres, la pelouse s'étirait au loin, son vert vibrant légèrement jauni par la chaleur sèche de ces derniers jours. Le ciel trouble et les nuages qui approchaient laissaient deviner une averse imminente. Delilah se demanda si Janey percevait la tension qui régnait dans la pièce quand elle vint leur servir son agneau rôti.

— Merci, Janey, souffla-t-elle en s'arrachant un sourire.

— Je vous en prie. Je vous laisse tranquilles pour la soirée, maintenant. À demain !

Une fois Janey partie, l'atmosphère se fit plus lourde encore. Delilah fixa son assiette, les effluves de viande grillée mêlés à ceux du romarin et de l'ail lui retournant l'estomac. Elle se sentait incapable d'avaler quoi que ce soit. L'angoisse de ce qu'elle s'apprêtait à révéler à John n'avait fait qu'augmenter au fil des minutes et, maintenant que le moment était venu, elle se sentait sur le point de vomir.

John, lui, ne semblait pas avoir de problème particulier. Il remplit son assiette de légumes, visiblement déterminé qu'il était à ne pas laisser quoi que ce soit venir gâcher son dîner. Quand il eut chargé le tout d'une bonne dose de sauce, il s'enfonça dans sa chaise, planta ses yeux dans les siens et déclara :

— Tu peux y aller. Je t'écoute.

— D'accord. Mais d'abord, il faut que je t'explique comment tout ça a commencé… Écoute-moi, tu veux bien ? C'est très important.

Elle se lança alors, hésitante, débutant par sa découverte des vêtements du grenier et la déduction qu'ils avaient appartenu à sa mère. Elle expliqua comment sa curiosité avait été piquée par toutes sortes de choses dans la maison : les photos, les références à cette mère qui demeurait voilée de mystère. Où se trouvait sa tombe ? Comment était-elle morte ? Si elle s'était jetée du haut de la folie, pourquoi personne ne le lui avait confirmé ?

— Tu t'es donc mis en tête de découvrir tout ça par toi-même, lâcha amèrement John, qui était demeuré impassible jusqu'ici.

Elle hocha la tête.

— Toute cette histoire semblait te rendre tellement malheureux… Tu m'as toujours dit que cette maison t'oppressait et que le passé te torturait, à y être omniprésent. J'ai d'abord cru que tu n'étais pas sérieux, que c'était ta façon de dédaigner tes privilèges... Mais j'ai très vite été convaincue que c'était le fait d'avoir perdu ta mère si jeune qui était la source de cette dépression et de tous ces cauchemars. Je ne m'étais pas rendu compte que ça allait encore au-delà, jusqu'à ce que j'entende parler d'Élaine.

John se raidit presque imperceptiblement avant de poursuivre son repas.

— Je n'arrivais pas à comprendre qui était cette Élaine. Ce n'est qu'en cherchant la tombe de ta mère que j'ai découvert qu'il s'agissait de ta défunte sœur. Je...

Elle repoussa son assiette toujours intacte et poursuivit en l'implorant du regard.

— Je pensais sincèrement que le fait de connaître la vérité me permettrait de te venir en aide. Puis tout s'est enchaîné... J'ai trouvé la poupée...

— La poupée ? la coupa-t-il, perplexe.

— Oui. Une Sindy coincée au fond d'une armoire, dans la nursery. À qui appartenait-elle ? Tu m'avais pourtant dit qu'il n'y avait pas eu de filles dans la famille... Et puis...

Elle s'interrompit un instant et baissa les yeux, observant la façon dont la lumière jouait sur l'argent de ses couverts.

— La lettre est arrivée.

John arrêta de manger et leva les yeux vers elle, comme s'il avait conscience que la véritable explication débutait enfin. Jusqu'ici, elle n'avait fait que préparer le terrain afin qu'il comprenne son état d'esprit, qu'il comprenne qu'elle n'avait pas cherché à lui cacher quoi que ce soit. Seulement, les choses s'étaient accélérées, et elle n'avait pas pu agir autrement que dans son dos.

— Il s'agissait d'une lettre adressée à lady Northmoor. Comme tu étais déjà parti pêcher, je ne pouvais pas te la montrer. Ma curiosité l'a emporté et… je l'ai ouverte.

Elle lui jeta un rapide coup d'œil. Que cela pouvait-il bien lui faire, d'entendre parler de sa mère ainsi ? N'était-ce pas affreusement glauque, de recevoir une lettre pareille quarante ans après sa mort ?

John était plus pâle, à présent, et il ne bougeait plus, l'observant d'un regard presque vide, mais en dehors de cela, il semblait prendre la nouvelle assez calmement.

— Tu l'as ouverte, lâcha-t-il.

— Ça a été comme un réflexe, se hâta-t-elle de se défendre. Je me suis dit qu'elle était peut-être pour moi. Je sais que ça peut paraître ridicule, hors contexte, mais sur le coup, ça m'a paru probable. Je l'ai ouverte avant même de prendre le temps d'y réfléchir… Elle venait d'un cabinet notarial qui informait cette fameuse lady Northmoor que son allocation venait d'être augmentée. La lettre affichait une adresse qui n'était pas celle de l'enveloppe. Une adresse située en Grèce.

Les traits de John s'animèrent soudain, et il rejeta la tête en arrière, les yeux fixés au plafond et les bras plantés sur la table.

— Et tu t'es dit : *Je sais ! Je vais aller faire un tour en Grèce pour voir qui est cette fameuse lady Northmoor*, pas vrai ? lâcha-t-il d'une voix sourde avant de venir planter un regard accusateur sur elle. *Pas vrai ?*

Elle hocha piteusement la tête.

— Tu t'es pointée là-bas comme une fleur pour te mêler d'une situation dont tu ne connais rien ! Sans même m'en dire un mot !

— Je ne voulais pas remuer le couteau dans la plaie inutilement. Tu m'avais dit que ta mère était morte. Pourquoi risquer de te causer plus de peine encore ? répliqua-t-elle en l'implorant une fois de plus du regard.

Mais alors, l'expression de John l'envahit soudain d'une certitude affreuse. Dès que l'idée eut germé dans sa tête, elle sut que c'était vrai. Elle prit une longue inspiration.

— Mais tu étais déjà au courant, n'est-ce pas ? Tu savais qu'elle était encore en vie…

Il y eut un long silence glacial, puis John se leva, jeta sa serviette sur son assiette et gagna les portes-fenêtres incurvées qui donnaient sur la pelouse, à l'arrière de la maison.

Delilah se tourna vers lui, se faisant soudain l'effet d'une sombre idiote. Elle avait été persuadée que son mari était victime d'un odieux mensonge. Mais ça n'était pas le cas. Il s'avérait en fait qu'elle était l'unique personne à ne pas connaître la vérité. Elle s'efforça de tout ajuster à cette nouvelle réalité.

— Je ne me trompe pas, n'est-ce pas ? Tu savais qu'elle était en vie ! Depuis quand le sais-tu ?

Il poussa un lourd soupir et enfonça les mains dans ses poches.

— Plus ou moins depuis que je te connais, toi, déclara-t-il enfin.

— Quoi ? souffla-t-elle, les lèvres soudain sèches.

— On m'a donné procuration il y a quelque temps, comme tu le sais. Je sais donc tout des affaires de mon père. Mais il avait laissé l'instruction formelle que je n'apprenne l'existence de ma mère qu'à leur mort, à l'un ou à l'autre, ou en cas de circonstances ne laissant pas d'autres choix. Le cabinet notarial a réussi à nous concocter l'une de ces fameuses circonstances, avec la crise grecque, à savoir si l'allocation de ma mère pouvait être garantie, quoi qu'il arrive aux banques. Bref, on m'a convoqué à Londres pour m'annoncer de but en blanc que ma mère vivait sur une île grecque et qu'on voulait savoir ce que je souhaitais faire pour garantir son allocation.

Une profonde vague de pitié la submergea.

— Tu le sais depuis tout ce temps ?

— Je pensais être capable de gérer, dit-il en acquiesçant. Mais ça ne fait que me ronger.

Elle comprenait enfin ces sautes d'humeur, ce besoin urgent de brûler les vêtements de sa mère… Comment pouvait-on vivre avec une chose pareille ?

— Qu'as-tu fait quand tu l'as appris ? murmura-t-elle.

Il se tourna vers elle en esquissant ce petit sourire timide qu'elle aimait tant.

— Je suis venu à toi.

— Je…, je ne comprends pas.

Elle avait l'étrange sentiment de jouer un rôle malgré elle dans tout cela depuis bien plus longtemps que ce qu'elle s'était imaginé, comme si elle était en train de danser une valse tout en dormant.

— J'avais besoin de quelque chose de bon, de quelque chose de vrai dans ma vie. Je n'avais pas cessé de penser à toi depuis le jour du shooting. Tu étais si différente de tous ces individus surfaits... Tu avais l'air si normale, si naturelle... J'ai aimé le crayon dans tes cheveux, et la façon dont nous avons ri tous les deux du comique de la situation... Je ne sais pas, ça a déclenché quelque chose en moi. Ce jour-là, je me suis retrouvé dans ton bureau à demander à te voir. Dès l'instant où j'ai posé les yeux sur toi..., c'était comme si le soleil s'était enfin levé après une longue nuit. Tu étais si belle et si réelle, si pleine de vie après ces ténèbres... J'ai eu le sentiment que j'avais besoin de toi. Tu m'as permis de croire que je pouvais trouver l'amour, le bonheur et toutes ces choses dont j'avais tellement envie. Alors que je tombais amoureux de toi, j'espérais que notre relation finirait par occulter ce que j'avais découvert. Je voulais que ça me fasse tout oublier.

Delilah posa les yeux sur la table, le cœur lourd.

— Et moi, je n'ai cherché qu'à tout te rappeler.

Il lâcha un nouveau soupir, et ses épaules s'affaissèrent légèrement.

— J'ai eu tort de vouloir ça. J'aurais dû deviner que ce serait tout bonnement impossible – et injuste vis-à-vis de toi. Tu ignorais que je te voyais comme la fée qui ferait disparaître toute cette tristesse d'un coup de baguette magique...

— Oh ! John...

Elle se retourna vers lui en se mordant la lèvre. Il semblait complètement abattu, et ses yeux gris

étaient chargés de chagrin. Elle l'aimait tellement…
Elle s'était complètement fourvoyée.

— Je n'ai toujours voulu que ton bien, murmura-
t-elle. J'essayais de t'aider.

— J'ai conscience d'avoir été odieux avec toi. Je
ne peux pas te reprocher de…, d'être sensible aux
charmes d'un type comme Ben, vu la façon dont je
te traite.

Est-il en train de s'excuser ? songea-t-elle, surprise.
Mais il ne lui laissa pas le temps de s'y attarder.

— Que s'est-il passé en Grèce ? dit-il alors d'une
voix grave. Je veux tout savoir.

Il demeura près de la fenêtre, les yeux fixés sur
le crépuscule, tandis qu'elle lui racontait comment
elle avait gagné l'île, entendu cette voix anglaise au
monastère, puis retrouvé la villa Artemis et enfin
Alexandra.

— Comment était-elle ? demanda-t-il d'une voix
étrangement calme lorsqu'elle en vint à leur rencontre. À quoi ressemblait-elle ?

— Elle ressemble beaucoup à ses photos. Comme
elle portait un turban, je n'ai pas pu voir ses cheveux. Son visage était évidemment plus marqué
et… plus bronzé, également. Mais ses yeux étaient
exactement les mêmes. La même forme, le même
bleu vif. Elle m'a paru…

Elle hésita, cherchant le mot juste pour décrire ce
qu'elle avait ressenti.

— Elle m'a paru terriblement seule. Je crois bien
que c'est la personne la plus triste que j'aie jamais
rencontrée.

John se tourna enfin vers elle.

— Et qu'est-ce qu'elle a dit ?

— Qu'elle t'avait toujours aimé. Elle a refusé de me dire pourquoi elle était partie, mais elle m'a assuré que c'était la meilleure et la seule chose à faire. Évidemment, je lui ai demandé comment elle avait pu t'abandonner au moment où tu avais le plus besoin d'elle, même si la mort d'Élaine devait être atroce à supporter... Elle m'a dit qu'elle serait partie même si Élaine avait vécu. Elle a même prétendu qu'il aurait mieux valu qu'elle meure, mais ton père l'aurait suppliée de ne pas... sauter le pas.

Delilah faisait tout son possible pour y aller doucement. Même si John se devait de tout savoir, elle ne pouvait se permettre de remuer trop vivement le couteau dans la plaie.

— Aurais-tu une idée de ce qui l'a poussée à prendre une telle décision ?

Il la rejoignit alors et s'écroula dans la chaise à côté d'elle, les épaules basses et les mains jointes. Il secoua la tête, et elle vint glisser les doigts dans ses cheveux striés de gris (ils se faisaient de plus en plus nombreux, dernièrement) tout en lui massant l'épaule de l'autre main.

— Je n'en ai aucune idée, marmonna-t-il. Je n'y comprends foutrement rien, si tu veux tout savoir.

— Elle se reprocherait la mort d'Élaine... Je me demandais si c'était pour cela qu'elle avait préféré s'éloigner de toi, mais elle m'a assuré que non. Cependant...

Delilah prit une profonde inspiration. Le moment qu'elle avait le plus craint venait d'arriver.

— Elle savait que tu finirais par découvrir la vérité. Alors, elle m'a demandé de te donner ça.

Elle sortit lentement la fine enveloppe de sa poche et la tendit à John.

Il leva la tête, perplexe, les yeux rouges, et vit ce qu'elle avait dans la main. Une expression horrifiée balaya alors ses traits et il secoua la tête en s'écartant.

— Non, non, non ! s'écria-t-il. Je n'en veux pas !

— Tu n'es pas obligé de la lire maintenant. Il vaut peut-être mieux attendre un peu…

— Non, tu ne comprends pas. Il est hors de question qu'elle resurgisse dans cette maison, de quelque façon que ce soit !

Il poussa alors sa chaise et se leva, un air hagard au visage.

— Je ne le supporterais pas. Elle ne peut pas me faire ça. C'est trop tard, désormais ; elle ne peut pas revenir. Il m'a fallu des années pour accepter sa mort, et je refuse de revenir en arrière, tu m'as entendu ? Je ne veux pas tout recommencer ! Je ne le pourrais pas !

Sa voix, mélange de terreur et de colère, se faisait de plus en plus forte.

Delilah se leva à son tour, le bras toujours dressé vers lui, la lettre serrée dans son poing.

— Mais, John…

— Tais-toi ! hurla-t-il avec une férocité qui la cloua sur place. Tu ne penses pas que tu en as suffisamment fait comme ça ? Ne comprends-tu donc pas ? Tu ne peux pas aller déterrer les morts et demander aux autres de faire comme si de rien n'était, Delilah ! Ça ne marche pas comme ça. Ne comprends-tu donc pas que je préférerais qu'elle soit *vraiment* morte ? Elle a fait son choix, et c'est trop tard, maintenant. Elle a choisi la mort. Elle a choisi de se tenir loin de moi durant toutes ces années. Si elle s'était tuée dans un moment d'égarement, j'aurais pu comprendre et lui pardonner. Mais de m'exclure de sa vie à tout jamais… C'est tout simplement trop lourd à supporter, tu comprends ? Je refuse qu'on la ramène à la vie pour qu'elle me fasse de nouveau souffrir. Ne vois-tu donc pas que c'est plus simple pour moi si elle est morte ?

Il lui arracha alors la lettre des mains et la déchira frénétiquement, parsemant les morceaux partout sur la table et les restes de leur repas.

— Voilà. C'est terminé. C'est ce dont j'essaie de me convaincre depuis sept mois. Elle est morte.

Puis il tourna sur ses talons et elle le regarda, choquée, quitter la pièce.

33

Ce soir-là, dans leur lit, après les révélations du dîner, Delilah fit ce qu'elle faisait toujours quand John n'allait pas bien : elle usa de tout son corps pour le réconforter, l'enveloppant de ses bras dans l'idée de lui transmettre un peu de sa force. Il se laissa faire un long moment, puis il finit par se tourner vers elle, l'enlacer et l'embrasser. Il semblait en proie à une impulsion désespérée, faisant courir ses mains sur son corps comme s'il s'en servait uniquement pour stimuler son propre désir et non pour l'aimer. Il pinçait ses seins, lui mordait les lèvres et enfouissait des mains dures entre ses cuisses, comme si sa faim nécessitait un élément de sauvagerie.

Il ne lui faisait pas particulièrement mal, mais elle avait l'impression, sous ses gestes brusques, d'être un objet plutôt qu'une partenaire. Il se mit à tirer sur ses tétons avec ses dents tout en écartant plus largement ses cuisses, ses mains l'explorant avec un besoin féroce. Elle ne résista ni ne tenta de lui rendre des caresses. Ce n'était pas ce qu'il recherchait. John était excité non pas par elle, mais par ce qu'il lui faisait ; il ne lui restait donc qu'à se laisser faire. Ils n'avaient jamais fait l'amour de cette façon jusqu'ici, et Delilah trouva cela étrange et presque terrifiant. Ils avaient toujours été sur la même longueur d'onde, dans ces moments d'intimité, et, pour la première fois de sa vie, elle se demanda ce qui pouvait bien se passer dans la tête de son mari à cet instant précis. D'un air absent, il la prit de ses mains pressantes, la fit s'agenouiller sur le lit et plongea en elle par-derrière, les mains vissées à ses hanches, la poussant à suivre ses mouvements frénétiques. En dépit de cette étrange désunion, elle commença à se sentir excitée par son désir brûlant, et elle lâcha un hoquet. Cela ne fit qu'attiser le feu de John, qui plongea en elle plus durement encore. Elle se mit alors à gémir malgré elle à chaque nouveau coup de reins.

Elle aurait voulu se tourner vers lui, l'embrasser, sentir sa peau contre la sienne pour mener cette vague de désir jusqu'au bout ensemble. Mais elle ne pouvait pas bouger. Il voulait la garder ainsi, à sa merci. Pesant de plus en plus sur elle, il passa la main sur son épaule avant de venir la plaquer autour de son cou. Elle commença à résister aux coups de reins qui se faisaient plus frénétiques encore, mais John était totalement centré sur son propre désir, ponctuant chacun de ses mouvements d'un hoquet guttural. Il accéléra encore la cadence tandis que Delilah se cramponnait au lit, à bout de souffle, pour ne pas être projetée contre le mur sous la force de ses impacts. Il jouit soudain dans un grognement sourd et se vida en elle, attendant quelques instants avant de se retirer avec un soupir. Il attrapa une poignée de mouchoirs sur la table de nuit de Delilah, lui en tendit deux et s'en garda un pour lui.

Encore saisie par ce qui venait de se passer, elle passa lentement sur le dos et s'essuya en fixant la pénombre de la pièce. John roula sur le dos à son tour et garda le silence un moment avant de venir l'embrasser sur la joue en soufflant un « Bonne nuit, chérie ». Puis il lui tourna le dos et s'endormit.

Le lendemain matin, Delilah se réveilla dans un lit vide et, totalement désarmée, elle s'enfonça dans les oreillers, les yeux vissés aux tentures du lit. Depuis son retour, tout avait tourné au désastre, de la visite de Vanna à la scène du dîner. Elle n'en revenait toujours pas que John ait tout ce temps été conscient que sa mère était en vie. Il le lui avait caché. D'une certaine façon, elle comprenait pourquoi. Il avait seulement cherché à se convaincre qu'Alexandra était bel et bien morte. Cela ne pouvait que l'aider si Delilah croyait la même chose. *Quoi qu'il en soit, cette histoire s'arrête là. Il ne voudra jamais la revoir. Tant qu'il n'est pas en mesure de comprendre son geste, il ne pourra jamais lui pardonner.*

Elle se demanda ce qu'Alexandra avait bien pu écrire dans cette lettre que John ne pourrait désormais plus jamais lire. Peut-être ferait-elle mieux de la prévenir de ce qui s'était passé ? Non, il fallait à tout prix qu'elle arrête de se mêler de cette histoire ; les choses étaient suffisamment compliquées. Si John et elle voulaient avoir une chance de rétablir une relation de confiance entre eux, elle devrait se montrer irréprochable.

Elle songea alors à Ben et saisit son portable sur sa table de chevet. Il n'aurait décidément pas pu choisir pire moment pour prendre quelques jours loin du fort. Où était-il donc passé ? Devait-elle lui parler des suspicions de John, ou cela ne ferait-il qu'empirer la situation ? Elle s'apprêtait à lui envoyer un message, mais elle se ravisa très vite. Le fait de le contacter ne ferait qu'alimenter l'idée qu'il se passait quelque chose entre eux, et elle savait désormais qu'elle ne voulait pas lui donner cette impression. Elle posa le téléphone et partit s'habiller.

Quand elle passa devant l'énorme fenêtre de l'escalier, sur le chemin du salon, elle devina, en voyant la teinte sombre du gravier, qu'il avait plu dans la nuit, mais le soleil brillait de nouveau et une beauté sereine se dégageait des jardins. En bas, la porte du bureau était fermée. John devait très probablement s'y trouver. Elle se demanda s'il avait envisagé d'appeler le cabinet notarial afin de leur passer un savon.

Dans la cuisine, Janey était en train d'établir une liste de courses.

— Je peux m'en occuper, si vous voulez, lui proposa Delilah. Il faut absolument que je sorte d'ici, ce matin.

— Mais vous rentrez à peine ! J'imagine que vous avez tout un tas de choses à faire, non ?

— Non, pas vraiment. Et puis, ça me donnera l'occasion de faire une bonne promenade et un peu d'exercice.

— Vous savez, ce n'est pas une promenade de santé, la prévint Janey. Il me faut rien de moins que trois quarts d'heure pour simplement venir du pavillon tous les jours. Mais loin de moi l'idée de vous en empêcher. Laissez-moi juste le temps de terminer cette liste…

— Pas de problème !

Delilah était ravie d'avoir trouvé une occupation qui lui permettrait également d'avoir le temps de réfléchir à sa situation. Plus le chemin serait long, plus ça lui convenait.

— Au fait, lança Janey tout en complétant la liste de son écriture impeccable, il y avait des confettis partout sur la table, ce matin ! Vous avez joué à quoi, hier ? Je ne vous raconte pas l'histoire pour tout jeter…

Delilah décida de prendre Mungo ; le chien était tout aussi excité de la revoir que de partir pour une si longue expédition. Il gambadait tranquillement à ses côtés en remuant la queue, disparaissant de temps à autre, la truffe basse, avant de revenir auprès d'elle comme pour s'assurer qu'elle allait bien et qu'elle était toujours d'attaque pour continuer la balade. Elle vérifia une ou deux fois son téléphone : toujours aucune nouvelle de Ben.

Quand elle passa au niveau du pavillon, tout en haut de l'allée, elle songea de nouveau à Élaine. *Ça a dû se produire tout près d'ici.* Elle frissonna, espérant que cette histoire ne lui revienne pas en tête chaque fois qu'elle passerait par là, mais c'était comme si l'atmosphère crépitait encore des résidus de l'accident, même après tout ce temps.

Elle accéléra le pas et appela Mungo pour l'attacher, étant donné qu'ils arrivaient à proximité de la route. Les voitures roulaient vite, sur les routes de campagne, parfois même en plein milieu sans vraiment se soucier de ce qui pouvait se trouver derrière les virages ou les haies, et il n'y avait pas de trottoirs. Il était donc plus sûr de garder le chien à son niveau tant qu'ils n'avaient pas rejoint le village. Elle passait tout juste le panneau indiquant la direction du village et venait de réaliser qu'elle n'avait pas pris de sac (à l'exception de celui pour ramasser les crottes de Mungo, si encore elle osait s'en servir) quand une voiture qu'elle s'attendait à voir passer sans s'arrêter freina à son niveau, la vitre côté passager s'ouvrant dans un petit bourdonnement électronique.

— Alors, ça, pour une coïncidence ! s'exclama une voix aux fortes intonations américaines.

Elle se retourna et découvrit Vanna, qui lui souriait derrière son volant.

— Bonjour, dit-elle d'une voix faible, loin d'être ravie de se retrouver confrontée une nouvelle fois à l'ex-épouse de son mari, mais consciente de son attitude légèrement rustre de la veille.

— C'est amusant, je pensais justement à toi ! lança Vanna. Je suis en route pour l'aéroport, mais j'ai un peu de temps devant moi. Ça te dirait de prendre un café ? Grimpe, je t'emmène.

— C'est que…, hésita Delilah, pas vraiment emballée par l'idée. J'ai Mungo avec moi.

— Ne t'inquiète pas, tu peux le faire monter à l'arrière. C'est une voiture de location ; je la rends dans quelques heures.

À court d'excuses, Delilah appela donc Mungo. L'instant d'après, ils filaient tous les trois vers le village dans l'habitacle silencieux.

— Tu sais où on peut prendre un café ? demanda Vanna.

Elle était égale à elle-même : charmante et élégante, dans son petit jean moulant, son tee-shirt blanc et sa veste bleue de toute évidence hors de prix. Elle avait ramené ses cheveux blonds en une longue queue-de-cheval soyeuse, et des anneaux d'or sertis de diamants pendaient à ses oreilles.

— Cet endroit s'est-il un tant soit peu civilisé depuis mon départ ? Il y a dix ans de cela, impossible de trouver un bon café même dans Londres ; alors, je ne te parle pas d'ici…

— Il y a un salon de thé juste derrière la place, répondit Delilah en s'efforçant de refouler sa gêne. Tu peux te garer dans le coin, si tu veux.

— Oh oui, je le vois ! C'est nouveau, ça. Allons y jeter un œil.

Quelques minutes plus tard, elles étaient installées devant une fenêtre donnant sur la place du village tout en sirotant leur café. De son poste, Delilah pouvait garder un œil sur Mungo, attaché devant le salon, qui observait le ballet des pigeons sur la pelouse.

— Alors là, chapeau, commenta Vanna. Du vrai café ! Allez, je leur passe le fait qu'ils n'aient pas de déca… Il faut savoir se contenter de ce qu'on a, pas vrai ?

Elle adressa alors son plus beau sourire à Delilah. Cette femme était si impeccable qu'elle faisait tache dans ce petit salon de thé aux allures vieillottes, avec ses assiettes à fleurs et ses médailles accrochées aux murs.

— Je n'ai pas eu l'impression que tu étais particulièrement ravie de me voir, hier, et je tenais à te rassurer, si jamais tu craignais que je vienne piétiner ton territoire…

— Oh non ! répondit Delilah en rougissant à l'idée de la jalousie qui l'avait tourmentée la veille. Ça va, je t'assure. J'étais simplement fatiguée. Je suis désolée si je t'ai donné cette impression.

— Ne t'inquiète pas. Mais je ne sais pas… J'ai eu comme un mauvais pressentiment quand je suis partie. J'ai bien vu que ça n'allait pas entre John et toi, et je n'aimerais vraiment pas que tu fasses les mêmes erreurs que moi. Je sais ce que c'est de vivre dans un endroit pareil, ajouta-t-elle en se penchant vers elle d'un air conspirateur. Ce n'est pas facile. Et John ne l'est pas plus…

— En effet, dut admettre Delilah.

— Mais tu l'aimes, n'est-ce pas ? Ça se voit… Tu ne te serais pas mise dans un état pareil si tu ne l'aimais pas. Si tu veux un conseil, fais en sorte de l'éloigner de cette maison dès que tu sens qu'il déraille. Il se détend très vite dès qu'il est ailleurs. J'ai mis beaucoup de temps à le comprendre, parce que je me heurtais à un mur chaque fois que je le lui suggérais, et je ne te cache pas que mon envie de partir aux États-Unis était loin de l'emballer. Au final, à force de nous disputer, nous n'allions nulle part.

— C'est tout ? souffla Delilah, perplexe.

Elle s'était presque attendue à ce que Vanna lui livre une analyse poussée de son mari et lui explique comment résoudre le problème complexe de sa personnalité.

— Eh oui, confirma Vanna en opinant du chef. Je peux t'assurer qu'aux États-Unis, on ne pourrait forcer personne à vivre dans une maison qu'il ne supporte pas sans pouvoir la vendre. J'ai toujours eu du mal avec la pression que ce domaine mettait sur ses épaules. Au final, c'est notre mariage qui a payé. On en est venus à oublier pourquoi nous étions tombés amoureux. J'ai décidé de tirer un trait sur tout ça et… Eh bien, je voulais te dire…

Elle esquissa un sourire presque timide.

— Ne tire pas un trait sur lui. Il vaut vraiment la peine qu'on s'accroche, crois-moi. Assure-toi simplement que vous puissiez respirer de temps en temps. C'est tout.

Delilah lui rendit son sourire. Les choses pouvaient-elles être aussi simples ? Elle se sentait soudain plus légère et plus optimiste. Vanna avait raison : elle aimait John, avec tous les défis qu'il posait et les charges qu'il portait. Et il l'aimait aussi, malgré ce qu'elle avait fait dans son dos. Elle ne se le pardonnerait jamais si elle décidait de fuir.

— Merci, souffla-t-elle. Sincèrement. Merci.

— Je t'en prie.

Vanna posa alors les yeux sur son café presque intact.

— Je ferais mieux de filer. Tu veux que je te redépose au fort ?

— Non, ça ira. Je dois passer à l'épicerie. Nous rentrerons à pied, ça nous fera du bien.

— Ça marche, répondit Vanna avant de se lever.

— Juste une chose…, dit Delilah en se levant à son tour et en enfilant son gilet. Tu as dû connaître le père de John avant qu'il soit atteint d'Alzheimer. Comment était-il ?

— C'était un homme génial, mais immensément triste. Il était très seul, au final… Il n'y avait plus qu'eux deux… John et lui étaient très proches.

— Nicky t'a-t-il dit qu'Alexandra s'était tuée ?

Vanna prit le temps de la réflexion avant de répondre.

— Maintenant que j'y repense, c'est plutôt étrange… John m'a dit qu'elle avait sauté de la vieille folie située dans les bois, mais, un jour où je discutais avec Nicky, il a dit que sa femme était partie. J'ai tout de suite pensé qu'il entendait par là qu'elle était morte, mais c'était tout de même une drôle de façon de le tourner : « Elle est partie. »

— Oui, c'est étrange, en effet, commenta Delilah. Je suis vraiment contente qu'on ait pu avoir cette discussion, Vanna. Merci.

— Je t'en prie. Tout le plaisir est pour moi.

Tandis qu'elle longeait la rue qui menait à l'épicerie du village, Mungo trottant devant elle, Delilah se sentit submergée d'une paix soudaine et bienvenue après les émotions de la veille. Elle n'avait plus à craindre Vanna. Au contraire, leur discussion lui avait permis d'ouvrir les yeux sur sa vie.

Quelle idiote j'ai fait, à mettre John et la maison dans le même sac ! Je suis tombée amoureuse de lui avant même de venir vivre ici. Nos soucis n'ont commencé que lorsque nous avons laissé cet endroit gérer nos vies à notre place.

L'image de Ben en plein travail s'imposa alors à son esprit. Lui n'était pas touché par la maison – il avait été l'antidote à sa noirceur, au contraire –, mais il en faisait tout de même partie. Il faisait partie du domaine autant que John. Elle tenta de s'imaginer vivre à ses côtés, loin de Fort Stirling. C'était impossible. Non seulement refuserait-il de quitter les lieux, mais quel que soit le scénario qu'elle se créait, il manquait toujours quelque chose. Oui, l'attirance physique était bien là, mais il n'y avait rien de plus que cela.

Je ne l'aime pas. Il est bon et généreux, mais je ne l'aime pas. Je ne pourrai jamais lui apporter ce que j'apporte à John. Je ne ferai que prendre sans rien rendre en retour.

Et ce serait un véritable désastre, elle le savait. Le fait de penser à Ben l'emplissait désormais de la terrible crainte qu'elle se soit fourvoyée. Dans un moment d'égarement, elle avait cru qu'il détenait la réponse à ses problèmes. Même si John et elle avaient leurs soucis, elle sentait qu'ils se rapprochaient l'un de l'autre et devenaient plus intimes que jamais. Elle commençait enfin à le comprendre et, s'ils parvenaient à se sortir de cette histoire, peut-être pourraient-ils surmonter tout ce qui les avait meurtris jusque-là. Pourtant, elle n'avait pas de raison particulière de s'accrocher à cet espoir. Rien n'avait changé outre les quelques paroles de soutien de Vanna, mais cette femme lui avait redonné espoir.

Delilah attacha Mungo au réverbère devant l'épicerie et fit ses achats. Elle s'apprêtait à ressortir quand la porte s'ouvrit sur le pasteur.

— Mrs Stirling ! Comment allez-vous ? s'exclama-t-il avec ce fameux sourire qui lui plissait les yeux.

— Très bien, merci.

— Encore à la recherche d'une tombe ?

— Non, c'est bon. Tout est réglé…

— Ah ! très bien. Vous en avez appris davantage, au sujet de la petite fille ?

— Euh…, oui, un peu.

— C'est parfait, dit-il en dressant les sourcils. Je m'apprêtais justement à faire un tour à la maison de retraite de Rawlston. Je venais acheter des biscuits pour le père Ronald. Je vous ai déjà parlé de lui, vous vous en souvenez ?

— C'est exact, répondit Delilah en fouillant dans sa mémoire. C'est lui qui a présidé les funérailles d'Élaine, n'est-ce pas ?

— Tout à fait.

Une pensée soudaine sembla illuminer ses traits.

— Et si vous veniez avec moi pour faire sa connaissance ? Si vous avez un peu de temps devant vous, évidemment… Vous pourriez me parler de vos découvertes sur le chemin…

— Oh !… Je…

Elle le dévisageait, troublée. Elle s'était mis en tête de ne pas fouiller plus loin dans le passé des Stirling, mais...

— J'ai le chien avec moi et j'ai acheté du frais.

— Il peut tout à fait venir avec nous, suggéra le pasteur. Vous ne pouvez pas savoir comme les personnes âgées adorent les chiens. Et nous n'en aurons pas pour bien longtemps. Je vous redéposerai chez vous, si vous voulez.

— Dans ce cas, d'accord. Merci beaucoup.

34

Le village de Rawlston ne se trouvait qu'à dix minutes de voiture, mais cela suffit amplement à Delilah pour expliquer au pasteur les circonstances de la mort d'Élaine. Quand elle eut terminé, l'homme poussa un soupir lourd de peine.

— La perte d'un enfant est toujours une épreuve terrible. S'en sentir responsable est un fardeau que très peu seraient capables de supporter. La pauvre femme... Avoir une chose pareille sur la conscience... Il devient plus aisé de comprendre ce qui l'a poussée à faire ce geste, si c'est effectivement ce qui s'est passé.

Delilah se garda de tout commentaire, le regard fixé sur la vitre, se demandant si mentir à un pasteur était pire que de mentir aux autres. Mais elle estimait que ce n'était pas à elle de révéler l'existence d'Alexandra. Elle en avait suffisamment fait comme cela.

La maison de retraite était un endroit très raffiné. Elle se situait dans une ancienne demeure de style Queen Anne aux briques rouge pâle qui avait été un point central du village avant d'être convertie en hospice. Le pasteur se gara derrière la maison et ils gagnèrent l'entrée principale, Mungo bondissant au bout de sa laisse.

— J'essaie de venir ici au moins deux fois par mois, expliqua le pasteur. Je n'ai pas envie que mes paroissiens se sentent abandonnés, et certains de ces gens ne reçoivent malheureusement que très peu de visiteurs…

Ils franchirent une grande porte noire, et Delilah fut aussitôt frappée par la chaleur que dégageaient les lieux. Malgré les températures estivales, on avait l'impression que les radiateurs étaient tous allumés. Cela ne sembla en revanche absolument pas contrarier le pasteur, mais peut-être appréciait-il cette chaleur, lui qui passait le plus clair de son temps dans une église glaciale ?

Il présenta Delilah à la femme rondelette et souriante de la réception, qui leur signala où ils pourraient trouver le père Ronald.

— Le chien peut venir avec nous ? s'enquit le pasteur.

— Bien entendu ! Ils seront ravis de le voir, répondit la femme en désignant une épaisse porte devant eux. C'est par là, je vous en prie !

Ils longèrent un couloir à la moquette omniprésente, Delilah suffoquant déjà sous l'extrême chaleur. Ce fut donc avec un soulagement énorme qu'elle pénétra enfin dans une pièce plus fraîche qui donnait sur les jardins, à l'arrière de la demeure. Quelqu'un avait ouvert les fenêtres, et une brise agréable circulait dans la pièce. Un grand écran de télévision diffusait quelque chose tout bas, et les lieux étaient parsemés de fauteuils, la plupart

occupés par des individus aux visages extrêmement ridés dont les cannes attendaient non loin. Le
pasteur se mit à faire le tour des résidents, serrant
les mains et saluant chacun d'un ton jovial et suffisamment fort sans être assourdissant. Il avait pris
Mungo avec lui, et le chien eut droit à une tournée
de caresses affectueuses.

— Père Ronald ! s'exclama-t-il enfin. Comment
allez-vous ?

Il s'était arrêté devant un vieillard à la silhouette
voûtée qu'on avait assis dans un fauteuil d'où il
pouvait regarder le jardin plutôt que la télévision.
Sa peau était ridée et tachée, et seuls quelques rares
cheveux apparaissaient sur son crâne luisant. Il
leva aussitôt les yeux à la voix du pasteur.

— Hein ? croassa-t-il.

Delilah ne put réprimer un pincement de déception. Elle doutait franchement que ce vieil homme
ait encore toutes ses facultés…

— Comment allez-vous, mon père ? insista le
pasteur de son plus beau sourire.

— Oh ! très bien, merci ! Je contemplais l'œuvre
de Dieu, voyez-vous. Je ne comprends pas pourquoi ils tiennent à ce que l'on passe notre journée à
regarder cette satanée télévision quand il y a de si
jolies choses à portée de main…

— Je ne pourrais pas être plus d'accord !

Le pasteur s'assit alors sur le rebord de la fenêtre,
juste devant le père Ronald.

Voilà qu'il lui cache la vue ! s'indigna Delilah, qui
dut se retenir de rire en se penchant pour venir
caresser la gueule soyeuse de Mungo.

— J'aimerais vous présenter quelqu'un, mon père, poursuivit le pasteur en faisant signe à Delilah de s'approcher. Voici Mrs Stirling. Elle vit aujourd'hui au fort et est mariée au jeune John Stirling.

Le vieillard leva ses yeux bleus voilés vers elle et l'observa de longues secondes.

— Je suis ravi de l'apprendre, commenta-t-il. C'est amusant comme la roue tourne… À mon arrivée ici, c'étaient les parents du lord actuel qui vivaient encore au fort. Et voilà que la jeunesse prend la relève…

Il sourit alors à Delilah, qui fut aussitôt submergée d'une vague de tendresse pour le vieil homme. Elle s'installa dans le fauteuil disposé à côté du sien avant d'appeler Mungo, qui s'approcha pour de nouvelles caresses.

— Je suis enchantée de faire votre connaissance, lui dit-elle d'une voix légèrement forte, craignant une éventuelle surdité chez son interlocuteur. Le pasteur m'a dit que vous aviez une mémoire formidable…

— Je ne sais pas tout, répondit le père Ronald d'un air amusé, mais ce qui est sûr, c'est que j'ai toujours toute ma tête. J'ai la chance de ne pas encore avoir perdu cette capacité, même si elle n'est plus de première jeunesse. C'est étrange comme certaines choses vous reviennent soudainement… Cette nuit, je me suis réveillé en me rappelant parfaitement un poème en grec ancien que j'avais appris à Oxford dans les années quarante !

— Mrs Stirling avait une question à vous poser, intervint le pasteur en encourageant Delilah du regard. N'est-ce pas ?

— Oui…

Elle toussota afin de s'éclaircir la gorge, ne sachant pas vraiment par où commencer. Quelques jours plus tôt à peine, elle aurait croulé sous les questions, mais à présent, elle avait peur de se mêler une fois de plus de choses qui ne la regardaient pas.

— Je… Je voulais savoir si vous vous souveniez du décès d'Élaine Stirling ?

— Ah ! s'exclama le père Ronald d'un air grave tout en secouant la tête, la bouche tordue en une grimace triste. Je m'en souviens en effet très bien et je peux vous dire que ce fut un événement terrible, ma chère. Terrible… Je n'ai jamais vu une femme plus affligée par la douleur que cette mère devant la tombe de sa fillette. Elle avait perdu son enfant, mais pire que cela, c'était elle qui conduisait la voiture qui l'avait tuée.

— A-t-elle été condamnée pour conduite dangereuse ? s'enquit Delilah.

Le vieil homme secoua la tête.

— Il en fut question, mais la pauvre femme n'était pas en état d'être poursuivie dans l'immédiat et, quand ils y songèrent sérieusement, elle était déjà partie. D'après moi, la famille a fait en sorte de calmer le jeu. Les Stirling pouvaient faire preuve d'une certaine influence quand ils le voulaient.

Il poussa un lourd soupir.

— J'ai très souvent pensé à elle. Je l'ai connue toute petite, voyez-vous. C'est moi qui ai baptisé ses enfants et, des années plus tôt, c'est également moi qui ai célébré son premier mariage...

Le père Ronald se pencha alors vers elle sans la quitter de son regard pénétrant.

— J'avais craint que cette histoire ne tourne mal et j'ai longuement prié pour eux. Quelque chose chez ce jeune homme me disait bien qu'il n'était pas fait pour le mariage. Dieu avait autre chose en tête pour lui, mais pas cela. Et Alexandra avait besoin d'un homme qui l'aime après ce qu'elle avait vécu...

— C'est-à-dire ?

— Alors qu'elle était encore toute jeune, sa mère s'est suicidée en sautant de la folie.

Un étrange frisson parcourut tout le corps de Delilah malgré la chaleur des lieux.

— La mère d'Alex s'est suicidée de cette façon ?

— Oui, malheureusement... Cette histoire fit un véritable scandale, mais son père a fait de son mieux pour l'en protéger. Il l'a coupée du reste du monde, après cela, et je soupçonne l'homme de lui avoir raconté une tout autre histoire. J'ai toujours cru que c'était pour cette raison qu'il avait cherché à la marier si jeune : pour lui faire quitter au plus vite le village et tout ce qui s'y était passé.

— Mais tout le monde semblait penser que c'était Alex qui s'était jetée de la folie, justement, répliqua Delilah, qui tentait de faire coïncider toutes les pièces.

Le vieil homme émit un petit reniflement méprisant.

— Essayez d'arrêter les rumeurs, et elles ne feront que s'étendre… On disait que la famille avait cherché à masquer la terrible vérité en prétendant qu'elle était morte de chagrin. Pour les gens, il n'y avait rien de plus logique, ajouta-t-il avec un rire étouffé. Sa mère était devenue folle, elle aussi : c'était une histoire de gènes. L'histoire se répétait, tout simplement.

— Mais vous, vous n'y croyiez pas ?

— J'ai posé la question au lord Northmoor, et il m'a dit que sa femme était partie pour ne jamais revenir. Il m'a demandé de garder cela pour moi, et c'est ce que j'ai fait.

Il secoua lentement la tête, la mine défaite.

— D'une certaine façon, je suis parvenu à comprendre son geste. Vous l'auriez compris vous aussi, si vous l'aviez vue, à l'enterrement. Elle semblait totalement inconsciente de ce qui était en train de se passer, comme si son cerveau ne le tolérait pas. C'était l'incarnation vivante du tourment… Si j'avais besoin d'une preuve que les démons existaient, je l'ai eue ce fameux jour. Cette femme était en enfer. Si ces rumeurs lui permettaient au moins d'être en paix, c'était toujours cela de pris.

Delilah sentit son nez la picoter et inspira un bon coup. Ses yeux la brûlaient. En enfer. Oui, c'était effectivement ce à quoi devait ressembler l'enfer : être à la merci de l'intolérable. *Il ne nous reste qu'à prier de ne pas avoir à souffrir un jour de cette façon,* songea-t-elle. *Qui peut savoir comment il réagirait, dans une situation pareille ?*

— Mais si vous voulez en savoir plus, ajouta le père Ronald en se penchant davantage, vous devriez discuter avec Emily Jessop. C'était une domestique d'Old Grange, à l'époque. Elle vit ici, désormais. Il me semble qu'elle a encore toute sa mémoire, elle aussi. Elle m'a souvent parlé avec peine de cette pauvre lady Northmoor. Dites-lui que c'est moi qui vous envoie.

Delilah leva les yeux vers le pasteur, qui avait écouté leur échange sans un mot. Elle se sentait complètement déboussolée, avec ce qu'elle venait d'apprendre. Et peut-être s'apprêtait-elle à en apprendre encore plus…

— Pouvons-nous aller la voir ? J'aimerais beaucoup lui parler.

Ils trouvèrent la vieille femme dans une petite pièce pleine de gens écoutant la radio autour d'un thé et de petits gâteaux.

— Miss Jessop, pourrions-nous vous embêter deux petites minutes ? lui demanda gaiement le pasteur.

Devant les claquements de langue agacés des autres résidents, il se décida à baisser le ton pour poursuivre.

— Nous aimerions vous poser quelques questions au sujet de votre ancien travail…

— Lequel ? lâcha miss Jessop, une profonde ride venant s'ajouter à son front plissé.

C'était une créature minuscule et frêle, que le fauteuil semblait à deux doigts d'avaler, mais sa masse de cheveux blancs était remontée en un chignon impeccable, et sa voix au fort accent du Dorset était encore étonnamment puissante.

— Celui d'Old Grange, dit le pasteur. Vous avez travaillé pour Mr Crewe, vous vous souvenez ? Connaissiez-vous Alexandra Crewe avant qu'elle se marie ?

— Ah ! soupira la vieille femme. Oui, oui.

Elle jeta alors un coup d'œil furtif à ses compagnons et ajouta :

— Mais je préfère ne pas en parler ici.

Une fois qu'ils l'eurent aidée à se relever sur sa canne et trouvé un endroit où discuter tranquillement tout au bout du couloir, Delilah avait une avalanche de questions à lui poser, mais elle dut attendre qu'ils soient tous assis.

— Tout d'abord, sachez que cette charmante jeune femme est mariée au fils d'Alexandra, John, expliqua le pasteur.

Miss Jessop posa ses yeux brillants sur Delilah.

— Oh ! vraiment ? J'en suis ravie.

— Elle aurait aimé savoir ce dont vous vous souvenez de cette époque.

— Je suis enchantée de faire votre connaissance, miss Jessop. Et merci d'accepter de nous recevoir. C'est le père Ronald qui nous envoie, sourit Delilah en espérant que cela suffise à gagner la confiance de l'ancienne domestique.

— Je suis heureuse que quelqu'un veuille enfin parler de miss Alexandra ! s'enflamma miss Jessop d'une voix à la fois fêlée et forte. Je n'ai entendu que de vilains mensonges à son sujet… Il est temps que la vérité soit rétablie. Cet homme… Son père l'a traitée de façon si cruelle… Si vous saviez comme il m'a pesé de ne pas avoir osé en parler durant toutes ces années… Vivre avec l'idée que l'on aurait pu éviter un drame est quelque chose de très dur, vous savez.

— De quel drame parlez-vous ? souffla Delilah.

Miss Jessop posa sur elle un regard plein de défi.

— Le drame de sa vie, répondit-elle en secouant la tête. Il la tourmentait sans relâche, comme il l'avait fait avec sa pauvre mère. Pas étonnant qu'elle n'ait pu le supporter…

La vieille femme se pencha alors vers Delilah et murmura :

— Mais c'était un vil mensonge ! Et je le savais ! La cuisinière et moi le savions très bien…

— Vous voulez parler du fait qu'elle ait sauté de la folie ? intervint Delilah, qui s'efforçait de suivre le fil de ses pensées.

Miss Jessop claqua la langue d'un air agacé.

— Mais non. Je parle du mensonge qui a tout déclenché. C'est moi qui me suis occupée de ce vieux bougre durant ses dernières heures. Dieu sait comme j'ai dû plusieurs fois me retenir de mettre un terme à sa pathétique existence en lui plaquant un oreiller sur le visage… Mais je n'en ai rien fait. Nous l'avions déjà vu détruire cette pauvre Mrs Crewe, sa femme. Je sais que certains diront qu'elle n'avait pas à aller avec lord Northmoor… D'une certaine façon, c'est vrai. Ils ont fauté tous les deux ; ils étaient promis à d'autres et ont rompu leurs vœux pour être ensemble. Je ne connaissais pas la femme de l'ancien lord, mais on pouvait difficilement reprocher à Mrs Crewe de chercher un tant soit peu de tendresse. Quand Mr Crewe a découvert le pot aux roses, il est devenu fou de rage, au point de la pousser à se tuer.

— La mère d'Alexandra a eu une aventure avec le père de Nicky..., souffla Delilah tout en tentant d'intégrer l'implication d'une pareille nouvelle. Puis elle s'est tuée.

La vieille femme opina du chef, ce qui fit rebondir son chignon blanc à l'arrière de son crâne.

— Oui.

— Mais alors... de quel mensonge parliez-vous ?

Miss Jessop baissa les yeux sur ses mains, posées sur ses genoux. Les articulations étaient gonflées, et les doigts, déformés par l'arthrose. Elle semblait en pleine lutte interne, comme si, maintenant que le moment était arrivé, elle hésitait quant à ce qu'elle se devait de révéler.

— Je vous en prie, miss Jessop, insista doucement Delilah. Cela pourrait beaucoup m'aider, si vous me disiez ce que vous savez.

— Ça ne peut pas causer plus de peine, de toute façon, rétorqua la vieille femme. Et je me suis toujours promis de soulager ma conscience avant de partir. J'ai envie de vous le dire, mais... c'est tellement pénible, de revivre tout cela. Cet homme était un monstre, et il traitait sa fille de la pire des manières. La pauvre petite, qui n'avait même plus de mère vers qui se tourner ! Il lui imputait les péchés de sa mère, et, après ce que Mrs Crewe avait fait, entre l'adultère et la façon dont elle avait décidé de quitter ce monde, il ne supportait plus de se trouver face à sa fille. Nous en avions tous pleinement conscience, et cela nous peinait tellement pour elle… Alors, quand elle a quitté l'homme qu'il lui avait choisi pour aller vivre au fort, avec un titre et tout ce que les Stirling pouvaient lui offrir, il est devenu fou de rage. C'était comme si sa femme était revenue d'entre les morts pour enfin triompher. Triompher à travers sa fille. Et c'était quelque chose qu'il n'aurait jamais toléré. Alors, il a fait ça.

— Fait quoi ?

Delilah se pencha en avant, buvant les paroles de la vieille femme. Elle allait enfin pouvoir tout comprendre.

— Qu'a-t-il fait ? murmura-t-elle.

Miss Jessop prit un instant avant de se lancer :

— Il a proféré un odieux mensonge. Miss Alexandra est venue le voir en apprenant qu'il se mourait. Elle souhaitait faire la paix avec ce vieux monstre, même s'il était bien loin de mériter une faveur pareille. Il en a alors profité pour lui assener le coup fatal…

— Qu'a-t-il dit ?

La voix de la vieille femme s'était muée en murmure toutefois presque plus clair que sa voix normale. Ses traits affichaient une solennité profonde, comme s'il s'agissait là d'un message qu'elle avait attendu des années pour faire passer.

— Quand elle m'a demandé de les laisser seuls, j'ai laissé la porte entrouverte afin de pouvoir entendre. Je sais que c'est mal d'espionner, mais quelque chose me disait que ce vieux démon n'avait pas encore dit son dernier mot… J'ai tout entendu.

Il lui a dit qu'elle n'était pas sa fille. Qu'elle était née de l'aventure de sa mère avec lord Northmoor. Qu'elle était maudite, comme sa mère.

Delilah lâcha un hoquet de surprise.

— Attendez... Il lui a dit qu'elle était la fille de lord Northmoor ? Le père de Nicky ?

Elle pressa les paupières, désemparée, le ventre noué par ce qu'Alexandra avait dû ressentir à ces paroles.

— Il lui a dit que Nicky et elle avaient le même sang..., qu'elle avait épousé son demi-frère !

Tout prit soudain sens avec une force dévastatrice. Cela ne faisait aucun doute : elle tenait là le secret qu'Alexandra avait juré d'emporter dans sa tombe. Pourrait-ce être autre chose ?

— Oui, confirma Emily Jessop d'un hochement de tête. Il l'a rendue folle, à sa manière. Et il savait qu'il avait réussi. Vous l'auriez vu, une fois la pauvre miss partie... Il aurait entamé une petite danse, s'il avait été capable de tirer du lit sa vilaine carcasse. C'est ce sinistre jour que la pauvre fillette fut tuée.

— Mais c'est affreux ! s'écria Delilah, s'imaginant aussitôt Alexandra, le choc et l'horreur mêlés, regagner le fort sans même savoir ce qu'elle faisait... jusqu'à l'accident.

Le pasteur secouait la tête, la mine grave.

— C'est incroyable..., souffla-t-il.

— Mais de votre côté, vous êtes persuadée qu'il mentait ?

Emily se redressa, revigorée par son indignation.

525

— Oui, nous savions que c'était faux ! Cela faisait des années que la cuisinière travaillait là-bas, et elle savait tout de cette famille. Mrs Crewe avait commencé à fréquenter lord Northmoor après la naissance d'Alexandra. Au moins cette pauvre femme a-t-elle pu connaître quelques années de bonheur... Jamais je ne pourrais l'en blâmer, mon père, je suis désolée ! lança la vieille femme en l'observant de son regard perçant.

— Je comprends la fragilité humaine, miss Jessop, tout comme Dieu, répondit-il d'une voix douce.

— Comment a réagi ce monstre en apprenant qu'il avait causé la mort de sa petite-fille ? demanda Delilah, à la fois dévastée et révoltée par ce qu'elle venait d'apprendre.

— Il ne l'a jamais su. Sa maladie ne lui en a pas laissé le temps il est mort le lendemain, avant que le décès d'Élaine soit rendu public. En tout cas, sa disparition n'a pas marqué une seule âme, pas alors qu'on venait de perdre un enfant...

Delilah tendit le bras et vint prendre sa main noueuse à la peau parcheminée.

— Merci, murmura-t-elle. Merci mille fois de nous avoir confié tout cela. Tout est clair, désormais, et je pense sincèrement que ça peut tout changer...

— Malheureusement, ça ne pourra pas la faire revenir..., rétorqua miss Jessop, les yeux soudain rougis par les larmes. J'ai tant de fois regretté de ne pas avoir pu le lui dire avant que sa petite ne soit emportée et qu'elle ne décide de la rejoindre. J'ai très vite appris que c'était ce qu'elle avait fait et j'ai pleuré sa perte des semaines entières… Si vous saviez comme j'ai prié pour que tout revienne comme avant !

Émue, Delilah se pencha pour étreindre le corps frêle de la vieille femme. Sa colère venait de disparaître pour laisser la place à un bonheur et un espoir soudains.

— Peut-être avez-vous prié assez fort, dans ce cas. Il se pourrait que vous parveniez à la faire revenir…

35

— Madame, madame !

La petite voix chantante qui venait de la ruelle en contrebas flotta jusque dans la cuisine.

Alexandra quitta le plan de travail, où elle était en train de se confectionner une salade à base de tomates bien rouges, de longues tranches de concombre et de laitue. Un appétissant morceau de feta attendait sur une planche à découper d'être tranché en petits cubes et ajouté au tout. Elle gagna la terrasse et passa la tête par-dessus la rambarde. Un petit visage brun auréolé d'une épaisse chevelure noire avait les yeux dressés vers elle.

— Bonjour, Tina ! répondit-elle en grec. Comment vas-tu ?

— Maman m'a dit de vous apporter du pain, annonça la fille en dressant le panier qu'elle portait sur son bras maigrelet.

— Je t'en prie, monte. Tu arrives à point nommé !

La fille passa le portail et grimpa au petit trot les marches qui menaient à la terrasse.

— Merci, Tina, souffla Alexandra avec un sourire.

Les enfants du village lui apportaient toujours un bain de fraîcheur. Elle avait pu observer toute une génération de jeunes gamins à la peau sombre, aux membres longs et minces et aux pieds couverts de sable se fondre dans une espèce d'adolescence gracieuse dont elle n'avait jamais été témoin en Angleterre. Les habitants de cette île semblaient détenir un mystérieux secret leur permettant de passer de l'état d'intrépides aventuriers à celui de jeunes gens mûrs et forts en l'espace d'un clin d'œil. Ébahie, elle découvrait qu'ils danseraient le soir même pour le mariage du jeune Yannis, qui il y a une semaine encore grimpait sur son figuier pour lui cueillir ses fruits. Il était aujourd'hui le plus charmant jeune homme du village et épouse-rait la belle Alida, qu'elle voyait encore hier manier sa corde à sauter dans la ruelle de ses bras minus-cules. Beaucoup de ces jeunes décidaient de partir pour Athènes ou même à l'étranger, dans l'espoir de mener une vie meilleure, loin de ces terribles conditions économiques. Au moins l'île bénéficie-rait-elle toujours de ce flot régulier de touristes et de pèlerins venus voir les sites sacrés, et la beauté des lieux signifiait qu'il y aurait toujours des gens riches désireux d'y vivre. Parfois, il lui arrivait de se faire du souci pour son travail, au monastère, craignant de prendre la place de quelqu'un qui en avait plus besoin qu'elle. Mais sachant qu'elle refu-sait tout salaire, elle espérait que ce n'était pas le cas. Elle demandait aux moines de faire don de ce salaire à la charité ou à toute famille en besoin ce mois-là.

Tina entra dans la cuisine, balayant les lieux d'un regard curieux, comme tous ceux qui avaient l'occa-sion de venir chez madame. Alexandra aurait aimé savoir ce qui se disait sur elle. Elle n'avait pas dû échapper aux rumeurs... Ils l'appelaient toujours « madame », comme s'ils avaient découvert qu'elle avait bénéficié d'un haut rang dans son pays. Pourtant, cela avait peu d'importance, à présent (y en avait-il jamais eu ?).

La fillette sortit deux miches de pain de son panier et les posa sur le plan de travail.

— Voilà, madame.

— Merci, Tina. Tu as autre chose pour moi ?

— Oui, gloussa la fillette avant de sortir une petite boîte en carton contenant quatre pâtisseries garnies d'un délicieux et collant mélange de miel et de noix.

— Comme ça a l'air bon ! s'exclama Alexandra. Ta mère est décidément une merveilleuse pâtissière...

Elle se pencha alors vers la petite. Chacune savait parfaitement ce qui allait suivre, mais cela ne les empêchait pas de s'en amuser.

— Mais tu sais, je ne suis pas sûre de pouvoir manger tout ça toute seule... Il faudrait déjà que j'arrive à en manger une entière, alors, quatre... Tu veux bien m'aider et en prendre une pour toi ?

— Merci, madame, répondit Tina en s'empressant d'attraper une des pâtisseries. Je peux la manger tout de suite ?

— Tu peux la manger ici. Comme ça, tu pourras te laver les mains ensuite. Va donc profiter du soleil sur la terrasse, ma petite.

Elles regagnèrent ensemble la terrasse chaude et parfumée. L'été était à son pic, et Alexandra sentait déjà l'automne qui approchait. La fraîcheur quittait peu à peu l'atmosphère, la saison des tempêtes commençait, et elle verrait toutes ses plantes dépérir autour d'elle, vidées de l'énergie qu'elles avaient déployée depuis le printemps. Tina dévorait sa friandise tout en se léchant les doigts. Alexandra adorait le plaisir tout simple que tirait la petite de la douceur du miel et de la pâte croustillante. Le son d'une corne de brume attira leur regard en direction de la mer.

— Ce doit être le ferry, murmura Alexandra.

Le navire était invisible de leur poste, étant donné qu'il approchait par le sud, sous les collines, mais elle entendait chaque fois la corne qui indiquait leur arrivée et leur départ. Elle s'était tellement habituée à ce bruit qu'elle le remarquait à peine, à présent…, jusqu'à ce que cette fameuse Delilah débarque, bien évidemment. Désormais, elle comprenait que ce son était annonciateur de changement et qu'il l'avait toujours été. L'oublier avait été une erreur. Chacun de ces vaisseaux pouvait avoir à son bord un inconnu déterminé à changer sa vie à jamais. Elle avait vécu si longtemps ici, à l'abri du monde extérieur (sauf quand elle décidait de lire un journal ou de regarder les informations), qu'elle avait fini par oublier qu'elle pouvait susciter son intérêt. Que ce serait très probablement un jour ou l'autre le cas. Et c'était exactement ce qui s'était passé. Restait à voir s'il se satisferait de cela.

Elle se tourna vers la fillette, qui se débarrassait à coups de langue des dernières traces de sucre sur ses doigts et au coin de ses lèvres, comme un chat ferait sa toilette.

— Va te laver les mains, Tina, et rentre vite chez toi. Remercie ta mère pour moi et n'oublie pas de lui demander ce que je lui dois pour ce mois-ci.

— Oui, madame, répondit Tina en s'exécutant avant de réapparaître. Au revoir et merci.

— À bientôt ! la salua Alexandra tout en sachant que ce ne serait pas Tina qui lui apporterait le pain, la prochaine fois : ce serait au tour de l'un de ses frères et sœurs, comme d'habitude.

Elle retourna à sa salade et termina de la préparer. Elle se coupa une tranche de pain frais, recouvrit les pâtisseries d'un torchon pour éviter que les mouches ne viennent s'y poser, et emporta son repas sur la terrasse, comme chaque jour. Elle aimait dîner dans le calme, sans lire ni écouter la radio, s'enivrant simplement des bruits et des odeurs qui l'entouraient. Les années filaient bien trop vite, et elle désirait plus que jamais savourer chaque instant de chaque saison qui passait.

Le souvenir de cette femme s'imposa une nouvelle fois à elle. Elle s'était imaginé qu'il lui serait facile de faire abstraction de cette visite inattendue. Après tout, elle bénéficiait d'années d'expérience, en matière de repli sur sa propre existence.

Elle était même parvenue à ne plus retourner chez elle dans ses rêves (à l'exception de ces cauchemars réguliers qui venaient encore la hanter), bien qu'elle se retrouvât parfois prise dans une embuscade. Dans ces cas-là, elle faisait un rêve tout à fait normal quand elle se retournait soudain pour découvrir le petit John derrière elle, qui la regardait de ses grands yeux gris et lui demandait pourquoi elle était partie.

Ou alors, elle se rendait compte qu'elle se tenait devant les portes de Fort Stirling, où tout le monde s'attendait à ce qu'elle reprenne sur-le-champ sa vie ordinaire. Parfois, il lui arrivait de voir Nicky, et il était furieux après elle ou simplement indifférent à sa présence, parfaitement heureux de la nouvelle vie qu'il s'était choisie. Ces rêves étaient cruels, mais ils étaient toujours plus faciles à supporter que ses cauchemars.

Elle s'était donc imaginé qu'elle parviendrait à oublier tout aussi facilement qu'elle l'avait fait toutes ces années. Mais elle avait eu tort. La vision de Delilah sur la terrasse, le visage empreint à la fois de colère, de pitié et de perplexité, était si forte qu'elle était incapable de l'oublier.

Ai-je bien fait d'écrire cette lettre ? songea-t-elle en laissant fondre un morceau de feta sur sa langue, s'imprégnant de sa saveur saline. Une autre image s'imposa alors à elle. Il s'agissait de John ouvrant la lettre et la lisant. Que se passerait-il ? Difficile à dire, quand la seule vision qu'elle avait de lui était celle d'un petit garçon de même pas dix ans. Il était si jeune, dans son imagination, qu'elle le voyait buter sur les mots trop longs, comme quand il lisait ses livres d'histoires, pour finalement éclater en sanglots sous le coup de la frustration.

— Mais, maman ! criait-il en tapant du pied, comme il le faisait quand il avait sept ans. Je veux juste que tu reviennes ! Tu ne comprends pas ?

Son cœur se tordit de douleur à cette image.

— Arrête ! s'intima-t-elle à voix haute. Pourquoi t'infliger tout ce mal ? Qu'est-ce que ça change ?

Depuis le passage de Delilah (*ma belle-fille*, dut-elle se rappeler), certaines choses auxquelles elle s'était raccrochée jusqu'ici ne semblaient plus aussi immuables. Sa conviction profonde d'avoir fait ce qu'il y avait de mieux pour sa famille commençait à se brouiller, comme un mirage dont on s'approcherait de trop près pour finalement se rendre compte qu'il s'agit de quelque chose d'illusoire. Elle ne pouvait pas se permettre que la situation vire ainsi. Elle avait construit toute son existence autour d'une certaine idée de ce qui était juste. Et face à Delilah, elle en avait été plus convaincue que jamais. Ce n'est qu'après son départ que les doutes s'étaient immiscés dans son esprit.

Peut-être avait-ce été le fait d'écrire cette lettre. Elle n'avait pas prévu de laisser un quelconque témoignage à John, une quelconque explication. Elle s'était toujours promis de tout emporter dans sa tombe. Sans se plaindre ni jamais se justifier. Et pourtant, elle s'était malgré tout retrouvée à rédiger cette lettre, puis à appeler tous les hôtels de l'île jusqu'à dénicher celui qui abritait Delilah.

Ça ne sert à rien d'avoir des regrets ! Ce qui est fait est fait. La lettre est partie avec elle, désormais. Il l'a sûrement déjà lue, à l'heure qu'il est.

Pourquoi le souvenir de cette lettre lui faisait-il si froid dans le dos ? Peut-être était-ce à cause de la froideur qu'elle avait ressentie en la rédigeant. Elle s'était efforcée de se refondre dans cet état qui lui avait permis de tout quitter ce fameux jour. *C'est pour le mieux,* s'était-elle convaincue. *Il n'y a pas une autre solution.* Et c'était ainsi qu'elle avait formulé les choses : une lettre sans aucune excuse et avec très peu d'explications. *Je l'aimais*, disait-elle, *mais ce n'était pas suffisant. Tu ne me croiras sûrement pas, mais j'ai fait cela pour toi. J'ai souffert également. Il n'y avait pas une autre solution. Ta mère, Alexandra.*

Comment mettre des mots sur la douleur qui ne l'avait jamais quittée depuis ? Cela demanderait plus de papier qu'il n'y en avait sur l'île et plus d'heures qu'il lui restait probablement à vivre... Comment exprimer le supplice de se sentir à la merci d'un destin si cruel qu'il l'avait poussée dans une union malsaine menaçant d'empoisonner toute sa famille ? Si jamais la vérité avait dû être connue, que se serait-il passé ? Un frisson s'empara d'elle. John aurait immédiatement été déshérité et aurait souffert toute sa vie de la disgrâce de ses parents.

Et Nicky... Son cœur se tordit à nouveau à cette pensée. La douleur était encore plus perçante qu'elle était d'autant plus parvenue à le rayer de sa mémoire. Que lui avait-elle donc infligé ? Elle n'avait pu que préserver l'héritage de John, sachant à quel point ces choses comptaient pour Nicky. Leur mariage était terminé (cela ne pouvait être autrement), mais il n'avait pas en plus à voir John renoncer à sa succession. Cela lui aurait été insupportable. Et au moins n'avait-il pas eu à vivre avec la conscience d'avoir passé huit années d'union incestueuse avec sa propre sœur... Elle lui avait épargné cela.

Il lui était particulièrement pénible de se rappeler ces atroces heures où Nicky était peu à peu venu à accepter l'idée qu'elle s'en aille... pour toujours.

Il l'avait implorée, avait hurlé, avait pleuré toutes les larmes de son corps. Il l'avait suppliée de lui expliquer pourquoi, mais elle s'était contentée de garder le silence. Il lui avait répété, encore et encore, qu'il lui pardonnait la mort d'Élaine et que les quitter John et lui ne ferait que rendre la situation mille fois pire.

— C'est moi ? avait-il demandé d'une voix brisée, le regard désespéré. C'est moi que tu détestes ?

— Non, avait-elle répondu, consciente que son cœur se serait définitivement brisé à cet instant s'il ne l'avait pas déjà été. Ça n'a rien à voir… Je ne peux pas te l'expliquer. Tu dois seulement comprendre que c'est la meilleure solution.

La vérité devait à tout prix demeurer secrète. Elle avait suffisamment fait de dégâts. Alexandra ne pouvait se permettre de la laisser tout détruire sur son passage : la vie de Nicky, son travail, l'héritage de John… En partant, elle s'assurait que son fils ait un avenir.

— Je veux que tu sois heureux, avait-elle dit, et ça ne peut être avec moi.

— Ne comprends-tu donc pas, Alex ? Je ne serai plus rien sans toi.

Les larmes coulaient sur ses joues.

— Nous serons perdus, si tu pars. Je t'en supplie, ne nous abandonne pas. Nous avons besoin de toi. Nous t'aimons…

Elle avait dû faire preuve d'une force immense pour tenir tête au désespoir de son mari. Elle aurait plus que tout désiré que les choses en soient autrement, mais elle connaissait leur secret, désormais, et elle devait se sacrifier pour le garder. À l'agonie, Nicky avait fini par céder et accepter ses conditions. Le supplice de quitter John lui avait donné l'impression qu'on lui arrachait le cœur. Elle n'avait pu supporter la douleur qu'en se convainquant qu'elle faisait ce qu'il y avait de mieux pour lui. Perdre Nicky revenait à la priver d'une part d'elle-même, et il allait falloir lui apprendre à vivre sans. Mais c'était la seule solution : elle ne pourrait plus jamais être sa femme, l'embrasser et songer à lui faire l'amour. Tout cela était terminé, même si de tout son être perverti elle brûlait de le retrouver. Elle s'était maintes fois réveillée en nage d'un rêve sulfureux, où il l'embrassait tout en la déshabillant avant de lui faire l'amour sauvagement. Elle était chaque fois tremblante du désir qui s'était emparé d'elle tandis qu'elle s'offrait désespérément à lui. Elle s'allongeait alors sur ses oreillers, le souffle court, encore perdue dans la folie de leur étreinte et l'instant d'extase qui avait suivi, mais, très vite, la vague de plaisir s'estompait pour laisser la place à du dégoût. Elle avait beau savoir de qui il s'agissait, cela ne l'empêchait pas de le désirer toujours autant. Voilà qui faisait d'elle quelqu'un de pire encore que ce qu'elle avait pu être jusqu'ici. Elle avait passé la plus grande partie de sa vie à lutter contre ce désir insatiable de le retrouver. Elle s'était fait un défi de réfréner ce besoin et de l'accepter comme quelque chose de vil. Ce n'était plus l'amour pur qui avait donné la vie à John et Élaine, mais une chose pervertie qui risquait à tout moment de déshonorer ses enfants.

Elle se leva et rapporta son assiette dans la cuisine. Cette soirée en serait une comme une autre. Elle irait peut-être à l'église pour la dernière messe, où elle allait souvent chercher du soutien et de la force. Ou alors, elle regarderait le soleil se coucher de sa terrasse, à écouter les bruits de la nuit et lire à la lumière de la bougie. Depuis le passage de Delilah, elle n'avait pas été capable de se concentrer sur sa lecture. Des images de Nicky ne cessaient de lui revenir en tête. Il était malade, à présent ; il commençait à perdre ses souvenirs. Les images de leur vie ensemble étaient peu à peu en train de disparaître. Tant qu'elles vivaient encore chez Nicky, elles avaient cette qualité tridimensionnelle, cette rondeur du fait d'exister simultanément chez deux personnes. Mais maintenant qu'elles lui échappaient peu à peu, elles s'aplanissaient tristement pour elle aussi. Pouvait-elle se fier à l'exactitude de ses propres souvenirs ? Les paroles de Delilah lui revinrent alors… « Élaine a disparu avec vous. » Leur fille avait survécu dans leur cœur et leur esprit. Mais maintenant que Nicky se mettait à oublier, il ne restait personne pour redonner vie à Élaine à travers les souvenirs. Quand Alexandra mourrait, Élaine s'éteindrait à jamais. Elle rejoindrait les foules du passé qui n'avaient plus personne pour se souvenir d'elles. Tous ces gens n'étaient plus que des noms pour certains, si ce n'était quelque chose de plus flou encore pour d'autres. Élaine n'était-elle pas trop jeune pour subir ce même sort ? Ne méritait-elle pas de survivre un peu plus longtemps ?

Je ne comprends pas pourquoi tu insistes comme ça ! se sermonna-t-elle. *Qu'est-ce que tu peux y faire, maintenant ? C'est trop tard, tu ne comprends pas ? Ce qui est fait est fait !*

Elle ne pouvait toutefois cesser de penser au retour de Delilah à Fort Stirling, annonçant leur rencontre à John. Comment l'avait-il pris ? Elle ne pouvait imaginer que de la haine, de la colère et de l'amertume. Comment lui en vouloir ?

Sur un coup de tête, elle grimpa l'escalier de bois qui menait à sa chambre, à l'étage. Elle ouvrit alors le petit meuble posé à côté de son lit et en sortit un vieux recueil de poèmes. À l'intérieur, un bout de journal qu'elle déplia et lissa du plat de la main. C'était une photo de mariage qui montrait le mari, son élégante épouse, un témoin dégingandé, et le père du marié aux côtés de la mère de la mariée dans leurs plus beaux atours.

C'était la seule photo qu'elle avait de John adulte. Elle avait été prise lors de son premier mariage et publiée quelques jours plus tard. Alexandra vint poser un doigt sur le visage de son fils et tenta de l'imaginer en mouvement, en train de parler, de réfléchir, de pleurer… Qu'avait-il dit quand sa femme lui avait annoncé que sa propre mère était encore en vie et qu'elle avait décidé de continuer, jour après jour, de l'abandonner ?

— Mon pauvre petit John, souffla-t-elle en s'asseyant sur le tapis usé qui recouvrait le sol de pierre. Tu ne le comprendras jamais. Je ne pourrai jamais te dire pourquoi…

36

Sur le chemin du retour, Delilah se sentait incapable de parler. Son tourment était palpable, et le pasteur respecta son silence tandis qu'ils traversaient le village, puis grimpaient la colline qui menait au fort. Elle connaissait enfin la vérité. Le secret qu'Alexandra avait juré d'emporter dans sa tombe était désormais en sa possession. C'était en effet un secret terrible et cruellement destructeur. Sauf qu'il était *faux*. Elle n'avait qu'une seule chose à faire : réparer le mal qu'il avait causé inutilement. Alors que la maison apparaissait en bas de la colline, elle fut de nouveau frappée par ce qui s'était passé ici toutes ces années plus tôt.

J'avais raison, songea-t-elle, le brouillard se dissipant enfin. *Alex disait qu'elle aurait pu survivre à la maison avec l'amour de Nicky. Mais son père a fait en sorte de détruire cela. Il s'est assuré qu'elle ne puisse plus jamais bénéficier de cet amour.* Tout prenait sens, désormais : Alexandra ne pouvait tout simplement plus vivre auprès de Nicky, et la douleur de le perdre, lui ainsi qu'Élaine, avait dû être atrocement insupportable.

Et pourtant, poursuivit-elle, son esprit ne cessant de tourner et retourner les morceaux du puzzle, *elle a décidé d'abandonner John. Pourquoi ? N'aurait-elle pas pu le prendre avec elle ? Peut-être était-elle incapable de faire cela à Nicky. Alors, elle lui aurait laissé John et se serait sacrifiée... Après tout, elle culpabilisait déjà tellement de la mort d'Élaine... Elle me l'a dit, à Patmos. Peut-être ne se sentait-elle pas capable de lui prendre son fils après lui avoir pris sa fille...*

C'était tristement compréhensible. Alex était tombée dans un piège, un piège terrible. Cela n'était guère étonnant qu'elle n'ait entrevu que l'extrême solution : effacer son existence. Mais...

Delilah revit le portrait d'Alexandra, dans le vestibule du fort. *Stirling un jour, Stirling toujours.* On ne pouvait pas être totalement effacé. Elle était déterminée à arranger tout cela. Mais alors, elle songea à ses désastreuses tentatives. Elle n'avait fait que culpabiliser davantage Alex, avait réussi à repousser son mari et s'était rendue suffisamment malheureuse pour envisager de mettre un terme à son mariage. N'était-ce pas de la pure folie d'insister ? Elle aurait dû écouter Grey et ne pas fourrer son nez dans cette histoire. *Peut-être devrais-je simplement quitter sa vie et le laisser tranquille...*

Cette pensée lui fit l'effet d'une révélation soudaine. *Non. C'est exactement ce qu'a fait Alex.* Elle s'était persuadée que les choses seraient plus simples si elle cachait la vérité, si elle disparaissait. Elle avait décidé de se taire, et il suffisait de regarder le mal que cela avait causé... Si elle était restée, peut-être Emily aurait-elle pu lui dire que le vieil homme lui avait menti, et elle aurait pu retrouver en toute quiétude son mari et son fils. En décidant de partir, elle n'avait fait qu'empirer leur chagrin.

Tandis que Fort Stirling se dressait désormais menaçant devant elle, elle prit une résolution : *Je ne fuirai pas. Je ne le peux pas. Peu importe les conséquences, je ne peux pas laisser cet odieux mensonge continuer à empoisonner toutes ces vies.*

— Tout va bien ? souffla le pasteur en s'arrêtant devant la maison. Vous êtes affreusement calme…

— Quoi ? Oh ! oui, oui, ça va, merci. Et merci de m'avoir ramenée, répondit-elle vaguement, les pensées se bousculant dans son esprit.

Elle ouvrit la portière arrière et fit sortir Mungo.

— Au revoir, mon père.

— Au revoir, Mrs Stirling. J'espère que vous parviendrez à tout arranger.

— Merci, je vais essayer.

Elle s'arracha un sourire tandis que le pasteur s'éloignait déjà sur les graviers, puis elle fit volte-face et grimpa les marches du perron en courant, Mungo sur les talons.

— John ! John ! appela-t-elle. Où es-tu ?

Elle courut jusqu'au bureau, frappa et ouvrit la porte à la volée, mais la pièce était vide, le bureau envahi de papiers en tous genres. Dans la cuisine, Janey s'affairait à la préparation du repas. Mungo gagna son panier près de la cuisinière et s'y roula en boule, exténué par sa promenade.

— Vous savez où est John ? haleta-t-elle.

— Oh ! il est sorti il n'y a pas très longtemps, répondit Janey en levant les yeux. Je crois qu'il allait rendre visite à son père. Il y passe beaucoup de temps, en ce moment.

— Merci, Janey.

Delilah se rua vers la porte de derrière et s'élança sur l'allée de gravier qui menait à l'ancienne remise, le mur de briques rouges du potager se dressant un peu plus loin sur le chemin. L'après-midi était à peine entamé, et l'air humide annonçait un orage imminent. Autour d'elle, les insectes bourdonnaient frénétiquement, comme s'ils avaient décidé de mettre les bouchées doubles avant l'arrivée de la pluie. Elle se demandait ce qu'elle dirait à John et comment elle parviendrait à briser les barrières qui s'étaient dressées entre eux pour qu'il accepte de l'écouter.

La vieille porte de bois du potager s'ouvrit et, à sa grande surprise, Ben apparut, tout pimpant dans son jean et son tee-shirt rouge, ses cheveux châtains dressés en pies sur sa tête. Un immense sourire illumina son visage quand il la vit.

— Delilah !

Une vague de malaise la balaya. Elle n'avait pas envie de régler ce détail maintenant. Il fallait à tout prix qu'elle aille voir John.

— Ben, tu es revenu ! Comment vas-tu ? Tu étais parti où ?

— Je suis parti en Cornouailles sur un coup de tête visiter de magnifiques jardins. C'était vraiment magique… J'ai hâte de te raconter !

Il se trouvait désormais à quelques centimètres d'elle, son corps irradiant une énergie animale qui semblait faire vibrer l'air autour d'eux.

— Excuse-moi de ne pas t'avoir prévenue, murmura-t-il d'un ton délibérément intime. Je voulais savoir si je te manquerais… Je me suis dit que ce serait amusant de te faire la surprise de mon retour.

Contrairement à ce qu'elle avait pu ressentir en sa présence ces derniers temps, Delilah était envahie d'une étrange indifférence. Il lui souriait d'un air tendre et entendu, comme s'ils partageaient quelque chose de spécial, tous les deux. *Est-ce le cas ?* Non, elle ne ressentait rien. Ce qu'elle avait pu éprouver pour lui avait totalement disparu. *Mon Dieu, quelle idiote ai-je faite !*

— Tout va bien ? lâcha-t-il soudain, percevant sa distance.

— Oui, oui, souffla-t-elle, gênée.

Il fallait qu'elle trouve un moyen de mettre un terme à cette discussion. Elle devait à tout prix retrouver John et lui dire ce qu'elle savait.

— Alors, viens t'asseoir, dit-il en désignant le banc disposé contre le mur de briques. Tu m'as manqué, tu sais. J'ai vraiment besoin de te parler.

Consciente qu'elle lui devait une explication, elle tenta de camoufler sa hâte de se débarrasser de lui. Lors de leur dernière rencontre, elle lui avait laissé entendre qu'il n'avait qu'à se montrer patient et qu'elle finirait par lui tomber dans les bras. Elle l'avait vraiment pensé, mais elle ne le pensait plus. Il n'y avait plus rien.

Comment le cœur humain peut-il se montrer à la fois si fidèle et si inconstant ? Mais il s'est passé quelque chose qui a tout changé, pour moi : je sais que je veux être avec John, désormais. L'ai-je décidé en Grèce ? Ou alors aujourd'hui, en discutant avec Vanna ?

Tout ce qu'elle savait, c'est que ça s'était passé.

Ben s'assit sur le banc élimé et la regarda le rejoindre en mettant suffisamment de distance entre eux. Son expression se troubla devant le silence qui s'étirait.

— Quelque chose ne va pas, Delilah ?

— Non, non, tout va bien…

— Je ne sais pas pourquoi, mais j'ai le sentiment que tu n'as pas particulièrement envie d'être ici… Je me trompe ?

Elle détourna le regard, mal à l'aise.

— Je n'ai pas cessé de penser à ce qui s'est passé au bord de la piscine, reprit-il d'une voix basse. J'ai cherché à te dire ce que je ressentais pour toi, et j'ai eu le sentiment que c'était partagé… Aurais-je reçu le mauvais message ? Je me suis planté comme un idiot, c'est ça ?

Delilah se sentait à la fois coupable et gênée, comme si elle était en train de rompre une promesse. *Mais je n'ai jamais rien promis*, dut-elle se rappeler. Les choses avaient été tacites. Elle se tourna alors vers lui en l'implorant du regard.

— Ben, tout ce que je peux te dire, c'est que les choses ont été particulièrement difficiles, avec John, ces derniers temps, et… je me sentais vulnérable. Je n'aurais jamais dû te laisser espérer qu'il puisse se passer quoi que ce soit entre nous. Tu es quelqu'un de génial, mais nous ne pourrons jamais être davantage que des amis, et je suis sincèrement désolée si je t'ai laissé penser le contraire.

Elle planta ses yeux dans les siens et déclara d'un ton ferme :

— J'aime John.

— Vraiment ?

Il plissa le front, troublé, et posa les coudes sur ses cuisses, les mains jointes. Il paraissait si jeune, soudain.

— Je suis désolé, mais je n'arrive pas à saisir. Tu es si pleine de vie et si belle… John est tout le contraire de toi. Il a tout ça, il t'a, toi, mais ça ne suffit pas à monsieur !

Il se tourna vers elle et prit une longue inspiration, comme s'il s'apprêtait à déclamer un discours qu'il avait longuement préparé.

— Écoute, si c'est ce qui te fait peur, il faut que tu saches que, si John n'a pas d'enfants, c'est moi qui hériterai de Fort Stirling après mon père. Tout cela m'appartiendrait : la maison, les jardins, le titre. Si tu ressentais quelque chose pour moi, tu n'aurais pas à y renoncer ! Nous pourrions tout partager ensemble, toi et moi. Ne vois-tu pas comme nous pourrions être heureux, une fois débarrassés de John ?

Elle le dévisagea, horrifiée.

— Ben… Comment peux-tu dire une chose pareille ?

— Désolé si c'est sorti comme ça, se reprit-il, penaud, mais je voulais simplement te faire comprendre que, si c'est l'idée de tout perdre qui t'empêche d'être avec moi, tes craintes ne sont pas fondées. Je peux t'offrir tout cela, tant que John n'a pas d'enfants. Je te demande simplement d'y réfléchir, tu veux bien ?

Elle se redressa, furieuse.

— Mais il n'y a rien à réfléchir ! Même si ça ne te regarde absolument pas, sache que je ne l'ai pas épousé pour la maison ou les jardins, et que je ne me mettrais pas plus avec toi pour cela ! tonna-t-elle avant de se lever. Si c'est vraiment ce que tu penses de moi, tu ne me connais décidément pas.

Il avait les yeux fixés au sol, incapable d'affronter son regard.

— Tu t'es trompé sur mon compte, Ben. Il n'y a rien de plus entre nous qu'une amitié que nous avons l'espace d'un instant prise pour autre chose. J'aime mon mari et je ferai tout ce qui est en mon pouvoir pour sauver notre relation.

— C'est ton dernier mot ? lâcha-t-il en redressant la tête, ses yeux jetant désormais des éclairs.

— Oui.

— Très bien.

Il se leva et s'éloigna sur le sentier gravillonné. Delilah ne put retenir son soupir. Les choses étaient enfin claires, et elle s'en sentait incroyablement soulagée. Désormais, il lui fallait aller retrouver John.

Les portes de l'ancienne remise étaient ouvertes, laissant entrer le soleil. Delilah distingua des murmures à son approche, et elle s'arrêta quelques instants à l'entrée pour observer les deux hommes. Nicky, cheveux blancs et épaules voûtées, était assis face à John qui, penché vers son père, l'écoutait attentivement. La force de leur relation lui noua le ventre. Ces deux-là étaient incontestablement proches, et Delilah fut une fois de plus persuadée qu'Alexandra avait renoncé à John pour que Nicky puisse tisser ce lien solide avec son fils unique.

John leva la tête vers elle, et son regard se fit aussitôt de glace. De toute évidence, il n'était toujours pas d'humeur à l'écouter, mais elle fit de son mieux pour les saluer d'un ton enjoué.

Nicky dressa la tête à son tour, surpris de la voir là.

— Bonjour, ma chère…

— Delilah, l'aida-t-elle avec un sourire.

Le front du vieil homme se plissa d'une ride profonde, mais, quelques secondes plus tard, ses yeux gris s'illuminèrent et il s'exclama :

— La femme de John !

— C'est exact, répondit-elle, touchée qu'il se souvienne d'elle. Cela vous dérangerait-il que je vous emprunte John un moment ? Il faut que je lui parle.

— Bien sûr que non, dit Nicky d'un air étonnamment lucide. Vous avez tout à fait le droit de passer du temps ensemble. Je me disais justement que je ne vous voyais pas beaucoup, ma chère… Que diriez-vous de venir partager un thé avec nous, la prochaine fois ?

— Ce serait un plaisir, souffla Delilah, le cœur serré.

Elle pensa à la pénible solitude qu'avait dû vivre cet homme, les paroles d'Erryl se rejouant dans sa tête. Il avait perdu la moitié de sa famille, pour rien. Les larmes se mirent à lui brûler les yeux.

— Vraiment…, ajouta-t-elle.

— Allez, mon garçon ! lança alors Nicky d'un geste de la main. Va rejoindre ta charmante épouse. Ne perds donc pas de temps.

— D'accord… À plus tard, papa, bredouilla John, déconcerté par l'attitude de son père.

Il se leva et la dévisagea avant de quitter la remise d'un pas vif, Delilah lui courant presque après pour garder le rythme.

— Qu'est-ce qui se passe, encore ? cracha-t-il, le regard vissé devant lui.

— Je t'en prie, John… Arrête-toi. Il faut que je te parle. C'est important. Très important.

Elle vint alors plaquer une main sur son bras. Il s'immobilisa, puis se tourna vers elle.

— Qu'est-ce qu'il y a ?

— J'ai vraiment besoin que tu m'écoutes jusqu'au bout.

Elle nota aussitôt son air exaspéré. Il allait falloir être concise, si elle voulait s'assurer qu'il ne perde pas patience et décide de la planter là. Elle n'aurait peut-être pas de seconde chance. Elle prit une profonde inspiration et se lança :

— Je sais pourquoi ta mère t'a quitté.

— De quoi tu parles ? rétorqua-t-il, perplexe.

Elle l'agrippa de nouveau pour signifier l'importance de ce qu'elle avait à dire.

— J'ai découvert son secret ! Le pasteur m'a emmenée dans la maison de retraite de Rawlston. Une ancienne domestique qui travaillait chez ta mère m'a tout raconté. Tu ne me croiras jamais, John… C'est trop…

Il la fixait d'un air incrédule, les mains enfouies dans ses poches.

— La maison de retraite ? lâcha-t-il avec un rire glacial. Tu m'as déniché une vieille croulante pour m'apprendre que ma mère était en fait un ange ? Parce que je te préviens : ça ne marchera pas. Je te l'ai dit : elle est morte, pour moi.

— Si c'est vraiment ce à quoi tu veux te tenir, très bien, répondit-elle d'une voix douce. Mais avant de prendre cette décision, ne vaut-il pas mieux tout savoir ?

Il haussa les épaules, comme si le fait d'en savoir plus lui importait peu.

— Vas-y, je t'écoute.

— Asseyons-nous.

Elle le guida jusqu'au banc le plus proche. Son assise de pierre faisait face à une petite fontaine qui crachait quatre arcs d'eau scintillante dans la mare qu'elle coiffait.

— J'ai vraiment besoin que tu m'écoutes, John. Tu sais que ta sœur est morte d'un accident de voiture et tu croyais que ta mère s'était suicidée, jusqu'à ce que tu découvres qu'elle était encore en vie il y a quelques mois…

— Oui, répondit-il d'une voix volontairement neutre.

— Qui t'a dit qu'elle s'était suicidée ? demanda Delilah, décidant de faire une entorse à la concision. Est-ce ton père ?

John semblait lutter pour faire remonter les souvenirs, et sa réponse vint plusieurs longues secondes plus tard, sous la forme d'un murmure.

— Non… Il ne m'a jamais dit une chose pareille. Il m'a simplement expliqué qu'elle était partie. C'est Nanny qui m'a dit qu'elle avait sauté de la folie. Enfin…

Son front se plissa de nouveau sous l'effort de la concentration.

— Pour être tout à fait honnête, elle ne savait pas que j'écoutais. Elle discutait avec la domestique, et je n'arrivais pas à dormir, alors, j'ai tout entendu. « Elle a sauté, c'est sûr ! ont-elles dit. Elle a sauté de la folie. » J'ai tout de suite compris qu'elles parlaient de ma mère.

— Tu n'as pas posé la question à ton père ?

— J'aurais préféré me planter un couteau dans le cœur que de lui parler de ce qui de toute évidence le détruisait à petit feu, répliqua-t-il en lâchant un rire amer. Je ne lui en ai jamais parlé. De toute façon, je savais qu'il aurait menti pour me protéger. Pour moi, il m'avait dit qu'elle était partie de la même façon que nos chiens « partaient » : ils étaient morts, mais il s'efforçait d'atténuer la douleur à sa manière. Et je n'avais aucune raison de croire ma mère en vie. Je n'ai plus jamais entendu parler d'elle. Jamais n'a-t-on envisagé son retour.

Delilah vint lui prendre la main, rassurée de le voir la laisser faire.

— John, ce n'est pas ta mère qui a sauté de la folie, mais ta grand-mère. Les rumeurs qui se sont mises à circuler dans le village ont fini par transformer la soudaine absence de ta mère en mort mystérieuse. C'était sûrement de cela que ta nourrice parlait. Mais c'était faux.

John l'écoutait, pâle et tendu.

— Pas étonnant que je ne supporte pas ce satané fort, marmonna-t-il en secouant piteusement la tête. J'ai toujours su qu'il s'y était passé quelque chose d'horrible...

— Je suis navrée que tu aies dû entendre ces vilaines rumeurs et y croire. Cela n'a dû qu'être plus pénible pour toi..., murmura-t-elle en lui caressant le dos de la main. Mais je suis heureuse que ton père ne t'ait jamais menti.

Il y eut un long moment de silence, que John finit par interrompre brusquement.

— Alors, pourquoi ? Tu m'as dit que tu savais. Pourquoi est-elle partie ?

— Je crois... qu'elle a fait ça pour ton père.

— Quoi ? cracha-t-il. Épargne-moi ça, je t'en prie.

Il s'apprêtait à se lever, mais Delilah l'en empêcha.

— Élaine n'a pas été renversée par n'importe qui, John. Ta mère se trouvait au volant de cette voiture, et elle a tué ta sœur dans un terrible accident.

John hoqueta de surprise, blanc comme un linge.

— Tu ne le savais pas ?

— Non ! Bien sûr que non ! Mon Dieu... Ce... Ce n'est pas possible... Je ne peux pas y croire, gémit-il en se plaquant une main au visage.

— Oui, c'est atroce. Depuis que je l'ai appris, je n'arrête pas de voir des images de l'accident. Cette pauvre petite... et ta pauvre mère. Mais tu comprendras mieux quand tu sauras ce qui lui est arrivé un peu plus tôt dans l'après-midi. Elle était en état de choc. Emily Jessop – la fameuse domestique dont je t'ai parlé – m'a tout expliqué. Ton grand-père avait fait son cheval de bataille de ruiner la vie de ta mère, et il était particulièrement furieux quand elle a épousé ton père. Si furieux qu'il avait décidé de faire de son mieux pour la détruire une bonne fois pour toutes. Malheureusement, il y est parvenu.

John buvait ses paroles, l'air hagard. Quand Delilah s'interrompit, cherchant la meilleure façon d'annoncer ce qu'elle s'apprêtait à révéler, il lâcha brusquement :

— Qu'a-t-il fait ? Je savais bien que mon père avait toujours haï cet homme…

— Je ne pense pas que ton père ait eu connaissance de ce coup fatal, murmura Delilah. Ce monstre a proféré un mensonge qui a fait exploser le mariage de ta mère et lui a pris tout ce qu'elle avait de bon dans sa vie : toi et Nicky. Il lui a dit qu'elle était née d'une liaison entre sa mère et le père de Nicky.

Il ne fallut que quelques secondes à John pour comprendre, et un sifflement de dégoût s'échappa de ses lèvres.

— L'ordure ! cracha-t-il. Putain… Tu veux dire que…

Il était abasourdi, prenant soudain conscience de l'étendue de ce mensonge.

— Qu'ils vivaient dans l'inceste. Dans l'illégalité. Dans le péché.

Delilah avait insisté sur chaque mot, sentant qu'ils portaient la force qui avait poussé Alexandra à fuir l'existence de John.

— Mon Dieu…

John ferma les yeux et, quand il les rouvrit, ce fut pour murmurer douloureusement :

— C'est donc pour ça qu'elle est partie.

Delilah confirma d'un petit hochement de tête.

— Je pense qu'elle était dans un état second. Le prêtre qui a présidé les funérailles d'Élaine m'a dit qu'elle donnait l'impression d'être en enfer... Mais il n'y avait pas que la mort d'Élaine. Il y avait aussi cette terrible révélation. Je pense qu'elle a pris la seule décision saine qu'il restait à prendre : libérer Nicky de leur mariage incestueux. Mais elle a décidé de te laisser avec lui, pour son bien à lui et probablement pour le tien aussi, pour te protéger. Comme ta mère ne m'a pas du tout parlé de ça, je ne suis sûre de rien, mais... je pense qu'elle voulait emporter ce secret dans sa tombe. S'il n'y avait eu Emily Jessop, jamais je ne l'aurais appris.

John se tourna vers elle, à l'agonie.

— Mais c'était vrai ? souffla-t-il à travers ses lèvres sèches. Mes parents étaient... frère et sœur ?

Delilah secoua la tête, le cœur serré à l'idée de cette ultime révélation.

— Non, c'était un mensonge. Emily me l'a assuré.

— Mon Dieu..., répéta-t-il, la voix tremblante.

— Je suis sincèrement désolée...

Elle l'enveloppa de ses bras et, cette fois, il s'écroula contre elle et la laissa le consoler.

Une fois John remis du choc initial, ils furent incapables de parler d'autre chose. Ils en discutèrent toute la soirée et toute la nuit, volant à peine quelques heures de sommeil avant de se réveiller pour poursuivre là où ils s'étaient arrêtés. Elle n'aurait jamais imaginé qu'il ait tant à dire sur un sujet qui semblait encore si tabou il y a quelques heures à peine. John était bouleversé par le geste de son grand-père et ses dramatiques répercussions. Son mensonge avait marqué plusieurs générations et, telle une vague qui balaie tout sur son passage, il avait emporté des vies.

— Il faut à tout prix réparer les dommages qu'il a causés, lui souffla-t-elle ce soir-là alors qu'ils étaient allongés dans leur lit, côte à côte.

— Cet homme était un monstre.

— Il devait être surtout très triste, tenta de pondérer Delilah.

— C'est tout ce que je lui souhaite.

— Quoi qu'il en soit, tu ne peux pas le laisser gagner.

Elle fit courir sa main sur son bras, sentant sa peau répandre sa chaleur sous ses doigts.

— Qu'est-ce que tu entends par là ?

— Si tu t'obstines à haïr ta mère et à ne pas lui pardonner, si tu t'obstines à la considérer comme morte, il a gagné.

Elle s'était convaincue que c'était là la seule solution envisageable, mais cela ne l'empêcha pas de retenir son souffle dans l'attente de sa réaction.

— Je sais, répondit-il au bout d'un moment, faisant preuve d'un calme qu'elle ne lui avait plus vu depuis bien longtemps. Je crois que je suis petit à petit en train de l'accepter... Je comprends seulement maintenant comme ça a dû être horrible pour elle. Je n'avais jamais réfléchi à ce qu'elle avait pu endurer. Mais à présent, j'en suis capable.

— Alors…, tu serais prêt à la revoir ?

Elle retint une nouvelle fois son souffle, des papillons lui dansant dans le ventre.

— Tu penses qu'elle serait prête à me voir, elle ? répondit-il en tournant la tête vers elle.

— Oh !…

Elle y songea quelques instants, réalisant seulement maintenant que les choses ne seraient pas si simples qu'elles n'y paraissaient.

— Bien sûr, elle est toujours persuadée que Nicky est son frère… C'est pour cette raison qu'elle s'interdit de vous revoir, ton père et toi.

— Alors, il va nous falloir la convaincre du contraire.

— Comment ? En poussant le fauteuil roulant de miss Jessop jusqu'à Patmos ?

L'image qui s'imposa à eux les fit éclater de rire à l'unisson.

— Pourquoi ne pas aller lui dire la vérité nous-mêmes ? murmura alors Delilah.

John se tourna brusquement vers elle et la prit dans ses bras avant de venir plaquer son visage contre sa joue. Une vague de bonheur et de soulagement s'empara d'elle. Son John était de retour, et tout allait s'arranger. Enfin.

— Merci. Merci, Delilah, chuchota-t-il dans son oreille.

37

— Je vous souhaite de nouveau la bienvenue, sourit la réceptionniste de l'hôtel sans chercher à dissimuler sa surprise. Je suis ravie de voir que votre séjour vous a donné l'envie de revenir si vite…

Elle observa alors John sans se départir de son sourire.

— Et je vois que vous avez amené votre mari, cette fois.

— En effet, répondit Delilah, rayonnante.

— Par chance, une annulation de dernière minute me permet de vous proposer une chambre pour deux personnes.

— Merci beaucoup.

— Suivez-moi, je vous prie.

La chambre était beaucoup plus grande que la précédente et coûtait deux fois plus cher, mais ils comprirent assez vite que cela valait la peine. Les immenses fenêtres offraient une vue imprenable sur la mer scintillante qui s'étirait à l'horizon, les douces collines de l'île et les yachts amarrés en contrebas. Delilah gagna une fenêtre et s'enivra du paysage aux odeurs salines avant de se tourner vers John.

— N'est-ce pas merveilleux ?

— Si.

Il semblait un peu perdu, comme s'il avait encore du mal à réaliser où il se trouvait.

— Si, c'est vraiment magnifique. Je comprends que tu sois tombée amoureuse de cet endroit.

— C'est ta mère qui en est tombée amoureuse, dut-elle lui rappeler.

— Hmm…

Il la rejoignit et vint glisser ses bras autour de sa taille avant de nicher son visage dans sa nuque.

— J'ai le trac.

— Il n'y a aucune raison. Nous avons tout prévu : j'irai d'abord lui parler pour tâter le terrain. Une chose à la fois.

Perdu dans ses pensées, John posa les yeux sur la mer.

— Elle est ici, sur cette île… Je n'arrive pas à y croire, souffla-t-il avant de venir déposer un doux baiser dans sa nuque. Mais en attendant, je préfère me concentrer sur toi. Tu sais que tu sens le miel ?

— C'est étrange, soupira-t-elle langoureusement. Je me sens à la fois détendue et excitée…

— Je ressens exactement la même chose.

Il la fit alors se retourner pour lui faire face, la douce brise qui s'infiltrait par la fenêtre ouverte venant balayer des mèches de ses cheveux.

— Et j'ai très envie de…

— C'est vrai ? rit-elle doucement.

— Oh que oui !… Je me sens tellement proche de toi, à cet instant, que j'ai envie de l'être plus encore.

— Avec plaisir, se contenta-t-elle de répondre en se fondant dans ses bras.

Il déboutonna alors son petit haut de coton et l'ouvrit pour mettre au jour son soutien-gorge blanc, dessous. Il passa une main sur son sein gauche avant de faire glisser la dentelle pour révéler son téton rosé et dur.

— Tu es si belle, murmura-t-il, puis il se pencha pour l'embrasser.

Dans un soupir d'extase, elle le laissa faire courir sa langue et mordiller son téton. Puis il se redressa et vint poser doucement ses lèvres sur les siennes tandis que sa main passait à son sein droit, faisant durcir son téton à l'aide de son pouce. Elle l'enveloppa de ses bras et le serra contre elle. Ses baisers se firent plus passionnés. Il sentait le lin chaud et le musc de la peau réagissant à la chaleur estivale. Elle lui rendit ses baisers avec la même force, se pressant contre lui, brûlant de sentir son corps puissant contre le sien. Elle se rappela la façon dont ils avaient fait l'amour le soir où elle lui avait avoué son voyage en Grèce, et le caractère étrangement impersonnel de leurs ébats. La distance qui s'était dressée entre eux lui avait fait l'effet d'une gifle. Coucher avec son mari sans pour autant lui faire l'amour avait été une expérience terrifiante pour elle.

Nous sommes tellement chanceux de nous être retrouvés, songea-t-elle en passant les mains sous son tee-shirt pour caresser son dos musclé. *J'ai eu si peur…*

Ils firent l'amour langoureusement dans la douce chaleur de l'après-midi, la brise qui balayait les voiles des fenêtres venant rafraîchir par intermittence leurs corps brûlants.

Quand ils eurent terminé, Delilah poussa un soupir de contentement.

— C'est tellement bon d'être ici…

— Oui. Mais je n'ai pas hâte d'être à demain.

— Je suis sûre que ça va bien se passer, souffla-t-elle en lui caressant les cheveux. Tu es venu. Tout ira bien.

— J'espère. Tout dépend de ma mère et si elle est prête à nous écouter…

Le lendemain après-midi, ils grimpèrent ensemble la route qui menait vers l'ouest de Chora, prenant un temps infini, chacun envahi d'un euphorisant mélange d'appréhension, de peur et d'espoir. Peut-être Alexandra ne se trouverait-elle même pas là. Après tout, elle travaillait au monastère, mais peut-être pas tous les jours. Ils savaient si peu de choses de sa vie… Mais au moins Delilah savait-elle où elle vivait.

— Nous ne sommes plus très loin, annonça-t-elle, le ventre soudain noué par l'idée que les choses ne se passent pas comme ils l'espéraient (après tout, Alexandra ne savait pas encore tout).

Ils poursuivirent leur route en silence, la chaleur ne rendant leur ascension que plus pénible. Ils s'arrêtèrent près du sommet et se passèrent une bouteille d'eau, à la fois pour étancher leur soif et repousser le moment qu'ils craignaient tant.

Delilah désigna alors la villa rose nichée au pied du monastère, tout en haut de la colline.

— C'est là qu'elle vit.

John suivit la direction de son doigt et observa la maison cernée par les pins. Elle ressemblait à toutes les autres et, pourtant, elle avait tout de différent. C'était là que sa mère vivait depuis des années, sans qu'il en ait été conscient – peut-être même depuis le jour où elle avait décidé de quitter sa famille.

— Allez, viens, l'encouragea Delilah. On y est presque.

Elle reprit sa marche jusqu'à la ruelle où le portillon de la villa Artemis se tenait entrebâillé. *Nous voici à la fin du voyage…*

— Vas-y, lui dit John. Je vais attendre ici que tu m'appelles.

— D'accord.

C'était ce dont ils avaient convenu ensemble. Elle grimpa les marches de pierre blanche et gagna la porte. Elle prit une longue inspiration et frappa. Elle attendit quelques secondes, une boule de nervosité au creux du ventre, puis la porte s'ouvrit. Alexandra se tenait devant elle, le calme incarné, la fixant de son regard pénétrant. Quand elle parla, ce fut d'une voix douce et musicale vibrante d'émotion.

— Je me doutais que vous reviendriez. Je suis prête. Entrez.

Elles s'installèrent dans le salon d'Alexandra. Le soleil tapait bien trop fort, à cette heure, pour sortir sur la terrasse.

— Il y en a une autre de l'autre côté de la maison, dit Alexandra, mais nous serons bien mieux ici.

Un plat d'olives marinées et des verres de citron-
nade glacée attendaient sur la table basse, entre elles.

— Vous m'attendiez, souffla Delilah, luttant
contre la bouffée d'adrénaline qui menaçait d'éclater en elle : le fait de savoir John si proche la rendait
affreusement nerveuse, et elle devait à tout prix
retrouver son calme.

Alexandra hocha la tête. Il y avait une différence
notable avec leur dernière rencontre. La vieille
femme avait les joues rouges d'excitation, ce qui lui
donnait presque des airs de petite fille.

— Depuis votre passage, j'ai été incapable de
voir les choses de la même façon. Vous avez tout
changé, bien que j'ignore de quelle manière. Si
vous n'étiez pas revenue, je pense sincèrement
que j'aurais cherché à vous recontacter. J'étais
convaincue que rien ne pourrait me faire changer
d'avis, et pourtant…, ajouta-t-elle avec un sourire
qui s'effaça aussitôt. C'est la raison pour laquelle
je regrette tellement d'avoir écrit cette lettre…
J'aurais fait n'importe quoi pour revenir en arrière
et ne jamais vous la faire parvenir.

— Elle se trouve dans une des poubelles de Fort
Stirling, la rassura Delilah. À l'heure qu'il est, elle
est peut-être même dans le compost. John ne l'a
pas lue.

— Bien.

Alexandra paraissait véritablement soulagée.
Mais l'angoisse réapparut très vite sur ses traits.

— Est-ce qu'il était… en colère ?

— Furieux, même.

Une expression troublée traversa les traits de la
vieille femme.

— Je m'y attendais, murmura-t-elle. C'est compréhensible. Pourquoi me pardonnerait-il ? Je n'ai aucun droit de lui demander une chose pareille, d'ailleurs. Je ne peux que faire en sorte d'éclaircir un tant soit peu les choses… Je me suis dit que ça pourrait alléger sa douleur, mais… Ce que vous m'avez dit ne m'a plus quittée depuis votre départ. Je ne supporte pas de savoir qu'il souffre encore, même après toutes ces années. J'ignore comment, mais j'étais parvenue à me convaincre qu'il s'était complètement remis de ma perte.

— Vous aviez tort, souffla Delilah. Je pense au contraire que pas un jour n'est passé sans qu'il y pense.

— Évidemment, lâcha Alexandra en grimaçant. J'aurais dû m'en douter. Pourquoi serais-je épargnée ?

— Mais il est prêt à vous pardonner, je crois, et à vous revoir.

— Vous voulez dire… que je devrais retourner à Fort Stirling ?

— Oui, peut-être. Si vous vous en sentez capable.

Alexandra s'enfonça dans son fauteuil, l'air hagarde.

— Cette maison… J'ai tout abandonné pour elle. Je pensais ne jamais y remettre les pieds de ma vie, mais…

Elle marqua un instant de pause, puis reprit, déterminée :

— Mais si vous pensez que c'est ce que désire John, j'y retournerai. Et puis un autre devoir m'attend, là-bas. En revanche, je ne peux pas rentrer avec vous. Je veux m'accorder une semaine ou deux de répit, si vous le voulez bien. Il me faut un peu de temps pour me préparer. Mon existence connaît un rythme bien différent du vôtre, et cela depuis des années... Je ne peux pas partir comme ça.

Elle fixa le sol un long moment avant de replanter son regard pénétrant sur Delilah.

— Il y a toutefois une chose que je ne peux pas faire. Ne me demandez pas de revoir Nicky. Ce serait trop pénible, pour moi comme pour lui. Il est trop tard désormais pour lui faire comprendre mes raisons, et cela me briserait le cœur de le revoir. Puis-je vous demander cette unique faveur ? Si j'en crois ce que vous m'avez dit, il pourrait ne même pas se rendre compte de ma présence là-bas.

Une vague de compassion submergea Delilah.

— Vous n'avez plus à vous tenir éloignée de Nicky, déclara-t-elle. Je sais pourquoi vous vous êtes sentie obligée de le quitter.

— Comment ça ? lâcha Alexandra, un masque d'angoisse au visage.

— Je connais le secret que vous vouliez emporter dans votre tombe.

La vieille femme se mit aussitôt à pâlir, et un hoquet de stupeur s'échappa de ses lèvres.

— Comment ? siffla-t-elle. Que savez-vous exactement ?

— Je vous en prie, Alexandra. Je n'ai pas envie que vous souffriez davantage, murmura Delilah en se penchant vers elle et en espérant que son regard témoignait suffisamment de sa sincérité. J'aimerais vous libérer de ce poids atroce. Vous et toute votre famille.

— Dites-moi ce que vous savez. Vite, lui intima Alexandra en pressant les paupières, les mains fermement agrippées aux accoudoirs de son fauteuil.

Delilah se leva pour aller s'asseoir à ses côtés. La vieille femme se tenait immobile, les yeux toujours fermés, comme si elle se préparait à recevoir un coup fatal.

— J'ai quelque chose à vous dire, déclara Delilah d'une voix volontairement rassurante. Ce n'est pas facile, mais ça l'est beaucoup plus que le fardeau que vous avez dû porter toutes ces années. Il y a des années de cela, quelqu'un a proféré un mensonge. Un horrible mensonge. Un mensonge meurtrier qui a détruit votre vie. Qui a détruit la vie de Nicky, aussi. Il a également failli détruire celle de John, mais nous connaissons la vérité, désormais, et nous pouvons enfin le vaincre.

Alexandra ouvrit les yeux et la dévisagea, pétrifiée. Elle semblait véritablement terrorisée.

— Je pense que vous avez compris de quel mensonge je parle, poursuivit Delilah. Ce fut la raison pour laquelle vous avez décidé de fuir pour ne plus jamais revenir. C'est la raison pour laquelle vous vous refusez de revoir Nicky. C'est la raison pour laquelle vous avez abandonné John.

La vieille femme s'était mise à trembler. Delilah se pencha vers elle, priant pour que cette révélation l'envahisse d'une joie qui triompherait sur le désespoir et l'empêcherait de craquer. Elle posa un bras sur ses épaules pour la calmer.

— Vous savez de quoi je parle, n'est-ce pas ?

— Oui, murmura Alexandra, la voix craquelée par l'émotion. Je croyais être la seule à savoir. La seule ! Comment l'avez-vous appris ? Qui vous l'a dit ? Comment savez-vous qu'il s'agit d'un mensonge ? gémit-elle.

— Ça l'est, un point c'est tout, déclara fermement Delilah. On m'a raconté toute l'histoire, et je vais vous la raconter à mon tour, d'accord ? Vous pensez être assez forte ?

Alexandra prit une inspiration tremblotante, plaqua sa main sur celle de Delilah et planta ses yeux dans les siens.

— Oui. Je suis assez forte. Allez-y. Je suis prête.

Delilah émergea de la maison, débordant de ce calme qui suit si souvent des flots de larmes, même si elle-même n'avait pas pleuré. L'acceptation digne d'Alexandra après le séisme d'émotions dont elle avait été submergée l'avait toutefois bouleversée.

— John ! appela-t-elle en descendant quelques marches au pas de course.

Il franchit le portillon, ses yeux gris trahissant l'angoisse à laquelle il était en proie.

— Est-ce que tout va bien ?

Elle hocha la tête, un grand sourire aux lèvres.

— Oui, je crois bien. Viens.

— Tu es sûre ?

— Absolument, confirma-t-elle en lui tendant une main assurée.

John la rejoignit d'un pas lent, puis s'immobilisa.

— Je veux que tu viennes avec moi, dit-il en lui prenant la main.

— Je serai juste derrière toi, ne t'inquiète pas. Mais tu devrais passer devant.

Il prit une longue inspiration, joua quelques secondes avec le bouchon de sa bouteille avant de la tendre à Delilah.

— OK, j'y vais.

Il se mit alors à grimper, une marche après l'autre. Il se tourna vers elle, et elle l'encouragea d'un sourire. Alors, il poursuivit. Encore une marche et il arriverait tout en haut. Delilah l'observait, immobile, les mains cramponnées à la bouteille d'eau. « Vas-y », articula-t-elle quand il se tourna de nouveau vers elle.

Il leva la main, hésita un instant, puis avança sur la terrasse.

Delilah vit Alexandra apparaître, tendre les bras et murmurer :

— Bonjour, John. Alors, tu es venu…

Elle regarda son mari se glisser doucement dans l'étreinte de sa mère, dont les bras ne parvenaient pas à faire le tour de son dos, sa chevelure grise à peine visible derrière le tee-shirt bleu de John. Delilah ferma les yeux et expira enfin. Elle ne s'était même pas rendu compte qu'elle avait retenu sa respiration.

Ce moment tant attendu était enfin arrivé.

38

Fort Stirling vibrait d'une atmosphère d'allégresse et de folie et, pour une fois, la maison paraissait pleine de vie. Il y avait des gens partout. D'ici ce soir, les lieux seraient pleins à craquer.

Delilah ne savait plus où donner de la tête, tellement il y avait de choses à préparer. On avait presque fini de monter le chapiteau à l'arrière du domaine, et les serveurs étaient dans les starting-blocks pour se lancer dans la mise en place, sans parler de la pression des fleuristes, qui clamaient haut et fort que les bouquets ne tiendraient plus longtemps sous un soleil pareil.

Le DJ venait tout juste d'arriver avec sa table de mixage, et les poseurs de toilettes chimiques désiraient savoir où ils devaient s'installer. Delilah avait fini par oublier que ce genre de choses avait un jour fait partie de son quotidien, et elle adorait autant qu'elle détestait ça. Elle comprenait enfin les réticences de John, quand il disait ne pas vouloir voir le fort envahi. Elle se souvenait de ce qu'elle-même avait pensé de cet endroit la première fois qu'elle y avait mis les pieds, ce fameux jour de shooting. À ses yeux, il ne s'était agi que d'un lieu public dont elle pouvait disposer à sa guise, et l'idée que le propriétaire puisse avoir une opinion lui était bien égale. Maintenant qu'elle voyait l'envers du décor, elle comprenait ce que tout cela avait d'agaçant.

Elle ouvrit une fenêtre à la volée, fusillant du regard un électricien assis sur un mur de pierre qui donnait des coups de pied dans leurs fleurs.

— Hé ! vous, là ! Vous voulez bien arrêter ça ?!

Elle referma violemment et monta voir John.

La chaleur de la fin de journée rendait l'atmosphère beaucoup plus étouffante, à l'étage. John était allongé dans leur lit, les fenêtres fermées et un oreiller plaqué sur le visage. Il l'écarta dès qu'il entendit Delilah entrer.

— C'est quoi, ce bazar ? s'exclama-t-il. Je croyais que c'était mon anniversaire, aujourd'hui… Et tu en fais quoi, de mon repos ?

Il l'attrapa dès qu'elle fut assez près et la tira contre lui tout en ignorant ses contestations.

— Et toi, ma chérie, souffla-t-il en la couvrant de baisers. Où étais-tu passée ?

— Je m'occupais de ta satanée fête, figure-toi ! répliqua-t-elle entre deux gloussements sous les doigts taquins de son mari.

— Je n'ai rien demandé. C'est toi qui voulais une fête à tout prix…

— Pour toi ! Pour marquer cette occasion si particulière !

— La renaissance…, dit-il en la serrant contre lui. *Notre* renaissance.

— Mmm. Oui, la nôtre. Mais également celle de ta relation avec ta mère. Et ce n'est pas tout.

Elle se tourna vers lui en s'efforçant de reprendre son sérieux.

— J'ai quelque chose d'important à te dire. C'est en quelque sorte… un cadeau d'anniversaire.

— Ah oui ? J'espère qu'il y en aura quand même d'autres à déballer…

— Oui, oui, plus tard, dit-elle en repoussant ses tentatives de baisers. Écoute-moi, s'il te plaît. Il faut vraiment que je te parle. Je n'ai pas cessé d'y penser depuis notre retour de Patmos.

— De quoi s'agit-il ?

— Chaque moment passé loin d'ici a été un pur moment de bonheur, avec toi. Cette maison est merveilleuse, mais c'est également l'endroit où j'ai connu les heures les plus tristes de mon existence, et je ne pense pas me tromper en disant que c'est la même chose pour toi. Je me suis donc dit qu'il serait bon d'envisager de partir. Pour ton anniversaire, j'aimerais t'offrir ta liberté.

— Comment ça ?

— Tu m'as toujours dit que cette maison t'oppressait. Alors, partons. Donne-la à Ben, pour l'instant du moins, et laisse-le y faire toutes les modifications qu'il souhaite.

— Ben ?

John leva les yeux au ciel.

— Je ne sais pas ce qu'il a, mais il est d'une humeur massacrante, en ce moment. Tu ne saurais pas pourquoi, par hasard ? marmonna-t-il avec un regard pénétrant.

— Ne t'inquiète pas pour lui. Il finira par s'en remettre, et quel meilleur moyen pour cela que de faire ce qu'il a vraiment envie de faire dans cette maison ?

— Hmmm, grogna John. Je ne sais pas…

— Ne comprends-tu donc pas ? On peut partir n'importe où, faire autre chose de nos vies… S'éloigner du poids de ton héritage avant qu'il ne finisse par t'écraser !

— Tu es sérieuse, pas vrai ? souffla-t-il en la fouillant du regard.

— Bien évidemment que je suis sérieuse ! Je veux que tu sois heureux, John. Si cet endroit te rend malheureux, il faut partir. Il pourrait rendre Ben heureux, qui sait ? Ou alors aussi malheureux que toi… Et puis, tu peux revenir au besoin. On pourrait s'installer dans le village, si tu préfères.

John se rallongea sur le lit, pressant l'oreiller contre l'arrière de son crâne.

— Je ne sais pas quoi dire, lâcha-t-il en observant le bois sculpté de leur lit à baldaquin et ses voiles orange. Tu ferais ça pour moi ?

— Bien sûr.

Il partit alors d'un rire sec qui se fit plus fort et plus riche au fil des secondes. Il finit par en pleurer.

— Quoi ? Qu'est-ce qu'il y a de si drôle ? fit-elle en ne pouvant s'empêcher de rire à son tour, contaminée par son hilarité.

— Je vais vraiment finir par croire que j'ai épousé une fée, tu sais. Une mère disparue ? Ttt ttt, hors de question. Bam, la voilà ! Une maison qui pèse trop lourd ? Woush ! Disparue ! La tradition ? La lignée ? Aux oubliettes !

Son rire se dissipa alors pour se muer en soupir.

— Je t'aime tellement, ma chérie… Je l'ai toujours su, mais je viens de nouveau de le réaliser…

— Je t'aiderai quoi que tu veuilles faire, répondit-elle en lui souriant. Tu n'as qu'à me dire ce que c'est, c'est tout.

— Merci, chérie, c'est un merveilleux cadeau d'anniversaire. J'espère quand même que tu as prévu de l'after-shave pour accompagner, la taquina-t-il, ce qui lui donna droit à un coup d'oreiller.

— Lève-toi, espèce de gros balourd. Tu dois encore appeler ta mère pour t'assurer qu'elle s'est bien installée.

— Je n'arrive pas à croire qu'elle ne vienne pas, aujourd'hui.

Il fit une moue boudeuse, mais elle savait qu'il n'était pas sérieux.

— Il y a de quoi comprendre. Ça ferait peut-être un peu beaucoup de débarquer devant ta famille et tous tes amis après tout ce temps. Je préfère de loin sa façon de faire. Bon, dépêche-toi d'aller prendre un bain. Les invités ne vont pas tarder.

Le soir venu, la maison avait été transformée en véritable lieu de magie, le chapiteau scintillant sur la pelouse, et les jardins illuminés par des centaines de lanternes. C'était une délicieuse soirée d'été, et les invités flânaient dans le domaine en sirotant leur champagne ou leur cocktail de fruits.

Delilah avait opté pour une robe fourreau argentée à sequins et une paire de talons vintage, et une coiffe de plumes couronnait sa tête.

— Tu es sublime, commenta Grey en la rejoignant.

Il portait une veste de smoking en velours prune, un pantalon de costume et des babouches mono- grammes, prune elles aussi.

— Je te retourne le compliment, répondit Delilah. J'adore ce velours.

— Oui, en revanche, j'ai un peu chaud. J'espère que ça va finir par se rafraîchir…

— Pas sur la piste de danse, crois-moi, et j'espère bien te voir t'y déchaîner ! J'ai donné une playlist particulière au DJ rien que pour toi…

— Oh ! ça ira d'ici là. J'ai un marcel dessous. Je vais faire fureur, tu verras.

— Tant que tu es épilé…

— Oh ! la vilaine…

Il l'étudia alors du regard.

— Tu as vraiment l'air heureuse, ce soir. Je me suis fait du souci, tu sais, la dernière fois qu'on s'est vus. Mais la miss Marple que j'ai devant moi déborde d'une nouvelle confiance… Ça fait plaisir à voir. Alors, dis-moi…

Il s'approcha d'un air conspirateur, balayant la foule des yeux.

— Où donc est cette fameuse mère ramenée d'entre les morts ?

— Elle n'est pas là, rit Delilah.

— Oh ! quel dommage !… Je voulais tellement faire sa connaissance…

— Elle n'est arrivée qu'aujourd'hui et s'est ins- tallée dans une maison du village. Elle n'avait pas envie d'être le centre d'attention après avoir passé quarante ans à ne voir personne. Tu peux comprendre…

573

— Oui, j'imagine. Oh ! du champagne ! s'écria Grey en arrachant deux coupes du plateau qui passait devant eux. J'ai une de ces soifs… Tiens.

Il lui tendit un verre et dressa le sien.

— Je trinque à toi, à John et à votre descendance, mes très chers !

Delilah se sentit aussitôt rougir.

— Il n'y a toujours rien à déclarer de ce côté-ci…

— Crois-moi, ça ne va plus tarder. C'est affligeant comme vous ne pouvez pas passer deux minutes sans vous peloter, tous les deux. Juste une chose : je peux être le parrain, dis ? J'ai toujours rêvé d'avoir un filleul dans la noblesse !

— On verra ça…, s'amusa Delilah en lui assenant une petite tape sur le bras.

Les invités se rassemblèrent ensuite sous le chapiteau pour dîner. Lorsque le café fut servi, John se leva, s'empara du micro et réclama le silence.

— D'après Delilah, je n'ai pas à faire de discours le jour de mon anniversaire, mais j'aimerais tout de même dire quelques mots. Étant donné qu'ils ne me concernent pas, ça fera office d'exception… Il y a un peu plus d'un an de ça, nous avons célébré un mariage. Je sais malheureusement que très peu d'entre vous étaient présents à cette occasion : nous avons tenu à ce que ça reste intime, et nous avons fait ça à Londres. C'est donc pour cette raison que j'aimerais parler aujourd'hui de ce mariage.

Il baissa les yeux vers Delilah, qui lui offrit son plus beau sourire.

— J'aimerais simplement dire que ce jour-là, j'ai pris la meilleure décision de ma vie, et chaque jour qui passe me fait prendre conscience de la chance que j'ai. Les semaines qui viennent promettent quelques surprises… Nous sommes encore en train de réfléchir à tous ces changements, mais je vous rassure : il n'y aura rien de radical. D'autres Stirling se chargeront de reprendre le flambeau de cette magnifique maison. Et les changements dont je vous parle nous seront tous bénéfiques. Nous avons désormais décidé de nous tourner vers l'avenir, et non le passé. Mais… je n'en dirai pas plus pour l'instant. Sachez tous que j'ai passé une merveilleuse soirée d'anniversaire et j'aimerais lever mon verre à celle qui a rendu tout cela possible : Delilah, mon adorable épouse.

— À Delilah, murmura l'assemblée, les coupes dressées.

— Mais c'est ton anniversaire. C'est à toi qu'on devrait trinquer, fit-elle mine de s'offusquer quand il se rassit.

— C'est vraiment ce que je veux, dit-il en posant sa main sur la sienne. Je n'ai besoin de rien d'autre.

Alors, il se pencha pour l'embrasser, et la salle fut remplie d'un tonnerre d'applaudissements.

39

Alexandra avait l'impression que le village entier dormait encore, comme sous le charme d'un sort. La veille au soir, elle avait contemplé le ballet des feux d'artifice qui avaient envahi le ciel nocturne, au loin, et avait songé à cette fameuse nuit, des années plus tôt, où elle avait donné naissance à John, à Goa, et comme Nicky et elle étaient heureux. Elle avait tenté d'imaginer à quoi ressemblait la fête, au fort, et s'était demandé si Nicky savait ce qu'on célébrait.

Elle s'était réveillée dans son ancienne chambre, même si l'endroit n'avait plus rien à voir avec ses souvenirs. Le papier peint à fleurs avait depuis longtemps cédé la place à un élégant rose vintage. C'était là qu'elle avait passé toute son enfance, et jamais n'aurait-elle cru revoir cet endroit un jour. Elle n'en revenait toujours pas que John ait hérité de cette maison. Elle était d'abord passée dans les mains de Felicity après la mort de son père, puis sa tante l'avait léguée à John. Il lui avait donc demandé si elle désirait en faire son pied-à-terre en Angleterre – ou sa véritable maison.

— J'imagine que tu es trop habituée à vivre seule pour venir habiter le fort ? lui avait-il dit.

Il avait raison. Mais le fait de revenir dans cette maison l'avait terrorisée. Le souvenir de ce qui s'était passé la dernière fois qu'elle y avait mis les pieds la hantait dangereusement. Mais elle savait qu'elle devait apprendre à ne plus penser de cette façon. C'étaient les gens qui causaient le malheur, pas les lieux. Cette maison n'avait rien de diabolique, pas plus que la vieille folie du fond des bois, et elle se devait de triompher de ces atroces souvenirs. Revenir ici était l'unique solution. Elle avait tenu à redécouvrir les lieux seule, même si John et Delilah avaient proposé de l'accompagner. Elle était restée immobile devant la maison de longues minutes, la clef tremblant dans sa main. Elle avait alors rassemblé son courage, avait tourné la clef dans la serrure et avait poussé la porte. Le fait de voir les lieux modernisés, totalement différents de cette terrible époque, avait beaucoup aidé. C'était désormais une charmante maison familiale, bien trop grande pour une seule personne. Elle n'avait pas encore clairement décidé de la durée de son séjour et de la fréquence de ses visites, une fois qu'elle serait repartie à Patmos, comme elle l'entendait. *Mais il y aura bientôt des petits-enfants*, dut-elle se rappeler. *Si je suis ici, ils pourront passer du temps dans cette maison. Je n'ai jamais pu faire ça avec mes propres enfants.* Elle tenta de s'imaginer dans le rôle de grand-mère. C'était un sentiment étrange mais rassurant de savoir qu'elle aurait peut-être une chance de replonger en quelque sorte dans la maternité, elle qui s'y était si brutalement arrachée.

Cette idée avait quelque chose de délicieusement apaisant. Une fois là-haut, elle se tint devant
la porte de la chambre de son père, se rappelant
ce qui s'était passé la dernière fois qu'elle y était
entrée. Elle pouvait presque percevoir la respiration pénible du vieil homme et les pas pressés
d'Emily à son chevet.

Elle tourna alors la poignée et ouvrit la porte sur
une élégante chambre avec un lit en cuivre et de
jolis rideaux fleuris à la fenêtre. Il était parti. Cela
faisait quarante ans qu'il était parti. Et il ne pouvait
plus rien lui faire. Plus jamais. Elle décida de s'installer dans son ancienne chambre. Oui, c'était là
qu'elle voulait se réveiller pour son premier matin
ici. Dans cet endroit où elle se sentait véritablement
connectée à son ancienne vie.

Le soleil venait tout juste de se lever. Alexandra
alla s'habiller et quitta la maison. Sur l'allée qui
menait à la route principale du village, elle s'arrêta,
sortit la paire de ciseaux qu'elle avait emportée et
coupa quelques roses dans le buisson qui fleuris-
sait au niveau du portail. Elle prit alors à droite, en
direction de l'église. C'était ce qu'elle s'était promis
de faire avant toute chose.

Il était encore trop tôt pour que les rues soient
animées, et elle marcha dans un silence paisible,
notant comme tout avait l'air à la fois identique et
légèrement différent. Elle se demanda qui vivait
dans ces maisons, désormais, et s'il restait quelqu'un qui se souviendrait de la jeune femme qu'elle
avait été. Les vieilles bonnes femmes qui avaient

fait d'elle leur sujet de commérage favori devaient être mortes depuis longtemps.

Tu vois bien que seuls les gens peuvent te faire du mal. Et ils ne le peuvent que si tu les laisses faire.

Si seulement elle avait été capable d'apprendre cette leçon plus tôt… On parlerait de toute évidence de son retour, au village, mais cela lui était bien égal.

— Je vais aller de l'avant, désormais, déclarat-elle tout haut, surprise par la portée de sa voix.

Il faudrait peut-être que je songe à perdre cette vilaine habitude de parler toute seule…

Le portail de l'église qui se dressait devant elle était le même que ce terrible jour. Elle l'ouvrit et suivit l'allée qui menait au cimetière avant de slalomer entre les tombes en direction du grand if, tout au fond. Son cœur se mit à lui marteler les côtes tandis qu'elle s'en approchait. Ce n'était pas de la peur, mais une étrange sorte d'excitation. L'herbe était haute sous l'arbre, comme si le gardien n'avait pas pu y faire passer sa tondeuse, mais elle voyait qu'on avait dégagé le petit carré de pierre recouvert de lichen. Elle prit une longue inspiration et s'agenouilla devant la tombe en écartant les quelques touffes d'herbe persistantes. L'inscription était bien là. Elle ne l'avait jamais vue encore. Quand elle avait quitté cet endroit, la terre était à nu, et la petite boîte blanche, enfouie dans le trou. Nicky avait dû s'occuper de la suite. Un souvenir lui revint soudain. Nicky avait parlé d'enterrer Élaine dans le caveau familial, mais Alexandra n'avait pas supporté l'idée de savoir sa petite fille enfermée dans cet endroit sombre et poussiéreux, entourée de tous ces os. Il avait donc choisi cet emplacement, accolé au mur de l'église et aux champs qui s'étiraient au-delà.

Elle lut l'inscription lentement.

ÉLAINE STIRLING, 1969-1974.
QUAND TU REGARDERAS LES ÉTOILES, LA NUIT,
J'HABITERAI DANS L'UNE D'ELLES.

Elle tendit alors le bras et caressa la pierre, suivant les mots du bout des doigts. Elle ferma les yeux et tenta d'invoquer l'image la plus nette d'Élaine qu'elle pût avoir. De ses cheveux bruns à la courbure de son nez, ses grands yeux bleus, son corps qui grandissait peu à peu… Elle entendit sa voix et son rire sonore. Elle mit toute sa force dans l'invocation de cette image, insufflant de la vie à ce souvenir avec tout ce dont son imagination était capable. Elle voulait de nouveau ressentir la présence d'Élaine et, l'espace d'un instant, elle crut qu'elle avait réussi. Elle rouvrit les yeux. Avec un sourire, elle déposa les roses qu'elle avait cueillies dans l'urne de marbre.

— Je suis revenue, ma chérie, souffla-t-elle en glissant chaque tige dans les trous du couvercle. Et je compte bien te ramener à la vie de la seule manière possible. Nous allons parler de toi, nous souvenir de toi. Je raconterai à John tout ce qu'il a oublié. Je lui transmettrai mes souvenirs, qu'il transmettra à son tour à ses enfants. Je refuse de te laisser disparaître.

Elle demeura un long moment auprès de la tombe. Quand elle partit enfin, il n'y avait plus un brin d'herbe, et une jolie tache rose se détachait de l'ombre du grand arbre, dans l'urne.

Alexandra s'était demandé si la côte jusqu'au fort ne serait pas trop pénible à grimper, mais ses allées et venues au monastère de Patmos lui avaient permis de conserver une santé certaine, et le trajet lui parut même aisé.

Il lui fallut toutefois du temps et, quand elle gagna le sommet de la colline, le fort s'étalant sur son coussin de verdure à ses pieds, plus beau que jamais, le soleil était déjà haut dans le ciel.

C'était pour cette maison qu'elle s'était sacrifiée. Pour que Nicky puisse y rester et la léguer à John. Elle avait laissé à Nicky son fils et son héritier, en partie pour compenser la perte de sa fille, et en partie pour que John ne soit pas privé de ce domaine. Nicky croyait tellement en la perpétuation de son nom qu'elle s'était trouvée incapable de tout détruire. Mais peut-être aurait-il été plus heureux si elle lui avait dit la vérité et l'avait laissé choisir entre elle et la maison. Non, ça aurait été impossible. Elle était persuadée qu'ils étaient frère et sœur, dut-elle se rappeler. Leur relation ne pouvait continuer. Si Alexandra emportait le secret, la maison pouvait continuer de passer de main en main, et personne ne poserait jamais de questions.

Dieu, merci de nous avoir envoyé Delilah, songeat-elle. Elle lui avait dit que la maison ne passait pas avant eux, et Alex avait eu le sentiment qu'elle était sincère et convaincue. *Elle ne laissera jamais cet endroit la détruire comme il m'a détruite. Et puis, elle a l'amour de John...*

La matinée était déjà bien entamée, mais personne n'avait encore refait surface, au fort. Un immense chapiteau blanc scintillait au milieu du jardin, et les champs aux alentours affichaient voitures et tentes un peu partout. Elle savait que ce calme était trompeur : les lieux déborderaient de vie très bientôt. Peut-être ferait-elle mieux de demander à John de la ramener à Old Grange pour revenir plus tard, quand ce serait plus calme...

Elle poursuivit son chemin le long de l'allée. La maison était de plus en plus imposante au fil de son approche. Une construction pareille était faite pour survivre à des siècles et des siècles de propriétaires, les protégeant tour à tour tout en attendant le prochain. Elle y avait fait son temps, et elle n'avait pas l'impression que cette maison lui avait appartenu un jour. Non, c'était comme si elle y avait passé un moment de sa vie en tant qu'invitée. Elle contourna la demeure, le gravier crissant sous ses pas, dans l'idée d'aller se reposer un moment dans les jardins, à l'arrière.

Il y avait des détritus partout : des lanternes brûlées, des verres abandonnés, des mégots de cigarettes... Le chapiteau apparut, désolé, ses bâches claquant doucement sous la brise matinale. N'ayant pas envie de rester au milieu de ce champ de bataille, elle poursuivit son chemin, jusqu'à passer le mur de briques rouges du potager. Elle s'approcha de l'ancienne remise à calèches et s'arrêta pour mieux l'observer. Elle paraissait différente, plus moderne, peut-être. On avait changé les fenêtres et la porte.

Bien sûr, réalisa-t-elle, bouleversée. John lui avait dit que Nicky vivait désormais ici. On avait reconverti les lieux pour lui. C'est à cet instant qu'elle le vit. Son cœur se serra aussitôt. Il était assis sur un banc baigné de lumière, tout près de la remise. Il avait le visage dressé vers le ciel, les yeux fermés. Elle crut qu'il dormait. Son cœur se mit à s'affoler. La dernière fois qu'elle l'avait vu, il s'était agi du Nicky de son passé : grand, brun et débordant de charme. Désormais, il était voûté, maigre, et seule une fine couche de cheveux blancs recouvrait son crâne. Il ne débordait plus de cette énergie folle, mais c'était toujours lui. Il était toujours bel homme, et il se tenait avec la même grâce. Que devait-elle faire ? Pouvait-elle se permettre d'aller le voir ? Serait-ce juste vis-à-vis de lui ? Tandis que les pensées s'affolaient sous son crâne, il ouvrit les yeux, tourna la tête et se mit à la fixer.

Elle arracha un sourire à ses lèvres tremblantes et balbutia :

— Bonjour, Nicky.

Il continua de la dévisager, muet. Elle avança alors vers lui, luttant pour tenir sur ses jambes flageolantes.

— Te souviens-tu de moi ? murmura-t-elle. Ça fait longtemps… Très longtemps.

Le front de Nicky était désormais barré d'une ride songeuse, et ses yeux gris, plus clairs que dans ses souvenirs, trahissaient son trouble.

— Je suis partie après la mort d'Élaine. J'étais persuadée, à l'époque, que tu serais bien mieux sans moi, mais il s'avère que j'ai eu tort. Je suis venue m'excuser pour toute cette peine que je t'ai fait subir.

Elle se tenait désormais tout près, et elle pouvait voir chaque détail de son visage. C'étaient les traits d'un vieillard. Pourtant, il lui semblait étrangement jeune. Nicky, son amant passionné, son incroyable époux, était bien devant elle. Il finit par se lever, et elle remarqua qu'il était encore grand, malgré son dos voûté.

— Alex, dit-il enfin. Est-ce bien toi ?

Elle hocha la tête en souriant.

— Oui. C'est moi.

Il plissa de nouveau le front, ferma les yeux, puis les rouvrit.

— Est-ce vraiment toi ou n'est-ce qu'un rêve ?

— Non, tu ne rêves pas.

Ses yeux s'emplirent de larmes. C'était son Nicky qui se tenait devant elle, mais ce n'était plus le même. Ce vieux Nicky avait disparu depuis longtemps et ne reviendrait jamais. Mais celui-ci était encore là, et elle l'aimait tout autant.

— Je suis là, dit-elle en lui tendant les bras. Je suis rentrée…

Remerciements

Je remercie chaleureusement tous ceux qui m'ont aidée à préparer ce livre, en particulier Wayne Brooks, mon merveilleux éditeur, Louise Buckley, Katie James, Jeremy Trevathan et toute l'équipe de Pan Macmillan. Merci à Lorraine Green et Myra Jones pour leurs révisions indispensables.

Mille mercis, encore une fois, à mon formidable agent, Lizzy Kremer de David Higham, qui a travaillé très dur avec moi sur ce livre, et à Harriet Moore, qui m'a fait part de très nombreuses et très perspicaces suggestions.

Merci à Gill Paul pour ses encouragements, ses conseils et son soutien indéfectible.

Merci à toute l'équipe d'Albany House de s'être aussi bien occupée de moi. J'ai adoré pouvoir écrire ce livre dans un endroit aussi merveilleux.

Merci à ma famille et mes amis pour leur soutien de toujours, en particulier James Crawford, qui sait si bien tolérer tous ces moments agaçants où je m'absente dans d'autres mondes !

Et merci à tous ceux qui lisent et aiment ces livres. Continuez à m'écrire !

Lulu Taylor
www.lulutaylor.co.uk
@misslulutaylor

Composition et mise en pages réalisées
par IND - 39100 Brevans

Achevé d'imprimer par Druckerei C.H.Beck
à Nördlingen (Allemagne)
en avril 2017
pour le compte de France Loisirs,
Paris

N° d'éditeur : 88804
Dépôt légal : décembre 2016